望江南

王旭烽 著

By Wang Xufeng

The Odyssey of Chinese Tea

浙江文艺出版社
Zhejiang Literature & Art Publishing House

图书在版编目(CIP)数据

望江南 / 王旭烽著. —杭州：浙江文艺出版社，2022.1（2023.6重印）
　　ISBN 978-7-5339-6335-4

Ⅰ.①望… Ⅱ.①王… Ⅲ.①长篇小说—中国—当代 Ⅳ.①I247.5

中国版本图书馆CIP数据核字(2020)第244860号

策划统筹	王晓乐
责任编辑	谢园园
责任校对	陈　玲　许红梅　唐　娇
责任印制	张丽敏
装帧设计	@Mlimt_Design
营销编辑	张恩惠
特约审校	冯静芳
数字编辑	姜梦冉　诸婧琦

WANG JIANGNAN

望江南

王旭烽 著

出版发行	浙江文艺出版社
地　　址	杭州市体育场路347号
邮　　编	310006
电　　话	0571-85176953（总编办）
	0571-85152727（市场部）
制　　版	杭州天一图文制作有限公司
印　　刷	杭州富春印务有限公司
开　　本	880毫米×1230毫米　1/32
字　　数	395千字
印　　张	17.75
插　　页	3
版　　次	2022年1月第1版
印　　次	2023年6月第29次印刷
书　　号	ISBN 978-7-5339-6335-4
定　　价	68.00元

版权所有　侵权必究
（如有印装质量问题，影响阅读，请与市场部联系调换）

目录

楔子	001
第一章	007
第二章	020
第三章	030
第四章	049
第五章	067
第六章	085
第七章	096
第八章	114
第九章	134
第十章	159
第十一章	177

第十二章	第十三章	第十四章	第十五章	第十六章	第十七章	第十八章	第十九章	第二十章	第二十一章	第二十二章	第二十三章
192	207	222	237	249	269	288	305	325	345	367	383

第二十四章	405
第二十五章	424
第二十六章	441
第二十七章	457
第二十八章	466
第二十九章	476
第三十章	486
第三十一章	510
第三十二章	533
尾声	554
后记	561

楔 子

1945年秋,抗日战争胜利后数月,上海山阴路大陆新村两栋不显眼的三层楼房——九号与十号,匆匆步入两个中国男人,这让盘踞在此的那家日本侨民着实吃了一惊。

此二人,一为高个中年,浓眉大眼,身形挺拔,西装合体,气度俨然,看上去就是个有主见且见过大场面的能人;另一为中等个子青年,随身左右,亲密中面有谦恭,当为助手。二人话少,脸色亦是温厉的,与侨民对话时一口地道的日语,让人以为他们是留日归来的师徒,日本人眼里的高等华人。

此前,这家日本人已听说,有中国人花重金买下该楼居,但未承想这么快就搬了进来。他们本想套套近乎商议一下,等自家动身回日本后再让人迁入,谁料这两个看上去温文尔雅的中国人,走进客厅,径直打开地铺,就此安营扎寨。那架势分明是催着占客速回岛国,便顿时无言以对了。

那个高个中年,正是吴觉农先生。不管以往身份有多显赫,此番也只能带着弟子张堂恒使出这一招"江湖手段"了。这位在抗战时期曾经担任民国财政部贸易委员会专员、香港富华贸易公司副总经理、中国茶叶公司协理兼总技师及技术处处长,这位在重庆复旦大学创立中国第一个高等学校茶叶系的教授,在福建崇安设立中国第一个茶叶研究所并任所长的大人物,抗战胜利后从武夷山归来,却落得个居无定所之窘境。好在他年轻时在日本结识的老友汤恩伯,此刻在上海正炙手可热。作为抗日名将,煊赫一时的汤恩伯已出任上海地区受降主官。遥记当年金戈铁马,赴阵杀敌,吴觉农曾在上海新雅酒店设宴相送。如今这"壮士"凯旋,安能不念旧友之情。得悉他这么个国宝级人物竟然无处安身,汤恩伯豪迈地一挥手说:"要什么住宅,自己挑去!"

日伪遗留的房产不少,汤司令一句话,好房子随他挑!不过吴觉农对汤恩伯从来都有些疏离,当年去火车站送汤恩伯上战场,有一幕至今令人扎心:当着那些送客的朋友,为了一点小事,汤恩伯抡起巴掌痛打勤务兵大耳刮子。这种毫无顾忌的戾气让吴觉农不管什么时候想起就内心一紧。他们虽然是江浙老乡、留日老同学,但毕竟不是一路人啊。

吴觉农未选高楼大厦,更不要豪华别墅,独独看中的,就是这两幢三层小楼房。

日本人虽然在此居住经年,可又怎会知晓此楼分量——它正是鲁迅先生的旧居。吴觉农与鲁迅也算是绍兴大同乡,又同在日本留学,归国后同在上海,他们是曾有过不少交往的。他敬仰鲁迅,担心若不抓紧,这楼会落入他人手中。这正是他还没等原住户回国,就先在客厅里占住下来的真正原因。

其间,吴觉农生了一场小病,卧床之机,读老朋友王任叔的著作《风下之国》。他在日记中曾这样写道:"我之所以要始终看完,只是因为那是可能写到愈之和兹九的。"

日军占领南洋后，吴觉农和总角之交胡愈之就长期失去了联系。读《风下之国》，忆风雨故人。彼时吴觉农的这位同乡挚友早已成中共重要人物，而觉农先生本人目睹国民政府之现状，也深知这百足之虫虽死而未僵，但亦无法再起死回生了。

吴觉农，自晚清至民国，一路行茶而来，焉能不记得1886年中国茶叶产值曾创下历史新高，总产量攀升到23.5万吨，出口13.4万吨，雄居世界首位。呜呼，不过一个甲子，中国茶园面积只剩200多万亩，总产量4万吨，全年出口不到1万吨，凋敝日久的中国茶业，在国际贸易总量中，早已微不足道。

话说抗战末期，吴觉农也曾豪情万丈，亲手拟定《战后茶业建设计划草案》七个方面的规划。他提出，"抗战胜利以后，摆在我们面前的一个大问题，就是国茶制造如何利用机械"。但现实是他连解决自身温饱也成了问题。研究所解散了，所长又何去何从？不是着眼"怎么干"，而是重新掂量"干什么"。吴觉农恰如当时中国众多知识分子，被时代推动着，重新选择同道中人。大多数人疾速向左翼转向，以为无论如何新的胜于旧的，中国自由思想者们不想当一艘沉船的殉葬者。而新世界就是冉冉升起的红日，是地平线上已经看得到桅杆的航船，是一切抱负可以重新开始、一切梦想可以实现的所在——大丈夫顺势而为，有什么理由不跟着时代一起向前呢？

此时，吴觉农的老朋友、中国社会活动家孙晓村找上门来了。孙晓村可谓左右开弓，一面担任上海法政学院的教授，一面筹建上海兴华制茶公司，私下里还从事共产党新四军在沪的商业活动。他请吴觉农弃官从商，筹办实业，出任上海兴华制茶公司总经理。

就此，1946年至1949年春天，吴觉农进入了他亢奋的实业救国时期。

行家接手后的上海兴华制茶公司，地点就设在上海四川北路一幢三层大楼里，一时人声鼎沸，门庭若市，同声相契的人们集结在了一起，同道中人如雨后春笋般冒将出来。原来这么些老友都是共产党人啊，他们向吴觉农展露了潜伏多年的真实身份，邀请他参加共产党人的光明事业。嘻！多么推心置腹的信任，多么紧张刺激的生活，多么热血沸腾的理想！吴觉农忙得不可开交，要参加共产党领导的"合众企业公司"，购运解放区所急需的物资；要参加"小民革"的组织领导工作，协助进步人士向海外转移；要参加各种聚餐会、座谈会、集会、声明、抗议、声援……现在从事的每一件事情，都是为了新中国的早日到来，到那时就可以实现机械制茶了！吴觉农披着一身茶衣，轰轰烈烈地步入了新的政治生涯。

上海兴华制茶公司，就此成为一个身披绿色茶衣的红色地下组织的掩体，一个无暇顾及经济行为的公司。开业不到两年，生意兴隆的公司就被国民政府的金融危机拦腰切断。尽管有个汤司令挡着，吴觉农也避不开特务的嗅觉，他到底还是被列入了国民党的名单。站在盛极而衰的总公司门前，吴觉农的目光，投向了茶木葱茏的浙江故乡，他少年时代求学的省会杭州。

吊诡的是，此时的杭州，一群扎在茶堆里讨生活的茶人，却把目光投到了上海。真正的商人总是拥有最灵敏的嗅觉，他们竟然能够在一团乱麻的接收日产行动中，捕捉到政府拿下了上海由日商经营的精制茶厂及机器设备，正欲进行标卖。杭州翁隆盛茶庄总经理郑志新,深以为此乃天赐良机,过了这个村就没这个店,立即组织众茶人赴沪抢"头口水"喝。而杭州春茂茶厂更是一马当先,迅速从中央信托局杭州分局、上海中兴茶厂等单位购置了一批铁木制茶机,建厂于望江门直街,并聘请曾任祁门茶厂厂长的陶秉珍为技师,撸起袖子就这么干开了。

胜利的欢跃,让西子湖畔的杭州茶人看到了跳起来够得着的高度。毕竟经济开始回暖,西湖边开始弥漫起久违的龙井豆奶茶香,茶商界人士纷纷开起了精制茶厂——汪裕泰、之江、春茂、大德、和丰、大成、复泰、信记……西子湖畔的市井生活就此开始恢复了!

吴觉农再次提出机械制茶的设想,得到了夫人陈宣昭的支持,杭州之江茶厂,就此由吴觉农先生牵头在杭州长明寺巷开设。这条因五代时建有长明寺而得名的古老街巷,从此穿梭着南来北往的茶界精英。吴觉农从台湾购进一整套眉茶精制机械,在一贯保持土法制茶传统的中国,杭州之江茶厂算得上是第一家机械制茶厂了。与此同时,吴觉农与胡浩川又合作翻译并自费出版了美国人乌克斯的《茶叶全书》中文版。厚重之书倒是印出来了,但兵荒马乱之际,谁还读书品茶?吴先生坦然地将一堆书就临时存放在杭州之江茶厂办公室里。这办公室倒也有趣,还搭了一个阁楼,专门用来让吴觉农的那些上了当局黑名单的"战友"储存"行李",绿茶环绕的阁楼算是当时最安全的地方了。

1948年秋冬之际,国民党军队已呈土崩瓦解之势。国共两党胜负已见分晓。一个湿冷的雨夜,吴觉农从上海返杭,来到法院路一幢两层的青砖楼前。此乃马寅初先生杭州的寓所。小楼对面就是岳王路,有南宋初年岳飞的家府;楼旁有座小亭名"银瓶亭",亭旁之井为"银瓶井",传说是岳飞女儿银瓶投井自尽之地,故岳王路旁还有一条孝女路。站在马老家楼上向西湖望去,湖畔还有一条蕲王路,那是纪念韩世忠的。1916年,十九岁的吴觉农在浙江省甲种农业专科学校毕业留校任教后,也常来这一带走动,一晃三十多年过去,又是个天翻地覆的时代了。

中国知识界早有"唯马首是瞻"一说,这自然不仅仅因为马寅初的学问地位,更在于他敢和国民党当局对峙以致被抓捕关押多年。马老的气节风骨乃来自历代儒士精神的传承,更是当代文士的楷模。这不大的两层砖楼,便成为当时有自由思想的知识分子的向往聚首之地。当日晚上,马寅初和吴觉农这两个绍兴老乡谈了许多,关于国事、关于未来,甚至也包括在历史蓝图中他们个人的定位。

只是,即便如此洞察历史进程的智者们,也不曾想到,同样的雨夜,同样是浙东的才子,同样有国士的气节,在几百里路远的六朝古都南京,有人却与他们恰恰相反,在历史的大潮中逆向而行,精疲力竭,孑然殉亡矣……

第一章

杭嘉和抱着一盆春兰,立在五云山顶的银杏树下,目视陈布雷的棺椁从铁绿的茶蓬中沉浮掠过,直往九溪萝卜山旧圹缥缈而去。此乃1948年12月10日上午。

冬日,细雨凄凉,杭州被浇得阴冷,冬瓜白的天空哭丧着脸,溪流啜泣,山风呜咽,衬托着九溪十八涧的送葬人。这行身着孝服的队列被茶山小道拉成了长条,又被茶蓬割裂得断断续续。走在最前列的是数月前刚刚上任的浙江省主席陈仪。队伍中有个穿蓝色长衫的男人因衣着色泽不同而格外醒目,那应当就是代父送别的蒋家大公子蒋经国吧。

杭嘉和此生给许多人送过葬,但专心目睹别人送葬只有两回。头一回是1908年,他七岁时,祖籍杭州的晚清大学士王文韶出殡,朝廷派了三十六个抬棺人,皖浙沪苏等观光客蜂拥而至,杭州城大小旅店全部爆满。出殡那天,前头棺椁已到墓地,后头队伍还在清吟巷王府,那叫一个热闹。说起来王文韶死得也是传奇,正值他八十大寿,京城报丧说光绪皇帝驾崩了,赶紧撤了酒宴,正要举丧,京城又来消息了,这回是慈禧"老佛爷"归天了。又过了一会儿,来不及奔丧,王文韶自己死了。后人说,这是在给二百七十六年的清王朝送葬呢,豪华阵容里透着彻骨凄凉。

再一次目睹他人出殡,就是这回了。杭嘉和经历了半生沧桑,越觉老杜之诗最切眼前景:"国破山河在,城春草木深。感时花溅泪,恨别鸟惊心。"眼见最后给陈布雷送葬的人也就那么几十个,杭嘉和已经彻底感觉不到豪华中的凄凉,这已然是凄凉中的凄凉了。说这两个人都是受惊而死,也不为过吧,难道陈布雷之死不是因为自己被这徒劳的宿命彻底惊绝了吗?

1948年11月,淮海战役打响,国民党军总数达八十万人之多,中原野战军从淮海侧翼直向徐州东南方向奔袭,大有断国民党军后援之势。当此紧要关头,跟随蒋介石长达二十年的"文胆"、时任国民党中央政治委员会代理秘书长的陈布雷,于13日夜在南京家中卧室悄然自杀身亡。

"死去何所道,托体同山阿。"20世纪30年代,陈布雷任浙江省教育厅厅长,与家人荡舟湖上,遥见南山,一时慷慨激昂,背诵起甬上名人张苍水的绝命诗:"国亡家破欲何之?西子湖头有我师。日月双悬于氏墓,乾坤半壁岳家祠。惭将赤手分三席,敢为丹心借一枝。他日素车东浙路,怒涛岂必属鸱夷!"诵毕,陈布雷在水光山色间感慨,发一愿,望承张苍水之愿,百年后也能葬于西湖山水间。家人感其炽心,便在这湖山之间寻访生圹之地,不承想陈家人看中的,恰是忘忧茶庄在九溪徐村萝卜山的一小片茶园。

如此说来,杭、陈两人原本也是有过交集的,只是嘉和生来厌倦和政客交往,何况此人又是蒋某人的"文胆",不沾为妙,这事儿就被他借故婉转回绝了。不承想数年之后一个春天的早上,这"文胆"经过涌金门,竟然就顺路到忘忧茶楼品茶来了。

嘉和至今还能够清楚记得他的样子,人是一格格地从楼梯口升上来的,先是露出深灰色的礼帽,然后是半遮着的脸。他穿一身竹布长衫,面容清癯,身材适中,上楼来环顾四周,目光时而炯然时而黯淡,虽面有倦意却神色凛然,手指和牙齿都有烟熏茶窨之痕,一看就是个熬夜的书生、多虑的谋士、不凡的高人。

恰巧那日嘉和在场,便把他引至一个能看见湖光山色的窗口。从神色看,嘉和的安排让茶客很落胃,他眯着眼眺望窗外,吟出一句诗来:"'水光潋滟晴方好,山色空蒙雨亦奇。'这位置好啊!"

"若论此时的天光,别的位置只能看到山色空蒙,看不到水光潋滟,就这个位置能。"

那人回过头来,很认真地看了嘉和一眼。嘉和问他想喝点什么,他说只想喝点龙井。嘉和便让伙计上了"软新",还特地用了旧时民间的青花碗,用来盛饭的那一款。那人说:"这个有点意思。"嘉和回:"龙井喝个名气,碗大口宽,好看。先生一人来,想必心和眼都要清净一会儿,茶博士总在眼前晃,您会心烦的,务必找个大点的碗,让您笃坦享用。"接着便亲自上手,将虎跑新水煮开了,烫盏,沏茶,先沿着碗壁细细冲了茶脚,扁蕊新芽便绽开了。那人闻了,一股新鲜豆奶香扑鼻而来。他沉思片刻,微微点头说:"新火试新茶,名副其实。"嘉和知他是个真懂龙井的,心里便踏实了不少。

那人又问"此处主管为谁",嘉和便回"是鄙人,姓杭"。他目光就又放开了,倾身前问:"请问杭先生知晓任乃强吗?"这可真是一下子把嘉和给问住了,正要说"不",对方却又说:"此人做别的大学问,虽与茶有点关联,倒也难怪做茶的人不知道。他是四川南充人,离这里远着呢。"这一点倒提醒了嘉和,说:"记起来了,前阵子有个四川茶客跟我讲,他们有个老乡研究出来,外国人叫中国china china的,以往都以为是瓷,其实未必,倒有可能就是茶,所以中国应该是茶之国。"

嘉和还记得,这番话让那人目光砰的一下打开了,他焦黄的手指在茶桌上弹跳着,说:"杭先生您了不起,知道这个任乃强的学术研究。他写了一本书叫《西康图经》,其中的《民俗篇》我读过。唉,您认为他说china就是茶,有道理吗?"

嘉和边张罗茶席、茶点边应答:"有道理啊,陆羽《茶经》就那么说啊——'其名一曰茶,二曰槚,三曰蔎,四曰茗,五曰荈',四川那地方古音就叫茶为槚,槚和china发音不是很接近吗?"对方指着嘉和说:"您这老板,真该认识任乃强。就是他告诉我的,康藏那块地方的人叫茶为'甲',这个'甲',实际就是槚嘛。所以他们叫我们华人为'甲米',我们中华就叫'甲拉'。'拉'是什么,'拉'就是地方,故而'甲拉'就是产茶的地方嘛。您该知道藏人嗜茶如命的,所以要用茶来指代我华夏华人华地。阿拉伯人和藏人来往交流,顺着藏语的甲拉来叫中国,槚转甲,再传欧洲,其音微讹,就成了今日的china。我可是同意他的观点的。"

嘉和当时就觉得这话说得有意思,他一向就有随身记笔记的习惯,赶紧掏出本子,认真地写下了"甲就是茶;甲米就是华人;甲拉就是产茶的地方,产茶的地方就是中国",还没忘记请对方审校一下。那人看了说他整理得很有逻辑:"说中国是茶之国,一点没有错嘛。"又看嘉和的字,点头赞曰:"童子功啊,临的谁家碑?是褚遂良的《雁塔圣教序》吧?"嘉和说:"正是,杭州人认杭州人吧。"对方又说:"褚家后人在杭州啊!我也喜欢他的字,只是学他的字可以,学他做人,要有一颗认死理的忠心,还要做好被流放到交趾去的准备。"嘉和笑着说:"那倒也未必。谁让他跟李家皇朝搅在一起,和武则天做对手啊,看不透哪一家都不是老百姓,有这工夫还不如喝茶。"

那人听到这里感慨地说:"你这话是唐人李勣说的,后人评价他不忠诚。"

"忠于自己也是忠诚嘛,人还是拣自己最喜欢的东西来做才好。"

那人便感慨地说:"您真是个事茶的读书人,干净啊。其实李勣支持武则天是假,利用武则天打击原来的贵族集团是真。"

嘉和回答:"那可真是长见识了,凡事不可只从面上看的。"

那人却突然说:"在下开始是从事新闻记者工作的,现在也未忘情于此,真想回去呢。"

"您过谦了,既然您想回去一时也难,还不如抽点空到这里喝碗龙井。"嘉和说完这句话就赶紧退下,知晓来了个大人物,别扰了他清净。

大约一个多时辰以后,这茶客要走。嘉和早就嘱咐了伙计不收茶资,那人却走过来,等着正在打算盘的嘉和,直到嘉和收了算珠,那人方说:"这位先生,要早五年,我就把您带走了,您是个人才啊。"嘉和回答:"那我可要感谢您五年后才来,先生您就不用带我走了。"

他就掏出了钱来:"怎么能不收茶资呢,杭先生这样做,我日后还敢不敢来?"

"先生来这一次就得花多少时间,以后能不能有缘分真不好说。况且今日好比上了一课,茶资当了我交的学费,按说还得倒找钱给您呢。"

那人再次打量着嘉和,感慨道:"不容易啊,内忧外患,杭先生还能活得这么稳当,但愿后会有期。"

嘉和回道:"稳当不好说,可当今时世,还有什么比在西湖边喝茶更好的呢?"

那人都要下楼了,听了此话竟然又回过头来,默默地打量嘉和一番,问:"先生可知道我前两年在哪里奔忙?"

嘉和顺口就说:"在甲拉啊,产茶的地方。"

就仿佛面对陌生人反而可以说心里话一样,那人说:"川、滇、黔跑了一年,可不是收茶哦。剿匪,剿了一年匪,总算是要抗倭了。今日喝茶喝得好,你的话也好。"

"但愿政府能够保护老百姓做好我们的小本生意,不要让外族欺侮我们,更不要让内贼欺诈我们。这就足够了。"

"这是伟大艰辛的事业啊。"

嘉和瞬间涌上一股想问他是何方人氏的冲动,可是他给自己订的规矩是绝不问茶客来路。对方倒真是个读心之人,临走前说:"下次来杭州还找您喝茶啊,我叫陈训恩,宁波慈溪人。"

嘉和这才知道,他就是大名鼎鼎的陈布雷,鞠了一躬说:"布雷先生大驾光临,有失远迎,包涵包涵。"嘉和很庆幸自己没有认出他来,否则会尴尬的。原来,蒋介石身边也有陈布雷这样的人,和嘉和自己的舅舅沈绿村完全不一样。

陈布雷却说:"还有什么比在西湖边喝茶更好的呢?这话真的好。我记住您了。"

嘉和也记住了陈布雷,但他却不能马上跟陈家人联系,人家来喝一次茶,你就回心转意出让茶园做他生圹,感觉自己未免太势利了。几个月后,嘉和才与陈家人联系,用很得体的价格把这块地卖给了陈家。陈家人传话说替布雷先生谢谢他,还说布雷先生本人开始并不知道茶园是他家的,陈布雷是冲着忘忧茶楼的茶来的,不是冲着茶园来的,这对嘉和而言非常重要。

陈布雷以后再也没有来过茶楼,嘉和也从未主动打听过他的事情。十多年过去了,连年战事摧毁了多少前尘旧影,连湖边的忘忧茶楼都被一把火烧了。直到今年11月15号,他在报纸上看到陈布雷先生"以身殉国"的消息,才知道这个一直跟着蒋家王朝的高人终于累了,想在西湖边茶园里安息了。嘉和招呼着让小撮着带几个人把那块茶园先整理出来,小撮着不相信,说这么大个官,要葬也会葬在南京中山陵旁边陪着孙总理,哪里会葬到萝卜山头茶蓬堆里。十多年不闻不问了,谁知道他们还记不记得这种小事。嘉和说,一定会来的,相信我。

果不其然,没几天,陈家夫人就派人来洽谈坟地之事。本当义不容辞,好人做到底才是,但让他们杭家做陈家的"坟亲",却着实地让嘉和为难。杭州人的"坟亲"一说,正是守墓人之意。本来小撮着一家就住在附近,扫墓也方便,只是陈布雷的丧事,按杭州人的说法,是共声太响,场面做得太大了。蒋介石下令成立了治丧委员会,委员一大堆:总干事、副总干事、总务组长、文书组长、丧葬组长……浩浩荡荡。治丧委员会决定为陈布雷举行公葬。公祭公告一出,从"翊赞机务,极著勤劳"开始,一路"公忠体国""党国元老""忠贞谋国",直到最高元首颁布挽额——"当代完人",哀荣登峰造极。这些报上的悼词,嘉和看了,实在和印象中与他有一面之交的陈布雷对不上。倒是张宗祥题的"蹈东海而亡,我闻其说;秉中书之笔,我惜其才",暗示了陈氏自我了断的本意,感慨"书生从政"的无奈,嘉和深以为是。

  陈布雷的灵柩车驶出南京之后,悼祭仪式沿途先后在镇江、常州、苏州、上海举行,杭州为最后一站。由党国要人及陈氏宗族亲友护送,灵柩专车抵达杭州,目睹此一场面的杭嘉和不免感慨万千。但见那车上悬挂着"当代完人""典型安仰",专车后列数节车厢都粘贴着"陈委员精神不死""纪念陈委员""效法陈委员忠贞为国的精神"等标语。完事后,灵柩被护送至万松岭四明公所,再由层层叠叠的机构分别公祭。如此之后,杭嘉和想要私心敬祭的心情都被折腾完了——那个油尽灯枯的灵魂,何时才可以归位到萝卜山的小小茶园里呢?

  嘉和现在最担心的,便是"坟亲"这件事情被人拿来沸沸扬扬地做文章,使忘忧茶庄数年来惨淡经营、勉强维持的事茶生涯再受摧残。国民党大势已去,偏偏这种时候你去当国民党智囊文胆的守墓人,你想跟这个垂死的政府同死落棺材吗?话虽那么说,但嘉和还是想替陈布雷先生扫墓,悄悄地做一些没有人关注的细节小事。等到那落土为安、众声暗哑的时刻吧,他想——如果那时候他能够在五云山找到一株春兰绿云,如果他能够坦荡地把兰花献祭在陈布雷先生的坟前,那才是他杭嘉和为陈布雷先生奉上心香一瓣之际。

  半夜起床,还是惊动了叶子,她悄悄从后背抄过手来抱住了嘉和的腰,说:"不要嘛。"这口气还是童年时撒娇的味儿。嘉和的心一下子就暖了,说:"我就是去五云山一趟,回来再到虎跑打点水,这几日家里来来往往的人多,得再备点好水。"

"让汉儿去好了嘛,"叶子说,"有事情要跟你商量呢。"

"坟亲的事情没定下来,再不最后送送布雷先生,过意不去。"

"父亲那里来信了,要我回日本去。"叶子轻声飘来一句。

嘉和的腰一下子挺了起来。他没有回头,"噢"了一声,沉默了片刻,转过身来,抱住叶子的头说:"嘉平回来了,你还是要见他一面的。"

说话间,晨曦微亮了。叶子的眼睛一闪一闪的,经历了那么多的事情,眼神还是那么清澈,甚至眼角都看不出鱼尾纹。嘉和嘱咐她说:"叶子妹妹听话,嘉平是汉儿的父亲,你不要回避。"

叶子像想起别的事来的样子,一笑,却说:"汉儿在教蕉风茶事,她妈妈不高兴。"

"我知道的。她什么时候也没高兴过,你就当她是不会高兴的那种人。"

"蕉风刚来时也不会笑,现在每日都开心。"

"算了,反正她们很快要走了。"嘉和仿佛突然被刺了一针似的追问:"你想回日本吗?"

好一会儿,叶子才说:"以为父亲不在了,没想到还活着。"

"……那就回去看看吧,让汉儿陪着。"

"我还没想好。"叶子踮起脚抱着嘉和的头。两人单独在一起的时候,就是那么缠绵腻歪的。嘉和亲了亲叶子的额头,突然反转身子,一下子背起叶子,说:"小绢人儿,好几天都没背你了!"然后就背着叶子在屋里转了好几圈。叶子先是捶他的背,然后咯咯咯笑出了声:"讨厌啊,看把孩子吵醒了!"

但见杭得荼倚在门框上吃惊地看着两个大人,又细又长的手指抠着门窗,长眼瞪圆了。嘉和连忙放下叶子,推着她到孩子面前:"再睡再睡再睡,这才半夜呢,爷爷奶奶梦游了……"

杭嘉和赶到五云山顶时,送葬的队伍还没有到。只有那株千年银杏赫然在目,树皮斑驳,主干中空,树干中生有石楠、水蜡各一株,大树基部四周萌发出许多大小枝干,状似"子孙满堂",如今它们被冬雨浸泡得挂满了水珠。

五云山自古是登高览胜的好去处,重峦叠嶂间,钱塘江如一条玉带在山前飘过,江上帆樯小若凫鸥,出没烟波。如此情境,令人胸襟豁朗,眼界顿开。杭嘉和常来此处,一为山中有杭家茶园,二为登高望远,疏散胸中郁结。五云山之云,朵朵有来历。传说当年观音大士去西天瞻拜佛祖,路经此山,流连忘返,遗落莲花,化作五色祥云。杭州人说,找齐这五朵云,就会平步青云,财运亨通,达成心愿,长命百岁。但这些云并不好找,弟弟杭嘉平回回都比他先找到。好在杭嘉和也不在乎这些云啊观音大士啊,他骨子里对这些东西一概不信,天上从来不给他砸一个苹果,飞一块饼干,任何需要靠运气的事从来与他无关。

银杏树后有一座废弃的真际寺。父亲杭天醉曾告诉他,寺庙开山祖师乃伏虎禅师,北宋初年在此结茅开山,静修说法。因时有老虎出没,禅师携一把大蒲扇下山化缘,所得资财尽数买肉饲虎,日久天长,猛虎驯服,甘为座下,"伏虎禅师"之名由此而得。

既有猛虎守山，必然百毒不侵、毛贼不觑，大神们便蜂拥而至，真际寺遂成财神之家。寺内神仙共十八路，有文有武，有老有少，有太上老君亦有土地老爷，天堂、人间、地狱一应俱全。最著名的便是被称为"龙虎玄坛真君"的赵公明了，他与招宝、纳珍、招财、利市四位仙官一起合称"五路财神"。其他的财神有范蠡、比干等，连关公也成了财神，这让年少时的嘉和、嘉平两兄弟都曾困惑不已。父亲说关公是"天下保镖之头"，专门负责保佑押送货物。从前杭城商人做生意前，都要先到真际寺财神殿去借本，将殿内所挂纸钱取去，如果获利则加倍还之。有关老爷保驾护航，生意人便陡生底气了。

杭天醉一向是美的奴仆，吃着祖宗饭，当着艺术家，顺带着卖点茶，由此也活成了一个兰痴。他每每先到财神殿点个卯借个本，夹脚屁股转身就寻兰去也，还一边气喘吁吁地甩着兰锄，一边摇头晃脑地感慨："孔子自卫返鲁，隐居山谷，见幽兰独茂，喟然叹曰——'夫兰，当为王者香。'"然后就问几个孩子："何谓'兰当为王者香'？"嘉平总是反应最快的，抢答道："兰花是花里面的大王，所以是王者香！"杭天醉就摇头："非也，非也，不得要领也。嘉和你说。"嘉和想了想才小心翼翼地回答："兰花的香，是花里面最最香的香，所以是王者香！"杭天醉又摇头："非也，非也，尔等均不得要领也。何为王者香——"杭天醉自问自答："原来花木鱼虫都是与人来相比的。兰花以香独步天下，其幽居山间，遗世而独立，知音者方能闻其天地间至香。最极致的花就是只闻其香，人也一样，最极致的人就是只闻其声，最高级的做人就是大象无形地做人。大象无形的人就是王。"父亲讲得摇头晃脑，两个孩子依旧一头雾水。这番话,嘉和真是到此时此刻才悟明白啊。

家中有本《兰蕙同心录》,乃嘉兴许霁楼著,杭天醉将其翻了个滚瓜烂熟,见有一段专门记"绿云":"绿云:产杭州五云山后大清里……此花极难养,新草发时,老叶先损,故斯种仅为杭有也。"

绿云的说头,每每父亲带着他走过清河坊邵芝岩笔庄时,都要讲一遍的。当年,有一个家住杭州西郊留下镇的小寡妇,叔伯欺她单身一人,竟妄图侵吞其家产。小寡妇不甘受欺凌,便赴杭州城告状。途经五云山,闻得幽香,见山间小路旁有兰花一丛。打官司的寡妇也是女人,女人到哪儿都不忘记美,便信手摘花插于发髻上。匆匆赶路,途经离忘忧茶庄不远的邵芝岩笔庄。一阵兰花香飘过,便被酷爱兰花的店主邵芝岩瞬间捕捉,急忙拦住戴花人追问兰花来历。小寡妇官司在身,哪有心情,自然不予理睬。邵芝岩怎肯放过机会,好言好语地跟在寡妇身后,左磨右缠,最后达成共识:你告诉我兰花出处,我负责打赢你的官司。结果自然是两全其美,寡妇的官司打赢了,邵芝岩的兰花也得到了,他为它取名"绿云",声名流布坊间,人称"春兰皇后"。这故事父亲说得多了,嘉和但凡路过笔庄,脑子里便浮现出一个插着兰花的江南小寡妇样貌。

虽说这些掌故,嘉和都一句一句听进去了,但嘉和与父亲不一样,虽有兰蕙心,却为事茶人。祖上荫赐早已耗尽,他得养家糊口,难得风花雪月,故父亲口中只闻其香的兰花,到嘉和眼里就成了经世致用的兰花。

正因这"王者香",嘉和动了在陈布雷先生坟前敬献一丛绿云的念头。这绿云既然就长在五云山满山茶蓬旁的阳崖阴林中,兴许也能够找到。故这几日,嘉和日日在山中事茶寻芳,也算是觅得几株兰花。但那是绿云吗？嘉和不敢肯定。按说绿云一梗双花可以开足二十瓣，单花开十瓣，但如今绿云花开七至八瓣的已属稀少，能开满九至十瓣者几乎无处求觅了，何况现在也不是绿云在山中开放的季节——还得等三个月呢。

　　此刻的嘉和，就这样抱着一盆他反复选择的兰花，站在掉光了叶子的大银杏树下。还得等一会儿，再等一会儿，等人都走了吧，凭直觉，他相信会有人来找他的，会有人与他一起凭吊布雷先生的。

第二章

找他的人终于来了,一看就知是从送葬队伍里斜溜出来的,穿着黑色中山装,戴着黑挽袖,站在山腰茶蓬中,使劲儿向他招手。是嘉平啊,这个跟孙悟空一样来无影去无踪的猢狲,抗战胜利后他们就没见过几面,今日他也来送葬了。嘉和晓得他一定会来的。前段时间,他的后妻黄娜突然冲进了杭家的忘忧茶府,说女儿黄蕉风寄养在杭家,她不放心,要带走。她女儿正在浙大读书,整天和在同校当老师的杭汉眉来眼去暗送秋波,哪里带得走。这样一来一去,反倒把她给留下了。也亏她留得下来,每天在后花园画画油画,骂骂人,板板脸,吃着叶子烧好让人送过来的杭帮菜。全家人都不知道,久无音信的杭嘉平究竟会如何安置她们母女二人。

嘉和吃准了,嘉平就在杭州,但不肯回家。你不回家,我也不请你,嘉和就那么想。抗战期间,兄弟之间倒还是有来有往,任何变故都未斩断他们的手足之情。谁知胜利后,来往就突然断了,仿佛痛定思痛的时空终于给他们兄弟腾了出来。或许是不想过于难堪,嘉平把继女黄蕉风送到了杭府老家,让大哥养着。这是干吗?是成心让叶子难受吗?可叶子不像是难受的样子,嘉和也不心生厌烦。蕉风很可爱,憨憨的,正是嘉和喜欢的性格。杭家的女人们实在太聪明了,心生七窍,有时也累,出一个蕉风这样的,挺好。

倒是黄娜,蕉风的妈,背着个画夹满世界跑,也没见她画出点什么来。这回住进杭家的后院,嘉和一眼就看破了她,想想嘉平那么个盖世英雄,竟然被这么个质地的女子缠住了,真是匪夷所思。

这母女两个虽然住在杭府,也没见嘉平来过一次。嘉和特明白,兄弟之间心里的那道坎还是没有过去。这真是一件有理说不清的事情,明明是嘉平先负了叶子,可嘉和还是觉得是自己先负了嘉平,他不想在嘉平面前强词夺理。

前几日,黄娜突然告诉他,嘉平要来接她们母女走了,他才确信嘉平这次真要回来了,给陈布雷送葬兼着探亲。但丧事办了几天了,也没见着他探亲,鬼影儿都没有。直至此刻,兄弟俩总算才面对面,摸得着,看得见了,这混世魔王,还真是会选地方。

冲眼看去,杭嘉平虽然苍老了几分,但神情举动,还是那个他熟悉得不得了的二弟,仿佛昨天晚上还在一起把酒言欢。所有的感觉刹那间复盘,两人先抱成一团,然后这家伙就开口说:"大哥,那事儿我替你做主了。"嘉和一下子站住了,什么事啊,又要他来做主。嘉平见大哥愣了,一笑:"不就是个坟亲吗,先应下再说嘛。"

嘉和面有愠色地看着嘉平,容颜是沧桑了,但依然还是从前的二弟。嘉平可没看见嘉和的脸色,他才不管你怎么想呢,三岁看到老,他还是那个"横竖横,拆牛棚"的杭嘉平。他一边架着嘉和下山一边说,声音在空旷的山林中盘旋:"我这次算是布雷先生的亲友团。当然,国民党那边的人,我也基本都熟悉,这次回来,就是陈仪给安排的。眼见着中国就要大变天了,有不少事等着我去做,没先跟家里报个平安,把黄娜押你们那儿做人质了。"

在别人眼里，杭嘉平就是个让人眼花缭乱的社会活动家。人们从来也搞不清楚杭嘉平到底算哪头的，他好像在国民党阵营中暗自联系着共产党，又好像是共产党暗中潜伏在国民党内。他好像在文化界、商界、艺术界、金融界都搭着一脚，是个万金油，是个百搭手，但又几乎没有人知道他是靠什么生活，金主究竟是谁。他的过去、现在和未来已然成为一个谜。在1948年底这个多雨的冬天里，杭嘉平就是个社会冒险家般的存在，必须要有政治魔术师般的身手，才能对付这瞬息万变的时代。恐怕只有嘉和才能够真正感受到嘉平身上的负重，故而任何时候杭嘉和都得托着二弟杭嘉平，在心照不宣中这就成了他的家族使命。

他沉吟片刻，便把手里的兰花盆抱到嘉平身边，问："嘉平，你看这像是绿云吗？"

嘉平一笑，回答："怎么问我呢？大哥，这事儿得你说了算啊。"

"单看叶子还是像的，叶片又短又阔，挺厚壮的，叶尖钝圆，叶脉深，有光泽，脚壳紧抱不散。只是这叶束有点儿扭曲，一般都应该是斜直形的……或许也就是下山普兰吧。"

"什么兰都是兰，你看那些送葬的人中，有像你这么上心的人吗？陪葬的也就是一支派克金笔、一本《圣经》。布雷先生是超越尘俗的，他在遗书里把后事都交代得清清楚楚了，不在乎，不在乎的。"

说话间他们已经来到墓地。送葬的人全部走了。新土前立有碑，碑刻"陈布雷先生墓"，未有任何职衔，这才是和他忘忧茶庄庄主杭嘉和一起讨论过茶之国的陈布雷先生啊。嘉和把兰花轻轻放在碑前，深深鞠了三个躬。

见嘉平知趣地走开了，他才把准备了好久要和新冢中人谈心的话语缓缓地吐出来：

"布雷先生，我想跟您说，这是您最合适的休憩地了。您不是想做回真正的读书人嘛，您看北边的茶园里，有个大学问家陪您呢。大诗人散原先生，您知道的，'维新四公子'之一。那谭嗣同葬在长沙，这陈散原就葬在杭州了。你们做了邻居，书牍往来，文心共诉，肯定能还您平生夙愿的。闻说您墓中有一支金笔、一本《圣经》，我再送您一盆五云山的兰花吧。不管是不是绿云，都是我的心意了，想来既然屈原是倾心兰花的，您也必定会一样倾心。您要去的那个地方，想必应该也有一个忘忧茶楼，您必定可以在那里优哉游哉地喝茶了。五云山漫山遍野的龙井茶，够您喝的。九溪十八涧，水随山转，山因水活，这块林木葱郁、阳崖阴林的茶山宝地，不好找啊。旧年，我陪李四光先生两次到这里做冰川考察，才晓得九溪乃古代冰川遗迹，两三百万年前，西湖尚为冰雪世界，此处储水盘谷，冰雪经东南流出，塑成这十八涧峻险。那北宋辩才禅师将三天竺茶籽移来，方成就这世上芳香。所谓天时地利人和皆有，布雷先生，您享福了。"

他就这么呆立了一会儿，不知还能说什么，回头对嘉平说："本来也想写一副挽联的，实在写不出。只是思忖，布雷先生总算不需要再不可为而为之，不必再不该扛的都扛着了。"

嘉平拍拍嘉和的肩膀："大哥，你说得真好，比国民党那些要员说的，不知强到哪里去了。"

"说什么不好，拿我和国民党比，配吗？"

嘉平给大哥撑着伞，说："一万个不配。其实谁都知道，布雷先生也是鹤立鸡群,他是绝望而死,失望而死的。他们的时代撑不下去了,我们的时代到来了!"

"我可没有什么时代,"杭嘉和觉得自己也和陈布雷一样撑不下去了,对弟弟发着牢骚,"这几年茶叶外销也不行,内销也不行,茶山都荒了,茶农都要饿死了,谁还有力气干活。小撮着人都叫不齐,茶叶也采不上来,采上来也没人炒,炒了也没人买,买不起啊。没人喝茶,年年都有逃荒要饭吃大户打秋风的,还你们的时代、我们的时代,什么时代也不属于我们事茶人。"

"就这样一个国民政府,全中国哪里都不会好的。不过我跟你打个赌,共产党要来了,我们马上就要解放了。大势所趋,最敏感的人最先知道,布雷先生就是其中之一。"

"记得抗战胜利那年,你也跟我那么说过,说大话不缴税。"

"那时候势还未到嘛,现在是想扶着这政府不倒,你都做不到,要不然美国人怎么就撒手不管了?打个比方吧,这十八涧溪流一路穿林绕麓,万壑争流下了九溪,然后再流入钱塘江。是那九溪非得入钱塘江吗?是那钱塘江一定想要入东海吗?这就是个势啊,涓涓细流这会儿也由不得自己了。布雷先生明白,蒋委员长却不明白。可怜布雷先生不想看到日薄西山、穷途末路,他殉了他的时代。今日为布雷先生出殡,倒让我想到当年大清朝为王文韶送葬的事情了。何其相似乃尔。"

"你还记得清吟巷的王文韶啊!"嘉和有些许惊讶。

"怎么不记得,纸糊的无常一丈二尺高,三十六个抬棺材的人是朝廷派来的。虚张声势,回光返照罢了。"

嘉和站住了,认真地打量了嘉平一番,终于说:"你不是为布雷先生送葬来的,你是共产党派来策反的吧?"

嘉平把话题扯开了:"大哥,我在杭州城里有一些要紧事情做,黄娜还得在家里住几天,你们多担待些啊。"

"怎么说啊,一家人。"嘉和觉得嘉平有点奇怪,口气也变了,"听黄娜说了,你不肯回家,也不让她搬去你那里住。"

"我那些工作太复杂了,特务满地长眼睛,带家眷很危险。再说我俩在一起后就没太平过,老吵架,不如不见。"

杭嘉和背着手笑笑,盯着嘉平:"就为这个事情,你不回家里来住吗?"

"黄娜这种女人,歇斯底里说发作就发作,我让她在家里住几天,也是因为蕉风。听说蕉风和汉儿亲密,黄娜不放心,非得盯着她。我听蕉风说,黄娜也不给叶子好脸色。我嘛,以前还和她吵吵,现在是吵的时间和心思也没有了,鸡毛蒜皮一大堆,也都扔给了你……"

嘉和打断了他:"你就真的不准备见一见叶子吗?"

这就如一棍打在嘉平身上,一下子把他的嘴角都打抽了。他结结巴巴地问:"大哥,我……我还能见她吗?"

"你说呢?"嘉和回答,"你觉得叶子会那么经不起见?"

"不是,大哥,不是她经不起见,是我……我经不起。"

嘉和长长地叹了口气,蹲了下来,扯着身旁冻得发硬的僵绿茶叶,怔了一会儿,说:"现在有了个政策,在华的日本人可以回国。"

"叶子要回国?"嘉平大吃一惊,这可是他绝对没想到的。

"你觉得她现在这个状况好吗?"

"你想让她回国了?"

嘉和默不作声地听着雨落在茶蓬上的声音,柔情的冬雨,抚摸着伤痛幽深的心。他那么爱她,这小小的绢人儿,他无穷无尽地爱她,但他担心自己爱不了她了——谁知道她会夹在哪两座大山的夹缝中呢?

"说实话,我没想到你俩好上了,真的!"

"这岂能有假的?!六岁就好上了。"

嘉平突然上火了:"你我之间,论风流,本该是我更像老爹!"

"没想到杭嘉和风流胜过杭天醉!"嘉和一笑,"这下让你见识了吧!"

嘉平狠狠地拍了一下大哥的肩膀,咬着牙根吐出了这几个字:"那是我成全了你。"

嘉平委屈得眼睛都湿了,这快奔五十的人,头一回让嘉和看得手足无措,心烦意乱。嘉和想抚摸一下二弟的手,被嘉平一个反弹打了回去,于是嘉和的丹田之气也缓慢而强劲地升了上来,仿佛要把他一头的湿发烘干。他绕着新坟走了两圈,待丹田之气缓缓地下去了,他平静下来,弓着腰,重新站在二弟面前,开始发力:"为什么就不肯承认,是你成全了叶子呢?"

这句话实在是戳着嘉平的心肝肺了,他最不能够正视的正是这一点,原来叶子真正爱的是他大哥,这是他这个做二哥的最受不了的。他从小在大哥面前想要什么就要什么,想扔给大哥什么大哥就接着。嘉平的确从来没有想过,曾经是他女人的叶子,其实并不真正爱他,这才是关键的关键,是最最要命的事情。

嘉平低声咆哮起来:"我可以带她走的,我是可以带她走的!只要我打声招呼,她就会奔我来的。我为什么不这样做?!为什么?!"

他其实一点也没想过要和大哥谈这个事情,他也是想一辈子都不要谈这个事的,但他就是谈了,他就是会做一些没想到要去做的事情,一直就是这样。该死的臭脾气。

嘉和抚摸着陈布雷的墓碑,他真是不忍心一见面就和兄弟吵成这样,还是在一座"当代完人"的新坟之前。好半天,他才调整好呼吸,说:"大人物是要忠于国家的,私德便不必论。我是小人物,平民百姓,我是要忠于家的,要忠于女人的,这就是平民百姓的私德吧。当然,做人最好是忠于国忠于家,两全其美,可谁做得到呢?就是里面躺着的那一个,举世的完人,于国于家,若真要忠到底,他就不走这条路了。"

嘉平闷住了,低头顿了半天,终于软了下来,说:"我和黄娜也就是战乱时临时凑一凑,大家都那样,我真没想到你们当真了!"

"别拿战乱说事。做人可以那么轻浮吗?对叶子可以那么轻浮吗?对我,你可以那么轻浮吗?你早就回杭了,住在西湖边就是不回家,我问你,你到底是杭家的人,还是宝石山上洋楼的人?!"

嘉平是真的被大哥给训愣了。大哥知道的太多了,他说的那个宝石山上住洋楼的人,正是浙江省主席陈仪。他是怎么知道陈仪和嘉平的隐秘关系的呢?

1948年6月,浙江省政府改组,陆军二级上将陈仪出任省主席,住进西湖边石函路一号别墅。这是一幢依宝石山而筑的三层西式洋楼,原为日本领事馆,眼下则成了陈仪的官邸。他另有私宅在南山路学士桥畔,是一幢漂亮的西式花园城堡式样的别墅。嘉平时常出入甚至下榻其两处府邸。原来嘉和统统知道,他可真是个不轻浮的大哥啊。

"听大哥一句话,别跟陈仪这样的人共事,到头来,成事不足,败事有余。"嘉和口气和缓下来,说的话却依旧是狠的。

"不说这个了。"嘉平突然搂住了嘉和的肩膀,和小时候一样,他总是有这种本领,一下子就飞越精神的刀山火海,顺便把他周围的人也一把拉出。

"吴先生请你出山到之江茶厂当技师,你谢绝了?"

"杭汉去了,怎么说?"

"汉儿不是还在大学教书吗?我记得你是提倡机械制茶的。"

"这事情你也要搭一脚?"

雨停了。嘉平摇晃着身体,展开双臂,说:"中国要大变了,新时代马上就要到来了,要搭一脚的事情多着呢!远远不止这点茶事的。"

"那是你,百脚蜈蚣,百搭!我只有一件事,茶比天大。"

嘉平叹了口气,说:"大哥,我俩一直就说一种话,这回还得说到一块儿去,必须说到一块儿去。"

嘉和都已经离开嘉平好几步了,这会儿又转过身来,他的背微微弓着,着实已经像个老农民了。他认真地说:"我得上山去!杭家茶园几年没好好修整,鸡脚爪废叶都连成片了,看看能不能救过来。新时代不是要来了吗,你说的,喝茶的人不是又要多起来了吗。忘忧茶庄且得忙了,早点做准备才是正经事,要不然耽误了春天还做什么茶,岂不是可惜了。"

嘉平一时就站住了,不知道怎么跟大哥解释。他们既然已经谈开了,就应该好好谈谈,但他实在是抽不出时间,陈仪主席还有要事和他商量。嘉和看出来了:"各忙各的,不用操心。自家把握牢,不要大江大河过来了,阴沟里翻了船。"

嘉平这才有点尴尬地交代:"黄娜那边嘛,要吵就吵几句,让叶子别在意,过不了几天,她就要走的。"

"我们没事的,你自己对她好一点才是。"

嘉平一把拉住大哥,耳语道:"别让叶子受委屈。"一语未了,两兄弟眼眶全湿了。也不知道此情该从哪里说起,嘉和只得使劲拍了嘉平后背两下,然后就径直朝山间茶道重新上去。长年在山里奔忙,他的身板还是那么矫健,嘉平不忍再看,转身便走,两兄弟,就这样在五云山中分道,双双消失在迷蒙的茶山中。

九溪十八涧的山中,哗啦哗啦地流淌着各条水道。它们有的欢快地越过石坎,绕过碴磊,嘻嘻哈哈地笑着,开心得一路打闹,全然不理睬那阴沉的天空;更为细小的溪水则呜呜咽咽,如半夜啼哭的寡妇。茶园东一撮西一蓬,虽然铁黑着脸,在雨中依旧泛起微光。这是真正的本山龙井茶嘛,长叶的、圆叶的、瓜子片的。嘉和想到了狮峰山上那些长在白沙壤中的土茶,茶汤颜色很淡,滋味却是鲜爽浓郁的,有着迷人的兰韵,真是茶中的龙骨凤髓啊。

有一只鸟在山道边的茶丛中欢叫,啼声特别响亮,好像对着麦克风,给这水淋淋的世界传来某种不可名状的信息。嘉和蹲了下来,啼声停止了。许久,嘉和站起,移足两步,啼声复响起。忘忧茶庄庄主杭嘉和不禁犹疑起来,心想:我是回去,还是不回去呢……

第三章

冬日对有些人是心生怜悯的,在不经意间便自寒气中吹来暖风。杭盼正在胡公庙前采撷茶花,冬意夹着已然远去的飒爽秋情荡漾归来,轻叩着她的额,貌似擦身而过时顺便打个招呼。她抬了一下头,腰板一下子弹直了——山路上行来几个军人?！她好似被人在身后猛击一掌,一个趔趄,背上先是唰的一阵冰凉,接着轰的一蓬灼热,冰与火浪潮般扑过后颈,漫洇到耳根面颊。她那瘦细的十指扣在一起,紧抓住揽在身前的茶篓儿,丹凤目先是撑得老开,继而眉心紧蹙起来,明眸眯成一条线,好似白日里猫的眼。

西郊茶山以前是见不着这种人的——他们身着制服,高人一等,傲视凡俗,挺着受过训练的身板,把茶园走成了操练场——杭盼凭直觉便嗅出他们冲谁而来。当中那个高个子军官正望着她,紧张地保持着微笑,一口白牙闪闪发光。他穿一身笔挺的美式空军制服,军帽帽檐压在剑眉上,英气逼人中又有些轻佻随便。他就这样越来越近,越来越近,她晓得那就是他——但和前些天遇到的那一个,又似乎是完全不一样的人了。

1948年12月的冬至,杭州城清河坊忘忧茶庄杭嘉和的女公子杭盼,就这样微张着嘴,茫然失措地僵在了龙井狮峰山胡公庙前的十八棵御茶树中间。

杭州西湖山中老龙井的泉水，经年有加洗愈着杭家病公主杭盼的肺痨，她那弱不禁风的薄板身体，竟然在美国的盘尼西林针剂和中国杭州龙井山清新的空气中基本痊愈。药是母亲方西泠从美国弄来的，胡公庙乃父亲杭嘉和当年大搞无政府主义时的堡垒阵地。抗战胜利后，杭盼就一直住在胡公庙，由九溪嫂一家照顾着。忘忧茶庄给了杭盼一个虚职，让她照看山间这数百亩茶园。几年下来，蹙眉的杭盼仿佛一下子长开了，她妩媚的眉心一览无余，俨然成为杭州城最耐看的姑娘。

杭盼遗传了父亲的丹凤眼与母亲黑白分明的眸子。嘴微微启开时，便露出一口洁白的牙。细长的脖子，中式衣衫，领口修饰得分外精致。头发松松地扎成一把，眉宇间闪现的惬意和爽朗，让原本认识她的人也眼前一亮。

那几个青年军官站在茶园外，白闪闪两排牙的那个首先跳跃起来，说："我们到贵校去过了，他们说您只是代课老师，极少上课，平时就住在这里的。"

见到杭盼，白牙军官显然是有些紧张的，同来的人笑着在背后推他一把，他才又结结巴巴地说："我们想……想来玩，喝茶……我叫曹家远，是笕桥中央航空学校的学员。我们可以……吗？"他有点说不下去了。

"这地方不好找的。"杭盼说。那几个军官中有一个脖颈稍短、皮肤粗糙点儿的方脸说："我呀，我是杭州人，姓吴，你们家邻居啊，我知道你住在这里的。"他一口标准的杭州话，很爽朗的样子。

她犹疑地摇着头："不记得了，我很少回家的。"

那姓吴的就笑笑说:"那是。你一年都来不了几回,我又早早地当兵走了,我记得你,你也记不得我了。"

另一个长脸的就捅捅那姓吴的说:"行了,查岗啊,让你带个路,就多出这么些话来。"

姓吴的也不生气,只说:"让路让路,今日老曹是主角,你我全是陪衬。"

就这么突然尴尬起来,那个老曹竟踟蹰着说不出话来了,好一会儿才问:"你在摘花吗?"

杭盼开口回了,说:"我在摘茶树花。"

杭州的茶树花每年10月开始开花,要开到第二年二三月间呢。以往的茶农嫌它"抢"了来年春茶的养分,想着法子打掉花,所以,它属于被世人遗忘的花。可杭盼是个惜花人,赶着在修剪这片小茶园前,她先把这些花儿给摘了。

那几个军官就好奇地问:"啊,茶树也开花呀?"

她用手拨开芜杂零乱的茶树蓬,侧着身走过来,轻捧茶篓,倾斜着给他们看,茶篓里已经铺了厚厚的半篓茶树花。那个叫曹家远的就伸手进去掏出了几朵,放在手心。他小心翼翼地对他的同伴们说:"我从来没有看见过茶树花,很好看,像水仙花。"

杭盼看着他的手,暗吃一惊,她从来没有看到过这么大的手,茶树花躺在手心里,好像睡在一张大床上。她说:"很香的。"

曹家远把手移到鼻翼下嗅了嗅,就转过去给他的同伴看。同伴把头凑过来闻了闻,吃惊地说:"真的很香,可没看见它长在哪里啊!"

她撩开了茶树枝,茶树花在茶心开放,小白花带着黄蕊藏在绿色枝叶中,蛮隐蔽的。喏,要仔细看,你才会看出门道来。这雌雄皆备的两性花,色白心黄,小花朵儿的花梗前端鼓出来,长成一个花托,托着五片绿花萼,陪衬着白色花瓣。花冠则像一场公主选婿的小型舞会,一大簇花丝和花粉组成的雄蕊骑士,围成了圈,簇拥着舞台中央的雌蕊公主。

"它结籽吗?"曹家远饶有兴趣地问。

"当然,当然。"杭盼强调,"茶树花又香又甜还有蜜素,蜜蜂可喜欢来采蜜了,这就为它传了粉,雄蕊的花粉散落在雌蕊的子房,胚珠就怀孕了。"

"那它们的孩子呢?"他们中那个长脸的好奇地问,大家就一起笑了起来,仿佛茶树是不可以有孩子的。杭盼再次拨开了茶蓬,茶籽一粒粒露了出来,附在茶枝上,一蓬茶树,又有花又有籽的,真当热闹。她说:"都在这儿呢。不过要到第二年白露,它才能够长成茶籽。如果你要种茶苗,茶籽就要在苗圃里培育,这叫有性繁殖;去年的籽和今年的花长一块儿,叫母子相见。"她摘下了几粒茶籽:"给,你们拿回去种吧。"

这下,几个青年军官都笑了起来:"你是想让我们把茶种在云端里吧。"虽然那么说着,一个个的却都手忙脚乱地摘了起来。就数曹家远摘得最多,大手里捧着一捧茶树籽说:"回宿舍,我找个瓦盆就先种上。"

杭盼就教导他们:"这哪行啊!起码要藏一个冬天,怎么着也要到明年春分呢。先把茶籽放在缸里,倒温水浸泡,搅拌,凉透,除去浮茶籽,用下沉的种子,浸种两天,换两次水⋯⋯你们吃不消做的,不行的。"

另一个小眼睛的就说:"行倒是行,就是不知道明年春分我们还在不在,要是活着,一定请你来指导。"

曹家远用胳膊肘捅了对方一下,把那人一下子捅进了茶树蓬。那长脸的就大笑,说:"李方你活该啊,张嘴就胡说,没个把门的!"

曹家远则一边敬礼一边道歉:"对不起对不起,杭小姐,把你的茶树蓬压坏了。"

杭盼却轻描淡写地说:"压不着我的茶树蓬。乾隆皇帝不骂你们就可以了。"

原来胡公庙前这一块茶园,算是胡公庙的庙产,抗战后就一直荒芜在那里,直到杭盼这会儿正式接手。正要摘花摘籽,打理一番,这些军官劳动力就来了。

"怎么个伺候法?一起弄吧。"这几个人立刻就来了劲。看得出,他们也是能够干农活的。

"十八棵御茶树,其实也不知道究竟是不是御茶,传说是乾隆皇帝封的。这几年没人打理,都荒了。你们帮我修一下,要剪去这些蓬面枝叶,增加采摘面的宽度,懂吗?"杭盼说这话,像个老师,又像个小妈妈。

曹家远一边挥手让她走开,一边在台阶上铺了自己的军装上衣,说:"弹丸之地,须臾完成。你坐在台阶上看着我们便可以了,我的衣服厚着呢,坐着不着凉。"

她先是挑着拣了几枝缀满茶树花的茶枝,也不推辞,走上台阶坐在那军衣上,细心地修剪起茶枝来。原来这茶花不仅是个"母亲",且是个无人知晓的美人呢。《遵生八笺》中如是说:"茗花,即食茶之花。色月白而黄心,清香隐然。瓶之高斋,可为清供佳品。且蕊在枝条,无不开遍。"写书的明代杭州人高濂吃透茶花精神,说"蕊在枝条",是说茶花生在叶腋,缀枝而上,不像山茶长在枝头那样一目了然,茶花需要插在花瓶里,供在高几上,方能欣赏到,不然以茶园之茶树,高不及腰,密不透风,有花也没法赏了。

此时风和日丽,天高云淡,杭盼便将那台阶做了高几,将那茶篓做了花瓶,又将那细细收拾过的茶花枝斜插入茶篓,靠在胡公庙门栏前,立时便装点出"疏影横斜"的意境,若闭上眼细闻,幽幽的茶香便似有似无般飘来。

那个叫田自健的长脸青年军官张着嘴巴说:"哇,真是……啧啧啧……"杭盼却回说:"我给你们沏些茶树花茶。"转身就进了破庙的门,那袅娜腰身的婉转,把曹家远看痴了。至于他身边那几个陪着担任"电灯泡"的军官,李方低着头难为情地讪笑,好像一见钟情的是他自己,田自健从后面推着曹家远急促地说:"真是海里捞针给你捞着了,快点追过去啊!"

"现在去?"曹家远有些临阵怯场了,抬头问李方。那姓吴的邻居也催他:"干啥?你想留给我吗?你不去我可去了!"站起来就往门里跑,曹家远一听,丢下家伙什,顿时一个大跳,出了小茶园,几步就迈进了庙门。

国民党空军少校曹家远对杭盼的痴迷,可以说是彻头彻尾的一见钟情,而他们的初次见面,也可以说是相当偶然的传奇。1948年初冬的某日,杭州体育场人山人海,一场篮球联赛正在如火如荼地进行。虽说遥远北方9月份开战的辽沈战役,国民党败局已定,可骨子里带着南宋遗风的杭州人照样该吃吃,该玩玩,从面上看,哪怕明朝天崩地裂,今日照常过日子。

忘忧茶庄的病公主杭盼,按理是绝不会参与这种大型活动的,她连小型集会也不参加。虽然病基本好了,但生活习惯已然养成,数年来她生活在安静的环境中,不承想会莫名其妙地被扔到一个人声鼎沸的大广场。原本那天只是举办一场杭州教育系统联校与社会各界球队的篮球赛,可在女中篮球队管后勤的老师却突然有事外出,而这位老师恰是杭盼那从美国回来的母亲方西泠。母亲便想起了偶尔来代课的杭盼,她让人带了个口信,问杭盼能不能抽半天时间来替她参与一下。杭盼这三年来静心调养,加之抗战胜利,不再有日本变态狂小堀一郎带来的心理阴影,渐渐地心境便松弛了下来,想到是关系稀淡的母亲的诉求,而且只是去看管半天衣服,就应了。

一到现场,杭盼就彻底蒙了,居然来了那么多人,笑着叫着闹着,举着小旗子,锣鼓什么的也上来了。她看不懂篮球,她关心的是那堆衣服,只紧张地站在赛场一角。没想到女篮正比赛着呢,天就突然下起雨来了。杭盼是最不能够受寒的,怕被雨淋湿的她四处想找一处可以挡雨的地方。她捧起那一大堆衣服,身上七七八八挂着各种包,像一只受惊的小鹿,跑到主席台上躲雨,而那里,恰是航空学校学生们的观赛场。

是第六感让她转身吧,她看到了身后不远处站着的那个篮球运动员,高个子,浓眉毛,手里捧着个篮球,目不转睛地望着她。见杭盼看到他了,他的目光也毫不躲闪,只是把篮球砸在地上,一下一下地拍着,她赶紧别过脸去,不敢回头。但她的后脑勺看到他了,依旧在目不转睛地望着她。雨下得一点也不像是初冬的,雨点很大,一粒粒地砸在操场上,女篮球队员们正在雨中奔跑,她们尖声地叫着,衣服淋得稀湿,贴在胴体上,头发挂下来,贴住了面颊,所有的观众都站起来为她们叫好。杭盼看着赛场,过了一会儿悄悄回了下头,吓一跳,那人捧着篮球,露出微笑,一口白牙,依旧在怔怔地看着她。

杭盼并不知道,曹家远前一天刚从东北飞回,他作为国民党军空战飞行员参加了辽沈战役。飞机出动一千多架次,但仗打得稀里哗啦,眼看败局已定,为保存实力,曹家远所在中队被撤回后方杭州笕桥航校。此时的航校虽正忙着迁至台湾,但曹家远却有密令在身,需待命留下。他都还没有从血腥厮杀里回过神来,就和江南最是情意绵绵的杭州重打照面。仅仅过了一夜,上峰就让他们换上运动员服装,出现在杭州体育场,说是为稳定军心民心,需要他们这支刚从前线回来的军队以昂扬的篮球队队员的形象亮相。曹家远开始还发脾气呢,什么昂扬,一叶障目,掩耳盗铃,全是自欺欺人。他虽然年轻,却是个有资历的人了,抗战时期为响应"一寸河山一寸血,十万青年十万军"的号召,他从南京金陵大学投笔从戎,考入中央航空学校,参加对日战争。抗战胜利后赴美留学深造,回来后又到笕桥中央航空学校任了教官,不承想却打起内战,他又上了战场。这回和打日本佬不同,是当炮灰了。眼看着局势不稳,他也不知道何去何从,哪还顾得上做个塑料花瓶,在杭州市民们面前作秀。所以一回航校,他就跟管这档事的上峰吵了一架,说:"前方都打成瘪三了,后方还逗什么英雄,哪怕篮球打成全杭州第一又怎么样!你当老百姓都是傻瓜啊?"把上峰气得一口气差点回不过来,指着曹家远"你你你你你"了半天,也"你"不出一个所以然,最后一跺脚说:"胜败乃兵家常事。你这邪火发不到我身上!"曹家远心想,什么兵家常事,谁不知大势已去! 话虽那么说,不过军人终是以服从命令为天职的,所以牢骚归牢骚,睡了一觉,第二天人还是来了。正等着上场呢,就和这手捧衣裳的杭州姑娘遇上了。

这雨下得也是蹊跷,如夏雨一般,一阵倾倒后雨声就戛然而止,待女篮打完全场,雨便停了。恰好轮到航校和体校的男神们上场,全场顿时就骚动起来,姑娘们尖叫起来,一点也不怕难为情。

杭州城的新女性,对航校的这支空军队伍,可是一点也不陌生的。早在1930年,蒋介石就决定建中央航空学校,还特意择址杭州笕桥——当时杭州城郊的一个小镇。颇为奇特的是,蒋介石一面任命浙江老乡台州人周至柔担任航空委员会主任,一面却又在主任下面安了个秘书长——"第一夫人"宋美龄。这宋美龄可是个一天兵也没有当过的留美海归,却有本事从意大利等国购买一批价值两千万美元的飞机,并独揽空军大权。民国"第一夫人"加一群空中骑士,飞天传奇由此诞生。抗战爆发后,宋美龄常换上军装慰问飞行员,亲临前线加油打气,还拿出二十万元私房钱,奖励军功,为牺牲者发放抚恤金。而她的"达令"丈夫蒋介石,对空军更是空前重视。1937年卢沟桥事变爆发前,蒋介石在笕桥召集空军将士讲话时说:一旦对敌作战,务抱牺牲精神,要有必死决心,不要顾虑家庭父母妻子。如果光荣成仁,我会负责赡养!

1937年8月14日,杭州上空,中国空军向日机开战,击落敌机四架,初战大捷,这让当时只有十几岁的病姑娘杭盼记忆犹新。所以,当这批天之骄子自带光环地出现在体育场时,看台上的姑娘们禁不住站起来欢呼雀跃,而杭州市民们对她们的这种狂热也习以为常。抗战胜利后的杭州,时而会有一群身穿空军制服的飞行员在西湖边疾走,他们就像一群电影明星,成为杭州姑娘的热门话题。如果有人能够攀上一个飞行员男友,那就好比抽到了上上大签。虽然嫁给空军飞行员后成为寡妇的概率要比平常人家高出一百倍,但姑娘们依旧前赴后继地冲上去和帅哥们搭讪。此刻,广播员还专门说明上场的是一支刚下战场的飞行员队伍,这还不让姑娘们芳心大乱?她们对空军的印象还停留在1937年"八一四"中日第一场空战大捷的传奇之中,哪里知道什么叫今非昔比,兵败如山倒呢。

倒是曹家远,此时已被丘比特一箭射中,什么也听不见看不见,一边往球场跑,一边脑袋就往后转,犹如在空中搜索战斗目标,目光只拴在了那个抱着衣裳的杭州姑娘身上。全场不少人的目光就随着他的视线看过去,还纷纷互相打听:"那五号小伙子在看谁啊?"

四周台上黑压压一片,谁知道他看谁!可杭盼还是紧张得背都绷紧了,只怕人家瞄寻出来。幸亏场上哨子一吹,两支队伍的对抗开始了。曹家远进入状态可着实不一样,满场跑得那叫一个生龙活虎,远距离投篮那叫一个百发百中,拦球抢球那叫一个顺风顺水。杭盼看着看着不做贼也心虚,她老觉得这人的球就是打给她看的,等那人逮着空隙果然抬头往她这边的看台上望时,杭盼赶紧就跟着下场的队员们进了更衣室,她吃不消让这种目光的寻觅继续下去了。

两个年轻人目光相触之时,怎么会想到,广场的人海中,还有一道冷静而锐利的目光在关注着他们呢。那个中年男子将帽檐压低,移动着手中的望远镜,远远地注视着篮球场上浓眉皓齿的小伙子。这是一件相当不可思议的事,他今天的任务本是注视另一个人,可那个人却消失了,换上的是现在这个抢眼帅气的中锋。中年男子有着过目不忘的技能,从此以后,年轻中锋的容颜印在了他脑中。

夜里,杭盼在日记中这样写道:

右耳一直灼热,好像有人用焊枪在点我的脖颈。记不得这个人什么样子,眉目很重很亮,又仿佛是被一层纱蒙住,牙齿却白得晃眼,这个人又白又黑。

不应该记录这些事,不要对这个无名者上心,一定不要!

明天可以摘茶树花了,父亲告诉我,不是所有茶树都会开花,营养太好开不了,阳光不够开不了,栽种太密也开不了。开多开少也蛮随机,一朵花最多只盛开三天。今日是第一天,茶树花才微微打开一点点;明日第二天茶树花初开,香气最好;第三日花打开了,就有些颓,香气也散了,要采就采第二日的花,第三日的花真是不行的吗?

仗又打起来了,到处都是逃难的人,连龙井村都有人来讨饭了。龙井村的人自己都穷得出去讨饭了,还能有什么施舍给人家的呢。不要说茶农,连父亲都心神不宁,很久不曾来过胡公庙了。自光复以来,每年的龙井茶事一点也未曾见好,倒是越来越陷入颓势。旧年还有人来打理一下茶园,今年直到眼面前,小撮着伯也没有来,听说他一直在忙五云山茶园坟亲的事情,叶子婶婶说的。

父亲交代过我,秋冬时节,浅耕除草,实施基肥,茶园铺草,修枝剪叶,防治病虫,最担心的就是拱拱虫了,拱拱虫拱一拱,龙井茶农要喝西北风。

明日我就自己下茶园,至少门前的十八株御茶蓬是要好生伺候的。

杭盼不晓得她的故事才刚刚开始,前日那么一亮相,今日下午劳动力就来了。曹家远的飞行员兄弟把他推进胡公庙,他们承包了这一片茶园的修理工作,而曹家远的任务则是速战速决,在最短的时间内把杭盼的心拿下。

如果说杭盼不知道这几个青年军官的"鬼胎",那她就是个白痴了,可这样战斗机式的速度,确实是她不曾想到的。曹家远竟然跟着她进了庙门,这也着实吓了她一跳,还好他后面跟着的那个姓吴的邻居,没进门,只是倚在窗口看她泡茶树花茶,一边问:"杭小姐,这是你住的地方?"

这样明知故问也实在是没话找话,杭盼的脸红一阵白一阵,心狂跳,手就抖了起来,茶则里的茶树花茶都置不进瓷茶杯了,在桌上撒了一片。她身后板壁上挂着一幅书法立轴,瘦金体的字:"万木老空山,花开绿萼间。素装风雪里,不作少年颜。"落款为虞集。曹家远没听说过此人的姓名,但他能够品出来,这个虞集是在写茶树花。

"其实我老家也有茶,可是没听说过喝茶树花茶。我老家是江苏溧阳的,听说过吗?"他问。

杭盼点点头:"听说过,陈曼生在那里当县令制曼生壶的。陈曼生听说过吗?"

"听说过,就是听说。"

"他是我们钱塘人呢,'西泠八家'之一,有'曼生十八式'。"

"噢,他喝茶树花茶?"

"这个我不晓得。我父亲说,是我祖父发明的茶树花茶,别人做不好的。"

"茶树花茶很难做吗?"

"不难,可是不挣钱啊,就是做出来送人,谁愿意做呢?"

"你刚才说了,你们家愿意做,你父亲愿意做啊!"

"那是做了给我当药喝的,润肺。"

"你没有病!"

"我有病的。"

"那你的病已经好了。"

"啊,你怎么知道?"杭盼那一刻的表情天真极了。

"我当然知道了,你的事情我都知道。"

"我有什么事情可以让你知道的?"她一下子警惕起来,神情就阴郁起来。

"你是忘忧茶庄的女公子。"

"还有呢?"

"你在胡公庙养病。"

"还有呢?"

"还想有啊,可惜没有了。就这些,还是你那个邻居告诉我的。吴根这家伙搞地勤的,就爱乱串,杭州没他不知道的地方。"

那个叫吴根的这时不知跑哪里去了,杭盼一下子轻松了。"帮我干活吧。"她说。

"行啊,干什么都行。"

"茶树花先要摊晾,要在阴凉处放上四五个小时,白色花边要微微卷起来才行。"这么说着,她就把茶篓里的茶树花都倒了出来,摊放在了竹匾上。杭盼脸上的红渐渐褪下去了,手也不抖了,心也不急了。她开始舒缓,语速也沉着起来:"还得烘,来来回回好多次,最后要进焙笼,小火烘后再收,放上两个月拿出来复焙,这才算好了。"

"乖乖,比开飞机还难,你都一手做下来了?"那么近的距离,曹家远终于敢看杭盼了。她低着头,前额的头发就像垂柳一般挂了下来,然后她用下唇往上轻轻一吹,头发就分开来,露出眉目,接着又如帘子一般唰地放了下来。

"都是我父亲做的,我只会喝。"杭盼回答完这句话突然就笑出了声,像个小姑娘般赶紧掩住嘴——只会喝,多不好意思。她拿出一个锡罐,又拿出一个贝壳,开始舀起茶树花茶来。这都是去年的茶树花呢,她数了六十朵,放在一个大的瓷缸里,对曹家远说:"我们五个人,每人一杯,每杯十二朵。"

这让曹家远有些好奇,为什么要数十二朵呢?

"我试了又试,喝了不知道多少杯才喝出来的,十二朵刚好,多一朵有涩味,少一朵就淡了。"

此时,老和尚拎来了一瓦壶煮开的山泉,用的是后面老龙井的水。杭盼将那瓷缸先是用沸水冲了一遍再倒掉,接着掀开了瓦壶盖,把一只大瓷缸放在瓦壶壶口的热气上,来回熏了片刻,放置一旁,待瓦壶沸水稍停,而瓷缸热气尚存之时,才持六十朵茶树花放进瓷缸。然后,她低低地举起瓦壶,用短流将水沿缸壁注入瓷缸。茶树花在水中旋转了起来,片刻之后,瓷缸里的茶树花就一朵朵开放了,半透明的花瓣,中央簇拥着金黄的花蕊,真是说不出来的迷惑。

杭盼拿了一只舀水的瓢,其实这就是半个劈开的葫芦,有一根细竹竿和它连在一起,用麻绳细细绑了。她又从茶几上拿出五个青花民窑饭碗,现在是专门用来喝茶的了,也用开水烫了。接着舀茶树花茶,每个碗里盛十二朵,再配上水,简直就如出锅的馄饨。杭盼自己取了一碗,又在一个茶托上放了另外四碗,说:"请你送出去吧。"

曹家远捧起茶托,从四碗中取了一碗放在桌上,端着茶托出去了。老和尚合掌念了一句"阿弥陀佛"就退了下去,杭盼的脸唰的一下就又红了。还没等她脸上的红再次褪下去呢,曹家远就回来了,手里拎着那个茶篓,里面的茶花鲜活地笑着,他说:"还是养在花瓶里合适吧。"

这次他不再在窗口倚着了,径直走进杭盼的书房,拿起茶几上一只牛鼻罐的紫砂壶,往里倒了泉水,然后把茶篓里的茶树花一股脑儿插进了壶口。那老气横秋的紫砂壶配上鲜嫩洁白的茶树花,当得上"青裙玉面初相识,九月茶花满路开",怎么看怎么好看。

"你的窗口放茶树花绝配。我没打搅你吧?"

杭盼沉吟片刻后却说:"杭州城里每年都会焙制一些茶树花茶

的,当下做这事的恐怕也只有我父亲了。他说,隆冬时茶树花迸发,就像月笼万树,入山后对花默然相笑,忽生一种幽香,深可人意。我一直也不能体会什么叫'忽生一种幽香,深可人意',可我父亲是知道的。"

曹家远拿过那碗刚刚泡出来的茶树花茶,他知道自己没有打搅杭盼,就默默坐在茶几旁的矮竹椅上,双手捧着茶碗,偶尔抬头看一眼杭盼,又凝视着茶树花许久。他不再说话,不知是欣赏人还是欣赏花了。所谓"忽生一种幽香,深可人意",就是此刻吧,他想。

就这么静静地坐了一会儿,那忽生的深可人意的这般幽香,渐渐地在曹家远心里酝酿成了巨香。军人的勇莽劲儿上来了,他咬着牙,脚板一紧,便单膝跪在地上,倒像个中世纪的骑士,把杭盼吓得一激灵。她站起来,想了想又坐了下去。

莽撞的飞行员就这样开始对姑娘表白:"杭小姐,杭盼,我知道你叫杭盼,学校的老师们告诉我的。我请求你做我的女朋友,请你答应我!"

杭盼貌似是石化了,居然一点反应也没有,默默地坐着。过了好一会儿,曹家远看到她面颊上流下两行清泪,她哭了,他把她吓哭了。他刚认识她,什么都不了解,八字不见一撇,竟然就要求她做女朋友,她能不被吓哭吗?

"你要是不同意,那就不同意,你千万别哭啊!"曹家远快被姑娘的眼泪吓出耳鸣来了,赶紧站起来。杭盼却说:"我父亲每年这时候都会进山的,他要帮我焙制茶树花茶,今年到这时候还没有来,连我父亲都把茶树花茶给忘了……"

曹家远又蹲下了,把自己的帕巾递给她擦泪:"你父亲是一家之主,这么乱的时局,他要操心的事情肯定很多。在你们家里,我敢说,你父亲一定是对你最放心的。"

杭盼抬起头来,第一次认真地正面看了他一眼:"是这样的吗?"

"当然。你这里多安静啊,这样的安静,我都十年没感受过了。我可以保证,这里是全杭州最安全的地方。"

"也许你是对的。"

"我肯定是对的。"曹家远重新坐回了竹椅,现在他突然感觉一切都轻松了,好像对面这个姑娘他已经认识一百年了,他对她的一切都了如指掌了。

"我回去就给你父亲送信,让他明天就来看你。或者今天我就把你送回去,我们开着吉普来的,送你很方便的。"

"我不回去。"杭盼说,"我在这里住惯了,回城里,晚上我睡不着的。"

曹家远终于可以言归正传了,他再一次开始结巴了:"我……我知道我吓……吓着你了,而且,我……我很自私……"

杭盼的目光里出现了疑惑。显然,这次她是真的没听懂对方话里的意思。曹家远喝了一口茶树花茶,但他什么味儿也没喝出来。他努力地想要在最短的时间里把最核心的内容倾诉出来,结果东一句西一句的,连自己都不知道在说些什么。

"我可能明天就会死,可能今天晚上就会死,所以我要对你把话说出来。我要是不说,可能以后永远没有机会说了,你也永远不知道有一个人第一眼看到你就开始燃烧,永远燃烧,一直到死。这是一种疯狂的感觉,真的,我觉得我的确是疯了。我是个军人,正在打仗,打我自己一点也不喜欢的、毫无意义的仗,我早就判了我自己死刑。作为一个死刑犯,我有什么资格拉上一个人陪我去死,绑架一个人眼看着我去死呢?我这样做肯定是残忍和不道德的,所以我应该远远地离开你,我不应该看着你的眼睛对你说,请你做我的女朋友。其实我内心是想说,请你嫁给我,但我实在是怕把你吓得太厉害了……"

杭盼的嘴角开始微微抽动起来,她摊开了那双秀手,哆嗦着小声地问:"为什么呀?为什么呀……"

"是啊,这是为什么啊?"曹家远也摊开了双手,"我也不明白,为什么第一眼看到你,我就开始燃烧。这个原因应该是你告诉我,而我只能告诉你我所向往的——假若我是一架飞机,我只想飞入你的眉心,我只想在你两道眉毛间穿行。你的容颜让我想起一望无际的蓝天白云,连绵不尽的锦绣河山……"他终于握住了她的手,"让我们相爱吧,哪怕明天我就死了,我们也相爱吧……"

然后,他看到她脸上露出了惊讶的神情,那是被突如其来的美好事物惊到了的神情,但这惊吓是可以接受的,只要给他们一点点时间。就在这一刻,曹家远听到了风之声——原来冬天的风拂过茶园也是会有声音的——不是冲击竹海时的排山倒海的呼啸,也不是穿越白杨间的锣镲铿锵,更不是风吹麦浪妩媚飘摇时的若有若无——原来冬风拂过茶园的声音就像恋爱之声,如鸽子交颈呢喃,如鸳鸯戏水,如情人低语……

1948年的冬日,在龙井,在胡公庙,此时此刻,时间不再青睐他了。他发现她的目光越过了他,往他身后而去,然后,她轻轻地抽出了自己的手,对着窗外叫了一声:"父亲,爸爸,阿爹……"

门前站着一个略高略瘦的中年男子,竹布长衫,默默地看着他们,没说一句话,三个人就这样愣着。好一会儿,杭盼才对曹家远说:"谢谢你,你说我父亲会来,我父亲就来了……"

杭嘉和惊讶地看着女儿,准确地说,不是看着女儿,而是目光穿过女儿的肩膀,看着她的身后,他看到了那个叫吴根的军人,吃惊地失声一叫:"你?"

吴根不安地笑了,说:"杭伯伯您还记得我啊? 我长年在军队,不回家的。"

杭嘉和微微地点点头,说:"记得的,吴升家的小儿子。"接着,他用目光询问女儿。杭盼低头用手剥着门框,不说话。突然,他见那高个子白牙小伙挺直了腰,叫了一声:"敬礼——"然后就勇猛地敬了一个礼,"笕桥机场少校飞行员曹家远向杭先生大人报到。"

杭嘉和足足愣了有十来秒钟才回过神来,杭盼却笑得趴在门框上,然后沿着门框滑了下去,"哎哟哎哟"地揉着肚子,急得小伙子直跺脚,连连叫着:"这有什么好笑啊,这有什么好笑啊!"吴根也笑着说:"还不快把杭盼姑娘扶起来,坐在地上小心着凉。"那曹家远正要上前去扶,被杭嘉和一把拦住。他也跟着女儿一起笑了起来,一边拉女儿,一边说:"疯了,从小到大都没见你这么笑过。"杭盼就趴在父亲肩上,看一眼曹家远,又哈哈大笑起来,上气不接下气地对父亲说:"这个人,实在是太好笑了,实在是太好笑了呀!"

杭嘉和这才算是仔细地打量了一下这个少校飞行员,浓眉,白牙,高个儿,这是打哪儿冒出来的白马王子啊,还和吴升家的小儿子混在一起。不用说一句话,杭嘉和就明白,女儿躲得再好,也逃不过命了。而他则是来做茶树花茶的,茶树花已经盛开了。

第四章

　　女儿不但会哭,而且会开怀大笑了。此刻,这笑声如风铃摇晃着,就那么一直挂在嘉和的双耳,回荡在通往杭州基督教青年会的小巷深处。

　　这幢建于1918年的三层西式洋房,外墙用清水砖,有券窗、券柱式拱廊,还有屋顶花园。内设接待室、演说厅、游戏室、事务室、阅览室以及食堂、宿舍、理发室、浴室等。杭嘉和看到旁边那个大运动场上,两个人正在打网球,其中一个正是浙江大学校长、气象学家竺可桢。他五十多岁,清瘦、精神,戴着眼镜,连打网球都是文质彬彬的。他的对手则是中国遗传学家谈家桢,舒鸿正在给他们当裁判。对这些穿西装留洋归来的教授,嘉和平时多少是敬而远之的,他只与他们在"扶轮会"上见过一面,但印象深刻。此刻,他能够感觉到他耳边的笑声飞了出去,竟然附在那个小小的白色网球上,来回地跳跃着。原来女儿是有魔力的,一旦开口,她的笑声便如王子给睡美人的那一吻,是会唤醒灵魂的。杭嘉和就沉浸在这种灵魂苏醒般的强烈欢愉中。因为这风铃般的笑声,他爱这个危机重重的江南的冬天,他爱网球手竺可桢、谈家桢,爱裁判舒鸿,爱网球场,爱网球场后面高高的钟楼以及钟楼下的基督教青年会。

　　今日乃扶轮社活动日,主题是观看一个美国记者近日在中国从北到南拍的照片,也算是了解一下局势。嘉和知道,有美国人的地方,必定是有方西泠的,他得尽快找到她。至于扶轮社的活动,他倒是从来兴趣不大,虽然他也是扶轮社社员,两浙茶界就他杭嘉和一人被选中,全杭州也就几十个社员。这个组织是由保罗·哈里斯等人于1905年在美国芝加哥创立的,中国从前仅在北京和上海各有一个临时机构。作为一个国际化的慈善组织,杭州的社员们倒是真爱到扶轮社来,对于这些有留洋背景的精英来说,这里的体育设施最让他们喜欢。北洋时期,浙江都督朱瑞大笔一挥,基督教青年会会所就在此处拔地而起,建了篮球场,成立了网球队、篮球队、手球队,开设了成人班、童子班等运动培训班,还设了秋千、索柱、铁杆、压板等,各种新鲜玩意儿,男女皆可参加。青年路一时间便成了杭州的时尚标志。

  杭家兄弟少年时其实也是三天两头往青年会跑的,嘉和还记得父亲白衣白裤、西装笔挺地带着他们一起来此地消遣的往事。父亲自己是从来不参加这些运动的,他跑几步就喘气,但喜欢看别人运动。坐在桂花树下,拿把舒莲记的大黑扇子遮阳,他嘶喊着给孩子们加油。有时,弘道女中的小姑娘们穿着白衣裳黑裙子小皮鞋,结伴从浣纱路走过来看比赛,一路行来,也不知引起过多少口哨与叫好声。这些代表了时尚和高端的风景,总是有杭家参与其中。杭嘉和虽然现在只穿长衫,但那套笔挺的白西装依旧在柜子里挂着呢。

  这些年杭嘉和很少来这里,他自己也不愿意承认,实际上还是想回避方西泠。抗战胜利后,她从美国回来,已经入了美国籍的她,原本是想接走一对儿女的,接了几年也没成,总有那么多羁绊。娘家人随她去了美国,祖籍又在湖南,杭州就她一个人了,她也没有再婚,三天两头地往教会跑,却不曾忘了杭家,甚至还让叶子给她在杭府里弄了间房,说是放东西。其实杭家上下都在心里祈祷:快走吧,请快回你的美国去吧!可她就是不走。看到她急匆匆地在杭家大院子里窜进窜出的样子,嘉和不免就会想起舞厅里的快三步舞,步子不大,就是快。

此刻,杭嘉和悄悄地掀开门帘,微侧着身子,还是有一线天光射入,惊动了正在看幻灯片的各位。嘉和没想到来了这么多人,他们基本把这个大会议室都塞满了。正在放幻灯片的美国人和翻译方西泠回过头来看了门口一眼。那美国人一头红发,连脸上的大络腮胡子也是红的,穿着一件格子衬衫,袖子卷得老高,这个大个子,把一旁的东方美人方西泠衬得更加小鸟依人了。杭嘉和熟悉的这个女人真是奇怪,她简直是不老女神,那么多年了,还是这么明眸皓齿,体态婀娜……

投影在墙上的幻灯片,一下子击中了嘉和的眼睛。画面中,后方是高高的北平城墙,城墙下是厚实的人字瓦顶,一排身着军装棉服的士兵从右到左,排着队伍,踩着军步走过,一身的新气,连笑容也是新鲜的。只是画面当中那个黑衣长袍的老人,戴着黑帽和老花眼镜,右手捻着长白胡子,左手端着架在心口下,盯着身旁正步走过的队伍。这场景一下子就把人的心揪紧,嘉和有点后悔来晚了,窗帘却在这时候拉开,他看到的恰已是最后一张幻灯片。

这个美国人是个专栏记者,他让大家叫他凯尔,年初应《非常》杂志之约来华,一路自北南下,途经北平、济南、南京、上海,此刻到了杭州。这一趟行走,他拍下中国城市的宫殿庙宇、乡村的婚丧嫁娶,走街串巷修补瓷器的民间艺人,故宫的太极拳,流落市井的末代太监,国民党的军队、共产党的士兵,新上海的金融危机,排队人挤人的场面,要饭的乞丐,喝茶的百姓……跨度之大也算是前所未有。但扶轮社社员们目前最关注、最想知道的是中国目前真正的政治与军事局势,特别是北平的局势。有人就哇啦哇啦地开了腔:"请问凯尔先生,您看到的国共局势,还会朝哪个方向发展啊?"

方西泠一翻译,那凯尔就手势表情都极丰富地讲开了。嘉和大约能够听懂七八成意思,凯尔说自己不是政治家也不是军事家,只是正在用照相机记录一个非常时刻罢了。又有人直接用英语问,那您如何理解中国的非常时期呢?凯尔继续大幅度地做着手势——从这边到那边。他很认真地说:"我可以很负责任地说,我感觉到了,一个中国正在迅速地逝去,而另一个中国正在到来。"又有人问:"您觉得哪一个中国更好一些呢?"凯尔摊了摊手,摇头说:"我不知道。但我能够体会到,此刻的中国,是糟得不能够再糟的了,它不可能再糟下去了,因为它已经到底了。"

嘉和觉得这个凯尔的评价是有点意思的,正想再听下去呢,就有人悄悄捅了他一下,正是方西泠。她有点惊讶又有点兴奋地问道:"你怎么也来了?"

"我不也是扶轮社的吗?"嘉和回答。

"美国人的事,你可是一向没那么积极的。怕是项庄舞剑,意在沛公吧。"方西泠一针见血,她就是骨子里没有一份人情体贴。非得么说话吗?就不能绕一下,寒暄一下吗?

"对对,你就是沛公,我有点事情要和你商量。"嘉和也只好直接切入主题。

方西泠两眼放光,她兴奋地拉着嘉和到楼梯口僻静处,也不管有没有人用异样的目光看着他们,叽里呱啦、声音又细又碎地就说开了:"你说的肯定是伢儿们的事情吧,我也想说。这几年去不了美国,你也是知道的,不是我不想走,赖定你们杭家人,是方越这孩子不愿意走。现在我也想通了,方越连姓都想随你,通知我好几次,他不想姓方,要姓杭。都叫杭方越了,他还能跟我亲到哪里去。还不如带着盼儿走,她有病,在美国治疗也方便一些。我都跟她说了,她也没一口回绝我。只是这会儿没时间留给她了,去美国哪里那么容易啊!好不容易现在找了个凯尔,我给他当翻译,他帮我搞名额。你看这有多巧啊,盼儿啊,真是'迟来和尚吃厚粥'。"

嘉和低下了头,他是想告诉方西泠这个做母亲的,她女儿笑了,是大声地笑了!可这位母亲说来说去却在说"迟来和尚吃厚粥"。他也知道,说女儿笑了,对眼下的方西泠毫无意义,只能顺着"厚粥"往下说。他只好这样开问:"你问过她,这碗'厚粥'她愿意吃吗?"

"还不是你一句话的事情。"方西泠大有深意地盯了他一眼。"抗战这些年都是你带着他们扛过来的,我有什么话好说。你想让谁走就让谁走,都是我生的,带谁都一样。"方西泠说到这里突然激动起来,眼泪就在眼眶里硬含着,"可你总得让我带上一个吧。已经死了一个儿子,我也没怨你半句,你现在让我带走一个都不行吗,你这就太霸道了!"

"原来是这样。"嘉和闷了好一会儿,才憋出这句话。

"原来就是这样,你自己也不了解自己罢了。"方西泠转身就走,突然又一个转身,指着杭嘉和说:"你不能走,一会儿我还有重要的事找你。"

一个微胖的长发姑娘围着个围裙走过来,打断了他们不快乐的对话。她手里托着个盘子,盘子里有两杯咖啡,对他们说:"大伯、方姨,你们要来杯咖啡吗?"

杭嘉和看着这姑娘,眼睛都发直了,真是万万没有想到,方西泠竟然把黄蕉风也拖来给她打工了。他还没来得及说什么,方西泠便说:"是蕉风自己让我带她出来灵灵世面的。是她求的我,我能不答应吗?"

蕉风刚回了一句"我不想和我妈待在一起",就被嘉和打住了。方西泠何等冰雪聪明的一个人,立刻就猜出杭嘉和下面想说什么,赶紧堵住他的嘴:"我晓得你想问,杭汉知道吗?告诉你,这事儿不归我管,我只管我自己生的,别的我管不着。"这才又搭着黄蕉风的背说:"我们走吧,你伯父不喝咖啡,他从来都不喝咖啡,他只喝茶的。"

看着前妻自信满满的背影,杭嘉和纳闷地琢磨着,为什么有的人就是跟她说一万遍事实也等于白说呢?他喝茶,也喝咖啡,也喝可可、果汁,他其实什么都喝,只是更喜欢喝茶罢了。可是到了方西泠眼里,最后就只能有一种结果,要么黑要么白,什么样的生活磨难都改变不了她。

从杭嘉和站的楼梯口望出去,看到的正好是网球场,他看到竺校长瘦削而弹跳着的身影。他还听到有人赞叹了一声:"我就是佩服竺校长这样的风采,都这种时候了,他还那么沉得住气,隔三岔五地就来这里打网球。"

"打球是打球,可事无巨细他都操心,我们竺校长什么也没落下。你看这一年,光这种堪称石破天惊的葬礼,他就参加了两回。处变不惊,国之栋梁……"

"被您老这么一说,还真是——年头于子三,年尾陈布雷,瞧这一年过得……"

嘉和听到这里,心里倒真是咯噔了一下。二十三岁的于子三是浙江大学的学生运动领袖,去年10月26日在杭州大同旅馆被秘密逮捕,29日就死了。竺可桢亲眼见到学生死于非命的惨状,当场昏厥,陪同的校医给注射了强心剂他才缓过气来。当局要他签字证明学生是自杀的,他说:"我只能证明于子三已死,不能证明他是用玻璃片自杀的。"最后在验尸报告书上写道:"在狱身故,到场看过。"这一惨案引发了杭州及二十多个大中城市、十五万学生参加的抗议游行,竺可桢亲赴南京,奔走呼号,到底还是迫使当局接受了他提出的出殡方案。过年后不久,浙大三百余人的学生代表组成出殡车队,在"学生魂"的巨幅挽幛和"于子三烈士千古"花圈的前引下,将其灵柩安葬在万松岭南坡。

谁料想,年末竺校长又迎来一场出殡,这次他是陪着省主席陈仪一起去的,送了陈布雷先生最后一程,打的横幅是"当代完人"。果然,这年头年尾的,就让这两场葬礼给占了。

此刻,方西泠和那美国人正在交流着,嘉和知道一时半会儿完不了,就准备回家。方西泠发现了,招着手说:"过来和凯尔先生打个招呼。"

嘉和就是这样的不忍之人,心想怎么着也得给西泠留点面子吧,便走了过去。凯尔伸出毛茸茸的大手臂,嘉和却作了一个揖。

凯尔大笑起来,跟着嘉和也作了个揖,用笨拙的汉语说:"这个好,这个好,请坐,请坐。"他伸出了大拇指,嘉和只好坐下来,人家示好,你哪怕应付也得装。

蕉风又上来了,端着个盘子,里面是满当当的英式下午茶。从骨瓷材质和上面的花纹可以看出,这整套的茶具都是从英国进口的。凯尔见了这热茶,一边开心地搓着手,一边却问:"对不起,有冰茶吗?"

蕉风摇着头,就僵在那里不知道如何回答了。她生在东南亚,后来就到了中国,她没做过冰茶。还是嘉和替她解了围,说:"中国人不喝冰茶的。"

凯尔就很夸张地睁大眼睛,好奇地问:"为什么你们中国人不喝冰茶?因为没有冰箱吗?"

方西泠微笑着回答:"亲爱的凯尔先生,不管有没有冰箱,我们中国人都不喝冰茶。我前夫是这方面的专家,他可以证明。"

凯尔很热情地点着头,甚至都热情得有点儿夸张了。他再一次双手作了个揖,用汉语说:"见笑见笑。"然后转成英语继续说:"汉语我只会说几个词,方小姐刚刚教我的。其实我是想说,你们总是让我喝热茶,很烫很烫的热茶,有一次,我不小心把嘴皮都烫出了个泡。看看,还在这里呢。"他指着下嘴唇内里。

"法无定法,一方水土养一方人,全世界那么多人喝茶,各喝各的便是。"

嘉和还得继续应付他,冰茶啊热茶啊,烫了个泡啊,他觉得这些话没多大意思,凯尔却兴趣十足。他说道:"拍一张中国人的照片很难。中国人的表情很难捕捉,他们就像一个个热水瓶,外面是凉的,里面的温度是多少,不知道。你得等,这很神秘,而且有可能白等,你永远也不知道他们在想什么,就像你们冲泡的茶一样,永远不知道下一杯会怎么样。"

方西泠仰脸笑起来,头发潇洒地往后一甩,对嘉和说:"他们美国人真的很怪,再冷的天也喝冰水,肚子里冰凉,脸上却是一团火,千万别被他们的热乎劲儿给骗了。"

凯尔听不懂中国话,不停地用眼睛示意他们告诉他,他们在交流什么,他想知道。嘉和想了想,慢慢地用英语回答:"凯尔先生,或许是我领会得有些偏差,我想,您说我们中国人表面是凉的,可能不够精准吧。其实中国人不凉,中国人是温的,温暖、温和、温情,温,明白吗?"

凯尔缓缓地摇摇头,说:"我不太明白,我看到你们用刚煮开的沸水冲红茶,可是我刚才放的那些幻灯片,有一些非常激动人心,却没有人提问,你们太沉默了。"

"您是指那些要饭的乞丐,那个身体变了形的太监,那些麻木的街头看客吗?"方西泠突然激动起来,"凯尔先生,我们中国人现在真的不想看这些场景,满大街都是,闭着眼睛都躲不开。这些东西本来就是您拍给你们美国人看的。至于您喝茶烫了嘴,这能怪谁呢?我让您端起茶来一定要先细细地吹,轻轻地抿,在嘴里含温了,再咽下去,这样才不伤口舌啊。您不听我的,端起杯子就往嘴里倒,您能不烫着自己吗?"

方西泠显然有些峻急,但从另一方面也可以看出他们之间关系的特殊性。她虽然掌控不了中国男人,但依然不影响她想掌控美国男人。她的可爱与可厌之处都在这里,你看她张口就把"前夫"二字都吐出来了,可见他们之间真没有什么保留的了吧。

嘉和见凯尔端起眼前那杯红茶,面带沉思,仿佛这张美式大嘴要进油锅里炸了似的,便摆摆手止住他说:"别性急,您一旦学会了呼吸,就能喝出不烫嘴的好茶来了。"

嘉和轻轻地吐出了一口长气,然后开始对着茶杯吸气,顺带着把茶水在口中翻滚着吸了进去,发出了细细的、像吃足了奶熟睡的婴儿的呼吸声。凯尔侧耳听着,脸上再次露出了惊讶的神情,连蕉风在旁边也看呆了。

"其实您最后一张照片拍得挺不错。后面的高墙斑驳苍凉,前面的老人不知所措,他是在寻觅队伍中的人吧,或许是儿子,或许是孙子。这高墙和老人,当中夹着一群傻呵呵笑着的新兵,好像不知道自己是去送死,更不知道为谁而死。真的,您这张照片拍得很不错。是用的徕卡照相机吗?"

"三十五毫米的徕卡。"这回凯尔表情不再夸张了,他拿起笔来在笔记本上写下了他的地址,撕下来给嘉和,说:"这是我的地址,我希望成为您的朋友。我们有机会再聊吗?"

嘉和站了起来:"抱歉,至少现在不行。有急事,先走了。"凯尔点点头,满眼都是诚恳,说:"理解理解,后会有期。"一看他那个表情,嘉和就知道方西泠已经不管不顾地把自己那点往事兜底全扔给凯尔了。

嘉和赶紧起身抖抖长衫开路,刚走到门口,就被一群穿着西装的大人物拦住了,其中那个高个子、长脖、浓眉大眼的正是吴觉农先生。竺校长他们也都在这一群人中。

吴先生指着嘉和就说:"你看,赶得早就是不如赶得巧,嘉和老弟,我正找你呢,心有灵犀吧。"

杭嘉和赶紧作了一个揖:"吴先生,正要跟您道个歉,我没来之江茶厂,实在是忘忧茶庄没有人顶着,只好把杭汉先派到你们那儿去了。"

"晓得的晓得的,上泗的那批茶农,也是你帮着杭汉找来的,我上海、杭州两头跑,消息灵通的。"

"那我就放心了,吴先生。说心里话,我还真担心自己被划到守旧派当中去呢,有人反对机械制茶,我不反对的。"

吴先生大笑起来,说:"走,回去再坐一会儿,我还真有事情找你。"

和吴先生难得见面,嘉和也就不急着走了,上了二楼,那里有另外一间更小一些的会客厅。嘉和知道,这一次吴先生是要好好和他说一说制茶这件大事了。

"工欲善其事,必先利其器。"此乃孔子弟子子贡问学夫子时被告知的,后人升华为"以器载道"。中国人种茶、制茶、卖茶、喝茶,哪一头都少不了茶器,这里的"器",简言之就是"工具"。茶工具,主要指的是茶园的作业机械和茶厂的加工机械。

机器制茶,要往大里说,三国时期就有了,比如制茶饼的碾碎工具。不过要说真正的制茶机械器具,还是得从清代开始。1861年,俄国人李凡诺夫来中国汉口,在羊楼洞建立砖茶工厂,改用蒸汽压力机压制茶叶,中国第一块机制砖茶由此而生。1873年,汉口顺丰茶砖厂开始用蒸汽压力机压造青砖茶,上千工人日夜加工生产,可以说是气势恢宏。1896年,福州市成立机械制茶公司,中国人有了自己最早的机械制茶企业。1905年,中国首个茶叶考察团赴印度、锡兰,购得部分制茶机械,团长郑世璜是浙江慈溪人,团里还有个叫陆溁的秘书,他们回来参与了多次茶叶的制造实验。

20世纪40年代,国内事茶组织开始从国外零星引进机器。在这一方面,台湾的茶业机械化比大陆要先行一步。1946年,各地茶厂也开始自行制造圆筛机、抖筛机、切茶机、风选机等,但总体来说,中国茶叶生产仍停留在小农经济的手工操作状态。

吴觉农以为,正是因为中国制茶技术比较落后,可复制性差,要靠人的经验和手工来控制工艺质量标准,所以无法扩大生产规模,亦无法让更多的中国人从事制茶工作。而人工制茶,控制标准难,稳定性差,且不能与国际接轨,此乃华茶必须破局的当务之急。由此吴觉农与同道中人在杭州筹建了之江茶厂,运用台湾生产的抖筛机、细刨式切茶机,并开始仿造和研制各种精制机具,开展机械化制茶。

与此同时,另有一批国粹派则以为,人是世界上最宝贵的有灵魂的道器,中国人制茶的技术,是一门既灵活又深奥的学问。一个经验丰富的茶师,是相当难得的,制茶应靠人的经验和口口相传,不能形成标准化、流程化的技术规范和标准。因为机械化而失去传统就是暴殄天物。

杭嘉和则主张启用机械化给中国人争气,保留老祖宗的好东西给自己留根。鱼和熊掌真的不能兼得吗?他认为,世界上两全其美的东西还是能够找到的,他还相信,吴先生和自己的想法是没有区别的。

一坐下来,吴先生就拿出一个铁罐,请各位喝茶。嘉和主动给各位沏茶,那是最高规格的敬茶礼了。吴先生指着他向各位介绍:"都认识吧,杭州茶庄的翘楚,忘忧茶庄庄主杭嘉和,我和他父亲也认识。上次和嘉和兄见面还是1940年,他在杭州帮助我们收茶给苏联,可惜时局紧张,没说几句话。嘉和兄不像他的弟弟嘉平,嘉平就是个话痨……这一晃都快十年了。"

吴觉农请嘉和坐下,说:"我给你介绍个朋友。"他指着身边那位眉清目秀的先生介绍道:"梁希先生,听说过吗?"

杭嘉和起身作了一个大揖:"如雷贯耳,如雷贯耳。"

梁希点点头,说:"不敢不敢,杭先生,您评点一下此茶可否?"

嘉和也不推辞,垂目含茶少顷,方说:"吴先生,您这茶可是黄宗羲夸过的余姚瀑布茶?石灰缸里刚刚灰出来的吧?"

吴觉农说:"行家!"然后他用他细长的手指敲着桌面,就吟诵了起来:"檐溜松风方扫尽,轻阴正是采茶天。相邀直上孤峰顶,出市都争谷雨前。两笘东西分梗叶,一灯儿女共团圆。炒青已到更阑后,犹试新分瀑布泉。"

梁希边拍手边对着竺可桢说:"藕舫兄,你看觉农兄多潇洒,这下知道他为什么能够举重若轻了吧?喝茶,看朋友,还有个汤总司令给他罩着。我从南京脱身出来,第一个想到的就是觉农,就他这里最安全了嘛。"

"叔五兄,你也知道,汤恩伯根本不知何为民主自由,"竺可桢说,"像你我这些在大学里服务的人,国民政府中从前还有个布雷兄可以信任,现在连他也不在了。"

此时,两位教授正被同一件事困扰:局势吃紧,国民政府准备迁都广州，行政院要求各院校拟出应变措施，选定迁校地址。浙江大学和中央大学都在"迁与留"的抉择中。以梁希为首的一群左翼师生，铁了心是不迁校的，为消除部分教授对共产党的疑虑，他们组织成立了"临时校务维持委员会"。孰料这大名鼎鼎的林学家、植物学家竟因此而被通缉，只得避险于杭州了。

梁希开始激动了："听说陈仪还对他那个干女婿执迷不悟。汤恩伯是靠不住的。觉农兄，你要提醒陈仪，你自己也要提防他。"梁希说话犀利，和他那白面书生的面相一点都不搭。他是1883年生人，如今1948年眼看着要过去，六十五岁的老人了，骨子里却还是个愤怒青年。"我不怕他们的，我们中央大学的万人营火晚会上，我照样唱《你是灯塔》。"他这么说着就唱了起来，"你是灯塔，照耀着黎明前的海洋；你是舵手，掌握着航行的方向……"

杭嘉和对梁希倒是真的一点也不陌生，因他和绿爱妈妈是同乡，都是南浔人。这位十六岁中秀才的"两浙才子"，资格老得不能再老了。1905年他考入浙江武备学堂学习西洋军事，后官费留学日本，与同乡陈英士一同加入同盟会。他是个社会活动家，曾出任中华农学会理事长。1948年5月4日晚，中央大学学生联合南京各大学中学的学生，举办万人营火晚会，花甲老人梁希走上讲台，依然有辛亥义士的那一番慷慨，挥动着拳头，号召年轻人："不要害怕，天色就要破晓，曙光即将到来！"他被列入黑名单后，首选来杭，住进了老友吴觉农的之江茶厂。

此刻的舒鸿也被梁希感动了，问道："梁老，我听说您当天晚上回到家里，濡墨写下一首慷慨悲壮的七绝诗，这里全是自己人，请您给我们念念好吗？"

吴觉农鼓起掌来。梁希也不推辞,挺胸站起。他收着嗓子,像是怕被外面什么人听到,又憋着一股劲,像是胸口有千军万马要冲出去,拖着长长的吟腔,紧声诵道:"以身殉道一身轻,与子同仇倍有情。起看星河含曙意,愿将鲜血荐黎明。"

竺可桢也站了起来。他中等个头,年纪比梁希要小七八岁,比吴觉农又要大七八岁,身穿西式背心,领带齐整,完全看不出他刚在网球场上有过一番"厮杀"。他沉稳地开口:"浙大的情况你们大概也知道了,不管各位听说了什么,只需记住,浙大乃浙大师生的浙大,我们决不会离开生我养我的故乡,我们决不会离开大陆,我们会和梁希兄并肩战斗。"

这两位大学者,一个浙北人,一个浙东人,此时双手紧握。竺可桢又说:"我竺可桢,平生最敬佩和赞赏的就是余姚人王阳明的沉毅之勇。虽本人不会写诗,只会写论文,可我也想送在座各位一首王阳明的诗,也回赠给梁希兄。当年王阳明遭人追杀谋害,又差点被洪水淹死,置之死地而后生,他以诗言志,这首诗也就成了我平生的座右铭。"

他缓缓诵来:"险夷原不滞胸中,何异浮云过太空。夜静海涛三万里,月明飞锡下天风。"

和刚才听了梁希教授的诗后,大家热烈鼓掌大不一样,此时会客厅内奇异地安静了下来,有人突然拿起一张纸,说:"竺校长,麻烦您把这首诗写下来让我抄一下吧。"顿时又有好几个人想要抄,有人找了块黑板,竺校长便在那黑板上将诗默写下来。

吴觉农趁此机会招呼嘉和过来。原来是因为梁希住在茶厂,他不放心别人,特意想请嘉和替他来守几天茶厂,其间他要和嘉平去上海做一件要紧之事。嘉和一口就答应下来,说:"这算是个什么事情啊!没有问题,要是不安全,干脆住到寒舍去也行。"

"梁教授过段时间就去解放区了,会有人来接他的,放心。"

嘉和还是有些疑惑:"吴先生,您知道嘉平现在和陈仪走得很近吗?"

吴觉农微微一笑,反问他:"听说了吗?最近有一百多名共产党政治犯出狱了,陈仪批的。"

嘉和想了想,眼睛里就闪耀起晶光,点了点头,说:"明白了。"

"梁希先生我可是全拜托你了,一点差错都不能有。"吴觉农用力拍了拍嘉和的肩膀说,"是嘉平帮我选的人。他说全杭州城的人他翻来覆去地掂量,颠过来倒过去,最后还是选杭嘉和。"

嘉和挥挥手,笑着说:"那倒也是,从小到大,我就是他的接盘手。"吴觉农这才指了指楼梯口说:"去吧,她等你好一阵子了。"杭嘉和抬起头来定睛一看,还能有谁?方西泠妥妥地站在二楼楼梯转弯的小平台上面,正等着他。

方西泠是要嘉和去钟楼给大钟上发条。这事儿七天重复一次,保证大钟走时误差在十秒之内。嘉和点点头,算是答应了,在别人看来,他是拗不过他前妻的。此刻,他打开钟楼左侧的小木门,登上狭窄陡峭的楼梯,爬上钟楼,进入不足五平方米的机房。西泠见了摇柄,对嘉和使了个眼色。嘉和卷起袖子,使出浑身力气摇了二十下,为大钟上好发条,再拿起边上的小油壶给齿轮上油。两个人都想起了当年新婚时他们也常来这里,回回都是嘉和卷的袖子。这是杭州唯一的四面钟,没几个人知道,原本是为纪念一个叫谢洪赉的近代中国基督教著述者、翻译家。此人曾任杭州基督教青年会董事,为商务印书馆编辑出版了中小学教科书十余种。1919年,为纪念谢洪赉,上海商务印书馆捐献一万银圆,建造杭州基督教青年会钟楼。两年后,美国波士顿公司铸造的这口重1.2吨、四面均设报时的铁质大钟就到了杭州,由杭州亨得利钟表店安装调试。钟楼前的铭文,即专门记录谢洪赉的生平。

钟楼上有个小小的窗口,从那里望出去,能看到孔庙大殿的一片屋脊,寄客伯伯就是在那里自撞石碑慷慨就义的。再往前看,是羊坝头、清河坊、十字街头,再过去便是他们的杭家大院了。杭府经过抗战时期那次火烧,是经不起近看了,但远观,五进的院子依然是壮观的。杭州城难得见如今日般的冬天的暖阳,黄昏时分,日光已弱,经一日的烘晒,又加西湖这汪水的蒸汽,一层薄雾泛着微乎其微的紫色,轻轻地抚在了这座城市所有的里巷和屋檐上。回过头来看,这里是方西泠曾经救过杭汉的地方,嘉和的心顿时就柔软了下来。他能够感受到刚才那几位长者给他的冲击,那种大爱是要有足够空间的,是广场很大、处所很杂、人口很多、声音很响的所在。这和听着女儿笑得花枝乱颤的那种爱很不一样,但它们是互不排斥的,是融合在一起的。

然而心才这么刚刚温暖一点,方西泠便一盆冰水直接浇下。她告诉嘉和,陆军监狱要放李飞黄,说他疯了,他们不养疯子。大概是看到杭嘉和那副不肯相信的神情,她拿出一封信,说:"通知书都发来了,让我们领人去呢。"

"那你就领啊!"嘉和回答。

方西泠一下子就跳了起来:"哈,我就想到你会这么说,没想到你真这么说了。"

"就真这么说了。"嘉和肯定地回答。

"你晓得我已经和他离婚了,早就离了。对,我和你们俩,都离了。可方越是他的亲生儿子啊。我可以不管,你可以不管,方越不能不管吧。我跟你摊开来一五一十,实话实说——这回我是真要回美国去了,和凯尔一起走。凯尔已经同意帮助我带一个孩子。我本来是想带方越的,毕竟他和你们杭家没有血缘关系。可方越不肯走,我也就死了心,换成女儿也一样。盼儿我带走,方越的事情你就不能不管。李飞黄是你的老同学,也是方越的父亲,方越现在是你的儿子了,他的事情就归你管了。"

嘉和在心里淡笑了一声,方西泠啊方西泠,你这点心机,原来都使在了这里。

第五章

"小寒大寒,冷成冰团",平常的日子过得七颠八倒,全靠不平常的日子来重新理顺。1949年的1月,小寒挨着腊八一起过。说是杭州城最冷的季节,却不知此时阳气已动,"一候雁北乡,二候鹊始巢,三候雉始雊"——大雁开始向北迁移,喜鹊们体悟到阳气准备筑巢,山林中的锦鸡开始鸣叫——它们已经预感到从地底下冒出来的温暖生机。

杭府上空却还不曾有大雁飞过,梁上也未见喜鹊筑巢,后院竹林里更没有锦鸡鸣叫。灶间后头,婉罗姆妈搭了个鸡棚,养了几只过年宰杀的母鸡,比起往日,鸡棚里还多出一只芦花大雄鸡。此刻它挺起短脖子,对着天空一声长啼:"喔喔喔——"叫得这五进院子里所有的人都心头一悸——多么寂寞的午时啊!

大公鸡是杭嘉和的外甥林忘忧从浙西山中的天荒坪特意托人送来的,说是给得茶玩。杭州这几年又开始流行斗鸡了。早年间杭家一度也是专门养了几只大公鸡的,杭天醉捧到东捧到西地和人家斗。1927年,杭家遭受大劫后,家里再也没有这些游戏的动静。抗战胜利后,杭嘉和又来了兴致,一边收拾修理破败的院子,一边重新续起了杭家上辈的人间烟火。谁都看得出来,嘉和是在勉为其难,他其实并没有多少父亲的风雅才子气派,但他知道父亲喜欢的东西总是有趣的,而杭家的孩子们是要懂一点趣味的。这几年,杭嘉和年年都让外甥林忘忧从山里送几只大公鸡来,年年到时候也来那么几场斗鸡。为此,林忘忧干脆在天荒坪的竹林茶园里养了一窝鸡。

可是鸡叫得再热闹,也架不住杭家这个下午的冷落。杭家院子大,家业也大,炭是一年到头也不会断的,且必定是白炭,冬天烧的火旺,烘得每一间屋子都暖暖的。杭家人很在乎这些细节,一是他们都特别讲究日常生活的精致,二是杭家和赵家关系一直很好,而赵家正是做中医的,杭赵两家就三天两头地交流养生经验,包括在"冬藏"这个环节上,起居保暖便成为第一要务。

这几年可谓每况愈下,冬日的杭家大院,一年比一年冷,烧不起白炭了,能省则省吧。小学生杭得茶放寒假了,听叶子奶奶的话,正缩在被窝里读还珠楼主的武侠连环画《蜀山剑侠传》,听见那雄鸡的一声高叫,吓了一跳,就从被窝里跳了起来,等了半天,那大公鸡却又不叫了,他又一头倒下。没有心思看小人书了,也没有别的事情可做,他百无聊赖,想下床,记得奶奶要他保暖,又不敢下床。这么一个小小少年,就已经很在乎保养身体。也许是父母都死得太早,得茶潜意识里觉得,他要把父母失去的日子加在自己身上,他得替他们活着。然而这让他内心格外空荡,虽然他还不知道,这种感觉就叫惆怅。

黄蕉风却在这时进来了,手背在后面,对得茶说:"得茶,鸡都叫半天了,你还不起床!"

得茶说:"我从来就没有见过这样的鸡,清早不叫,天天下半日叫。"

蕉风伸出胳膊,原来她手里举了个毽子:"我刚做了个毽子,我们玩去吧,要不然真是冻死人。"

蕉风都二十岁了,正在浙大读书,可在杭家,最能够和她玩到一起的却是比自己小十岁的得荼。得荼个头小,五官也精致,皮肤白得像姑娘家,一双眼乌珠特别黑,人们悄悄地在背后说,这双眼睛最像他母亲那楚卿。可他一开口,一举一动都是杭嘉和的架势,少年老成,看上去比实际年龄大出五岁去了。蕉风呢,恰恰相反,按说能考上浙大,人肯定是不笨的。她长得丰满壮实,脸若银盘,皮肤紧致浅黑,嘴唇红得发紫,眉目浓黑。清河坊这一带的年轻人,给她起了个外号叫"南洋黑牡丹"。她和得荼一样,也是不能开口的,一开口就暴露了她的憨厚天真,年纪立减五岁。学校现在闹着学潮,她妈怕她和杭汉搅在一块儿,硬生生把她从学校拽回来了。她在屋子里也是冻得受不了了,才来找得荼玩。

可得荼却说:"我不去,你找方越小叔吧。"

"方越和婉罗姆妈在镜屏轩画画呢,画灶司菩萨。"

"要不然我们一起到楼上去看看?"

"去过了,方越不和我们一起玩。"蕉风嘟着嘴,把毽子凑到得荼眼前:"得荼,你看我这个毽子哪里来的?"

得荼大叫一声,立刻从床上跳了下来,大声地叫道:"我的芦花大公鸡!我的芦花大公鸡!好哇,好哇,你等着我!"他拖着叶子奶奶做的蚌壳棉鞋,在蕉风的尖叫声中,夺门而出。这下他晓得为何公鸡大叫不已了,原来是黄蕉风拔了它尾巴上的羽毛。这两个原本差着辈分的大小孩子,喧闹着跳了起来,杭家大院这个小寒的下午,终于又开始热闹了。

方越和蕉风年纪一般大,都上大学了,只是不在一个学校读书。方越在国立艺术专科学校,学校在白堤平湖秋月景点旁边的孤山脚下。他和黄蕉风一样,平日里也住校,只是他比蕉风自由得多。杭汉和黄娜其实都不愿让黄蕉风参加学生运动,但方越却没人管,在学潮中如鱼得水。他已经好久没有回家了,难得回来一趟,说的也都是新派的话。他的生活本来是几乎和灶司菩萨挨不上边的,实在是万般无奈才答应了婉罗妈妈的要求,给她画一张灶司菩萨像。盖因这两年市面上非常混乱,买什么东西都得排队,许多东西都买不到,年货摊上,对联啊年画啊都很少,灶司菩萨像就更不要说了,根本就见不着影子。如此拖了一年,再不画,请灶神的日子就要过去了,这才趁着腊八日回来一趟。

此刻,婉罗和方越就在这镜屏轩里忙碌着。婉罗在一张大桌上拣理着明日腊八粥的食材。往年日子再难,杭家的腊八粥食材还是有保证的,大米、小米、玉米、薏米、红枣、莲子、花生、桂圆,还有红豆、绿豆、黄豆、黑豆、芸豆、芝麻、核桃、杏仁、瓜子、松子、葡萄干等,这些食材都是婉罗千辛万苦收罗起来的,不敢放在灶间食材库里,怕被偷吃了,她要专门留着过年用。杭府的腊八粥名扬杭州城,这一向就是婉罗打理得最上心的佛事之一。

喝腊八粥是腊八节的习俗,对杭州人而言,僧人们奉上的腊八暖粥,是冬日里的温情问候,粥香带着年味,年俗大概就是从这一碗粥开始的。

佛教故事传到杭州人耳朵里,也是会变形的,比如腊八粥的来历。相传释迦牟尼成佛前苦行修炼,饿昏倒地,一个牧女用鹿奶救活了他。释迦牟尼恢复体力,在菩提树下静坐悟道,终于在农历十二月初八这天得道。可中国人不喝鹿奶,这一杯饮品就演变成用杂粮和野果煮成的稀粥。

僧人们每到腊月,就拿出豆子米面,熬制成粥,赠给施主,帮穷人过冬。当年的杭州太守苏东坡到灵隐寺过腊八节,诗兴大发,写下"高堂会食罗千夫,撞钟击鼓喧朝晡"。此一习俗后来逐渐走出寺庙道观,进入寻常人家,成了普通中国人的传统。

今年是真不行了,搂搂刮刮的,就只有大米、红枣、莲子、白果、花生和绿豆,奸商们在绿豆里掺了沙石,还得挑。好在花生是在小撮着家后面山上自己种的,婉罗正一粒粒地把仁剥出来,一边干活,一边监督着方越。

方越有一搭没一搭地和婉罗闲聊:"菩萨有什么好请的,也就你们这些老人还相信这菩萨那菩萨的,我可是无神论者,什么宗教都不相信的。"

"嘴巴死硬,这些白果哪里来的?"

"那不就是后院白果树上生的,年年生年年生的。"

"日本佬来的那些年就没有生,旧年也没有生。你忘记掉了?我让你拿把斧头'喂树',白果才生出来的,这不是家神助我们杭家一力吗?!"

方越想起来了,是有那么一回事,婉罗姆妈一边让他以斧头斫白果树,跟打小孩子屁股一样,一边还像呵斥小孩子读书般地责骂着:"你生不生,啊,你生不生,你还敢不敢不生!"她一边骂着,一边在树根旁挖坑,倒入了一大桶发酵多日的淘米水,没想到喂树还真的成功了,银杏树真的"生"白果了!

"那也是赶巧碰着了,你都浇了那么多肥!关家神什么事?"

"要死了,讲话轻点,让灶司菩萨听见,你就不想过年了?"

"过年还早着嘛,明日才腊八,学校里事情多得要死,硬邦邦拉我回来!"方越这么嘀咕着。

婉罗就继续训他:"什么过年还早!没听北佬儿唱'小孩小孩你别馋,过了腊八就是年'?早年北方茶商来家亲口唱给我们听的。他们北佬儿还要剥蒜制醋,泡腊八蒜,吃腊八面。我们做茶人家不作兴这一套,姜啊醋啊咸鱼鲞啊,这种东西不准进门的。"

"婉罗姆妈,我跟你讲话真是套路两样,我们在讲民主、自由、反内战、反饥饿,你呢,什么姜啊醋啊咸鱼鲞啊……"

方越在另一张小桌上,一边用工笔细细地在进口的黄草纸上描画灶司菩萨,一边发牢骚。婉罗时不时地探头过来看看,她觉得必须打一打再搂一搂了,便开始变相地摆出噱头势夸方越:"画得真像,好去摆摊挣钱了。早晓得我们家方越这么能干,旧年就得这样盯着你,集市上请不到,害得家里一年没有灶司菩萨保佑。"

"婉罗姆妈,我画归画,信是不信的,这种东西我统统不信。"

"小精怪,你连你亲妈的上帝也不信吗?"杭府中只有婉罗敢这样骂杭家的孩子,这个随着绿爱从南浔陪嫁过来的丫鬟,一辈子没有嫁人,在杭家住着住着就成了"姆妈",是忘忧茶府的家养老精灵。在孩子们心目中,她的威信比叶子、寄草还高,连那个傲气十足的黄娜也忌惮她三分。按婉罗自己的话说,她是神鬼附身,绿爱的精气神都在她身上了。杭嘉和特意在厅堂楼上给她安排了一间厢房居住,里面原来只放了一面西洋进口的大穿衣镜,还有一扇五色琉璃刻画的半透明屏风,那还是杭天醉从回国的西洋人手里转买的,他给这厢房取了个雅名叫镜屏轩。多少年,婉罗姆妈就住在这镜屏轩里,替杭家把门、守家、管事。

方越有一种与杭家人不同的风格,他是个自来熟,三分钟就和人热乎上了。杭家的晚辈中,就数他和婉罗最说得上话,也最敢说话,杭人称方越这种人为"腮儿大"。此刻,他放下毛笔就吹开腮儿了:"婉罗姆妈,天底下我最烦的就是方西泠嘴里的那个上帝——《国际歌》早就告诉我们,从来就没有什么救世主,也不靠神仙皇帝……"

"要死了,你要造玉皇大帝的反了。不靠神仙皇帝,你想靠谁?灶司菩萨是玉皇大帝封的九天东厨司命灶王府君,管着各家的灶火,辟邪除灾、迎祥纳福,上天言好事,下界保平安。你这样大不敬,小心灶王爷上天告你。"谁知婉罗腮儿比他还大,拿起一张干净的黄草纸,狠狠地擦了几下方越的嘴,自己还"呸呸呸"地替方越吐了几口口水,算是把刚才的话作废了。

"哟哟,婉罗姆妈,一个厨房里灶神的官名你还记得这么清爽啊,莫非还真成我们杭家人的保护神了?"

"可不是。旧年我们杭家就是没有请到灶司菩萨,才有那么大的晦气。今年再不敢了,什么人都可得罪,灶司菩萨万万不可。"

在杭州,差不多家家灶间都有"灶王爷"神位。灶王龛大都设在灶房的北面或东面,中间供上灶王爷的神像。没有灶王龛的人家,有的会将神像直接贴在墙上。有的神像只画灶王爷一个,有的则有男女两个,女的被称为"灶王奶奶"。

"我没觉得杭家有什么晦气啊。"方越认真地对婉罗姆妈说,

"你看,这一年,黑暗与光明的搏斗已见出分晓,国民党就快完蛋了,共产党也快成功了,自由、民主眼看着就要实现。别看现在市面上什么也买不到,那是黎明前的黑暗……"

婉罗打断了方越的宣传:"你这种跟我们杭家浑身浑脑不搭界的话,给我安耽歇落!我只问你一句,那个黄娜是不是晦气鬼?是不是?"

方越一听这话,拍着桌子就笑喷了:"你说的是她啊,我还以为你说的是方西泠呢。"方越从来不叫方西泠"妈妈",他只叫叶子妈妈,叫嘉和爸爸,婉罗在他眼里也是亲人,方西泠就是个外人。

"孽龊鬼,不好这样叫自己亲妈的,你看人家蕉风,和黄娜一个铜板的关系也没有,还不是一口一个妈地叫着。再说,黄娜怎么能够和你亲妈比呢?二少爷眼乌珠瞎掉,鬼迷心窍了。"

"你把方西泠说得那么好,她想回来,你们怎么都不愿意了呢?"方越突然这么来了一句,把婉罗吓得一个顶头呆,手里一把绿豆都撒在了地上。

"越越,你这张大嘴嚼什么舌头根子啊,你吓死姆妈了。"

"哎哟,当我们穿开裆裤的啊!哪个不晓得,方西泠能不能回来,嘉和爸爸说了算。"

"那么说,你想让她回来?"

"她还是回她的美国去吧,她也不是中国人了。"

"那你直说横说打什么口水仗。以后这种话一个字也不准吐,听到了没有?"婉罗轻轻给了方越一个头棒,方越就低下了头。他知道这些话在杭府是真的不能说的,所有的事情都太复杂了!

婉罗一边捡着地上的绿豆,一边催他:"爽爽快快地画啊,画完了贴灶头上,求求灶司菩萨,把黄娜这个晦气鬼早早送走,还我们杭家一个清净。"

方越憋着笑说:"婉罗姆妈,画好了。你看我画得像不像?"

婉罗探头一看,有些发蒙:"怎么像是个女的,没胡子?"

"灶王奶奶当然没有胡子,不过她嘴里倒是多出了一样东西,你看看……"

婉罗一看,灶王奶奶嘴里镶了一排金光闪闪的大金牙,气得她拿起抹布就抛向方越:"小猢狲你几岁了,这样调排你婉罗姆妈,你给我出这种洋相……"

原来婉罗的标志就是她嘴里镶着的三颗金牙,藏在深处,一般人看不出来。方越却把它强化扩大了,放到门牙部位,谁看了都知道是在开谁的玩笑。方越一边抱头鼠窜,一边大笑着说:"婉罗姆妈你别打我啊,还有个灶王爷没画上去呢!"

这一老一小正在楼上闹着呢,就听到楼下一片嘈杂,天井里也开始闹腾了。

得茶和蕉风打闹了一阵就和好了。他们开始在天井里一起踢毽子,一会儿大跳,一会儿拐踢,一会儿双拐踢。踢着踢着,黄蕉风头一扬,那毽子就稳稳地扎在她的脑门上,三根鸡毛乌青铜亮,翩翩劲摇,颇像戏台上穆桂英头上那两根威风凛凛的翎子!刚好寄草这时候从电台下班回来了,看着蕉风这一手,不禁大声拍手叫好,一边说:"谁说我们家蕉风是个木瓜?木瓜能考上浙江大学吗?木瓜有这么一身好技术吗?木瓜能踢出这么多花样的毽子吗?"

正巧这时候叶子腰间掐着个盛着白莲子的红木盆,从走廊往灶间走,听到这里,站住叫了一声:"寄草……"

寄草看着叶子,立刻就知道自己有些失言,连忙把话圆回来:"是啊,谁那么瞎说嬉说,我杭寄草第一个不答应!"

要换别的姑娘,比如杭盼,为此能生上十天的大气,偏就蕉风无所谓,手脚一点儿也不停,嘴上慢悠悠地回答:"小姑妈,木瓜就木瓜嘛,木瓜蛮好吃的。"

寄草看着便技痒,回屋里拿了根跳绳,一边跳一边叫着:"好冷啊,我回来的路上看到西湖里冰结得好走路了。"

按理说,寄草也是当妈的人了,可她满满一身的少女味儿,像这种跳绳、踢毽子的事情,她只要看见,一次都不落下的。她一边甩着绳子,一边叫着叶子:"嫂子你也来跳两脚啊,下巴都要冻掉了,快来快来。"叶子把木盆往美人靠上一放,说:"好的,来跳两脚。"说完就跃入天井,钻进了寄草甩的跳绳里,她们就开始了双人跳。

叶子小巧,年纪比寄草大,可跳起绳来一点也不拖沓,精气神还挺足的。她后脑勺上盘着个发髻,插着根筷子做的髻钗,穿着件最普通的大襟棉袄,印花蓝布的,耐脏的黑裤子,腰里还扎着粗布围裙。她还是瓜子脸,小嘴,小鼻子,细长眼睛,就是加上了一些细细碎碎的小皱纹,真奇怪,连皱纹都是小的。叶子就是个老了的小绢人。

黄娜披着件狐皮大氅,从后院晃到前院来了,奇怪的是她手里还拎着根文明棍,嘴里还叼着一支烟,这身打扮倒像是从蒋介石那里学来的。按理说,她应该跟宋美龄学学打扮才是啊,可她就是喜欢奇出怪样,标新立异。黄娜还有个坏脾气,就是她真心看不得别人好,只要别人好,她就从骨头缝里开始难受,帐子面孔就一下子拉下了。此刻,看着这一天井的杭家人都在搞体育运动,连开心果蕉风也掺和在其中,黄娜就不待见,张嘴就骂上了:"蕉风你个木瓜,冻不死你啊,让你找点白炭就那么难,没跟你说我的油画颜料都冻得化不开了?!还不给我找去!那么大几进的院子,人冻得跟僵尸一样,也不知道杭州人怎么过的冬天。"

原来这个"木瓜"就是黄娜叫出来的。要说叶子平日里根本就是不跟黄娜说话的,但这会儿还是贴着寄草耳根说:"你跟她说,今年日子难过,家里没钱买白炭了,还是嘉和跟小撮着在山上闷了一窑。今日一大早他们就出城,正去山里拉呢,晚上一准就到了,让她再熬一熬吧。"

寄草却放下了跳绳,说:"黄女士,你钻被窝吧,天寒地冻的,画什么画呀!"

大家都笑了起来,连叶子也掩着嘴一笑,抱起那木盆就要走。黄娜心里又来气了,她真是没想到,这个日本小女人,都这么一把年纪了,居然还在这种兵荒马乱时分跳起了大绳。有病吗?另外,她尤其痛恨的是杭家这一大家子,没有一个叫她"二嫂"的,全都叫她"黄女士"。而这个叶子,这个来自日本的女人,杭家人却一口一个"嫂子"地喊她。黄娜大吼一声:"黄蕉风,你给我弄白炭去!"

谁也不理她,蕉风一边踢着毽子一边顶嘴:"白炭明日早上要煮腊八粥的。"

"木瓜,你敢顶我嘴啦,我打死你,打死你,我打死你!"黄娜气得拿起手里的文明棍,就真冲蕉风杀去。黄蕉风已经是大姑娘了,一个大学生,哪里还能这样被欺侮,她扔下毽子在院子里兜起圈子,黄娜就在后面追。黄娜从前是学过戏的,说实话,她演戏比她画画要强多了,一转圈子,她就跑出了台步,手里那根文明棍就像穆桂英手里的马鞭。寄草一看,一边拍手一边就"锵锵锵锵"地给她敲起锣鼓点儿来。一家人正这么闹着呢,后院里的公鸡母鸡又此起彼伏地叫了起来:"喔喔喔……"黄娜就跟踩着锣鼓点儿似的,踩在鸡叫的点上,连正在镜屏轩里画画的方越和婉罗都探出头来看热闹。婉罗一边笑一边骂得茶:"哪里有你们这么做小辈的!得茶,还不赶紧把你黄娜奶奶的棍子给拿下来,这棍子那么死沉死沉的,你想累死你黄娜奶奶啊。"一边又对蕉风招手:"蕉风阿囡,还不快点到我房里来,我这里都忙不过来了,你们倒好,还有心思在外面打架玩嬉。"

得茶一边把蕉风推进客堂,一边准备去拦黄娜,突然大门咿呀一声,不拉自开,一只大公鸡的脑袋先探了进来,然后是一个人的脑袋。这个人有一张介乎少年和青年之间的方脸,机敏的眼神,微微露着狡黠的嘴角,表情生动的五官。他捧起了大公鸡,对得茶说:"得茶,斗鸡的时光又到了!"

得茶吃惊地问:"吴坤,你都快上高中了,还斗鸡啊?"

这个叫吴坤的少年却问:"你们家今年还做茶泡饭吗?"

楼上的婉罗一拍手,对方越说:"倒灶,又被吴老头子一家算计进去了,年年来刮我们杭家的茶泡饭锅底,没有一年落下过。"

原来,杭家人和其他施粥的人家不同,除了腊八粥,他们还年年添一大锅茶泡饭,大家都说好吃,许多人腊八一早就来排队,就等这碗茶泡饭。

"不是做了规矩吗？要他们吴家的鸡斗赢了才有得吃，今年说不定轮到他们斗输了呢？"

"我们杭家的鸡心善，斗不过他们吴家的鸡。你看看，他家的鸡是不是只只穷凶极恶？"

"那我们干脆就不比了吧。"方越倒也看不出吴家的鸡有什么穷凶极恶，不过回想起来，自从他进了杭家，杭家和吴家斗鸡，的确自家没有一年是赢的。

"这个不来事的，不好那么搞的。"婉罗姆妈严肃地对方越说，"不在乎啦，他们要吃我们杭家的茶泡饭，那是我们煮得好，菩萨保佑。赢也好，输也好，人家来讨饭了，我们总要给他们一口饭吃的。"

十五岁的吴坤实在是拗不过他七十岁的爷爷吴升，每年腊八，他都得像个小托钵僧一样到对面杭家府院要茶泡饭。吴升喝着茶泡饭时还乐滋滋地对孙子说："就这口茶泡饭，他们杭家年年要煮给我喝，一年也不能落下的。"

吴坤终于忍不住，说："不就一口茶泡饭吗？煮了给你喝怎么样？不给你喝又怎么样？"话音未落，头顶就结结实实挨了一个笃栗子，老爷子就嘶哑着嗓子喊："这口茶泡饭是和他们杭家斗来的，该我们吴家人喝的！"

"斗赢了不也就是一碗茶泡饭？有什么好斗的！"吴坤跟爷爷嚷嚷起来。平时家里就他们爷孙两个，他们的沟通基本就是通过吵架或沉默的方式来进行。

"一碗茶泡饭？你有本事煮出来吗？你喝得出这里面的茶味

吗?什么茶,放了多少,什么时候放进去的,煮多长时间,你晓得吗?"

吴坤不客气地回敬说:"我才不要晓得,我也不会吃茶泡饭,我翅膀硬了,离你们这行越远越好!"

吴升就不停地摇头,嘴里嘀咕着:"有爹娘生没爹娘养!不学好的东西,日后都死相难看,天外落材!"

吴升骂得难听刻薄,却是实情。吴坤的爹当汉奸死在国民党牢里,吴坤的娘扔下吴坤改嫁走了,可不就是有爹娘生没爹娘养?但吴升嘴巴虽毒,心里却放不下这个唯一的孙子。他年年都去购买鲁西斗鸡,一年总要让孙子去和杭家斗上那么几回。他也会苦口婆心地对孙子说:"男人嘛,跌得倒爬得起,大丈夫能屈能伸。他们杭家现在比我们吴家高出一头,我们要服,不要和他们拗手筋骨。这都是阿爷活到这把年纪抿出来的道理。阿爷是来不及了,你还来得及,他们家那个小东西得茶,比你小不了几岁,你要和他处好,日后用得着的。"

"日后日后,他十岁,我十五岁,你七十岁,我和你不一样,日后远着呢,踮起脚来都看不到的,你管那么长的日后干什么啊!你咸吃萝卜淡操心啊!"吴坤几乎要叫起来了。十五岁的人开口却是二十岁老江湖说出来的话。他和得茶本来就是两个年龄段的,玩不到一块儿。吴坤常去找得茶,是因为得茶家杂书多,他喜欢看,但和得茶是说不上几句话的。

吴升倒也不生气,长叹一声,说:"一眨眼工夫,日后就到了,快得很哪,你哪里晓得日子是怎么飞过去的!"

他转身就去后院把那只鲁西斗鸡抱到了饭桌边。这公鸡全身乌黑,高大魁梧,只主翼边有两根白毛,越发衬得全身黑。它鹰嘴、鹅颈、高腿、大花冠、鸵鸟身,肌肉丰满,胸肌发达,尾羽高举,体态称得上英俊威武,吴升给它取了个名叫"乌将军"。此刻,乌将军站在桌边,伸着它那个小脑袋。它竟比桌面还高出一截,脸面狭长,毛细眼大,眼窝深深,耳叶短小,东看看西看看,就像一个人。吴升往鸡的盘里倒了一点茶水,它笃笃笃地喝了几口,眼珠就盯着菜盆子,飞快地啄起饭菜来,它的盆里还有一只鸡蛋,那营养比人吃的还丰富。乌将军看来是通了人性了,它啄一会儿就看一会儿吴升,就是不看吴坤。一只鸡,两个人,围着桌子吃饭,这一家三口似乎已经习惯这样了。

这会儿,得茶就见吴坤抱着乌将军进了杭家门,一边说:"我可是刚刚听到你们家的公鸡打鸣了,叫得那个响,羊坝头震了个遍,把我家的乌将军也叫急了,斗一场吧。"

得茶一看这乌黑发亮的乌将军,心里就发毛了,就这精气神,他家的大芦花鸡打得过吗?虽然没了底气,他说话还是不肯让步的:"比就比吧。"

"还是老规矩,我要是赢了,就给我茶泡饭。"

"要是输了呢?你把你从我这里偷去的小人书都还我!"

"那是拿,不是偷。你是不是不敢比了?"吴坤连忙岔开话题。

这会儿,寄草已经跟着叶子到灶间忙去了,黄娜却在一旁来了劲:"比就比啊,斗个鸡,输了也不丢人。蕉风,蕉风你给我抱鸡去!"

蕉风已经上了楼,都到了镜屏轩门口,一听黄娜叫她,立刻就转身下楼往后院冲,气得婉罗直摇头,对方越说:"你看看,你看看,什么眼力见儿,这都斗了几年了,我们杭家哪年赢过?她还那么上赶着追!"

"不就斗个鸡嘛,谁赢谁输都一样,就是小孩子图一个乐。"

"你呀你呀,你不知道杭吴两家关系的深浅,你什么都不懂。"

方越把画好的年画拎了起来:"婉罗姆妈,我给你这个灶王奶奶配好了灶王爷,今年是双保险,我替你老人家守阵。我们是主场,别说斗鸡,斗什么都是赢!"

方越甩开大步,雄赳赳气昂昂地下了楼,督阵去也。

芦花鸡一抱来,吴坤就知道,爷爷今年这碗茶泡饭是吃定了。这哪是用来斗鸡的鸡啊,它根本就不属于斗鸡圈。斗鸡必备的三样——鸵鸟身、鹰嘴、鹅颈,这芦花鸡一样都没有。它单冠,横斑羽,毛色黑白相间、宽窄一致,平庸!它唯一的特点就是庞大,这么大的芦花鸡,吴坤倒也是平生第一次见。两只鸡往地上一放,两边的人就都看出来了,大芦花完全没有战斗经验,它就是一个生瓜蛋子,往战场上一扔,什么快型、慢型、高咬、下海、打低头,全蒙。再看那乌将军,走两步,王者风范就出来了,那种架势——干练成熟,胸有成竹,完全是身经百战的老将啊!这山里樵夫般的大芦花,配得上和它对阵吗?

乌将军没有这种等级观念,它就是冲着打架来的,上来就冲锋,斜着步子往大芦花杀去,大芦花不知所措,毫无退意,被乌将军撞得仰翻在地。但这乡巴佬不但没有吓坏,反而气坏了,可见它在天荒坪的大山里也是个山大王。它暴跳如雷,怒发冲冠,飞将起来——飞是芦花鸡的强项,这一黑一白顿时就杀得个天昏地暗。

乌将军是有套路的鸡,懂战略战术的鸡,有战斗经验的鸡;而这些,大芦花全部没有,它只会像李逵一般乱杀乱砍,一会儿它就被乌将军啄得浑身上下血迹斑斑。得荼看着都要哭出来了,发着抖侧身对方越和蕉风说:"认输了吧,好不好?"

蕉风也发着抖说:"我不知道,我真的不知道。"

方越紧张地盯着两只鸡说:"再看看,再等等,再等一等,大芦花勇敢,虽输犹赢!佩服!佩服!"

黄娜厉声喝道:"瞎了眼!大芦花像是输的样子吗?看看它那副凶蛮相!"

这两只鸡此时已经杀得日月无光。乌将军断然没有遇到过这样的对手,那完全就是一个发了疯、忘了生死的敌手,撞翻了爬起来再冲,撞翻了爬起来再冲,一遍一遍,直到乌将军被大芦花的战斗精神压垮。乌将军开始往后缩了,大芦花也追不动了,它只能拖着脚步一步步向前移,平冠已经被撕裂了一半,挂下来遮住了半边的眼睛。它浑身上下都是血,大芦花鸡成了一只血鸡。乌将军的情况也好不到哪里去,身上的伤倒并不严重,但精神显然遭受了重创。它害怕了,目光躲闪,它在寻找依靠,它发现了它的主人,然后,它用尽最后的力气,一个扑跳,掉进了吴坤张开的怀抱。而大芦花则摇摇晃晃地站在沙场当中,它赢了,可它自己不知道,嘴角流出一道血来,像人一样地吐着血,然后就倒下了。

此时暮色昏黄,寒气逼人,得荼抱起血淋淋的大芦花,对着吴坤怒目而视。吴坤有点尴尬地问:"这怎么算,谁赢啊?"

"你说谁赢啊!"方越的火气也上来了,他突然感悟到了婉罗姆妈的心。这不是两只鸡的问题!不是!

"我家的乌将军还活着。"吴坤胆怯地说。

"我家的大芦花也活着。"得茶说。

两只鸡就凑到了一起,果然,彼此都还半睁着眼睛,目光茫然,完全没有了杀气。

"那就算平局吧。"吴坤这么嘀咕了一句,抱着鸡就往大门口跑。他听到身后传来杭得茶的声音:"你把我的小人书都给我送回来!"

吴坤跑到门口,和正欲从门外进来的大人们撞了个满怀。一张张黑色的脸,连鼻孔和耳轮都是黑的,连牙齿缝都是黑的,他们弯着腰,扛着大麻袋。吴坤认出来了,是得茶的阿爷杭嘉和与叔叔杭汉,还有小撮着伯,他们把满满的一袋袋白炭,就那么从郊外山里背回来了。

第六章

夜里,叶子帮嘉和备好了洗澡水,准备了干净的内衣,生起了白炭盆,花木深房暖洋洋的。嘉和惬意地躺在竹椅上,小小的台灯照着叶子的身影,他感觉自己在蒙眬中了,一阵皂香从耳边飘过,他伸出手,闭着眼睛一把稳抓住了叶子的手,说:"陪我。"

叶子轻轻地耳语:"我要去灶间煮腊八粥了。"

"陪我。"

叶子刮着他鼻梁:"几岁了?难为情吧。"

嘉和困难地睁开眼睛,依旧抓着她的手说:"夜里你是我的。"

"白日也是。"叶子就把小竹椅拉过来,坐在他身边,用那只空出的手在他脸上一抚,就把他的眼睛合上了,然后捧着他的大手,说:"闭上眼睛,陪你。"

她知道,这些天嘉和是真的累坏了,但无论他现在有多累,半夜里他一定会醒来,去帮着伙计们抬锅搭棚烧火,清早那锅茶泡饭,没有他,是烧不出杭家风味的。

就这样默默地坐了一会儿,嘉和闭着眼睛问:"想好了吗?"

"回国的事吗?"叶子缓缓地回答,"你怎么想?"

"你先说……"

"想回去,如果回去后回不来,就不回去了。"

嘉和依旧闭着眼睛,搂住叶子的细脖子,把她的小脑袋按在自己的胸口,说:"想让你回去一趟,又担心你回去后回不来,所以现在就暂时不想让你回去了。"

他的胸脯一起一伏,渗进了女人的眼泪。叶子说:"我听大哥哥的。"

嘉和的眼角流出了两道细细的热泪,打湿了双耳。他说:"我会打听明白的,只要能回来,你就回去,再回来就是。"

"好的,好的……呜呜呜……"叶子哭了起来,很轻很轻,除了嘉和,没有人听得见。

"还有一件事情,也要和你商量,也要你同意才行的。"嘉和睁开了眼睛,泪水还在他的眼眶里,一双困极了的眼睛使劲睁开着。叶子顿时就抬起头来,紧张地问他还有什么事情。嘉和这才告诉她,方西泠要杭家把出狱的李飞黄接收下来,因为方越是李飞黄的亲生儿子,他得管亲爹死活。

"要是方越也不想管呢?"

"那就得跟他妈妈一起去美国了。方越是一定不肯去的,他跟我说过许多次了。他说他爱他的祖国。"嘉和咧嘴一笑,不知道是因为方越这句话与现状不搭,还是因为他的年轻、热情和单纯。

"方越的亲生父亲疯了,不能死在外面吧。"叶子完全明白嘉和不可能袖手旁观,而嘉和则再次闭上眼睛,耳根还是湿的,但这回是放心地在躺椅上睡去了,依旧握着叶子的手。叶子是那种真正经历过黑暗的女人,她要陪他沉沉睡去,直到发出鼾声。他们都明白,白天可以属于许多人,但夜晚他们只想和对方抱团取暖。

凌晨四点半刚过,吴升就抖抖索索地起床了。清河坊十字街头虽然是杭州城里市井味、红尘气最重的所在,可天地互感,亦识时局艰危。此时天寒地冻,四邻八舍竟然没一个开了早铺的。吴升这三进的院子,排场本来也是不小的,但这几年里,人去楼空。大儿子死了,几个女儿也都出嫁了,小儿子吴根当年跟着国民党走,倒是走出一条通道,如今在笕桥机场做地勤。没心没肺的儿女们,住得那么近,平时每月也知道给家里送钱,可就是没有一个和吴升来往,哪怕过年了也听不见个声响。后面两进院子就那么空着,荒草都从石板缝里挤出来了。吴升看着就寂寞,再也不往那里走。

打开大门,他看见斜对面不远处的杭府,大院门口,火苗子开始蹿了起来,吴升松了一口气。这才像个过腊八的样嘛,门前的粥棚已经搭起来了,他等着杭家的这碗茶泡饭呢。

自打抗战胜利,吴家就算是彻底败落了。虽然吴升保住了气节,没跟着儿子胡来,但他毕竟还是汉奸的爹,资产还是被没收了不少,茶庄、茶馆、茶栈都没了,只有这三进院子保了下来。与对面的杭家一比,还是小户人家的寒酸样。这口气,七十岁的吴升还是咽不下去的。

就这么站在门口,披着厚棉袄,寒气逼人,吴升闻到了一股熟悉的杭家施粥的香味,有腊八粥的枣香,还有茶泡饭的茶香。杭州人都说,谁也烧不出杭家人的茶泡饭,其实吴升知道,他们吴家真要烧,这种茶泡饭还是能够烧出来的。从前吴家最兴旺的时候,也不是没有开过施粥摊子,也不是没有烧过这茶泡饭。只因掌勺的拿捏不了这其中的分寸,怎么烧也烧不出那股清爽气。原来这茶泡饭是从人家西南少数民族的油茶里学来的。那油茶是用猪油炒那泡开的茶叶，再冲水煮开了，往里放各种作料，油炸花生、豆腐干、肉丝、葱花、芝麻等，再煮开了放主食，面条、米饭，想放什么都可以。

杭州人是最喜欢享口福的，可照着这样子做，怎么都是黑乎乎的不好吃，唯有这杭家人做出了地道的茶泡饭，说是有秘诀呢，其实哪有啊！只不过肯下功夫琢磨罢了。先是热锅，然后将切成粉末的油渣置入锅中翻炒，再用沸水冲泡一大锅，开锅后把龙井茶的高末置入，稍加开煮，沥出茶油汤，再开锅后置入熟的花生米，放一点盐和姜末，再放入前一夜就烧好的米饭，煮成泡饭，切不可过头，是泡饭，不是稀饭，起锅时盛一碗，再往上面抓一把葱花，就好了。真的就是这么简单。

杭州人中能有几家有龙井的高末啊，真有也沏茶卖了换现钱，谁还用来做茶泡饭呢！也就是他们杭家人有这个底气，哪怕在这般兵荒马乱的时光。

吴升移动了步子，脚下却被什么东西绊了一下。他呸呸地吐了几口气，倒霉，碰到倒路尸了，还横在家门口。吴升觉着晦气，想一脚把尸体踢到马路当中去，谁知那尸体翻了几下，竟然就坐了起来，原来还是个大活人，不过是个叫花子罢了。朝他摊开双手，那不是要饭的吗？尽管那人披头散发，面目不清，吴升还是觉得他有些面熟。大着胆子往前走过去一看，发现那人竟然还穿着一套看不出颜色的哔叽呢中山装，外面披着一块垃圾桶里捡来的破棉絮。那男人也不怕吴升，冲着吴升就不停地说一个字："饿……饿……"

吴升认出来了,那不是……那谁吗？他指着前方杭家大门口,像赶牲口一样地挥着手赶那人,一边说:"去,去,到那里去,那里有茶泡饭,去去去……"

天渐渐亮了,东边山头青黑的云层镶着耀眼金边,那是日头就要出来的相道。四邻八舍开始有了噼噼啪啪下门板的声音,那个叫花子半倒退着往杭家的施粥摊走去。吴坤也打着哈欠出来了,手里还拎着个饭盒,吴升赶紧推着他说:"快啊,快给那人送个饭碗过去!"

吴坤眯着眼睛问:"谁啊？"

身边突然就出现了一股奔向施粥摊的人潮,从各个弄堂、巷口、桥底和屋檐下冒出来的丐帮队伍,他们都嗅到了杭家大门口的香气。吴升只来得及催促孙子:"你快去啊,快去啊,快把讨饭碗给他呀!"

吴坤顾不上别的,他渗进了领粥大军,转眼就看不见了。吴升也没有回去弄早饭,他到不远处的油条摊耐心排队,买了两根油条、两个烧饼,回来时却发现孙子已经端着一饭盒的茶泡饭等着他了。吴升心头立刻就滚烫了起来,问:"那讨饭佬不要你给的碗啊？"

"阿爷,他是谁啊？掌勺的是得茶的阿爷,看到他,呆了一会儿,就让他坐在旁边凳子上,给他盛了一大碗腊八粥。吃好,就带他往旁边细弄堂里去了。"

"你没跟着他们,看他们朝哪里走了？"

"我不是怕时间过头抢不到茶泡饭嘛,跌煞绊倒地就去盛泡饭了。"

"啊呀,你这个木头死尸,茶泡饭他们杭家哪一年把我们漏掉过啊……"

"那是我们斗鸡赢来的啊,这回我们乌将军没赢他们啊!"

"可我们也没输给他们啊!笨啊笨啊……"他一边数落着孙子,一边给他一双筷子,"来,一起吃。"

"我不要吃这种给讨饭坯烧的东西,要不是你,我才不过去呢。"

"你啊,从来都是一口也不吃。尝一尝吧,阿坤,真的很好吃,吃不厌的。"

阿爷那双三角眼里,现在溢出的满是慈爱,逼得吴坤不得不伸出筷子尝了那第一口,也不知是什么味道,只觉得想吃第二口、第三口、第四口。吴升笑了,七十岁的人了,还能把门板卸下来,垫两张小凳子,门板横放在凳上,然后开吃。杭州人把这种吃法叫作"吃门板饭"。此刻,一老一小就专心地吃起这一饭盒杭家茶泡饭来。

吴升问:"阿坤,味道怎么样啊?"

"有茶,有花生,还有猪油,我都吃出来了,没什么了不起,杭家做得出来,我们吴家也照样做得出来。"

"小小年纪,就晓得鼓腮儿吹牛皮了,茶馆没有了,茶栈也没有了,鞑儿哥走了日本佬来,日本佬走了国民党来,来来去去,阿爷的命总是背,阿爷是等不到你讲的这一天了。"

吴坤一边扒拉着茶泡饭,一边说:"阿爷,我会争气的。"

"争气?!阿爷争了一辈子,现在门槛上蹲蹲,门板饭吃吃,你说还能怎么争?"

吴坤笑了,他认识的阿爷吴升,就是个永远正话反说、反话正说的人。阿爷的这口气长着呢。

"阿爷跟你讲的事情,你一定要记牢。眼见得又要到性命交关的时辰了,一步也不能走错,一步脱出,步步脱出。你要跟着他们杭家人走,杭家人在大事情上从来不失撇的。"

"我看那个嘉和爷爷背着炭,驼着个背,真没啥噱头势的。"

"他有个弟弟叫杭嘉平,你没见过,江湖上行走,上层人家里混,走南闯北,厉害着呢。共产党、国民党两头通吃的。听人讲,眼面前正跟着省主席出谋划策,是师爷里的师爷。人啊,没靠山到底不来事。"他由衷地感叹一声。

"没靠山就靠自己啊,我拼命读书,考大学,书读上去,我以后不用跟省主席当师爷,我自己当省主席。"

吴升一听,可真是大大地一愣,这牛皮吹得,要超过他吴升当年多少倍啊,可他就是喜欢阿坤的这个劲。

"有志气!阿爷等着你!吴主席!我先叫你一声过过瘾!醒着等不到,梦里等着你当!"

吴坤开心了。街上走动的人越来越多,他发现乌将军也拐了出来。惨败之后,它似乎变成了另外一只鸡,完全蔫掉了。此刻,它站在这一老一少之间,突然低下头啄起了茶泡饭。这一老一少也不吃了,看着乌将军津津有味地啄食。初升的太阳照过来,它似乎受了阳光的感召,精气神又回来了一点,冲着十字街头开始来往不息的人,突然伸长了脖子,高叫了一声"喔喔喔——"把周围的人都叫得一时怔住了。有人就好奇地蹲了下来,对乌将军说:"这只鸡好气派啊!"

乌将军一听，立刻就扑到了吴坤身上。远远地，它似乎听到了回音，那是杭家院子里传出来的破晓声。

吴升估摸得一点也没错，嘉平此番回杭给布雷先生送葬，一半为逝者，另一半正是为生者。生者何人？葬礼主持者陈仪也。嘉平就是回来给省主席当师爷的。

绍兴人陈仪也算是国民党元老级人物，抗战胜利后曾是台湾战区接受日军投降之大员。嘉平是通过吴觉农先生结识陈仪，随着陈仪一起去的台湾。当初组织指示嘉平在台湾进行地下党的活动，嘉平还说，我凭什么在台湾进行地下党工作啊？谁相信我啊？上级党组织说，我们相信你啊。嘉平又说，相信我为什么还不给我恢复党籍啊？我又不是不要组织了，是和组织一时失散找不到了，找到了又不让我恢复党籍，总说调查调查清楚，都那么多年还没调查清楚吗？上级又说，重新入党也可以啊，我们相信你在艰苦的环境下不容易，你重新入党吧。嘉平说，这我可不干，我得恢复党籍，又不是我脱党，是组织当时转入地下脱了我，你们再不恢复我的党籍我可真急了，我要真急了，就会认为组织都不要我了，我还能在台湾干地下党的工作吗？你们想一想，是不是这个逻辑？党组织从来没有见到过这样一种党员，什么觉悟啊！但回过头来细细一想，这事儿的确没法怪他，他又没坐过牢，又没当过叛徒，又没告发过同志，他在党外一直做着党内的工作，凭什么不恢复党籍啊！加之赴台工作重之又重，要找个合适的人真是难上加难，好不容易找到一个，还考验个没完，不对吧。党组织终于恢复了杭嘉平的党籍，从此，他孤胆深入虎穴，在陈仪的眼皮子底下开始了策反工作。

1945年10月,陈仪已是个六十多岁的老人。没多久,他头上顶着蒋介石的那颗"雷"从台湾撤回,隐退于上海。他亲如义子的部下汤恩伯送他一幢小楼,从此他在沪上做起了寓公。

　　人虽退隐江湖,可山头不倒,虎威尚在,陈仪资历颇深,就光复会会员这一条,压倒后起之辈一大片。他可是1911年辛亥革命时便参加浙江独立运动了。此番撤职,嘉平对他始终不离不弃、侍奉左右。这条线可是不能断的,说不定什么时候就用上了。果然,1948年8月6日,陈仪再度被蒋介石委任为浙江省主席。陈仪好歹是个浙江老乡,不像桂系李宗仁、晋系阎锡山之流防不胜防。上阵父子兵,打虎亲兄弟,蒋介石虽然和陈仪并无金兰之谊,但比起外省杂牌军,亦算走得近些吧。

　　但陈仪并无孤臣孽子的情怀,从未想过要给蒋家王朝陪葬,这一点蒋介石想到过吗?这个年过花甲的陈仪,后脑勺上已经长出反骨来了,他竟然向蒋介石上书说:当前之势已是敌强我弱,只可言和,不可言战。又在《东南日报》上发表言论:"人民受战争之影响,生活已苦不堪言。现时人民一致要求和平,要知民为邦本,此种和平呼声,殊不容忽视,应能为各方所接受。"还把矛头直指当局:"争取胜利固需要勇气,承认失败亦需要勇气。"这些言论自然是嘉平提笔代劳的,看来陈仪是摆出一副要与蒋介石分道扬镳的架势来了。

　　彼时的中国,国民党军的战事节节败退,党派内部分崩离析。下野!下野!下野!老蒋肯定觉得自己是墙倒众人推了,就连美国大使司徒雷登——这个出生在杭州的美国传教士也明确表示:欲实现国共和议,非蒋介石去职不可。

1949年1月21日,蒋介石公开宣布下野,辞职前专门召见几位浙籍大员,青田人陈诚、武义人汤恩伯当即拍胸脯表态,追随校长,同生共死,绝无二心。只有这个不识时务的陈仪,说的却是大道理,什么看大势,观世界,不拘泥。蒋介石疑心一起,风云即变了。

陈仪是特意被老蒋召到南京来接其回杭州的,故早就做了准备,晚饭在楼外楼饭庄吃,下榻在澄庐。蒋宋一行乘国民党空军"美龄"号专机,刚在笕桥机场停机,就直奔西湖孤山脚下。

楼外楼倒是有几道名菜,东坡肉、龙井虾仁、炸响铃、宋嫂鱼羹、叫花鸡,但陈仪知道西湖醋鱼是蒋介石最喜欢吃的一道。在座各位喝了蒋介石"新生活运动"倡导的白开水,面面相觑,不知如何开场,便把目光都投在了陈仪脸上。陈仪站起来欠身对着老蒋,用筷子指着刚刚送上来的西湖醋鱼,恭敬地说:

"总裁,请尝一下西湖醋鱼,养在篓里已经吐了一日土气。刚刚从湖里拎上来,很是新鲜的。"

满满一桌子人顿时被惊得面无血色,他竟然叫蒋介石"总裁"!上午刚辞职,傍晚总统就变总裁了!改口也真是快!

此时的蒋介石已经处在情绪失控的临界点上,陈仪一开口,等于点着了导火索,但火线还没燃到火药上,蒋介石强忍着不发火。谁知陈仪又上来加了一把火,起身举箸为蒋介石布菜,还大大咧咧地说道:"总裁拿得起,放得下,不失英雄本色——"

蒋介石当场大发雷霆,手中筷子直接甩到桌上:"不吃了。"便拂袖而去。当晚蒋介石拒绝住澄庐,径直往笕桥机场去了,陈仪也只能惴惴不安地回到他西湖边石函路一号的青砖别墅里,一时不知如何应对。他急忙叫人把高参杭嘉平找来,谁知嘉平竟然难得地不在陈府,说是回清河坊老家去了。陈仪一拍桌子就吼:"给我立马找来,找不回来你们也别回来了。"正此时,电话铃响了,陈仪赶紧去接,却是蒋公子的声音。这蒋经国别看年轻,却是很能度人心思的,安顿好父亲的下榻处,他急忙就给陈仪打电话,开口就说:"陈主席,今日我们让您受累了。"陈仪连忙说:"不敢当不敢当。"蒋经国又说:"父亲心里难受,身体受累,不免敏感,请陈主席理解。"这陈主席别看当了那么多年的国民党要员,可行伍出身,想搞政治却又不甚懂权谋。都这种时候了,他竟然还倚老卖老,对蒋经国苦口婆心起来,说:"经国啊,你得劝劝总裁,这种时候千万不可硬顶啊,都打了三年了,不能再打了,再打就把国民党打得不剩一兵一卒了。目前这种局面,不妨由你陪着,让总裁到南美去游历休息一番。等国内局势稳定,再回来也不迟嘛。"蒋经国连连"嗯嗯噢噢",就挂了电话。陈仪松了一口气,随之倒在了椅子上。

还没喘上两口气,电话铃又响了。秘书接了,说是杭先生的。陈仪接过来,杭嘉平在那头话都说不利索了,只说他马上回来马上回来。陈仪回答说:"不着急了,你明天回来也行。"嘉平哪里等得到明天,说了声"陈主席等着我",立刻就追落帽风一般地赶了回来。

第七章

嘉平见到陈仪时,陈仪已经上床歇息了。他直接就在卧室床上见了嘉平,倒也没有表现出过分的焦虑,只是匆匆把晚宴的事情说了一遍:"老蒋这个人啊,骂人打人,扇人耳光,什么都干得出来。今天这样对我还算客气,没什么特别。"

嘉平可不这么认为:"陈主席,我们是不是有些掉以轻心了?老蒋这个人的手段,您也不是没有领教过。依我看,傅作义的北平和平解放未必能够在浙江复制。"

"有道理。和平解放看来不可能在浙江复制,我陈仪本人也不是傅作义第二。明摆着,我这个省主席手下无兵,这就是我急着要你回来去上海找汤恩伯的原因。只有联合掌兵权的人,才能共举大事。你明日一早就走。"

嘉平利落地起身答应,立刻就走,行至门口却又站住了,回过头来问:"陈主席,您真觉得汤司令那里能够万无一失吗?"

陈仪的自信发自肺腑:"别人我不敢说,就是你,我也不敢保证对党国的忠诚。有多少人在我面前告你是共产党,今天下午毛森还专门来告了你一次。"

"可见陈主席真是民族大义在先,党派纷争在后了。"嘉平这句话说得相当有水平,彼此心知肚明。

"大家也都晓得,恩伯和我关系不一样,我们是没有血缘关系的亲人,我们之间不是大义,是家义。你觉得儿子会背叛父亲吗?"

"陈主席如此推心置腹,我杭嘉平也就冒昧进言了。一般来说,儿子当然是不会背叛父亲的,可现在不是一般情况,是关键时刻。这种关头,如果没有大义,儿子也是会背叛父亲的,历史上这样的背叛并不少见。我和汤恩伯在抗战期间也一起共过事,这人抗日倒是勇猛的,但剿起共产党来也是杀气腾腾,对蒋介石更是言听计从,对他当下的选择,我是不太吃得准的。"

"你这话也不是没有道理。不过恩伯跟我几十年了,算是我的得意门生。在大义上,他是从来都跟着我走的,这个我有把握。"

"那就太好了,有大义和家义,那就是双保险。"嘉平被陈仪说服,刚才不安的预感如大潮消退,退回到海洋深处去了。

其实,杭嘉平的预感是完全准确的。蒋介石第二天回溪口,居然就不要陈仪来送行了,还顺便敲打了一下儿子蒋经国,说:"陈仪这个人是信不过的,关键时刻看出来了,至少是一棵墙头草,这种人你离他远一点。"原来,老蒋连儿子小蒋的电话也监听。当然,共产党的谍报人员也不是吃素的,杭嘉平还没动身赴沪,就得知了这一动作,并第一时间向陈仪做了通报。陈仪没有害怕,反而生气了,说:"爱送不送,我不伺候他。"

嘉平多少对陈仪有了更深的了解,搞政治的人不宜动怒,动怒会影响对大局的判断。生蒋介石的气,至少说明陈仪对当下时局的估计还有所不足。

陈仪在办公室里站着,实墩墩的个头,这里窗明几净,窗外湖波荡漾,这氛围和昨日晚上卧室的温馨完全不一样。陈仪到底还是行伍出身的人,浙东人的生硬脾气也上来了,说:"别人的地盘我管不着,我们老家浙江这一块我还是会守住的。老百姓受了那么多的苦,不能够再打内战,中国人打中国人的事情,在我手里是万万不能再做了。"

嘉平感慨地说:"陈主席,您对我们民族有如此高的认识,令在下实在是佩服至极,相信后来的人绝不会忘记您对国家的这片赤胆忠心。"话说到这里,彼此已经心照不宣。突然外头通报,又有人求上门来了。此人正是当时中国最有名的茶人,时任杭州之江茶厂厂长的吴觉农先生。

原来吴觉农正在杭州建设他的之江茶厂,不料手下好几个茶工突然被当局抓了起来,罪名是共产党嫌疑分子,时任浙江省警保处处长的毛森准备杀了他们,吴觉农只得紧急找陈仪求救。吴觉农和陈仪原来并不熟,但他和陈仪视如己出的汤恩伯却是老朋友。盖因汤夫人和吴夫人在日本留学时为最要好的闺蜜,日本大地震时,两人命悬一线,抱住一根房柱一天一夜才死里逃生,可谓生死之交。那时的汤恩伯正在日本替同乡看着饭店,而吴觉农也正在日本攻读茶学,这四个人就此建立了亲密关系,并保持到今天。因为汤恩伯的关系,吴觉农和陈仪才相识相交,一个上虞人一个绍兴人,也算是大同乡,自然亲切。每年春上的茶,吴觉农也不忘记给陈仪送上一份。嘉平与陈仪的相识,还是通过吴觉农介绍的,所以这几个人碰在一起,说话便自然少了点忌讳。

高个子的吴觉农一身西装,气宇轩昂,虽然以研究茶闻名中国农商各界,却因其早年当过开明书店的出版人,浸润了一身的书卷气,且他又是个社会活动家和教育家,工农兵学商政各界,扇扇大门进得去,出入陈仪府上,也是潇洒自如。此时,他拎着一包牛皮纸包的茶,打开了让陈主席猜一猜。陈仪就着天光一看,说:"泡开了再看看。"嘉平烫了杯,泡了茶,陈仪对比着干茶说:"老吴,你可真是有心人,这日铸茶都已经快断绝了,去年春上我想要一点都没成。你们怎么制出来的?"吴觉农笑了,问:"陈主席,您怎么就看出来这是日铸?"

"谁叫我是绍兴人呢。"他说,"你看这外形吧,条索细紧,略钩曲,形似鹰爪,银毫显露;再品品味道,滋味鲜醇,汤色澄黄明亮,和西湖冬日的太阳倒有得一比。"

嘉平附和着说:"日铸茶真是好茶,就产在绍兴会稽山日铸岭。欧阳修说过:草茶盛于两浙,两浙之品,日铸第一。我家从前年年都进这个茶的,卖得也不错。"原来嘉平虽不事茶,这些常识却能在茶外之人中顶上半个行家。

"可惜近些年喝不到了。兵荒马乱,日铸岭一带,茶园都荒芜了,日铸茶的技艺也要失传绝迹了。"吴觉农说,"我也是为了记住这工艺,去年春天特地炒制了一些,错过了春也不错过冬,正好送给陈主席,也是一番乡谊。"

陈仪喝了口茶,满口清香,说:"这个时局,再这么打下去,国民党要被共产党打光了。"

"是啊,终究还是老百姓最遭殃。"

"以往浙江也有过保护老百姓的好君主。您看您这别墅后面的保俶塔,钱镠时定下的规矩,保境安民,到他孙子钱俶手里,变成了保族全民,最后十四州都献给了大宋,中华民族重新大一统,那钱氏家族也因此得到福报。这保俶塔听说是为纪念钱俶而命名的。做这样伟大的选择,才让后人信服。"

"不管后人怎么说三道四,这一条我是记得的,不能让浙江百姓再受战争之苦了。"

"可惜陈主席只是一省之主,决定不了国家命运啊。"

"一省之主就做一省的主,谁也拦不了我,哪怕老蒋也不能把我怎么样!"

"陈主席真英雄也!"

陈仪突然斜过他那个大头,看着嘉平,对吴觉农说:"觉农兄,杭嘉平可是你介绍给我的,我怎么越看他越像共产党呢?"

杭嘉平听了就大笑起来,说:"陈主席,这就要看您老人家如何判断我了,您说我是我就是,您说我不是我就不是。"

陈仪也笑说:"那我倒真希望你是,反正我是横下一条心,不能再让两浙遭战争之苦,生死祸福,置之度外,要为中国争一个光明。"

吴觉农趁热打铁,把他手下那几个被捕员工的情况直接通报给了陈仪。陈仪爽快,表了个态:"不管是不是共产党,我都已经批了,先放了再说。"

原来,这些日子,军统方面开始加强捕杀中共地下党员和进步分子,几天之内浙江就有上百名"嫌疑犯"被捕。浙江省警保处处长毛森列具名单呈报陈仪,要求将这些人全部处决。陈仪只批了一行字:一律送政治犯反省院。毛森心想,国民党不是一直坚持宁可错杀一千,不可放过一个吗?怎么现在倒过来成了宁可放过一千,不可冤枉一个呢?这不是反了吗?

江山人毛森虽然也是浙江大同乡,但他是戴笠一手培养起来的,职业的特质决定了他做事的特务风格。这边他对陈仪唯唯诺诺,那边便悄悄去反省院调查,发现绝大多数共产党人都已经不见,全都以证据不足的理由被释放。这下真把毛森急出一身冷汗,可这人很能掩饰自己,他立马赶到省政府,递上请假一个月的呈文,看陈仪批不批。陈仪二话不说,立即批复:"准予休假。"毛森顿时就明白了,陈仪是要支开他,越远越好,他当即就公文包一夹,从此退出陈仪的官场。

嘉平听到这里,更加警惕,在他看来,陈仪此时的政治棋局开始走得越来越惊心动魄,陈仪的一举一动,已经完全在军统的掌控之中了,再不做准备,恐怕就要折在这群宵小之辈手里。

可陈仪还是未做提防。他对两位密友说:"谁说我手里没有兵?我有汤恩伯,我就有兵,我有汤恩伯,老蒋就不敢向我下手。"

"要是汤恩伯不帮您呢?"

陈仪回答:"我并无营私之念,只想拉汤恩伯一把,为其摘掉'战犯'这顶帽子。何况他是我一手培养出来的,手下还有两个军,由我出面来策动他,我倒是有把握的。"

嘉平听了再次信心倍增:"陈主席想在浙江举义,如能再策动汤恩伯一同起义,那共产党军队即可和平渡江,京沪杭地区兵不血刃就可和平解放,这对中国人民的解放事业是有利的,而且将是一个重大的贡献。"

前阵子,汤恩伯来过杭州,陈仪和汤恩伯有过一次密谈,看来他的心思已经向汤恩伯透露过,至少汤恩伯没有反对。嘉平兴奋地想,得赶紧加快进程啊,便建议说:"陈主席,那我立即出发,去上海探探风?"

陈仪拦住了他说："我昨夜想了想,这事还得我亲自出面,你们都不用插手,特别是嘉平,毛森可是盯上了你的。"

吴觉农拦住了陈仪,说："这件事情比天还要大,必须慎之又慎,不妨由我这种非共产党非国民党的人出面探路为好。我家和汤家住得很近,汤恩伯虽然兼着浙江的军政要务,但主职还是京沪警备总司令,我们同在上海,还是让我先去探探口风再说吧。"

吴觉农如此请缨,让陈仪和杭嘉平一时无言,唯有点头。嘉平拿出随身所带的龙井,让吴觉农带上,陈仪也要他把送来的日铸茶带回去,吴觉农不由得大笑,说："我们和老汤家常来常往,你们让我送什么不好,我自己就是做茶的,缺什么也不缺茶。"

吴觉农连夜就往上海赶。第二天下午,他们夫妻两个就走在多伦路志安坊的巷口,那巷子深处的欧式洋楼,便是汤恩伯的豪宅了。

汤公馆毫不遮掩其时尚新潮的欧美风格,红墙白檐白窗套,正门廊四根变形的科林斯巨柱有两层楼高,气势壮观,两侧墙面上各设一处凹进的半圆形立式壁龛,左右对称,各站西方神女一尊,优美中见霸气。20世纪20年代广东商人贺守华建造此楼时,可未想到这楼在抗战期间会成为日本军官宿舍,抗战胜利后又会成为汤公馆。曾经有多少国民党政府军政要员在此出入啊!蒋家两位公子蒋经国、蒋纬国都时常来此。陈仪在沪做寓公时,汤恩伯干脆把这座花园洋楼送给了干爹。如今,两个特殊的布衣茶人,又来了。

汤恩伯的夫人王锦白见到了高大的吴觉农和娇小的陈宣昭,又惊又喜的表情全在脸上,她已经很久没有见到这两位老朋友了,忙把他们迎上二楼。这一层本是子女卧室,但有两间书房和典雅小巧的会客室,室内装修精致考究,华贵典雅,平顶有繁复的石膏线脚,装饰华丽的串灯。冬日江南最阴冷,这里还生有一个小壁炉,正好用来接待亲密的朋友。

都说越女天下白,这个王锦白可是个真正的越女——嵊县黄泽镇上"王同兴"杂货店老板的女儿,小家碧玉大美人,已经生下三女一子,加上她本人,汤恩伯的家中恰是花团锦簇的一片。王锦白生活在此间,虽说锦衣玉食,可吴夫人陈宣昭却最清楚她这位闺蜜的丈夫的底细。汤恩伯之所以能够成为国民党军中地位显赫的高级将领,和他的妻子王锦白不无关系,而这个王锦白呢,又和陈仪不无关系。可以说,没有陈仪,就没有王锦白,没有王锦白,当然也就没有汤恩伯了。

从年轻时开始,汤恩伯对夫人王锦白就可谓依附甚重,所以,策反自然必须先从王锦白开始。

陈宣昭亲自泡了一壶台湾的冻顶乌龙,王锦白看了眼睛都亮了,说:"前两年克勤在台北,我跟着过去住了一段时间,可就喜欢上了喝乌龙茶,尤其是这个冻顶乌龙。我最喜欢这般汤色,蜜绿带金黄,香气清雅,回甘浓久,前回专门让克勤送了些给我义父,他也喜欢得很呢。"

吴觉农夫妇不由得对看一眼,心中暗自发笑,原来兜了一圈,这茶叶还是从他们这里来的啊。几巡茶后,陈宣昭开始说闲话了:"我看你们家倒也笃坦,老汤安心当着他的司令,我们身边已经有许多人开始往海外撤了,你们就安心等着共产党打过来?"

"克勤现在哪里敢想这个!蒋总统身边也没几个一根筋扛到

底的,就克勤还算是忠心耿耿。"

"那也不能不给自己留条后路啊,你看傅作义都选择了共产党,你们家老汤就不为他自己和你们全家想想?"吴觉农趁机插嘴。

王锦白长叹一口气:"克勤这几年性情也是大变了。你们都是看着他过来的,他年轻时候,脾气可没有现在这么大,心思也没有现在这么僵。局势这么危急,他还是日夜耽虑,我平时都要看他的脸色说话,家里几个小囡,但凡爸爸在家,吓得大气都不敢喘。"

吴觉农又见机插话:"老汤这个人也是,大丈夫能屈能伸,一个当兵的有什么好顾虑的,天无绝人之路嘛。你看人家傅作义,和平解放北平,保护了北平老百姓,也保护了他自己手下的数十万弟兄,更不用说保护了他自己和老婆孩子,有什么不行的!真没这样的胆量,三十六计走为上也可以啊!"

"老吴,你这话也正是我跟他说的,真不行我们走啊,去美国,房子也买好了,一走了之。可这死脑筋非要去台湾,说真要走,死也跟着蒋总统走。"

"老汤这个人啊,去年孟良崮战役败了,他就戾成这样。胜败乃兵家常事嘛,听说蒋介石让他跪下,把他打得头破血流,哪有这种规矩呢,再怎么样也是黄埔生,不能让校长那么打嘛……"

"算了算了,他们那里的黄埔师生,都是这个德行!再说,蒋介石打归打,用还是用的,去年8月,刚任命他当了衢州绥靖公署主任,12月就升任了京沪警备总司令,待他也算是不薄的。"

"哎哟,那都是打仗要死人的官,你和孩子们总不能一起跟着死啊!长此以往,你们这一家不是要拆成两半了吗?!也不知你义父怎么想的?"

"我义父是一万个看不上老蒋,要听我义父的,什么司令、主任,都靠不住,最好另寻出路。"

"只要一家人安全,老百姓太平,国家安稳,投奔谁不都是一样?你们真要投奔了共产党,我们也觉得很正常!"

王锦白点着他们小声说:"轻点儿,你们胆子也太大了,这话我干爹都没和克勤说过,就你们这些知识分子嘴巴管不住。"

"唉,你不也是知识分子吗?陈主席万一仿了傅作义,你们家老汤怎么办?你到底有没有认真想过啊!"陈宣昭是真急了。

王锦白抬起头来,看着她这对最要好的老朋友,良久无语。要说这个王锦白,可不是一个无脑的女流之辈,从日本留学回国后,她先后担任过杭州蚕桑学校校长、杭州蚕桑讲习所所长。在王锦白的主持下,浙江的土蚕种和缫丝技术都得到了改良,各地办起了蚕种场,丝厂也改进了缫丝设备,照理,她也算得上是一个响当当的蚕桑学家了。这样一个冰雪聪明的女人,难道会不明白何去何从吗?

她沉默了良久才缓缓道来:"我明白你们都是好意,也知道你们今日来的意图,我也不是没对克勤提起过这些。可他说了,共产党刚刚公布的战犯名单,国民党各省政府主席大多名列其间,一长串,却没有陈仪,反倒是他汤恩伯算上了一个,为什么?可见共产党是盯住了他,不会饶过他的。他手上欠共产党的债太多了,投不投共已经没什么意义,还不如一条黑道走到底算了!"

话说到这里,吴觉农夫妇心里完全明白了。陈宣昭先站了起来,对王锦白说:"锦白,今后无论走到哪里,我们都不要断了联系。"

吴觉农见王锦白眼泪汪汪的样子,赶紧打断夫人的话说:"唉,就住在一个城里,想过来看看还不是几步路,也不是生离死别,不要那么吓人啊。"

正说到这里,他们就被一个男人的咆哮声打断了:"死人啊,娘杀的都是死人啊,都是聋子啊!我怎么跟你们说的?当日的事情当日办,你们是不是还嫌日子多得排不过来啊?相不相信我火上头一把拉出去都给毙了!"

接着便是清脆的两记耳光声,然后门厅里就出现了汤恩伯那张郁黑色的方脸,个子魁梧,五官周正,天庭饱满,穿着国民党军上将军衔的戎装,霸气十足,杀气腾腾——后面跟着哭丧着脸的勤务兵,那五个手指印已经清清楚楚地印在脸上。汤恩伯看见吴觉农夫妇,脸色稍缓了一下,点了点头算是打过招呼。吴觉农一边用手指点着他说"老汤,老汤,你这个脾气啊……下回聊,下回聊……",一边赶紧地摇着头挥挥手,推着夫人的手臂就快步走出了汤公馆。

娇小的陈宣昭一直走到街上还惊魂未定,低声问丈夫:"这还是我们留学日本时认识的那个汤恩伯吗?我怎么觉得完全是另一个人了呢?好吓人哦,我心口现在还怦怦跳,亏得锦白还能和他一个锅里吃饭,难为她了。"

"杀人太多,人就变成鬼了。我看这人不能被策反,共产党也不要这样的人。"吴觉农和夫人的感觉完全一致,"得赶紧告诉杭嘉平,汤恩伯不但策反不了,还得让陈主席千万防着他一脚。另外,你以后再也不能去他们那里了,今日就算是永别吧。"

"啊,他还能对我们下手?"陈宣昭有点不相信。吴觉农却果断地回答:"我今晚就得坐火车回杭州,把这里的情况立刻通报嘉平,你明天收拾一下也去杭州吧,杭州比上海要安全一些。汤恩伯这个人六亲不认的,不信我们拭目以待。"

上海滩的朔风一阵阵地吹来,天地灰蒙蒙一片,真是寒冷啊。

汤恩伯的消息第一时间就反馈过来了,杭嘉平赶紧通报陈仪。陈仪却摇着头自信地说:"我早就料到,你们说肯定不顶用。你们什么关系?我什么关系?我去说保证没有二话。"

陈仪怎么能够有这样的自信呢?说来也是话长。原来,王锦白的大哥在杭州求是书院读书时,与同乡陈仪老学长乡谊甚密,他毕业后又留在杭州蕙兰中学教书,顺便把他那抗婚的新女性小妹从嵊县带去了杭州。王锦白从小天资聪颖,不久就考入杭州蚕桑学校,因为大哥的关系认识了陈仪。陈仪膝下无子女,见了王锦白就特别喜欢,于是认了王锦白做义女。王锦白从此吃住在陈仪家,学费也由陈仪统包,如亲生女儿一般。1923年,陈仪干脆送王锦白去日本留学。恰巧当时还穷愁潦倒的汤恩伯也去了日本,他先给人当保镖,后帮人经营一家中国餐馆,结识了来餐馆用餐的王锦白。

一来二去地,有妇之夫、有子之父汤恩伯看上了王锦白,王锦白也跟他对上了眼。1925年秋,王锦白回国时,汤恩伯便跟着一起回来,专等着老丈人陈仪一锤定音。陈仪见汤恩伯生得浓眉大眼,方盘脸,人魁梧,感觉不错,便让汤恩伯离了婚,再娶了才女兼美女王锦白。一个女婿半个儿,那陈仪本无亲生儿女,天上掉下来这么一对宝贝,还不悉心栽培?他推荐汤恩伯官费入日本陆军士官学校第十八期步兵科留学,两年后学成回国,就让他在自己手下担任少校参谋;1928年,又推荐汤恩伯任陆军军官学校第六期教官兼学生总队大队长。汤恩伯聪明,肯下功夫,编写《步兵中队(连)教练之研究》一书,一炮打响,博得蒋介石青睐,不出几年就登上南京中央陆军军事学校第二教导师第一旅少将旅长的高位,又由旅长而师长,师长而军长。抗战全面爆发后,汤恩伯一跃而为第三十一集团军总司令,第一战区副司令长官,统辖豫鲁苏皖四省五六十万大军。台儿庄大捷使他名扬世界,成了威风凛凛的"中原王"。抗战胜利后,汤恩伯从陆军中将晋升为陆军一级上将军衔,事业达到人生顶峰。然后,汤恩伯的下坡路转折点,就此开始了。

陈仪决定了"中国人不打中国人"后,他一头通过杭嘉平与中共取得联系,另一头则密派外甥丁名楠到上海见汤恩伯,共谋义举。陈仪万万没有想到,此时毛森也出发了,他请假一个月离开省政府后,立即驱车赶往南京,见到上司兼同乡的局长毛人凤。听完毛森的汇报,毛人凤转身拿起一封电报,正是蒋介石密召他去溪口汇报目前工作的密电。他二话不说,直接把毛森就带上了。隐居在溪口的蒋介石听完毛森的汇报,眯着眼睛下了一个判断:陈仪通共迟早耳。

陈仪此人,大概因为没有亲生儿女,所以把干女儿看得比其他人都重,汤恩伯在他心里就是个忠仆,是个可以跟他上刀山下火海的亲信。丁名楠从上海回来,只说汤恩伯虽沉默不语,但眉目间还是有默许之处,且说过几天他会和陈主席联系。这就使陈仪信心大增。数天之后,他赶紧再派丁名楠充当信使,并请他的另一亲信、中共地下党员胡允恭联袂而行,这次还带着一封信,正是陈仪与中共商议好的起义条款。汤恩伯不敢怠慢,亲自接见,但当丁名

楠将陈仪的亲笔信双手奉上后,汤恩伯读着信,心尖子抖起来了:

"恩伯弟台如握:兹丁名楠来沪,面陈一切,请与洽谈。再旧属胡邦宪,拟来晋谒,请予延见。至胡君经历,嘱名楠奉告,并希台洽为荷。顺颂刻安。仪手启,一月三十日夜。再为办事顺利计,请由弟处予丁名楠以秘书名义。"

信中又有附件,计有起义五要件、准备八要款,那条条款款如致命刀枪,每一下都戳在蒋介石的腰肢上。陈仪给汤恩伯出了个要命的难题,汤恩伯就这样被推到了时代的岔路口。他谢退了信使,为何去何从愁得一夜辗转难眠。

同样,远在杭州的陈仪与杭嘉平也在彻夜长谈。嘉平带来了中共方面的最新消息,周恩来让人从北平传话过来了,说他十分欢迎陈仪投奔光明,但也说出了担心:对陈仪先生,我们是放心的,但汤恩伯的态度如何,还要看一看。嘉平从骨子里对汤恩伯没有信任感,又接到了吴觉农的消息,觉得还是要摊开来跟陈仪说。他推心置腹地指出:"汤恩伯这个人,太顽固,太反动,让他投奔解放军,怕是与虎谋皮。陈主席,您务必小心啊!"

陈仪对杭嘉平的告诫既认可又不认可:"要让汤恩伯这个人离开老蒋的确有难度,毕竟与共产党打了几十年仗,那种对立都深入到骨子里了,再说老蒋对汤恩伯也不薄,指望他立地成佛也不现实。但你说汤恩伯会告密,陷我陈仪于死地,那也是断无可能的,请放心。"

将汤恩伯一掌推出生死路的,不是陈仪,而是他的另一个对手毛森。得知陈仪有反蒋意图后,毛森就全面加强了对陈仪的侦察活动,潜伏在陈仪左右的特务得到许多有关陈仪不愿和蒋同生共死、准备起义的情报,对陈仪与汤恩伯之间的往来也进行了严密监视。

此时的毛森已晋升为京沪杭警备司令部第二处少将兼上海市警察局局长,凭着这层关系,毛森将自己的妻子胡德珍安插在汤恩伯的身边当秘书,汤恩伯的一举一动,人员来往出入,都在这颗"钉子"眼中。毛森本来是够不着汤恩伯的,但他手里显然已经有了一张拿捏住汤恩伯的生死牌,故显出一副胜券在握的神情。

"汤总司令,昨日来您处的浙江客人,是陈仪主席派来的吧?"毛森开口就那么一句。

"毛局长是有意跑到我司令部来抓人了?"汤恩伯眼露凶光,盯着毛森。

毛森却不吃他那一套:"若真是共产党,哪怕在蒋总司令家后院,我们该抓就抓!"

"放肆!"汤恩伯一拍桌子,终于爆发。毛森赶紧躬下身来,连带着把声音也压低了:"汤司令,我哪里敢在您和陈仪主席面前放肆半分啊,在你们这些党国要人面前,没有证据,不管军统、中统都是说不响的,这个分寸我拿捏得住。"

"你给我滚!"汤恩伯一声咆哮。毛森却笑着说:"我得把上峰给我的任务完成了才能走。我要成为经国先生的护卫了。"说完,他脸色苍白退了出去。

汤恩伯站起来,才发现蒋经国已经笑眯眯地站在他面前了。此刻,他陷入了沉思,他知道,做决断的时候到了,他没有时间拖延了。

陈仪何曾想到,此时的汤恩伯,已经千真万确地背叛了自己。他手中捏着那封起义的密信,心尖子都在颤抖,手也瑟瑟地发抖,一边说:"建丰兄,你们可一定要答应我一个要求啊。"蒋经国说:"晓得你要说什么,不杀陈仪,是不是?"汤恩伯连连点头。蒋经国笑了,说:"我父亲连张学良都没杀,这会儿都送到台北,好吃好喝地供着,还会杀陈主席这样辈分的老人?你想想,现在活着的同盟会会员,还有几个!"

汤恩伯想了想,又说:"还是不行,这么一把年纪,被软禁起来也活不好的。"

"那你想怎么样?还和你一起住着,你看着他?"蒋经国还是笑嘻嘻地说。

"就让他当个寓公养起来吧。养这么一个老人的钱,我们还是出得起的。别关起来,也别软禁,他老了,张学良有夫人保着,我们家老头谁保啊?"

蒋经国拍拍他的肩膀,说:"克勤兄,都这时候了,你还忘不了忠孝两全,真让我感动啊。放心,有我呢,我替你进言作保。"

话都说到这个份儿上了,汤恩伯也无话可说了,这才把陈仪写给他的起义密信和盘托出,最后由毛人凤带给了蒋介石。

得知此消息,杭嘉平心急火燎地赶往陈仪处,直接通知他说:"听说蒋经国到上海后,和汤恩伯进行了密谈,汤恩伯已经向蒋介石告了密。他已把家眷送到台湾,您不能再去见汤恩伯,必须立即动身,从笕桥机场乘飞机去江北。一过江,您的安全共产党全权负责。如不马上过江或设法躲避,后果将不堪设想!务请公洽先生三思!"

陈仪听了笑着说:"你看你,不打自招了吧,你就是共产党。"

杭嘉平回答道:"我是不是共产党没关系,有关系的是这个消息从共产党那里来,那是绝对可靠的。"

"贵党的消息,一定是有来源的。但照我看来,这又是不可信的。很可能还是毛森造谣。恩伯和我的关系你是知道的,他就像我的亲儿子。他恨蒋介石,恨胡宗南,反蒋是他先提出来的,如果不赞成,完全可以直接向我建议停止这一活动,何必出卖我呢?我们刚才还通了电话呢!"

殊不知,汤恩伯这头通完电话,那头就直接向在溪口的蒋介石告了密,老蒋在溪口可是安了七台电报机的呢。当蒋介石看了毛人凤专程送来的陈仪致汤恩伯的亲笔信等证据后,气得脸色铁青,连声大骂陈仪。此时的蒋介石,对陈仪已恨之入骨,杀机在胸中不停涌动,可他还是克制着情绪,立即和汤恩伯通了一个电话,对其忠心表示"嘉勉",要他从军事上做好部署,并提出陈仪的继任人选。汤恩伯在那头热泪盈眶地表态:"恩伯对党国鞠躬尽瘁,死而后已,看在陈公洽也曾对我恩重如山的分上,恳求总统饶他不死。"你看都这种时候了,他还是那么聪明,不叫"校长",也不叫"总裁",还是叫"总统"。多贴老蒋的心啊。

蒋介石尽量和缓着语气:"倘若我是总统,我必当下应允。我体谅你的心情,知你和陈公洽关系非同一般,能这样做,我很欣慰,正所谓公不徇私。对陈公洽,只要他真心悔过,我还是会尽我所能,法外施恩的。"

蒋介石一口答应条件,汤恩伯一口大气呼出:"谢谢总统体谅恩伯的难处,只要能让陈公洽尽享天年,恩伯也就问心无愧了。"

陈仪虽然固执地认为汤恩伯不会出卖自己,但对杭嘉平的安全却已经非常担忧,当他再一次把嘉平叫到自己办公室时,已经不想隐瞒对嘉平的看法了。他告诉嘉平,其实他早就知道杭嘉平的身份了,甚至在去台湾之前。这使嘉平非常吃惊,陈仪希望嘉平不要再出现在他身边,因为毛森一直在对嘉平盯梢,如果没有他的保护,嘉平早就被毛森抓捕了。"赶紧带上老婆孩子走人,还来得及。我们不久后还会在杭州会面的,"他自信地说,"这一天不会太远了。"

第八章

1949年1月21日,《关于和平解决北平问题的协议》达成。那一天,正是中国人传统的节日——小年。

杭州岳庙不远处的青芝坞口,清静得一个人也没有,云空像一方倒扣至天际的浅色砚台,摇摇欲坠。林忘忧摘去墨镜,他没有在晃眼的天光下环视周围,只是习惯性地手搭凉棚。已经二十岁的忘忧又看到了细纹咽声的清涟寺玉泉,廊檐下那了无玄燕的空巢,黄昏里正逍遥游弋的大青鱼,以及那寂寞开无主的灵峰梅花。老天给了他雪白睫毛下一双无法见强光的瞳孔,又给了他一对灵敏甚至过于灵敏的双耳。此刻,在鱼池边,他又听到了母亲和大鱼们的嘁哝共笑。

1945年秋,杭州复兴,僧人陆续归来,见残寺破庙,蛛网槛灰,已无力修复,那喝茶的雅座更只剩残面青苔,无处置足。唯有池中竟然还寂寂游动着数条青鱼,断尾破鳍,劫后余生。僧人们不由得泪如雨下,放声痛哭。鱼儿们有的绕池无声潜行,有的缩在一角一动不动,如老僧入定。它们不会流泪,即便泪化池中,人们也是看不见的。这一时节,杭州人的国仇家恨、前尘往事又齐涌心头,当年鱼池被日本佬用手榴弹炸得血肉模糊的惨状历历在目,如今恢复原状是第一要事。故有心之人四处奔走呼号,竟然又得青鱼、草鱼和红鲤、黄鲤百余条,四五年过去,也都长得不小了。

忘忧能够记得十岁时在这里发生的所有事情的细节。玉泉一侧还有一口晴空细雨泉,泉眼既细又密,丝丝上涌,波面浮激,就像天雨入泉,阳光映照,犹似纷纷雨点,有时斜风疏雨,游人们会惊叫而去,故此泉也叫"法雨泉"。今日没有阳光,亦无斜风,晴空细雨只待来日了。他转身面向玉泉西侧,心弦一紧,珍珠泉竟然依旧。眼前便出现了妈妈,像个小姑娘一般以脚尖着地,招呼着忘忧:"看啊,忘忧你看啊,小泡泡,小泡泡……"忘忧也跟着踮起脚来,泉池里串串小水泡不断往上涌现,犹如串串珍珠……

抗战胜利后,杭家所有人中只有忘忧没有回到清河坊,他留在西天目的太子庙里了。作为一名居士,他喜欢云游四方,或隐居山中,年关时分他才会回到忘忧茶府——他出生的杭家大院。每次回家前,他总要去一次玉泉,小年夜的玉泉总是没有游客的。在那里,他可以独自面对池中的母亲杭嘉草。忘忧拒绝任何人试图告知他母亲如何惨死,葬于何处,杭家人对嘉草之死也从来噤声不语。忘忧只认定妈妈是置身鱼池,化身为鱼神的。

前几年,这里还有和尚守夜,今年兵燹水火,僧众四散,连一口热水也没留下。他掏出了揣在怀里的白茶,这是他自己炒制的山里神茶,他没有办法把茶泡开了凉一凉再倒给它们喝,只能把干茶叶片儿撒在水面上。顿时,一大群鱼儿就游了过来,嘴一张,那干茶叶片儿就进了鱼腹。

忘忧可不会想到,他的表姐杭盼此刻会和一个他完全陌生的、八竿子打不着的国民党空军少校曹家远,行走在离青芝坞不远的龙井双峰茶园中。他们几乎可以说是在重复杭寄草和罗力的命运,而且他们俩都已经明显地感觉到了这种命运的轮回。对他们而言,唯一不愿相信的就是未来会重蹈覆辙,不愿相信曹家远会和林生一样殉难,或者如罗力一般失踪。曹家远一遍遍地对杭盼说:"你一定要相信我,第一我不会死,第二我也不会失踪,第三如果我失踪了,那我一定还活着。"

其实他这番话说得有点儿颠三倒四,逻辑不通。曹家远在这排大棕榈树下听完了林生和嘉草的故事、罗力和寄草的故事,已经想当然地把他自己和杭盼对号入座了。你看,都发生在惊心动魄的动荡年代,都属于一见钟情的要死要活的激情,都有点儿惊世骇俗的叛逆劲儿,只不过这一对年轻人自以为他们是可以再造未来的,他们的命运是一定会和别人不一样的。

明明在你死我活地打仗,但曹家远坚定不移地相信自己是不会死的,抗日战争期间都没死,更何况和共产党打。共产党根本就没有飞机,怎么打?

杭盼想了想回答说:"应该会有炮吧。"

"那也打不死,共产党不会打我,我和共产党有缘。你大姑父林生不是共产党吗?"

"小姑父罗力,他是国民党呢。"杭盼想起了什么似的,惊叫起来。

"我也是国民党啊!所以我和国民党也有缘。"曹家远说,"我要把大姑父、小姑父的好全部合在自己身上,然后我再把这些好全部披在你身上。"

杭盼有点惊讶,曹家远突然一下子变得这么能说会道。其实,她能够感觉到他内心的不确定,因为他把希望寄托在了南北划江而治上。他信心满满地说,再过一段时间,国共就会划江而治,然后国共还将再次合作,这样他就可以留在杭州笕桥机场。当然,如果杭盼愿意,也可以一起去北方,那里也有机场,解放军也需要飞行员,尤其是像他这样打过日本佬的教官。"不用一年时间,绝对不用一年,这一切就可以实现。"他说。

"要是不划江而治呢?"杭盼突然这样问他。这让曹家远着实呆了一阵,他当然不可能没想过这个问题。

"你想跟你妈去美国吗?"他打量了她一下,看见她摇头了。他刚刚提起的心放了下来:"你不能去美国。在中国的任何角落里,我都找得到你,可是到美国就麻烦了。你想想,我可能会在台湾,这是中国人自己的地盘,要见,肯定比去外国方便多了……"

杭盼打断了他的话,说:"今年的茶园,真是生得太难看了!"棕榈树下一大片矮小僵硬的茶树蓬,有不少生出了鸡爪枝条,硬生生地嵌在茶蓬上。显然已经很久没有台刈,也没有浇水施肥了。茶蓬下杂草已经枯萎。对茶来说,一年之际实际上并不在春,而在冬,春天是收获,冬天是保养,无冬便无春。谁承想连杭州的茶农们都放弃龙井这款世上难得的好茶了。

她挽着曹家远的胳膊,走到了埋葬嘉草的地方,冬至时分已经有杭家人来此上过坟了,有插在香炉里的香,还有一些祭品,都是素的,水果已被林中鸟兽啃啄咀嚼过了,散落各处,一片狼藉。杭盼蹲了下来,撒了一些自己带来的茶树花,说:"大姑妈,要迁坟了,杭家人都要入杭家的祖坟,父亲说的。你在地下再熬一段时间啊,不会长了。"此话刚说完,就有一阵寒风吹来,把白色的茶树花吹得微微翻动。杭盼对曹家远说:"你看,大姑妈显灵了,她开心了。"

曹家远有些惊愕地看着她,说:"显灵也好的,多个人说话。"

杭盼知道飞行员出身的曹家远断然不会相信显灵之类的鬼话,便说:"我还得带你去个地方。"

他们经过岳王庙对面的岳湖时下了车,杭盼带着曹家远登上了六吊桥的第一桥跨虹桥。站在桥头,杭盼开始给曹家远讲那个由一个中国姑娘送到西湖投湖自尽的日本人的故事,曹家远听得浑身起了鸡皮疙瘩,说:"这是杭州人说的大头天话吧,还会有这样的事情?日本人切腹自杀我倒是听说过,像这种让人送到西湖里来自尽的事,没听说过。"

杭盼也不置可否,只是静静地看着他,看着看着,眼光就燃烧起来,曹家远突然觉得头皮一麦,像是当胸被扎了一堆的针。杭盼从未对任何人口述过这件事情,只在梦里无数次地经历——每次都是那个已经死去的小堀一郎,突然从湖里钻出来,一把抓住西湖手划船的船舷,浑身上下水淋淋的,头发漆黑,面色雪白,嘴唇血红,他伸出一只手来,使劲地要把她拉进西湖,她就在小船上拼命挣扎,每一次她都会在即将落水的时候吓醒过来。这样的梦做多了,她甚至在梦里面都能够感觉到自己是在做梦,会对自己说,是做梦,做梦,但每次又会在最后关头对自己说:"这不是梦啊,这是真的啊……"然后再次醒来。

四年了,她不能回杭州的十字街头,她不能迈进杭家大院,她知道绿爱奶奶是怎么死的,寄客爷爷是怎么死的,哥哥和嫂嫂是怎么死的,父亲的小手指是怎么斩断的,她也知道她的继父是怎么发疯的,她甚至知道水里恶魔的亲生父亲是谁。她被这种一团乱麻、纠缠不清又扭曲惊悚的东西死死按住了,她驱赶不了那个曾经在杭家游荡的阴魂,就像恶心的东西堵在心里胃里,明知吐出就好,但怎么也吐不出来。

杭盼不是一个话多的人,这方面她完全继承了父亲的性格。今晚她已经答应了要回杭家去吃小年夜饭的,因为近来她不再做这样的梦,这是从认识曹家远后开始的变化。

可是,曹家远真的已经准备好了吗?她真的可以回家了吗?恶魔不再纠缠她了吗?

她就这么断断续续地讲,一会儿清晰,一会儿混乱,哽咽时趴在石桥栏上,情绪平复些又抬起头,在越来越浓的暮色中讲完了这段恐怖的梦。她终于明白自己想要说什么了:"我为什么要送他上船呢?难道他自己不可以去死吗?难道我是想陪他去死吗?"

曹家远用双手捧起了杭盼的双颊,一双剑眉下那燃烧的目光旺得照亮了浓暮中的西湖。他一边腾出一只手来有力地敲打着杭盼的后背,一边轻声地耳语:"我有样小礼物,送给你的。我们把它放在西湖里吧。"

他从大衣口袋里拿出了一个小盒子,打开,是一架微型飞机,白色的,很精致。他说:"你还记得十年前的杭州'八一四'空战吗?就这飞机,一天打下了日本人的三架飞机!来,十年过去了,如果西湖里还有阴魂不散,我们就再打一回!"

这是当年进口战斗机的模型,高志航亲自到美国进的货,那时十八岁的曹家远正是高志航十四中队里最年轻的队员,现在他是身经百战的战士,知道紧要的关头应该如何行动。此刻,他握起杭盼的双手,四只手把小飞机紧紧握住,然后伸向天空。她看见了,西湖的天空都在这小飞机上面兴奋得红了脸,晚霞竟然在这时候从金沙港后面的山头射出,勾勒出一道金亮怪异的云际线。然后,嗖的一下,飞机笔直地升向天空,又笔直地射向岳湖,曹家远大声地喊:"轰!看到了吧,击中了,粉身碎骨了!"

杭盼看到了,好大好大的水花,爆向天空,缓缓落下。她带着哭腔哆嗦地叫道:"看到了!看到了!粉身碎骨了!"

"好,现在你可以哭了,来,哭给西湖听,痛痛快快地哭,哭出来,大声哭!"

杭盼显然还在发蒙,她面对里西湖张开嘴,抖动了几次也发不出声音。就见曹家远翻过身,面对外西湖,大吼一嗓,声如裂帛。杭盼就跟在后面,扯开了嗓门,整个湖面瞬间就回荡着她撕心裂肺、肝肠寸断的哭声!

清河坊的忘忧茶府,小年夜正在暗暗的激情冲撞中度过。这五进的杭府,早年在杭天醉手里时就都命过名的:一进"生有居堂",典出清桐城派大师戴名世《蓼庄图记》:"今先生有居在焉,无迷津之患,葛巾藤杖,飘然竟往。"有人以为戴名世因《南山集》文字狱案发被杀于市,故"生有居堂"不吉利。天醉却说,生有居堂有志有趣,上上佳也!此堂其实是个大客厅,说不吉利的人们依旧日夜穿梭其间。

二进"花木深房",典出唐人常建的《题破山寺后禅院》:"清晨入古寺,初日照高林。曲径通幽处,禅房花木深。山光悦鸟性,潭影空人心。万籁此都寂,但余钟磬音。"所有人都说好,之前是天醉居住,现在成了嘉和居所,得茶和方越住在两旁的厢房里。

三进"阿曼陀室",专门用来珍藏杭家数代的古玩珍宝,主要是珍藏那把曼生壶的。据说钱塘人陈曼生在溧阳县令任上,正兴致勃勃制作紫砂壶时,抬头见到了曼陀罗树,从此便用"阿曼陀室"作为自己的斋名,并将此四字刻于曼生壶底。杭天醉在此进院中遍植山茶花。嘉和小时候曾问父亲,为何单种此花,不种他花。父亲告诉他,山茶花树据《聊斋》所言又为耐冬,它原是青岛崂山下清宫的千年古树成精,幻化人形,名叫绛雪。隆冬季节,冰封雪飘,绿树红花,红白相映,气傲霜雪,雪里开花到春晓,此树又与茶同科同属,故以此为院名,相合相契。抗战时,该院子曾被一把火烧得半焦,这几年又被嘉和整理得有模有样,曼生壶也重新入室再藏,两旁的厢房从前住着姑娘们,现在是寄草的居处。

四进"甘露兄舍",典出晚明张岱的《陶庵梦忆·露兄》。此文说的是崇祯六年(1633),有人开了间茶馆,玉带泉水兰雪茶,泉水现煮,茶具即洗,火候汤候,天衣无缝。张岱给这间茶馆起名叫"露兄",典出宋代米芾的"饭白云留子,茶甘露有兄"之句。故每每有人问天醉此进院子的名字是什么意思时,他便效仿米芾说:"茶如此鲜美,不就是甘露的哥哥吗?"这地方是留给嘉平一家的,原先叶子住着,但黄娜挤了进去,叶子便搬到前院与寄草合住去了,这房间她留给了蕉风,杭汉回来,便也住在了前院。

至于这第五进的"青塘别业",其实就是杭家的后花园,有亭有池有假山有小桥有戏台,还有几间厢房。抗日战争时期,这里挖过防空洞,如今也已被嘉和一寸一寸地修整好了。只是知道此院出典的人是很少的,它是陆羽晚年在朋友们的帮助下在吴兴建的居所的名称。陆羽是茶界神圣,将其宅名设在后园,也意味着这是杭家人心目中的精神家园吧。

杭家的厨房,就在"生有居堂"旁边的小套院里,今日是腊月廿三小年夜,正式祭灶的日子。按规矩,杭家的女人们打扫了一上午的厨房灶间,下午开始准备祭灶了。小年通常被视为忙年的开始,人们准备年货、扫尘、祭灶、辞旧迎新、迎祥纳福,干干净净过个好年。眼下兵荒马乱,遥远的北平已经和平解放,而江南的老百姓对国民政府的一切亦都已绝望,他们胜也好败也好,和草民无关,收音机里说出一个大天来,杭嘉和也一字不信。相反,他比任何时候都更上心家里这个小年夜。

茶是入口的饮食,归灶神管。民间诸神中,灶神是位非常重要的居家神,掌管人间衣食与祸福,人们自然而然会对之产生敬畏和依赖。而祭灶是小年的主要活动,灶,造也,创食物也。杭家人是吃茶叶这碗饭的,最需要灶神的体谅和支持。况且灶神还有个兼职,"居人间,司察小过,作谴告者也"。他得考察人间善恶,以降福祸,给一家守灶,保一家康泰,察一家善恶,奏一家功过。杭嘉和怀疑任何宗教,他其实不服于任何信仰,可是他非常重视那些由信仰生发出来的习俗,比如小年夜的祭灶。

从下午开始,灶间里就热热闹闹的了。为了省炭,只在那里生了个大炭盆。天花板梁柱上,往下挂了一根末端有一只铁钩的铁链,铁钩上挂着一把大铜壶,不停地烧着水。水是好水,是杭汉骑着三轮车,专门去虎跑运回来的。小年夜要喝好茶,龙井茶喝来喝去,只有虎跑水配得上。这几年,茶叶外销是基本归零了,但因为有了翁家山小撮着一家人的支撑,杭家人每年藏在石灰缸里的本山龙井,还是可以撑到过年的。现在所有人都聚集到厨房里来了,农历腊月廿三,灶王爷还没上天,婉罗早早地就准备好糖瓜,全家人到齐了就祭祖。嘉和说,今年盼儿要回家过年,全家人都将信将疑,以往杭盼一见忘忧茶府就会一声不响昏过去,这些年都是在九溪嫂家吃的年夜饭,怎么今年就会回来呢?但杭嘉和说得那么肯定,他在外面一张本来放菜肴的大桌子上抄范成大的《祭灶词》,等着女儿的归来。得荼认真地当着爷爷的书童,一会儿研墨,一会儿扯纸,还举着个烛台。这半年来,供电很不稳定,什么时候说灭就灭的,过年也不敢保证。这首诗的每一个字,得荼都认识,他就慢慢地一个字一个字地念了出来:

  古传腊月二十四,灶君朝天欲言事。
  云车风马小留连,家有杯盘丰典祀。
  猪头烂热双鱼鲜,豆沙甘松粉饵团。
  男儿酌献女儿避,酹酒烧钱灶君喜。
  婢子斗争君莫闻,猫犬触秽君莫嗔。
  送君醉饱登天门,杓长杓短勿复云,
  乞取利市归来分。

  得荼知道,爷爷写字的时候,一定要安静地看着,少说话,多琢磨,可他实在忍不住了,便问:"爷爷,今天不是二十三吗?这个人为什么要说二十四呢?"

  嘉和抬起头来,指着旁边那几个年纪大的人,问:"你们说,为什么?"

  黄娜坐在炭盆前烤年糕。叶子在灶口添柴,火光把她的脸映得粉红。婉罗正要指挥方越贴灶司菩萨双神之像,这可是个功夫活,很讲究的。方越接口就说:"谁知道这是为什么,反正二十三也好,二十四也好,过完小年我就可以回学校了。放心,除夕我再回来。"

"还看出什么门道来了?告诉爷爷。"

得茶又细细地读了一遍,开始解读心得:"就是说二十四日那天,灶司菩萨就上天了。坐着云的车,拉着风的马,吃猪头肉,还有两条鱼,还有豆沙包子……婉罗妈妈,我们有没有豆沙包子啊?"

"有的有的,再往下说,婉罗妈妈喜欢听。"

"婢子斗争君莫闻,猫犬触秽君莫嗔……"得茶开始读得结结巴巴,把"秽"读成了"岁",把"嗔"读成了"真"。爷爷终于打手势让他停下,接着问:"知道这两句话什么意思吗?"得茶摇头,嘉和就一句一句地告诉他:南宋那会儿,就是岳王爷活着的那个时光,和这个范成大说的一样,腊月二十四,才是灶王爷正式上天庭报告人间事务的那一天。灶王爷先乘着云车和风马,腾云驾雾在人间行走一圈,这时候家家户户都会摆上美食和美酒来祭祀,向上天祈福。百姓献上烂熟的猪头肉和两条鱼,另有甜美的豆沙团子和粉糕。家中男子斟酒祭拜的时候,女子还要临时回避,要烧纸钱、洒上酒,让灶王爷开心愉快。还要恳求灶王爷,丫鬟之间的争吵您不要听,猫狗不干净您也不要责怪。您只管自己酒足饭饱登上天门,家长里短的事不过问,向上天讨来大吉大利,回来再和一家人共同分享。

得茶便有些得意起来:"爷爷,其实我也听说,从前所有人小年都是过腊月二十四的,后来皇帝说,让有钱有势的人过二十三,穷人都过二十四,那穷人也不愿意,就都过二十三了。"

"你听谁说的?"寄草问,"这话新鲜,我都没听说过。"

"对门吴坤告诉我的呀。"

"噢,斗鸡的那个呀!"

寄草不屑地一撇嘴,突然跳了起来:"我们家大芦花怎么着,还活着吗?"

"活着呢,蕉风小姑救活的!"

一听到"蕉风"二字,一直心不在焉的黄娜跟火柴擦着了一样,突然就叫了起来:"蕉风呢?啊,这鬼妹又死哪里去了?"

寄草心里有她烦着的事情。云南方面,都怪自己当初带信给老邦崴,说是要去接小布朗,结果好嘛,老邦崴干脆带着小布朗跑马帮去了。这才几岁的小孩子啊,说是短途,也不行啊,老邦崴就是想把儿子给吞了嘛。这个罗力,抗战胜利说好了回来的,结果说是调去剿匪了,那不就是打共产党吗?寄草早就是共产党的秘密外围人员了,她写信让罗力回来,不吃当兵这碗饭了,谁知罗力从此就杳无音信,她已经三年未得到罗力的消息了。她也曾一度和二哥嘉平保持着联系,结果现在二哥对她不闻不问,只管和那些达官贵人搅和在一起。看样子,他和黄娜关系真不怎么样,把她往杭府里那么一扔,就忙自己的伟大事业去了。寄草相信,要不是黄娜,二哥还是会回家来看看的,现在泥牛入海似的,算是怎么一回事啊!想到此,便不客气地顶了黄娜一嘴:"人家大学生有大学生的事情,哪里是你们这种吃吃荡荡的人晓得的!"

黄娜一边咬着年糕,一边滚着舌头说:"那也得看什么时光啊,就今天这种日子,过年要紧!还有谁上街搞什么反饥饿反内战大游行,示威给谁去看啊?"

寄草赶紧对嘉和说:"大哥,杭汉和蕉风回来了,都在楼上补课呢。"

"这种局势还补什么课!听说竺可桢都找不到了,说不定已经被接到台湾了。先说好了,浙大要是去台湾,你们杭汉想怎么样我不管,我们家蕉风是肯定不去的。"黄娜气鼓鼓地说。

她还用力地瞥了叶子一眼,叶子面无表情,纹丝不动。这细微的动作也躲不过杭嘉和的眼睛,他啪一下扔了笔,对方越一声喝道:"都什么时候了,还不知道干你的活!"

吓得方越赶紧跳了起来。要去揭那张贴在灶头烟囱壁上的旧灶王爷像,却被婉罗一句话喊住了:"阿弥陀佛,灶王爷要请下来的呀,不好请破的呀,要囫囵一大张地揭下来的呀!"

坐在灶口烧火的叶子脸色平静,她也发声了,却是话里有话的:"得荼,去叫一声你汉叔和小姑,要拜灶王爷了。"

乖孩子立刻调头去了,他也不知道爷爷和叶子奶奶的脸色为什么突然就变了,只知道杭嘉和真的生气了,是冲着谁,只有那当事人黄娜不当回事。

方越心里有数不是冲着他,所以也不在乎,跳了几下就不耐烦了,一边要去扯旧灶王爷像,一边说:"一个小神,撕破就撕破吧,他还敢把我们怎么样!"

话音未落,但见杭嘉和上前一把扯开方越,轻声训斥:"走开!我来。"

大家都发现这杭家的当家人有点儿心不在焉,心事重重了。是的,杭嘉和的确慌神了,他后悔自己没有去胡公庙接女儿杭盼,他只是担心太兴师动众会把杭盼吓着,他吃不准那笑声的力量到底有多大,会不会真的把他女儿的魂魄招回。他甚至对那个少校飞行员产生了怀疑:这世界上真有这样的人吗？这事儿要放到寄草身上,那嘉和一点也不奇怪,但那是他的心肝盼儿啊,她受过什么样的心灵摧残,只有他的断指知道。她有缘分碰到这样的白马王子吗？要是转了个圈又回来了呢？或者退一万步说,他上天打共产党,要是反被共产党打下了地呢？或者谁也不曾打他,他自己就把自己打趴下了呢……

灶间的自鸣钟响了,七下。他眼冒金星,透不过气来,心脏狂跳,但他还是强撑起身体,把门背后的扶梯拖了过来,架在灶间,上去踩了一脚,却踩空了。大家都吓了一跳,赶上前扶他,叶子小声地焦急地叫着:"你怎么啦？怎么啦？你怎么啦？快快坐下,快快……"

门打开了,杭盼与一个身穿黑色大衣的高个子青年出现在大家的眼前。杭盼只来得及说一句话:"原来都在灶间里啊。"她身边的那个高个子几乎没有打招呼,就一个箭步上前扶住了扶梯,一迭连声地说:"我来我来我来!"

嘉和认出来了,此人正是那个让盼儿笑得几乎瘫倒在地的空军少校。女儿终于回家了,眼皮有点红肿,她哭过了,可神态放松,并不紧张。所有的人都松了一口大气,包括黄娜。婉罗和黄娜都凑上前去,她们都对曹家远充满着好奇心,都想端详一下这个看上去不算太年轻的年轻人。婉罗不客气地说:"蛮好蛮好,蛮好蛮好,你会把整张纸揭下来吗？"

曹家远锁着眉头说:"我试试。"他从口袋里摸出一把多功能工具刀,晃了晃,打开小刀,细细地摸索着旧灶王爷像的四角,显然是在找那个最容易下手的角,然后慢慢地切割开来。

寄草悄悄地问:"盼儿,跟小姑妈说实话,这个郎官哪里来的?"

杭盼扶着扶梯说:"曹家远,笕桥机场开飞机的。"

寄草一拍手说:"我说怎么这么熟悉呢!身上一招一式都是当兵的气息,还都是从一个地方出来的。"她说的是罗力。

说话间,曹家远已经把那张旧灶王爷像完整地揭了下来,然后就贴上了方越画的那一张,成双成对的灶王爷爷和灶王奶奶。曹家远贴得很仔细,边贴边说:"这是新画的吧?画得好!"

方越有点儿得意,他喜欢听好话:"你怎么知道这是画的?我说它是集市上买的呢?"曹家远就点了点灶王奶奶的嘴,笑着跳了下来。大家都看到了灶王奶奶嘴里的那几颗大金牙,哄堂大笑。婉罗也知道是笑她,一本正经地说:"有什么好笑的!说不好有一天你们要靠我这几颗金牙续命呢!"

黄娜摇摇晃晃走过来,手里还夹着一支香烟。杭嘉和看得一肚皮触气,这还是个夫人吗?简直就是个舞女。可黄娜就是一副置若罔闻的架势,问:"啊,曹先生,请问您什么军衔啊?"

曹家远并不喜欢回答这个问题,但他还是勉强回答了。黄娜一听眼睛就亮了:"都少校了啊,飞行员就是提拔得快。给你们杭家人捡着了……"

曹家远就跟杭盼咬耳朵:"这女人谁啊?不是你们家的吧?"她遮着嘴回答说:"不晓得啊,说不清的……"

可黄娜却把自己说得很清楚了:"跟你打听个人,你认识我先生吧?哦,就是我丈夫杭嘉平,他就在政府工作的,是陈仪主席的高参。我们已经几个月没打过照面了,他是死是活呢,也不知道。近日里国共两党还会再打吗?你上前线吗?我担心我先生,不知道共产党会不会打过来。听说北平已经降了,傅作义的部队不守了,有这回事吗?"

曹家远的飞行大队一直在投入战斗,只不过主要任务就是轰炸既定目标,而不是在空中作战。他有些为难地看看杭盼,摇摇头,算是回答过了。剩下黄娜在那里顾影自怜:"杭州这种小地方,真是毫无信息可言。当年我在重庆时,常常参加蒋夫人的各种集会的,美国人、英国人、法国人,全世界的记者都在那里扎堆,哪像这里,什么都不知道,我们好像要被活埋了——"

叶子已经端上了一大碗糖氽蛋,温和地看着曹家远,不停地说:"吃吧,杭州人的礼数,客人第一次上门,都要吃糖氽蛋的……"

"我们家里的糖氽蛋跟人家的不一样,你尝尝,有什么不一样?"杭盼用勺子捞起了一只蛋,送到了曹家远的嘴边说,"啊——嘴巴张开……"

家中所有的人都被杭盼的举动惊着了,她突然变成了一个大家都认不出来的杭盼,她是受刺激了,还是怎么着了?但她全然不知,依旧兴奋地对曹家远说:"真的不一样,真不一样,快点吃快点吃啊。要不要我告诉你?算了,我告诉你吧,这里面有红茶,是红茶糖氽蛋。"

曹家远环顾了一下这群杭家男女,他很尴尬,但终于还是张开嘴,让杭盼把整个蛋送进了他的嘴里。显然,他是有点被这只红茶糖氽蛋给噎住了,杭盼赶紧地给他去捶背,给他去撸胸。婉罗半张着嘴,一会儿看叶子,一会儿看寄草,甚至一会儿看黄娜。花痴了吗？她想。但曹家远终于把这只蛋吞了下去，并且认真地咂巴了一下嘴，说："真的啊，有茶味的糖氽蛋，好吃，着实好吃。"

杭盼又发出了咯咯咯的笑声，不像上次那样笑瘫在地，但依旧光芒四射。她对一屋子的人说："啊，曹家远今天夜里和我们一起过小年夜，你们欢迎吗？"

嘉和站起来就拍手，大家也跟着拍起手来，虽然拍得有点摸不着头脑，但嘉和永远是对的，这是杭家人多年来的定式，这次也一样。只有方越拍着手，心里有点异样，他不太舒服，心想：这家伙为什么是个国民党呢？他要是共产党就好了。

现在就差忘忧一个人了。寄草说："要不我们先祭灶王吧！忘忧从安吉过来，哪一次都是最晚的，我们等他吃小年夜饭好了。"

叶子却叫了一声"等等"，原来要紧要慢的一件事情差点忘记了。说话间，婉罗连忙递过来蜂蜜水，对曹家远说："手伸过来。"曹家远伸出他那双大手，婉罗示意一只手就够了，就在他那只手上倒了一些蜂蜜，然后示意他再爬上梯子："赶紧地涂啊，嘴上，灶王爷爷和灶王奶奶两个嘴唇都涂，涂了蜜，向玉皇大帝汇报，嘴想不甜都难。"

大家又都笑了。婉罗总有这种本事，把尴尬的气氛一下子调节过来。刚才极不舒服的嘉和突然感觉一切都好了，他让大家都坐下来，再等等忘忧。他说，忘忧是一定会回来的，而且马上就要到了。

与此同时却是一阵脚步声，不是忘忧，是得茶。他紧张地跑进了家门，把家里人看了个遍，最后还是毅然决然地走向爷爷，把爷爷拉到了门外，轻声地对他说了一些什么。一会儿，嘉和就回到屋里,环顾四周,踌躇了片刻,说:"不等汉儿与蕉风了,他们有事出去了,要晚点回来!"

黄娜就像一只豹子,一下子扑向叶子,一边大叫:"蕉风呢?你们把她弄到哪里去了?!"

叶子突然也光火了,喉咙不响,但话也厉害:"神经病,你把我们家汉儿弄到哪里去了?!"

"啊,你敢骂我神经病!我叫你骂,我叫你骂!"黄娜双手乱抓着继续往前扑,杭嘉和眼都不眨,一把捏住她的手,厉声地说:"给我转回去!"

黄娜顿时呆若木鸡。那种压迫不住的气势,不但把她镇住了,把新客人曹家远也给镇住了,他甚至低声问杭盼:"你父亲有点儿……你看我要不要先告辞,反正糖氽蛋也吃过了。"

"没事,"杭盼也轻声对他说,"你没见过爸爸发起狠来什么样子,以前对日本佬就是这样的。没事。"

黄娜过了好一会儿才发着抖说:"你们把她……弄到哪里去了……"

嘉和也放低了声音,缓缓地盯着她说:"杭家的事情我做主。"他突然环顾四周,一拳头砸在书桌上,吼了起来:"听见没有?!"

大家都被这吼声惊颤得呆住,只见曹家远一个立正,敬了个礼,大声回答:"是,长官!"

一屋子人沉默了片刻,扑哧一声,杭盼又捂住嘴笑开了,大家也跟着笑了起来,身影被电灯光和蜡烛光映到了灶间墙上,一片摇曳。这个反应杭盼已经是第二回见识了,但依旧好笑。

嘉和也笑了,说:"不用担心,汉儿和蕉风有点事,回来得晚,留着条子,让我们不要等他们了。"

"那赶紧祭灶送菩萨上天吧,我饿坏了。"得茶小声嘀咕。

"再等等,忘忧一年就回来一回,要等的。"嘉和重新坐到了写字的旧八仙桌旁,问曹家远:"我们正经喝一次茶,你喜欢用什么杯?"

杭嘉和在为自己刚才的失态懊悔,只有他自己最清楚自己有多容易失态,只不过他从来就有更强的意志把自己的失态压制下去罢了。一个女人,鸡毛蒜皮,值得你那么大动干戈吗?他为自己感到羞愧,但他不想让任何人看出,尤其不能让这个空军少校看出。曹家远当然看不出,杭嘉和太丰富复杂了,简直就是飞机操作台上德国造的高级精密仪器,让初学者一头雾水。曹家远对今晚领略的跨度极大的文化完全摸不着头脑。他不知道该用什么杯子,只能摇摇头坐下。但见嘉和舔了舔毛笔,写下了这几个字:"秋月初,翠梧下。出素瓷,传静夜。"曹家远倒是都认出来了,但不知道那是什么意思。一旁的方越却叫了起来:"宣窑青花茶碗!"

方越说对了,这青花茶碗瓷胎洁白细腻,用南洋输入的"苏泥勃青"青料施于釉里,烧成后色料深入釉内,清晰明丽,上面刻的铭文还是张岱的。这套茶碗就藏在阿曼陀室,锁在曼生壶藏柜的旁边,方越学美术,阿曼陀室里的所有茶器,他都看了个遍。

"这套茶具,是盼儿出生时,我到古玩市场买的。忆儿出生时也买过一对,汝窑仿宋天青色莲花茶碗,一只茶盏上各写一句铭文:'雨过天青云破处,者般颜色做将来。'买家说是宋代汝窑,又说这两句话是柴世宗的御批。当然,我知道那是后世仿的,可我喜欢那两句诗,不管它是谁写的。这套给盼儿买的茶盏是盖碗,那几句铭文倒真是出自张岱。以前没说过,头次说。今晚你俩就用它陪着过小年夜,好不好?"

曹家远别的都没听懂,只听明白这位父亲给他刚出生的孩子的礼物,就是一对茶盏。可他为什么以前不说呢?他又不明白了。

方越大声说:"爸,我去拿。"嘉和把钥匙给他,嘱咐道:"放在锦盒里一起拿,寄草你去搭把手。"这边方越应声刚落,还没开门,门便自开了,他与进门的那个雪白的人儿撞了个满怀,先是吓一跳,然后立刻开心地将对方抱了起来:"林忘忧,林忘忧,忘忧阿哥,总算等到你了!"除了黄娜和曹家远,满屋的人都叫了起来:"熄灯熄灯,点蜡烛!点蜡烛!点蜡烛!"有人便已经拉了电灯开关线,屋里却并非一片黑暗,蜡烛早就东一支西一支地点着了。然后是忘忧欢快的叫声:"等着我了吧?还没祭灶吗?灶司菩萨,忘忧给您老人家带天荒坪的好茶来了!"

"还有个大金牙灶司奶奶要喝忘忧哥哥的茶!"

"嫑好坏,还要出你婉罗姆妈洋相!"

"我看看我看看,大金牙奶奶在哪里……"

"好了,好了,开始祭灶了!"

噼噼啪啪的拍手声响了起来。曹家远紧紧地搂住了杭盼的肩,他看到昏暗的灶间里那些高高低低的火苗,纷纷地映在了墙上,放大了,发着带毛边的亮光。原来杭家人的天空是这样的——灶王爷升天,把杭家人都带上闪烁的夜空了。

第九章

叶子是有小女人心性的,面上很大度,内心却极细腻多疑,她最不放心杭汉与蕉风,只是不动声色罢了。刚才黄娜弄了那么一出闹剧,本来已经让她接近崩溃,但嘉和的出手,又让她恢复了平静,甚至隐隐地感到喜悦。她知道嘉和此时的这番动作,无疑是在公开宣布他对她的态度。可她未曾想到,那两个孩子根本就没有走远,就在隔壁忘忧茶庄后场的草色坊中。

早已是中共地下党员的浙江大学讲师杭汉接受了一个特别重要的任务,将组织提供的内容,抄成一份蝇头小字材料。作为解放军攻打杭州时必备的一份绝密文件,上面的内容非常细致,显然是那些未曾谋面的地下党同志冒着危险收集的。抄写的要求是能用放大镜看清纸面标题内容就可以了。这让农科出身的杭汉真的为了难,他没有这种抄写功底,也不敢让别人抄写,想来想去还是找在浙大的蕉风合适。征得组织同意后,杭汉就拉上了蕉风。蕉风是化工系的,也是浙大勤工俭学的绘图员,早已被杭汉发展成共产党外围分子。其实蕉风根本就不需要培养,杭汉让她干什么,她就干什么,而且任务完成得又快又好。这个事情又不能让家里的妈妈、小姐们知道,所以,从腊八开始,这兄妹俩就躲在钱塘江畔杭汉的单人宿舍里,开始秘密工作。

黄蕉风闭门不出,每天都用绘图笔将材料抄到十多厘米见方的打字机用薄纸上,一字一句都用极细的小字记录着:浙保六团二营五连,(驻地)钱塘江大桥,负责人李某某,兵120轻机2步70卡宾3弹100,系1938年1月10日接防……每一行字都得杭汉抄写一遍,黄蕉风再抄写一遍,确认无错,然后再由蕉风正式誊写两份。

杭汉每日照旧会出去溜一圈,总会得到些信息,回来就说给妹妹听。他讲的大多是护校的事情,什么浙大学生自治会已经发表《为坚持不迁校告师长同学工友书》,公开号召"保护学校,迎接解放",校长竺可桢也明确表示"不能迁校"。浙大构筑围墙,成立安全队,校内巡逻;储存食物,救护演练。那黄蕉风瞪着一双黑白分明的大眼睛,有点呆呆地看着哥哥。她和杭家其他女人都不一样,是黑牡丹,也是木美人。杭汉知道杭府里其他女人都是要抢话的,哪怕母亲叶子也会在心里面抢话,但蕉风这个妹妹,胖乎乎的,永远慢半拍的样子,要是看到她画的图、写的字,你根本不会相信这是同一个人。

杭汉每天都在校园里参与各种活动,在别人眼里,他就是一个中规中矩的农学男。而黄蕉风更为奇特,女生宿舍楼人都跑光了,她竟然能够在小小的宿舍楼里安静地待着,没有任何要求。杭汉曾经想过要发展蕉风跟组织更近一些,后来觉得还是算了,她不是那种腰缠绸带扭秧歌的人。可即便是这样也不影响他对她的喜欢。这种喜欢有点像他养了一只小鸡或小鸭,或一只笼中小鸟,没有他的照顾她就会死掉一样。他有时会去摸摸她的头发和脑袋,会拧一把她嫩嫩的小耳朵,仿佛她是一只可爱的小蜗牛。有时候,他会产生咬她一口的欲望。杭汉就是喜欢这样一个看起来木木的实际又不木的妹妹啊。

组织给杭汉的信息,是让他在忘忧茶庄后场草色坊接头,到时会有人来取材料。杭汉有点纳闷:怎么组织不但知道忘忧茶庄,连忘忧茶庄的草色坊都知道呢?这草色坊原来是茶清爷的工作间,外屋有梅花灶,里屋有摊青架,可以住人,隔着一道墙,墙外是可容两个人擦身而过的小过道,对面就是忘忧茶府了,两个院子各有一道小门,虽不在一个大院里,但推开便有夹道可通。茶清爷去世后,天醉给这间房专门取了个名字,用的是刘禹锡《陋室铭》的句子——"草色入帘青"——有茶色,还有纪念茶清爷的意思。杭汉很喜欢此处。草色坊靠夹道的墙面原是没有窗子的,杭汉专门开了一扇玻璃窗,平时用窗帘拉着。他从学校回家后,把草色坊变作了自己的实验室,常在这儿捣鼓历代茶的制作法,研究复原不同茶类的制作工艺;夜里睡在茶香中,他也喜欢。

蕉风进屋顺手就拉亮了电灯,被杭汉一声轻斥:"关了。"他先行一步,就把电灯关了,吓得蕉风倒抽一口凉气,不知所措。杭汉一边抚着她的背,一边和缓地说:"不能让人看见。"他拉着蕉风的手到墙角小花几旁,点了支小蜡烛,原来那上面是有烛台的。

烛光隐隐地照亮了四周,蕉风赶紧地用两只手做成灯罩状遮住光亮,杭汉摇摇手说:"这点光没关系,透不出去的。"

"有关系的。"

"没关系的,一点点烛光,让我看看你。"

"汉哥哥,我冷,我都冻出鼻涕来了,你看。"

"哪有这样烤火的呀。"杭汉把蕉风搂了过来,抱在自己的膝上,两只大手就握住她那并不算小的手,四只手都是冰凉的。南方的冬季,真是冷死人不偿命啊。蕉风在他的怀里发起抖来,成了个冰凉的小肉球,怎么搓都没用。床上还是夏天的配置,除了一个枕头,什么也没有。杭汉听到蕉风牙齿发抖的咯咯咯的声音,鼻子呼哧呼哧的喘气声,他无论如何也没想到,黄蕉风竟然被冻哭了。

"要不你还是先回去吃小年夜饭?"杭汉说。蕉风停止了哭泣,却很惊奇地回答:"不好回去的,要跟人家说符号的呀。"原来蕉风抄写的蝇头小字有许多暗号,不讲解是看不懂的,所以杭汉请示了上级领导,特意留下了她。

此刻看到蕉风被冻坏的样子,杭汉只能连连道歉:"对不起对不起,你赶紧回去,这里的事情我会处理好的,快走!"但蕉风一边挂着眼泪一边摇头。她不回去,她从他的腿上移了下来,脚冻麻了,一动,像针刺一样疼。蕉风开始在房间里踱步、跳动,这是大忌,他们应该一声不吭地潜伏,可杭汉不忍心再阻止她了。他知道他犯了一个大错误,蕉风并不是非来不可的,是他一刻也不想和她分开,尤其不想让她的妈妈控制她。

杭汉豁出去了,他伸出手就从床下拖出了一个炭盆,里面堆满了白炭。杭家的这个实干家,片刻工夫就把炭炉点着了,草色坊很快就被搞得暖暖和和的。房梁上垂下一条铁链,挂钩上挂着一把熏得乌黑的铜茶壶,桌上有两只圆筒形的紫砂茶杯,有盖,泡红茶是最好的。不怕没水,他早就装了自来水,他知道江南冬天的水管是要冻裂的,便早早地用厚橡皮管子把露在地面上的那截全部包扎好,此刻打开水龙头,竟然就没有冻住。他赶紧烧水,茶杯用热水烫热了,从口袋里随手掏出一小包来自武夷山的小种红茶,是他从家中顺手捞的。杭家人都有这个习惯,不管走到哪里都顺手抓一把茶,总是有用的。

现在火苗上来了,因为是白炭,火苗是红的,炭很快就压着火焰燃烧,像个慈爱的母亲。水响了起来,房间里动静越来越多。他想起母亲曾经告诉过他,水响的声音叫"松声",就像风吹松林,树枝摇曳。这声音真的太响了,火光也太热烈了。滚烫的沸水用力注下去,一股松香味扑鼻而来。他盖了茶杯盖子,说:"红茶,闷一闷好喝。"话锋一转,他又自言自语:"在这个地方交接,有点奇怪,会不会是自家人啊?"

蕉风的前身暖和了,又背过身去烤:"嘉和伯伯吧,他最像共产党了。"

"嘉和伯伯啊,他自己就是党,茶党。"

"那我也是茶党!"蕉风一暖和过来,就立刻开心了,马上表态说。

杭汉严肃地轻声对他这个木瓜妹妹说:"记住了,不管什么党都不能提,尤其是共产党,这是最高机密,万一有人闯进来问我们干什么,就说在这里谈……"

"谈恋爱吧。"黄蕉风认真地肯定地建议。

杭汉一时就有点尴尬,他完全没有这个思想准备,三十岁的男人,依旧觉得许多话是不可说出口的。

"蕉风,我今天听说了一个消息……"他想岔开话题。他等着蕉风回答"什么消息",可蕉风却没有回答的意思,他只好再说:"学校的人说校长跑到台湾去了。"

黄蕉风一边喝着热茶一边回答了一声:"噢。"

"'噢'是什么意思?你也认为校长跑掉了吗?"

"没有啊,我不知道的啊!"蕉风问:"校长是谁啊?"

"连校长是竺可桢你都不知道啊,你这小脑瓜子可真够灵的。"

"竺可桢啊,听到过的。"她笑笑说,一点不知道难为情。

"听到过什么呀?"

"校长啊!"蕉风慢慢地回了一句,她捧着茶杯暖手,眼睛盯着茶杯盖。"汉哥哥……"她说,然后就不说了。

"想清楚说什么,想好了再说,不想说就不说。"

"你杀过人?"蕉风一跺脚,使劲地说了出来。

杭汉愣了片刻,指着茶杯:"泡开了,可以喝了……"

蕉风就默默地喝茶,看得出来,问这样的问题,她还是惊慌的,一不小心就大口地喝,烫着了,就咳嗽了。杭汉马上就过去帮她端着茶杯:"红茶和你们的工夫茶一样,都得用一百摄氏度的水冲,喝时小口,在嘴里含一含再咽,不小心可是要烫着的,明白吗?看着,像我这样。"杭汉喝了一小口,对她做示范。

蕉风学着哥哥的样子喝了一小口,停顿了一下才咽下去。"真香……"她又问:"汉哥哥……你是在日本生的吗?"

"……你呢?"

"在南洋生的。"

"那你算哪国人呢?"

"汉哥哥是哪里人,蕉风就是哪里人。"

"我是中国人。"

"那我也是中国人。"

"说定了啊,中国人。"杭汉大大地松了一口气。这张窗户纸就这样在毫无思想准备的情况下被捅破了,他知道必须开始进行一场正式的对话了:"蕉风妹妹,我告诉你杭家的一个规矩。我们忘忧茶庄的杭家人是不问出身的,这是祖上传下的规矩。不管你是在哪里生的,谁生的,杭家只管茶有没有喝到一起。喝到一起,你的血管里就有了杭家茶,你就是杭家人了。喝不到一起,哪怕本来是亲人,也会成路人,成敌人。明白吗?"

"有点明白,有点不明白……"蕉风低下头沉默了片刻,抬起头笑着说。

"你刚才问得没错,我亲手掐死过一个人,中国人,汉奸,我的亲舅公,日本人扶持的杭州市长。我那时是锄奸队的,我就杀了他,看,就是用这双手。"

蕉风捧起了这双大手,仔细地低下头去看着,好奇地沉思着说:"真的不像是杀过人的手。"

"他是坏人,非常非常坏的坏人,必须杀死他。"

"那……你做梦吗?"

"做,常做。每次在梦里都觉得没杀死,要重杀一遍!"

"害怕吗?"蕉风担心地问。杭汉就微笑着摇头:"不害怕,就是紧张,还有心烦,会想,怎么杀了那么多次还没杀死啊……"

"下次把我做到你的梦里去吧,"蕉风很有信心地说,"在你的梦里,我会告诉你,汉哥哥不用担心,你已经把坏人杀死了!"

"你不害怕?"

"汉哥哥不害怕,蕉风也不害怕!"

现在,一切都清晰了。他再也不用为遥远的将来的走向举棋不定,也不用为曾经撕裂过的青春焦虑不安了。

他沉默地看了她一会儿,问:"小蕉风,你多大了?"

"十八？十九？"她傻傻地算了一下。

"你连自己几岁都不知道,你怎么那么傻啊。"

"阴历啊,阳历啊,不是有两种算法吗?"

"真替你发愁,那么傻嫁给谁去啊?"杭汉问。

"不知道啊。"她无所谓地喝着茶说。

"不如还是嫁给我吧。"杭汉开着玩笑似的脱口而出,头皮一麻,两只耳朵里仿佛投下了两颗炸弹,他顿时眼冒金星,喉长气短。

"好的呀。"蕉风答应说。蕉风已经完全缓过来了,她晃着两只脚。

"我比你大十岁呢,什么好的呀!"他还想装一装,故作若无其事。

"也好的呀。"她还是那句话,很认真地,不难为情地,好像一个孩子认准了一样玩具,非要不可。

他走上前去,从身后抱住了她圆鼓鼓的腰,说:"我不是开玩笑啊,我是说真的啊!"

她笑嘻嘻地回答:"真的好的呀。"

"十九岁了,我们不妨结婚吧。"

"好的呀,怎么结呢?"她开心地说。

"结婚嘛,也没什么难的,"杭汉说,"你看大家都在结。"

"那我们完成任务就结婚吧。小年夜结婚,不是很开心吗?"

杭汉愣住了,好像被一颗子弹击中,一会儿,他回过神来了,摸着蕉风的两只小胖耳朵,说:"怎么还没暖过来,冰凉冰凉的,两把扇子一样。你把床上那个旧枕头给我,窗玻璃反光,点着炭火,外面的人会看到的。"

刚说到这里,就见黄蕉风两排牙齿开始打战,指着窗口只说出两个字:"看……看看……看……鬼……"

一片漆黑的窗外,有一张人脸贴着窗口,因为贴得太近,脸被压成了一张扁饼,鼻子也给压歪了。蓬头垢面不说,满脸的胡子乱发似乎把整个脑袋夯成了一个毛圈,只有一对包裹在乱皱纹中的眼睛贼亮,还映着屋内的火光,是一个人无疑。杭汉一下子站起来,用胸膛挡住窗子,他不想让蕉风看到这样一个形象,只用一只手挥着:"走,走走,快走……"

黄蕉风却不走,她犹豫着抖抖索索突然唱了一句,是杭汉前不久教她的《国际歌》:"从来就没有什么救世主,也不靠神仙皇帝……不是鬼,是人……"

她趴在杭汉背后,双手抱住了他的腰。杭汉就见那张脸离开了玻璃窗,两手笼在袖口里,笑了,一口焦黄的烂牙,笑容里有一种诌媚的讨好。是一张隐约相识的面孔啊,杭汉想。蕉风却捅着他的背说:"他在跟你说话……"

果然,窗外暗夜中那个半人半鬼的人在开口说话,隔着玻璃窗不甚清楚,那人还用手指着烧红了的炭盆。杭汉只能把耳朵贴在玻璃窗上,他听着听着,就离开了窗子,迷惘地看着外面,对蕉风说:"他说……寒夜客来茶当酒……"

"啊,他想喝茶?喝酒?他想进来?"

杭汉却在想,不会吧,不可能吧,无论如何也不可能吧,这可是个接头暗号啊,就等着自己对下一句了。自己的同志会用这样一种方式?不会!特务?特务就更不会了,直接进来搜捕不就完了?

不管怎么样,这地方是不能待了,必须立刻撤离。杭汉一把拉住蕉风就往门外走,门却不推自开了,一个有钥匙的中年男人打开了门。他身材魁梧挺拔,礼帽长衫,外套深色呢大衣,格子围巾罩住半张脸。两兄妹盯着他,脱口而出:"啊,您!"

嘉平走进屋,脱下帽子,解开围巾,挂到衣架上。"这个草色坊啊,还是这么冷,像茶清伯的架势。搞热了,就不像草色坊了。"

嘉平这么说着,就坐到炭盆旁,一边烤火,一边抬头看着他们,蕉风马上把自己那杯茶捧给继父,说:"爸爸,我只喝了一口,这屋里只有两个杯子,茶叶也没有了……"

"木瓜妹,你可学会说话了,跟谁学的?他吗?"他指指杭汉,"好,寒夜客来茶当酒……"他刚要接茶杯,蕉风却吓得一哆嗦,手一松,茶杯盖就掉进了炭盆,顿时升腾起一片炭灰,扑了嘉平一脸灰。嘉平笑了笑,掏出块手帕,擦擦脸,仰起脸来,看这两个站着的儿女。他们紧闭着嘴,一声不吭,目光直直地对着窗口,杭嘉平循着他们的目光看去。杭汉一把抓起床上那枕头,堵住了窗子,使了个眼色,木瓜妹蕉风突然变得冰雪聪明,紧急地说:"爸爸,我们回去吃小年夜饭吧,现在就走……"

嘉平举起手中的紫砂茶杯,对着杭汉再说了一遍:"寒夜客来茶当酒……"

这一回的目光,与其说是看着他,不如说是等着他了。杭汉几乎是脱口而出地回答:"竹炉汤沸火初红。"

这么回答时,蕉风悄悄地翻了一下枕头再往窗外看,嘉平挥挥手说:"别看了,走了。"

杭汉再次用枕头把窗子堵得严严实实,确信已经无人,才叫了一声:"爸。"他抓着头皮,一时不知说什么了。

杭汉几乎已经完全不了解自己的父亲了。眼前是一个气宇轩昂的男人,微微有一些发福了,和瘦削的大伯完全不像是两兄弟。父子两个坐在一起竟然有无话找话的感觉,一个针插不进水泼不入的情感空间笼罩着他们。地下党员们接头时可不能这个样子啊。

抗战后期,杭汉离开重庆后,就没见过父亲了。平时他从不向母亲打听父亲的消息。偶尔,伯父会在言语中提到一两句父亲,有一种刻意的轻描淡写。伯父目光中对母亲有一种含情脉脉的怜惜之情,这种目光在父亲身上是找不到的。父亲朝气蓬勃,倾情而出,但没有那种持久的韧劲。可伯父却并不这样认为,伯父告诉他,他的父亲只不过无法离开具有激烈节奏的生活罢了,在那种生活里,他是坚持的,勇猛而长久的,但别人的生活便也因此成了他的陪衬。如今的父亲已经完全是国民政府场面上的人,杭汉自己也年近三十,对长年在外又另娶他人为妻的父亲,他在感情上已经很淡了。但他还是转不过来,不敢相信接头人会是父亲。直到父亲伸出手来,示意杭汉:"正事。"杭汉给蕉风使眼色,蕉风指着嘉平恍然大悟:"就是他啊!"杭汉使劲地点头,轻声地耳语:"就是他。"

蕉风这才把密件递给继父杭嘉平,一面惊慌失措地向他解释这份密件的符号内容。

杭汉却焦急地催促:"快走快走,这里不安全,有人看见我们了。爸,你怎么才来?不是说好七点钟就到的吗?路上出事了?"

嘉平的脸板了起来,他既吃惊又生气:"简直无法无天!我围着院子来来回回转了两个多钟头,要不是那个乞丐缠着你们,我还不敢进来。说好是和你一个人接头的,蕉风只是个抄录员,你都让她干了些什么?"

"黄蕉风是我们的同志,我向组织汇报过她的情况。"

"什么我们的同志,我拿到密件,立刻就要动身去香港,蕉风和她妈妈都得跟我一起去,再过一个钟头,就会有人过来接我们的。"

杭汉一下子站了起来,在房间里来回地绕着圈踱步,这就是他最愤怒的表达了。好一会儿,他才平下心来,一字一句地问父亲:"你就真的不想见妈妈一面?"

"你妈愿意吗?"

"那你也不想见大伯一面?"

"文件都齐了吗?"嘉平根本就不回答与工作无关的事情。

"我不去香港。"黄蕉风突然从刚才的懵懂中醒了。

"你必须去香港,你妈带着你先回南洋。"

"不去!"蕉风竟然急得叫起来,"我是杭州人,我在浙大读书。我,我嫁人了。"

嘉平被吓笑了,甚至刮了一下她的鼻子,说:"木瓜妹,你被你汉哥带坏了。你?嫁人了?就算你不是我亲生的,我也是你继父,嫁给谁,什么时候嫁的,我怎么不知道?"

"就刚才,我嫁给汉哥哥了!"

嘉平盯着杭汉,杭汉摊了摊手,说:"也不能算是正式嫁人!"

"到底怎么回事?!"嘉平想擂桌子又不敢擂,只能轻轻击打着桌面。

"求婚,求婚……"

"蕉风,你就答应了?"

蕉风使劲地点头,嘉平被击中了。计划在不停地变化,现在他该怎么办呢？

嘉平的一系列行动都是猝不及防的。先是那天他得到了蒋介石要撤掉陈仪浙江省主席职位的消息，他顿时什么也顾不上，直冲陈仪会客厅。陈仪刚刚放下电话听筒，见嘉平回来了，他也急了，摇着个大脑袋挥着手说："怎么还不走？！等着毛森来抓你啊！"

"公洽先生，我得到的消息是老蒋要撤你的职了，汤恩伯肯定向老蒋告了密。赶快跟我一起走吧，去香港，现在走还来得及！"

"我也听说了，这消息不见得可靠。刚才我还和恩伯通过电话。"

看着陈仪这张顽固执着的老人的脸，嘉平后悔了，想起那天在陈布雷墓前大哥嘉和告诫他的话：别跟陈仪这样的人共事，到头来成事不足，败事有余。不该不听的。性格决定命运，戎马一生的将军陈公洽将要死在所托非人上！

陈仪对蒋介石已十分厌恶，他挥了挥手中汤恩伯转来的蒋介石的电报，说："他还让汤恩伯转信给我，一口一个公洽兄，邀我去溪口一谈，我才不会去见他，若让我卸职，二话不说我就直接回上海。"

刚愎自用、重情重义、倚老卖老、一叶障目、妇人之仁，搬起石头砸自己的脚！杭嘉平把心里能想到的却不能说出口的成语都在心里滚了个遍，但他什么都做不了，也无言以对。唯一能做的就是沏一杯日铸茶，递给陈仪。只见陈仪缓缓地喝了几口，对着窗外的西湖一言不发，还随手拿起桌上一册线装本的《陶庵梦忆》，说："这茶张宗子有写到的，兰雪茶，你读给我听听，我眼睛花了，听听乡音，喝喝茶，也是这危世中的一种宽慰。"

杭嘉平沉重地站了起来，翻到《兰雪茶》，为他读了起来：

日铸者,越王铸剑地也。茶味棱棱,有金石之气。欧阳永叔曰:"两浙之茶,日铸第一。"王龟龄曰:"龙山瑞草,日铸雪芽。"日铸名起此。京师茶客,有茶则至,意不在雪芽也。而雪芽利之,一如京茶式,不敢独异……以旋滚汤冲泻之,色如竹箨方解,绿粉初匀;又如山窗初曙,透纸黎光。取清妃白,倾向素瓷,真如百茎素兰同雪涛并泻也……

此文不短,全部读完,陈仪杯中那盏茶也喝去了大半。嘉平给他续水的时候,陈仪才说:"共产党若得江山,你必重返此楼此窗,中国人改朝换代,吾两浙尽在尔等肩上了。"

嘉平朝陈仪鞠了一躬,无言地退了出去,他热泪盈眶却无能为力。身后还追来陈仪的嘱咐:"放心,汤恩伯就是自己死,也不会出卖我的!"

嘉平的心事无人可以诉说,连和自己的亲哥哥杭嘉和也不能说。他这次迅速撤离去香港,是必须要带上黄娜母女的,有些事情是再也不能够拖下去了。

原来,这黄娜不是什么英国华侨、赴华记者,也不是什么插图画家,那些身份全都是假的。她就是个马来亚华侨,家里太穷,把她卖到一个草台班子里演杂技。小姑娘有几分姿色,会耍一手扑克牌,知道要往上走就得巴结上面,好不容易把班主老婆给蹬了,嫁给了班主。班主老婆也不省心,把女儿蕉风扔给了他。好在班主会唱会说,会大变活人,还会置景,黄娜有时帮着丈夫瞎画几笔布景，这就算是她那点艺术功底了。那年也不知撞了什么大运，班主把戏班子带到英国巡演，去了一家贵族庄园，黄娜就趁着给子爵少爷沏工夫茶的那点时间，跟那英国爵爷调上了情。她可真有本事，一句英语不懂，就敢调情，结果还调上了床。爵爷给了那班主一笔钱，黄娜就一脚把那穷班主给踢了，从此在那庄园里住下，做了英国爵爷的情人，学了不少上流社会的风情，还能说上几句英语了。抗战前夕，黄娜跟着爵爷来中国考察经济，到了重庆。也是巧了，那戏班子也流落到了重庆，竟然就撞上了。要说那穷班主也不是好惹的呀，一把就把前妻生的女儿蕉风推给了黄娜。那爵爷原本有个东方徐娘陪着倒也滋润，万万没想到徐娘还有那么大一个马来亚女儿，什么中国书香门第、世家小姐破产流落江湖，被卖入戏班，全是假的。他感到无比愤怒，让男仆把她那点衣裳首饰装进一个大箱子里，连带母女两个，直接就扔在山城重庆的大街上，这个萝卜谁爱顶谁去顶吧。

黄娜在大酒店门口站了一会儿，开始摸口袋，翻名片，第一张就摸到了杭嘉平的。杭嘉平当时正在重庆办着报纸呢，她是在和爵爷参加一个派对时认识他的，两人跳了一圈舞，谈下了一笔茶叶生意，就这么点缘分。她凭直觉准备去找他，先弄个地方睡一晚上再说。打定主意时，她是想扔了这个黄蕉风的，又不是她生的，和她有什么关系！转念一想，说不定带上有带上的好处呢，谁不同情孤儿寡母的！

黄娜的直觉是完全准确的，杭嘉平留下她们母女暂栖一夜。第二天，他亲自去找了那英国爵爷，结果不但没把那母女两个送回，还和那英国人打了一架，差点构成外交风波，茶叶生意也差点黄了。黄娜就这么一天天地在嘉平处住了下来。他帮她找了工作,给报社画插图,还送黄蕉风上了学。杭嘉平不明白后来那些事是怎么发生的,他一直觉得有一天黄娜母女会消失,就跟来的那天一样,这些事会突然发生。他轻敌了,大意失荆州,有一天半夜酒醒过来,突然发现身边躺着一个女人时,他都不敢相信这不是梦。他开始想着怎么才能够和那个英国佬一样,干净利索地一刀两断,却发现自己无论如何都找不到更得体的办法。终于有一天,他等到了一张杭州发来的离婚申请传票,这才发现,原来他等来等去,等来的却是这一天。

此刻,嘉平端起那杯酽酽的红茶,一口一口地品着。杭汉坐在桌子那一头,也一口一口地品着。他抬起头来,憨憨地看着父亲,说:"爸,听说国民党想把浙大搬到台湾去,有那么一说吗?"

"老蒋嘛,当然想把整个大陆都搬到台湾去,可那儿放得下吗?"

"爸,那你呢?你会去台湾吗?"

"我差不多已经暴露了,要不然也不会急着今夜就走。你呢?你外公想让你们回日本……"

"我是在日本生的,可我是你儿子,你是中国人,我也是中国人;你是共产党员,我也是共产党员。"

"还在恨我。"

"我真不恨你,真的。我感谢你。"杭汉很诚恳地说,"我妈也不恨你。"

嘉平腾的一下站了起来,想想又坐了下来,问蕉风:"你真的不肯走?"

"我现在还有不少活儿离不开她……"杭汉急道。

"你闭嘴,我问她呢。"嘉平说。

"我不走,我要和汉哥哥成亲的。"蕉风不紧不慢。

"……你妈呢,你就不问问?"嘉平无语了。

蕉风竟然没心没肺地笑了:"我不是她生的呀!"

嘉平竟然也被她这句话堵住了:"就算她没生你,可她养你了啊。"

"没有啊。"蕉风摊摊手,"她没养我啊,是你养的啊,是你出的学费啊!后来是嘉和伯伯给我吃给我住的啊!现在我读书,勤工俭学,从来就没有什么救世主,也不靠神仙皇帝了啊……"

嘉平突然明白杭汉为什么会喜欢蕉风这样的木瓜妹了,这个大智若愚的黄蕉风,一点儿也不像木瓜啊。他板下脸说:"婚姻之事,我不强求你们。可杭汉你的身份,要经过组织批准,你是我们的同志。"

"蕉风也是。"杭汉说。

"她只能算是外围。"

"我马上就向组织报告。"

"来不及了。这个点不能用了,马上撤离。蕉风,通知你妈,收拾好东西,半小时后我们在青塘别业后门见。"

"你就真的不想见见我妈了?"杭汉问。

嘉平摇摇头:"转告我的意思,你妈要嫁人必须经过我同意,我不同意她不准嫁!"嘉平自己也没想到会脱口说出这样一句蛮不讲理、封建透顶的混账话。

"我不同意你的意思,我也不转告。"杭汉冷静地回答,仿佛早就把他的问题复习过几遍,押题准确,回答熟练,"除非你不是共产党员了。"

嘉平顿时就蔫儿了,闷着声说:"那我收回这话。"

父子俩正这么尴尬地聊着,突然夹墙对面的后花园有声音忽高忽低地叫唤起来。夜深人静,这声音就非常清晰,一听就知道是方越的,他正在大叫:"滚!滚!滚出去!"然后是一片隐隐约约的嘈杂声。嘉平一拍大腿就冲了出去,就像心里完全明白发生了什么事情一样。杭汉和黄蕉风跟在他后面。快到小门口时,嘉平对他们说:"去看看,是不是刚才你们在窗口看到的那个乞丐?"

"他是谁?"

"难怪谁都认不出来,他是李飞黄啊。"

杭汉一拍脑门,哇,认出来了,是他啊!杭家的这个小年夜,出其不意来的人,还真是太多了!

李飞黄的事,还真不知道该怪谁。腊八那天,杭家把李飞黄收留了,也实在是事出无奈。抗战胜利后,李飞黄就因汉奸罪被批捕了,好在没有犯命案,又加上疯了,所以命倒是保了下来,一直关在杭州小车桥陆军监狱里。说起来这监狱也是大名鼎鼎,南宋时它是大理寺所在地,岳飞就死在此处的风波亭,历朝历代这里都是监狱。杭州人有一句俚语,"不坐小轿车,就坐小车桥",讲的正是亡命之徒和这里的关系。

李飞黄清醒的时候,能一五一十地把这段历史讲得跟说书人一般精彩,什么附近的岳王路,旁边的银屏井、孝女路、蕲王路,真是"一市秋茶说岳王"。狱友便问他:你这么膜拜岳爷爷,怎么自己成了汉奸呢？这一问，李飞黄立马就疯，口吐白沫抽搐不停，也不知是真疯还是假疯。时间一长，那些文盲狱霸还都喜欢上了听李飞黄说杭州，每天伺候着他，就等他闲下来说故事。那李飞黄从秦始皇一直说到王金发，都不打一个盹儿的，满肚子的学问啊，所以他在狱中并没过上非人的日子。倒是共产党要来了，管监狱的人都在盘算着后路，别说假共产党了，连真共产党都变着法子放出去了。李飞黄这个半疯不疯的汉奸，还养着干吗，连带着那些地痞流氓黑社会的一股脑儿就都放了。

李飞黄一出来就抓瞎了，狱友们顿作鸟兽散，谁还管个汉奸，又不能偷又不能抢更不能杀人放火，连讨个饭都没本事。没几天工夫，谁也不理他了，把他扔在僻静的巷子里自生自灭。他就一会儿清醒一会儿糊涂，也有人认出他来的，都把他当毒蛇猛兽似的纷纷避开，要不是杭家那顿腊八粥，他真得倒在街头一命呜呼了。也是天无绝人之路，碰上了杭嘉和这种人间奇葩，竟然就让他进了杭府，在灶间先让他喝完粥填饱了肚子，洗了脸换了衣服，这才开始发愁，该把这家伙送到哪里去呢？为此，嘉和还去找老同学陈揖怀商量。陈揖怀虽被日本人砍了右手，如今却也靠着左手成大书法家了，听到此事急得直跳脚："嘉和啊嘉和，你这么清醒的一个人，如何做出如此糊涂之事啊！这个李飞黄和你有什么关系啊？这种人就应该枪毙！"

"虽说罪不当死，还真是生不如死呢。"杭嘉和表达了自己的心思。

"喏喏喏，我就晓得你心肠又软了，耳朵根子也软了。"

"不软，不软的。但也总不能直接扔到大街上去啊。"

"那就把他送回监狱去。听我一句话,这种人,避之不及,避之不及。当断不断,反受其乱。不是我危言耸听,你要是把他留下了,有一天你得死在他手里。"

陈揖怀的话掀起了嘉和内心的波澜。他一直对李飞黄这个人没什么私恨,一度还很看得起李飞黄。他现在所做的一切,也不是为了方西泠,这个女人手眼通天,总能把自己料理好的。但是他心疼方越,他是真爱方越,完全视如己出。有什么办法能既不伤方越,又能摆脱这个李飞黄呢?

嘉和为此还真是去了一趟陆军监狱。监狱长听了他的诉求,问他:"你什么意思?古往今来都是抓进监狱,没听说送进监狱的。你当这里是饭店啊?旅馆啊?有你们这样的亲人吗?"听说是同学,监狱长口气软了下来,说:"那也不能往狱里送啊,我们狱里都在忙着遣送犯人呢,你们还来添什么乱啊!真要送,你也往慈善堂送啊,到我们这里,不是往地狱里送吗?"

杭嘉和听了此言,心中立时就亮了许多,这是个好主意。第二日,他打通关节,就把李飞黄送到杭州慈善堂去了,还塞了笔钱给他们,算是赞助。他以为此事了结了,万没有想到,才几天工夫,李飞黄就在小年夜从慈善堂里逃出来了。他先是在杭家夹巷里转了半天,见识了杭汉的炭盆后,突然灵机一动,就从杭家后花园溜了进去。

后花园里有一排厢房,原本就是留着给忘忧劳作时住的。忘忧一年才回一次,又喜欢在后花园的空地上捣鼓他那些茶苗茶种的,所以给他留间房方便些。腊八节后,李飞黄就在这里住了两天,没想到他就记住了,这次撬了青塘别业的后门门锁,直接就进了忘忧的房间。屋里红红的,原来婉罗她们早就把忘忧房间的炭盆烧得热乎乎的,床褥什么的,也都搞得暖暖的。李飞黄借着炭火之光,见桌上有热水瓶、牛鼻大茶壶、小茶缸,还有一个信封,信封里有茶叶,大约也就只能冲一壶的量。他顿时就来了劲,冲了茶靠在床头喝,还真是甜,不知是什么茶。喝着喝着就困了,就一头扎在床上,睡着了。

他哪里想到杭家的小年夜祭灶结束,大家吃完了饭,就分头睡觉去了。方越在抗战逃难时和忘忧建立了深厚的友谊,所以他俩最要好。饭后,忘忧悄悄招呼他,请他到后园喝石女茶。"我专门给你留了一道,你尝尝就知道它的好了。"忘忧对他说。

到门口,他俩却觉得不对,门虚掩着,里面鼾声如雷。"贼骨头!"方越叫道。

"有这么大胆的贼骨头吗?怕是谁喝醉酒又走错路了吧。"黑漆漆一片中,炭火微红,忘忧轻手轻脚走进了房间,看见一个人斜躺在床上,一双脚搁在床档外。随后,方越划亮一根火柴,照着那个人的脸,他蒙了,没见过这样一张脏乱的脸啊。再凑上前去,他就看出他是谁了,心火顿时从脚底板嗖地蹿到头顶心。他一把抓住那人的衣领,大声喝道:"滚,你给我滚!"

李飞黄被方越摇醒了,他也大声叫着:"我不走,我不走,我就是不走!"这两人扯成了一团,忘忧急得围着他们直转,一边低声叫着:"方越你这是干什么!啊,太闹了!啊呀,太闹了……"

"他是李飞黄,汉奸李飞黄!我一眼就认出来了,你怎么就认不出来!滚!你给我从哪儿来滚哪儿去!"方越一把把李飞黄拖到门口,李飞黄两只手死死地扒住了门框,一边喊着:"忘忧啊,你救救我啊,我哪里也不去啊,我就喜欢我们杭家啊……"

"他怎么知道你是忘忧?你们接过头了?林忘忧你凭什么哪壶不开提哪壶,你不知道我不能见这个人吗?"

"你拖不动他,疯了的人力气最大,我到前院喊人去吧。"

几分钟以后,两拨子人就一起在李飞黄面前会合了。黄娜一看到嘉平,激动得话都说不溜了:"是,是,是来接我们的吗?"

嘉平点点头说:"十分钟后在边门集中,有车来接,一分钟也不等。"

黄娜赶紧招呼女儿蕉风:"可把你爸给盼回来了,赶紧走赶紧走,赶紧地跟你爸走啊。"蕉风扑在门框上抠门缝,慢吞吞地一声不吭,一副不想跟着走的吞头势。嘉平不想和黄娜起正面冲突,示意杭汉:"跟我说的,再跟她说一遍吧。"黄娜急得只摇手:"我不听我不听,你还想让我们家羊入他们家虎口啊,蕉风给我上楼拎箱子去!"嘉平一把拉住黄娜胳膊说:"闭嘴!你还有没有一点文明样子,丢人还没丢够!你不想走我就自己走了!"吓得黄娜一口一个想走,一头往外冲,拎行李去了。

嘉和与寄草这时候也赶到了,看到嘉平还真是吃了一惊:"先吃饭先吃饭。"寄草扑了上来,"二哥二哥"地叫得一个亲。嘉平顾不上那么多亲人,只对嘉和说:"这家伙你拿他怎么办啊?"

李飞黄正用头撞着门框,一口一个:"我不去啊,我哪里都不去啊,我要喝杭家的腊八粥啊……"气得婉罗也骂:"腊八早就过了,今日腊月二十三了,你还想吃什么腊八粥啊!快起来快起来,一个大男人赖在地上,这算什么事啊!"

"婉罗姆妈别跟他啰唆了,他是个疯子,哪里听得懂!"方越说。

"那就赶紧送回慈善堂吧,方越你送。"

方越立刻明确表示:"我不送,和我没关系,我在这里再郑重声明,我,方越,和这家伙彻底没有关系。"说完调头就走。

嘉平看着地上这个无赖,对大哥说:"现在赶他出去,不是冻死就是饿死。"

站在阴暗处的曹家远虽然丈二和尚摸不着头脑,但此时却爽朗地表态:"要不我去送,我有车。"见大家都看着他发愣,又说:"我是曹家远。盼儿的……未婚夫。"说完就搂住了杭盼的肩。嘉和心里狠狠地一热,终于开了口:"送过去照样跑回来。"

"要不然找家旅馆让他先住下,还可以洗个热水澡,钱我出。"寄草建议。

方越推着自行车出来了,说:"他会洗澡吗?都疯成这个样子了。"

"我可以帮他收拾一下,我陪过去吧。"忘忧突然开了口,但立刻被方越打断:"谁帮谁啊,忘忧哥你掉价吧,不准你管他。"方越这回是真的发怒了。他深感自己要多丢脸就有多丢脸。

倒还是杭汉灵机一动,说:"要不然让李飞黄先住到草色坊去,过了年再送走,锁在里面,每天弄点吃的,也简单。"

"里面还生了炭盆呢。就差一床被子,我这就去拿,我那里有。"木瓜妹黄蕉风欢喜地说。

"这主意还行。方越,你表个态。"嘉和说。

"为什么要我表态?!"方越大叫起来,"不是说了,我和他一分钱的关系也没有!"

寄草生气了,指着方越鼻子说:"你亲爹死在大街上,还不得你去收尸!"

"我有亲爹,不是他!而是他!"他指着嘉和说,"我走了,护校去了!"他推起自行车就从后门冲了出去。寄草要去追他,被嘉和拦住了,说:"没事,让他去吧。"

只听到巷口传来一声大叫:"我不回家过年了!"转眼人就不见了。

还是嘉和与杭汉把李飞黄扶了起来,要往夹巷对面的草色坊送。蕉风抢先一步去收拾房间,显然,她是不想让家里人看出草色坊已经有人捷足先登。该死的李飞黄一口一个"腊八粥",看样子他也是真饿了。嘉和示意寄草和婉罗弄点吃的去,两个女人只好诅咒着走远了,她们是不敢违背嘉和的意志的。

小车已经停在了夹巷门口,嘉平甚至来不及跟大哥说上一句话,只能告一个别:"明天一早,北平傅作义将军就会和共产党签订协议,二十五万守军按协议陆续撤出市区,解放军会和平入城,平津战役结束,共产党马上就会打到江南……我必须走,这个家就交给你了……"

大哥连头都没有回,站了一会儿,说了两个字:"放心……"便消失在夜色中了。

嘉平将双手搭在多年不见的忘忧肩上:"长这么高了,忘忧,小舅舅抱不动你了。"

"我带了白茶,还来得及喝吗?"忘忧懂事地问。

"来不及了。世道马上要变了,以后有的是时间。"

他走到曹家远和杭盼身边,对曹家远说:"小子,你得一心一意对我们家盼儿好,要不然我杭嘉平饶不了你。她爸爸脾气好,我可不行。"

曹家远轻轻敬一个礼,双脚后跟一碰:"是!"

嘉平内心一惊,知道了他是当兵的,国民党的人。正踌躇着,就见青塘别业的小曲桥上,一个小小的身影过来了。她迈着小碎步,手里拿着一捧花,应该是蜡梅吧,他闻到了蜡梅的特殊香气。她跟嘉平擦身而过,好像嘉平就是个幽灵。她进了屋,问:"忘忧,我白日里挑的梅瓶你看到了吗?"

"明初龙泉窑的牡丹纹梅瓶,方越告诉我了,说这个梅瓶配我们家的蜡梅最好。"说话间,蜡梅便插进了花架上的梅瓶中,就着热气,蜡梅散发出了浓烈的幽香。

"方越真的不回家过年了吗?"忘忧问。

"不回来了。你去学校看他吧,艺专现在挺热闹的。"她说。

蜡烛点起来,与炉火两两相映。月光从窗口斜斜射入,在地板上映出一个有些毛边的白框,白框里站着一个小绢人儿。嘉平心里一动,他感受到了一种以往从来没有感受到的、从身体最深处涌出的又伤心又甜蜜的心绪,为什么他以前没有感受到呢?他们一个在门外的月光下,一个在门内的阴影中,默默无语,无言以对。嘉平突然被惊起,司机来催他了,忘忧茶府的冷月,就这样被砸得碎了一地。

黄娜还是慢了一步,拖着行李赶来的时候,小车已离开胡同口了,只听黄娜大叫着:"我不就差了一分钟吗?就一分钟啊!杭嘉平,你这没良心的不负责任的坏东西!"已经坐进轿车后座的嘉平回头抬起手来,却什么也听不见,他眼前只有一个身影,站在台阶上,轻轻地摇着手。

第十章

　　日子过得又快又慢,3月下旬春分日将到未到,岁节尚在社前,狮峰山上的茶,正一芽一叶初展,芽长于叶,芽叶匀齐肥壮。再过几天,就过了社前,成了明前,这时的茶叶就成了一芽一叶至一芽二叶初展,芽就稍长于叶。"三前"摘翠,说的是社前、明前、雨前。嘉和要炒社前茶,最早的龙井茶。叶子就随着杭盼一起上狮峰山采茶了。

　　叶子和杭盼都是采茶高手,仔细,慢。前几年采茶,寄草和蕉风也都会出马,八只纤手唰唰唰唰,像蚕宝宝吃桑叶,叶声一片,那才叫又好又快。今年蕉风不来了,怕黄娜再闹是一个原因。自上次因差一分钟嘉平等不及她扬长而去之后,杭家就一下子多出两个疯子。李飞黄倒是文疯,有吃有喝有床睡,还有书读,他就不发作了。黄娜不行,彻底大发作,黄蕉风吓得落荒而逃,和杭汉回了浙江大学干地下革命工作去了。黄娜一见出气筒没了,就转换对象,一到吃饭时候,见家里没有男人,她就朝叶子扔筷子砸碗。叶子一看她砸碗,心痛得也不管什么是斯文扫地了,在杭州这么多年,她早就同化成会"做人家"的杭州女人,会过日子了。这些碗在日本佬手里都保下来了,还能由着你砸!叶子上前就去抢。女人的战争可想而知,结果她就跟黄娜扯头发抓脸,两人抱在一起满地打滚,婉罗吓得在她们身边跳来跳去劝架,却怎么也拉不开。得茶灵机一动,找了根鸡毛掸就抽黄娜屁股,三人打一个怎么能不赢,黄娜夹脚屁股就朝楼上跑,叶子发疯一样在后面追,抱着她小腿死活不放手。两个女人都倒在楼梯口,直到杭嘉和回来,死活掰开了她俩,叶子还张口就给黄娜一口唾沫,这才被杭嘉和架走。黄娜则就势从楼梯上滚下来,接近自残,佯作昏厥,半夜渴极,才只好自己爬回房间。

第二天,嘉和想把叶子送到胡公庙去和杭盼住几天,叶子哪里肯,说:"日本佬杀人放火我都没跨出杭府一步,这么个蛮胡佬泼妇就想鸠占鹊巢啊?"嘉和直直地愣了半天,才说:"叶子,我认识你快五十年了,从来没见你这个样子。"叶子也愣了半天,才说:"有过一回,到小堀那里救汉儿,也是这样的。"两人愣在那里,正不知如何是好,想想就哭了起来。嘉和说:"连你都会打架了,好佬!"叶子一时哭出眼泪,婉罗却又跑过来了,说:"黄娜不肯下来吃饭了。"叶子站起来,恢复了正常,说:"婉罗姆妈,我们送吧,她终究是客人,主人不能饿死客人的。"

古往今来,杭家人从来也没有见到过如此歇斯底里的文艺女人。黄娜抽烟酗酒,在她卧室的木板墙上画满了又难看又变形的裸女,还写诗骂所有人,主要是骂杭嘉平:"夹尾而去屁滚流,自吹自擂大英雄。夫人扔在脑后头,此仇不报命不休!"寄草上去看了,回来忍着笑学给大哥听,还做了如下一番评点:"黄娜这个人还是有点文采的,除了'屁滚流'实在粗俗之外,其他的都还可以。"

大哥嘉和却有他的心思。黄娜的问题不在于在家里闹事儿,而在于谁知道她会不会闹到外头去呢!万一这一文一武两个疯子串通一气,再闹出点大事来,如何了得?在这一点上,寄草和他达成了一致,必须清理了。

他们先是在郊区给李飞黄租了个房子让他搬出去,至于他白天要来忘忧茶楼,他们也就睁只眼闭只眼了,毕竟茶楼是谁都可以来的。嘉平这里,由寄草代笔一封信辗转寄到,动之以情,晓之其害。寄草列举了黄娜的种种糗事,包括与叶子厮打,说:你可以想象,事情要到什么份上,才搞得叶子这样的人和她扯头发抓脸皮,此事发生在我身上才不奇怪。信尾又强调说:二哥,这些年来,不管你有什么事情,都由大哥接了盘,唯有黄娜一事,大哥实无二法,恳请二哥早日了断,还我杭府清宁。

嘉平接到这封信时,人正在北平,为筹备首届全国政协会议做各种准备,他心里只有国旗、国徽、委员人选,分组开会地点,中国,世界……杭州清河坊十字街头那个小小茶庄里发生的事,在他眼里全是杯水风波。直到看了小妹的这封信,他才冷水浇头,第一反应,就是连抽自己两个耳光。他扔下了黄娜,说心里话就是他根本不想见这女人,其余的统统都是借口。自己的烂摊子自己收拾,他直接写信给黄娜,说过段时间他要去香港,到时会途经上海,让她到上海与自己会合,前往香港。至于黄蕉风,还是好好地听取他们年轻人自己的意见,不要干涉他们,新中国将是一个民主自由解放的国家,我们每一个人要从自己做起。

黄娜以前从来没有收到过杭嘉平的任何一封信,她和嘉平的关系简直就是过五关斩六将,从来都是利用和套路,这次能够得到这样的效果,她已经很满意了。她依旧认为这是自己豁出去闹出来的成果,她决定见好就收,不闹了,等着杭嘉平来接她,毕竟做杭夫人才是最大的人生理想。

家里暂时安稳了，可是今年寄草也没有来采茶。寄草现在每天都在单位里加班，甚至晚上都住在单位里，哪里还顾得上什么采茶。说起来，寄草和二哥关系最亲密，二哥就是她人生的楷模。她也是一个渴望变化、投身行动的文艺女青年，和其他女人最不一样的地方在于，她并不是十分地想念她的孩子和丈夫——这源自她高度的自信，她自认为她将很快见到他们。虽然已经三年没有罗力的消息，但她坚信罗力还活着。她的小布朗，当然也活着。她认为他们一家三口，马上就会在下一个街口团圆。这种莫名其妙的自信是谁也不敢去打破的，二哥更不会。

二哥难得回来一次，讲了两个钟头的人类进步、世界大同、中国革命，就能把寄草的心燃得光辉灿烂，就够让她有精神支持好几年。要不是黄娜缠住了二哥，二哥就是全能型的人才了。她死活也想不通二哥怎么会抛下叶子，娶这么一个"二货"回家，这种事情是绝不可能发生在大哥身上的。但是二哥一向简单真诚，在女人问题上受骗上当，不是品位问题，这是一个偶然，所以寄草连这点也原谅了二哥。前两年，托二哥的关系，她进了浙江省的电台。这种核心要务单位，是可以获得许多情报的，寄草在二哥的直接指导下，早就参与了许多迎接新中国的准备工作。杭家人当中到底有谁站在什么阵营里，大家都是心照不宣的。

此刻，在杭家真正能够随便开口说话的，便是叶子和杭盼了。茶山坡上，杭盼就听她叶子婶婶一刻不停地叨叨。叶子的特点就是在话少的人面前话多,在黄娜、方西泠这样的人面前,她就成了哑巴。

"我刚识汉字的时候,因为是女人,女孩子也是女人嘛,是不能够进茶庄前厅的。现在我也不进前厅,习惯了。不过大门口外面是可以站的。我就站在那里看里面的字,你爸爸就一个字一个字地教我。我记得有一副对联,叫'三前摘翠,陆卢经品'。我除了认识一个'三'字,一个'品'字,其他没一个字认识的。后来带着孩子从日本回来,那几个字倒还在,我也都认识了,可是让他爸爸解释是什么意思,他爸爸也说不清楚。最后还是你爸爸让我弄明白了。"

自从和嘉平离了婚,叶子就再也不叫嘉平"二哥",需要提及时就叫嘉平"他爸爸","他"是杭汉,杭家人谁都知道。

"噢,婶婶,你给我讲讲'三前摘翠'……"

"要死了,连你都不晓得啊,忘忧茶庄这碗饭还怎么吃啊!"

"也不是真的不知道,就是不太清晰。'陆卢经品'是知道的,说的是经陆羽和卢仝之口审评过的好茶。陆羽大家知道得多,茶圣嘛。卢仝嘛,知道的人少一点,《七碗茶歌》太长了,不过我可以全部背下来,从小就会背。只是'三前摘翠',我只知道清明前、谷雨前,社前就始终搞不清楚。"

"社前不就是现在吗?就是春分前后嘛,眼面前的东西反倒不认识。"

"那为什么不叫春前或者春后,要叫社前呢?"

"你爸爸没有告诉过你?"

"告诉过的,社前就是春社前,一年共有两个社,还有一个秋社呢。春社和秋社,都是祭拜土地神的日子。再往下就搞不清楚了。"

叶子抿着嘴笑了。杭盼知道杭家女人的这种习惯性动作,她自己的特点就是从来不咧嘴笑,实在要笑,也是不露齿的,不是因为装淑女,是她以往没有开怀之事。直到生命中有了曹家远,她才知道笑,她会笑了,会说了,会与人交流了。叶子婶婶是会笑的,但她有一个非常特殊的习惯,她身上永远都会有一块干净的手帕,四四方方地叠着。她想笑的时候,一定会拿出那块洁白的手帕,捂住自己的嘴,好像笑是一件不好意思的事。有时候,你也会看到叶子笑得前仰后合,像一朵花般摇曳着,但一只手还是用手帕掩着嘴,实在没有手帕时,她就用手背捂着,就像现在这样。

寄草小姑的笑法,在杭盼看来,简直有一种高难度的技巧。因为她笑时总会扬起一道细眉,那细眉就像舞台上《吕布戏貂蝉》中,两根翎子中时时被撩动的一根。她把一道眉梢挑得那么高,而目光要往下斜,嘴角又要跟上去。杭盼记得方越曾经给她看过一本美术杂志上刊登的肖像画《无名女郎》,是俄国画家伊万·尼古拉耶维奇·克拉姆斯柯依于1883年创作的,方越说画中女郎的神态与寄草很像,两个字——高冷。杭盼从不觉得寄草小姑是高冷的,小姑热情如火,只不过她的笑容任何时候看上去都带着傲慢和高贵,杭盼是做不到的,这种性格与表达的相悖是寄草小姑独有的。

蕉风呢,她笑起来简直就像是一朵云彩做成的沙发,杭汉就是这样陷进去的吧。最奇怪的当然便是黄娜了,杭盼无论如何也无法理解,她和嘉平叔叔有什么可以联结起来的地方,她笑起来铿铿锵锵,简直就像一堆废铜烂铁。那么,杭盼自己的母亲呢?方西泠的笑容是瞬息万变的,旁人从来都抓不住她的思绪,她笑起来就像一只万花筒。想到母亲竟然是只万花筒,杭盼禁不住也笑起来。

叶子知道是什么原因让盼儿那么快乐,她沉浸在爱情中,满山的新茶都在祝福她。以往她是几乎无法对话的,现在她是一个可以交流的姑娘了。

"春社啊,你爸爸跟我讲了许多遍,我才算是真正记住了。在春季里祭祀土地神的日子,就叫春社。记住了吧?"

"记住了。这个其实我知道的。"

"从宋代开始,立春后的第五个戊日为社日。"

"就是从这里开始不懂的。什么叫戊日啊?"

"这是中国古代的干支纪日法嘛,知道天干、地支吗?"

"我想想啊,天干是甲、乙、丙、丁、戊、己、庚、辛、壬、癸。"

"地支是子、丑、寅、卯、辰、巳、午、未、申、酉、戌、亥。"

"婶婶你成中国通了啊!"

"瞧你说得,我本来就是中国人嘛。"

"我也是中国人,我妈从来不跟我讲这些,只讲上帝……"

"很简单的啊,把天干和地支按固定的顺序相配,第一日是甲子日,第二日就为乙丑日,第三日为丙寅日,第四日为丁卯日,第五日就为戊辰日了,这样过六十日,为一个甲子,第六十一日重新开始。那么这个戊日嘛,就是干支纪日中'戊'开头的日期。从立春开始,这样的'戊'日到第五个,就是春社了。"

"那也就差不多有一个半月了吧,那时候也差不多是春分时节,当中有一天是春社,在春社前采的茶,就叫社前茶。是这样吧,叶子婶婶?"

"你啊,人家是不懂装懂,你是懂装不懂。看看,茶采得差不多了,够炒一斤的了,回庙里去,看你爸爸制茶吧。"

今年春天,忘忧在家里住的时间长,他看大舅实在是太忙了,又说要迁坟,又说要定亲,还有黄娜舅妈的打闹和方越的那个疯爹赖在杭家不走,再有就是南北两边的战事。忘忧是共产党人的儿子,烈士子弟,骨子里自然靠着共产党一边。大舅告诉他,1927年2月,他父亲林生随着北伐军进的杭州城,和妈妈因茶事一见钟情。忘忧决定在城里待着,说不定能够看到解放军进城的那一天。

嘉和把忘忧带到胡公庙,是要炒一次社前茶,参加马一浮先生的玄亭修禊。这也让忘忧喜欢。他在山中小庙居住多年,并未出家,许多佛学方面的心得疑惑尚需交流解答。平时他不见人,是受不了旁人的目光,他身体中缺乏一种元素,致使通体雪白,并非怪异之辈。但俗人见他总是好奇的,只要一出门,总会有一群人前前后后看西洋镜一般跟着。忘忧最受不了的就是那些老太婆,见着他还要摸他,啧啧叹道:"前世作孽,罪过,罪过,阿弥陀佛……"因为这些没完没了的"罪过",他不愿意再回杭州清河坊。可是这一次不同,此番修禊,请的人都是些耆老,有金梁、高存道、高野侯、黄宾虹等人,都是在西湖边准备颐养天年的大学者、大文化人,见识见识他们也是好的。嘉和没有告诉忘忧,他本来何尝有心参与这些学人的活动,无奈马一浮的弟子王準来找他。此人是马老最忠心耿耿的弟子,一脸病容,可依旧兴趣盎然地张罗此事,说不管国共打成什么样,我们自顾自过马老的生日要紧。

众所周知,马老爱喝龙井茶。抗日战争中,他在逃难时曾饮得学生寿毅成送来的龙井茶。当时马一浮正在贵州山中讲学,收到新茶,感慨之至,题记曰:"龙井已没庑中,山民月夜潜摘,间道送上海,展转而后得之。自经乱离,久不尝此味矣!"又吟诗二首,其中有"空有《茶经》夸博物,当筵谁与辨劳薪"之句。

杭嘉和与马老虽说不上有师徒情分,但彼此还是熟的,盖因马老有两样食物是断然不能少的,一是早餐的豆浆油条,二是杭州的西湖龙井茶。光复后回杭这几年,马老年年喝的都是忘忧茶庄的茶,且均由嘉和亲自送去,趁此机会问候老人家。如今马老既然有此兴头,杭嘉和又怎么能够回绝呢!故万千俗事在手头,也得搁下,趁社前茶尚有几许在龙井梢头,抢着摘下来供修禊时用。

今年的龙井茶发得早,能够采到社前茶。但放眼望去,山间也没几个茶农在采摘,老顾客中有不少跑到台湾去了,或者去香港了,还有的跑到国外去了。人都顾不上,谁还顾得上茶,还是忘忧茶庄,继续一板一眼地做着龙井茶。

嘉和知道,儿女子侄辈中,忘忧对祖业是了解得最少的,他要趁此机会多教他一些吃饭的本事。他告诉忘忧,龙井茶究竟好在哪里呢?就两个字:早、嫩。一是早,龙井茶的采摘时间历来很有讲究,以早为贵。茶叶是个时辰草,早采三天是个宝,迟采三天变成草。二是嫩,龙井茶以细嫩著称,以采摘嫩度的不同分为莲心、雀舌、旗枪:只采一个嫩芽的称莲心;采一芽一叶或一芽二叶初展,叶形如雀舌的称雀舌;再大一点的叫旗枪。

他指着那些采摘后在竹匾上晾晒的嫩芽,问忘忧:"这是什么?"

"一根根嫩芽,是莲心。"忘忧果断地回答。

"记住了,采回的鲜叶需在室内摊薄,厚度为一寸便可,原料略粗,摊凉略厚。八至十个钟头摊晾后,叶子失去一些水分,青草气也少了,苦涩味也会少,鲜爽度提高了。

"你闻闻,是不是少了青草味道?这样下锅,刚性少了,水分不多不少,不会结团。晾好的新叶,还要分成大、中、小三档,分别炒制,不同档次的原料,用不同锅温、不同手势来炒制,方能恰到好处。

"揉捻这个手势也是少不得的。靠它将茶叶塑造成形,但龙井茶揉捻要轻巧,龙井茶漂亮,就漂亮在这种细节,要紧关头一个不小心,这个漂亮相道就没有了。

"炒制好龙井茶,没个十年八年,手不脱几层皮,打几次泡,是练不来的。你的皮肤经不起,这手艺我传给杭汉了,需要手工完成,你去看看他那双手就晓得了。我不要你下锅啊,你只要记得,炒茶分青锅、回潮、辉锅,记住了吗?"

"青锅、回潮、辉锅,记住了!"

"青锅嘛,是要在一刻钟内,使茶叶初步成形为扁平,七八成干。回潮是将茶叶起锅,摊平在竹匾中回潮,需要一个钟头。回潮好的茶叶再放入锅中炒干,还要再定型,这个就是辉锅了。辉锅后的茶叶起锅晾凉,就算正式炒好了。"

杭嘉和这么说着,小撮着已经从灶底下掏出了一口布包着的小铜钟:"我把它擦得精光锃亮,今年又要靠它开工了。"嘉和把那铜钟接了过来,轻轻地一摇,里面那个铜锤发出了一声轻幽的响声。嘉和一拍手,说:"开工了!"

忘忧在庙后面的梅花灶前认真地看大舅炒茶。小撮着伯在往五个灶口围成一圈的灶心塞柴火。叶子舅妈和盼儿姐姐用毛巾包好头发,双臂套上袖套,身上扎着围裙,就开始一捆捆地背柴。忘忧只能透过墨镜看着她们。他在山乡里,见惯了那些荆钗布衣的女人,但什么时候开始,杭家的女人们也这样披挂上阵了?当她们这样劳作的时候,脸上却并没有不堪重负的苦相,仿佛她们生来就会干这些活一样。只不过所有的一切附在她们身上时,就都多了一份迷人。忘忧无法说清这是因为他爱她们,所以她们在任何状态下都迷人;还是因为她们本来就迷人,所以在任何情况下都迷人。

杭嘉和却仿佛对这一切的美已习以为常。他沉浸于劳作,开始炒茶。鲜叶捧入锅中,灶火跳动,他双手插入锅中,然后捞起那一群"绿云",撒下去,捞起来,撒下去,捞起来,撒下去,捞起来……略等片刻,香气溢出,真是无可比拟的喷喷香!热乎乎的,带着草气和涩味,像山雾般扑面而来,又瞬间散去。茶气弥漫开来,忘忧看到一个男人,麻布短衫玄色长裤,他的左手扶在锅边,如佐将辅助着冲锋陷阵的右手大帅,右手一会儿把茶叶抛上去又落入锅中,一会儿抖动着茶叶一片片地掉下,有时左手按在右手上使劲摩擦,有时右手指拳曲成一个耙子从茶叶中耙过,这都是一些什么样的魔幻手势啊!有条不紊中的眼花缭乱,漫不经心中的一丝不苟,如履薄冰中的游刃有余。

"为什么要把茶叶这样抛上去呢,大舅?"

"茶叶变松,水分散掉,控制温度,用处多着呢。这里每一个动作都有讲究的。'压',把鲜叶压扁平,扁平挺直才叫龙井茶。'抖',非常难的动作,把茶叶形状抖出来,让叶和心包在一起,把香味锁进茶心,那叫漂亮。看看这个啊,这个叫'搭',"忘忧看到大舅的左手,捞起满满的茶叶,右手在满手的茶叶上轻轻一按一抹,"看到了吧,这一搭,茶叶的颜面、温度、水分,煞煞清爽,下一把如何炒制,心里就有数了。"

青锅结束了,在等待的一个钟头的回潮中,忘忧终于激动地坦露心迹:"大舅你教我吧,我不怕烫。我们天荒坪有两株白茶,泡出来味道特别鲜,我要学会了,就照这个样子炒,肯定能炒出好茶来的。"

"哪里有你想的那么简单。一切都要看你手里的茶叶质量来定手法。每一捧鲜叶的水分含量、新鲜程度、大小都不同,要根据鲜叶的情况决定采用哪种手势。同样是压,高档茶叶只要压扁就行,中档茶叶就要压得扁而紧,低档茶叶则要压紧,手法和力度都不同。就像年纪大了,筋骨老了,能压紧就好。你看,同一种龙井茶都有不同的炒法,何况另外千百种茶呢?

"比如青锅,主要靠'捺、揭、抖、搭';辉锅呢,要分'前半锅'与'后半锅',前半锅可看作是青锅的继续,通常称为'搭手炒',后半锅要由'抓、压、磨'三个动作结合进行,人称'抓手炒'。行了,开始辉锅吧。"

忘忧半懂不懂地蹲在梅花灶前,看着一家人手脚不停地围着嘉和转,只有嘉和一人稳如泰山,忘忧呼吸着茶气想,我要做一个大舅这样的人。

炒这一锅茶,足足花了半天时间。直到最后辉锅结束时,杭嘉和跟大家打招呼:"都别说话啊,我想好好听听铃铛声,都整整一年没听到了。"说着,他拎起那口铜钟,轻轻地摇了一下,铃声就悠然响了起来,余音袅袅,最后变成了嗡嗡嗡的蜜蜂飞舞一般的声音。

"好听吧?"嘉和问各位。

"年年听嘛,听熟了,还是好的。"小撮着说。

"忘忧,看出来了吧,这是从庙门口挖出来的,是铜钟。外公手里传下来的。"嘉和说。

"哇,那是个老古董了吧?"忘忧问。

"有人说是宋代,有人说是明清,无所谓,我们又不卖。"嘉和转头问忘忧:"泡一杯头茶喝,好吗?"

"你们喝吗?"忘忧问大家。

叶子摇头:"头茶有点火气,放几天更好喝。"

"放几天我也不喝的。"忘忧说。

"为什么?"小撮着一边熄着火一边说,"我们想喝的人喝不上,请你喝你还不喝……"

忘忧不知道如何告诉大家,他害怕进入一切最好的东西,他愿意靠近它们,观赏它们,可是他不愿意进入它们,他经不起一点点的失望。他要把龙井茶的极品之感永远留在想象中,只有在想象中,它们才是永恒的。

清河坊十字街头的忘忧茶府,离涌金门旁钱王祠畔郭家湖头修建的玄亭不远不近,走走嘛有一段路,坐黄包车嘛又有点不划算,嘉和与忘忧决定走着去。忘忧小时候都不太敢上街,如今二十岁了,胆子倒也略大了一点,另外,有大舅陪着,他也坦然许多。他戴着墨镜和帽子,穿着青布长衫,就沿着胡庆余堂那一溜高墙,往涌金门外走去。

在大舅的形容中,马一浮是个大脑袋大胡子矮个儿的大天才。他考秀才,是他爸背着去的;他教书,是浙大校长竺可桢亲自请的;老蒋都敬他三分,抗战时还出钱让他教国学。在马一浮那里,全部文化或哲学问题,以及全部教育问题,都只集中在一点上,即"发明"和"反求自心之义理"。忘忧说:"大舅,我听不懂。"

杭嘉和掰着指头数:"'儒佛悠致''以儒摄佛''以佛释儒''儒佛俱泯''儒佛交攻',能听懂吗?马一浮说的。"

忘忧摇摇头,说:"就听到两个字:儒、佛。"

嘉和笑了,回答他最疼爱的外甥:"大舅和你一样,只听得懂儒、佛二字。忘忧,我们拉个钩,自学吧。"

"我想好了,我得补习外语,还有植物学、昆虫学、动物学、农学,当然还有茶学。大舅,你呢?"忘忧两眼发亮,盯着嘉和,这让嘉和不得不认真回答了。

"我呀,心里头一直有个秘密,没跟人说过,连汉儿都没告诉,现在就跟你说了。大舅一辈子最想做的事情就是读书,做个读书人,别的什么都不干,此生足矣。"

"大舅,你是想说,只做个商人,真是心有不甘啊。"

嘉和用他大大薄薄的手掌重重地拍了忘忧一下,说:"知我者,忘忧也。"

"等我学好了,就来替你撑杭家的门面,你就整天读书、写字、作画,我保证!"忘忧诚恳地回答。

"你这不是让我学你外公吗?像杭天醉这样的人,普天下只有一个,后人学不来的。"

"我明白的。大舅,外公有的,你都有,外公没有的,你也有,你是我们家最像外公的人。"

嘉和站住了,打量着忘忧,他的五官长得和林生实在是像极了,无怪当年大妹与林生一见钟情,多帅的小伙子,多么无量的青春啊。

"说我像你外公,你是头一个呢。"嘉和放慢了脚步,"忘忧,大舅没有选择的机会了,只有一种活法,把制茶这门手艺做好,一辈子还不够用呢。"

"大舅下半辈子还做茶吗?"

"已经陷进去,半道上撤不回来,也不想撤回来了。"

他们已经走到了涌金门的水闸口,这里有一些民房和墙门,半新不旧的,一点也看不出当年忘忧茶楼的痕迹了。忘忧知道,就是在这里,大舅因为不愿意和日本人下棋,把自己的小手指头都斩掉,把整幢茶楼都烧掉了。大舅真不是一般的人啊,他要狠起来,杭家人中他肯定是拔头筹的。

杭嘉和在这里驻足片刻,突然淡笑道:"这里从前有座茶楼,叫藕香居,是尼姑开的。杭州有个大文人陈蝶仙叫'天虚我生',后来成了大实业家,写了一副对联给她们:'欲把西湖比西子,从来佳茗似佳人。'把老尼姑气得一张状纸告了上去。这个陈蝶仙啊,也真够才子气的……不晓得这种事情是滴尼姑卤儿的,噢,就是出人家洋相。"嘉和见忘忧脸上发蒙,以为他听不懂杭州方言,加了这么一句。殊不知忘忧发蒙的是,大舅在愤怒断指之处、国仇家恨之地,却说了那么一件风雅促狭之事,用一件事情来隐藏另一件事情。忘忧从大舅身上又学到了一招。

郭家湖头，原本是西湖边一个船家小村，元代以来，村边的旱地属杭城穆斯林营葬地，清以后渐趋荒凉，民间呼为"坟山寨"。靠近原城墙处，有一座不小的石亭，石亭中有一张不小的圆形石桌，有石鼓凳四只，亭子极高，极敞。石亭的东侧，有一处和杭州房屋不同的平房，正是玄亭所在地。

玄亭当然不是一个亭子，它是日式的平房，共有四间，它是去年8月由马一浮内侄汤俶方和汤彦森出资建成的，马一浮携专门照顾他的家人搬入其中居住，命名"玄亭"，是用王辅嗣注《老子》之句"不可得而谓之然曰玄"之意，想要指意的是"明其非吾有也，强谓之云尔"。文人说话虽然绕，但也只能这样表达，其实就是说房子虽说是为我建的，但其实并非为我所有。

嘉和与忘忧到时，马一浮出门吃早餐还没有回来。原来，他吃油条有个习惯，一定要吃刚从油锅里炸出来的。以前附近有专门的油条店，今年因为打仗，做小生意的吃不准该不该做下去，便到乡下去坐等局势明朗了。马老想吃根出锅油条，必须坐船到湖滨，就是这样，马老也不马虎。今日乃己丑年二月廿五，阳历1949年3月24日，马一浮六十六岁生日，油条之事更不可疏忽。一大早，嘉和他们从清河坊往玄亭赶时，马老也正好从玄亭往湖滨舟行而去。

寿星虽不在，客人却已经到了不少，马老的学生王準正在张罗寿庆事。王準，字伯尹，浙江遂安人，复性书院的高才生，追随马一浮整十载了。看得出来，他脸色很不好，一副病得不轻的样子，但依旧在热情地招呼着，让耆老故旧在客厅茶座入座。嘉和一一与他们作揖问候，亲自到里屋水房张罗，烫杯，泡茶，端出，众人纷纷叫绝:"忘忧茶庄的社前茶,多少年没喝到了。"

嘉和把忘忧揽到当中说:"我外甥林忘忧,今日特来拜见各位阿爷阿叔,带来的这点心意,还是他陪着我在山里一起炒制出来的。"

这些学者没有一个用异样的眼光看忘忧,都拍着手叫好。有人便说:"虎父无犬子,果然年少有为,等来这一天。"此话大有深意。其中又有一位单刀直入问嘉和:"嘉和兄,听说陈仪主席被蒋总裁软禁在上海了,可有此事?"

嘉和找了个角落坐下来,回答说:"这等党国要事,问一个事茶的,叫我如何作答呢?"

"也是啊,嘉和、嘉平两兄弟,向来就是井水不犯河水的,这种党国大事怎么可能让嘉和兄知道呢。"曾经出任过浙江督军的吕公望大声说,"不过我可以负责任地告诉各位,陈公洽不但被老蒋抓了起来,还被汤恩伯亲自派人押送到衢州。陈公洽险矣,保不定这颗人头要落地。"

其他人也议论纷纷:"这种时候如何还在党同伐异啊,老蒋这个人气量一向狭小,陈公洽无非说了几句'不想再打内战'的话,'保境安民'也是吾浙风格。汤恩伯也不是什么好东西,陈公洽真是看错了人,还把他当亲女婿,罪过啊……"

"大变局自然便有大分裂,不奇怪。记得辛亥义举那时,光我们浙江陆军就分为四派:日本士官派,有蒋百器、周承菼等;陆师派,有朱瑞、叶颂清等;保定派,有在座的吕公望、童保暄等;武备派,有夏超、张载阳、周凤岐等。"

"老弟记性一等,可是千万别忘了,不管十派八派,推翻帝制,建立共和,这点是一致的。不像现在,国民党政府是死定了!"吕公望说。

众人纷纷交头接耳。有一人便问:"吕公如何做出这等判语?国共不是一直还在和谈,还有可能形成划江而治的政治格局吗?"

"划江而治?谁愿意?没听说上个月戴季陶都自杀了吗?"

湖州人戴季陶,是蒋介石的拜把子兄弟,留学日本时与蒋结下了刎颈之交,连他都自杀了。再加上陈布雷这个"当代完人"也不想在这个人间继续做"完人",可见这个政府真是天怒人怨,天地不容了。

此时王準走上前去,一一作揖说:"今日祝寿修禊,又得此等好茶,亦当细细品尝,马先生即刻就到,各位敬请品茶。"

忘忧连忙上前帮着王準端茶递水,嘉和甚是欣慰。众人见王準那张黄中带灰的脸,单薄的棉衣架在身上,肩头耸起,挤着笑容,心中着实不忍,连连说:"赵州和尚言之有理——吃茶去,吃茶去!"大家这才似乎想起,今日修禊呢。

第十一章

趁大家品茶之际,嘉和走出园门,钱王祠就在眼前,抗战时此处做了日本人的马厩,光复后又成了国民党军军营。国民政府决定重修,说是拨了巨款,可何时能动手,天晓得。嘉和不想进这祠门,他知道外墙立着,还能糊弄人,里面一片废墟,见了徒生悲凉。抬眼望,不远处的西湖边,杨柳已绿,飘飘荡荡,撩人春意。桃树东一株西一株的,桃花将开未开,却不繁盛,一看就是平日里无人打理的。天光倒是亮丽,远山依旧如黛,但亦是无法近观的。西湖污泥淤塞,湖床增高,湖底遍生水草。这些文人,在湖边亦不过是苦中作乐罢了。

此时,但见一个戴圆眼镜的短发中年女子缓缓向他走来,顿时一股浓郁的香气扑鼻。她微微欠身问道:"杭先生还记得我吗?"杭嘉和困惑地摇摇头。那女子说:"我是见过您的。"

"何时何地?您给点提示。"嘉和小心翼翼地说。

"二十年前,西湖博览会。在孤山,我父亲的香水喷泉旁。那年我十七岁,您抱着孩子。"

杭嘉和一下子想起来了:"哦,你是天虚我生的女儿陈小翠,才女嘛,写诗作画样样行。那年你在杭州开的画展,我还专门去欣赏过呢。你也从上海赶来了。你家人安好吗?说起来,你我上辈倒是世交……"

"父亲过世都快十年了，家庭工业社早就被日本人炸光了，蝴蝶牌化妆品也化成了灰烬，父亲半生心血，尽归尘土。1940年他去世于沪上，光复后才葬回岳庙旁边的桃源岭，这次过来也是为了扫墓。兄长小蝶不久前去了台湾，我因要照顾家人不得离沪，如此兵荒马乱，焉知何日再能相聚，故今日特来见汤家人一面，也当是祝寿修禊了。"

陈小翠和汤家的关系，也是杭州城中著名的风流八卦。早年她嫁汤寿潜之孙汤彦耆为妻，但感情并不融洽，后来便离婚了。汤彦耆近年去了台湾。倒是她和师兄顾佛影一直互为知音，却又无缘。才女命苦，可见一斑。

"这是前些年画的一幅图，权当了祝寿礼，不知合不合适，请杭先生给我过过目。"陈小翠就此打开画轴。

这是一幅写意图，寥寥数笔，大块留白。左下角一道斜坡，数株被大风刮倒近乎伏地的杨柳，中间疏疏几笔，芦苇荡的气势顿时尽现。上面数行白鹭只管远去，唯有一只掉队其后，仿佛不舍旧巢。右上角题诗："水田白鹭鸶，飞上沙边柳。江南烟雨中，还见杏花否。"

"只要马老喜欢，别人如何说道，何必挂齿？"

"我只是担心此情过于伤感，不像大富大贵的祝寿图，生怕旁人心里不悦呢。有杭先生这一说，我就放心多了。"陈小翠欲回屋，又犹豫片刻，才问："今日马老寿日，不知杭先生有无唱和准备？"

嘉和淡然一笑："我只制茶，茶便是我的唱和了。"

"羡慕您无诗有茶，足以告慰世人。不知先生能否读我拙作，指点一二。"

"指点是不可能的,小翠的好诗已是沪杭闻名。"

"您读过我的诗?"

嘉和顺口就背了一首,原来是从寄草那里得来的:"尺布由来尚可缝,弟兄何忍不相容?羞闻葛伯能仇饷,愁见哀鸿又坠弓。尽有三人成市虎,断无下士好真龙。江湖十载孤民泪,诗在天崩地坼中。"

陈小翠是着实惊住了,拿出一张纸来,说:"杭先生,我这里还有一首……您看看,今日能拿出来否?"

这亦是一首七律:"万劫犹余不死情,大家相见庆重生。旌旗爆竹儿童喜,箪食壶浆父老迎。两戒山河思壮士,八公草木变疑兵。可怜负尽当时语,洗眼神州望太平。"

"都是从前的诗作,今日唱和,竟然已绝无心情了。"陈小翠说。

嘉和不知如何传递他内心的感受,他这半生经历的事情,已荡涤了每一根神经,他不再有陈小翠的诗情画意了。他的天空已经没有无用的云彩,心里也不再有无责任的爱,他甚至也没有抒发任何情绪的空间,他似乎成了一台人肉机器,甚至对参加马老的修禊和祝寿,他也没有真正的兴奋,他有的只是责任,只是道理。道理告诉他,陈小翠的诗很好,很个人化,但那是属于她自己的生活的,她自己认可就可以了。

但他到底还是回答了:"我可能要比陈小姐乐观一些吧。此等混乱里的中国,还有个西湖供我等观赏,还有这么一位先生可供我等心服,还有这样一幅图供我等养眼,还有这样两首好诗供我等心怡……"

"还有这么一盏社前龙井供我等品味……"陈小翠接上话头,他俩就都无声地笑了,一股禅意在他们心中掠过。陈小翠长长地松了一口气,心里一时便轻松了许多。

湖上一条小舟漂来,他们看到了那个长须白髯的大脑袋,吃完豆浆油条的马一浮先生归来了,而园中则传出了咿咿呀呀的昆曲声,正是陈小翠的梦中情人顾佛影所作:

纵没六亲依靠,能凭十指宣劳。
算清福菜根须咬,只乱世粥糜也饱。
骇飙,怒潮,破舠,断篙,紧摇,硬熬,
尽候着人寿河清花好……

嘉和正欲归园赏曲,就见茶楼老掌柜林秋高,气喘吁吁地跑来,上气不接下气地对嘉和说:"大少爷,茶楼里来了个外国人,非得见你。"作为本家亲戚,他还叫嘉和少爷,无论怎么让他改口,他都置若罔闻。

自涌金门外的忘忧茶楼被烧之后,忘忧茶庄的二楼就成了喝龙井茶的地方。嘉和只卖龙井茶,客人想喝茶,也只能喝西湖龙井茶。不过客人若自己带了茶来,不管什么茶,嘉和都是让他们冲喝的,收个位置费罢了。他这样做也有他的道理,他觉得一款茶他都做不端正,哪里还吃得消再做东西南北的茶呢?

也许正是因为他的这股劲儿,忘忧茶楼的生意总是爆满。按理说,现在正是兵荒马乱的时候,百姓们几乎没什么钱过日子,但茶客不但不减,反倒更多,一个个都是到茶馆来灵市面的。打还是不打？是老蒋赢还是朱毛赢？国民党共产党，哪个党更实在牢靠？大家得出的统一意见是，共产党再是个红头毛绿眼睛，也比国民党的牛鬼蛇神要好，不相信吗，共产党来了试试看。有个茶客说了一句"天下乌鸦一般黑"，另一个茶客立刻喉咙梆响表示反对。忘忧茶庄以往总有几个特务来转转的，现在基本也不来了，来了，大家好像也不怕了。老百姓造反，墙倒众人推，你罚谁去！

可是那天来了个外国人，还是让众茶客吃了一惊，原来是美国记者凯尔来找嘉和了。寄草速派林秋高来通知嘉和。这也让嘉和很吃惊，他二话不说，便跟着林秋高的黄包车往回走。

凯尔一脸沉沉，掩饰不住沮丧的表情。原来，方西泠竟然和他吵了一架，而且还是在杭州岳王庙的大庭广众之下。那天，两人去了岳王庙。岳王庙依然和往常一样人挤人，一点也看不出离这不远的地方已打得血肉横飞。凯尔很兴奋，他看到中国的一切都是很兴奋的，比如那么多人来岳王庙，正是源自一种英雄崇拜，特别是国共两党激烈开战的时刻，人们到神祇之地来祈祷，此为神圣礼仪。而方西泠一脸鄙视，她认为凯尔大惊小怪，中国人就是爱赶个庙会，至于杭州人嘛，杭儿风，一蓬葱，花簇簇，里头空。可凯尔哪里听得懂那么复杂的中国方言俚语，方西泠与凯尔反复商议的是能带几个人去美国，什么时候走。可凯尔根本不愿意走，他说他一定要看到这个王朝是如何崩溃的，一个中国是如何变为另一个中国的，这是他作为一个记者的使命。方西泠听着恨不得给他一个大耳刮子。她做他的翻译才一天，他就把她拖上了床，结果这家伙除了自己的事情，眼里根本没有别人。最可笑的是，凯尔竟然非常生气,甚至生气到来找嘉和了。他希望嘉和能够劝一劝方西泠,别急着赶回美国,这历史的一幕必须有人见证。嘉和对此可谓无比惊愕,表面也做不到镇定自若了。前阵子,嘉和听说方西泠和凯尔同居了,就住在静江路的孤云草舍,推窗就是西湖,盼儿的事情她也不多管了。他都还来不及吃点醋,就听说凯尔和方西泠又分开了。杭州上流社会把这当八卦传,嘉和面上风过耳,内心却还是极不舒服。此刻,他只能用结结巴巴的英语告诉凯尔,方西泠是自由的,和嘉和没有关系,嘉和没有权力劝她做什么事情。可是凯尔却连比带画地告诉他:她还爱着你,而且她有可能永远爱你,所以她会听你的。

这家伙把所有该说的不该说的话都搬到桌面上,真是快刀斩乱麻般的痛快,但也非常粗糙和鲁莽,毫无美感。嘉和真的心痛起方西泠来,他觉得她不应该和这样的男人搅和到一起,哪怕利用一个男人,也不能利用像凯尔这样的人。

如果不是第二天方西泠挽着凯尔的手又来到忘忧茶庄,杭嘉和不知会惋惜她到何年何月。方西泠难得上茶庄来找他,她要买两斤正宗明前龙井茶,说是要去趟南京,给她的老师司徒雷登送茶。这让嘉和不免内心纠结,买茶就是方西泠行事的套路,她知道杭嘉和是不可能让自己掏钱的,但嘉和实在不满意她和美国人这样纠缠不休。

方西泠决定到南京找司徒雷登,凯尔十分兴奋,脸上立马云开雾散,艳阳高照。他决定跟着方西泠同去南京,并保证采访到司徒雷登后,立刻就陪着方西泠回美国,他会帮助她带走她的儿女,前提是他们愿意和母亲一起走。"我们和好了。"他爽朗地对嘉和说,

"我们已经达成高度一致。"他竟然当着嘉和的面亲吻了方西泠一下,虽然亲的是头发,但也足以让嘉和目瞪口呆。嘉和用杭州话对方西泠说:"你知道他在跟你做什么?你这么一个聪明人,踩着尾巴头会动的人,你用脑子想想……"

"我用脚后跟想想也晓得,他在和我做利益交换,可这个利益我要得的。你到底有没有明前茶?我要买两斤,司徒大使是杭州人。"

转眼便是谷雨后了,方西泠又打电话约嘉和在耶稣堂弄的天水堂见面。听到电话那头的声音,嘉和话都说不出来了。对方见他不吭声,以为他还犹豫着,便说:"我也不是不能回你们杭家那个院子,可想想还是不方便嘛,叶子一肚子心思,你真不晓得啊?"

杭嘉和这才缓了口气回答说:"我来,一会儿就到,你等着。"放下电话,他擦了一把汗,心想,到底还是命大的女人,活着回来了。

杭家父辈和教堂还有点来往,盖因杭天醉对任何宗教文化都有强烈的好奇心,可到了嘉和这一辈,他实在是没有什么余暇了。方西泠却一直喜欢参加这些集体活动,一直活跃在女基督教青年会。抗战胜利后,她从美国回来,和李飞黄正式离婚,那时李飞黄还在牢里;方越考上了国立艺术专科学校后住校,把忘忧茶府当作自己的家;方西泠呢,也就顺理成章地把杭州基督教会当作自己的家了。

方西泠是什么人物!她很快在杭州基督教徒中火了起来。1946年10月18日,刚担任美国驻华大使的司徒雷登回杭了,他应的是杭州市长周象贤的正式邀请。在参加杭州基督教青年会举行的抗战后的复会典礼时,司徒雷登用杭州话做了一番深情致辞:"我是生在杭州的,所以杭州是我的故乡,不过我已十多年未到这里来了,我认为西湖是世界上最美丽的地方。"会后举行了授予杭州市荣誉市民称号的仪式,周象贤向司徒雷登赠送象征荣誉市民的金钥匙。听说那金钥匙有八钱重,托着金钥匙盘子上场的可不是什么妙龄少女,也不是一脸虔诚的老修女,恰是徐娘半老风韵犹存的方西泠女士。

本来,在要人众多的欢迎会上,方西泠是根本插不上话的,但当她见缝插针地告诉大使她刚从美国回来,而她儿子是一名抗日烈士时,大使不由得对她刮目相看了。从那以后,她连续数年一直向嘉和要最好的茶,然后直奔南京亲自给大使送茶,最重要的是竟都能够见到,都能够送成,她打的是杭州基督教青年会的牌子。方西泠就是有这种本事,搞得美国驻华大使馆跟自己家客厅似的。

本来,这个事情嘉和是不过问的,也就几斤明前龙井,满足女人的一点虚荣心罢了。但今年4月可是不同,这可是个天翻地覆、枪林弹雨的大时代的节骨眼,到处都在打仗。北平已经和平解放,小年夜那天,傅作义在《关于北平和平解放问题的协议书》上签字;2月初,解放军就进了北平城。南京作为国民政府的老巢还扛得过去吗? 还有什么必要亲自送茶过去呢? 说到底,司徒雷登也算不上是她方西泠的老师啊,她又没在燕京大学读过一天书,早年她在杭州的教会学校弘道女中读书时,司徒雷登已经北上筹建燕京大学了,说是自家老师,扯得也太远了吧。

但嘉和也不得不佩服方西泠,国共都打成这样了,她还敢去看这个八竿子打不着的老师,还敢说:"司徒老师既不是共产党,也不是国民党,他是美国大使,他有外交豁免权的呀。再说,他那么有骨气,比苏联人强多了。都说老毛子跟共产党好,怎么大使馆乖乖地跟着国民政府搬到广州去了?还不如人家老美,大使馆就硬挺着待在南京不走。司徒老师到底是杭铁头,坐等共产党。大丈夫能屈能伸,我佩服他这样的人,他就是我老师。"

嘉和懒得和她争。抗战胜利后,方西泠从美国回来,他发现她又活回去了,先是快刀斩乱麻到监狱里和李飞黄离了婚,然后一头扎进了女青年会。杭忆牺牲的事情,本来嘉和要跟她细细道来的,但她绝口不谈,咬着牙说:"谁也别和我说谁死了的事情,我一个字也不想听。"倒是活着的家人,她还是能够顾及的,但也是界限分明。知道杭盼生着病,她虽然常上龙井,也带了一大堆药,但每次当晚就返回,说是怕感染,母女俩都不安全。方越呢,住在杭家,她也没有领回去的意思,儿子见了她就像是见了远房亲戚,客气一下就算礼数到了。方西泠的心气儿,看上去是都献给了上帝,尤其是献给了在杭州的美国南长老会传教团寓所出生的司徒雷登大使。

"知道你放心不下我,别操这份心了,凯尔会陪着我一起去的。"还是方西泠自己先开的口,"我和凯尔的事情,人家是搞不懂的。比如你和叶子的事情,别人搞得懂吗?"

嘉和赶紧摇摇手,就这样,一句话也不说,把这位姑奶奶如送神般地送走了。1949年清明节前,别人上坟的上坟,踏青的踏青,她方西泠脱了旗袍,穿上美国带回的牛仔裤,两斤明前龙井一拎,凯尔毛茸茸的手臂一夹,跑到城站跳上火车,直奔南京去了。

此时三大战役,即辽沈战役、淮海战役、平津战役已经结束,解放军大胜,国共两党正谈判着呢。谁也没想到,方西泠走后没几天,国共谈判破裂,国民政府最后拒绝在国内和平协定上签字。1949年4月21日,共产党方面由毛泽东和朱德发布了《向全国进军的命令》。人民解放军第二、三野战军的百万雄师在西起江西湖口、东至江苏江阴的千里战线上分三路发动渡江战役,彻底突破国民党军的长江防线。4月23日,拿下了国民党二十二年来的统治中心南京。而此时的方西泠,还未从南京回来。连一向最沉得住气的叶子都急了,又不敢和嘉和说,就点起香为方西泠祈祷。倒是杭寄草不以为然,说:"不用担心,方西泠这个女人,命硬着呢,经得起折腾。"说完背起背包,到电台上班去了。

还别说,倒还是寄草真了解方西泠,她这头话音刚落,那头的电话就来了,果不其然,这命硬的女人回来了。

耶稣堂弄不长,三百多米东西方向的胡同,嘉和骑着自行车过来,一会儿工夫就到。他很久没坐黄包车了,也不是真的坐不起,而是他有一种预感,黄包车的时代就要过去了。这种要对旧东西告别和准备让新东西进来的心情,让他陷入了一种莫名的惶恐之中……别了,别了,别了,在将别未别之际,先做好心理准备吧,包括走路,骑自行车,自己扛包,上山修茶丛……以前体力活干得还是太少了,现在要补上。

他能够预感到,有一种简单的事物要横进来了,包括他身边慢慢倒退的耶稣堂弄两边的白墙,墙头伸出的蔷薇花,飘过去的一株银杏和一株榉树,这是司徒雷登的故居吧!他曾经偶尔路过这里,父亲也带他来过。1874年,传教士司徒尔与妻子来到杭州,在耶稣堂弄安家落户。1875年他被委任为天水堂主任牧师。后来此处就成了司徒雷登的出生地。不过从前这里并不是方西泠的据点,她信的是基督新教,主要据点在思澄堂;结识了司徒雷登之后,她才开始进入杭州天主教文化圈,位于天水桥边的天水堂就成了她三天两头光顾的地方。

这么努力地活着,勉为其难地活着,又怎么样呢?嘉和想,还是茶最好,每年春天如期而至。还是茶靠得住,要说服方西泠,告诉她,一定要过靠得住的日子。

他老远就见到方西泠了。她穿着旗袍,站在天水堂三座尖形拱门间靠右边的门前。教堂不大,他甚至能够直接透过正门看到里面高高挂着的十字架。天光渲染着教堂,穹顶上方折射出柔和的金黄色光芒,这消解了他的一些不安的心情。嘉和下了车,把自行车架好,走到方西泠身边说:"这个时候的穿堂风还是吹不得的,里面可以说话吗?"

他们就走到右边角落的最后一排长椅上坐下。嘉和看到方西泠眼泪汪汪,赶紧说:"毫发无损,回来得好啊,茶送到了吧?"

"送是送到了,可是人根本见不着,解放军接管了,大使馆也不让进,我等了都小半个月了也没用。"

"凯尔呢?他是美国记者,应该进得去吧?"

"那是人家国民政府请的,不是共产党请的,共产党根本不认这个客人。"

"他送你回来的?"

"开玩笑!他是美国记者,这会儿正蹲在南京做各种报道,拍各种照片,说不定解放军突然就要他了,他还会跟着他们进杭州城呢。凯尔跟我说过,记者是什么人? 就是从大门口推出去又从窗口跳进来的人。"

事实是,凯尔突然不见了,留下一张便条,说他要留在南京看风云际会。

嘉和知道没法和方西泠这种自信过头的女人说明白,在中美关系面前,你这种小老百姓的私事谁管? 他只好换了一套说辞:

"心意到就好了嘛,你也不看看现在是什么时候! 司徒雷登一个传教士出身的大学校长,他再有主张也得听美国政府的啊,这会儿正左右为难夹在当中呢,哪有心情接见你这样的杭州老乡啊。你看看,共产党都打进南京城了,子弹还算是有眼睛的,没伤着你就是有福了。"

方西泠这下才缓过来了,说:"你别说,共产党和国民党还真是不一样,整整齐齐的队伍,不烧不抢,也不碍老百姓事。外国人当中,除了苏联大使随同国民政府去了广州外,其他国家包括梵蒂冈的人,都留在南京。没骚扰的。听说只有几个士兵进了美国大使馆,说是看看。他们多半是不知道大使馆不能进,可能还以为是哪家达官贵人的私家大院,他们是想逛逛吧。"

"也是,当兵的嘛,不懂那么多规矩。"

"在美国,要是进私家住宅,法律规定主人是可以动枪的。何况大使馆属于所在国家属地,他们就是不懂道理。"

"这不是在中国嘛,肯定不是故意的。"嘉和始终不能够接受方西泠说话的口气,好话也被她说难听了。

方西泠很敏感,她听得出嘉和话里的不满,赶紧绕个弯回来:

"在美国待了五六年,总不太习惯,心想回来就好了,哪里知道越发不习惯,反倒觉得还是待在美国更合适。教堂也漂亮,教友们也好,生活再不如意,到底也没有兵荒马乱的事情。本来想着给司徒老师送茶叶时,听听他的意见,看看像我这样已经可以在美国定居的人,是走还是暂时不走,如果暂时不走,以后还走不走得了。可惜啊,见不着他,也没个人可问了。"

嘉和明白了,说:"西泠,你这么一个明白人,还不知道该问谁去。问谁都不敢回答,你问你自己吧,想不想回美国?你告诉我,我给你定夺。"

方西泠眼睛亮了:"我还是想回旧金山去,方家人都在那儿了,我去也有个依靠,可这里的事情没了,我也定不下心啊。"

"都商量几回了,还在纠结!你自己拔腿就走,没什么不放心的。要是想带着孩子走,务必要征求他们的意见,带谁,带几个,都要想好。"

方西泠的眼泪终于流出来了,绕了这么大一个圈,她到底是把话说出来了。

"忆儿吧,我不能想,一想心就碎成玻璃碴子,太痛了。方越和盼儿两个,我都找过了,他们告诉你了吧?"

嘉和告诉方西泠:"自从李飞黄硬来到杭家,方越就回学校去了。他说李飞黄不走,他就不回。我们也把李飞黄送回过慈善堂几次,上午送去,下午就回来,下午送去,晚上就回来,根本就送不走。好不容易给他租了个房子,他虽说搬出去住了,可还是天天来我们这里的老虎灶,赶也赶不走。所以嘛,方越是一趟家也没回过。"

"把方越留下也是麻烦事啊,他爸爸疯疯癫癫的,自己都管不住自己,怎么管儿子啊。怕不是我还没回来,我儿子就已经被他的疯爹给烦死了……"

方西泠真是不好意思再向嘉和开口要方越了,这算怎么回事啊,可是证件一应都办齐了,再不走就真的走不了了。她硬着头皮开口,嘉和明白了,一直低着的头抬了起来,看着前方的十字架说:"方越是你亲生的,你想带走,我有什么话说。再是我一手带大的也没这个权力硬留啊,他要愿意就走,不用担心我的。"

"我就是担心李飞黄,半疯不疯的怎么办?"方西泠说。

"李飞黄虽是汉奸,但人家监狱不收,怎么办?我让他暂时烧老虎灶去了。你别说,他有事干还真不怎么疯,安静了不少。"

"要不我还是带盼儿走吧。到美国有针有药,或许还可以把病根治了。在杭州这种湿漉漉的地方待着,什么时候复发也说不定,想想就不寒而栗。"

方西泠闭上眼睛,泪水就溢了出来。她不是没有心肝的人,知道自己当着上帝的面做的是什么事。杭忆牺牲了,她和嘉和亲生的孩子只有杭盼了,她要带走,还把不是嘉和亲生的儿子塞给他,这还不算,还把一个伤害过他的疯子也塞给他。她还是人吗?上帝还要她这样的人吗?其实她心里再明白不过,只要不去美国,一切就都顺了。这应该是她自己承担的事情,可她战胜不了自己,她知道,留在杭州这块伤心地,实在是前途难测,下半生会陷在泥潭里翻不了身的,她必须走。到头来,还是如从前一样,谁都把一屁股烂账扔给嘉和——这个世上最好的男人。

没想到嘉和告诉她,杭盼也不一定跟她走,她有男朋友了。

"什么？我怎么不知道？"方西泠跳了起来。听说杭盼男朋友是个国民党空军飞行员,她更生气了,拍着长椅背指着嘉和的鼻子开始了反击:"杭嘉和啊杭嘉和,这么大的事情,你怎么可以不告诉我！她是你女儿,可也是我亲生的。你女儿做寡妇,等于我女儿做寡妇。你难道还看不清,国民党是败定了,给国民党开飞机的人,能有个好吗？不说了不说了,走,我们做父母的,一起去跟她讲讲这个道理。"

杭嘉和站了起来,一边掸着帽子上的灰,一边说:"盼儿这阵子回胡公庙住去了,今年春上的茶,全靠她张罗着采呢。另外,那开飞机的小伙子人挺好,小年夜我们还一起吃的饭。"

"这我就不明白了,你不是从骨子里就亲共吗？为什么啊？"

"盼儿从来就没有那么笑过。"他回答。

"就为这个？"

"这还不够吗？！"

第十二章

杭嘉和骑上自行车走了,方西泠跪在十字架下,虔诚地祈祷到半夜,又狠狠地哭了半夜。太阳升起的时候,她已经翻过了受难的"顶峰",开始"下山"了。向前看,生活在远方,这一回,必须要带上一个骨肉亲人一起走了。说心里话,她是害怕和儿女相处的,总是疙疙瘩瘩处不好,可那都是亲生的呀,你在上帝面前爱了那么多的兄弟姐妹,为什么就不能够爱自己的儿女呢?

在去龙井的路上,她又开始反悔了,越走越没有信心。她不喜欢杭盼现在居住的地方,胡公庙,这不正是当年嘉和闹无政府主义的地方吗?怎么闹了半天轮到女儿了?

虽然母女俩不住在一起,但十天半个月的,方西泠还是会来看一次女儿。杭盼的确是对方西泠太冷了一点,方西泠不知道她像谁,想着还是因她从小就得病之故吧。虽是肺病,竟然也扛下来这么多年了。然而最要命的是她竟然抛弃了上帝,这是方西泠真正不能接受女儿巨变的根本原因。盼儿小时候还是虔诚的,现在完全弃主,二十多岁的姑娘,独自住在庙里,这算个什么事啊。劝她多少回,她也不愿意下山,一回杭家那个院子,她就说要咯血昏厥,送回山里,顿时就好了。虽说清净,但和做尼姑有什么两样?家里的女人们没一个同意她住山上的,唯有嘉和说:"随她去吧,龙井本有我们的茶园,让她守着,给一份工钱,她也算是自食其力的人了。被茶围着也是好的,那地方能疗伤。"

杭盼就这样住在龙井,名义上是看着那些茶园,其实这两年根本都不怎么产茶了,找个理由让她待着养病罢了。这会儿,方西泠见着杭盼时,她正趴在桌上拿着一张红纸写字,见着母亲也不站起来,只说:"妈,你稍等,我得写个偏方。"方西泠一看,她一笔一画认真地写着:"天皇皇地皇皇,我家有个夜哭郎,路过君子念三遍,一觉睡到大天亮。"

当妈的撇撇嘴说:"盼儿,你连这个也信啊。"杭盼冷静地搁下笔说:"信啊,村里的人都信。"拿着红纸出了门,就向门口那两株八百多年的老宋梅走去。当年嘉和在这里闹无政府主义时,方西泠见过这两株蜡梅,说是辩才和尚种的,苏东坡也在花下踩过雪。如今眼见着有一株已经死了,毕竟八百多岁了嘛。杭盼一边在那株还活着的蜡梅树干上贴这民间偏方,一边问:"妈,你看这蜡梅一株活着,一株死了,这是怎么回事啊?"

方西泠说:"我哪知道啊!我又不是种树的,上帝不想让它活了呗。"

杭盼极淡地一笑:"就知道你会这么回答。"

"什么意思啊,你?"方西泠就很紧张。她一直觉得盼儿有一点点刻薄,每次从盼儿这里回去心里就别扭,总觉得盼儿说话绵里藏针,也不知道什么时候就刺她一下。小孩子记大人仇,方西泠以前真没想过这事儿会摊在她身上。

"噢,也没什么意思,问了许多人都不知道为什么它死了,这两株蜡梅都八百多岁了,怎么一株还活着一株就死了呢?这样不合情理,这一株得让它活着。"杭盼一边这么说着,一边用一个铜脸盆泼着水,滋润着那株已经死去的蜡梅树。这株蜡梅是灌木丛生的,八百多岁的命且硬着呢,死不低头,枝丫硬挺着指向天空,却是一片叶子也没有了。倒是另一株长得青翠葱茏,没心没肺,完全没有因此感伤的样子。杭盼双手掬水,从上面往下浇,手指头滴滴答答下雨一样地滴落着水。方西泠心痛地说:"你这不是成心糟践自己嘛,这么凉的水,你想冻死自己啊。"

"妈,我不冷的,再说我这个病要冷一点好。"

"那是冷冻疗法,国外早就有了。"

"国内也有的。"

方西泠突然开始发作,大叫一声:"盼儿,你跟我把话说清楚,为什么你要弃主背信,妈妈不明白。"

话音未落,咣当一声,铜脸盆就狠狠摔在地上,杭盼突然板着脸从方西泠身边擦身而过,撩起的风像妖怪来了。走到门口,她回过头来,声嘶力竭地弯着腰攥着拳头狂叫一声:"不要你管!"嘭的一声关上了门,那声音像男人的吼叫一样粗——方西泠只来得及看到女儿脖子上暴出的细硬青筋。

这就是她想要带走的杭盼啊!方西泠吓了一跳,她不明白,这么纤细娇小病恹恹的女儿怎么会发出这么暴烈的声音。生肺病的人是容易性格急躁的,但一会儿淡然到淡漠,一会儿暴躁到暴烈,这还是超过了方西泠的忍耐度。她站在这棵死去的蜡梅树下,茫然失措。窗户却打开了,杭盼手里拿着洗净的毛笔,一边在窗台上乱画着,一边对方西泠说:

"妈,你以后不要来看我了,你来了以后,我总要在床上躺几天才能起床,这样下去,我的病好不了了。"

方西泠惊问:"你这话什么意思?莫不是因为我,你才得的这个病?我死了你的病才会好?"

"妈,我保佑你长命百岁,就是你不要来看我,我们俩相克。"

方西泠一时悲从中来,声泪俱下:"是上帝把你给了我,是我把你生下来的,我们俩怎么会相克呢?你看你这样一个大户人家的孩子,嘴里迸出的全是村妇鄙夫的词儿,这样下去你要变白痴了。"

"妈,我读书呢,我比你读的书多多了。"杭盼用毛笔指着身后书架上的书。这些老古董般的线装书,没有一本是方西泠喜欢读的,一看就知道是她爸爸武装的她。

方西泠定了定神说:"盼儿,跟妈走吧,去美国,那里医疗条件好,一到那里你的病就彻底好了,你的好日子就开始了。"

杭盼很惊讶地看了看方西泠,她似乎从来没有想过这个问题:"妈,你弄错了吧,你应该带越儿去!"

"先带你去,以后有条件再带你弟弟。"

"你跟爸爸说了吗?"

"说了。"

"他同意吗?"

"他说只要你愿意。"

"那我要是不愿意呢?"

"为什么不愿意啊?你有病,拖着不是个事儿。"

"妈,我要是让你留下来永远不走,就老在杭州,你愿意吗?你不愿意的,你迟早要走。你就是个客人,我不敢跟客人太亲近的,你也不要勉强自己好吗?"

方西泠看着女儿,想:原来自己生出来的骨肉也可以疏离到这种份上的,而且,原来她真没有带走女儿的愿望,她只是想完成这样一个过程罢了。连一个晚上都不愿意拿出来陪伴女儿的母亲,真的有那种和患病骨肉下半生同生共死的爱吗?她有这种准备吗?没有,她只是给自己找个拒绝的理由罢了。现在句句实情都被盼儿揭了出来,盼儿真是像自己啊。

"就算我和你不亲,你找了男朋友,这样的事情也总该通知我一声吧?做妈妈的,难道连这点权利都没有吗?"

杭盼笑了。在方西泠眼里,盼儿是一只杭州人口中典型的"哭竹猫儿",她真的就没见自己女儿笑过。方西泠骨子里也是理解不了那个死在西湖里的日本变态小堀的,她不明白这种愁眉苦脸的林黛玉样子的姑娘有什么好让他发狂的。现在她终于看到自己的女儿笑了,女儿笑起来,就有点像自己女儿了。

杭盼拿出了一张放在皮夹里的照片:"喏,就是他。"

这是个高大的小伙子,国字脸,眉毛又粗又黑,眉心紧锁,五官硬朗,穿着一件白背心和一条打球的短裤,一只篮球夹在他右手腕上,顶在腰间。这样的小伙子,穿上空军军装,肯定帅得不得了,女儿迷上他,情有可原。

方西泠没有什么可以交代的了,明摆着这就是命,以后怎么样不知道,现在怎么样是知道的。巧得很,这时天空飞过几架飞机,盼儿就仰起头来朝着天空挥手帕,一边大声地叫着:"哎——我在这里,你看到了吗?我在这里……"

方西泠就提醒她:"人家在天上,什么都看不见的……"

"看得见的,他跟我说过的……"

"那这飞机也不一定是他在开呀,这么乱叫有失斯文啊!"

"妈,你怎么知道不是他呢?"杭盼认真地问方西泠,完全把她问住了。

母女俩告别时虽然有些尴尬,但至少彼此都松了一口气,谁也不用装了,各自听天由命吧。女儿把她送到宋广福院门口,方西泠指着台阶下那片条理不清的小茶园,那些茶芽从野藤蔓中星星点点地蹿了出来,长得很大了,也没有人摘,她对女儿说:"这地方是种十八棵御茶的,是不是真事,只有乾隆皇帝自己知道。你要是相信有,让人修剪一下,整出形来。"

杭盼点点头,微笑着说了两个字:"好的。"方西泠叹了口气想,真是要我走啊,看她现在多开心啊。

春茶将发未发之际,汤恩伯得到蒋介石的指令,派飞机将陈仪押送至台湾。果然不出杭嘉平所料,1949年2月17日早晨,杭州各报都在显著版面报道行政院院长孙科下令免去陈仪的一切职务,由京沪杭警备副总司令兼浙江警备司令周嵒继任浙江省主席的消息。交出浙江省政府大印后,陈仪便乘车去了上海四川北路安志坊家中。不久后,毛森征得汤恩伯同意,亲率特务数人在陈仪家中带走了他,并将他送到衢州秘密监禁起来,随后又把他送到台湾,而执行驾机任务的正是国民党空军少校飞行员曹家远。

一路上,陈仪一反平常对下级的矜持,用他那口绍兴话向押送他的随行人员不停宣讲,什么民族解放,百姓平安,中国人不打中国人,还策反他们起义倒戈,把飞机飞回上海……刮到曹家远耳中,他心想,原来老长官真的不知道,和这些人交流,纯属异想天开、对牛弹琴吗?！陈仪哪里知道曹家远此刻是怎么样心头滴血地驾着飞机的呀！这名少校飞行员此刻的心里只装得下一个姑娘。眼前一片雾霾沉沉,曹家远根本看不清海峡之水是怎样的碧蓝。他见不到心爱的杭州姑娘,他燃烧的心不能够照亮她的世界,无法温暖她冰凉的采茶的纤手。他更不知道,他亲手送达台湾的老长官陈仪,不久后到底还是被蒋介石下令处决了。

现在方西泠惴惴不安地去找儿子方越了。方越也已经不小了,正在艺专学书画。他显然要比杭盼开朗得多了。虽然长得很像父亲李飞黄,方脸,圆眼,阔嘴,只是身材比他父亲高出一截,头发又黑又密又长,完全是一个艺术青年。听说他参加了艺专组织的"护校纠察队",天天住在学校,根本不着家。方西泠不知道方越参加的这个队伍已经完全被共产党地下组织给接管了,有那么一阵子了,方越过着紧张而有序的战斗生活。先是参加"义卖""义演",到家里来翻箱倒柜找值钱的东西,筹集资金,储备应急粮食。他也不正经上课、画画了,每日在学生宿舍的围墙、窗口、要道等处,放置石块、石灰包、弓箭、棍棒等。学生们日夜站岗放哨,加强警戒,说是防止散兵游勇捣乱破坏,保护学校师生安全,实际上是防备特务突然袭击,逮捕杀害进步学生。这种活动真是又刺激又浪漫又正义,方越很喜欢。

方西泠和他在孤山脚下的平湖秋月见面,艺专校舍就在前面不远处,从前是哈同花园。这回方西泠不敢兜圈子了,开门见山就说了让方越一起去美国的事情,理由也很简单:第一,你是我方西泠的亲生儿子,我不管你在杭家长多大,你对我有责任,你得跟我走;第二,局势太动荡,你父亲是汉奸,不管哪个政党上台都没好果子吃,你不走,就得跟着受累;第三,你是学艺术的,到美国去,欧美的艺术才让人开眼,你才有事业的前景。"

方越听了母亲的话,感觉对面好像站着一个自己找上门来的经纪人,他又激动又克制,却说:"你想最后再见一次李飞黄吗?"

"我吃饱饭没事做,去看他干什么?"

"我是你俩生的,是他的亲生儿子,我不能让嘉和爸爸一个人什么都担着。"

"那也轮不到姓方的人家去,我早就和他离婚了,和这个汉奸一点关系也没有。"

"李飞黄被关在杭州小车桥的陆军监狱,已经有好几年了。他那点破事,也就是当个伪政权的中学校长,没干几年就疯癫了,要换成别人早就出来了。偏他老婆离婚,儿子送人,自己脑残,根本就没有人替他作保,所以一直就在牢里关着。这回是被监狱赶出来的,谁都不收他,还是嘉和爸爸收了。所以,如果还要我方越叫你一声妈,你就得跟我一起去看李飞黄。否则这个'妈'字儿,你就永生永世听不到了。"

方西泠这才发现,事情来了,性格才会显现,方越看上去很文艺,实际上他一点也不比杭盼好弄。可她不服气啊,她从心底里看不起李飞黄,把他和杭嘉和摆在一起,一个是泥淖,一个是逸云,品格、气质、习惯、谈吐,甚至长相,没一样可以说的。她为什么会嫁给这个人,现在都想不起原因来了。但她拗不过儿子,方越租了一条船,母子俩就一起去了凤凰山南麓的笤帚湾。

要说这凤凰山,也是个绝佳去处,北近西湖,南接江滨,形若飞凤。隋唐在此肇建州治,五代吴越设为国都,南宋建造皇城——东起凤山门,西至凤凰山西麓,南起笤帚湾,北至万松岭,有大内城门三座,雕梁画栋,飞檐翘角,金碧辉煌,珠光宝焰烛山河。方越一路走着一路说着:"嘉和爸爸起初把李飞黄安置在草色坊里,那怎么行呢!那地方不说是茶清爷的安息处,现在杭汉哥哥也用着呢。我后来想办法租了笤帚湾的房子,也算便宜吧,房租是我出的,我这几年给有钱人家画肖像,也挣了点钱。这地方本来是皇城根,很贵气的地方,可惜呀,舞榭歌台,风流总被雨打风吹去。斜阳草树,寻常巷陌……"方越摇晃着脑袋,方西泠摇摇手,不让儿子念下去,她非常讨厌诗词歌赋,乃至于讨厌一切搞文艺的人,盖因李飞黄是个诗词专家。想到儿子不但长得像他爸爸,连喜欢诗词音画这一点都跟着像,心里实在是不爽。

笤帚湾很小,这里已然成了贫民窟。方西泠跟着儿子走,突然就停步了,说:"你去吧,我就不去了。"

这下轮到儿子吃惊了:"你都要去美国了,就不见一次?"

方西泠坚定地说:"我不愿意,我承受不了。"

"为我,你也不愿意?"

"你一定要我去?"方西泠已经是一副要吐的样子了。

"算了,我自己去。"方越想了想说,转身就进了一个小破院子。

方西泠看着儿子进去,就赶紧跑到路边去呕吐了。凤凰山脚下,八百多年前的皇城根儿,如今成了一堆小破烂院子,春风吹过,山野香气阵阵,废墟在苏醒,亡灵开始呼吸,一个穿旗袍的小不点儿在干呕。

没多久,方越就出来了,看着母亲呕个不停,他便给她拍背。方西泠抬起身子用眼睛问,方越摇头回答。方西泠突然怒气冲天跳了起来,向小破院子冲去。方越拦住说:"你别去。他脑子坏了,一直背诗,他没法回答我的问题。"

拦不住,方西泠凭着一股子冲动冲进了破院子,她看见了李飞黄,身穿旧长袍,四月阳春,他还戴了顶貂皮帽,左手拿着本《唐诗三百首》,右手夹着根小刀牌香烟,坐在门口的破竹椅上,旁边是一张旧竹茶几,上面放着一个竹壳暖水瓶,一只缺了口的茶杯,茶杯里盛着半杯焦黄叶子的劣质茶,和他焦黄焦黄缺了门牙的嘴很是配套。他的脸很脏很黑,仿佛从牢里回来他就没洗过澡。只有眼睛雪亮,闪着贼光,盯着方西泠,一声不吭。他那种眼神让跟进来的方越无法判断,他这个汉奸老爹,究竟有没有把方西泠给认出来?

"《唐诗三百首》,"他挥挥手里的书,"《唐诗三百首》啊。"

方西泠呆了一会儿,问儿子:"你口袋里还有没有钱?"

"全都给他了,刚才围巾也给他了。"方越说。方西泠这才注意到,李飞黄脖子上那条围巾是方越给的。方西泠也在口袋里摸了一会儿,却摸出一小包新茶,是上回同嘉和见面时他送给她的,她掏出来放在茶几上,转过身什么也没问就走了。快到门口时,她才听到李飞黄吟唱了起来:"岐王宅里寻常见,崔九堂前几度闻。正是江南好风景,落花时节又逢君。"

那古诗古调古音,着实迷人,方越停下脚步,方西泠狠狠地拉了一下他的衣服,他们很快就跑了出去。

回去的路上,两人默默无语,只听着黄包车夫噼噼啪啪的脚底板声。杨花开始飞舞了，迷了路人的眼，飞扑上这对母子的衣裳。行至南山路口，方越说自己要先回校，便跳下了车。方西泠也没有拦他，母子俩一个车上一个车下，彼此心照不宣。方越先开了口："这么个烂摊子，我不能都扔给嘉和爸爸，我都得处理好了才行。"

方西泠坐在黄包车上哽咽地嘱咐道："越儿，妈托你一件事，别忘了常去看看你哥。我本是要和你一起去看他的，但回回想到要见他，回回就心痛得要死，妈妈最对不起的人就是你哥忆儿了。"

方越拖着两只脚，一副想走又走不了的难受："妈托我的事情，也是我应该做的事情。我不会忘记给哥哥扫墓，他要葬回杭家祖坟了，以后扫墓就更方便了。另外，我也不会把李飞黄推给杭家人，这不对，嘉和爸爸实在是为这个家扛得太多了，这个汉奸亲爹我得扛着。不过妈你要清楚，我不是因为李飞黄才留下的，我是因为自己喜欢留下才留下的。我从小就认识共产党了，我喜欢共产党。我们正在筹备盛大的欢迎仪式，我还是学校的游行总指挥……之一。我们这样算是告别过了吧。你记着，我叫过你妈了。"他双手插在裤袋里，肩上挂一件外套，一晃一晃地朝学校走去，片刻就淹没在柳树丛中了。他妈妈看不到他拼命想憋回去却又憋不回去的泪水，而他也听不到他妈妈并不想隐忍的狂涌的哭声了。

现在，方西泠要回忘忧茶府拿行李了，她的行李一直托叶子管着呢。她被一对儿女搅得路也走不动了，这会儿还没挪到二进的花木深房，就听到里面爆发出来的高亢而又咄咄逼人的黄娜的声音：

"我跟你说,叶子,你就是虚伪,你就是装!我最受不了的就是你揣着明白装糊涂。这俩孩子上哪里去了,你会不知道?你能不知道?你想不知道都难。你就是拿你们那套东洋鬼子的伎俩来蒙孩子。现在你得逞了,我算是找不回蕉风了。说好了我连夜得走,和嘉平在上海会合,去香港,最后一次机会,现在不走就走不成了。可我女儿以后怎么办?她是有英国护照的,你们家杭汉有日本护照吗?哪怕有,你们也不敢拿出来啊,再说日本护照现在管什么用,都被打趴下了,谁回去谁倒霉……"

然后就是一阵咔咔咔的脚步声,黄娜从二进院子里挎着包出来,后面是一路跟出来的叶子,一脸又像是想挽留又像是恕不远送的表情。看起来,显然叶子是被欺侮了,方西泠想都没想就冲上去拦住了黄娜,一下子就恢复了自己那一身刺猬皮的架势。

"哎哎哎,黄娜女士,这是干什么炸了皇天,忘忧茶庄百来号人谁敢跟叶子夫人这么说话的!不要说等杭嘉和呛一声,杭嘉平知道了也饶不了你。"

黄娜是个丰硕的女人,漆黑的长波浪,皮肤洁净,外表修饰得很有艺术味,不愧是个"画家",可她就是和忘忧茶府不搭调。她像个空降兵落在杭府,却发现连接应的女儿也暗中叛变,和叶子生的杭汉搅到一块儿去了。这让黄娜勃然大怒。恰好嘉平从北京传来的消息是他要常驻香港了,夫人和女儿要一块儿过去。结果这个消息一公布,杭汉和黄蕉风就双双不见了,还留下了一张字条。黄娜此刻把字条拿在手里,见着方西泠,另一只手手背哗哗哗地打着字条:"你就是方西泠吧,来得好啊,我也不怕家丑外扬,我也不把你当外人,你看看,你给我看看,你是这个大院子里的明白人,你看看这是什么意思?"

方西泠觉得自己已经是个比较甩得出去的人了,没想到来了一个更无所顾忌的人。她愣了一下,接过字条一看,是一封简单的信:"黄娜妈妈,我和杭汉哥哥一起去山里收茶了,要过段时间回来。香港我不去了,我在杭州很开心。再见。蕉风即日。"

方西泠也愣了,以为自己的儿女债已经还不清了,没想到还有比她更还不清的人。她扬了扬字条给后面的叶子看,意思是问她看到这个了吗。叶子摇摇头苦笑着,说明她是真不知道这个事情,可是显然她不想再解释——黄娜那种刁蛮脾气她已经领教够了。

方西泠一手拿着那张字条,另一只手手背也仿照黄娜一样哗啦哗啦地打着字条:"这个事情你找叶子干什么呀!全杭州城都知道杭汉是个什么样的好汉,就你是真不知道?日本佬进杭州,汉儿和皇军互相劈巴掌的事情,噢,就是打耳光,你听说过吗?那次还是我救的他。还有暗杀伪市长,那是谁,是他的亲舅公沈绿村,他二话不说就去了。他是个什么人啊,有事情还会跟他母亲商量?!"

别说黄娜听愣了,就连叶子也听愣了,方西泠这个机关算尽太聪明的角色,这种时候却出头来为汉儿说话,她为的什么呀?

真是贵夫人吵架也会成泼妇,但见黄娜一手叉腰一手指着两个女人说:"叶子你不要给我一声不吭,当着方西泠的面,你就跟我把事情说清楚。第一,蕉风和杭汉到哪里收茶去了?第二,她为什么不去香港?第三,他们的关系究竟到了什么程度?最后,这事情走到今天,到底该怎么办?"

叶子提高了声音,但音调依旧比另外两个女人起码低一个八度:"蕉风妈妈,我的确不知道字条上的事情,嘉和不在,只有我出主意了。"她想了想才继续说:"请你留下来再等一等吧,我们去找孩子们,找到之后再听听他们的意见,他们也是成年人了,是去是留,好坏,都要听他们自己的意见。"

"你听听你听听,我说叶子你这人不地道你还不承认,我能留下来吗?我留下来最后还得听两个孩子的?那不就是听杭汉的吗?听杭汉的不就等于听你的吗?"黄娜反问。

"那黄女士你就是不愿意留下来喽?"方西泠问。

"你看看现在都几点了,我再不上火车就赶不上去香港的轮船了,嘉平在上海等着我,上回就是磨蹭才迟到了,你说我能留下来吗?"黄娜说。

"我的上帝,那你老人家现在还闹什么呀,你得求着人家才行啊,亏你还是见过大世面的人,怎么这么拎不清啊!"方西泠毫不犹豫地戳了她一针,这气球真是立马就泄气了。

"那你说怎么办啊?"黄娜顿时就换了一副腔调。

方西泠突然像被烫了一下似的跳了起来:"黄娜女士,你说你什么时候去上海啊?"

"这不现在就走吗,有专车接我呢!"

"我是明天乘上海的飞机,先到香港。我搭你的专车行吗?"

"啊,你去哪里啊?美国?"

"美国!"

"哎哟喂,那么我们两人同病相怜了。"

两个女人就抛下叶子和刚才的事情,大谈这两天的出行是如何艰难困苦了,几分钟内就成了亲爱的闺蜜。等婉罗帮她们把行李拿出来时,她俩似乎已经把儿女心事放在一边,摇身一变,成时代新女性了。

飞机又飞来了,是国民党的飞机,它们在天空画着圈圈,以此证明这地方还是他们的。女人们默默地看着天空,她们已经被每日的飞机轰鸣声折腾得有点麻木了。

她们拎起箱子动身时,叶子从后面赶了上来,拿了两罐龙井"软新",龙泉的瓷罐,梅子青的瓷色,锡包纸垫内,外面贴一张忘忧茶庄的木刻红纸广告,简单几个印章字"忘忧1949",却是大红的,鲜亮地印在上面。叶子给她们每人一罐,说:"我拆成一份份小包装了,万一路上要送人礼物,明前龙井还是很行得通的。只是这罐子特别好,嘉和特意跑到龙泉去定制的,你们留着别弄丢了。"

两个女人沉默了下来,看着已经完全像个中国弄堂里的中年妇女的叶子。她才是真正的外国女人,现在却成了货真价实、落地生根的中国人了。她可不能走啊,杭家一半的天要靠她撑着呢。

第十三章

杭嘉和趴在收音机前,听着听着,眼角堆出了难得的笑纹。叶子有些好奇,说:"放响一点,我也听听。"

"隔墙有耳,"嘉和提醒说,"国民党正在抢人呢。"

原来当局开始了"抢运学人"计划,胡适、傅斯年等学者都被迁到台湾了,部分大学也搬了过去,列入名单的,除清华大学、交通大学、辅仁大学外,中山大学、东吴大学、浙江大学也名列其中。

叶子目光里都是不安,嘉和一看就明白她在担心什么,笑说:"不要操这份不着杠的心,再抢一百个,也抢不到汉儿身上。汉儿且是为共产党留着的人才呢。"

嘉和难得和叶子这么放松地说着话。黄娜和方西泠这两位女大神终于离开了杭家大院,嘉和与叶子都在内心里长长地松了一口憋气。终于可以过上正常的日子了,哪怕墙门外洪水滔天。正享受着说家常话的幸福呢,小撮着就"大少爷、大少爷"地叫着进了前厅。

那么着急地叫着,想必又有什么大事,嘉和头皮一阵发麻。

果然就是一件大犯难的事情,小撮着来找嘉和借钱,很多钱,要紧要命的事情,眼下就要,说是三天之后就会还他,利息就免了吧。

叶子脱口而出:"这么大一笔钱,还不知家里有没有呢。"

"我问过账房,春茶钱收了点,够了。"小撮着说。

小撮着就这点比老撮着进步,到底是在1927年当过工会主席的,敢去打听东家账户上的事情,不知道这该藏着,不该直说。嘉和心里就顿了一下,问道:"你要干什么?"

小撮着说:"这事情杀头也不好说的,违反组织纪律。"

嘉和摸着额头,想不起来小撮着现在还在什么组织里任职。他早年倒是加入过共产党,后来脱党了,天长日久,没人记得这事,谁知现在又有了组织,莫不是共产党又重新找他来了?嘉和便这样激将他:"撮着伯,不是我不回报你,你组织要这样说,你就找组织要钱去,别跟我要,我又不是你组织。"

"近日明前茶少归少,总还是回拢了一点铜钿的,您借我救个急,组织会记在感谢账上的。"

嘉和这才挑明了说:"不讲清楚做什么用,我是一个铜板也不会拿出来的。"

小撮着没招了,这才告诉嘉和,是为了保钱塘江大桥。话说出口,杭嘉和立刻就明白了。

这回,共产党是真要攻打杭州了。谁都知道,作为钱塘江南北交通的枢纽,钱塘江大桥因其重要的战略地位,成为国民党重点破坏对象,国民党行政院院长何应钦已飞至杭州,密谋炸毁大桥。而共产党在了解敌人的破坏计划后,当即找到了大革命时期脱党的老党员小撮着,因小撮着的儿子翁拣着正当着大桥护桥工。这翁拣着得着父亲给他的艰巨任务,便去买通了守桥的一个国民党工兵,那个工兵又找到一个姓黄的排长,排长答应想办法,在原定每包要装六十公斤炸药的炸药包里填沙子，减少炸药的爆破力。可这事儿明摆着是要花钱办的，钱一时没凑齐。今晚要不把钱送过去，难说那黄排长不会把他们告了。告了还是其次，会不会直接就把桥炸了，这才是大事。

嘉和听了一跺脚，眼乌珠都要突出，只说了半句话："天大的事亏你……"就不说了，手一摊，叶子赶紧把挂在内层衣服里的钱柜钥匙摘下给他，他转身回屋拿金条去了。这就是忘忧茶庄几乎全部的保命家底了。叶子在旁边眼睁睁地看着，一声不吭。

还算运气，三天后，小撮着就拎着"小黄鱼"回来了，一条不少，他说，共产党感谢你，我也感谢你。嘉和说，感谢什么呀感谢，你就说事情办没办成吧。小撮着说，哪还能办不成的，已经"狸猫换得太子"了。

话虽这么说，嘉和总觉得这事儿办得跟小孩子玩把戏一样，特别不靠谱。他想来想去不放心，那几日就天天上五云山，从山顶上可以看到钱塘江水浩浩东去，钱塘江大桥一架南北，江面上的驳船载着煤块、石头甚至粪肥，如同会喘气的蜗牛，缓缓地从江面驶过，噗噗噗噗的声音从远到近，又从近到远。大桥上的汽车火车呼啸来去。日子依旧过得不动声色，但嘉和知道，一切都紧绷着，等待着紧要关头那一个引爆点的到来。

果然，他目睹了那一天。

1949年5月2日，当解放军三野七兵团第六十二师向钱塘江大桥急速挺进的时候，寄草当年相识的那个书呆子杨真所在部队已攻下余杭，占领了县政府。团政委杨真一进办公室，电话铃就响了起来,那头有个声音气急败坏地问:"怎么半天不接电话,解放军到了没有?"杨真故意大喊:"你谁啊,开口就敢问这样的军事机密!"对方就咆哮:"猪脑髓,我杭州市政府!拆拿娘的睁开眼睛看看,现在还有什么军事机密,叫你们县长来!"

竟然还是国民党杭州市政府的人,专门给余杭县政府打电话问解放军的消息。杨真放下电话听筒,报告上级,旋即率团向杭州进发。

连夜翻山越岭抄小路,天还没亮,部队即到达月轮山上的之江大学。学校在山坡上,战士们头回见到如此考究的古罗马建筑风格的教学楼,那圆拱门廊,雕花柱子,引得他们一时都睁大了眼睛感慨起来:大学的房子就是大!又宽又大!团政委杨真也不由得感慨了一句:"司徒雷登的弟弟司徒华林还在这里当过校长呢!"警卫员直接就蒙了:"谁的兄弟?司徒谁?"士兵们只管冲锋陷阵,谁知道美国大使司徒雷登是杭州生杭州长的。

在学校,战士们倒是没有遇到任何反抗,在校的学生们都非常热情地欢迎他们,端茶倒水,送来食物药品。让杨真备感亲切的是,他喝到了一位圆脸大眼的姑娘端来的茶,不由得惊叹一声:"龙井新茶啊!"姑娘眼睛瞪得更大了:"是的呢!龙井新茶呢!"

"首长您也喝出来了?"旁边一个略显沉稳的青年教师问,透着自己人才有的那份自信和亲切。

"喝出来了,我也是杭州人嘛!"杨真说,"杭州有一家忘忧茶庄,你们知道吗?专卖龙井茶的。"

青年教师的表情就更亲切了:"首长,您连忘忧茶庄都知道啊!"

"忘忧茶庄啊,有个老熟人,杭寄草。"

那姑娘脱口而出:"小姑妈!"

原来,这青年教师和姑娘正是杭汉和蕉风。

杨真上上下下打量着他们:"啊,是不是太巧了?!"

就这会儿工夫,通信员传达的任务就下来了,有战斗。杨真来不及再说什么,道了声"后会有期"就带着部队冲了出去。

战士们经过五云山时还看到一座新墓,那墓前立着一块石碑,有的战士识字,便认出了那一竖行字——陈布雷先生墓;不识字的,便匆匆而过。陈布雷是谁?谁是陈布雷?没人把这埋在土里的人当回事。倒是有人看到一旁茶丛里蹲着个男人,想他必是个茶农,不禁问:老乡,二龙山在哪里?那老乡指了指前方不远处,没有说话。战士又问:远吗?老乡摇摇头,摇摇手。一串脚步踏过,一群绑着绷带的腿脚便绝尘而去。

平生第一次,杭嘉和被人称为"老乡",而且是地道的北佬儿腔,很刺激,很陌生,也很兴奋。他仿佛回到童年,父亲带着他们兄弟俩到城站看火车开通,络麻地人山人海,杭州人扛着板凳站在上面迎接火车。这次不一样,杭州人大多缩在墙门口、弄堂角等着热闹到来。而杭嘉和则独自一人蹲在这"当代完人"的新冢前和解放军打了个照面。他摸了摸墓碑,这泉下之人也不知做何感想。智者就是智者,知道什么时候了断最为合适。若再迟三个月,只怕死无葬身之地。这么想着,枪炮声便响起来了。他蹲在茶园中,时而站起来张望。已是中午时分,他能够看见二龙山那边在打仗,他清楚地意识到,二弟所说的那个新时代,正气势汹汹地向他们扑面而来了。

5月3日上午时分,杭嘉和眼看着解放军翻越五云山,占领二龙山北侧高地,向六和塔的国民党守军发起进攻,并最终占领了这个俯瞰大桥全貌的制高点。黄蕉风这个南洋黑牡丹木美人,正双肩背着一大桶茶水,从后山登上了月轮山,一边还挥着红毛巾,叫着:"送茶来了,送茶来了。"那些爬上了六和塔的战士在塔楼窗口扯着嗓子喊:"老乡,快离开,小心子弹,危险!"黄蕉风无知者无畏,依旧开心地喊着:"打仗口渴,给你们送茶来了。"

杭汉从后面赶上来,一把夺过茶桶,正要抢红毛巾,嗖的一下,毛巾被一颗子弹射穿飞出去,杭汉一下把蕉风扑倒在坡路上,按着蕉风的头皮说:"你这个傻丫头,你看你在做什么啊!不要命了,你!"

黄蕉风严肃地看着大桥,说:"送茶!打仗!"一副不容置辩的口吻。杭汉想了想,可不就是为了送茶打仗!这丫头真是一根筋啊!

他们趴在地上,就这样闷了好一会儿。枪声止住了,六和塔已经被彻底占领。杭汉扶着黄蕉风起来,似乎直到这时候,蕉风才开始后怕,问:"回去?"

"包子都吃到豆沙边了,还回什么回!"杭汉拉着蕉风来到六和塔下,战士们认出他们是来送水的教师和学生,赶紧让他们登上六和塔。这两人一下就登上七层,黄蕉风问:"这么快就到了,不是有十三层吗?"

"木瓜妹,我真心佩服你!"杭汉刮了下她的鼻子,感慨地说。蕉风听不懂这句话的意思,杭汉其实是想说,差点都送命了,这会儿她竟然还能分出心来管这座塔有几层。一回头,却见他可爱的木瓜妹妹已经趴在塔楼窗口,踮着一双大脚,有模有样地欣赏起横跨在钱塘江上的大桥了。他赶紧把她拉到一边,按住她,心想,我要一步不离这个小妹妹,我要保护她一辈子。

在这个制高点上,他们能够看到滚豆子一般在钱塘江公路大桥上匍匐向前和互相阻击的士兵们,为了这座大桥,双方都在抗争。他们看到解放军向大桥北端桥头堡发起攻击,一鼓作气拿下了北桥头堡,控制了大桥北端,切断了敌人南逃的通道,他们也看到解放军正在向桥南之敌发起进攻。

在进攻中,这对兄妹听到了大桥中部响起爆炸声,又看到了继之升起的烟花,果然,敌人开始炸桥了。一个士兵冒着生命危险砍掉了正在冒烟的导火索,另一个炸药包虽然爆炸了,但因药量少,大桥未受破坏。杭汉和蕉风兴奋地在六和塔上又抱又跳又亲又叫,让一旁的战士们又惊又喜又不忍直视。谁也不知道,为了大桥,杭家人可是把家底全端出去了。

1949年5月3日黎明时分,方越裹着一床薄被子,手握方西泠临走时送他的那台从美国带回的半导体收音机,半身挂在艺专寝室的高低铺上。好几个同学挤在下铺,抻着脖子听秘密电台消息。消息激动人心,方越一下子就掀掉薄被,压低着发抖的声音说:"解放军已经到达杭州附近,今天就要进城了!"

一寝室的同学顿时就激动地跳了起来。艺专的文艺青年们气质上到底和浙江大学的学生们迥异,他们几乎都是激进的革命派,因为革命在他们眼里本就是又浪漫又冲动又正义,符合搞艺术的基本规律。这几个月,他们已经把自己学校门口包装得和巴黎公社的街角一样,尽是堆积如山的沙包和尚未废弃的桌椅板凳。此刻,当浙大的师生们还在严阵以待、引而不发之际,艺专的同学们已经撸起袖子一脚踢开大门,写标语的写标语,敲锣鼓的敲锣鼓……

上午9时许,方越骑着自行车先在学校门口来回转了一圈,他挥手连声喊道:"来啦!来啦!解放军已经从灵隐那边过来了!"

他这一叫,同学们顿时欢呼雀跃,大伙举着标语、红旗,敲锣打鼓,拥出校园,开始朝岳坟方向奔去欢迎解放军了。

方越比谁都急,他得赶紧把好消息告诉在国货路电台上班的寄草姑妈。他骑着自行车,飞快地在大街小巷里穿梭着,只见一队队解放军士兵在身边跑着,紧张的气氛顿时弥漫在5月的杭州城,连石榴花都被惊得颤抖起来。突然听到前面有人喊:解放军,共产党——醋坊巷里有国民党!

旁边便有解放军战士问:醋坊巷在哪里?醋坊巷在哪里?方越就喊:跟我走,我认识醋坊巷。他铆足劲朝醋坊巷蹬车,旁边一排战士跟着他哐哐哐地走,他感觉热血沸腾!

话说这醋坊巷,听听名字就能猜到它的来历肯定与醋有关。它南起庆春路,北接回龙庙前,还有一处景观,叫"红亭夕照",有诗云:"红叶鸦翻起暮烟,孤亭一角夕阳天。酒家巷记丹枫外,醋库房临乌桕边。"可见此处原本是有个红色亭子的。还有一首诗这样写道:"柳色青青食已寒,香车菜市客争看。红亭醋库桥东往,心似桃花一样酸。"此刻杭州桃花已谢,心酸的该不是那些挤堆在醋坊巷中的国民党军吧。

醋坊巷数百米长,宽不过三米,是条小巷,两边有墙门,两层楼的板壁房子。巷内墙门不少,方越想来想去,判断国民党军不是藏在巷子里的珍珠庵,就是藏在药园。珍珠庵不小,前大殿为五开间七架梁。二进为座楼,三开间建筑,其余配殿、厢房、花厅俱全。不过要说聚人,可能药园更合适。明代崇祯年间,文人吴溢居醋坊巷,晚年筑了个药园,园内建玉照堂,堂前有玉兰一株,大可数抱,盖百年之物。一想到这么大一株玉兰树下,缩着一群国民党部队的残兵败将,方越就感觉很不搭调。

慌乱的国民党军此时见解放军冲过来,挤作一团,互相吵骂甚至互相残杀起来。都这时候了,他们还能分出"杀身成仁"派和"缴枪不杀"派,但解放军不给他们形成两派阵营的时间,战斗很快就结束了,三百多人成了俘虏。这样的打仗也让方越感觉奇怪,他发现自己什么也没看着,还没回过神来,国民党军就举着双手出来了。市民们看了一阵热闹,也就一个个散去。方越这才想起来,自己的主要任务是到电台去。

其实电台就是个搬运信息的地方啊,所以对解放军入城的事,他们可一点也不比方越知道得晚。方越赶到时,台长已率十多名工作人员在门口迎候了,寄草姑妈也兴高采烈地站在当中,她穿着一件红毛线开衫,阴丹士林蓝旗袍,扎着两个小辫子,怎么看都像是个大学生,绝不像是已经有了孩子的人。

所有那些事后想起来足以石破天惊的事情,此刻的寄草都来不及想。她的独生子小布朗被寄养在云南马锅头老邦崴家中,她也没有时间去接他;身为一家之主,她的丈夫罗力从来没在家住过三天以上,后来干脆消失了,她也无暇顾及。她投身在热火朝天的战争和运动中，成为一个字正腔圆的电台女播音员，参与了许多进步活动，喊过许多口号，参加过许多集会，发过许多传单，要求过许多次加入共产党。组织每次都说她表现很好，但又说，对每一个要求入党的人都还要继续考验一下。寄草从来没有想过因为丈夫的国民党身份，她成了一个介乎可靠与不可靠之间的人。她就这样懵懵懂懂的，叫她干什么她就手脚麻利地上阵，大家也都很高兴，也没人想过要去暗示她一下。当然，她自己是很高兴的，因为人民要解放了，反动政府要垮台了。

一辆吉普车与方越擦身而过，正是来接收电台的人员。他们一律身着军装，热烈握手之后便问电台设备如何，台长赶紧声明设备完好无损。解放军代表又问，电台现在可以工作吗？台长赶紧说，我们一直没有停止广播。听说贵军进城了，但没有正式消息来源，所以一直播放着音乐。因为电台一中断，会引起市民的恐慌。现在我们可以马上恢复播音。

军代表表扬了他们的做法，说：解放军已经完全占领了杭州，现在要发布一个杭州解放的消息。台长忙着点头：是，要让全市及全国人民都知道杭州解放了！他还没来得及布置具体工作，也没有新闻稿，寄草就等不及了，冲进了播音室，却没挤上首播，另一位地下党员女同事抢先播报："杭州解放了！"

虽然寄草没抢到第一条新闻，但台长让她去湖滨拍照采访。恰好有方越，寄草跳上自行车后座，手里还拿个相机，神气十足地就出发了。他们沿着湖滨路，从一公园飞驰到六公园，然后就冲到了白堤前，看着解放军正从"断桥残雪"的碑前经过，穿着一色的草黄色军装，裹着绑腿，人人左臂上都扎着一条白毛巾，步伐整齐地持枪前进，战士们有的侧过头来，露出会意的微笑，有的则挥手致意。

天空隐隐传来飞机的轰鸣。"警报！空袭警报！"队伍停止前进，隐蔽到湖边浓密的柳荫下。方越发现一群同学正在趁此机会慰问解放军，齐声唱道："解放区的天是明朗的天……""朱大嫂送鸡蛋哪，进了土窑哝呀嘿……"女同学们把早就准备好的熟鸡蛋，一个劲地往战士们的口袋里塞。

敌机在上空盘旋了几圈调头而去，空袭警报解除了。从昭庆寺、六公园到延龄路，一路都没有遇到敌情。只在靠近武林门的一家茶楼附近，看到一伙带着武器的国民党士兵乘着一辆卡车仓皇逃遁，当即被解放军截住并缴枪俘获，寄草咔嚓咔嚓拍了几张照片，很是过瘾。

1949年5月3日，云游僧一般的林忘忧，散淡地行走在杭州的西湖边。过年之后，他没有回安吉县天荒坪。盼儿姐姐的男友曹家远斩钉截铁地告诉他们姐弟两个，哪儿也别去，就在杭家大院里安心待着："共产党军队所到之处秋毫无犯，你们尽管放心。"忘忧想不明白，既然如此，为什么曹家远不干脆从国民党那里跑过来算了？关于这个问题，他问过盼儿姐姐，她淡淡地问："共产党要他吗？"

"可以给解放军当空军啊！他们也要飞行员的。"忘忧建议。

"解放军还没有空军。"

忘忧想，那你们怎么办呢？杭盼想必是看出忘忧的担忧来了，说："我们已经想好了，家远飞完这最后一趟，就离开军队，到上海民航去,那边已经答应要他了。"

但曹家远没有想到,自己这趟送的是要人陈仪,地址是台湾。临别前,他把杭盼从胡公庙送回清河坊,一遍遍嘱咐:哪儿也别去,就在家里住着,等着他来接她。临别前,忘忧甚至看到他用皮夹克把杭盼裹到衣服里面,一遍遍地说:"我真想和你爸爸换一换,他当飞行员,我卖茶,和茶在一起是最安全的。"说得杭盼探出头来说:"一想到爸爸开飞机我就想笑。"

女儿在身边,嘉和自然就要宽慰得多。他对忘忧一直也是很放心的,总觉得晚辈中,忘忧是最不需要他费心费力的。那天上山前,他告诫忘忧,千万别出门,流弹打起来不长眼睛的。忘忧戴着墨镜,嘉和看不到墨镜后面那双眼睛。忘忧相信福报,认为父亲以身饲虎,福报罩着他,他会刀枪不入的。故大舅刚走,他就溜出了大门,倒是被得茶撞见了,拉着他的衣角说:"你不好出去的,搞得不好要出人命的。"

忘忧跟得茶说:"得茶,杭家门里,就你我两个是共产党员生的,是不是?现在共产党要进城了,我们是不是要欢迎一下?"

"你在家里念佛欢迎不是一样的?你不是相信菩萨的吗?"得茶还在犹豫。

"我悟出来了,共产党就是菩萨,菩萨就是共产党。共产党就是为主义舍身饲虎的人。"

"什么舍身饲虎?"得茶觉得忘忧这个人非常奇怪,才二十岁的人,说话的口气跟婉罗姆妈一样。

忘忧非常沉迷于这个佛经故事,它说的是印度宝典国国王的三个儿子,一日同到山中打猎,见一只母虎带着数只小虎,饥饿难忍，母虎欲将小虎吃掉。三太子萨埵见状，将两个兄长支走，来到山间，卧在母虎前，饿虎已无力啖食。萨埵又爬上山冈，用利木刺伤身体，然后跳下山崖，让母虎啖血。母虎啖血恢复气力后，与小虎们一起食尽萨埵身上的肉。两个哥哥不见弟弟，沿路寻找，终于找见萨埵的尸骨，赶紧回宫禀告父王。国王和王后赶到山中，抱着萨埵的尸骨痛哭，然后收拾遗骨修塔供养。传说为了挽救老虎生命而甘愿牺牲自己肉身的萨埵太子就是佛祖释迦牟尼的前世。而忘忧则认为自己的父母就是这样的菩萨转世，他绘声绘色地把这个故事讲了一遍，终于把自己讲得声泪俱下。

虽然得茶早就听杭汉提起过，共产党就信共产主义，不信轮回那一套，和菩萨的种种挨不着，忘忧在山寺里待久了，他表达的意思本不靠谱。但宁愿牺牲自己也要解救苦难众生，得茶一想起这种事情这种人，还是会热泪盈眶。他挽着忘忧的手说："那我同你一道去好了，我也想去看看解放军是什么样的。前两天，对面吴坤跟我说，解放军是红头毛绿眼睛的，说是他小阿叔吴根说的。我才不相信呢。"这叔侄两个就此溜出门，等家里女人发现，早就跑远，洋枪都打不着了。

这两人看着解放军进了杭州城，场面跟赶庙会似的，很热闹，行到湖滨才算是真正遇到大险。原来，此处正巧留下了一个警卫班在负责首长安全。这群士兵来到圣塘路和昭庆寺斜角，准备在草地上构筑简单的工事，忽然从西大街方向开来一辆大客车，看不清车里坐的是些什么人，警卫班示意停车检查。谁也不曾料到，车内竟然有人突然向外射击，猝不及防间全班立即卧倒，然后猛烈还击。不到半分钟,战斗结束,汽车被击毁,十多个敌人被打死,其余的敌人举手投降。这一场景被寄草看个正着,她赶紧上前去抢救伤员。战士们纷纷叫着:先抢救首长,杨政委,杨政委!杨政委你没事吧?

那杨政委也真是命大,左边的眉毛活生生地被子弹擦断了,但竟然没伤着一点皮肤。他一边摸着发烫烧焦的眉毛,一边说,没事没事,阎王爷没找到我,从门口过去了。然后,他和寄草就面对面碰了个正着。

这下可好,只听寄草声嘶力竭地大叫一声:"杨真!杨真!你是杨真啊!"然后就猛扑了过去,挂在杨真脖子上。杨真也大叫着:"寄草,杭寄草!我们胜利了!我们胜利了!我们胜利了!"他一把抱起了寄草,两人就在西湖边转起圈来。他们这个动作,不要说让战士们目瞪口呆,就连最为开放的艺术青年方越也看得瞠目结舌。原来解放军是可以这样的,原来他们也会拥抱亲吻转圈。为什么我不能够去当这样的解放军呢?他想。

转了好一阵子,寄草才被放下。她捏着自己的鼻子说:"天哪,杨真你还是那么臭,跟当年去延安时一样的味儿!"

"还能记得我的味儿,不错。"杨真指着身边的战士说,"你看看我们这些战士,衣服很多天没洗了,天天出汗,衣服湿了干,干了湿。可即便身上发出难闻的气味,老百姓也一点不嫌弃我们,就你这个小布尔乔亚能闻出味儿来。"

"别跟我抬杠啊,你说不过我的。看在你战斗胜利的分上,不和你打嘴仗。什么时候来我家喝茶?清河坊忘忧茶庄,别忘了!"

部队急行军走了,寄草难得沉静下来。西子湖畔,春意荡漾,一株桃花一株柳,桃花已谢了,但柳树却长得袅娜多姿。方越能够感受到小姑妈激动的心情。她终于开口问方越:"越儿,你刚才看到那么多国民党兵被打死了吗?"

"看到了,他们先开的枪!"

"要是他们不开枪就好了。"寄草沉思着说,"死在西湖边太不划算了。"

"真笨,这时候还开枪,那不是找死吗?"方越说。

"他们是当兵的,条件反射!"

"你是不是有点可怜他们?"方越问。

"我是有点可怜他们,他们不该开枪,而且不该死在西湖边。"

"死在西湖边和死在别的地方,不是一样吗,反正都是一个死。"

"不一样的。"寄草认真地说,"这么美丽的地方,这么美丽的时节,不应该死人的。"

方越第一次发现,寄草姑妈和嘉和爸爸原来是很像的,她刚才还和那个杨政委热烈拥抱呢,现在却在思考那些被打死的国民党兵不该死在西湖边。姑妈是个不可思议的人。

"姑妈,你和那个杨政委真的好熟啊!"

"那是战斗的友情,你不懂的!"

"我拍下了你们欢呼胜利的照片!"

"好啊!做个纪念。"突然,寄草捅了侄儿一拳,"不准告诉你姑父啊,他会吃醋的!"

直到这时候,他俩才发现忘忧和得荼蹲在大柳树后,那树干上的枪眼,深入树皮。

第十四章

5月3日下午3时许,解放军列队进入杭州市区。杭嘉和并不想立马就一头扎入这股天翻地覆的时代洪流之中,他得花点时间来消化,所有的人都下海冲浪去了,家里得留一个人在岸上。可哪儿都没有整理思绪的地方,家里有寄草、忘忧和得茶,甚至连很久不回家的方越也回来了,他们不停地说啊说啊,都是车轱辘话,如激流湍行,从五进的大门溢出,冲向大街小巷。嘉和准备到茶楼里去看看,抗战后,茶楼就搬到忘忧茶庄的二楼与三楼,一楼用来专门做茶庄。还在茶庄墙角楼梯外,专门做了一个老虎灶,供人打热水。

老虎灶有一根翘起的"尾巴"和灶头,灶边放一张矮茶几,凌晨三四点钟,左邻右舍的老头儿就拥到一起来喝茶了。借着一星天光,蹲在地上,一只有把手的白瓷大茶缸,早已经被茶渍浸得墨赤铁黑,老头儿们抽着旱烟管,一直蹲到六七点钟才去喝豆浆回家。可那一天,晚上五六点钟,老虎灶前还挤满了人,大家都在讨论解放军的事情。嘉和眼睛一掠,发现李飞黄竟然也在这些人当中,烧着老虎灶,沏茶倒水,忙得不亦乐乎,那一脸的兴奋,不像是个精神病人,倒像一个浮出水面的地下党。嘉和听到他夹在七嘴八舌的人群中补充和校正着:玉皇山这一仗,打得那叫一个痛快,一个钟头就打败国民党军,解放军俘敌二十六人,缴获轻机枪两挺,步枪二十多支……真的,一个字没掺假的。真的,我有个朋友,是解放军里做大官的,今日打进城来了,他请我去吃了顿饭,杭州酒家,酒桌上说的……

听到这里,杭嘉和走开了,那个肩膀上搭一块布头上着门板的十五岁的同学少年李飞黄仿佛出现在了眼前。十五岁时他就这样爱连编带扯,他家开一个小南北杂货店,可他偏说自己是上海滩百货大楼小开的私生子,他的父亲于是也就成了小开家的管家,为了养他才回到杭州的。嘉和相信了他的出身起码达五年之久。如此禀性,到五十岁依旧,当他精神依旧不正常吧。嘉和心想,明天要去和老虎灶上的伙计打个招呼,不能让李飞黄当起主人来,这人下半辈子若夹着尾巴做人,或许有一天儿子还能认他,否则背着这么一个汉奸身份大吹腮儿,共产党真容得了他吗?!

茶楼里人满为患,大家都拥在茶桌旁讲今日解放军进城的大头天话。大家都在期待新变。一夜之后的明天会是什么样的天呢?解放区的天,真的是明朗的天吗?嘉和走到楼下茶庄值班,让伙计们都下班了。谷雨这一季的茶也过了,他一个人对付也够了。一直等到子夜光景,楼上的客人才陆续走光。大街上热闹的市声终于远了,他合上账本,关上台灯,准备回家,却感觉有人在注视着他,长长的影子投到了账桌上。他抬头一看,闭上眼睛,再睁开眼睛,那人还在。然后他重新打开台灯,关上了大堂里的电灯,屋子一下子幽暗了。一盏台灯,让杭嘉和一下子进入了梦境。是的,只有在梦境里,他才能够如此确切地证实,眼前站着的这个人,确实就是罗力。

上一次见罗力是在抗战胜利之后,他在归来的远征军队伍中,穿着军服,开着吉普,那叫一个威风。后来罗力就神秘地失踪了,连寄草都不知道他的准信,只能干等着他偶尔来个消息,在干什么事情他也不说。不承想,这会儿他竟然冒出来了。

穿便衣的罗力看上去多少有些古怪,长衫、黑帽,还配了一副眼镜,胡子倒刮得干净,两鬓竟然有些斑白了,脚蹬一双浅口皮鞋。当年的罗力,在嘉和的印象中,最鲜明的就是一双高筒皮靴,走到哪里都觉得他手里还应该再配一根马鞭。如今温文尔雅的样子,倒像是一个教师。人倒是多了几分沉稳,也多了几分警惕,因此也多出几分神秘来了。

两个男人默默地对视了一眼,还是嘉和先开的口:"有口福啊,新茶刚下来,还有老龙井的水。"

"就是想喝一口我们杭家的'软新'啊,这仗打得,以为喝不上了呢。"罗力说。

嘉和说:"还真是炒了点'软新',喝吧。"取出来的这款"软新"果然不一样,手炒的条索紧得很,还透着鲜亮,一看就是嘉和的手艺,别人炒不到这个份儿上。

罗力问:"寄草说过,只有大哥炒的明前龙井'软新',才真正算是杭家人可入口的茶。"

嘉和回他:"明人面前不说假话,并非越早越好,真正的好龙井,就是清明与谷雨之间,要说是明前龙井,就是图个新鲜、图个早罢了。"

罗力看着大哥,感慨地说:"有几年没见大哥,大哥见老了。"

"你倒不见老,就是不穿军装的样子,不习惯了。"

"我这几年做的事情,也是三言两语讲不好的。特意找了大哥,知道大哥相信我,也会有耐心听我讲完,帮我找到路数。"

罗力接下去讲的这番遭遇,再一次超出了杭嘉和的所有预想。生活啊,哎,永远大于我们对生活的认识。

罗力这个一直就在洪流中乘风破浪的人,这个原本"手把红旗旗不湿"的弄潮儿,抗战时期一直稳立潮头,然后突然销声匿迹。直到1948年底,国民党上海保密局机密会议上,罗力被任命为杭州支台台长,他才又重出江湖。话说这个杭州支台,也是1948年12月底仓促组建的,却是国民党保密局整个应变计划的重要组成部分,是在台湾总台建成之前,替代南京总台负责江浙沪一带布建的潜伏电台的过渡性通信枢纽。1949年,中国人民解放军开始渡江南进,而罗力的杭州支台,也已经全面展开特务活动了。

杭家人不知道的是,早在抗战期间,罗力就已秘密加入了中共地下组织,从此开始了单线联系的地下谍报工作。因为学历高,表现突出,被军统看中,欲调他到由军统重组而成的国民党保密局,并把他派往美国进行专门的情报工作训练。这不成货真价实的特务了吗?况且这一别又不知何时能和家人相聚,罗力自然是不愿意的。但中共地下组织命令他加入,他到底还是服从了。去美国一年,回来后即入保密局,几年来不曾和家中有任何来往。眼看着解放军渡江在即,国民党出于撤离后的应变潜伏需要,专门在杭州设立了国防部保密局杭州支台,由保密局电讯处直接控制。四十余个潜伏电台的通信联络,以及浙江站所建潜伏电台和人员的配备与通信联络，竟然都交给了新上任的罗力。国民党的众多机密，就这样掌握在了杭州支台台长罗力的手中。

就在罗力准备从地下走到地上时，他单线联系的上级受陈仪一案的牵连，被捕牺牲，他唯一的线路断了，本是一个天赐的良机，罗力却找不到组织了。

4月28日，国民党保密局电令杭州支台随浙江站行动，一起撤至武夷山打游击。当天下午，保密局浙江站站长毛万里派车接运支台人员赶浙赣铁路最后一班火车南行。罗力当机立断，下令支台所有人员整理好物资行李，做出一副立即要撤走的样子。为避免引起毛万里的怀疑，他还让几个思想较为顽固的人，押运电信器材跟浙江站的车先走。临上车前，罗力突然跳下车说，潜伏台的情况他还没有检查过，查看和雇车都需要人，让大队伍先行开拔，自己一会儿赶过来，如果赶不上，他会直接到游击区和大家相见，由此脱身。

所有这一切都只可能是罗力一个人行动。一个人的狂欢和一个人的孤独，一个人的作战和一个人的坚守，一个人开会，一个人下令，然后一个人执行，这是他一个人的1949。

今天无论如何再不能一个人了，今天是个意义非凡的日子，他必须打破沉默，与人呼应，寻找组织。可他应该首先和谁接头呢？罗力想来想去，头一个想到的还是无党无派的大哥杭嘉和。

1949年5月3日，解放军某团政委杨真率部队打入杭州，进驻并接管国民党警察局。警察局八个分局，第三分局在孩儿巷。杨真一行到时已近午夜，上来了个老警察，一副杭州警察的派头，买了烧饼、油条、豆浆招呼他们吃夜宵,熟络得来好像新领导就是老上峰。

杨真的警卫员小彭是个北方人,见什么都新鲜,一边掰着油条一边说:"杭州的油炸果子可真是精细,只有筷子一般粗,俺一口气可吃上十根。"

杨真将油条裹在烧饼里,就着豆浆吃,一边就给他普及江南饮食文化:"这你就不知道了,我们吃的可不是油条,我们这是在吃秦桧呢。"

"是陷害岳飞的那个秦桧吗?"

"杭州百姓恨秦桧,做了两根细面棍,绑在一起,说那代表秦桧和他的婆娘王氏,然后下到油锅里炸了吃掉,解恨。"

"哇,连一根油条都有那么多的来头啊。"

"杭州的故事啊,够你听三辈子。比如我们现在驻足的地方,叫孩儿巷,最早的时候叫'砖街巷',是杭州城里普普通通的一条巷子,一路青砖,从这头铺到另一头。后来因为这里出售泥孩儿,所以才称'孩儿巷'。这条巷啊,还是陆游常来常往的地方,'小楼一夜听春雨,深巷明朝卖杏花。矮纸斜行闲作草,晴窗细乳戏分茶'……孩儿巷斜着过去就是从前宋代的大理寺,大理寺知道吧,就是司法部,大理寺里面有个风波亭——"

"就是岳飞被害的那个风波亭啊,岳飞老乡啊,我的天哪,首长,我是河南人!正宗岳飞老乡啊!"小彭很是兴奋崇拜,"首长,您怎么样样都知道啊?您看您刚到的这个什么孩儿巷,就把它说得一清二楚,首长我真是敬佩您!"

杨真哈哈大笑起来:"小鬼,我又不是包打听,实话跟你说,我就是杭州人嘛,自己家乡的事情还能不知道?故事多着呢,以后跟你慢慢讲。"

小彭听得呆掉了,杨政委竟然是杭州人,怎么一丁点儿杭州口音都没有啊。杨真却换了话题,对留守的警察说:"带我们去太平坊巷,马上。"

原来,这太平坊巷二十二号才是国民党浙江省警察局总部,南接高银巷,东对金波桥弄,西至后市街。宋时称太平坊,南宋初于此建忠王府,明正统年间改建成了浙江镇守府署,万历年间又改建成了吴山书院。至清朝,这文绉绉的书院却又成了杭嘉湖道署,还被烧了一把火。后经整建,到民国时成了警察局。

杨真他们一行人赶过去的时候,这个刚刚被接管的省警察局成了收容所。大院子里乱哄哄的,除了旧警察,还有一些国民党部队溃败后留下来的散兵游勇和伤病员,解放军战士们穿插其间,指挥安排疏散和转移。打完仗,放下武器,昔日的敌人也就是一群市井百姓。杨真看到门口井台上坐着几个俘虏。他认识这口井,1861年太平军打进来时,清朝官员纷纷自杀,其中有个杭州知府叫叶堃的就和他儿子一起投入井中,以后此井就被朝廷敕封为忠良井了。但此时那几个俘虏却是一脸轻松的微笑,仿佛知道他们终于不用再当炮灰了,又仿佛仗是别人打的,他们就是战争的看客。同是天翻地覆的时刻,却是两副模样——除了陈布雷、戴季陶这种人,谁还会自杀啊。

杨真进了大门也顾不上别的,先向上级报到,然后负责情报处。情报处任务是组建侦察队伍,接管敌方党、政、警、宪、特机关,整理敌特档案,准备肃反。旧警察原岗待命,等候接管,交警摘去旧警察帽徽并领章上岗,恢复值勤。

上级专门给了杨真一个办公室,前后两间,前面会客,后面办公。小彭出去打水时,杨真打量着这房间,桌上剩下的东西可真是不少,文具、电话甚至还有茶杯,杨真竟然还发现了一盒忘忧茶庄的铁罐茶。打开一闻,一股糙米香味,扁茶,一芽一叶,新鲜的明前龙井啊,敌人连一罐龙井新茶也来不及喝完呢。小彭一进来,杨真就说:"这个战利品,给首长送去。"小彭拎着竹壳热水壶,说:"杨政委您也是首长啊,您就喝一杯,我也喝一杯,我尝尝茶是什么味道。"

杨真认真瞅了瞅他,才说:"这世上没喝过茶的人还是有的。行,把这个敌人的杯子洗一洗,洗干净了,就成了人民的杯子,人民的杯子人民喝!"

小彭得令一走,杨真就坐在藤椅上,拿着那茶罐闻,抬头看那院子里,一拨一拨的国民党散兵游勇开始挪地方了。今天是5月5日的早晨,他想起了前天下午他和寄草在湖滨拥抱跳跃的情景,他开始意识到自己当时有点儿失态了。但在这胜利的狂欢面前,失态片刻也不会生出误会来吧,他想。他打开窗子,让清新的风吹入,院子里竟然还有一株石榴花,不管什么寇败如山倒,榴花依旧开得红红火火。石榴花下走来了两个中年男子,一个瘦高,背略弓,一个挺拔壮实,肩膀宽阔,看后者走路的架势就知道他行伍出身。杨真有一种直觉,他们是冲着他来的。

嘉和当仁不让地陪着罗力一起来了,这本来不是嘉和的事情,但因为罗力,它成了嘉和的事。昨夜,在吴山圆洞门的小院子里,嘉和与罗力一起坐着聊天。5月的天气,坐在户外有点凉意,又有几分惬意。情报站原来就设在大螺蛳山脚下的一套民居里,现在只剩下罗力独自扫尾。别人都在欢天喜地地庆祝胜利,嘉和却发现罗力有心事了,这两天,嘉和几乎每天都来此地和他聊天。

嘉和给罗力沏了一杯新茶,说:"这是我顺手做的一些本地龙井野茶,你尝尝,要浓一些的,我知道你们东北人口味重。"

罗力说:"大哥,我可是记得当年你对我说的话。你说这茶只要一点点水,一点点土,就能够扎根活下去……"

"我家的人真叫怪,最不像共产党员的,却是共产党员,最像共产党员的,却不是共产党员。"嘉和说到这里,自己也笑了起来,"你看寄草,谁会以为她不是共产党员,再看看你,说你这个情报站站长是个共产党员,一时半会儿有几个人相信啊!"

"要说我的共产党党龄,可真是不算短,加入远征军前我就入党了。抗战胜利后以为可以公开身份,组织上不同意,说我太不像共产党了,猫在国民党军队伍里特别保险。倒也是,最后猫到保密局去了。"罗力喝了一大口茶,岔开话题:"大哥,你让我喝这茶,我可是什么也品不出来的,可惜了你的好茶。"

"这就叫'无味之味至味也'。"嘉和说,"你不要以为这么多年你什么事儿也没为共产党干,潜伏这一件事情,就是等着今天嘛。三年不飞,一飞冲天;三年不鸣,一鸣惊人!"

罗力心里明白。他手里握着的这张图,基本上就可以把江浙沪一带的特务一网打尽,罗力问心无愧。他激动地站起来,小院子里飘着一股馥郁的栀子花香。在茶与花的馨香中,他决定:"明日一早就去找上级,我不能等了。"

嘉和想了想还是把话说出口了:"你觉得在你的上级还没有确定你的身份前,你就去找组织……"

"这不是我一个人的事情,那么大一张潜伏网在我手里,迟一天告诉组织,对新政府就多一天威胁,我不能再等了!"

"你的组织若一时不能够把你甄别出来,会不会把你当作自首或者起义的国民党特务呢?"

"也难说。"罗力挥了一下手,像是要挥掉这些想法,"可这也得忍嘛,总能够弄明白的,我就一边等几天,一边参加工作吧。"

罗力坐了下来,端起茶杯,像喝酒一般地和嘉和碰了一下,一饮而尽。他的目光紧紧地盯着大哥,急迫地说:"大哥,我等不及了,一天也等不下去了。打了十多年仗,老婆近在咫尺,我非但不能见,还怕见;儿子远在天边,出生到现在我还没见过他的面。我加入共产党十多年了,没亮过一次相。现在终于解放了,熬到大天亮了,我还得等,实在是等不下去了!"罗力跳了起来,像一头困兽在院子里来回大步地走。

杭嘉和就这样坐着,仰头看着他,听着他的话。嘉和确实是被他的妹夫吓着了,被那巨大的献身精神所震撼,因无比隐忍带来的怜悯之心,又和因莫名的紧张带来的隐隐不安,瞬间纠结在一起。

过了好久,嘉和才闷着头表达:"今晚我不走了,明天一早我陪你一起去。"

他们进了杨真办公室的会客间。罗力刚刚说明来意,杨真就看着他身后的嘉和,问:"你们俩一起的,您的证件?"嘉和摇摇头:

"不，我是他大哥，我是陪他一起来的。"

杨真打量了他俩一下，伸出手："好啊，欢迎你们弃暗投明，回到人民的怀抱。"

罗力赶紧缩回要握的手："同志，您弄错了，我是共产党员，不是弃暗投明。"

嘉和点点头："是的，他是共产党员，我知道。"

"这位先生，您知道他是共产党员？您也是我们组织的？"杨真问。

嘉和摇摇头："我是老百姓。我无党无派。"

"那您怎么证明他的身份呢？"杨真开始觉得这两人有意思起来，"您是干什么的？"

嘉和拿起那个茶叶铁罐——他一进门就在桌上看到他再熟悉不过的东西，他指着那上面的商标说："我是干这个的，忘忧茶庄。"那口气难得理直气壮。杨真吃惊地看着他："你姓杭？"

"我叫杭嘉和。"

杨真打量着他，他怎么也看不出这个杭嘉和与杭寄草之间有相像的地方。但他依然一下子感觉亲切了许多。他把两位让进里屋，说："好的，我们好好聊一聊。"一边嘱咐小彭不要让人进来，一边给他们泡茶。"真是山不转水转，绕半天，喝的还就是你们家的茶。"

正寒暄着，小彭就在外面喊上了："首长首长，有个女的非要见你，就是那天我们在湖滨见到的。我说你有工作不能见人，她就发横了，还说十万火急不见你不行，我把她挡在门口了。"话音刚落，就听门口一声炸响："杨真，我要见你，见不到你我今天就投大门口的忠良井,我要以死抗争!"

里屋的三个男人一下子全都从椅子上跳了起来,他们全都听出了她的声音。杨真挡住那两个男人,说:"我先出去,了解一下情况,没有我的招呼你们不要出来。你……你一定不要出来。"他严肃地盯着罗力说,看样子,他已经知道这男子究竟是什么人了。

寄草在外面闹翻了天,她虽然是个急性子,但也不是一个不讲理的人,平时还是有定力的,可这会儿她竟然趴在桌子上就大哭起来,边哭边说:"杨真,你跟我去,你现在就跟我到我单位去,你得给我做证,我不是反革命,更不是反革命家属,他们没有权力把我挂起来,呜呜呜,这太不公平了!我像反革命吗?我像特务吗?凭什么不让我播音了?"

杨真这才听明白了,原来甄别工作一开始,每个单位里就开始了清理运动。按道理,寄草本人是没有什么问题的。可是让每个人写自己的简历时,寄草就真的什么都往那档案纸上填了,不但填了她丈夫罗力的情况,还写了当年她万里寻夫追随云南远征军,后来在那边的部队里火线结婚的情况。这前一段,她让杨真做了见证人;后一段在云南,她让老邦崴做证;只有罗力这几年的情况她没法写,因为她自己也不知道他究竟在哪里。她以为讲清楚就没事儿呢,不承想今天一早去上班,电台领导就通知她,她不能当播音员了。她大吃一惊,问:这是怎么说的?军代表倒也很有礼貌,但做出的规定却寸土不让:因为电台是个机要部门,对工作人员有更高的要求,政治背景要十分干净,像她这种在国民党军队中结婚、丈夫又是国民党军官的人,是没有资格在电台工作的。

这下可把寄草气了个眼冒金星,她声音立马就高八度:"凭什么?我可是地下党员!"军代表听了吓一跳:"你是地下党员?"

"我是地下党……发展对象!什么地下党的活动我都参加了,保护钱塘江大桥,我还出了一份力呢!"寄草骄傲地说。

军代表赶紧出去调查了,几分钟后就意味深长地微笑着走了进来,说:"你去云南结婚的事情,算是个私事,不能说你在国民党军队里办的婚礼,你就成了国民党。这个政策我们会把握的。但是,你得承认你是国民党军官的妻子,这个没有变吧?"

寄草想了想,这个可是没辙的,必须承认,但也不能完全承认,便又争道:"我和我先生结婚的时候,他的确在国民党远征军队伍里,可他是抗日的啊。他打鬼子,还立过功呢。没错,那可是打日本佬的呀,打日本佬也不算吗?"

领导站在旁边,觉得不能让她再这样胡搅蛮缠下去了,就赶紧制止了她:"杭寄草同志,你的表现目前看来还是好的,可是你和你的国民党丈夫没有划清界限,这也是个大问题啊。"

寄草就说:"你让我怎么样和他划清界限啊,我多少年都没有见到过他,活没见人死没见尸,我怎么和他划清呀!"

领导便又说:"可以登报先表个态嘛,先提出离婚,你要有个态度,我们这里才可以安排工作嘛。"

寄草狠狠翻了一个白眼,心想:亏你有脸说得出来这种话,你自己也就是个留守人员,投诚过来不过一星期,你就敢安排我离婚了。

军代表倒还客气,没让她离婚,但还是明确地说:"杭寄草同志,你的表现是有目共睹的,但在你和你丈夫之间的关系还没有明了之前,我们只能界定你是国民党军官家属,我们是不能够在这样的机要部门安排你工作的。这一点,你一定要明白。"

寄草压住心头的怒火,说:"那我就不做播音员了,我编编稿子,做做采访,或者在办公室打打杂,或者我到食堂去烧饭吧,我就这么等着,等我丈夫回来,把事情都弄清楚了,这样总可以了吧?"

军代表严肃地回答她:"杭寄草,你的阶级觉悟实在是太低了,你根本就没有听懂我的话。我最后再说一遍,你目前的情况,不适合在机要单位工作,烧饭扫地打杂,统统不行。要离开这个电台院子,你不必考虑再进来了。"

寄草终于大发作了,一敲桌子叫道:"抗战胜利之后,我就在这里工作,那你们要让我去哪里?"

军代表便说:"我们只管上面的通告,其余的不归我们管,你可以去问问政府有关方面。"

这不,寄草终于就这样来问"政府有关方面"了。

杨真听完寄草连哭带诉的倾吐以后,才说了一句:"你啊,第一件事情就是要冷静下来——"

"我冷静下来我还是我吗?"寄草又跳了起来,"你们怎么搞的!坏人好人就一锅端吗?我要你给我做证,我不能离开革命队伍,我要回去上班。"

杨真提示了她一下:"你真的没有你先生的一点消息?"

寄草奇怪地盯着他:"哎,你这是什么意思?难道我喜欢我丈夫三年音信不通啊?"她紧紧地按住自己的胸口,"算了,我这颗心都被你们这些人戳烂了。我晓得你什么都帮不上我。再见,我以后再也不会来找你了。"她站起来,身下的椅子一阵响,然后,旋风一般刮走了。就听见杨真喊了一声:"走好,我找机会来看你。"进了里屋,还没等他开口,杭嘉和就作了个揖,说:"对不起,你们谈,你们谈,我得先走了。"

"你是寄草的大哥吧?"杨真突然问他。嘉和一个踉跄收住了脚,然后头也不回,就赶紧冲出去找妹妹了。

第十五章

杨真让小彭把门,不让任何人进来。办公室里只剩下杨真和罗力两人面对面坐着,隔着办公桌,两个人都有些尴尬,空气中有一些严肃与庄重之外的微妙。杨真给罗力递了根烟,罗力微微欠身一笑接过,也不再保持刚进来时的那种一本正经,两人就静静地抽起烟来。

灰蓝色的烟雾在几束阳光中升腾,蓬松的灰尘也在半空中飞舞,整整一支烟的工夫,两人不说一句话。这气氛应该十分奇怪。

"我听寄草说起过你,她去云南万里寻夫,一路都在叨咕你,十年前的事了。"杨真先开口说。

"到云南后,我也听她提起过您,只是人和名没对起来。"罗力回答。

杨真盯着桌上那罐忘忧茶,皱起眉头分析,喝着杭家的忘忧茶,一下子还来了几个杭家人,这是天意还是人意?是有意还是无意呢?凭借他多年的工作经验,他立即判断出了罗力和杭嘉和之间的差别,那种经受过严格训练后得来的定力,毕竟还是不一样的。他不知道那兄妹两个现在正处于什么样的情状,但眼前的这位,他却看出来了,目光沉着,动作正常,看不出内心一丝的波澜,要剖析这个人究竟是战友还是敌人,绝非易事。

罗力也从那几句简短的对话中迅速捕捉到了弦外之音。"十年前的事了",杨真是要暗示他,这些年来他究竟是个什么人,杨真是不知道的,所以现在也不会因为他是寄草的丈夫就信任他。相反,杨真或许会对他更加警惕。

然而此刻无论杨真如何想要安静,都是做不到的。正要拉开架势和罗力认真对谈,又一个"大人物"驾到。小彭进来后对杨真耳语了几句,杨真抱歉地站起来,刚想说什么,便被罗力挡住,说:"杨政委,先紧急处理您的事情,我且在这里好好地喝一通茶,多少年也没这样喝过'软新',今日可算是逮着机会了。"

杨真想了想,对他说:"你能帮我个忙吗?我就在外面审人,你在里面帮我听一听。这里有个猫眼,你可以从中看到外屋的人。万一需要和我通报,你就打电话。"

罗力说没问题。果不其然,那个"大人物"一进门,罗力在里屋就忍不住想,蠢蛋自投罗网来了。此人名叫毕雄,是军统浙江站的老牌特务,毛万里在撤逃前将他安排在民主人士组建的"江南先遣纵队第一师",同时又要他在浙江"建立敌后游击根据地"。罗力虽然认识和知晓这一组织,但直到最近才开始统领他们。毕雄领命后紧锣密鼓,布置电台,组织武装,还在杭州岳王路秘密设立"突击总队部",自任总队长,把罗力专门请了去检查。罗力和他们进行了交流,布置他们来一个打入共产党内部的假投降,没想到他们还真相信。他只是没有想到,这个毕雄竟然和他赶一拨儿,凑到一块儿了。

这家伙顶着个大头,满脸的络腮胡子,还挺能装的。在站里,他是个杀人不眨眼的魔鬼,此时却由他的"先遣一师"参谋长郝修亮陪着,一起来到这杭州市军管会公安部。瞧他们那一副诚惶诚恐的样子,杨真让他们坐,他们再三地不肯,最后总算坐下了,屁股挨着一点点凳子,做好随时一弹就可以跳起来的架势,一股扭捏劲儿。其实这一招一式都是罗力亲自教他们的,包括投诚时候怎么站怎么坐,说话声音怎么样,手势形体怎么样,目光怎么样,这一套都是罗力在美国进修时学的,没想到这个毕雄还真用上了。参谋长郝修亮早已被罗力策反了,那架势就是不一样,心不怎么虚,目光斜视着毕雄,做出一副监视的样子。罗力暗暗地给他们打分——作为一名特工,过犹不及——统统不及格。

但见那毕雄向杨真汇报了所谓缴械投降的经过及善后处理的情况,伪装成已投靠共产党的样子,然后眼巴巴地看着杨真,那是一双试探的眼睛。此人太心急了,急功近利的心思长年累月堆积在脸上,把一张本来还算端正的面容糟蹋了。国民党实在是没有什么人才了吧,根本没有准备好就打算潜伏,这不等着被收拾吗?他可没有想到,在里屋,罗力一双眼睛正盯着呢。也不知怎么的,罗力有一点点不忍心,但这不影响他打电话。外面的电话铃一响,杨真就进来了。罗力对他耳语了几句。杨真看着他,突然说:"要不要您出去和他对个质?"

罗力直截了当地对他说:"您觉得我现在的身份可以暴露吗?"

罗力说话的口吻已经有些不太客气了,这说明他在怀疑杨真对他的考察。这是一场小小的微妙的博弈,罗力赢了。杨真出去后,当即下令将这两个人扣押。毕雄还是百般狡赖,死活只承认自己的军统身份,拒不承认是在搞"应变"。倒还是一旁的郝修亮等不及了,把毛万里给他们布置的任务竹筒倒豆子般全都倒出,并供出了隐藏在醋坊巷九号的译电员和报务员。杨真立刻命令武装人员到醋坊巷逮捕两人,缴获枪支与电台。那毕雄一看也着急了,再不戴罪立功,黄花菜就凉了,赶紧地将保密局浙江海北流动电台供出去吧,什么毛万里毛千里的,还够得着吗?

就这一会儿工夫,保密局布建在杭嘉湖地区的五个潜伏组台就全部被供出。由此,除投诚自首者外,逮捕军统特务七十五名,还缴获一大批武器、电台、密码本等。杨真非常兴奋,走进里屋时已近中午,他搓着手说:"让您久等了,这一仗打得痛快,谢谢您了。"

罗力坐着抽烟,茶过三巡,屋子里烟雾腾腾。他那坐姿架势是有些傲慢的:"杨政委,刚才那个郝修亮您得记住,他是被我策反过来的,今天也是他配合组织的,所以不能把他和毕雄归到同一档里。"

杨真也觉得自己刚才一兴奋有点疏忽了,把毕雄、郝修亮两人押到一块儿不合适,赶紧又安排了人员去处理此事。再回来时,他那一本正经的劲儿又上来了,他站着严肃地问:"请您不妨说一说此行的目的吧,您是来寻找组织,重新接头的,还是另有别的急事需要汇报?若是组织问题,我可以介绍您去组织部门;若是和治安、肃反、清敌有关的,您找我就对了。"

罗力也站了起来,掐灭了烟头,沉吟片刻,抬起头来回答:"无论我的大哥还是我的妻子,都无法证明我的组织关系。我的入党介绍人和当下的单线联系人又牺牲了,我一直寻找组织关系未果,所以您很清楚我遇到了什么样的麻烦。但我不能因此消极等待。我手里有一张名单,名单上的人和他们的活动目前都在我的掌控中,我必须和组织对接。不管你们是把我当作自己的同志,还是当作有待甄别的潜伏者,或者是弃暗投明者,我现在即便想在乎也不能在乎,我只在自己心里认定自己是个什么人便可。请您立刻向领导汇报我的情况,我得首先向他们通报一些重要的机密,而且我们还要尽快地投入行动。我就在这里等您,我哪里也不会去的,您也可以在门口安排几个岗哨。"

杨真挥挥手请他坐下,说了句轻松一点的玩笑话:"知道您哪里也不会去的,真要走,几个岗哨也挡不住您。请稍等片刻。"话虽那么说,出门后,他还是暗示小彭派了几名战士守着,自己就径直去汇报此事。十分钟之后,小彭就把罗力请到了楼上的会议室。在那里,所有关乎这座城市的安全和警戒的核心人物,都已经到场。

此刻,嘉和与叶子正在花木深房中与小妹寄草谈心。寄草搂着叶子,一边哭一边想起来就重复一句:"罗力,你这该死的罗力,你上哪里去了?你怎么一点音信也没有啊?"她突然跳了起来,焦虑地问:"会不会和那个曹家远一样,开着飞机去台湾了?"

嘉和斩钉截铁地否定了她这个想法:"你放心,那是两码事。罗力是自己人,死都不会离开我们杭家的。"

寄草盯着大哥好一会儿,破涕为笑:"那我就放心了,我等他。"她就默默地将罐里的茶叶置入杯中,碗钉形的龙井叮叮咚咚地跌入杯中,发出细细的金属之声。寄草突然问:"大哥,这还是你炒的吧?"

"还没喝就被你看出来了。"嘉和说。

"是听出来的,别人炒的茶发不出这样的声音。"寄草得意地说,突然又怒气冲冲、咬牙切齿地咒道:"什么东西,也敢让我离婚!

自己投诚才三天,就弄出一副老革命的样子来了,真不是东西!"

叶子一边抚着她的背,一边哄她:"妹妹,我们不骂人啊,骂人伤神的啊!"

嘉和说:"回来就回来好了嘛,家里又不缺你一张嘴,你也正好休息一下。等过段时间云南那边太平了,去把小布朗接回来,那时候罗力也回来了,一家三口喝着龙井茶过日子,也是太平啊。"

听着大哥的这番话,寄草刚刚要爆炸的心,此刻就像放了气的车胎,软软地瘪了下去。她开始担心起来:"大哥,你说罗力会向着人民政府吗?"

"你说呢?"嘉和不敢抬头,怕露出破绽来。

"他听我的。"寄草充满信心地说,"还有,他爱我,我也爱他。"说完,她终于放声大哭了起来,一旁的叶子眼泪汪汪地看了寄草一眼,也忍不住哭了。

嘉和赶紧地站到一边去了,他害怕再聊下去,他的眼睛会出卖他的内心。同时,他下了一个决心:一定要让相爱的人尽快重逢!

与此同时,被领导们接见的罗力很快调整好了心态和思路,他不再为听到以下那些话而窝火委屈了——领导握着他的手时,是这样诚恳地说的:"罗力先生,您做出了正确的抉择,为人民立了功。杭州国民党潜伏台的起义,为人民政府迅速肃清国民党保密局在江浙沪的组台潜伏起到了重要的作用,给了保密局应变部署一个沉重的打击。我们向参加起义的人员表示欢迎和赞赏,也代表杭州市军管会,正式接受杭州支台起义。罗力先生,希望您消除顾虑,安下心来,努力工作,更好地为人民服务。至于您的真实身份,相信很快会水落石出的,安心等待吧。"

先把起义角色扮演好再说吧,罗力想。他将杭州支台的机要文件、人员名册、密码、通信方式以及联络暗号等清点后统统交给了杨真,还交给他一份保密局浙江站的组织概况,这是罗力自己整理的,内容包括下属各组长的姓名、各潜伏组台的详细地址,以及解决浙江站潜伏组台的计划意见。

杨真立刻就布置了以下任务:一是杭州潜伏台的机要文件和全部密电密码本仍由罗力本人保管,并要求他将保密局布建的潜伏组台的资料立即写成书面材料;二是浙江站布建的潜伏组台,也要求他切实掌握其动向,不使人员逃跑,并待命破案;三是参加起义人员暂住原处,加强管理。

1949年春夏之际的杭州西子湖已经被激进煮开了。按老茶客对煮水的说法,经过"一沸"的"鱼目"和"二沸"的"涌泉连珠",现在已然进入了高峰——"三沸"的"腾波鼓浪"。

请想一想,作为一个热血沸腾的革命女性,在这样的时刻,被推出革命阵营是多么残酷。寄草不是只会开文艺腔的人,哪怕让她为了新时代天天去西湖边拔杂草,她也乐意。她认为自己应该在湖滨广场扭秧歌,应该在广播电台宣读宏文,应该在大街小巷贴标语,而现实却是她被困在这五进的杭家大院里动弹不得。难道仅仅因为她是国民党军官的老婆,她就只配在茶楼端茶送水了吗?要做茶馆老板娘,二十年前就可以做了,何必等到今日。

突然被边缘化使寄草的心境产生了巨大的变化,她犹如一个被打入冷宫的妃子,又委屈又傲娇。看着大哥整天在山里整修茶园,叶子整天忙完家务忙茶楼里的事,她又觉得自己成了一个吃白饭的人,这和她向来对自己的新女性的人生定位是不匹配的,她必须改变这种被时代和家庭同时甩出去的局面。

杭寄草几乎完整地继承了母亲沈绿爱的基因密码,她是一个压力越大就越有灵感和行动力的人,非常时刻,她会当机立断。她明白在目前的局势下寻找罗力很不明智,而杨真除了胜利时的一个拥抱,不可能提供实质性帮助,让她回家恐怕还是他签字的呢。她突然讨厌起他来,然后飞快地转念一想:她可以去找儿子啊。抗战胜利之后,她曾经去过一次云南,想把小布朗带回杭州,都带到昆明了,没想到老邦崴带着半个马帮杀到了车站,小布朗看到干爹比看到亲爹还激动,哭得那叫一个声嘶力竭,不知道的人还以为寄草是个人贩子呢。没办法,她只好又让小布朗骑着马跟着马帮回去了。老邦崴也答应,等罗力回家,他们夫妻团圆,他就算完成了使命,一定把她儿子一根汗毛不少地送回。

可是,罗力什么时候才能够回来啊?寄草等罗力,都已经等得麻木了。她认真地思考过:十年前自己有过一次万里寻夫,难道现在不可以来一次万里寻儿吗?说干就干!她半夜跳起,立即倚床写了一封信,老邦崴能不能收到她就不管了,她决定走一步算一步,船到桥头自然直,这就动身。

第二天早上,叶子一看寄草那副整装待发的架势就知道大事不好,赶紧稳住小姑子,说:"要走也得跟你大哥打个招呼再走啊,我这就找他回来。"她急得赶紧让在后场监督拼配茶叶的嘉和赶回来。大哥见着已整理好行装的小妹,想着要和缓一下气氛,便半开玩笑地说:"你又不是孟姜女,寻夫的事情也轮不到你,等几天有啥要紧啊。"寄草说:"我才不是孟姜女,我也不寻夫了,可我可以寻我儿子去啊。"嘉和这才真急了:"去什么云南,那里现在正剿匪呢,去不得!"寄草说:"我管他剿不剿匪,我想去就去,死在路上也比在家中憋死强。"

嘉和一见寄草急赤白脸的样子,知道再瞒着寄草就要出事了,就迫不得已地加了一句:"罗力肯定快回来了,夫妻俩一起去接儿子才好呢。"寄草就回了一句:"就知道给我吃空心汤团,不信你们的话了。"嘉和赶紧说:"信不信的,反正你不能走,回头罗力问我要人,我上哪儿找你去。"寄草挺骄傲地回答:"你让他在家等着,我会带着儿子回来的。"

嘉和抱住自己的脑袋蹲了下来:"头痛死了,歇一会儿。"寄草见大哥急成这样,也蹲下来,说:"你凭什么说罗力就要回来了?你告诉我实情,我就不走。"

嘉和按着太阳穴站了起来,看着寄草的眼睛:"这是不能说的,他们不让说。"

"他们是谁?"

"你还嫌操心的事情不够多啊!安心等着,罗力会回来的。"

"你见着他了?"寄草一把抓住嘉和的袖子,"他好吗?他好吗?"

"有什么好不好的,各人总有各人的事情要落手的。"嘉和掰开妹妹硬扯住袖口的手,"你也知道,一解放,店里几个安徽籍老伙计就沿着新安江回去了,家乡解放,穷人出头,他们也要团圆了。你看对面那个吴升家开的昌升茶行,清一色的安徽伙计,抗战胜利后就都走光了,干脆直接就关门大吉了。你要实在闲得慌,又不忍心看着这家百年老字号茶楼在你我手里倒灶,你就到茶楼里去帮一帮你秋高伯吧。"

寄草答应了,大哥最后的理由击中了她心中最柔软的地方。

嘉和没说错,不到半年光景,对门昌升茶行就真的没有一个伙计了,真办不下去了。以往茶行一直由吴升撑着,这老甲鱼自嘉乔死后,看上去精神就垮掉了,足不出户,现在连与对门杭家斗鸡的心思也没有了。吴坤每天上学前,就拿一把竹躺椅,然后把爷爷背到门口,让他在躺椅上晒太阳。江南多雨,吴升就躺在竹椅上,在门口看雨,就像一粒陈年大核桃。嘉和走过时,他总伸出手打招呼,可怜巴巴的样子,一直看着杭家人走进他们自己的家门。

杭家人都防着吴升,尤其是嘉和,总觉得嘉乔若不是跟着吴升,就不会那样死了。吴家说,嘉乔是得了怪病,疯了才自杀的,但得的什么怪病,吴家硬是说不清。这姓吴的一家有太多让人捉摸不透的事情了。比如吴升自己的一对亲生儿子,老大吴有,抗战时跟着嘉乔到了日本人那里,他自然也不会比他那个没有血缘关系的兄弟杭嘉乔命大,抗战胜利后,国民政府一点不客气地把吴有拉出去毙了,吴有媳妇扔下了儿子吴坤远嫁,再也没有音信。倒是小儿子吴根,吴升早早地把他送出去读书,跟着国民党军队走了,抗战胜利后回来,做了笕桥空军部队的军官,为避汉奸亲属之嫌也是从不上门的。吴升后悔来后悔去,觉得自己较之于杭家布局棋差一着,没有在共产党里面留后路,这是他最感失撇之处。你看人家杭家,国民党里有人,共产党里也有人,连日本人那里都有人,堤内损失堤外补。不过杭家面对日本人时的骨气,吴升是真佩服的,所以不管嘉和如何不理睬他,他看到嘉和还是要笑脸相迎的。

人老了,绕了一圈又走回来了。吴升在病重的日子里,躺在门口,晒着太阳,有气无力地看着斜对面的忘忧茶庄,目光里全是期待和羡慕。女儿回娘家来看他时就很生气,说:"老头子,我是真想不通,怎么老了老了又跟着你老对头走了!跟他们走有好果子吃吗?"吴升前阵子在女儿家住,还没这副死相,现在回来了,有气无力的样子,她只当他是装出来的,便也生气,一口一个"死"地骂他:"骨头还是那么轻啊,心里头还放不下你那个毒蜘蛛啊,这么放不下,你和她一个坟头窠里做夫妻去啊!"女儿骂的是嘉和的亲妈小茶。吴升用尽力气白她一眼,嘴里就咕哝出几个字:"无知无识,死都不晓得怎么死!"

一家人中,他最看得上的就是孙子吴坤,这孩子一点不像爸爸,那是隔代遗传,像了他自己。现在吴坤在蕙兰中学念书,是个可教的好坯子。他把孙子叫过来,千叮咛万嘱咐,就是一句话:跟着斜对面从前的老东家走,他们杭家干什么,我们吴家就干什么,肯定不会失撇到哪里去的。吴坤问爷爷:"为什么非要跟着杭家走?"吴升说:"孙子啊,做人做事,都要看大势,如今的大势就是共产党坐天下。杭家人多脚多,哪里都有他们的人,他们跟共产党几十年下来了,都是骨子里的亲,我有数的。我们跟着杭家步子走,不会吃亏的。"

吴坤借口说没钱交电费,家里停电了,天天在得茶这里蹭电看书,也不想在家待着。自解放军进城后,家里的气氛就完全变了。首先是鸡不养了,连乌将军都被姑姑杀了炖汤。那天吴坤放学回家,看到门口一堆乌鸡毛,就觉得事情不对,后院灶间倒是喷喷香的鸡肉味。他一伸脚就赖在地上打起滚来，一边"乌将军啊乌将军啊"地叫着。奶奶跑出来就叫："这么大的小伙子，你作什么死啊！"吴坤觉得杭家的芦花鸡那么奄奄一息的，还被救回来，他的乌将军好好的，为什么要被判死刑，他大吼一声"我不吃"，就跑回自己的小书房去了。问题是一般情况下，爷爷奶奶是会来哄他的，但那天，吴坤一口鸡汤没喝上不说，还没人理睬他。第二天饿着肚子去上学前，他发现后院死死地关上，也不让人进了。吴坤自然觉得蹊跷。阿爷每日里都坐在门口，说是晒太阳，不如说是看大门的。奶奶呢，每日里都上街买菜，可这几日菜明显多了，饭也烧得多了，不正常啊。

吴坤人小鬼大，少年老成，多留了一个心眼。那日半夜，他就见爷爷起了床，往后院摸过去，他悄悄地跟在后面，隐隐地听到一阵细小的声音，时断时续，像蛐蛐儿叫，再仔细听，不是的，倒像是他上物理课时听到的拍电报声。后院柴房里发出了极微弱的烛光，吴坤透过门缝一看，爷爷正眼巴巴地盯着一个拍电报的男人。那不是他家的小叔吗？笕桥机场的军官，从前难得回一趟家。吴坤开始时还以为他是开飞机的，羡慕得不行，想套套近乎，后来却发现这个小叔沉默寡言，不爱理人。家里的大小姑妈都说这个弟弟是最势利的，吴有被枪毙时，他一点忙也不帮，收尸下葬时，也不来到一到，这让吴坤对这个小叔感觉非常戳气，好在平时没有来往。没想到这个时候他竟然回来了，也不穿军装了，还躲在柴房里发电报，肯定是个特务。"特务"这个词，才一天时间就被杭州人传遍了，大街小巷贴满了告示，如果主动去自首，是会"坦白从宽"的。但看样子，这个小叔是准备"抗拒从严"的了。

第十六章

柴房里，吴家父子正在进行较量。吴升问："老蒋那边怎么说？"

吴根就不耐烦地回答："老蒋老蒋也是你叫的？人家宋美龄都不叫，轮得着你叫？"

"好好好，你就说台湾那边怎么说。"

"反攻大陆，指日可待。不是跟你说过好多遍了，以后不要问，都是军事机密。这里是军事要地，你们除了送饭，不要随便出入。听见了没有！"

"屁个军事要地，一个自己家里的破柴房。阿根，你是不见棺材不落泪啊，这两天满大街贴着布告，去自首，都是坦白从宽的，何必跟老蒋卖命去死呢？"

"坦白又怎么样？日后国民党军打回来，还不是一样要死，我就一条道走到黑了。"

"你要死到外面去死，家里老的老小的小，我们还要活呢！"

谁知吴根跳起来一把扼住老爹脖子："老不死的，你再敢说一句让我出去死，我眼面前就让你先死。"吴坤看到这里，哪里还管得着别的，拿起旁边一把铲子就冲进了柴房。吴根也不知道来者何人，拔出枪来就当胸顶住吴坤。吴坤还没反应过来，只听扑通一声,吴升已经跪倒在儿孙面前,一声轻咒,泪如雨下:"活祖宗,求你们了!给我们吴家留条根吧。"

吴根似乎明白了,呼的一声吹灭了蜡烛。柴房顿时一片昏黑。天光从头顶的缝隙中射了进来,今夜的星光明亮如昼。三个人就这么僵了一会儿,吴坤就把爷爷抱起来背在身上,悄悄地回到前院去了。

那天晚上,爷孙俩睡一张床。吴升对孙子说:"这件事情比天还要大,千万不要露一点口风啊!"

"还用你交代!"吴坤闷声闷气地说,"他什么时候走啊?!"

"不要急不要急,让爷爷再盘算盘算。阿坤你放心,爷爷不会让你受牵连的。"

吴坤一屁股坐了起来,说:"爷爷,他不是一般的散兵游勇,他在拍电报,这是搞特务活动,被共产党知道,要抓去枪毙的。我们属于窝藏罪,要坐牢的。"

"噢,有那么厉害啊?"

"外面天天讲天天讲,学校里老师每天都讲这个。爷爷,我不要坐牢。"他终于浑身发抖地哭了起来。吴升难得地搂住孙子的肩膀,告诫他:"阿坤,你没看到,他手里有枪,还有手榴弹,他真要杀人,不管亲爹亲娘的。你让爷爷想一想,别害怕啊。"

快天亮的时候,吴坤被爷爷的老腿踢醒了,爷爷脸上有了点血色,对着吴坤就说:"阿坤,我想好了,快放暑假了,你先不要去上学了吧。"

吴坤是个非常喜欢学习的人,听爷爷说不让他上学,心里一惊,佯装镇静:"不上学我能干什么呀?跟你们一样开茶行?我们家茶行也没有了。"

昌升茶行与忘忧茶庄之间那微妙的平衡终于被打破了,很明显,到忘忧茶庄的人越来越多,昌升茶行则彻底关门大吉,吴家的日子也紧巴起来。吴升说:"阿坤,我想了半夜,我看你不如到他们杭家茶楼当班去算了,听说他们家也是走了几个伙计,一时半刻倒不过来班了呢。"

吴坤几乎像个大人一样地咆哮起来:"你给我活拆空!吴家杭家斗来斗去,落到我手里,你让你儿子发电报当特务,让你孙子去当杭家的伙计,你不是一辈子白斗了吗?"

"可不就是白斗了吗?"吴升倒是不吃惊,说,"明摆着斗不赢的事情,赌这口气干什么?爷爷就是看得比你明白!"

"你这个老不死的反革命,当心我这就去学校告发你们。"

"小畜生翻脸倒是翻得快!"吴升伸出蒲扇一样的大手,想要给孙子先吃个耳光再说,但孙子比泥鳅还要滑,哧溜一下就跑出了大门。吴升牵肠挂肚一天,担心孙子真的揭发去了。等到孙子晚上回来时,他发现这本"书"又翻过来了。夜里,吴坤又来到爷爷吴升房间。

吴升还在生早上的气,上来就是一个字:"滚!"

吴坤却赖倒在爷爷床上,说:"爷爷,我明白你一片苦心了,你老人家是要保我不死啊。"

吴升不相信地看着他,说:"一日工夫就想明白了?"

吴坤闷了一会儿,才忍不住告诉爷爷,今日学校被征用了,让附近社区跟旧社会有联系的人都去那儿登记,队伍排得老长,连参加三青团什么的都要登记。他以前也填过参加三青团的表,是人家硬让他填的,他也没当回事,就填了。填完表,还没批下来,解放军就进城了。他以为事情就过去了,没有人会再提,没想到现在他自己也要排队去登记这段过往了。他七上八下了一天,害怕,不知道像他这样的情况要不要登记,想来想去还是决定听阿爷的话,不去学校了。"我在学校里是装不下去的,万一说我知情不报,还得坐牢,说不定还会被枪毙。"

"那你跟学校怎么说的?"

"我们陈校长,左撇子书法家,被日本佬砍掉右手的那一个,我跟他说了,家里没有人照顾爷爷、奶奶,茶行也关门了,我要请假两个月,下学期再来。他立马同意了。"

吴升听到这里,松了一口气,问:"小猢狲精为什么这样说话?"

"我不能单提爷爷,得把奶奶带上,这个你懂的。我也不能说我退学了,说请假方便多了。这是我琢磨半天才想出来的呢。"

吴升把大拇指跷起来了:"阿坤啊,我所有儿女加起来,也不抵你一个孙子!"

吴坤眼睛睁得老大,兴奋地问:"真的?!"

爷爷斗志昂扬地叫了一声:"来,陪着阿爷去杭家走一趟。"他那副精神矍铄的架势,让吴坤想起奶奶的话,说不定爷爷的病,真是装出来的。

吴升扶着大孙子吴坤抖抖索索地就上了对门的杭家。婉罗见着吴升,哎哟一声就要关门,被吴坤一手推开了。他叫着得茶,听到得茶在屋里应了一声,还喜出望外地说:"吴坤阿哥你来了,我正愁下棋没对手呢。"原来自斗鸡事件之后,吴坤和得茶被分到一个学校,成了高低班同学,吴坤就三天两头往杭家跑。吴坤这个年龄也是尴尬,和方越他们比,小了点,和得茶相比,又大了一点。虽然如此,他还是能够和得茶玩到一块儿去,盖因两人都喜欢读书。这半大的小家伙口气比大人还老到,城府嘛,更是比一般人深出许多,喜欢老三老四地讨论一些深奥的问题,包括时局、政党什么的。这些日子,他甚至还和得茶弄了本《共产党宣言》在研读呢,虽然除了第一句"一个幽灵……",其余他们什么也没读懂。

说话间,嘉和也从后进院子出来了,见着吴升可真是大吃了一惊。吴升人老背驼,缩了起来,一下就矮了一大截,从前那股子精气神全泄光了,只剩一双包在皱纹里的老眼还是贼亮。唉,这都多少年了,吴升就没再进过他们这个院子,嘉和都不知道该怎么对付这冤家对头好。

倒是吴升,老是老了,依然是个跌得倒爬得起的滚刀肉。看着被日本人烧过的杭家大院,勉强维持着基本的体面,却再无当年他在杭家当差时的那份精致典雅,他不由得一阵心酸,扑通一声跪倒,把十几岁的吴坤当成手杖一样地撑着:"嘉和大少爷,我要死了,这一遭我是真的要死了。"

嘉和下意识地就要去搀他,吴升哪里肯起来,口口声声地说:"我们吴家门里就指望我这个孙子了,你要答应让他跟着杭家学做人,我就起来,否则我这条老命还有什么值得站起来的呢,跪在这里死掉算了。"

常言道,人之将死其言也善。嘉和拿这个吴升也是没辙,此举无异于托孤,嘉和的恻隐之心亦油然而生,一边托着吴升两只胳膊一边说:"这还值得你这样吗?吴坤三天两头来我家找得茶下棋读书的。"

"就是因为他们小一辈有这缘分,我这老不死的才敢登门啊……嘉和,求你们杭家多多罩着我这孙子,我这一辈子人做下来,吴家离不开的还是杭家啊。"

嘉和想,吴升就是这点过人,总是什么话都说得出,以前那些如山沉重的往事,就那么当一阵风吹走了?心里虽然是这样想的,嘴上却顺着吴升的话去了:"门对门住着,能不相互照应吗?放心好了……"

"那你答应了,收下吴坤到你茶楼里来跑堂吧!"

嘉和忍不住笑了,再有想象力,也想不到吴家还会有人来他们家打工做伙计:"阿坤几岁啊?再说现在解放了,有书读,多好啊!"

"不行啊,老太婆要他养的。"

"不是还有别的儿女吗?"嘉和不知道该怎么拒绝他才好,沉吟好久才说,"你看这不解放了吗?忘忧茶庄还能不能开下去我也没个准头,你让阿坤退学,做这样一个不稳定的行当,工钱也不高……"

吴升打断嘉和的话:"说什么工钱不工钱啊,有碗饭吃就可以了。嘉和,我看你这里少了几个人手,也是忙不过来。秋高伯也老了,上个扶梯还直打战。寄草虽说可以搭把手,到底不是个当老板娘吃油炒饭的人,要她眼观六路耳听八方也是做不到的。就让吴坤打个下手吧,干什么都行。我知道你是脸皮薄的人,可寄草行,让寄草差遣阿坤就是了。"

嘉和虽面有难色,但看着吴坤可怜巴巴的神色,就有些犹豫。吴升赶紧加了一把火:"我看再让寄草这么干下去也够呛了,脸都做青了,人家是电台里的高级文化人啊,新鲜两天是可以的,哪能天长日久地做下去呢。"

"可一时半会儿的,也找不到能让阿坤做的事嘛,还是多读点书吧。"嘉和转过身来对吴坤说:"你读书读得不错,别耽误了。"

这话让吴坤感动得差点要流出泪来,他别过脸来,硬生生地忍住。吴升赶紧截住这一情感走向,咬着牙说:"只要我还活着,就不想让我孙子没活路,哪怕从烧老虎灶开始,也是一门手艺啊。"

嘉和一下子明白了,吴升这只老甲鱼,肯定已经打听过忘忧茶楼现在还没有人正经烧老虎灶,与其让半疯半醒的李飞黄钻了空子,不妨让这孩子来试试。这么想着,他点头说:"我去问问寄草,那里现在她当家。丑话说在前面,真要来,就从烧老虎灶开始吧。"

吴升总算站了起来:"有你这句话,我就瞑目了。"他拍着膝盖上的灰,心满意足、摇摇晃晃地往回走,心想,阿坤的后路算是找好了。

忘忧茶楼的七星灶就在一楼茶庄隔壁的老虎灶后面,是开水炉专用的,一个炉膛,上面七个炉口排成勺子形,这是为了上下拿水壶能顺手拿到,烧水方便,也不浪费火,可以预热待烧的水。七孔灶的寓意乃北斗七星,天长日久,就被人叫作"七星灶"了。此刻,寄草正在七星灶前捅煤灰,头发乱蓬蓬地挂下来,脸上东一道西一道的黑灰,胸口一大片汗渍,在白蒙蒙的水汽中,她一会儿隐去,一会儿出现。见着嘉和,寄草就说:"门口老虎灶不可以停的,邻里街坊的现在要喝口热水都麻烦了。大哥你赶紧招个人进来,这茶馆且要有人伺候着呢。"

嘉和看着小妹，他发现自己并不了解她，自从上次他和她谈过后，寄草就突然来了个一百八十度的大转弯，她不再怨天尤人了，而是非常平静地接受了既成事实，挽起袖子上了茶楼，一本正经做起茶楼老板娘来。

茶楼倒还是蛮热闹的，三教九流依旧混杂在那里，还有人拎着鸟笼子来挂在长廊上，听它们互鸣，但插一根草签卖孩子的事情，却是再也没有了。寄草每天都在那里，忙里忙外，有时还字正腔圆地读上一段新闻。嘉和跟她说，意思意思就行了，不必那么顶真。寄草朝他笑笑，说，你不懂的。嘉和想，寄草会不会已经知道罗力回来了？试探过几回，倒也不像，心里便暗暗责备自己有所隐瞒，殊不知妹妹也有大事瞒着她大哥呢。

前一阵子，她突然接到杨真的电话。杭州城里有电话的人家寥寥可数，杭家客厅里却有一台，还是嘉平不久前出钱给他们装的，说是联系方便。寄草接了电话着实吃一惊，杨真跟没事人一样，就听寄草怨天怼地，等她发泄完了才说："你家隔壁不是有个茶楼吗？不妨在茶楼待几天，顺便当我们的眼线可好？"

寄草这么冰雪聪明的一个人，听了此话后，突然有一种恍然大悟之感，心想，怕不是杨真他们故意做了这么一个局，让她以这样的理由从单位里出来，到茶楼里去做卧底工作吧！这么想着，她觉得自己的工作竟然有些神圣庄严起来。

寄草何曾知道，新中国成立之际，人民政府有的是正经事要忙，实在是杨真受罗力之托，要安慰她，要给她一点精神过渡的时间，才安排她这样一个草民做"卧底"。这可真是歪打正着啊，寄草终于有事干了。

此刻,她听了嘉和推荐吴坤来打工的事儿,爽快地纤手一挥说:"让他下午就来啊,烧炉灶可以吧?"

"才十五六岁的孩子,也没干过一天活,你觉得他打打杂可以吗?"嘉和还在犹豫。寄草说:"大哥,他是汉奸的儿子,有这份觉悟是最最要紧的。解放了,肃反了,有个地方要他就是他命大,劳动改造人。大哥你别可怜他,他爱来不来,随缘。"

那个充分遗传了绿爱妈妈性格的杭寄草又回来了,让人不佩服她都不行。嘉和回头就通知了吴坤。果然,吴坤下午就一身"短打"地进了七星灶炉房,这是他爷爷小时候曾经挥洒过汗水的地方,现在轮到他了。

吴坤继承了爷爷踩着尾巴头会动的禀性,飞快地转型,立刻就从一个高一学生变成了一个跑堂,真是跌得倒爬得起的小好佬。这会儿,他烧着水,拎着壶,一副下人的吞头势,被寄草喊到东唤到西的,没得二话。后来老虎灶没人对付,干脆让吴坤专管七星灶和老虎灶了。锅炉房后面本来有一个柴灶间,吴坤搭了一张床进去,他便有了自己的独立王国,每日与煤灰打交道,搞得灰头土脸,却甚是开心。邻里街坊想起他从前跑进跑出一身学生装的清高样子,再看看他现在一副毕恭毕敬的架势,心里竟然还生出几分怜悯。也是啊,这会儿的吴家,真是树倒猢狲散了。

杭寄草以为事情至此结束,不承想这个头一开,后面的事情就按不住了。

那天一早,寄草开了大门正准备去茶楼,一只脚迈出,一个人就滚到了她身边,他压住她的脚,把她吓得不轻。寄草见这人都夏天了还穿着一件破棉袄,破烂得都分不清什么颜色了,把他拎起来,果然,不是李飞黄还会是谁。寄草叹口气,回身到厨房盛了一碗饭,夹了几筷子酱菜,端出来蹲下给他,一边跟他说:"我给你指条路,到人民政府收容所去,那里有饭吃有铺睡,还能送你们回家。现在解放了,新社会没有人讨饭的了。"

那人抬起头,说:"我不是叫花子,我是李飞黄。"

寄草惊愕地看着他的脸,他知道自己是李飞黄?很正常嘛,莫非不疯了?李飞黄见寄草惊讶的样子,以为寄草不认识他了,又说:"我是方越的爹!"果然,头脑很清醒。

"你不是住在凤凰山脚吗?怎么……"寄草后面半句话咽回去了。

李飞黄摇摇头说:"那里不能住了。"

"为什么啊?"

李飞黄蹲着,叹了口气,说:"一言难尽啊。"

原来,自杨真他们接管了警察局,就开始在杭州城进行户籍审查登记、身份验证等。有种种历史问题的人,则要主动去公安部门登记,这下可把李飞黄吓醒了。他不敢去登记,直到街道派人找上门来,押着他去登了记,他才心慌意乱地跑出了凤凰山脚下那个破院子,不敢去西湖边,就直接逃到杭府来了。还好是初夏,在杭家门口睡了半夜,天亮就碰上了寄草。

拿这个废人如何是好呢?嘉和看着兜兜转转又回来的李飞黄,真不知道该怎么办才好。嘉和到底还是让叶子烧了水,让李飞黄洗了澡,换了衣裳,还让他坐下来喝茶。他很顺从,让他干什么就干什么,但他的眼睛里明摆着就是恐惧,躲闪不定的目光,仿佛固执地要盯住什么,但又一片茫然。

嘉和坐在李飞黄的对面。叶子过来了,就把手搭在了嘉和的肩上,对着他的耳根,轻轻地呵着热气:"草色坊现在都是茶工,不好住人了。"

"院子里房子倒有,不方便吧。方越的脾气,你也知道的。"

"小孩子变脸快的,还是等方越回来吧,你说呢?"

嘉和想,对他而言,世上再没有比叶子更贴心的女人了。她会先给嘉和想好过得去的理由,然后让他名正言顺地去做他本来就想做的事情。是的,必须听方越的意见,而在方越回来之前,他不能对这个李飞黄置之不理。

方越自从搬出去之后,根本没说什么时候会回来,杭家人甚至都不知道方越到底去哪里了。李飞黄还没住下,街道就来人查了,说:这人怎么又来了？现在不比从前,从前你杭家人谁来谁去没人管,现在是新社会了,每个人的来龙去脉都要经得起问的。

"哦,来找他儿子？他儿子在哪儿啊？怎么找到你们杭家来了？可不能留来历不明的人啊!"街巷里的老太婆们严厉地说。其实她们都知道李飞黄是个什么人物,就是不喜欢他,不想让杭家留下他。一解放,曾经围着锅台转的老太太们,都有一种指点天下的强烈欲望了,寄草看她们那种热火朝天的劲儿就心生忌妒。她出了一个主意,让李飞黄烧锅炉去,街道再来查就说废物利用,旧社会把人变成鬼,新社会把鬼变成人嘛。嘉和提出疑问,不是已经有吴坤在烧锅炉了吗？寄草说,没关系,吴坤挪一挪位,到大堂沏茶去,腾出地儿来给这个李飞黄。

吴坤不高兴了,他面有难色地对寄草说:"我锅炉烧得好好的,你换一个精神病,我不放心。"

寄草倒也利索,张口就来:"放心不放心的,哪里用得着你操心呀。你到大堂沏茶,是累着你了还是呛着你了?你要实在不行,走人就是了。"吴坤一听"走人"二字,立刻努力地堆出笑容,说听人议论,对李飞黄这样杭州城里大名鼎鼎的汉奸得避嫌啊!寄草心里明白吴坤言之有理,但她知道大哥的意思,是要留人等方越回来再定夺呢,便说:"人小鬼大,咸吃萝卜淡操心!"

这话可真是毒,吴坤只好腾窝,放进柴灶间的东西都重新搬出去,而那个李飞黄则当仁不让地住进了柴灶间。吴坤当天夜里又回到吴升床头,嘀嘀咕咕地对爷爷说:"你看看他那双眼睛,贼精,他就是装的,想在他们杭家赖下去罢了。"

吴升一口痰气一句话:"这种事情,你千万不要跟老板娘提起啊!"

吴坤丧气地回答说:"我哪里那么空去说,再说了我去讲,她也不要听。"

其实吴坤牢骚大了去了,咕噜咕噜烦个不停,什么这是鸠占鹊巢啦,真假李逵啦,六耳猕猴啦,草船借箭啦,总之把书上感觉挨得上边的,都扯了一遍。可这个李飞黄呢,他哪里是个烧火的人啊,捧着一本《古文观止》,心挂两头,烧一会儿火,看一会儿书,有时还摇头晃脑地大声吟诵:"……暮春三月,江南草长,杂花生树,群莺乱飞。见故国之旗鼓,感平生于畴日,抚弦登陴,岂不怆悢。所以廉公之思赵将,吴子之泣西河,人之情也,将军独无情哉?……"

寄草很不耐烦听他们打嘴仗,她真后悔在吴坤进来时没有对他约法三章,不准他鸡毛鸭毛闲话满天飞。

吴坤虽然嘴碎,爱扯是非,但他手脚还是蛮勤快的,上茶、续茶忙而不乱,井井有条。为了减少时间和节省体力,他甚至发明了一个井轱辘一样的吊钩,从二楼放到一楼,钩子刚好垂到七星灶上方,铜壶里的水一开,用那钩子一钩,他就摇着把柄把铜壶提上来了。伙计们不必楼上楼下地跑,方便多了。

李飞黄就差远了。寄草一方面觉得他是真可怜,另一方面又觉得他这人捉摸不透,寄草甚至觉得,看这个人神志有没有恢复正常,就是看他有没有开始撒谎。只要他开始撒谎,眼睛开始躲避,他就神志正常了。而他如果目光呆滞,安静地生火烧炉,他就犯病了。寄草希望他永远犯病。

不过她自己越是这么想,就越是不准伙计们讨论李飞黄的事情。抗战期间,寄草一直守着方越,几乎成了半个娘,方越的事情,定要尊重方越的意见。今日只为吴坤又来抱怨,说这个李飞黄,连个挂钩都挂不好,还得提防烫着他,实在不合适在锅炉房待着。寄草生气地说:"我看你们家牌子都挂出去了,'雨过天青',卖瓷器的,你怎么不回去当小老板啊?"

这事真让吴坤大吃一惊,他已经好多日没回家了,家就在马路斜对面,他也别转头不看。寄草这一问,他才转过脸去,果不然,昌升茶行门牌已经摘下,那个"雨过天青"稳稳地挂在上头了。寄草看着吴坤惊愕的脸,心就软了,赶紧地说:"晚上抽空回趟家,问问家里到底怎么回事。让你做跑堂,你家人不心疼,我都心疼。"

可吴升对孙子的告诫恰恰相反,让他尽量不要回家,不要听,不要看,不要说。这些日子,家中把昌升茶行原来的门面房租出去了,一家瓷器店搬了进来,这都是潜伏的吴根暗戳戳一手操办的。这下子,他们吴家和特务就成了一缸里的醋,一票里的货了。

"吴根说了,如果我们把他的事情说出去,天王老子他也敢杀。阿坤,只怕爷爷奶奶要死在他手里了。"吴升说。

"我这就去找人民政府报告!"吴坤说。

"再等一歇歇,你悄悄地要多盯盯牢,搞不好他们还有大计划,为什么逼着我去找寄草,我总觉得这件事情里面套着事情。如果实在事情弄过头,我会去报告政府的。"

"为什么?你们这样我不放心的。"

"以后你会晓得的。夜里不要回来,你小叔不会给你好果子吃。出了这个门,他就没办法了,我生了个夜叉,见不得日光的。"

第二天,吴坤就回到灶间,打个地铺睡在灶口,他不再回去了。

立夏过了,街上又传来白兰花的叫卖声。叶子清早起来买菜,顺便就买了几朵,给杭府的女眷们挂在衣襟布纽上,一阵阵的清香经久不息,那是杭州女子初夏的装扮,解放了也不会废了这习俗的。谁知小姑子起得早,已上了隔壁茶楼,叶子就赶紧亲自送去,却发现有人比她还早。

那日清晨,茶庄刚刚打开大门,李飞黄早上干不了事,吴坤早早地起来烧锅炉。他听到寄草踩着高跟鞋上楼的声音,有人叫了一声"老板娘",就传来寄草的呵斥声:

"谁是老板娘?新社会了,叫什么,报纸上怎么说的,你不长记性啊?"

"晓得晓得,要叫同志嘛,不好意思,旧社会里叫惯了。"这是个陌生的声音,谁啊?吴坤立刻竖起耳朵。李飞黄也嗖的一下从里屋跳出来,缩在一角竖起耳朵侧身听。这副吃相真是猥琐,吴坤一肚皮不要看。

"那你就回旧社会去,还赖在新社会干吗?"寄草咯噔咯噔就往楼上走。那人急了,赶紧跑上前说:"寄草同志,我说寄草同志,想让你看看货呢。"

寄草这才停住脚步,趴在楼梯扶手上往下看,见是一只精巧的工夫茶茶具小箱子,里面放有一套茶房四宝,一套烧火时用的铜钳夹筷等器具,还有一把小小的羽毛扇。寄草便笑着问:"这是想干什么?做生意做到老板同志身上来了?"

"不敢不敢,初来乍到,送个见面礼。"

寄草赶紧挥手:"知道你们生意不景气,可我们忘忧茶楼的茶客又不喝工夫茶,送我这个干吗?心领了。"

"不是单送您一家的,四邻八舍都送了,只是送您的金贵些罢了。"

"哦,原来是这样,我还当专程送我家的呢。"

"器为茶之父嘛,开茶馆的和卖茶器的可不就是一家人。您让我看看您家的茶器还缺什么,回头我给您配齐了送来。现在解放了,四面八方的人都来,什么地方的茶都喝,什么样的茶杯都得配一点嘛。寄草同志,您说是不是?"

哦,初来乍到,也算是打个照面吧,这么能说会道的男人,还真少见。

这是个看着不到三十岁的青年男子,中等个子,不胖不瘦,身穿白衬衫、蓝色卡其裤,衬衫塞在裤腰里,牛皮带自如地扎着,脚蹬黑布鞋,学生发型,左手叉在腰上,右手提着个小箱子。此人有一张很谦和的方脸,真正的眉清目秀,薄薄的眼皮,薄薄的嘴唇,看上去就像大学里管宣传的学生会干部。上楼后,他离寄草老远就站住了。

"寄草同志,我叫魏青辽,青草的青,辽宁的辽。这是专门送给您的见面礼——工夫茶茶具。"这个魏青辽露出了从容的微笑,向寄草点点头,就是不走近。寄草这颗心没来由地抽了一下,说:"魏同志,情领了,刚才不是说了,我们江南一带的茶客一般不喝工夫茶,免礼,请带回去吧。"

寄草客气地婉拒了他,这个魏青辽却一步步走上前来,看着寄草的眼睛,说:"这套茶具是专程送给杭女士您的。别人不喝工夫茶是可以的,您不喝则是不可以的呢……"

说话间,他把箱子放在马头桌上,然后打开,那一套工夫茶茶具就再次亮闪闪地晃在寄草眼前了。他热情而又专注地盯着寄草看,目光中流露出毫不掩饰的热情和好奇,然后,他就一件件地把手中的茶器点给寄草看——

"你看,有把手,有流,这就是一把烧水的壶,俗称砂铫,红泥手拉而成,侧把造型,水煮开时盖子会轻轻跳动,发出声音,提醒人。"他抓住把手轻轻地左右翻动着,他那双手薄薄的,手指跟压扁了似的,长而精瘦,"广东潮安枫溪所产的最为名贵,这把铫就是。极好的,耐冷热,保温,人称'玉书煨',需要我介绍一下来历吗?"

寄草不假思索地回答:"古代有个名匠叫玉书,设计制造了这种水开时会发出响声的壶,后人取名'玉书煨'……等等,别急,听我替您介绍,这个'若琛瓯'我也一并说了,白如玉、薄如纸、声如磬、明如镜,小巧玲珑,映茶汤色,传说是个叫若琛的和尚制作的杯;这个小紫砂茶壶叫'孟臣罐',可不都是宜兴惠孟臣制作的,大多是用潮汕当地红泥所做,用来泡茶,既不夺香,又不熟汤,泡出的茶汤醇郁馨香,隔夜不馊。我几岁时就知道这些了,我父亲告诉我的……"

"完了?"

"完了。"

"还有炉子呢?"

"都我讲了,您还来干什么,留点给您呗!"

那魏青辽微微一愣,就笑了,说:"潮汕风炉,生火加热,也没什么可说的。关公面前我就不耍大刀了。知道你们家茶楼以喝绿茶为主,我给您送一件仿汝窑的盖碗来,这件可真得收下。"

寄草微微一愣,她对茶器并不真正懂行,这是大哥的能耐,但她也是知道汝窑之尊贵的。宋代"五大名窑"——汝、钧、官、哥、定,史书记载:汝乃五窑之魁。它是青瓷烧造的又一个巅峰。听大哥说过此器之精,用满釉支烧的工艺,器物的底部均可见支钉痕迹,瓷器呈一层淡淡的天青色釉,南宋时期已为罕见之珍物。这魏青辽哪来的能耐,弄来这般高仿的神器来?

寄草抬头看看对面那家瓷器店,看着看着就恍然大悟了,原来这家店名叫"雨过天青",这是从"雨过天青云破处"这一句来的。"雨过天青云破处,者般颜色作将来",说的不正是汝窑吗?

寄草笑道:"这下我明白了,原来你们是通吃,南到潮州,北到汝州,什么窑口形制都做。这几年打仗,兵荒马乱的,亏你们还有精力和心情做这个事情,倒也让人佩服。"

"我是相信共产党的,共产党一来,河清海晏,雨过天晴,人民生活过好了,连喝茶都会想着换个好茶盏的。"

寄草眼睛就亮了起来:"同志,您还有这个觉悟啊!"

"怎么,不像吗?"那魏青辽就笑着问。真是个好脾气的男人,还很有趣。说话间,有伙计拎着一小袋水果上来,有新上市的杨梅、枇杷和小黄瓜,还有一小把晶莹剔透的小樱桃。但听寄草说道:"立夏过了,杭州人的老规矩,吃水果,登吴山,称人,喝茶。"

"这会儿还早,我请女主人喝工夫茶,我来泡大红袍,尝一尝啊。"

寄草就指着魏青辽笑着说:"大红袍,这可是武夷山来的茶,莫非你从闽北来?"

"我从哪里来的都行,只要让我在这里用汝窑盖碗泡茶就可以了。试着好用,你们就帮我推销;试着不好用,就当我们交个朋友。"

绕了半天,原来就是为了卖茶盏啊。寄草吐了口气,隐隐地又有些疑惑,这个魏青辽,怎么看都不像一个卖瓷器杂货的小老板嘛。

叶子告诉嘉和,李飞黄在七星灶房打了个地铺,这让嘉和多少有些生疑。他悄悄地进了七星灶房,果然,里面柴房中铺了张席子,旧被子上散着一些书,东一本西一本的,上面都盖着花木深房的书印,那不正是从他父亲杭天醉书架上偷拿的?杭嘉和的心顿时凉了一截,看来李飞黄那种小偷小摸的习性依然如故。正巧李飞黄进来了,见嘉和在翻书,便心虚地说:"我看你家书柜上这本

《昭明文选》放着有些年头没人碰了,我就拿来翻一翻,看完我就给你放回去……要不然你现在就带走?"

嘉和看着李飞黄这一副糊糟糟的样子,简直无语至极。他默默走到门口才转身叮嘱了一句:"你的户口都登了记,人民政府也没来抓你,你还是搬出去住吧,房子我帮你租。"

李飞黄认真地摇着手,紧张神秘地说:"不能走,这间屋里有秘密。"见嘉和一愣,他就凑上前去,紧紧地贴在嘉和的耳边,一股难闻的热气喷了过来:"嘉和,我跟你说,我们忘忧茶楼来特务了。"

嘉和看了他一眼,说:"这些天你还在不在吃药啊?"

"有人天天想要把我从这个柴房里赶出去,我看穿了他的狼子野心,我偏不走!"

"多虑了,柴房也没个床,睡不好。"

"特务很狡猾的,我不看着,他们会在茶楼里搞事情的。我李飞黄是什么人,什么世面没见过,什么心机看不出,我是不会放过他们的。"

杭嘉和心里想,俗话说"三岁看到老""江山易改本性难移",老人的话都是至理名言。你看这李飞黄都已经精神错乱了,那种无风还起浪的天性却依旧如故。想到这里,嘉和是再也不愿意和他多说什么了,只让他到前面老虎灶去看着。李飞黄唯唯诺诺地退了出去,又突然扑了上来,再次趴到嘉和耳边说:"别让忘忧茶楼和'雨过天青'搅在一起,很危险的。"

"什么意思?"嘉和真正吃惊了。

李飞黄指指楼上,嘉和听到了,对门的那个魏青辽正在楼上读报,间或有寄草的补充声。看着杭嘉和的表情,李飞黄感觉自己咬小耳朵的话已经起到作用了,才蹑手蹑脚退了出去。嘉和松了口气。

李飞黄前脚刚走,吴坤后脚就跟进了,他侧着身子进了七星灶房,悄悄地问:"有情况了?"

"非礼勿听。"嘉和很烦他这副腔调。

"他说特务的事!"吴坤就神秘地进出这句话。嘉和怔了片刻才说:"这是你想的事情吗?"

"李飞黄冤枉我!"

"我记得你才十五岁,别把自己当成五十岁了。"嘉和很少这么严肃地说话。

吴坤赶紧拎着吴山盘肠壶走开了。他现在要警惕的人越来越多了,他得告诉爷爷,不能再这样下去了。

第十七章

当天晚上,嘉和与罗力在吴山圆洞门会面。罗力告诉嘉和的消息,是罗力自己也始料未及的。军管会公安部在清河坊十字街头一带查到了敌台的电波频率,最后竟然是出现在忘忧茶楼附近。这个电波频率在时间上是不规律的,隔段时间,它就会冒出来捣乱。罗力断定是在茶客群里面,但也不排除茶楼的伙计们。他半开玩笑地说:"大哥,我听说你们那里快成汉奸收容所了。"嘉和听了,苦笑一声说:"否则怎么办?我也觉得不太合适,李飞黄半疯,政府现在也没治理他。你让他在大街上发神经啊,这不是给人民政府出丑吗?至于吴坤那孩子,是汉奸的儿子,父亲被枪毙了,他可没当汉奸,不该惩罚他,是不是?"

罗力这才告诉嘉和,公安局接到了匿名举报信,说忘忧茶楼里有特务活动,可能是通过吴坤向茶馆的经营者进行渗透的。嘉和一看到那熟悉的字迹就明白了,这不正是李飞黄写的吗?这一手好字,娟秀细致,像女人写的一样,和他现在脏乎乎的一身实在是配不到一起。杭嘉和再怎么脑洞大开,也想不到时不时精神错乱的李飞黄竟然还有本事写举报信。罗力看着嘉和欲言又止的样子,赶紧安慰他说:"放心,我们早就调查过了,的确是李飞黄的笔迹,可他肯定不是敌台的工作人员,背后也没有什么政治势力,这里面有不少妄想成分,所以先稳住他,别打草惊蛇。"

嘉和苦笑着说:"我倒是能够应付的。就是寄草心里挂不住,不知道你的下落,被单位除名,又不能告诉她你的实际情况,也难怪她焦虑。"

罗力很清楚,如果他能够回家,一切都迎刃而解。但他现在还不能暴露,担心寄草太随性子办事,只能安慰说:"大哥,快了快了,你让寄草放心。"

结果,还没等别人说,李飞黄就先把自己写了一封告发信的事情告诉寄草了。寄草抱着胳膊,眼睛越睁越大,吃惊地低声咆哮:"作死啊,李飞黄,你竟然还会写这种信,能这样陷害人家吗?什么可能可能可能,那不等于莫须有吗?你想当秦桧吗?你说人家地板下面有电台,你看到过吗?你有证据吗?"

李飞黄抬起头笑了起来,说:"没有。"

"没有,那你胡说八道什么,还把吴坤也扯进来,他才几岁啊,十五岁,这么小的年纪,你就想弄死他?"

"有我无他,有他无我。"李飞黄有点得意起来,目光炯炯有神。"他为什么不回家住?他们家都开瓷器店了。没他,那个店老板会到我们忘忧茶楼来啊?想都不要想!就是他牵的线搭的桥。他那么恨我,就是想赶我走!他是别有用心!"这段话说得非常有逻辑却又非常毒辣。在李飞黄歪打正着的想象中,吴坤就是一个潜伏的小特务,他家那个什么"雨过天青"瓷器店,就是一帮大特务潜伏的地方。

嘉和一听也吃惊不小,要他拿出证据来,李飞黄说:"我没有证据。那个瓷器店魏老板就是个特务。"

"没有证据你凭什么说人家是特务?"

"我……我……我看到过他的!日伪手里!"李飞黄突然脑洞打开了一下,他感觉这个人他是看到过的,一张熟悉的面孔。

"几几年几月几日?在哪里?做什么?你给我一桩桩写下来。"

"那我写不出的!"他把笔和纸一推,说。

真是欺软怕硬的一条虫!寄草大吼一声:"你给我回去!"就一把拉着李飞黄的手,连拖带拉到后花园那间留给忘忧的房间,"我不准你再去上班了!"李飞黄倒也皮实,一把扑到窗口,大笑起来,说了一句很下作的话:"他叫我吃不下饭,我要他拉不出屎!"

嘉和赶紧招呼寄草走开,青塘别业那个大假山上的醒亭长久未去坐了,又僻静,两兄妹就朝那上面走。寄草边走边数落大哥:"你看看你看看,你这是什么同学?方西泠眼睛长到脚后跟去了,竟然嫁给这么个滚刀肉!"杭嘉和一下子就站住了,盯着寄草原地转了好几个圈,说:"跟你说离了,和方西泠没关系了。"

"没关系没关系,方越从哪里来的?"寄草瞪着眼回应,"大哥,这个李飞黄我们不能要了!"

"那吴坤也不准要!小孩子都卷到是非窠里来了,以后日子怎么过!"

"行,明天统统辞退,宁愿自己辛苦点!"

"还有,你少和那个卖瓷器的魏青辽掺和,一个工夫茶要教那么久吗?谁知道都是些什么人,安的什么心。"

"大哥你怎么也俗了,魏青辽和他们挨得上边吗?他也是爱国青年,整天忙着新中国的事情,街道派出所的同志们可都喜欢他呢!你凭什么不让我和他一起做革命工作,我光明正大,还怕人家说三道四吗?"

"是,你是光明正大,可你就不想想,他一个做瓷器生意的,凭什么整天泡在茶楼里读报纸写对联?他是卖瓷器的,还是卖梨膏糖、唱小热昏的?!"

"我不是缺人手吗?罗力又不回家,也不知道他为什么活不见人死不见尸,他要是真跟着蒋介石去了台湾怎么办!你们也不想想,最糟心的就是我了!"

寄草要发大火了,她感觉到大哥是话中有话,又显得自己有点儿做贼心虚。说老实话,这段时间,杭寄草和魏青辽的确成了一对非常投机的合伙人,他们一拍即合地办了张油印小报,取了个报名叫《新茶社会》,也可以理解为"新社会的茶"。一方面,他们在这张油印小报上编辑发表种种新消息,另一方面,他们顺便也给各自的茶叶与茶器做广告。魏青辽身上有一种举重若轻的能力,这可以从他冲泡工夫茶时的一招一式感觉出来。寄草在家里有多不顺,在魏青辽这里就有多顺。

寄草感觉他有许多地方都非常像大哥,不显山露水,但一旦出头便身手不凡。他写得一手好字,油印小报上充分显示出他的修养,排版印刷样样拿手;他也很会做生意,这两年忘忧茶庄的生意一直不太好,可魏青辽售着茶器搭着茶叶,居然卖得很好。关键是做这一切,他一直就在幕后,小报上他也不署名,你问他为什么要做这些,他说原来在大学时就干这个。你再问他,怎么读着大学最后却来卖瓷器了呢?他就神秘地一笑,问:"那你怎么好好地当着播音员,却突然又来卖茶了呢?"

这话触到寄草的软肋,她就一声不吭了。魏青辽明白她的心思,他告诉她,其实他们是一样的身世,他父亲是东三省的大法官,可他就是反感他的那个家庭,原因很简单,他的家族要他娶一个官宦人家小姐,他不愿意,因为他有一个美丽的恋人。说到这里,他拿出一张照片,一个清纯可爱的女青年出现在寄草面前,寄草暗暗地吃了一惊。魏青辽默默地看了一会儿,问:"你看,寄草,她是不是长得很像你?"寄草不知如何回答才好。这种暧昧又危险的问答又刺激又惊险,寄草没有经验,好半天才问:"你怎么不把她带来一起喝茶呢?"

"她死了……"魏青辽目光开始黯淡,他似乎要拼命收住眼中那些情感,"我的家族不同意我们的关系,因为她是一名进步青年,共产党员,是我父亲通缉的对象,我和她定下婚期不久,她就被捕,后来病死在牢里了。敌人也想抓捕我,母亲通风报信,我才从北方一路逃亡南下。行至南京,正值解放军过了长江,我看到这阵势,只想替我爱人跟着军队一路南下,直到进了杭州城,见到你,我就不想走了。"

这都是一些什么话啊,简直就跟瞎编的一样,可又无比真实,让人心惊肉跳。寄草想,如果她把自己和罗力的故事讲出来,也可能跟瞎编的一样吧。谁会相信她的万里寻夫呢,竟然还把唯一的孩子放到马锅头的山寨,有这样的母亲吗?

"我知道我们都是这个时代大浪中的浮萍,现在被打到一起,说不定哪天又会被一个浪头打开,就像你和你的先生罗力一样。"

"你们是不一样的,完全不一样。"寄草终于觉得必须这样表个态了。

"我明白你的意思,你坚信他会回来。"

"他会回来的。"

"我也这样想过我的爱人……"

"你是想说,你的爱人终究没能回来,所以我的丈夫也回不来……"

"许多时候我是悲观的……"

"我不悲观,我知道他会回来的。"

"噢,说不定他已经回到杭州了。"

"啊?"寄草吃惊地望着他,"你怎么知道,你有预感?"

"不说了,"他摆弄起茶具,"讨论这个话题让我难受。你想喝什么茶?大红袍、铁观音,还是凤凰单枞,我这里都有。"

"你爱人可能没有牺牲吧,你可能应该再等一等……"

"谢谢你……有一种单枞茶叫鸭屎香,你愿意尝一尝吗?"

"噢,我明白了,你的爱人是广东人吧?"

"是的,她教会我喝工夫茶。"

"好的,我来喝你的鸭屎香……"

"等你爱人回来,我一定要摆一桌盛宴庆祝你们团圆!"

"我请,我一定第一个告诉你!"

……

你瞧,两人都聊到这个份儿上了,有人说他可能是特务,寄草能相信吗?她一屁股坐到了后花园醒亭的美人靠上,刚想长篇大论地来发作一场,不料那美人靠年久失修,早就不堪重负,被寄草那么一推,整块靠背竟然就跌进了水里,寄草半个身体就悬在水面上,若不是嘉和手快抓住,她整个人就要掉进水里了。

寄草吓得一边大喊救命,一边又为自己的窘态感到好笑,这么叫着笑着,嘉和也忍不住笑了,一边也跟着叫:"你给我抓牢,真跌下去可不是闹着玩的!"一边在心里下了决心,可不敢再瞒着寄草了,要尽快地把罗力的情况告诉寄草。但他心里面这么想,嘴上说的却是另一句话:"寄草,大哥这就把方越从宣传队里找回来,让他赶紧处理好家庭关系。然后我就给你找罗力去,你放一百二十个心,罗力是决不会去台湾的。"

这两兄妹还没把这话题深入下去,只听"哗啦"一声,黑暗中就有个东西掉进了水中,是个人,那人还说话了:"不用找我,我回来了。"正是方越。寄草赶紧叫:"越儿你这是在干什么,我差点掉下去,你倒自己跳下去了,还嫌我们忘忧茶府坑不够多啊,快上来快上来!"

方越推着那片美人靠哗啦哗啦游过来,一边说:"赶紧地先把这靠背修好装上去,明日还有正经事情要做呢。"

嘉和一边蹲下身拉起方越,一边问:"你多久没着家了?"

"都飞到哪里去了?"寄草也问。

"一言难尽,小姑妈,我今夜住你那里,我要和你谈谈。"

"那不行,你得和你的监护人谈,你妈可是把你托给我大哥的,他不同意,我可不敢和你谈!"

"方越都过十八了,自己的事情自己定,我的监护人任务也算是完成了。"杭嘉和拉上了方越,"找不找我都没关系,反正我都在。"

杭嘉和挥挥手就走了。寄草拿块手帕一边擦方越的头,一边数落他:"这么大的人了,还不会说话,怎么不先和你嘉和爸爸打个招呼?伤他心了吧?"

"小姑妈,这事情还真不能让嘉和爸爸事先知道。"

"什么事情这么鬼头鬼脑?快说快说,我等不及了。"

方越认真地说:"我决定和李飞黄脱离父子关系。"

夜色一下子就沉寂下来,寄草那双正在给方越擦头的手,动作越来越缓慢,终于停了下来。

"笑话,这不是早脱离了吗?"

"我得姓杭啊,这得你们同意。"

"你妈不是早就让你叫杭方越了吗?"

"新中国成立了,户口都要重新登记了,我得正式办理一下。"

寄草叹了口气站起身,说:"走,回我屋里,我们去喝一会儿茶,我刚学会冲泡的工夫茶,我们好好地聊一下……"

嘉和怀着强烈的不安度过一夜。天尚未亮,他便悄悄地起身,心中念念有词:"百坦……百坦……"这是绿爱妈妈生前常常挂在口上的湖州俚语,不着急、慢慢来之意。她焦虑得团团转时就喜欢诵经一样念这二字,吉利话背后却是万念俱塞的困境。

杭嘉和深感自己丧失了掌控家族的能力,他有些茫然失措了。直到看见榻上呼呼大睡的方越,他才松了一口气。

嘉和平时很少从大门口出去,清河坊十字街头近在咫尺,却是他最少光顾的地方。一到春季,他几乎都是在翁家山小撮着家后院的炒茶间里度过的,即便回家,他也总是从边门直接迈入忘忧茶庄的后场。那里是另一个完整的世界,是属于他个人的茶世界。他在那里安全且自如,同时越陷越深。可是今天,此刻,他产生了一种别样的想法,他要从大门口出去,去迎接一下这个世界。

然后他就在大门口遇见了两个少年——杭得茶和吴坤。吴坤本来决定今日回学校读书,他和李飞黄实在搞不下去了,只好败北,所幸学校登记三青团之事也过去了,因为尚未入这个团,没有档案记录,所以雁过无痕。但吴升谨慎,还是不让他去学校,只说风头还未过去。得茶和吴坤原先都在蕙兰中学读书,每天几乎都同进同出。得茶有一辆自行车,吴坤喜欢得不得了,每天骑着它,让得茶坐在车后座上,他自己来回地蹬。不知道的人都当车是吴坤的,以为得茶在揩他的油。有时得茶自己要用车了,却发现车停在了对面吴家。叶子悄悄地提醒孙子,车子老在吴家,时间长了不好。得茶觉得很奇怪,叶子奶奶怎么会说这种话,吴坤每天带着他呢,多累啊,让他过过瘾有什么关系。奶奶问他,为什么不可以由他带吴坤呢？人家又不是你的车夫,规定骑你的车就要带你吗？得茶笑笑说,奶奶你不懂的。他没法告诉奶奶,吴坤要面子,私下里要求他得说车是吴家的,得茶同意了。他对吴坤这样的想法完全不能理解,他觉得不说真话不太好,但也只是不太好而已。得茶需要朋友,作为烈士子弟,他被人架了起来,朋友很少。他现在已经能够见多不怪,接受吴坤这样一个又接地气又爱读书的亦正亦邪的朋友。

吴坤给嘉和留下的印象也还不错,至少比他爷爷和父亲都要好多了。吴坤告诉嘉和,既然不再打工了,还是想办法早点回去上学去。方越回来了,今天他要用一下车。嘉和这才想起来,方越昨天夜里的活动还是很频繁的呢。

此刻,吴坤心事重重地走在得茶身边,一再地问:"你真不知道我和李疯子的事情?"

"我怎么知道呢?他是方越的爸爸,又不是我爸爸,他一句话都没跟我讲过。"

"那方越小叔昨天在你那里,就借了辆自行车,其他什么都没讲吗?"

"也不是一点没讲,讲的就是他自己的事情,和你家一点关系也没有。"

"你看你这个人,就是缺乏阶级感情,凡事都藏着掖着,也不知道同情同情你的阶级兄弟。"

"你吗?"得荼真的惊愕了,他从来没想过吴坤是他的阶级兄弟,实际上,什么是阶级兄弟他也没想过,"你发生什么事情了?"

得荼在一个路边油条摊前,买了双份的豆浆和烧饼油条,还有糯米团子,小哥俩吃得油头汗出,肚饱心宽,吴坤终于熬不住要向得荼吐露秘密了。

"我跟你说个事情,你先发誓,烂在肚子里也不跟任何人说。"

"好,我发誓,不跟任何人说,直到烂在肚子里。"得荼手里举着根油条发誓。

吴坤这才压低声音说:"我们家真的有特务!"

得荼听到这里,端着豆浆碗就完全愣住了,瞪着眼看着吴坤,一句话也说不出来。

"前一阵子,我深夜溜回家,就见家里瓷器店那些伙计房客一起在阁楼里聊天。我去偷听过几回,好像总议论到你小姑婆,还有罗力什么的,李飞黄来后,他们就常说起他了。"

"噢,特务就是这样的吗?"得荼胆战心惊地问。

"不不,直到昨天半夜里,我看见我小叔和那个魏青辽在我家柴房里,我还听见了很轻很轻的发电报的声音!"

"啊,那肯定就是特务了!"得茶跳了起来,"那你怎么办?"

"坐下听我说完。"吴坤压住了得茶的肩膀,"心急什么!我都不急。"

"好的,你先说完。"

"他们弄了个把小时,才走出来,我见他们走出来,怕他们怀疑我,赶紧倒在爷爷的床铺上。我发誓,他们提防我,小叔要是知道我跟踪他,会弄死我的。"

"这个不会吧,他是你亲小叔。"得茶想了想,只有这样安慰他。

"他会的,"吴坤急切起来,"我爷爷交代过我的,如果大难来临,要我自己保护好自己,除了你们杭家,不要指望其他任何人。对小叔,一定要像供佛一样供他,防贼一样防他,这个人不害我就是上上大吉。"

"口说无凭啊,发报机又没在你手里。"

"我看见了。我想去公安局报案。"吴坤突然说。

得茶头皮一下子就紧起来了,站起来说:"你绝对是条好汉!我佩服你!"

"我一个人去啊?"

"还有兄弟我啊!我是烈士子弟,我陪你去,谁还敢不相信你。"得茶一拍胸,说了句江湖中人的豪言。

"那你看什么时候去啊?"

"现在就去啊,我把自行车从方越小叔那里要回来!"

吴坤决定去公安局报案。这事其实乃吴升在背后一手操纵。盖因昨日吴坤卷着铺盖回家，吴升听说了李飞黄给公安局写匿名信说吴坤是小特务，而那个瓷器店老板他曾经见过，看来这颗毒疮已经爆脓了，再不挤出来，命要搭进去了。这一夜他给孙子出了个主意，到公安局去揭发特务。吴坤害怕了，说会不会把他们一家人都抓起来。吴升说："绝对不会。我们吴家，现在什么人都不用保，只要保住你。你一定要明白，你爹就是个死汉奸，你从小就是我养大的，名声差点没关系，反正汉奸也是顶风十里臭了。可要真是再背上特务的罪名，那就倒灶了。知情不报，你我就是同谋；你报了，就是大义灭亲！"

"爷爷，灭小叔他们那伙人我无所谓，但我不能把您一起给灭了呀！"

吴升叹了口气说："实话跟你说，这是天要灭我吴门，能保住你一个就算不错了。"

吴坤倒也机灵，脑瓜子一转就出了个新主意："要不然我和阿爷一起去报案吧，那您和奶奶不是就保下来了吗？"

吴升语重心长地告诫孙子："阿坤啊，这回就是要你一个人过五关斩六将，才能保你躲过劫难，大难不死方有后福。我这一去，就把你给盖住了。你现在是在坑里，仅仅爬出来是不够的，你得登上高峰，还得爬上最高的树，你才有出头之日呢，明白吗？"

吴坤被爷爷说得眼泪都流出来了，他可不知道，爷爷那深不可测的心里还有不可言说的东西藏着。大儿子被国民党杀了，如今这一举报，小儿子也就没命了。吴升自己是下不了这个决心去告发儿子的，孙子但凡还有点亲情，也是不忍心的，至少会犹豫，甚至会劝他别那么做。可这孙子眼都不眨就同意了,要不就是他还小,不懂这事有多严重,要不就是这吴家的最后一根独苗,生来就是个狠人。

没有办法了,没有办法了,实在是没有办法了。儿子和孙子之间,他只能选择孙子了。

吴升安排好后事,躺在自家床上,就再也不下来了。他要老婆给他捧来龙井茶喝,用紫砂壶沏的,但对着壶嘴啜了一口就推开,叹口气别过脸,不说话。吴升老婆就跟小儿子吴根咬耳根:"这老不死的嘴巴照样蛮刁嘛,我给他富阳的旗枪,他一口就喝出来了。"接着就端上正宗的西湖龙井,他又喝了一口,闭上眼睛回味一番,说:"虎跑的,稍稍薄了一点。"吴根说:"老头儿,你管它薄不薄的,我们家不开茶行了,你有口茶喝就不错了。"吴升一巴掌就打掉眼前那壶茶,真是一副垂死挣扎时的病虎相。老太婆吓一跳,说:"老头子你作死啊,你还想喝什么玉皇大帝的人参汤啊!"吴升就挣扎着坐了起来,目光审视着家人,这一家人就被他的目光制服了。他威严地吐出两个字:"狮!峰!"一家人就面面相觑。真是哪壶不开提哪壶,昌升茶行的软肋就是没有狮峰龙井茶园,更何况近年内战,谁还有心思去对付那些"狮云龙虎"。正不知如何是好,就见吴坤恭敬地送上来一壶茶,壶嘴对着吴升的嘴倒,吴升咽了几口,就让孙子俯下身,一股香气夹着死气直朝孙子耳边扑来。他断断续续地对孙子吹着风,问:"向杭家人要的吧……"吴坤点点头说:"我专门向得茶要的,得茶问他爷爷要的,最最正宗的狮峰龙井。"吴升点点头说:"喝出来了,白沙土里生出来的。"他突然大声地对围在他身边的人说:"不要跟杭家人作对!"

吴坤有点发愣,他听不明白这句话的意思,爷爷似乎理解他的不明白,又吐出一口死气里的香气,说:"要吃亏的……"吴升眼角的眼泪也流下来了,是那种混浊的老泪,他拉着孙子的手说:"吴家全靠你了……"

吴坤也流下眼泪来了,他并不能够体会爷爷的心路历程,但知道爷爷爱他,爷爷在告诉他一些临终时感悟到的真理。但他听不到更多的了。

他到得茶那里去借自行车,没借成,说是方越小叔回来了,要用自行车。

"你知道方越小叔这趟回来要干什么吗?"得茶的眼睛突然就亮了起来,他凑近吴坤的耳朵密语,"他是回来断绝父子关系的。"

"再断绝,他还是李飞黄生的,就好比我,哪怕死了,我还是枪毙鬼的儿子。"吴坤沮丧地回答。

"真的真的,管用的,要到派出所去断。方越前阵子跟着部队政治宣传队走了,部队里的人可喜欢他了,因为他又会唱又会写又会说,就是一查父亲是汉奸,谁都不敢要他,他才回来断绝父子关系的。"

"真的?"

"真的,方越小叔亲口告诉我的。我们在这里喝豆浆,他正带着他父亲去派出所呢。"

"和一个疯子断绝关系,你小叔是不是也疯了。"

"李飞黄脑子有没有病我真不知道,但小叔肯定是很清醒的。"

得茶和吴坤刚要走,就听得后院一阵喧哗,他们不由得从前院跑到后院,正好就见着了最奇异的一出戏——李飞黄坐在地上,双手死死地抱住屋柱,吭哧吭哧地喘着粗气,任凭方越怎么掰也掰不开,急得大叫:"你给我走,你回凤凰山去住!"

李飞黄也叫开了:"赶我出去,你给我烧饭啊?"

方越拖不动李飞黄,只好自己也坐了下来,抱膝而谈,口气也松了。

"李飞黄,我跟你说,你真得离开杭家。你还要和我断绝父子关系,我正式不当你儿子了,我正式当嘉和爸爸的儿子了。"

"谁的儿子都是儿子!"这个李飞黄又冒出了一句。

"那可不一样。我要是嘉和爸爸的儿子,我就可以报名参加解放军了;可我现在是你的儿子,我还能干什么?我连锅炉都轮不到烧的,你懂吗?"

"你是我亲生的,你就是我儿子!"

得茶就对吴坤说:"我觉得李飞黄一点也不疯。"

吴坤说:"不疯嘛,就更要赶出去了。我其实也去和我那个死爹断绝过父子关系。"

"他都死了,还怎么断绝啊?"得茶有点吃惊。

"死了也要断!"

"他们同意了吗?"

"同意什么呀!他们说我未满十八周岁,以后再说。不过我的目的已经达到了,反正我已经到派出所里备过案了。"

"方越小叔已经年满十八岁了。"

"你什么都不懂,要吃亏的。"吴坤老练地看了他一眼,"你想想,你嘉和爷爷把李飞黄收留下来了,你方越小叔如果去派出所来这一出,不就等于把你爷爷告了吗?"

"爷爷是不是不该收留李飞黄啊?"

"李飞黄是你爷爷的同学,他掐住你爷爷的七寸了,你爷爷总是会在坏人那里看出好来。"

"你怎么知道?"得茶白了吴坤一眼。他有些不高兴了,心想,爷爷又不是蛇,什么掐住七寸,太过分了。谁知那吴坤果然过分,他竟然说:"我当然知道了,其实我爷爷在你爷爷眼里,也是个头生疮脚流脓的坏人,可你爷爷竟然还会收留我,给我一碗饭吃。说到底,我爷爷还不就是吃准了你爷爷肯定会答应他的。"

见方越的事儿也办不成了,吴坤抢先跳上了自行车,踮着脚说:"其实我爷爷根本不懂你爷爷,他俩一个在地下一个在天上。"

"为什么?"

吴坤认真地回过头来说:"你想想,为了不跟日本佬下棋,你爷爷一刀斩下自己的小手指,我爷爷敢吗?"

得茶一听,激动起来,兴奋起来,也高兴起来了,刚才的不开心,顿时烟消云散了。

吴坤搂着得茶的肩膀,跨在自行车上说:"谢谢你,好朋友,我们发誓,永远也不背叛对方,永远忠于对方!我们之间永远不撒谎!"

得茶觉得有点奇怪,这不是做人最基本的东西吗? 连这都要发誓啊?! 吴坤今天为什么要这么激动呢? 得茶是个非常容易受感染的人,吴坤的激动马上让他也激动起来了,他连忙跟着说:"发誓发誓!"

吴坤就是这样在激动和沮丧之间蹬着自行车前往公安局的。他感谢得荼把自行车先借给了他,否则他真是没有任何动力去公安局报这个案。他一点儿也不喜欢做这种事情,可是不做又感觉不行,没法和爷爷交代。至于生死这种事情,吴坤其实感觉没别人说的那么严重。比如他爸被枪毙了,因为从来就没有管过他,所以他也没觉得这个汉奸枪不枪毙对他有什么两样。妈妈也一样,生了几个孩子,再嫁时把弟妹都带走了,走时,爷爷奶奶都是面有喜色的。在他们看来,吴家有长孙就够了。说他是汉奸的儿子,他也没工夫生气,他有他自己操心的事情,他必须继承爷爷的事业,他要把吴家变成杭家。

吴坤没想到,这一天对他来说很不一样。从那一天起,杭家就不再有了,被抹去了,还有什么清河坊啊,十字街头啊,什么忘忧茶庄啊,昌升茶行啊,统统没有了。这一切都被一个扎着两条辫子、戴粉红色蝴蝶结的姑娘取代了。他本来是应该去找公安局领导的,其实他也不知道找谁,所以应该说是命运把他引到了杨真的办公室。而这时杨真恰好不在,他那十四岁的女儿白夜就与吴坤相遇了。她穿着白衫衣,蓝色的背带裙,白袜子,小黑皮鞋;她多么与众不同,干净得就像孤山脚下西湖六月中刚刚发出的小荷花蕾。她正在临摹一幅外国女人的画,她说这幅画叫《月夜》,他们就交谈起来了。她告诉他,她在学油画,她要去苏联学习了。他惊奇地问道,是不是那个有列宁和斯大林的苏联。她说是啊是啊,你知道列宁和斯大林啊?吴坤便得意地告诉他,他还知道马克思和恩格斯,知道《共产党宣言》,知道一个共产主义的幽灵在欧洲徘徊……他只会这一句,但足以使姑娘睁大惊讶的眼睛。她问他来这里干什么,于是他严肃地告诉她一个秘密,说他发现了一个特务团伙,他是来报案的。接下去的事情,他其实已经记不清了,总之就是白夜带来了她的父亲,她父亲带领着军队,还让他坐上了吉普车,把糊里糊涂的他带回了清河坊,然后搜了他的家,抓了特务。他后来再把自行车骑回来时,感觉完全不一样了。他有了更高的新追求:他要做一个坐在吉普车上的人。

但吴坤和得茶都没有见证忘忧茶楼的突发事件。那天上午,在杭家,一场大战终于爆发。后花园一片狼藉,间杂着人说话的声音,是方越拉开了架势,他把他亲爹放在屋里的那些垃圾统统扔到门口,气急败坏地喊着:"谁叫他住进来的,谁让他住进来的?谁有这个权力?这个墙门大院里,只有我有资格让他进让他出,我不要他住进来!"

李飞黄被儿子吓得浑身发抖,抱着头蹲在地上,一声不吭。方越生气地指着李飞黄的脑袋说:"你给我走,你给我现在就走!"

李飞黄便说:"你要我到哪里去?我没地方去的。"

方越扯着嗓子叫道:"我管你到哪里去啊,反正杭家你是不能待的。"话音落下,等了一会儿,看李飞黄没有一点动静,方越就生气了,伸手来拉他这个亲爹。嘉和和寄草两兄妹都不在,叶子守家,赶紧地出来,好言好语地劝着方越先别着急,不差这一天两天的,等明天再说吧。方越就急赤白脸地叫:"叶子妈妈,你知道个什么?他不能在我们杭家大院待下去的,正肃反呢,你想保他还是保我嘉和爸爸?"

这一番话倒还真是把叶子问得愣住了,好一会儿才问:"你嘉和爸爸还要保吗?"

方越也愣住了,他没法告诉叶子妈妈,杭家目前发生着多少微妙的事情,有个朋友甚至告诉他,他们家可能有敌台,这真把方越给急坏了。前一段时间,他跟着部队下乡剿匪去了。昨晚和小姑妈谈了一个晚上,他就在小姑妈的外间竹榻上睡了。上午回了自己的房间,吓了一大跳,这个赶都赶不走的亲爹居然睡在他的床上。他立刻把敌台和他亲爹联系在一起。他并不相信他亲爹有能力做特务,可是他绝对相信共产党会怀疑他亲爹和此事有关,而这个亲爹可是嘉和爸爸和寄草姑妈请进门的。作为一家之主的杭嘉和,可能和这么一件大事无关吗?

叶子说:"你让他走,也不是不可以,可你让他住哪里去呢?"

李飞黄突然叫了一句:"你送我回监狱去!"

这句话说得斩钉截铁,义正词严,把方越一下子堵住了。然后他一下子气得跳起来,拉住他亲爹的胳膊就往外拖,一边拖一边气喘吁吁地诅咒着:"我就不信我拖不出去你!我这就送你回监狱!我眼里就是容不得你这个汉奸反革命,你给我滚出杭家大院!你滚!你滚!你滚!"

叶子突然惊愕地发现,方越完全变了,变成了一个如此凶悍的人。她本来也在盼望方越回来,想和他商量之后,再把他这个癞皮狗一样的亲爹请出去的。没想到方越一回来,自己先成了一条看家护院的忠义犬,他为什么那么容不得亲爹呢!

第十八章

忘忧茶庄的茶客们那天是有眼福了,他们看了一场有声有色的大戏,还登台亮相当了一回演员。

先是一片黑色布袍从不远处飞来,拐进忘忧茶楼,噔噔噔的一阵楼梯响,李飞黄就跑上了楼,后面是方越的咆哮声:"李飞黄你给我站住!李飞黄你还要不要脸!"方越的后面跟着慌张的叶子和茫然的忘忧。李飞黄一上楼梯就钻进了寄草身后的茶桌,还惨叫着:"救命!救命!"寄草拦住方越叫道:"他疯了,你也疯了?有什么事情不能好好解决?人民政府有自己的规矩,按规矩办!"

方越跳着脚辩解:"小姑妈,他没疯,他骗我呢。说好了和我到派出所去登记断绝父子关系,他也同意了,可跑到茶楼下他就拐进来了,你不信问问得茶他们,我有没有半句谎话。"

茶楼里这时候已经来了不少老茶客,他们七嘴八舌地就议论开了。叶子说了一句公道话:"方越说的是实话。"

得茶却说:"方越小叔要去派出所,他爸爸是不愿意去的,是没办法才被拉着去的。"

寄草说:"跟你说了不着急不着急,我先去派出所问问,断绝关系归不归他们管。派出所刚才就告诉我了,他们只管户籍登记,不管断绝关系。我正要回去告诉你这事呢,你们就这样急赤白脸地先闹起来了。"

"那我就登报声明去,我和李飞黄解除父子关系。"

马头桌旁坐着一位"师爷",脑后还留了根小辫,一看就像个前清遗老。他抽着旱烟袋说:"我说后生家啊,你和李校长解除关系,你让他上哪里吃饭哪里睡觉去?"亏这老"师爷",还记得李飞黄当过校长。

方越说:"这个自然会有人民政府管他的。他如果犯罪,就进监狱;他如果没罪,政府就得养他,不会让他饿死的。我既然要和他断绝关系,哪里还管得了这么多事呢?"

另一个茶客却说:"照你那么说来,但凡年轻人说一句和长辈断绝关系,长辈从此就必得要政府收养起来。那这个新社会还像个什么样子,新社会难道就不要孝道了?"

魏青辽立刻就站在了"师爷"阵营的反面,他振振有词地说:"新社会是要讲新孝道的,人与人之间的关系,就是革命者与革命者的关系。你跟共产党走,共产党就对你好;你不跟共产党走,共产党为什么要对你好?"

李飞黄连声说:"我跟共产党走的,儿子,我跟共产党走的,我还给共产党写信,揭发特务!他就是特务!"他突然指着魏青辽,大吼一声:"特务,扒了皮,我也认得出你的骨头!"

这一声吼叫,真是让好几个茶客差点把盖碗茶杯都掀掉,魏青辽也完全愣住了。不知道茶馆里这一出算是闹剧还是正剧。但还是有好几个人围了过来,封住了魏青辽要下楼的路。李飞黄继续声色俱厉地说:"1944年,在莫干山拘留所,我看见过你,我想起来了,你叫秦未了。当时我问你这名字是不是'齐鲁青未了'的意思,你说是的!"

这番话说得清清楚楚,逻辑严密,还引用了古诗,正是李飞黄当李校长时的口气和腔调。茶客们蒙了,盯着这个湖南口音的"陶瓷店老板",等着他开口。那魏青辽突然微微一笑,问:"那后来呢?"

"后来你越狱跑了……"

"再后来呢?"

"再后来……再后来……就抗战胜利了……"

魏青辽大笑起来,说:"再后来你就进去了!"

随着他的大笑,众人也大笑起来,魏青辽咕噜咕噜喝酒一般地喝了一大口茶,又潇洒又豪迈地说:"这家伙记性好,没弄错。我的确是个抗日青年,那时候的确被日本鬼子逮捕了,是这家伙审的我,那时候他当翻译官,后来我越狱跑了,这些都准。不准确的是,他那时当汉奸,我那时抗日!"

大家就欢呼起来,有人高声咒骂:"李疯子,你是真疯还是假疯?是不是国民党关你还不够,还要到共产党手里再关几年?"

只听哐当一声,寄草把那只汝窑茶壶使劲地砸在了地上,茶壶顿时被摔成几瓣:"李飞黄,你不是疯子,你是装疯子,你连一口安静的茶也不让我们喝,国民党的牢怎么没把你坐死!"

这一声厉喝,把李飞黄的身份吼了出来。一茶楼的人,都被寄草这把火点着了,有人轧热闹,就向他身上泼茶水,一时泼得他满身满脸都是茶,茶汤把他浇成了落汤鸡。茶叶片挂在鼻子上、口角上,被他舔进了嘴,还一边嚼一边点头说:"好好,再来点,好!"他又开始装痴呆样了,竖着他那根又脏又长的黄手指,摇头晃脑地吟起诗来:"岱宗夫如何?齐鲁青未了。造化钟神秀,阴阳割昏晓。荡胸生层云,决眦入归鸟。会当凌绝顶,一览众山小。"那表情又像一个疯子了。这样子让方越感到非常丢脸、尴尬,还有一丝说不清楚的怜悯,剩下的情绪就全给愤怒填满了。他局促不安地站着,想把李飞黄拉走,又不知道要拉到什么地方去。突然,李飞黄又是一声吼:"'造化钟神秀,阴阳割昏晓。'他是军统啊!国民党军统啊!"

随着这一声喊,魏青辽已经蹦了起来,要从二楼栏杆上往下跳,却被寄草一把拉住,说:"你怕什么!身正不怕影子歪,他一个疯子说的话,你能当真?别走,我给你做证就是。"

但见李飞黄清晰地一口气说下来:"国民党军统有个报务员秦未了,又叫秦晋,1918年生,湖南华容人,1937年考入特务组织办的技校干部训练班,毕业后在军统重庆总台和郑州站任报务员。我看过你的卷宗。你骗不了我!"

杭寄草缓缓地拍着手说:"我哥说过,你们班记忆力数你李飞黄第一。真是名不虚传,连疯了都能把资料倒背如流。不过,你记忆力再好,也是个疯子,你还是在胡说八道。各位只管喝茶,我送魏先生下楼。"

魏青辽从寄草眼睛里看到的是凛然正气,或者说是执迷不悟,难道她到现在还不相信他真是个特务?女人犯起糊涂来也真是够傻的。他只好装作很激动地回答:"茶楼里这么多人,七嘴八舌说不清,我先走一步,你们把这疯子打发好了再说。"

然而,已经晚了,魏青辽回过头来,楼梯上已经站满了举枪的军人,他们是茶楼的另一个掌柜林秋高叫来的。他们中有一个人,长得真像罗力,穿着军装,站在前面,握着手枪。寄草眨巴了一下眼睛,可不是,正是罗力,换了解放军的服装,人一下子变了许多。寄草还没来得及伸出双臂上前拥抱,魏青辽已经一下子扣住了她的脖子,手枪顶住她的脑袋,一边挪着脚步往前走,一边说:"你们谁敢动一下,我立马叫她脑袋开花!"

这对夫妻就这样重逢了。魏青辽又用枪对着罗力,一边对茶客们吼叫:"谁动我就朝谁开枪,我这枪膛里填满子弹,足够死五个。"

罗力沉着地说:"你把她放了,我保你无死罪。相信我,共产党说话算数。"

魏青辽一步步往前移,慢慢地回答:"罗力,算你命大,你这张叛徒的嘴脸我记得清清楚楚。给我听着,你回到老婆身边之日,就是命归西天之时。"

"把卧底当作叛徒,你也太能看走眼了!"

"谁说的!你老婆就没看走眼……你看,都这会儿了,她还知道保我……"

说时迟那时快,寄草突然抬起右手,使劲扎向魏青辽的大腿,这一招恰恰是魏青辽没有想到的。原来,刚才砸茶壶的时候,寄草就已经留了一手,她一直把破茶壶的瓷片藏在手心里,现在终于派上用场了。魏青辽大腿刺骨一痛,右手不禁朝下,扣动扳机,子弹朝旁边射去,刚好射中了李飞黄,李飞黄应声捂住胸口倒地,嘴上流出了血沫子。方越下意识地就扑了上去,大叫着:"毛巾!毛巾!毛巾……"这边,寄草被叶子一把接住,两个女人几乎都瘫倒在地。那边,罗力等人立刻就把魏青辽围住。罗力是想抓活的,但只见魏青辽用枪指着寄草大喊道:"没拿下你是我终身遗憾!这些子弹本来是留给你的,现在留给我自己了!"他往自己脑门子上砰地开了一枪,就血花四溅地从楼上翻滚栽下,落在楼下守门的杭嘉和眼前,把嘉和惊得跳了起来。好在嘉和立刻就镇静下来,上前一摸脉搏,死了。他赶紧让人到库房里抽了一张竹席,盖在了死者身上。这时,罗力已经冲下楼,对杭家兄妹说:"你们两个,目击者、当事人,都和我一起去趟公安局。"

寄草还在发蒙,她不明白罗力为什么不先冲上来拥抱她,安慰她,却让她去公安局。这会儿,她才发现自己的右手在滴血,那是刚才的瓷碴子割的。嘉和已经缓过气来,叫了一声:"秋高,这里的事情交给你了!"倒是叶子先冲出来趴在栏杆上应声说:"你去,你去,这里有我呢。"

忘忧茶楼里挤满了茶客,谁都不愿意走,都在等着看结局。李飞黄就躺在茶桌下的地板上,他也不再喘气了,一副奄奄一息的样子。身边出各种各样主意的人都有,有人让找医生去,有人说晚了,就让他在这里咽气吧,有人说咽气也不能咽在忘忧茶楼里,日本佬在时,这个茶楼已经被烧过一回,死过好几个人,没想到新中国了还有这种事情重演。

叶子终于开口了,就说了三个字:"罪过啊……"

方越半跪在李飞黄身边,片刻才说:"那我就用不着和他脱离父子关系了。"

不承想,方越刚刚说完这句话,李飞黄闭上的眼睛就睁开了,眼中有着从未有过的惊喜万分的光芒,他竟然活过来了。李飞黄把手摊开,脸上露出了得意之容:"没打着!"那口气甚至不乏幽默。方越失态地摸了一下李飞黄的嘴和脸,这才发现,子弹擦过他的嘴角,破了点皮,其余毫发无损。

李飞黄满脸的光芒像利剑,扎得方越满身窟窿。方越绝望了,一屁股坐在地上,抓着自己的头发。李飞黄老泪纵横地拉住方越的手央求他:"叫我一声爸……"

方越听到这一句话,仰天长啸:"完……了……"他站起来转身就走,走了几步又回过身来,对着全体看热闹的茶客们说:"各位茶亲给我做个证,我姓杭,我不是这个人的儿子!"说完扬长而去。

那群茶客默默地看着李飞黄,有人啧啧啧发出了声:"我是真当佩服你这个汉奸佬啊,装疯装那么多年,没点手段还不是老早露出马脚来了!"还有人反驳:"门角落里拉屎天要亮的,汉奸佬这副吃相我老早看出来就是装的!"又有人搭腔:"你看出来个鬼啊,杭老板都没看出来,你能看出来?"马上有人顶嘴:"你怎么晓得杭老板没看出来?杭老板是看汉奸佬没地方去,他们两家是千丝万缕撇不清的关系……"茶客们这样喊喊喳喳一阵,议论着下了楼梯,渐渐远去了。

叶子呆呆地站着,看着脚下这个垃圾人,这人正拿着桌上不知谁剩的茶壶,对着壶嘴喝着茶,好像刚才那一幕根本没有发生过。他究竟是疯了,还是装疯,叶子是完全搞不明白了。

吴坤白天没有经历忘忧茶楼里的一幕,却在晚上赶上了另一幕,他回到家,看到了一个被翻得一世八界的后院,还有一间满地狼藉的瓷器店。赶紧上得楼去,已经奄奄一息的爷爷看到他就笑了,奶奶生气地用地道的杭州话骂着吴坤:"你个枪毙鬼,屋里被翻得一塌糊涂,你还有心思在外面荡……"话音未落,就被吴升打起精神用一个枕头砸住了话:"你再敢说一句,我让你儿子先当枪毙鬼!"吓得奶奶赶紧住嘴。这老两口在瓷器店问题上,观念一致,都觉得家里不能成为特务窝,但在对小儿子当特务电报员的事情上,却立场不一。吴升觉得儿子必须去自首,坦白从宽;老太婆的意思是电报千万不能再发了,但自己送上门去坐牢也是犯不着的,躲一天是一天。却不知这个吴根还死硬,爸妈的意见都不听,却听那个魏青辽的,提前就撤出了吴家。临走前,他把新地址告诉了他妈,是为了让他妈继续给他送饭,还千叮咛万嘱咐千万不可告诉亲爹,更不可告诉那个小祖宗吴坤。可老太婆哪里熬得住啊,不出一天,见魏青辽饮弹自尽,魂都吓出,立刻就告诉了老头子。老头子就苦苦地等着孙子,见了面连忙对他耳语,告诉他小叔躲在龙井的胡公庙。吴坤觉得很奇怪,胡公庙不是杭家的吗?怎么被小叔占了去?他不知道,上回吴根陪着曹家远,就是去看地形的,都说狡兔三窟,他却只有两窟,第三窟还没来得及找,共军就打进城了。吴坤问爷爷:"那我该怎么办呢?"爷爷气若游丝地答道:"报案,马上!快去!"

接下去的事情不是很简单吗?吴坤连夜敲开了杭家的门,因为杭家有电话,他掏出电话号码本要找杨白夜,这电话是白夜给他的。接通了电话,他告诉白夜他要找她爸爸一起抓特务去。得荼在旁边大吃一惊,连忙叫来了杭盼。杭盼想起来了,曹家远临走前,曾经嘱咐过她,要她防着吴根这个人,说他有点儿心术不正,但不正在哪里呢,又说不出来。原来他竟然有这么大胆子,把胡公庙杭盼的闺房做了他的发报间。胡公庙地处市区近郊的茶山,冷僻清静,是隐藏架设电台较理想的地点。

当天晚上8时,杨真就带人乘坐着一辆缴获的国民党巡警中型吉普车,在罗力的带引下,直驶进了龙井夕照坞,神不知鬼不觉地包围了胡公庙。

罗力以前和寄草一起来过胡公庙,没想到这次是来抓特务。那个吴根,正躲藏在房间里戴着耳机向台湾保密局总台通报。看到罗力,他还一口一个"罗站长",小心翼翼地和他探讨国际形势:"罗站长,我们能坚持到第三次世界大战吗?"罗力决定再套一套他,说:"你说呢?"吴根回答:"罗站长,趁现在舟山还在我们手里,我们就一起逃出去吧,到舟山就可以到台湾。有一条通道,这个罗站长你应该比我清楚啊。"

罗力以迅雷不及掩耳之势,将他逮捕,并从后山茶丛中搜出了美制CMS小型电台一部,密码本两本,收报机、发报机各三部,经费银圆上千枚。当杨真下令让手下把吴根带回去时,吴坤已骑着得茶的自行车赶到了那里,他悄悄躲在罗力身后。罗力明白了,说:"你就是报案的那个吴坤吧,怕特务发现是你报的案吗?"

"不怕!"他响亮地回答,然后小心翼翼地又问:"警察同志,你说会不会枪毙这个特务啊?"

"那还得审讯过来看,有没有血债,有没有公愤,有没有对我们新中国建设造成实际的破坏……怎么,你想替他求情?"

吴坤的脸上流露出一点点的失望。说实话,他真不想再看到吴根,最好判个死罪,他就再也用不着面对这个阶级敌人小叔了。

沿着杨公堤到虎跑路一路骑车回来,吴坤路上经过了柳浪闻莺这个从前的大破坟场。他已经累得迷迷糊糊,差点要从车上摔下来,但骑到湖畔时,他还是打起了精神,他闻到了一股淡淡的鱼腥味。抬眼望去,湖边有的地方已经如沼泽地了,只是再往远看,西湖被早晨的天光照耀,黑一块白一块的。他想到了,那上面应该有一条船,船上有他,他可以划桨,另一个是扎粉蝴蝶结的姑娘,她在笑,在唱歌,在画画,她只做这些事情就好,他绝不让她划船,不让她的手有一丝的粗糙,他绝不允许她的生活沾染一分和他有关的污渍,所以,他要把自己变成另外一个人,和她相配的亮晶晶的人。他首先要做的事情,就是回到学校。当他这么想着的时候,他看到了一个高高的石亭子,石亭子正中的上面,挂下来一个随着夏日微风轻轻摇晃的东西。他骑近了,发现那是一个全身肮脏不堪的男人,头在亭子的上梁,脚还没够着石桌——哐当一声,吴坤直直地就从车上掉了下来。

晚上,夏茶抽叶的时光,吴升熬不到吴坤回来了,他没有再说过话,静静地躺着。老太婆一直在问他还有什么话说,他就是不说,他是带着秘密死去的。他咽下最后一口气时,也正是吴坤从车上掉下来的时候。

大清早,吴坤就敲开了杭家的大门,他的腋下夹着一把黑雨伞,这是报丧的标记,但吴坤这次是一带两便。开门的正是杭得茶,吴坤通报了上吊的李飞黄的死讯,也通报了吴升的死讯。得茶让他等等,回头小心翼翼地给他拿来了学校的通知书,让他明天就正式去复课,公安局通报学校,不能让这样立场坚定的学生失学。我们有成分论,但不唯成分论,吴坤是一个典型,学费不用担心,国家会考虑减免的。

端了一个特务窝,死了一个特务小头目,连带着老板娘被挟持,林秋高问嘉和要不要歇业几天,被嘉和一句话挡了回去:"不歇。"又问,从瓷器店刚刚进了一批货,还都是名窑,寄草带着方越亲自挑的,要不要扔了?嘉和反问:"为什么要扔了?"秋高回答说:"那不是特务的东西吗?"嘉和便问:"特务的东西就是特务吗?"秋高想了想恍然大悟,跷起大拇指说:"对头,我们花钱买的是茶器,可不是花钱买的特务!"

忘忧茶楼一天也没有歇业,一开始生意好得出奇,完全与杭家几代人不张扬、重内涵的秉性不相符。看热闹与关心时事的杭州人蜂拥而至,卖梨膏糖的小热昏傍晚就编出了活报剧《茶楼特务现形记》,当啷当啷,手里打着板,连真带假、添油加醋地讲时下新闻——从老板娘如何美貌,特务如何狡猾,茶楼如何每天都读报纸学习,特务如何用一套工夫茶茶具打进忘忧茶楼,到最后关头,警察如何冲进茶楼,特务如何挟持老板娘,老板娘如何临危不惧刺伤特务,特务没奈何最终如何饮弹自尽,从茶楼上翻下来一命呜呼,才算结束。听众们一会儿哈哈大笑,一会儿屏声敛息,一会儿窃窃私语,最后自然是热烈鼓掌。有个二流子问了个下三烂的问题:那特务有没有把老板娘整上床啊……话音未落,一个杀头巴掌就过去了,是寄草,把那个二流子打得原地转了好几圈。卖梨膏糖的挑起担子就跑,后面一群人跟着跑,二流子捂着脸边逃边叫:"你个女特务!我好男不跟女斗!我让你老公来对付你这破鞋!"寄草站在茶楼门口哈哈哈哈地大笑,指着那群人的背影叫道:"骂得好,你这杀头坯子,我就在这里等着,看谁敢来拎我这双绣花鞋!"

接下来几天没什么人敢来喝茶了,茶楼倒也清静了几天,茶楼的主管变成了叶子和木瓜妹妹黄蕉风。

进行一次冲喜活动,此乃杭家当务之急。所以杭家要办喜事了,杭汉与他的木瓜妹妹将在元旦结婚。家人都在为这一天的到来而忙碌,婚庆的温馨如一层薄纱笼罩着的忘忧茶庄,却透出了杭家人沉郁的心情底色。吃饭的时候,嘉和跟家里的每一个人都打了招呼:我们过自己的日子,该结婚的结婚,该送葬的送葬,别理睬流言蜚语,总有一天一切都会真相大白。听上去就是话中有话。

接下来这段时间的信息实在是太多了:9月,中国人民政治协商会议第一届全体会议召开;10月1日,中华人民共和国中央人民政府成立;10月2日,苏联政府决定同新中国建立外交关系;10月9日,中国人民政治协商会议第一届全国委员会第一次会议举行,中共领袖毛泽东被选为首届政协主席;10月21日,中央人民政府政务院成立;11月23日,中国茶叶公司在北京成立。

早在一个月前,嘉平就在协助组织由农业、贸易两部联合在北京召开的全国茶叶会议,讨论成立茶叶公司。1949年12月1日,中国茶叶公司在北京东安门大街二十九号正式办公,经理由农业部副部长吴觉农兼任。杭嘉平可谓吴觉农的骨干、助手,忙得脚丫子朝天。即便如此,他还得参加其余貌似八竿子打不着的各类国事,比如关闭妓院、赌场,扫除黑社会、青洪帮,参与各国与中国的外交外贸活动,参与各民主党派、社会团体和政协工作,他在各类高级别活动中担任组员、副组长、组长、副秘书长、秘书长等职。他频繁往来于香港和内地,他会说流利的日语和英语,除此之外说不出他有什么专业身份。他挂职在政务院下面某个单位,可杭家没有一个人说得准他到底在哪个部门,担任的是什么职务,只知道叫他参事是八九不离十的。诙谐地说,他成了一盒革命的万金油,哪里需要就抹哪里；严肃地说，他成了一名职业革命家。他的身份，不管在旧中国还是新中国，都显得模糊不清，如窑变的瓷器色彩，神秘而不可确定。

至于长兄杭嘉和，他可能比嘉平还忙，只是他不像弟弟那么张扬，忙的层次也不一样，一个是大国政治，一个是茶人之家，分工明确。忘忧茶庄，可谓家事国事都不耽误。

倘若所有的人都在幸福中，而你却不幸福，或者说你的幸福只是强颜欢笑，那么，这是谁的过错呢？寄草感觉自己进入了一个巨大的悖论。她经历过最艰难和残酷的岁月，但她负重而不受辱，关键是她不曾想到，她以为的那些幸福的节点，现在却都成了痛苦的源头。首先是她和罗力的关系，当罗力举枪对着她的时候，她明明知道他那么做是为了抓特务，但感情上她依然接受不了。然后罗力就又不见了，抓特务去了，而寄草在经历了一番奇怪的盘问之后就被请回家了。在公安局门口看到罗力时，她有一种想冲上去拥抱他的激动，就像1937年8月14日那天打下了日本飞机一样，没有来由，就是共情拥抱。可这次完全不一样，这次的激动有点伪装，因为对方没有那种共情，一种扑面而来的警惕笼罩着她亲爱的丈夫、她孩子的父亲。而罗力的客气几乎要把她吓出一个跟斗，他彬彬有礼地打开了军用吉普车的车门，捧住她胳膊，把她扶上车，招呼司机开车小心。她忍不住了，问："你是不是还有什么需要交代我的？"他竟然说："对不起，以后再说吧。"啊！他竟然对她说"对不起"，她从来没有听到过他说这个词，她发现自己一点儿也不了解这个东北大汉了。

晚上,罗力当然没有回家,他突然从国民党军官变为一名指战员,立刻就没日没夜地投入到了反特斗争中。而寄草,尽管受到这样出乎意料的沉重打击,还是要调整好自己。第二天一早,她就勇敢果断地收拾一番,短暂的老板娘生涯宣告结束,她来到电台,准备重新上阵。可是电台台长看到她吓了一跳,那神情分明就是"你怎么又来了"的意思。这让她非常得意,她决定给他们看一个反转的结局。但领导显然没有这个意思,领导认真地告诉她,她已经被正式解聘了。因为她是国民党军官的亲属。她刚想解释不是这样的,领导立刻说:"是的是的,我们了解你先生回来了,而且还加入了人民政府,听说还在你家茶楼抓了个特务,你也参加了。外面谣言很多,当然我们是不相信的,我们对你是很信任的。但是对你丈夫,我们目前没有结论,你也不是不知道,投诚过来的许多旧政府人员,良莠不齐,可能鱼目混珠,都得等待重新甄别。这个问题我们姑且放下不表,关键是现在你自己也有需要说清楚的问题。我们已经接到通报,对你和那个跳楼自杀的特务之间的关系,必须进行调查甄别。"

寄草腾的一下火气上来了,大声叫道:"有没有搞错!要不是我朝他腿上扎了一下,说不定这特务就跑了,是我抓的特务!"

领导很严肃很无情地回答:"也有人说你是杀人灭口。"

"那你们怎么不把我铐到牢里去枪毙了?"寄草大喊大叫。

领导又说:"但你也有可能是一位真正的反特女英雄!"

寄草蒙了,这到底是什么意思啊?总之,一切都模棱两可,一切都没有方向,时代就像一个飞奔向前的勇士,一路扔下了一地的鸡毛蒜皮,让人顾不上捡。前面有太多的东西需要人们去获得,扔掉的都是无关紧要的。寄草怒火万丈地当着台长的面就给杨真打电话,接电话的是个温柔的女嗓子,转给了杨真,于是寄草再次听到了杨真的声音:"是寄草吧,不是说好了吗?承诺了的事情,我们就按说好的做吧。"寄草心急火燎地在心里对着杨真说:"你给我明天见报,把我的真实身份告诉社会。我杭寄草不是特务,是麻痹控制男特务的女特工。你不给我讲清楚,我跳进黄河也洗不清了。"但是从嘴里吐出来的,已经只变成三个字:"知道了。"

寄草已经搞不清究竟发生什么样的事情了。的确是杨真亲自找的她,亲自给她布置的任务,让她拉拢这个卖陶瓷的家伙,摸清底细。她带着神圣和害怕兼而有之的心情度过了这么多天。现在,特务果然就是特务,当着她的面自尽的特务。而她,竟然还必须伪装下去。她不知道这一切本来已经与她无关,是罗力的背景尚未清楚,直接影响了她。现在她只能回到忘忧茶楼去继续主持那个小世界。直到冬至那一天,罗力终于回来了。

罗力这一次没有穿军装,而是穿一套深蓝色中式棉衣裤,围一条灰呢围巾,脚蹬一双玄色蚌壳棉布鞋,头戴一顶毛线套帽。罗力走进杭府时,是婉罗先见着的,她问他:"这位先生您找谁啊?怎么不打个招呼就进门?"罗力笑着说:"您不认识我了,婉罗姆妈?"

婉罗吓了一跳,扔下扫把就去叫寄草:"寄草寄草,姑爷回来了!"寄草冲出门口,她看见了一个陌生人,从任何角度看,除了五官勉强还有点罗力的影子,其余的都与罗力丝毫没有关系了,他甚至都矮了一截。这是怎么回事,抓特务的时候他们不是还见过一面吗?那时虽然生疏了,但罗力还是罗力,而今天这个罗力,真的是和记忆里的丈夫不同。

但见罗力摘下帽子,露出被帽子压扁的头发,有些尴尬、有些踌躇地强笑着,说:"是我啊。"

不对,寄草心里想,为什么不张开臂膀拥抱你久别的妻子?那才是真正的东北汉子罗力。现在这个猥琐的男人,简直就是个摆咸鱼摊的小商贩。于是,她脱口而出:"哪个晓得你是谁!"转身就走了。

倒是嘉和与叶子欢天喜地地迎出来,一家人算是吃了一顿团圆饭。只是一看罗力那张沉郁的脸,敏感的杭家人一声不吭,默默地吃饭,默默地回房,各自休息。

都说久别胜新婚,但寄草干坐了一会儿,跟罗力说的第一句话是:"我明天可以回单位工作了吗?"

罗力却说:"最好现在不要去,等一等通知吧。"

"为什么?你不是回来了吗?"她提高了嗓门。

"不能跟你说。"他淡淡地看了她一眼,冰一样的眼神,可怕极了。寄草扑了过去,抓住他衣领,喊叫着:"你给我说清楚,我明天要向组织汇报去的!这几年你到底干什么去了?你为什么变成现在这样回来?说啊!你说啊!"

罗力用他有力的手一把甩开寄草,看了她好一会儿,才说:"哪儿也别去,老实在家待着,组织会找你的。"

"为什么,难道你以为我也是特务?"寄草觉得自己应该悲从中来,她知道此时她应该哭,哭才是女人真诚的表现,可她不但哭不出来,还怒火中烧。她的目光简直要喷出火来,她的这副样子也是罗力以往从来没有见过的。他们结婚也算是有小十年了,但他们真正相聚的日子加起来也就十多天,是牛郎织女的人间版。

"这样吧,你先睡,我去书房记点笔记。"罗力说。

寄草大吼一声:"我睡不睡的,不要你管!"她披着衣服就冲了出去,她以为罗力会来追她,但他竟然没有。倒是迎面撞了听到动静披衣出来的嘉和一头,寄草先声夺人地喊了一声:"别问我,别和我说话!"就往盼儿的闺房走去,只有她那扇窗口的灯光还亮着。

第十九章

当寄草准备找罗力摊开来谈一次的时候,罗力也已经摊开来与杨真谈了一次。他走进杨真的办公室,见到的正是一派其乐融融的家庭场面,一位英姿飒爽的女军人,腰中扎根帆布带,头戴一顶军帽,头发干干净净地塞在帽子里,一边耳根还挂一只口罩,一看就是个军医。身边一个扎粉红蝴蝶结的小姑娘,眉眼望去,就是女军人生的。罗力感觉来得不是时候,欠了欠身便要退下,被杨真喊住了,说:"来啊,罗力同志,认识认识,这是我妻子邹远志,我女儿杨白夜。"

杨真为什么要让他认识他们?罗力想,这个杨真不会做任何没有目的的事情,也不说任何没有意思的话。比如通过这个寒暄,是要告诉他一个信息,他已经被称为同志了,是自己人了吧。他松了一口气。邹远志让女儿到门外玩去,伸出了手说:"终于见面了。罗力同志,过几天我得代杨真去参加你们家的婚礼,我可以见到您的爱人杭寄草了。她可是我们家老杨的初恋情人啊。"

"革命友谊,革命友谊,远志你可别当老罗面开这种玩笑!"

"放心,罗力同志,老杨是单相思,向组织汇报过的。"邹远志继续开着玩笑,一看就是个爱吃醋的女同志。

杨真赶紧转换话题,告诉罗力,组织上对他的审查已经基本通过了,他的工作岗位也已经落实了,到马上就要成立的浙江省公安干部学校担任教员。

罗力脱口而出的第一句话是:"那我的党组织关系也一并转过去吗?"

杨真看着他,认真地盯着,是打量,是盘算。要不要告诉他呢?说轻一点还是重一点呢?要换一个话题吗?还是换一个吧。杨真诚恳地说:"老罗啊,你对寄草的态度有点过分了。当然,我也有责任,没有及时告诉你,寄草和特务之间建立的关系,是组织上交给她的任务,通过她,我们要挖出后面更大的大鱼。"

他打开抽屉,里面有一堆信:"你不用看了,我就是告诉你一下,这些信全是揭发寄草和特务魏青辽的,全是那个叫李飞黄的人写的。虽说此人已死,他信里写的事情却还是要一件件地去排查。现在全部排除了,写信人已经自杀,但生前就有疯癫妄想症,不能把他写的东西都看作发生过的事实。"

受过情报训练的罗力还是吃了一惊:"怎么可以这样?这不是施美人计吗?"

"寄草是个美人,但我们共产党人不会施美人计。他们建立的只是生意关系。"

"为什么不早一点告诉我?因为对我的审查还没结束,所以不能事先通报吗?"

"没错。"杨真告诫他,"从现在开始,人人都要经历组织的审查。我们这群人中,恐怕只有我夫人不需要审查,她从小就在革命部队中长大,当部队医生,一天也没有离开过自己人。像你我这样的人,都要审查,不奇怪,边审查边工作就是。"

"那么在我的上线还没有找到之前,你凭什么安排我工作?"

"我做了担保。你是可靠的同志,虽然我无法证实你是不是共产党员。"

"谢谢你的担保,但我现在算是什么呢?我的上线牺牲了,我没法证实我是潜伏在敌人内部的同志,可我也不能接受自己是一名国民党的投诚军官啊。"

"一切都会查明的,等一等吧。"

"不行,一天也不能再等,这对我是极大的污辱。"罗力嗓门大起来。邹远志赶紧关上门,微微一笑,说:"罗力同志,知道你的爱人寄草现在正在做什么吗?"

"不知道,她不是组织的人,我回来后几乎没有和她说过话。"

"她正在接受组织的调查。"

"不是调查完了吗?"罗力更加吃惊。

"不是调查她,是调查杨真。"

"啊?杨真同志?你也要接受调查?"罗力真的吃惊了。

"这很正常。我们应该习惯这种革命时代的革命手段。我在去延安的路上,有一段时间无人能够证明我的身份,只有寄草可以,我们俩走了很长一段路程。"杨真说。

"罗力同志,我可以这样说吧,倘若寄草不能为我们家老杨做一个证明,那么老杨将和你一样,在政治上先被挂起来。当然,他的情况会比你好一些,但性质是一样的。"邹远志说。

"远志同志,请你不要这样吓唬老罗,他毕竟刚回到革命队伍,许多规则都需要一段时间来熟悉。"杨真说。

邹远志笑着对罗力说:"罗力同志,你现在是否觉得心情好多了?你看,老杨代表一级组织为你做了担保,你现在可以去学校工作了,而且是机要部门。另外,你现在也了解了你妻子的真实身份,她帮助了我们,帮助了你,你是不是应该表示一下感谢,而不是如现在那样,像防一个特务一样地防她……"

"情报工作做得很全面嘛,连我对我老婆的冷热,你们也知道……"

"和好吧,否则我会拿我们家老杨出气的。"

"为什么?"罗力真的吃惊了,这远志同志可真敢说。

"你没看一进城,有的同志就开始换老婆了吗?"

"远志同志,玩笑开过头了,我命令你不要再说下去了。"杨真赶紧把罗力送了出去。

嘉和是从叶子的屋里出来的。在她那个四张半席铺成的日本风格的绿烟寂席中,叶子递给他一封信,一看字就知道是嘉平寄来的。嘉和跪坐着,双手轻轻地把信又推了回去,说:"还是收信人自行处理吧。"

叶子微微一笑,几乎是耳语般地说:"知道你一定会这样回答的。"

"把我叫到这里来,一定是有要紧事情跟我说吧?"

叶子点点头,告诉嘉和,嘉平的信过来,是告诉叶子,作为杭汉的父亲和蕉风的继父,这个元旦他是没有办法过来参加儿女的婚礼了。现在他正在苏联,被国家重要的事情拴住,以后他们会知道的,所以这次婚礼,只能由母亲来筹备了。另外,他也嘱咐了叶子,这门婚事,如果需要父亲出面,大哥可以替他做主的。

嘉和淡淡一笑,说:"真是再巧不过的事情了。实在也想不到,黄娜前几天也给我来信了,你要知道信的内容吗?"

"不用你说我就知道了,她也无法参加婚礼。"

"你看,你还在生她的气啊。"

"难道我猜得不对吗？她好不容易回到马来亚,又有英国国籍,蕉风又不是她的亲生女儿——"

嘉和摇了摇手说:"不,不,这些都不是理由。真正的理由是,黄娜和嘉平离婚了。"

叶子一下子有些失态,迅速地把嘉平的信拿了出来,硬塞给嘉和:"嘉平在信里一个字也没有说,真的,我希望你能够看一下,你作为长兄,我请你无论如何也要过目一下。"

看嘉和怔着没有回应,叶子急了,赶紧跪步向前,双手环住了嘉和的脖子,哭了起来,哽咽着说:"这些天我一直在担心,成亲的时候我们该怎么办？如果是西方人的礼节,谁来担任父亲的角色？如果是中国人的礼节,拜堂的时候,谁是父母呢?"

嘉和抚着叶子的背,和缓地说:"你这不是多担心吗？新社会,一切都是新的,结婚也不作兴跪拜了。"

"那不也是要向父母鞠躬的吗?"叶子轻轻拍打了一下嘉和,她总会用一些少女一样的动作表达她的爱意,嘉和一直都沉迷在叶子这些细微的媚态中。

"你放心,放心,傻丫头,我们会把这些事情都处理好的。会的。你让我读,我就读一下吧。也许你做得对,嘉平这封信,就是有意让你转交给我的。"这么说着,他轻轻地吻了一下叶子的额头,就像一个真正的大哥哥。他起身走了,叶子就趴在嘉和刚刚离开的坐垫上,那上面有着熟悉的温暖而干净的气味,她焦虑的心就这样平静下来了:是的,白天嘉和已经带着全家老小祭过祖了。冬至大如年,三牲饭菜、三茶五酒,一样未少,年终有所归宿,再过几日就是元旦,开心地给儿子办喜事吧。叶子这么想着,就睡着了。

追着寄草出来的罗力,只看到大哥嘉和。大哥拦住了他,说:"她没跑出去,你放心,我不会让她在你面前跑掉的。"

罗力摇摇头,说:"有些话我真的不能够现在就和她说,我们是有组织纪律的。"

他忘记了嘉和从来不抽烟,顺手递过去一根,嘉和犹豫了一下,还是接了过来。两个男人就这样在冬至的夜晚,在杭家院子里的走廊上抽起了烟。

深夜的杭府,花木深房走廊的美人靠吱吱呀呀,两个男人靠着廊柱,一人一头坐着。南方的湿冷渗到骨头缝里,屋檐下结起了冰凌,但他们都不想回到温暖的房间里去,一些重要的事物需要特别的场合来说,就像嘉和从来不抽烟,今天却破了戒。两点火光在暗夜中明灭,似乎要给这个世界带来一些警示,而身后就是无边的未知。这就是冬至啊。

嘉和只是把烟到嘴里过一过就吐出来了,一边咳嗽着一边说:"这阵子过去就好了,不该说的就别说,规矩嘛,哪里都有的。"

罗力想了想,苦笑一声,几次欲张口又咽了回去,有许多事情真是不能说的。

此刻,他小心地寻找着字眼,慎重地说:"大哥,您虽不是共产党员,但一个新政权建立起来,首先要做的是什么,您已经亲身经历了。镇压反革命是第一关,不要说我的爱人,我自己都要经历考验和审查。这一关关的,要让寄草理解是需要有一个过程的。"

这番话说得跟领导做报告一样,是端起来说的。嘉和明白,罗力一旦正式和组织接上关系,就不能随便说话了。

"冬至夜最冷,但你想不到这么冷的时候,暖气已经开始从冷里面发出来了。什么事情做到头了,相反的事情就藏在里面了。"

"这话有道理。"罗力狠抽一口烟,"物极必反。"

"老祖宗,《易经》里说的。"

"瞎子算命,现在都是封建迷信了,说不定《易经》也要被审查吧。"罗力认真地说。

嘉和笑了:"那些麻衣相术、八卦算命,当然跟妓院一样是要扫除的。但这些和我现在说的不一样。我举个简单的例子吧,就像我们做茶,茶在最好的能掐出水来的时节,芽就被摘下来,然后被手揉捻,在锅里炒,倒进罐里封存,暗无天日,有一天开封,被沸水冲泡,够狠了吧?但当它被制成甘露,被喜欢的人一口口地品尝,它成了身体的一部分,灵魂的一部分,最软、最柔的那部分。这是不是说,凡事到了极端就得反转了呢?"

"如果大哥是我们共产党阵营的,肯定是个政委。"

"哪里哪里,我要是共产党员,这会儿还不知道被审查成什么样了呢!"他终于站了起来,把烟头掐灭,"罗力啊,告诉你一件事,嘉平元旦不能来了,他刚在北京筹建完茶叶公司。这家公司,是中华人民共和国成立的第一个国家级的茶叶企业单位。他现在又去苏联办事了。家里男人太少,大哥需要你的阳气。"

"是!"罗力一下子站了起来,"大哥放心。"

"还有一件事情我是可以做证的,开始寄草确实不知道这个瓷器店老板是个特务。你失联的日子太长了,她太寂寞了,只不过想找个可以对话的人聊聊新中国和革命罢了。可惜大哥我也不是一个会聊革命的人。那特务能说,天花乱坠,就想钻空子。寄草是你的老婆,她那么冰雪聪明的一个人,后来就接受你们组织的任务来监视特务了。她不让我跟任何人说,可我要是再不说……行了,这个事情,我们就到此为止吧。"

可罗力还是生气!为什么?因为自己审查还没有过关,有许多事情还要一一核实,就可以瞒着他让自己老婆背着他做这件事吗?他要怎么样做才能够被纳入新中国建设的行列,成为自己人呢?

"大哥,我是真心烦,这么审查下去何时是个头!得不到组织认可,我还怎么工作呢?虽然今天落实了工作,可组织关系还是悬着。那我的政治生命到底还有没有呢?"

嘉和想了想,说:"我总觉得你这样想很费解。日本人要和我下棋,也没什么组织让我不下啊?我就是自己不想下,别说砍个指头,砍了我脑袋我也不下。怎么你们连个组织认不认可都那么发愁呢?认可不认可,你是不是共产党员,不是自己心里最明白吗?"

"我是共产党员,老共产党员了。"

"那不就行了?不管人家相不相信你,反正我相信。我们这个院子里的人都相信你。做人嘛,哪一天不是过五关斩六将?踏实一点睡个好觉!"

经历过远征军抗战的罗力,几乎在几秒钟内就调整好了状态。十万大山都跋涉过来了,还担心这点时间的审查?做人,哪一个转折点不需要过五关斩六将呢？和大哥谈心后，他心里踏实多了。

杭盼搬回老宅后，住在甘露兄舍旁的小别院。这院名是父亲给取的，因她肺不好，常年咳嗽吃枇杷膏，嘉和给这小院种了几株枇杷，取了个名就叫枇杷园。此刻，杭盼正趴在桌上画画，墙上到处都挂着纸片，全是茶叶商标，这让寄草十分吃惊。在她看来，杭家与她同病相怜的，只有盼儿了。当然，盼儿应该比她更惨。因为她杭寄草的丈夫早已成为革命阵营的一员，而盼儿的男友，现在还是个反革命，并且是在台湾给国民党开飞机的反革命。本来她们两人多少应该还有一点共同语言，但此刻看来显然没有。盼儿正在安安静静地整理着她的茶叶包装盒，桌面上放着一些瓷器茶罐，一看就是民窑的，没有阿曼陀室里的那些藏品高级。盼儿还颇有兴致地给小姑妈介绍着藏品："小姑妈，你可别小看这些包装盒，都是华茶公司早年出口欧美时的瓷茶罐。这只粉彩四方人物画茶罐，这紫色多漂亮！你看这人物，络腮胡子长衫绿袍，多大胆啊！看这个罐子，景泰蓝的，双龙牌的，真是富丽堂皇……"

寄草止住了她的话头，说："这有什么好显摆的，不是关公面前耍大刀吗？小姑妈师从谁你不知道吗？"

"知道啊，陈小翠，我不是也拜她为师了吗？还是你给推荐的。"

桌上摊着一大堆的茶叶包装纸和海报，各地的都有：汪裕泰的卢仝牌茶、贸勒洋行的博士登茶等。同德茶行的龙井茶，海报为工笔细画，一副对联嵌在当中，曰"涤烦解渴公推首，明目清心第一流"。鼎行茶号是最简单的，大红的茶号，旁边同样印着大红的字

"狮峰龙井、祁门红茶、黄白菊花、双窨香片",上面是"杭州",下面是"上海"。最有意思的还是一张黄纸板的海报,上面用大红色印满内容,包括一只长方形茶盒,包装上一只大尾巴公鸡,旁边斜斜地印着三个大字:鸡尾茶!还写着:用八省十八种名茶配置,可以当清凉饮料,可加牛乳或柠檬茶!另外还有一堆的美女茶叶海报。寄草随便翻弄着,一边说:"盼儿,你这是干什么?还有兴致收这个。解放了,这些东西都过时了。旧的不去,新的不来,要收也得收新的了。"

"新的还没有来……"

"噢,年纪轻轻,你还喜欢这些旧的?"

"我也喜欢新的。"杭盼认真地盯着小姑妈,"我会从旧东西里找出新东西的。"

明白了。寄草点头,现在看到的盼儿也是一个新盼儿,是从旧盼儿灵魂里长出来的新盼儿,她要开始新生活,也许她想成为一个茶叶包装设计师吧?究竟是爱情的力量还是新中国的力量让这个从小就在惊吓中长大的姑娘脱胎换骨了呢?可是她的恋人都飞到台湾去了,他是死是活,他们此生还能否相见,他们会分别一辈子还是十年八年,曾经同样搅痛寄草五脏六腑的许多事儿就一下子涌上喉头。为了抑制马上就要爆发出的号啕大哭,寄草开始评点桌上的那堆茶叶海报:

"这些旧东西真是要出新了,你看这张杭州乾泰茶庄的,字多,不识字的走过路过根本不看;这张图上的女子倒是有几分洋气的,哈尔滨的牌子;这张是天津德大茶庄的,是过日子的那种,家庭妇女看了就会动心,可现在是新社会了,妇女要工作了;这张烟台福增春茶庄的海报,短发美女,还挺摩登,过时的摩登;这张是日伪时期新京兴顺茶庄的海报……你怎么连这个都收,上面画的是个采茶姑娘吗?哈,陈春兰宝鼎茶庄的海报倒是难得,香港的,全套美女海报拢共四十八张,你看这女子穿着戏装,要多难看有多难看,还有男人吹捧,说是中国古典美女。怪不得这些天你一点声响也没有,原来闷着头弄这个啊。"

"小姑妈,你多好啊!我不能去茶楼干活,又不想闲着,得自己养活自己啊!要不然以后怎么办呢?"

这句话跟针刺一样,扎在寄草心上,她不愿意正面回答,她要把这种悲凉世俗化。她说:"和你爸一样,也是个劳碌命。这些东西,我从前也收集了不少。那段时期,噢,就是鸦片战争前后,出口茶叶都要求精制装箱的,不少外销茶厂还专门请了画师,所以才有了这些海报。不过你这些大路货有什么用呢?除非日后有一天开博物馆。我屋里一大堆,比你的强多了。你要就去拿好了。"

却见杭盼神秘地从抽屉里拿出了一个钿嵌漆盒,轻声说:"我给你看一些东西,保证你没有看到过。"说毕,打开盒子,里面放着一些明信片和茶叶海报宣传册,然后小心翼翼地一张张拿出来,解说给她听:

"这张明信片你一看就知道了,日本富士山,日本茶;另外一张你就看不出来了吧,锡兰茶厂,英国人办的,你看人家茶厂人多吧,干净吧。我这里还有好多台湾茶的广告,台湾的,你看这张德兴茶庄的海报,他们也说是台湾的,这个我倒是真不大相信——"

寄草打断了她的话,肯定地说:"是台湾的,他们家姓王,制茶世家,祖上还是专给乾隆制作贡茶的。1862年,王俺尚在台湾妈祖庙前创立了府城第一家茶庄,取名'德兴茶庄',主要经营我们大陆的茶叶。你看这儿不写着吗?红绿花茶,特别提高。他们王家和我们杭家还做过生意呢,我小的时候,你爷爷都给我讲过的。"

"噢,是这样啊!小姑妈,我这里有一批台湾茶广告,你看看……我查了一些资料,说是台湾被日本侵占时选出了青心乌龙、大叶乌龙、硬枝红心,你看这张,台湾茶外销的第一张海报。"

这张海报,连寄草也是头一次见到。画中一个东方女人,身穿旗袍,优雅地端着茶杯,气定神闲,很符合当时西方人对东方女性的解读。左边是一把紫砂壶,壶下方是竖排的字——"台茶史略",还有一张海报让寄草吃了一惊,上面一个穿和服的东方女人,正在泡茶,左上角分别用中文和日文写着"台湾茶"。

"你怎么连日本佬的东西都收呢?台湾可是中国的,抗战一胜利就收回来了,你从前可是连'日本'两个字都不让提的!"寄草终于板下脸来。

"现在我不怕日本佬了,连做噩梦都不怕他们了。"杭盼沉浸在自己的世界中,"留着这些,以后哪天去台湾,做出更好的,不是可以比一比吗?"

寄草连连地摇头,说:"小姑妈今天才发现,你有点像你妈,你妈就是个不服输的人,很勇敢,也很讨厌。"

"小姑妈,我可不讨厌呢。"

"那是当然,你骨子里还是像你爸爸啊。"

"我这里还有几张美国人画的台湾茶海报,特别好玩,你看看。这是老苹果树牌的台湾茶彩色海报。真有想象力,明明是茶叶,为什么要取名老苹果树呢?放在一起还特别好听,好记,就是不合情理,但人人都会喜欢这个不合情理。还有这张,三只猫坐着喝茶,美国一家茶叶公司做的台湾茶广告,台湾乌龙和茉莉香片,我真喜欢,因为喜欢,我都想养一只猫了。"

寄草默默地一张张看着这些茶叶海报,她真的不知道盼儿是从哪里弄来的这些东西,也许是她妈妈给她的,也许她妈妈是从凯尔那里弄来的,也许她妈妈想把这些都留给喜欢艺术的方越,但方越根本不要,于是便到了盼儿手里。也许是她从旧货市场上淘来的,又会不会是她那个飞行员未婚夫给她收集的呢?那么多台湾茶海报,外人看到会怎么想呢?

"台湾是中国的,你要明白,这个很重要。"

"我怎么可能不明白呢?小姑妈,曹家远在那里,他是中国人,我要嫁给他的,嫁给中国人,从中国的一个地方嫁到中国的另一个地方。这不是明摆着的道理吗?"

"要是……要是……总之……"寄草仍是担心。

"我们说好了呀,我们一定要在一起的,说好了呀!"杭盼认真地两手抱住寄草的肩膀,说,"小姑妈,我可能会嫁到台湾去的,家远可以继续开飞机,可我得养活自己,养活一家人啊。租房子、买房子要钱吧,万一有了孩子,不,不不,一定会有孩子的,奶粉要钱吧。还有,如果你们来看我呢,或者我们来看你们呢,路费不是也要钱吗?我的身体又不允许我和太多的人接触,所以我决定在家里画茶叶广告海报谋生,当然,画别的也行。总之,我得学会这一手技能。我要和家远在一起,一定要在一起的。小姑妈,我们在台湾一定会有一个家的,这就好比我们杭家人,在台湾也有一个家!"

寄草这辈子还没有听盼儿一口气说这么多话,不了解她的人会把这些话当作胡话。寄草有一种不知如何回话的词穷之感:"可是……可是……"

"可是台湾现在还没有解放,是不是？没关系啊,马上就会解放的呀,全中国都解放了,台湾能不解放吗？马上！马上！马上就会解放了！"

杭盼甚至一点也没有想到,如果台湾解放了,曹家远作为一个反动军官会被如何处理。她那个"一个鸡蛋的家当"的梦想又荒谬又让人感动,她甚至连奶粉钱都想到了！可寄草一点也不觉得可笑,在性子最冷的杭家人杭盼身上,爆发出了原子弹一般的威力！这给了寄草无穷的力量——马上,马上,必须和罗力正面对话！跟他谈谈自己,也跟他说说杭盼和曹家远。

盼儿还在和她讨论着:"元旦眼看到了,要办喜事了。你打算送新人什么礼物？我送鸡尾茶,十八种茶叶汤水拼配起来的鸡尾茶。爸爸说,我们就在忘忧茶楼举行一次茶式婚礼。这是一壶我刚刚试泡的鸡尾茶,小姑妈,拿回去让小姑父尝尝。"

"我啊,我会送他们一套布艺茶叶壁挂。全都用布头碎片拼缝起来的,有刺绣的,你这张海报给我当样子吧。"寄草拿起那张三只猫一起坐着喝茶的广告画和茶壶,转身就跑了,她准备连夜干活去。真是的,她在心里责怪自己,晚辈们都要结婚了,你还在这里嘀咕你自己的事干什么呀。

寄草回到她的住宅晴窗阁时,尚未推门而入,她便被一件厚厚的大衣裹住了。她知道是谁,熟悉的男人的烟草气息扑面而来,男人轻轻地咬着她的耳根说:"胆子可真够大的,不怕特务绑了你！"

"哎哟哎哟,痒死我了!"寄草一边那么叫着,一边把另一只耳朵送了上去,说,"一个流氓特务,还敢暖我耳朵,怕你,我不是人!"

"是啊是啊,这个女人不是人,九天仙女下凡尘。我先给仙女暖暖脸,瞧把你腮帮子冻成什么样了。"这下子,是真把寄草的脸给搓弄疼了。罗力是一脸的络腮胡子,几天没刮了,加之刚才在外面和大哥聊了半天,自己的脸都冻得冰疙瘩一样,哪里还有热量来暖别人。倒是寄草在他的大衣里面一边移着脚步一边说:"行了行了,今日冬至,一年里最冷的日子,你想冻死我啊?回屋去。"

"不行不行,我得先把话给你说明白了。"

"回屋说去。"

"回屋就不说了!"

"为什么?"

"搂着媳妇睡觉呗!"

"不要脸,快说。"

这下,罗力有了机会,把媳妇搂在怀里,拿大衣罩着,重新坐到了美人靠上。寄草拿出抱在怀里的长嘴执壶,里面盛着盼儿做的鸡尾茶,热乎乎的。寄草拿壶嘴对着他的嘴,说:"喝一口,十八省的茶叶调制的鸡尾茶,热乎热乎。盼儿给的,她有男朋友了。"罗力便大大地吸了一口,烫嘴,但能够忍受。他现在才感到疏通了,理清了,说得出来话了:

"寄草,我这趟回家,就抱一个目的:或者抱着媳妇睡觉,或者和媳妇一刀两断。"

寄草始终在搓罗力那张冻脸,听到这里,手也没有停下来,只是催了一句:"佩服你的目的,往下说啊!"

"实话跟你说,跟你成亲那会儿,我就加入共产党了。国民党不知道啊,把我当宝贝似的送到美国去进修情报专业,我是真不想去,可党组织要求我去,这方面人才我们太少了。回国后,差不多就到新中国成立了,我就派上大用场了。但我单线联系的上级牺牲了,我这事情就被挂了起来,我就成了旧政府的投诚留用人员。当然当然,这是暂时的。今天我和杨真还吵了一架,他把我安排到学校当教员去了,可我的组织关系却没法确定,我不服啊!"

"不服你就想离婚了啊?"

"寄草,你不知道事情的严重性,搞得不好,吃误伤,坐牢枪毙都难说的。"

"啊,杨真这个书呆子怎么变成这样了?我去找他,他要那么对你,我非给他耳刮子不可。"

"我就是担心你给他耳刮子,才忍着不说的。知道你们俩关系不一般!"

"啊!你连这也知道啊,真成特务了。"寄草脑袋从大衣里钻了出来,惊愕地看着罗力。

"我哪知道!是杨真的夫人邹大夫跟我说的,你是杨真的初恋情人……"

"天哪,我这才明白,昨天上午有人专门到我这里调查杨真的事儿,难道是调查我和他的关系?"

"什么关系?"罗力又给搞得紧张起来。

"什么关系也没有啊!就是路上结伴走了一段,我去云南找你,他去延安找马克思。"

罗力松了口气说:"这就是组织调查嘛,要把历史上的每一个环节都查得清清楚楚,保持党内的纯洁,才能建设新中国嘛。"

"别说大话,他老婆是谁我不管,凭什么说我是他的初恋情人?"

"嗐,还不是老杨自己跟邹大夫说的。邹大夫也跟我说了,老杨是青春期的单相思。我不在乎!"

寄草突然想起了什么,说:"杨真他们打进城来那一天,我们在断桥边碰上了,当时很激动,我们就拥抱了,又叫又跳的,这应该不算是要调查的内容吧?"

罗力抬起头来,看着这个夜幕下的杭家大院,感慨地说:"要换别人家媳妇这样做,那可就麻烦死了。可你不一样,你遗传了你那个浪漫父亲杭天醉的性格,什么东西只要你觉得好,你就一头扎进去了。"

"可我看上眼的东西不多啊。你想想,是不是?这点应该像我妈了吧。"

"这些事情我们都不能再提了,要犯错误的。"

"你怎么这么不开窍啊!党是组织,国是组织,家就更是组织了。我们这个小家,我就是组织领导,明白吗?你得听我的,明白吗?"

"你说……我听你什么?"

"首先,我向你发毒誓,哪怕给我上老虎凳、灌辣椒水,为这点事情离婚,我是不离的。当然,你不让我说的事情,我一个字也不会说的。"

"你从哪里知道的这些刑罚?新中国哪还有这一套啊!"

"还有一点,哪怕全世界都不相信你是共产党员,就剩我一个,我也相信你是。"

"为什么?"

"因为我是你老婆啊,我要不相信你,我能嫁给你吗?"

这个逻辑在组织那里肯定不通,可在此刻,在他们之间,这些话又如同真理,无比可信。

"好吧,我问你最后一个问题。这个问题很阴暗,像一条毒蛇咬住了我的肠子,假如我不向你坦白,我就会很难受,很难受的。这是我性格中可怕的一点,我总是容不得半点瑕疵,特别是在情感上。我觉得别人很难相信我有这样要命的问题,他们总把我看成一个大大咧咧的东北汉子,认为什么东西我都一眼就翻过去了。其实我这个人啊,做谍报人员是非常合适的……"

"你在说什么,罗力?你又把我给说糊涂了……"

"也许我是变了。比如这次组织上审查我,杨真也是信任我的,如果没有他担保推荐,我也不可能去公安学校当教员。是不是?可我还是不舒服,很不舒服。你说,我这样是不是太糟糕了?"

寄草突然站了起来,说:"有一点点糟糕,但不是太糟糕。如果碰到这种事情你还心如止水,那你就是个伪君子了。许多事情发生得太快了,根本来不及消化,只好先放下再说了……"她在走廊上来回地踱起步子,最后站住了,"我要向你坦白,那个魏青辽死在楼下,血还在流,大哥去找遮尸体的席子时,我盯着他的尸体,心里有一点点的同情,一点点的怜悯,还有一点点的佩服。我们中国人总是拿不成功便成仁来说事儿的,可他这个特务懂得一套陶瓷经,什么坏事都来不及做就死了……天哪,我是不是在说反动话?"

"你肯定在说反动话,只是你自己不知道这是反动的罢了。"罗力再一次搂住了妻子,"你就像水晶一般透明,这是我最担心的,所以,我要把你装到盒子里去。"

他们俩相拥着就朝屋里走去,一边走一边发誓,像一对青葱岁月的少男少女。

"你保证在外面绝对不乱说一个字!"

"那你也保证不再那么垂头丧气,不管组织上有没有给你恢复党籍!"

"我保证。那你也保证永远爱我,忠诚于我,永远和我不分开!"

"我保证,那你也保证不和我吵架,不和我发脾气,不轻视妇女,不搞大男子主义!"

"啊?大男子主义?没有啊,不过好的,我保证。那你也要保证不管做什么工作,不管在电台播音还是在街道扫地,还是在茶楼跑堂,你都要顺其自然,毫无怨言,任凭风吹浪打,不动声色!"

"这个……这个我也保证……"

元旦,杭家在忘忧茶楼举办了一场别开生面的新式婚礼。新人向所有茶客鞠躬,向母亲叶子鞠躬,向代表不能到场的嘉平、黄娜、方西泠等人的杭嘉和鞠躬,向代表朋友们的邹远志大夫鞠躬,向家中所有的亲人鞠躬。吴坤和得茶坐在后座上,无比殷勤地接待着杨白夜。和妈妈一起来的杨白夜一边吃着杭州的椒桃片,一边为她的这两个杭州新朋友各画了一张铅笔人物速写,把两个男孩子的心搅得几乎忘了这是婚礼现场。吴坤两眼放光,跑进跑出地给白夜找各种好吃的,仿佛他才是忘忧茶楼的主人。得茶呆呆地看着这个小姐姐,问:"为什么你把我画成闭嘴的,把他画成张嘴的?"白夜奇怪地看了他一眼,说:"你没张嘴,我怎么画你张嘴的。"

白夜代表来宾们给新人献花去了,吴坤看着她的背影说:"她要去苏联学画画了,考上的。我也想去。"

"我也想去。"得茶沉思后跟了一句。吴坤白了他一眼,不说话了。

第二十章

玉兰花谢了,石榴花开了。杭家在小心翼翼和渐渐宽慰中进入了红红火火的1950年。这阵子,国家大事很多,包括人民解放军解放海南岛,围歼国民党残余部队,镇压反革命开始了……各级政策、条约、指示,多如雨下,比如《关于统一全国税政的决定》《中苏友好同盟互助条约》《关于在全党全军开展整风运动的指示》……当然,最重要的是1949年12月至1950年2月,毛泽东主席对苏联的访问,一去就两个多月。

嘉平来信告诉家人,茶事从最低谷开始反弹了。对忘忧茶庄而言,这无疑是极好的喜讯。1950年2月,中苏贷款协定在莫斯科签订,中国以原料和茶叶等偿还苏联三亿美元的贷款本息,还是周恩来总理签的字;同月,吴觉农在北京签订新中国成立后首份中国和波兰的茶叶合同,出口一百二十吨红茶;3月,嘉平寄来了中茶总公司创刊的业务刊物《中茶简报》,作为刊物的核心创办人之一,他希望杭家人为江南茶事提供更多的信息;同月,新中国召开第一次出口茶叶分类标准技术委员会会议,规定了各种茶类出口检验最低标准,延续了20世纪30年代吴觉农在上海出口检验局时开辟的事业;4月,中茶华东区公司在苏州成立窨花工作组,窨制花茶专门用来供应内销。

杭家的日常生活依旧，少了前两年的一惊一乍，增添了些许新意。罗力与寄草商量着去云南接孩子，但云南边境战斗尚未全部结束；杭汉与蕉风已经准备孕育下一代，但目前看来尚无迹象；得茶又长了一岁，他正以某一种莫名其妙的忧伤开启他的青春期，特别是当吴坤在他面前炫耀杨白夜寄来的明信片时。吴坤指着图片上的"洋葱头"说："知道吗？这是莫斯科红场，克里姆林宫！"他还用卷舌的方式用俄语重复了一遍。现在，吴坤是"有成分论、不唯成分论"的典型代表，学校的大红人，他甚至已经加入共青团了。得茶在心里对吴坤的行为愤愤不平，但表面上无动于衷。他开始悄悄地自学俄语和油画，杭家上下都装作不知道他这样做是因为什么。

叶子这些天时而会叹口气，但什么都不说，婉罗就替她对嘉和说了："大少爷，你看可不可以让叶子回趟国，人家老爹还活着，她不回去，老头子不闭眼。"嘉和却回答说："现在不行，等局势稳了再去。"

他自己却在龙井山中忙着事茶。商会的事情也越来越多，他得去参加，要灵市面。随便做什么生意，耳朵打八折是万万不行的，行情在哪里，嘉和很上心。商人的才华又开始从他的骨头缝里生长，突破皮肤而开花。

早已过了劳动节，突然有人来敲门，叩门声粗鲁，哐哐哐哐的。婉罗从门隙中一看，顿时吓了一跳，这久经市井沙场的老太太赶紧去向叶子汇报，原来是油墩儿西施大驾光临了。

油墩儿西施到杭州清河坊还不到一年，这一带已无人不知无人不晓。据说她是新中国成立后从扬州过来的,嫁给了拉大板车的癞痢头阿松。阿松原本是个标准的帅哥,可惜家穷无钱治病,生的一头癞痢,虽然后来好了,头发却脱得东一块西一块,让人联想起来就不免反胃,于是便讨不到老婆。有时,他拉大板车从杭府门口经过,婉罗也会叹息一声:多好的身板面孔啊,可惜了这一脑袋的头发。杭家的重活都是小撮着负责的,他虽然入了党,当过工会主席,可是在对阿松的态度上,从来就不讲阶级感情。杭家的茶包,他也是从来不叫阿松拉的,说是怕人想起来腻心。在这件事上,嘉和难得地没有反对小撮着,只是每年立夏,他都会让婉罗给阿松送点水果糕点,大家都心里有数。

不料这个来历不明的油墩儿西施嫁过来后,只用了一招,就把阿松彻底拿下。她的陪嫁是一顶男人的头发套,往阿松头上一戴,阿松就焕然一新,都快认不出来了。还是有些人怀疑过这女人是弄堂里做妓女出身的,她长得高挑,一副水蛇腰,大屁股,削肩长颈,皮肤雪白,头发墨黑,长脸,一只细长鼻子,把人中都掩短了。眼睛不大而有神,眼珠漆黑,转个不停。她还穿高跟鞋,像煞个舞女,年纪看上去也有三十出头了,比阿松要大出一截,可她说自己是纺织女工。

阿松自从戴上发套后,对老婆的任何话都深信不疑,两口子在弄堂口支起一口油锅,开始做起炸油墩儿的生意。这油墩儿的馅主要是萝卜丝搭配咸菜,将模具放入热油中加热,倒入适量面粉糊打底,再加入萝卜丝咸菜馅儿,上面铺面粉糊,炸至金黄取出就完成了。这女人没几天就把这东西做出了美感,炸好的油墩儿搭配一点辣椒酱或者甜面酱,味道更佳。加之她有一副清脆高尖的嗓门:"油墩儿来,吃油墩儿来!"她那个油锅前就排起了长队。阿松想帮忙烧锅,被她一脚踢开:"拉你的大板车去!"她的煤球炉前,永远不缺添煤加油的男人,众人便给她取了个绰号:油墩儿西施。

十字路口的中青年妇女们,没几个要看她的,说她妖里妖气,狐狸精,还有人叫她扬州瘦马,也不知什么意思。可男人们喜欢她,小孩子也喜欢她,因为她的油墩儿是真好吃。不过杭家还是没人沾她,时间长了,油墩儿西施也知道了,看到杭家人就翻白眼。叶子不免困惑,婉罗却说随她去,入口的东西各有挑剔,她翻白眼的人多着呢。又过了一段时间,油墩儿西施不见了,人们发现,她已经是街道办事处的人员。原来办事处来了个新领导,好吃油墩儿,时间一长和她熟了,就把她调到手下烧饭。阿松也不拉板车了,到区政府去当勤杂工了。新中国成立了,很多人生活变好了,地位提高了,阿松夫妻俩是最突出的样板。

本来这也是一件人尽其才的好事,可这个油墩儿西施大字不识一个,也开始手里夹一个笔记本,穿起两排扣子的列宁装,像煞南下女干部,跟着领导当起秘书来了。

油墩儿西施似乎就此开始变了,她拿着个笔记本,大户人家串进串出,一会儿查这个,一会儿查那个,角角落落看了个遍,一户人家几间房子,几个人,什么关系,有什么疙里疙瘩的人事,搞得煞煞清爽。街坊邻居又开始窃窃私语,说油墩儿西施现在开始盯着要换房子了。阿松结婚时,房子是有的,沿街前后两间漏雨小破房,油墩儿西施刚嫁过来时是满意的,说有张床铺就可以了。可现在她不满意了,她以街道要登记房子和人口为理由,一家家摸过来,人们惊讶地发现,在很短的时间内,她就会写几个字了,从1到

100,都会写了。

终于,忘忧茶府的大门被敲响了,油墩儿西施来视察了。

杭家的景象终究和一般的人家不一样,正门进去,一棵大桂花树长得枝繁叶茂,另一株大白玉兰花树靠墙,又大又稳,不露声色。油墩儿西施夹着个笔记本,一时愣住,也不知道记什么好了。叶子敏感,急忙跑去盼儿的小院,二话不说就把她墙上贴的那些明信片、茶叶广告拉下来藏进抽屉。而此时的油墩儿西施,已经站在大院子里,对着门口匾额上"生有居堂"那四个大字琢磨着。

"生……生……生……下面这个字是不是'有'啊?"她问婉罗。

婉罗回答道:"我哪里晓得?我又不识字。"

"你不识字,怎么不到居委会去报到登记?我给你记下来,明天你去参加扫盲班。"她在本子上画了个圆圈。

"你会写字吗?我的名字可不好写,给我看看,别写错了。"

叶子走过来了,她知道婉罗是在出油墩儿西施的洋相,赶紧拦住,说:"客人来了,请到客堂里坐。"

"我叫董笑花,你叫我笑花同志好了。你姓叶,我就叫你叶同志吧。"叶子想说自己不姓叶,转念一想,算了,讲不清楚的,让她进门,上茶,用的是景德镇青花盖碗茶盅。茶盅上只有很简单的几片兰花罢了,可对方啧啧啧赞个不停,说这只茶盅是她有生以来看到的最好的茶盅,还问:是乾隆手里的还是光绪手里的?她竟然知道这个。叶子说,谁的手里都不是,是民国的。"哦,是民国的,值钱。"她深思熟虑般地赞许着。叶子明白了,赶紧叫婉罗包了两只同样的茶盅出来送她。她连连推托了一番,说:"我们革命队伍里的人和老百姓不一样,不好拿群众一针一线的。"

"穿套列宁装,混充共产党。清河坊随便拉个人问问,都晓得你是扬州嫁过来的女人,不是打进来的解放军,一针一线尽管拿,没人管你的。我们叶子夫人是诚心诚意,你不领情,我收回去了。"婉罗没好气地说。

叶子摇摇手说:"婉罗姆妈,不要开这种玩笑。请问董小姐此来何事?"

"笑花同志!要叫我笑花同志。以后不准叫我小姐,听到了没有?"笑花同志生气了,是真生气。叶子和婉罗面面相觑,不知她哪根筋搭牢了。

原来,董笑花同志是来宣传新婚姻法的,5月1日,新中国成立后制定的第一部法律——《中华人民共和国婚姻法》颁布施行。婚姻法规定:实行男女婚姻自由、一夫一妻、男女权利平等、保护妇女和子女合法权益的新婚姻制度。笑花同志还说,各家各户都要去重新登记一次,户口啦,关系啦。"一夫一妻制啊,一夫二妻不行的,二夫一妻也不行的。新社会的规矩很严格的,有伤风化的事情,绝对做不来的。"她强调说。

话音落下,婉罗反问:"就这些吗?"

"你还嫌不够啊?不够嘛,我再送你几条,你们杭家人对得上的,我这本簿子里记了不少。"话刚刚说到这里,她突然撩起上衣开始解裤带,一边转着圈跳脚说:"茅坑,茅坑!"见那两个女人没反应过来,连忙又跳脚说:"马桶,马桶!杭州的臭豆腐真是吃不得!"

"啊,雪隐在后院,婉罗姆妈你快点带她去。"叶子一着急,日本话都脱口迸出来了。

"雪隐",字面意思就是"隐藏雪",把厕所叫"雪隐",和杭州是最有关系的。宋代名僧雪窦明觉曾在杭州灵隐寺掌便所,役三年而大悟,即在做打扫厕所工作的三年间达到了极高的精神境界。从此,雪窦明觉的"雪"和灵隐寺的"隐"就合二为一,成了茶空间"厕所"的代名词。雪隐还有"饰雪隐"和"下腹雪隐"之分,"饰雪隐"只是个装饰,"下腹雪隐"才真正解决如厕问题。日本人将"雪隐"一词沿用至今,但在中国却几乎无人知晓了。还是嘉和的父亲杭天醉在杭府恢复了这一传统。侥幸的是,抗战时,杭府一场火,雪隐竟然完好无损。如今,整个杭州,叫雪隐的厕所怕也就此一家。

这油墩儿西施穿过院落,来到雪隐,顿时就被这里的精致吸引住了。这里有紫色的窗帘,有梳妆台、化妆镜和靠背椅,坐便器是抽水马桶,上面套着柔软的绒布圈。卫生纸是放在架子上的,洗手池上放着草花,墙上挂着剪纸画,座椅上搁着抱枕。她享受了雪隐,把裤带挂在脖子上,叉开双脚半蹲在马赛克铺就的地面上,朝婉罗不怀好意地一笑,说:"有钱人套路就是不一样。看你们的茅坑,还以为是客厅呢。"

"杭家的茅坑就是客厅,你以为'雪隐'是白叫叫的?"

回到客厅,董笑花意犹未尽,她有一种强烈的要把天花板踩在脚下、把地板转到天花板的昏厥感,所以她对叶子的态度甚感意外。叶子对婉罗说:"你送送客人,我有事先告辞一步了。"走了几步回头说:"茶盅,别忘了。"说毕便转身退下。董笑花开头一怔,以为得罪了这个日本女人,闻听茶盅依旧送她,就啧啧称赞:"日本佬就这点礼数最叫人受不了,客气得来跟假的一样,想不到还是真的。那我也不客气,来真的了。"伸手拿着茶盅跨出客堂间,便要让婉罗带路,参观一下杭府。

婉罗已经戳气得不行,板着脸说:"你还没看够啊?"

"没看够没看够,一家一个样,回去要汇报的。领导说了,新社会了,样样式式都要变了,怎么个住法也要重新来过了。"油墩儿西施终于熬不住露出了口风。

婉罗只好带着她把杭家里里外外看了一个遍,油墩儿西施口里"啧啧"个不停,看看这间也好住人,那间也好住人,好像她已经打定主意要搬进来一样,气得婉罗直翻白眼。好一阵子,这油墩儿西施才算走人,行前突然转身说了一句话:"你刚才说了一句反动话,'穿套列宁装,混充共产党'。反动话你懂不懂!"

婉罗呛了回去:"你拿群众一针一线,直接反动!反革命!茶盅还我。"

油墩儿西施还没碰到过说话这么煞克的对手,又舍不得还回那对茶盅,说了句"日本女人送的,跟你没关系",立刻就消失得无影无踪。婉罗也没有心思对付她,赶紧往堂前跑,却见嘉和回来了,正和叶子在说话呢。

嘉和回家时在大门口就听见这两个女人在唇枪舌剑,他不想心烦,是绕到边门进来的。

婉罗一边"阿弥陀佛"念个不停,一边说:"不对了不对了,这个女人看中我们杭家院子了。在后院雪隐里蹲了半天也不肯出来,说新社会了,样样式式都要变了,上个茅坑也要重新来过了。"

"婉罗姆妈多心了,哪里这么快就看中了呢?要跑好多家呢。"叶子看着嘉和的脸色说。

"跟你说,我不会弄错的,就是她自己想搬进来。这个女人鬼得很,从前扬州舞场里跳出来的,三教九流都见过,不晓得会出什么鬼主意呢。介许多萝卜轧着一块肉,我一想到痢痢阿松在茶堆里晃来晃去,呕呕呕,一口茶也喝不下去了。"

"婉罗姆妈,千万不可以那么说,人家也是受过苦的。"嘉和有点严肃了。

"晓得晓得,杭家老规矩,心里想想,不好说的,放心。"

"她看中也没用啊,哪怕她想买,有钱买,我们不卖,她也没办法的呀。"叶子担心地说。

"这个女人是很聪明的,也会来事,她讲的话是有道理的。新社会了,多少东西要变了,样样式式都要变了,凭什么房子就不能变。君子之泽五世而斩,这个你们未必懂,可《红楼梦》你们总懂的吧,大观园后来到哪里去了?不瞒你们说,这些天我们商会,说来说去都是这件事情呢。"

嘉和耐心地对两个女人说了这番话,叶子听得心惊肉跳,她接口说:"这个院子,几代人心血下来了,非我杭家人来住了,我自然是不开心的。不是不开心,我是不愿意的。谁搬进来,我都是不愿意的。"她强调了一遍,这样的态度对她而言,实在是罕见的。

嘉和说:"早知道你们是不愿意的,宽敞的日子过到局促,几个人肯认命!你们又不是贾宝玉。"

"大少爷,你也不是贾宝玉啊!"婉罗回了这么一句,倒把叶子逗得抿嘴笑了。嘉和也笑了,说:"我的确不是贾宝玉,可我也不是大少爷,新社会这么叫是不可以的了。我们都是你带大的,直接叫我们名字就行了。"

"阿弥陀佛,叫不出口的,叫不出口的呀。新社会样样都好,就是规矩没有了不好,怎么少爷都不准叫了?改不了改不了的。"

"慢慢地改,就改过来了。"嘉和不想在这些小事情上和她们多纠缠,还是拣最要紧的说:"这两天我和嘉平还有汉儿他们都商量过,和商会也敲定了,你们看这样一个法子好不?"

原来杭嘉和就是个操心的命,未雨绸缪的人,凡事必想走在人家前面一步。其实从旧年开始,杭州城里的一帮茶商就开始往上海跑,考虑着机器制茶的事情。杭嘉和虽然自己没有参与,但他还是让杭汉在了解,在琢磨,能不能通过半机械化的手段来做茶。嘉平来信说了,欧洲社会主义阵营的人们,都想进中国茶呢,只怕华茶不够多。近日,嘉和好好地谋划了一番,又得同道中人的支持,做出了一个大胆的举措。先是和几个小茶业主达成共识,建立一个茶叶合作公司,忘忧茶庄是大股东,出的就是杭府的房子。忘忧茶庄的后场,忘忧茶府的后面三进院子,全部做公司厂房。什么阿曼陀室、甘露兄舍、青塘别业,全都将成为历史。从此,这里将建成一个半机械化的茶企业,多多为国家产茶,换外汇。当然,这样杭家的房产也就保下来了。

婉罗一听这主意,急得要拍大腿:"啊呀,那我们这些人怎么办啊?我们这些下人住到哪里去啊?还有你们怎么住啊?那些老爷留下的宝贝怎么办啊?后院里的戏台,池里的锦鲤,还有醒亭,啊呀,啊呀……"她比叶子还急,气都喘不过来,直接瘫在椅子上了。

叶子一边抚着她的背一边说:"不急不急,大哥有主意的,大哥还没说茶楼的事情呢。"

嘉和暗暗地朝叶子竖了一下大拇指,这女人就是从小聪明到老,一点就透。

"茶楼没有参与合作,给你们留着。我是说暂时啊,一是看看以后政府的政策允不允许私人办茶楼,二是让你们有个过渡,你们有活干,家里有收入,心不就不慌了吗?"

"那不还有住房问题吗?我们住哪里去啊?"婉罗还是不踏实。

"要说住房,我们比落魄的贾宝玉强多了。不是还有两进的院子吗?老的住第一进,小的住第二进,挤一挤,隔一隔,够住了。我都算计过了。大家住在一起,省得前院后院地跑,想见就见,这种小户人家的欢喜,也让我们这种所谓的大户人家享受一下吧。"

倒是叶子还有点担忧,说:"那还有东西啊,怎么处理呢?"

"我想啊,是不是可以这样。父亲留下的那些宝贝,可以分给大家,包括孩子们和朋友们;剩下的,该藏的藏,该卖的卖,出手变现,也比塞在防空洞里打呆鼓儿强。"

"出手变现,我想想都心疼。"婉罗还在嘀咕。倒还是叶子劝她:"婉罗姆妈,你想想,故宫多少东西被人偷出去卖了,生不带来死不带去,大哥这样安排很是妥帖的。兄妹几个,想必大哥一定通过气了。"

"那是自然。家里要怎么样,总归还是全部随我的。"嘉和说,"我们家那个后花园,我也想好了,就当是公司的办公和接待处吧。现成的房子也够办公用了。那地方潮,也不适合当仓库。"

"那池塘假山亭子什么的也用不着填拆了。"婉罗惊喜了,问,"我们什么时候搬啊?"

"当然是说搬就搬了。住房的事情,叶子你负责安排,婉罗姆妈你让家里所有人都回来。忘忧近日也已经回来了,住在胡公庙里,我通知他。"

"那里不是有特务吗?他怎么还敢住?"婉罗问。

"这都是老皇历了,他说他可不怕特务,现在跟着杭州茶场的阿洪师傅学茶呢。上回去了福建,还去了丽水,说是天荒坪上那两株白茶是石女茶,光开花不结果,他得给这白茶老祖找个伴,看能不能想办法给它弄个对象,让它们生孩子。亏他想得出这种主意。"叶子感叹。

"忘忧也变新了,从前一声不吭、一步不移的。"嘉和说。

"那不是新社会了吗,什么不在变啊?我老太婆服了这新社会了,只有吃饭不好变的,我去灶间了。"婉罗说完,匆匆忙忙走了。嘉和这才对叶子耳语:"我明天带你去个地方。"见叶子目光疑惑,又笑着说:"没事儿,前阵子太忙,我带你出去玩玩。"

"去哪儿啊?事情来了,忙啊!"

"告诉你还有意思吗?"嘉和意味深长地瞄她一眼,叶子的心噗的一声弹起来了。

从清河坊到灵隐寺,路还真是不近,幸而有了公交车。一直到了灵隐寺,叶子才知道,嘉和这一次是要把她带到北高峰上的韬光寺去。杭州这一圈的景观,叶子几乎都曾走遍,偏是这个韬光寺真没有去过。嘉和就是心细如发,这次单独带她来了。

韬光寺在巢枸坞,上面有个大名鼎鼎的观海亭,从前这里是灵隐山中最适合观海之处,亭柱上楹联"楼观沧海日,门对浙江潮",

乃唐代宋之问的名句。

沿韬光山径曲折的石阶向上,便可见寺院矗立于悬崖边。待走进韬光寺,却发现这悬崖峭壁之间,竟隐藏着一座园林,融池泉亭台于山川沟壑、茂林修竹,移步换景,豁然开朗。寺院中轴线底层为大雄宝殿,中间为法安堂,上层为吕纯阳殿和祖师殿,两层通透式结构,通过各式雕刻门窗,把室内和室外融为一体,裸露的青砖、白色的墙体和枣红色的门窗,别具一番风味。中轴线左边为茶院和僧寮,饮茶赏景,此处绝佳。

在大雄宝殿右拐,便是大名鼎鼎的金莲池,传说韬光禅师在此引水种金莲,左边是一瓯亭,右边是诵芬阁和观音殿。穿过诵芬阁,经小桥,方抵达观音殿,重檐六角楼筑于水池之上,仿若佛家描绘的西方极乐世界之七宝莲池。

民间传说取韬光寺金莲池的泉水治病,效果极为灵验,因此,老底子韬光寺的香火是相当旺的。

此处与白居易有缘。某年西湖春暖花开,游人如织,白居易宴请贵客,以诗作柬,写下《招韬光禅师》"诗柬":

　　白屋炊香饭,荤膻不入家。
　　滤泉澄葛粉,洗手摘藤花。
　　青芥除黄叶,红姜带紫芽。
　　命师相伴食,斋罢一瓯茶。

白居易和韬光原本就是诗友,他另有一首《寄韬光禅师》诗:

> 一山门作两山门,两寺原从一寺分。
> 东涧水流西涧水,南山云起北山云。
> 前台花发后台见,上界钟声下界闻。
> 遥想吾师行道处,天香桂子落纷纷。

此诗甚为有名。话说白居易一早让仆从骑马赶到北高峰上韬光寺,将此诗递送给韬光禅师。时近中午,仆从却报来意外,韬光禅师谢绝了,亦回诗一首,题为《谢白乐天招》:

> 山僧野性好林泉,每向岩阿倚石眠。
> 不解栽松陪玉勒,惟能引水种金莲。
> 白云乍可来青嶂,明月难教下碧天。
> 城市不能飞锡去,恐妨莺啭翠楼前。

二人都是绝顶聪明之人。话说白居易读毕此诗不禁大笑,即骑马上山入韬光寺。宾主坐下,小僧进茶,白居易啜品一口,方才道来:"'惟能引水种金莲',原来此茶正是用这泉水煎煮的,不妨就称其为烹茗井吧。"

嘉和与叶子行走在这韬光山径上,他牵着叶子的手,让叶子省力些,一边说着这韬光寺的往事。叶子边听边不停地回应"原来是这样的啊","真是,不说的话我永远不知道啊",等等。曲径通幽处,禅房花木深,山道此时空无一人,嘉和拉着叶子的小手,心里暖融融的,他听别人说自己好话,常觉肉麻,唯叶子赞他时心里舒坦。

说话间,二人已到烹茗井旁。寺内空无一人,倒有个老僧在守门,见了他们就说:"难得难得,现在还有人来此处喝茶。"

"只要水好,自有人来。"嘉和说。

"水自然是好的,一千年下来,依旧是好的。"老僧欢喜地去张罗,叶子赶紧帮老僧提水沏茶去了。嘉和望着叶子的背影想:奇怪,她怎么还像小时候那样呢?长高了一点罢了,其他的什么都没变,喝茶喝吧。说话间,叶子已经端来了热茶,拿出了炒瓜子、花生米,还有黑芝麻糕、椒盐桃片。啊,嘉和喜悦得眼睛都睁大了——竟然还有用荷叶包的糯米藕片!叶子掏出个小瓶,在藕片上浇上蜂蜜,真是跟水缸里跳出来的田螺姑娘一样啊!嘉和想起孤山旁的梅妻鹤子亭,想起童年的暑日,想起躺在竹椅上吃一片蜜藕喝一口龙井茶的下午,荷花就这样在眼前开放了……

"大哥哥,韬光是不是'韬光养晦'的那个'韬光'?"

叶子从小就叫嘉和大哥哥,叫嘉平二哥哥;后来嫁给了嘉平,就叫嘉和大哥了,但单独两人时,她还是叫他大哥哥的。这情致,就在多出的那个"哥"里投射出来。嘉和心一热,抓住叶子的那双小手,心里想:让你给我们杭家泡了几十年茶,这双手原本也是弹琴把卷的啊!可就是说不出来,他的眼泪毫无来由地夺眶而出。叶子的小手被握在嘉和薄薄的大手里,她的嘴唇哆嗦起来,头也低下去了,终于忍不住地抽泣,一边哽咽着说:"看你手上的老茧,年年春茶时光都这样,你为什么这样拼死拼活啊!有你这样的工商资本家吗?"

一想到嘉和的成分被评成这样,叶子压抑在心里的委屈就爆发出来了。嘉和含着泪水笑了,说:"你可千万别忘了,前面还有

'爱国的、民族的'这六个字呢。"

"那是你用断指换来的,你不爱国还有谁爱国?要不是我的日本人身份,你起码可以评个小业主。资本家,多丢脸啊。"叶子握着他的断指心疼地说。

"我可不要当小业主,跟炸油墩儿的阿松老婆一样,我不愿意。还是爱国资本家好。"

这话又把叶子说笑了,喝了口茶说:"水是真好,甜。"

"茶也好啊。正宗本山龙井。"

"你自己炒的茶,能不好吗?"

"老茶僧要伤心了,你换下了他的茶。"

"悄悄换的,没让他看见,一会儿茶钱不少他的,放心。"

"叶子还是跟四岁来我家时一样好,一杯永生永世的好茶。"

"哎哟,大哥哥,你这么会说话,我怎么不晓得啊!"

"以后要每天跟你说好听的话……"

"还是先帮我出出主意吧。房间不好分啊。我本来想,我可以和盼儿一个房间的,可盼儿一个人住惯了,另外她还等着结婚呢。今天绣个枕头,明天钩个窗帘,我要住进去算什么呀,说不定还会让她犯病呢。"

"你跟我住啊,我们俩一个房间啊!"嘉和认真地说,"这事犯什么愁啊!"

"神经病啊,说这话,跟你一个房间,当我还是四岁啊。"

"就当你四岁了,闭上眼睛。我送你一样东西……"

叶子就顺从地闭上眼睛。只要他们俩在一起,他们之间就没法和成年人一样,他们会像爱丽丝掉进了兔子洞,跌入童年的时空,神奇的事情就会发生。果不其然,等到她再次睁开眼睛的时候,她欣慰地笑了,心想事成的事情总还是会有的。昨天嘉和说要分配阿曼陀室的茶器时,她就在猜他会给她什么了。至高无上的,自然是天醉爸爸传下来的曼生壶了。"内清明,外直方,吾与尔偕藏。"果然是它,果然是它,在大哥哥心里,叶子就是至高无上的。

嘉和慢悠悠地转着壶,仔细地琢磨着,说:"这把壶,我琢磨大半辈子了,小时候看父亲当宝贝,就以为因它是寄客伯伯的信物,父亲才格外珍惜,却不觉得在十八式中,这一款究竟好在哪里。很多年,我最喜欢的还是石瓢、合欢、笠帽、葫芦、匏瓜、井栏这些圆润的形制,一直觉得父亲和这些壶才最配。可父亲最推崇的却是方壶,他说方壶工艺最难,存世最少。方壶是不喜欢被把玩的,所以棱角最多,温而厉,近而远,不威也自重。父亲更喜欢壶上的铭文,说格局高大重远,有正人君子风范,有圣贤气象,不像有的铭文,才子气和烟火气并合。我真是一时听不懂,只觉得父亲平时为人,不正是才子气和烟火气并合的吗?直到年近半百,方慢慢地悟出来了,父亲是说,你自己可以不具圣贤气象,但你不能不仰视这气象,你心里也不是不可以有这等气象的。我是不是讲得太玄了?"

叶子也慢悠悠地回答:"不玄啊,拿人来比喻,大哥哥就是一把方壶呢。"

"称不上称不上,我的烟火气也重了些,不过心里明白,好比王阳明说的'破心中贼难',就日日提防着不让这烟火气再重起来,不让自己跌入市井气,更不让随便什么人拿来把玩……"

"这是杭家的传世之宝,我怎么能要呢?"

"你不就是杭家人吗?这壶是送给我们两个人的,里面藏着什么,你晓得的。"

叶子双手合十,静静地闭眼低头祈祷了片刻。俄顷,她站了起来,也从随身带的包里拿出一个茶器囊,说:"我也有东西要送大哥哥。"刚要取出,被嘉和一下子按住,失声轻唤了一声:"等一等……你再想一想……"

叶子把嘉和的手使劲拿开,仿佛他的建议冒犯了她,她从囊中取出的,正是那把被摔成两爿又被嘉和亲手锔合的天目盏。当年此盏由南宋留学僧从径山寺带去日本,留传八百年后到了羽田家族。辛亥革命时,被叶子的父亲羽田送给嘉和的父亲杭天醉,以后又在两人的家国争执中被天醉摔成两爿,一爿留在杭家,一爿被青年嘉平留日时送给了叶子。叶子嫁到中国,进了杭家后,是嘉和将两爿锔合后再送还他们的。谁想到绕了那么一圈,它又回来了。

叶子用双手捧着此盏,恭敬地献给嘉和。嘉和惶恐地站了起来,按着叶子的双肩让她坐下。叶子很激动,放下茶盏,发抖地喝了一口茶,咬了一片糯藕,嘴角还沾了些许蜂蜜,好半天才平静下来。嘉和半开玩笑地说:"我这只锔盏,手艺可不能和日本的青瓷砧蚂蟥绊相比啊。"

"那也是从中国传播过去的嘛。"叶子回答得没错。日本平氏政权开创者平清盛,曾向中国明州阿育王山寺进献布施,作为回礼,得到一只青瓷茶碗。传至足利将军,将军见茶碗有一道裂痕,命人送回,希望换一只同样的完好的茶碗。谁知这青瓷工艺已失传,使臣只得请中国瓷匠在裂痕处打上锔子,称为"蚂蟥绊",又将这青瓷砧蚂蟥绊茶碗原物带回日本,从此该茶碗被视为"本朝无双"至宝。

"有时候我看着这只天目盏,会想,是谁铸的茶盏,如此用心精致。哪怕杭家日后破败,不做茶了,大哥哥摆个铜摊,也能养活我们一家人的。"说到这里,叶子破涕而笑,还是用手帕捂着嘴的媚态啊。嘉和感觉自己的烟火气又上来了,接口说:"不瞒你说,我就是这样想的。我呀,其实就是个修修补补的匠人,学了好几门匠艺,裱画、木工、漆匠,还有这铜艺,养活你们,一句闲话。"

叶子把天目盏移到嘉和眼前,嘉和也把曼生壶移到叶子面前;嘉和在曼生方壶中注入龙井茶水,叶子也在天目盏中注入同样的龙井茶水,两人都默默地喝了一口。嘉和放下茶盏对叶子说:"叶子妹妹,我们成亲吧。"

叶子也放下茶壶,点点头回答:"好的。"

归途,他们在白娘子断桥相会的站点下了车,难得一起在湖边公开散步。嘉和突然轻轻拦住叶子,他看见一艘小舟,正载着一个中年妇女向湖心驶去。那女人素面朝天,穿一件灯芯绒大襟衣衫,风韵犹存,手里挎着个空布袋,有一种富贵后的憔悴。杭州城里的老人们都知道,这是刘庄的八姨太又上城里来典当东西了。丈夫早就死了,偌大一个湖庄,还有一个独生子要养,哪里来的财力!真是君子之泽,五世而斩哪。

忘忧茶庄素来与刘庄是有很深交情的,每年的龙井茶都由他们给刘庄提供。望着远去的小舟和四周无言的青山,不免落魄人对落魄情。

嘉和问叶子:"家里还有没有明前龙井茶了?"

叶子说:"还有一点,给你留的。"

"给八姨太送点儿去,二两也是明前龙井。不要现在,别让她看见我们。"

"还不如给他们送点米盐之类的东西呢,他们这种大户人家,现在缺的早就不是茶了。"叶子却这样补充说。

太阳下山了,八姨太的小舟融入了暮色。在西湖边看太阳下山,总有些奇怪,这是一种浓郁的哀伤,但又有一种缥缈和一丝希望,仿佛这太阳就是专门为那一家一户一个人落的。

第二十一章

董笑花同志三两天内来杭家好几趟了。有一次,还把她的"顶头上司"也叫了来。这个矮胖子长着一张猪肝一样的大脸,没有脖子,也没有腰,嘴里还镶着一粒旧社会的金牙,倒是穿一件半新不旧的中山装,腰里扎一根新社会的旧皮带,和那穿列宁装的女人站在一起,简直就是一幅漫画。好在他们来后也不和杭家人啰唆,不喝杭家人的茶,只管自己察看地形,貌似要打一场"大仗",打什么仗他们也不说,比画来比画去,就把"部队"分配好了似的。

杭家男女老少见了这对活宝,或闭门关窗,或逃之夭夭,只把婉罗留下守候。临走前,猪肝脸才上下打量着婉罗,把她当作了杭家的主人,一边剔着牙缝一边说:"不知道要重新登记户口吗?"

"知道知道,那不是人没到齐吗?"婉罗低头回答,确实被这人的气势压倒了。此人脸生,也不知从哪儿冒出来的,婉罗不敢造次。待她抬头,那猪肝脸已经晃着大屁股走远了。

"怎么这么大的院子就你一个人守着,其他人呢?"笑花同志问。

"忙着呢,这么大的院子,你当那么好养啊。"

"也是噢,听说刘庄八姨太也养不活她那个水竹居,三天两头驾着小船,到城里来当家里的私房首饰养家呢。"这油墩儿西施可真是话里有话。

"我们家个个都是劳动人民,自己挣钱自己养家,和他们不一样。"

油墩儿西施此时说了句良心话:"闲话少说,快报户口去吧!伢儿们不懂,莫非你们也不懂?不上户口,以后人家当你空气,饭都吃不上的。"说完赶紧追那猪肝脸去了。

晚上嘉和回来,一家子围在灶间吃饭,婉罗绘声绘色地详细汇报了白天的情况,说:"还别说那张猪肝脸,一时真把我吓蒙了,不晓得哪里来的高级南下干部。不过他只说了一句话,口音就穿帮了,我猜他就是拱宸桥西来的绍兴佬,一打听果然是。先是跑到我们十字街头当了个大厨。你想想,南下干部千里万里来,一时半会儿哪里弄得懂这里的弄堂人家,话都听不懂,做事情的人手少,那有一个不是就算一个了吗?猪肝脸日日小菜变着花样伺候,三弄两弄,就成了个管后勤的,房子什么的也归他管了。真是小人得志,无法无天。"

"不会吧?"叶子说,"拱宸桥原来是日本租界,工厂多,饭馆倒没听说有名的。"

"真的喂,"婉罗急了,放下饭碗说,"我去他们那里看过了,猪肝脸正围着块粗麻裙布炒菜呢,油墩儿西施在灶口填柴,阿松被他们挤到门外劈柴去了。"

话音刚落,寄草笑得一口饭喷出老远。还是罗力捅捅寄草:"快别笑了,人家说得对,赶紧上户口,现在干什么事情都要户口了。我已经上了公安干校的集体户口,你们要上居民区户口。通知方越和忘忧,就他们两个人没回来。"

"不回来就不能上户口了吗?忘忧在岭南,方越跟部队政工队也南下宣传去了,还有小布朗,我们帮他上户口可以吗?"寄草继续问,立刻被嘉和打断了。

"叫他们立刻回来,必须验明正身的,不回来就不要再做杭家人了。打电话,写信,朋友转告,怎么都行,快快快!"

一饭桌的人顿时就蹦了起来,快快快,这事情非同小可,回不来就做不成杭家人了。

正着急上户口的事情,小撮着心急火燎地也找上门来了,原来是中央人民政府公布施行《中华人民共和国土地改革法》,要土地改革了。杭家在龙井山中有不少茶园,分散在梅家坞、龙坞、双峰、翁家山,东一块西一块的,怎么办呢?

嘉和早就想好了,说:"这事情我也不跟大家商量了,全都送给国家。"

所有的人都大吃一惊,这么多茶山都送给国家,杭家以后吃什么?一大家子人,以后怎么活啊?别说婉罗跳起来,连小撮着也跳起来了,说:"大少爷,你怎么也跟天醉老爷似的手指缝八尺宽呢?人民政府是人民的,又不是你办的,你不要茶田,卖给茶农也好啊,多少弄几个钱回来也是正事。"

婉罗也急了,话赶话地说:"大少爷你实在要做大善人,你送给我们这些下人啊,小撮着、我、厨房的小火、茶楼的秋高,还有绿爱夫人的本家。你送给国家,国家长什么样?国家在哪里啊?"

倒是那几个真正姓杭的,甩手掌柜做惯了,无所谓的样子,天塌下来有高个子顶着。叶子昨天就和嘉和统一过意见了,心里虽然担忧,但不想和嘉和唱对台戏。只听嘉和开口说了一番道理:

"土地改革是怎么回事,你们知道吗？中国唐宋元明清,改朝换代没个完,为了什么？不就是为了脚下踩着的这块土地吗？耕者有其田,历朝历代农民起义就因这句话。土地不均,农民就要起义,起义了就要死人,你们晓得方腊起义那会儿,杭州城里死了多少人？还有太平天国运动,为的什么？还不是因为没地种没饭吃,跟着洪秀全混条活路罢了。那时杭州城烧掉多少房子！还不都是小老百姓吃亏。所以说,万亩良田,也是心头之患啊。"

难得回家一趟的杭汉突然开了口："嘉和伯伯这么一说也是啊,我们学校好几个同学的父亲都被枪毙了！"

这一声"枪毙",把杭家人震得头毛痱子都炸开了,一双双眼睛都瞪着嘉和。嘉和解释道："倒也不是划上地主成分就都要被枪毙。恶霸地主,当然要枪毙,不死的也得坐牢。不坐牢的地主、富农,要搬出好房子,分掉土地,儿女读不上书,做不了工,拉板车去,连油墩儿都轮不到炸。"

这些话显然就是杭嘉和吓唬他们的。没办法,讲道理他们听不懂,讲这个他们都听进去了。

"大少爷这话有道理的。人不能什么都占的。地是上天的,现在上天要收回去了,我们不听,就有报应。我本来可以当贫下中农的,有了地,我倒成地主了,太不划算了,我不要。"小撮着首先表态。他最近和罗力一样,也在申请恢复党籍,要恢复了,就是1926年的老党员,不好说！岂能自己弄个地主的箍儿来套套！

婉罗一听也幡然醒悟："那我就更不要了。我在杭家,人家说起来我是帮佣,我劳动人民一个,油墩儿西施也不敢欺侮我。我要有了茶山,我不成了地主婆？不好的,不好的。"

嘉和这才顺水推舟,说:"那我更不想当个工商地主资本家了。说到底,这种时候,茶山也卖不了几个铜钿,还不如送给国家,杭州刚刚成立了国营茶场,我们这也是个人情,国家也会记得我们杭家的好,日后儿女们工作,说不定还给我们留口饭吃。"

"大哥说得也太可怜了吧,我们杭家即便没有茶山,也不见得没有饭吃。茶楼还在吧,罗力教书有工资吧。汉儿两口子都在大学,自己能养活自己吧。盼儿给王星记扇厂画扇子,也挣钱了吧。得茶转眼间就长大了,他是烈士子弟,国家养着呢。至于叶子嫂嫂,有大哥在,还怕养不活?"寄草说。

嘉和连忙纠正:"其实叶子啊,婉罗啊,小撮着啊,都在杭家干活,都算劳动人民,要发工资的。"

"我就不用发了。"叶子一本正经地回答,大家都被她说笑了。在这笑声中,杭家就把茶山全都送出去,给国营茶场了。

第二天,嘉和就带着叶子去上户口。办理户口本来是公安局派出所的事情,但因为人太多了,政府让居委会先过一遍,油墩儿西施主动请缨,上司也就同意了。谁知她拿着鸡毛当令箭,蹬着鼻子就上脸了。嘉和与叶子的第一关就在笑花同志那里卡住了。听说嘉和与叶子是夫妻关系,她装得眼乌珠要掉出来一般,吃惊地说:"不会搞错了吧!叶子不是杭嘉平的老婆吗?"

"后来不是了。"叶子说道。

"这个我们不清楚,户籍资料上你们还是夫妻,并没有脱离夫妻关系。"

"街坊邻居都知道,杭嘉平还带回来他后来的妻子,在杭家住过一段日子,去年才走的。"嘉和耐心地回复。叶子知道,他说这样的话,每个字都是一颗被打落的牙齿。她的心碎成了粉末,流入血液,她全身都烧了起来。

叶子忍无可忍的表情,显然是被油墩儿西施看出来了,她突然一惊一乍地叫起来:"你是日本佬,我想起来了,你是日本佬,你不是中国人,现在你还想跟中国男人结婚?"

话音刚落,就见杭嘉和抓住桌上一只盖碗要扔过去,他暴怒了。手高高抬起时,却又听叶子一声尖叫:"我家的盖碗!"

说话间,她也拿起另一只盖碗。原来油墩儿西施喜欢这对茶盅,拿到办公室里显摆,正好被原主人撞见了。嘉和抬起的手怔了一下,轻轻地放了下来:

"叶子抗日战争前就加入中国籍了,她是中国人。"

"那是旧社会里的登记,不好作数的,新社会有新社会的套路。"

"叶子,我家的茶盅怎么到她这里了?偷的?"嘉和转身惊问叶子。

"是她送我的,前两天送的。送出去不作数,你们这种大户人家也不要脸啊?"笑花同志这下真急了,她打心眼里喜欢这对盖碗茶盅。

"那是她送的,不好作数,我是户主,我有我的套路。"

"你,你你你……想不到你……"油墩儿西施气得"你"不出来了。

"你还有什么歪门邪道,统统倒出来!"

"离婚证书……重婚罪……结婚证书……非法同居……否则……"油墩儿西施气得喉长气短,话不成句,内容却落到实处,仿佛她自己事先已经实践过一遍。

"岂有此理!"嘉和一把拉起了叶子,"走!"

出得门来,就听里面那女人的哭声:"造孽啊,资本家欺侮劳动人民啦,青天白日抢人民政府的财产啦……"

走出巷子,叶子也哭了:"她就是要我们杭家的房子,我就是不给她,大不了不结婚……呜呜呜呜……大不了不结婚……"

这两个女人一里一外一高一低的哭声,宛如一首有着主旋律和副旋律相配的复调生活叙事乐曲,倒把杭嘉和听得哭笑不得了。

"不哭不哭,你看我把什么东西拿回来了?"杭嘉和手里举起那两个茶盅,在叶子眼前晃着。她顿时止住哭声,拉着嘉和就快步疾走:"快快快走,别给她追上了!"

叶子的神情,倒仿佛他们真的理亏,真的当了小偷一般了。

杭家的忠仆们不能理解主人,既然连茶山都送给国家了,为什么又要与人合伙办一个私有的股份公司呢?杭嘉和不能把什么话都跟他们说,种地这事儿,是个农民都会种,倒是地主占着地只收租。做实业可不一样,要懂现代技术,会管理,有投资买原材料的资金,所以工厂是不能分给工人的,否则就分没了。再说国家也不能没有实业,特别是此刻,百废待兴,需要茶来换外汇呢,所以爱国的实业家,国家是欢迎的。嘉和是个静如处子、动如脱兔的人,做起事来也是大手笔,三下两下,立刻就把股份制的茶叶公司成立起来了,商量来商量去,取了个名字叫"平生"。平生茶叶公司,字面意思是和平年代诞生的茶叶公司。大家都说好,比什么昌盛、茂盛、隆兴的都要好记,有识别度,有时代感。只有小小年纪的杭得茶知道爷爷的深意，知道爷爷常在书桌上用毛笔书写那首苏轼的《定风波》："莫听穿林打叶声，何妨吟啸且徐行。竹杖芒鞋轻胜马，谁怕？一蓑烟雨任平生。　　料峭春风吹酒醒，微冷，山头斜照却相迎。回首向来萧瑟处，归去，也无风雨也无晴。"爷爷非常喜欢这首词，让得茶从小就把它背得滚瓜烂熟。所以得茶知道爷爷给茶叶公司取的名字"平生"，就是"一蓑烟雨任平生"的那个"平生"。

后花园里的一排平房，才用一天一夜就改造成了茶叶公司的办公室，住在后两进的家人都搬到了第一进的生有居堂和第二进的花木深房，只有第三进的阿曼陀室藏的都是些宝贝，一时半会儿没有动，就等着人到齐了。

等待的过程中，嘉平写信来告知了他们茶业界的许多大事，包括：专门供应边销茶的中茶西北办事处，在1950年6月扩建成立了中茶西北区公司；9月1日，中茶总公司与内蒙古商业局就所需青砖问题签订合约；9月2日，我国签订了新中国成立后和苏联政府的第一个茶叶合同，供应苏方10050吨茶叶，杭嘉平是这次签约的参与者。

嘉和给他的回信出奇简短：

二弟好：

有三件事情要告知你：一是未经你同意，把家中所有茶园都送给了国营茶场；二是把家中后三进院子整理后折为股份，投入股份制茶厂，所产之茶，一为国家换取外汇，二为生计；三是我与叶子妹妹准备结婚，需要你们解除婚约的签字证明。

请拟稿速寄来。致
　　秋安。

大哥嘉和
1950年10月

　　回信很快来了。那日下午,院中桂花盛开,家中无人,嘉和在桂花树下的石凳桌上放了两只茶杯,用竹壳热水瓶泡了两杯茶,一看那黑瓦罐,就知道是生石灰缸里存放的明前春茶。回头,嘉和又进了屋,把叶子牵了出来。他没想到,院子里还有个人没有出去,正是自己的宝贝女儿杭盼。她收了一批王星记扇厂的扇面,正在赶着手绘花鸟图。作为陈小翠的弟子,她这一手技艺,已经足够养活自己了。听到院子里有父亲的声音,她无意中从窗缝里往外瞄了一眼,没想到看到父亲牵着婶婶的手出来,心里便有些发毛了。

　　其实父亲和叶子的关系,长住在院子中的人早就知道了。抗日战争时期,杭家人心里只有男主人嘉和与女主人叶子,他们对这对男女的关系,一是秘而不宣,二是真心祝福,三是觉得天经地义。只是杭盼以前长住龙井村胡公庙,对家中事充耳不闻,耳边偶尔刮到风言风语,她头一别就过去了,没想到今日让她亲眼窥见了。

　　嘉和让叶子在桂花树下读嘉平的回信。叶子刚刚被他牵到树下,嘉和就猛摇一阵树干。正是下午的阳光,穿过树叶,洒着一地碎金,桂花哗啦啦地被摇下来,如黄金雨般,泼得人满头满身、石桌石凳满席满座,泼得那龙泉粉青斗笠盏浅绿的茶面上一片浮金,真是"金风玉露一相逢,便胜却人间无数"。

　　这是有生以来嘉和收到的嘉平写得最短的信,看来嘉平是要与嘉和的去信较一个长短：

　　大哥好。信悉，茶园献给国家乃先见之明，甚好；以三进院为股份与人合股建茶厂，为国家换取外汇，此乃当务之急，初心可嘉；解除婚约的签字证明一并寄来。另告叶子，我已和黄娜正式离婚，盼与妹北上重逢。

嘉平
1950年10月

随信附上一份手写证明：

　　因本人杭嘉平于1940年在重庆与归国华侨黄娜同居，造成与杭州发妻羽田叶子的婚姻中止。今应羽田叶子要求，寄证明书，正式解除婚姻关系。

杭嘉平
1950年10月

嘉和把信给叶子看了，问叶子："去北京吗？"

叶子低下头。杭盼听不到他们说的话，只看到桂花从叶子的头发中一朵朵往下掉，还看到父亲干净的竹布长衫肩背上沾着点点桂花。

"嘉平可怜……"叶子终于抬起头来说。

"那你去？"

"要去一起去……"

"可以啊,我送你……"

"嘉平可以回来吗……"

嘉和笑了,明白了叶子的回答:"明知故问。他会回来吗?"

"他不会回来,哪怕我叫他回来。"

"你也不会去的……"

"不会去的。家在这里,你在这里,茶在这里。"

"嘉平是想和你从头来过。"

"不会再弄错了!"

"那就不要再错下去了吧……"嘉和握着身旁的桂花树,试探地问。叶子点点头,嘉和就再次使劲地摇起桂花树来,唰唰唰,桂花落了一地一身。突然,嘉和一下子把身轻如燕的叶子背起来,围着桂花树转起了圈子,跟十八岁的小伙子一样。他和嘉平有那么多一样的地方,他们毕竟是那个浪漫的爹杭天醉生的,即使五十岁了,那些浪漫也没有泯灭。

院子里没有人,可杭盼在窗缝里全看到了。她决定把这一幕画下来了,一树桂花,两个相对而坐的有情人,各端一杯茶欲饮,扇页上题一行字:"桂子月中落,天香云外飘。"

几天之后,忘忧回来了。他那一张晒不黑的脸,粉红色的面颊脱了皮,雪白的头发长得扎在头顶挽成髻,用一根树枝固定住,衣服扣子掉光了,他用一根绳子系着,脚上拖着一双烂布鞋。杭家的女人一看到他就哭了,搞得本来没想哭的忘忧自己也哭了。

忘忧是专门去福建安溪学习茶树无性繁殖的。起因是他不明白他的白茶老母为什么只开花不结果,无法生孩子。大舅告诉他,可以试试扦插,这是茶树无性繁殖的方法之一,利用茶树植株营养器官的一部分,将其插入湿润疏松的红黄壤的苗圃里,形成新的完整的植株。这种方法中国古代是没有的,一直到清代才有。陆羽说,种茶跟种瓜似的,"艺而不实,植而罕茂"。无性繁殖起源于安溪,乾隆年间,当地有个叫魏饮的农民,用一根完整的茶树枝条扦插成功,就此开创了茶树扦插繁殖的历史。用扦插繁殖育成的茶苗,品种纯一,长势整齐,便于管理及采收。

如今,忘忧把这一手技术全部学了回来,在后院花圃里开始了实验。三片叶以下的插穗称为短穗,用材省,也最普及。

杭汉在旁边轻描淡写地说:"是的呢,我们中国人喜欢采用一叶插,日本通常采用二三叶插的。"

"汉阿哥你怎么晓得?"忘忧吃了一惊。

"觉农先生告诉我的呀,这不算什么,是常识。"

"常识个鬼,你怎么不告诉忘忧?让他一个人跑那么远。"寄草生气地在杭汉背上打了一掌。叶子也跟上去打了,更重。蕉风觉得不打一下也不行,便很轻地碰了一下。

"啊呀,我还去了一趟武夷山,见了大红袍、肉桂、白鸡冠,我很划算的。"忘忧兴奋地指手画脚,"我还学会箍条扦插了呢。汉阿哥肯定不会的。"

"不会,听都没听到过。"杭汉连忙表态,女人们才安静下来。

这箍条扦插确实难。它是要选择台刈后萌发枝中的健壮枝条,长六十五至七十厘米、茎粗五毫米左右,齐基部剪下,再从枝条下部三十厘米处由上而下地进行箍圈。枝条下端留出三四厘米露于圈外,上端留二十五厘米,箍条当天便掘穴插入,埋土平地。箍条扦插以二三月或六七月进行为宜。也分好几种插法:一是老梗插法,二是叶插法,三是根插法……这一通扦插技艺,真是把杭家人说得云里雾里。

杭家今日真热闹,方越竟然也在这时候回来了。他跟着部队政工队跑了大半年,此刻依然身穿军装,神采奕奕,斗志昂扬。忘忧跟他一比,简直就是个叫花子。

他进来时的状态也挺出人意料,好像昨天刚刚离开,今天又从学校赶回来了,手里拿了一张报纸,一边叫着:"天大的消息啊,要打仗去了,要抗美援朝去了,我要打仗去了,谁跟我一起打仗去啊? 同志们,抗美援朝保家卫国,打仗去了!"

你别说,经他这么一喊,大家还真被他的消息震撼了,连一心在传播无性繁殖知识的忘忧也从地上跳了起来。大家纷纷去抢他手里那张报纸。果然,10月8日毛主席发布命令,组成中国人民志愿军,彭德怀为司令员兼政治委员。方越赶回家来,就是为了报名参军,他要雄赳赳气昂昂地跨过鸭绿江。

而杭嘉和催着方越回来,则有他自己的打算。隔天晚上,罗力也被叫了回来。他精神焕发地说:"怎么我忙成这样,你们还非要我回来!"他把帽子往床上狠狠一扔,接着就把寄草抛在床上,叫道:"媳妇儿,跟你说你还别不相信,我要打仗去了!"

寄草跳了起来:"你也要抗美援朝去了?"

"啊,杨真没让我说,你怎么就知道了? 你俩又串一块儿去了!"

"可不是,我俩又串一块儿去了! 你告诉邹大夫去啊,你个东北醋缸子!"寄草推着罗力撒娇。罗力这才笑着告诉她,这回去朝鲜，是部队上级点的名，因为他懂情报，会修电报机，也懂英语，部队急需这样的人才。

"那你还不赶紧地要求恢复你的党籍啊？"

"一点也不成熟。"罗力说，"上级一说要我，我就要这要那，这不是和组织讨价还价吗？"

"这话，像是杨真对你说的。"

"知杨真者，寄草也。"罗力叹了口气，说，"我本来想的和你一样，还是被邹大夫劝住了。邹大夫作为野战医院大夫这次也要上前线呢。"

"啊，她一个女的也要去？那，那，那我也要去。"

"人家是抗日老战士，是大夫，你是什么？快别胡闹了。"罗力拦住寄草，"老婆啊，说好的一起去云南接儿子，我上了前线，你一个人去我也不放心。再等等，这仗在外国打，我琢磨着，不可能再打个八年吧。"

"刚回来才几天啊，又要去打仗了。"寄草说完叹了口长气，被罗力逮住了，他说："你要不同意，我跟杨真汇报一下，我就不去了。"

寄草白了他一眼，说："别来这一套，真要去不了，你还不掐死我。"

罗力搂着寄草的脑袋，一边亲着一边感慨："掐是不会掐死的，顶多甩两个耳光出出气。"

"啊，你还有这个胆！看我不整死你！"

"行，会用东北话骂人了。老婆，我申请抽根烟！"

"又抽烟又抽烟，从前是你发愁，我才让你抽，现在要打仗了你还抽，不准！"

罗力叹了口气,不像是装出来逗她玩的,仰面倒在枕上:"有心事啊!"

寄草端详着罗力,看他真不怎么开怀,便趴在他胸口说:"真有心事啊?说给我听听,我给你化解了,这些天我想明白了,大日子大过法,小日子小过法。"

罗力真想告诉妻子,此时此刻,还有什么小日子啊,过的全是大得不能再大的大日子。前一阵一直在进行镇压反革命的大运动,还有土地改革,现在则要开始抗美援朝。罗力告诉寄草,这次去朝鲜打仗,部队是找到了他,但因为他所涉及的工作都是高度保密的,而他的地下党员身份又没法证实,所以最后还是杨真代表一级组织打了包票,说如果罗力出了问题,可拿杨真是问,这才过了政审这一关。虽然如此,在证明人找到之前,罗力还是不能参加组织生活,不算是共产党员。想起这个事情,他心里多少还是不顺的。

寄草听到这里,感叹一声:"没想到这个杨真,还是个共产党加梁山好汉,真讲义气。"

罗力推开寄草说:"咦,怎么又开始夸别人家男人了?你得夸我呀!我受着这么大委屈,还义无反顾地报名上前线,有我这样的共产党员吗?"

"怎么没有!这事情要是换成杨真,你也会为他作保的。"

罗力一把抱住寄草使劲亲着说:"我这人有个缺点,就是需要有人不停地夸我,被老婆这么一夸,我心里就舒服多了。"

"哎哎哎,罗力,你这几年在国民党军里是怎么混过来的,怎么一把年纪还是个小孩子相!我对你是真担心啊,上了前线没人夸你,还有人防你,万一你气不顺上了头,该怎么办呢?"

罗力对着帐顶想了一会儿,就跳下床,挺直腰杆,面朝穿衣镜,一边打量着自己,一边用右手使劲地拍打着左肩,由衷地自我感叹着:"我说老罗啊,你怎么那么机智勇敢,那么胆大心细呢!心是那么大,胸怀是那么宽,理想是那么远,像你那样的人,走到哪儿都是一条汉子。可我就是不明白,你也不是宰相,怎么肚里能撑那么大的船呢?"

"因为你是用特殊材料制成的人啊!"寄草笑得直不起腰了。

"说得好!"罗力一拍双手,就把寄草抱了起来,急得寄草直叫:"不是我说的,是斯大林说的,斯大林说的。"说着不停地指着门口,原来得茶在门口站了好一会儿了,见着抱成一团的小姑婆和丈公,附和着寄草说:"我证明,是斯大林说的,共产党员都是用特殊材料制成的人。"

"你个小鬼老三老四,连斯大林都知道了!"

"马恩列斯毛,我都知道的。"得茶接着说,"爷爷在阿曼陀室等你们,就差你们两个了。"

10月的杭州秋夜,杭府门外锣鼓喧天,人们开始送志愿军上前线去了。杭府内却是另一番景象,全家人集中在阿曼陀室里,点着一盏台灯,大多数人沉浸在黑暗中,光线勾勒出他们的侧脸,或者大半张脸,只有嘉和身在台灯的高光之下,衬得他身后的各种柜子更加幽暗。

"都齐了,我想提前跟大家打个招呼,一会儿我说完了话,大家就得忙一晚上,搬东西。这个地方要空出来,有一批上海茶商出售的茶机要运过来。电动的,日本进口的,他们不做了,便宜卖给了我们,我们平生公司商量了一下,吃下来了,就放在这个屋里。"

"这套茶机很好的,八成新,我去看过,主要用来揉捻,还有电炒锅。"杭汉说。

小撮着说:"电炒锅好啊,以后炒茶不用柴了,多好啊!"

"就怕触电,会不会死人啊?"婉罗加了一句。

方越忍不住了,卷起袖子说:"要搬东西,现在就开工吧。"

还是杭汉拦住了他:"还有要紧事情呢。"

"这一屋子的宝贝,全是祖上收的,到我父亲杭天醉手里,只收茶器具了。父亲晚年将这些托付给我,只说别伤了这些宝贝,如今实在留不住,也得给它们找个好去处。"嘉和说。

"大哥,杭家还没到实在留不住这些宝贝的份儿上吧?"寄草问。

"也是。我们都有一双手,都没有吃闲饭,没到非卖这些宝贝的份儿上。我只是觉得,父亲什么都好,就是做不到断舍离,就这一条,让他伤心了一辈子。我是不打算和他一样,不要说新社会了,就是旧社会,我也不想要这个阿曼陀室了。"

"捐献给国家吗?"寄草问。

"我是有这个打算,但不会现在做。这种宝贝都是易碎的,没有个好看管,怎么好送出去呢?后院当年的防空洞还在,陶瓷制品倒是可以置放的。另外,你们各位,日后也不会都住在这院子里,大户人家没有一个不是这般走势的……唉唉……你都小伙子了,哭什么呀!"

原来得茶听到这里,只觉心酸,竟然就抽泣起来:"我不让大家走,我们要一直在这里住的。"他边哭边说,像煞个大观园里的贾宝玉。

"我挑了一些器具出来,给大家留着做个念想。都是杭家人,后代凭这个也好相认。好了好了,得茶,'得茶而解之',爷爷先给你一个。"

这是一只粉青斗笠碗,形似倒扣斗笠,斜腹壁,小圈足。盼儿一见,脱口而出:"春来江水绿如蓝。"这是白居易《忆江南》中的名句。方越毕竟是艺专的,自然不甘落后,也随口接上:"溪涨清风拂面,月落繁星满天。"出自陆游的《夏日六言》。婉罗推着得茶问:"乖宝宝,你快回啊,你比他们是不是都强?"

得茶对着幽暗的天花板想了想,清脆地背诵道:"青箬笠,绿蓑衣,斜风细雨不须归。"这是唐人张志和的《渔歌子》啊!

大家都拍起手来,说不出这些诗词与茶器之间到底有什么关系,就是觉得得茶引用得最好。

斗笠碗在嘉和的手中,于灯光下发出不可名状的湿润之光。嘉和却点到为止:"这种碗,可说是最常见的,为何人人说好?此乃本器之故。何为本器?顾名思义,根本之器也。本器之要,无非极简无饰却韵味无限,本器之奥,无非妥帖至极却飘逸洒脱。收下了,杭得茶,记住:大道至简。"

第二把是壶。这是一尊诗文锡包壶,说是清中叶的,可杭天醉却考证说是清末匠人仿的,虽仿犹真。这种外部包锡、内胎为紫砂的锡包紫砂壶,一度很是流行,创始人是个叫朱石梅的文人,擅长书画金石篆刻。何以紫砂为胎,却要包以锡质料?据说是当时外地文人要在宜兴紫砂壶上篆刻,极不容易,紫砂壶坯胎做好,通过船运来回,损耗太大,故朱石梅想出此招。

这把锡包壶,造型张弛有度,红木飞把,且镶嵌银丝,铭文上刻:"兰为国香,生彼幽荒。贞正内积,芳华外扬。乙酉秋日录仲子陵赋。石梅。"把款为"铁壶庐制",壶内底款为"红珊馆制",文意盎然,趣味甚高,做工考究。

嘉和将此壶给了罗力和寄草。寄草不吭声,只是对大哥竖起了大拇指,罗力不太懂这个门道,便说:"讲一讲,讲一讲,几个意思?"

"一个意思足矣。这是大哥要我们保护好自己,就像这把壶,芯子是软的、易碎的,得有金属皮包着。"

"明白了,金属皮还不能是铜的铁的,必须是锡的。你说它软吧,它能保护里面的紫砂;你说它硬吧,它也砸不烂,砍不碎。大哥,谢了,我带它去朝鲜。"

寄草一把抢过来说:"我替你收着,文器不沾武气。"

嘉和给方越的很是奇怪,不是茶壶,竟然是一只两宋时期的越窑茶托。在座的人中恐怕只有方越知道这器物的珍贵了。盖因当时社会崇尚内敛的品性,讲究低调的奢华,以并不贵重的原料制作的质朴而古雅的陶瓷器物,恰是完美呼应了那个时代的精神追求。

这款越窑青釉葵瓣式盏托的样式,常见于宋代同时期的漆器及金银器,其设计灵感可能来源于五瓣锦葵。盏托花瓣重叠,五曲带筋,施青釉,釉面有细小开片。方越接过盏托,深深鞠了个躬,说:"爸爸,我想去上户口,改姓杭,叫杭方越。明天就去报名参军,我是志愿军战士杭方越。"

接着轮到忘忧了。给忘忧的茶器,人人都说很配他,原来是一只邢窑的白釉鼓式钵。有人说是唐代的,嘉和不敢说是,也不敢说不是。佛教传入中国后,催生了对各种用于相关仪式和庆典的新器具的需求,这些新器具通常具有印度风格的造型。这只白釉钵就带有来源于印度的装饰主题。陆羽所著《茶经》中,即以如银似雪来比喻邢窑茶器的素雅之美,配忘忧,倒是天作之合。

嘉和送给女儿杭盼的却是一只吉州窑的木叶盏,奇特的是里面印着一对桑叶。茶盏里落一片桑叶,确实是一个惬意又风雅的意外。桑叶与陶瓷茶盏完美融合的工艺,可谓江西吉州窑的独创。江西恰巧又是禅宗五宗七派的共源地,吉州境内禅宗寺庙众多,作为南宋时期最具创造力的窑口江西吉州窑,处于众多禅宗寺庙的中心。怪不得有人说,宋代的木叶茶盏跟禅宗有关。且这把桑叶盏的意义更大,它是在杭天醉亲自监制下完成的,而且还是一对双叶,喻义自在其中。杭盼接过这只茶盏,顿时眼圈发红,激动地把它扣在眼睛上了。

给杭汉和蕉风的这把紫砂壶,若是杭嘉和不说穿,谁都会以为是一把真曼生壶,但事实上这还是一把晚清的仿壶。谁不想拥有一把无争议的曼生壶本尊呢?可是杭家真正的曼生壶只有一把。这把镜瓦壶,虽镌有"陈曼生杨彭年合作"的字样,底款也是"桑连理馆",但依然是高仿的。镜瓦壶为"曼生十八式"之一,以其丰富的历史自成一派,文人照鉴,女美见容,纷纷见诸笔端,一面镜子,照进了多少真情与唏嘘。铜镜产生之前,古人常盛水于瓦缶之类的器具鉴客照影,相照相鉴,这也逐渐成为文客士人的修身之则。杭汉心口如一,里外一致,堪配镜瓦壶。

婉罗和小撮着也各得一件,嘉和特意让他们自己挑,结果婉罗挑了一只汝窑天青釉三足奁式水盂,她说可以在里面放针线纽扣布头什么的,还请大家放心,她绝不会用针头划拉宝贝的。小撮着却相当有趣地选了一把黄釉鹦鹉壶,没标什么朝代,他说好玩,可以用来当酒壶。得荼反对说:"撮着爷爷,你不能当酒壶的,当了酒壶要不小心摔坏的。"小撮着连忙笑着说:"吓吓你的,吓吓你的。我把它放到我阿爹像下的香案上,说不定我阿爹也拎过这把壶呢。"

大家七嘴八舌地议论嘉平也得有一件啊,他又不在,就让杭汉替他挑一个吧。杭汉却说:"如果你们不反对,我想请我的妻子、我们杭家的新媳妇儿蕉风来完成这一使命。"众人自然说好,黄蕉风也就跃跃欲试了。真是没想到,在这么一大堆碗碗瓶瓶罐罐中,蕉风竟然挑出了一个特殊的小玩意儿。在场所有的人都说不出这是什么,它像花儿,像鸟儿,像蜗牛,像水盂,但又统统不是,连挑出它来的黄蕉风自己也说不出它是什么。

可是杭嘉和拿着这个东西却难得地大笑起来,边笑边说:"真是旁观者清。这玩意儿真像嘉平,大多数人猜不出这是什么,用来干什么的,嘉平就是这么个人。"

准确地说,这是一只定瓷的白釉瓷法螺。壳为螺旋状,壳外通体画着波浪纹,中心耸起呈锥体,喇叭口,胎白而厚重,质地细腻,釉色洁白透明,垂釉泛青,尾部无釉。尾端有吹孔,螺侧有一个小圆孔,是专门用来调节音量和节奏的。嘉和拿起它吹了一下,声音洪亮。

"叶子你还记得吧,我们小的时候,父亲有一回在院子里吹过它,还念《妙法莲华经》里的这段话:'今佛世尊,欲说大法,雨大法雨,吹大法螺,击大法鼓,演大法义。'当时我们小啊,听不懂,父亲告诉我们,这是个法器,佛教常用这个法螺之音来比喻佛陀说法。还说法螺也是降魔的器具之一,释迦牟尼降魔成道时,以佛游步,佛吼而吼,扣法鼓,吹法螺,执法剑,建法幢,震法雷,曜法电,澍法雨,演法施。你听听,厉害吧。"嘉和说。

"你这一说我倒是想起来了。天醉爸爸就坐在桂花树下吹的螺号,只是我真不知道原来就是这个螺,那声音可是又远又闷的。蕉风能选这个,真是有眼力。"叶子赞叹道。

得茶毕竟还小,恍然大悟地说:"我原来一直也搞不懂二爷爷到底是干什么的,这会儿倒是明白了,原来二爷爷信佛啊,我还以为他是信共产主义的呢。"

大家都笑了,看把孩子绕糊涂了不是!杭汉赶紧出来解释:"你爷爷是在拿法螺做比喻呢,是要用法螺来比喻二爷爷的信仰,杭嘉平吹的是红色法螺,这法螺就成了精,成了军号了。"

杭汉做了自己的诠释,这回是嘉和朝他竖大拇指了。

想来想去,现在只剩下杭嘉和自己与叶子没有拿了。嘉和说:"曼生壶是整个杭氏家族的,谁当家谁管着,不能归哪个人所有。大家同意吧?"

大家自然是同意的。嘉和又说:"我和叶子结婚了,叶子送了我这个。"他拿出了那只被锔好的天目盏,"我送我俩这个。"他另一只手就托起了曼生壶,问大家:"各位都看到了吧?"

所有的人都愣住了,盯住这两人,叶子把头低了下去……突然,罗力就叫了一声:"怎么回事?怎么回事?原来还没成亲哪!杭汉,我说你这儿子怎么做的!怎么这么没有孝心呢?同意同意。同意的举手。早就该结婚了嘛,今晚就进洞房……"

叶子举起手中的天目盏,一屋子的人都哭了。婉罗边哭边打转:"怎么这么一声不响就算成亲了啊,吃顿饭的工夫都没有啊……"

嘉和站了起来,说:"既然大家都同意了,我们就开始搬柜子吧,明天把屋子腾出来,铺上电线,浇上水泥,机器就可以搬进来了!"

第二十二章

杭嘉和低调到几乎没有调性了。建这么一个不大不小的制茶厂,开的是巷子里的小边门,进去就是后院青塘别业改造成的公司总部。正门什么牌子也不挂,开张了也不放鞭炮不送花篮什么的。要不是那天几台大茶机必须从正门进去,谁都不知道杭家有新动作了。

两台从上海运来的德国克虏伯兵工厂出品的茶叶揉捻机,有个七成新吧,还有两台是大成式烘干机,有趣的是嘉和还让人抬进去一架方形四摇杆木质揉捻机。这几样东西就把阿曼陀室的主屋塞满了。

搬运过程中还有个小插曲,猪肝脸和油墩儿西施突然闻风赶来,一边叫着:"报批了吗?备案了吗?这么大的事怎么政府都不晓得!"

有寄草在,就没婉罗和叶子什么事了,她示意大家都别理他们,自己则到前面去指挥。那两人被挤到门边上,气得说不出话来。他们的如意算盘还没有开打就结束了,油墩儿西施终于熬不住叫了起来:"公家要征用办公用房,你们先斩后奏,无法无天!"

杭家没有人理他们,抬机器的小撮着高声地喊了起来:

吭唷个呵作,吭唷个呵作,

嘎许多萝卜轧了一块肉啊！
　　啥西个肉啊，问声阿松哥啊，
　　吭唷个呵作，吭唷个呵作，
　　远看是一块红啦红烧肉啊，
　　近看原来是只油啊油墩儿啊！
　　……

随着人们的哄堂大笑，油墩儿西施气得掩面大哭，夺路而逃。猪肝脸涨得耳朵根都发紫了，尖声叫着："我们已经向领导汇报过了，是领导让我们先来打头阵的。你们敬酒不吃吃罚酒，现行反革命暴露了！"他的声音尖到爆破，加上一张猪头三脸，看热闹的人都当是在活杀猪了。有人就尖叫："阿松，你也不管管你老婆，真当要给猪头三抢去吃掉了！"

此时，小撮着一干人正准备抬第二件大货，只见起哄的人群中，有个男人冲了进来，钻进扛把子群中，发起了人来疯。小撮着一边就又喊了起来：

　　吭唷个呵作，吭唷个呵作，
　　瘌痢阿松老婆养了一头猪啊！
　　啥西个猪啊，猪头三的猪啊，
　　吭唷个呵作，吭唷个呵作，
　　远看是一头金华火腿猪啊，
　　近看原来是头镶金牙的猪啊！
　　……

大家回头看,果然是头"镶金牙的猪"!阿松气得假发套都扔了。大家都在笑,此刻锣鼓却敲过来了,军歌也响过来了,口号声也喊过来了,雄赳赳气昂昂跨过鸭绿江的气势压过来了。罗力穿着志愿军军装,开着吉普车驶过,背着药箱的邹远志坐在后座严肃地抿着嘴,看着正朝他们挥手大叫大跳跑过来的寄草。杭家其余的人放下茶机,结束了刚才那场闹剧,全都朝走在士兵阵营里的杭方越奔去。剪成寸头发型的杭方越一身戎装,真的是让人认不出来了。

寄草扒着车身一直在跳着,兴奋地对罗力喊着:"哇,你穿军装最配了。"

"就这句话啊?"罗力车速放得很慢,漫不经心地问。

"你放心,儿子我去接!"

"真没话说了?"

"你一定要活着回来!"寄草又迸出一句。

"就看你给我说的话到不到位了!"

"好的,我给你说个到位的——罗力,我爱你我永远爱你我就爱你一个人山高水长海枯石烂……"寄草说得一口气都上不来,简直像是在赌气,或者说掩饰羞怯。罗力却一踩油门,豪迈地仰天大笑……远去了!

邹远志看着掉在身后越来越小的寄草,想到在火车站等着送他们的杨真,临别时,他们会说些什么呢?反正她是说不出刚才寄草的那些话的,虽然她知道杨真会喜欢听。可是,要不要在火车站和他说上几句呢?今天她没有喝酒,而且她决定戒酒了,她说得出

"肉麻话"吗?她犹豫起来了。

杭嘉和与那些哄笑的人隔着十万八千里,宵小无趣之事有人打断,足矣。志愿军的队伍出征,他也没有去送,昨天把该做的事情都做了。一是和方越到派出所上户口,正式把方越的姓改成了"杭",方越从此就正式叫杭方越了;二是请罗力夫妇与杨真夫妇在楼外楼包厢里吃了顿饭,给邹远志点了西湖醋鱼,给杨真点了叫花鸡,给罗力点了东坡肉,给寄草点了宋嫂鱼羹,给自己点了碗莼菜汤;三是让其余家人办了家宴请方越,他们还要让方越认祖归宗,挺复杂的。

这头,大家喝了发热的姜片鸡蛋红糖黄酒,几口下去,都满面通红。酒过三巡,便开始了一番高谈阔论与豪言壮语。杨真拍着罗力肩膀说:"这回我替你作了保,你也得给我作个保,你给我发誓,我老婆一根汗毛也不能少,怎么去的怎么回来。"罗力哈哈大笑,指着杨真鼻子说:"你老婆在医院救死扶伤,死不了。不过我可不会顺着你的话往下说,我可没托你照顾我老婆,我老婆这个人,禁不起你这样的人照顾。"寄草还没说话,邹远志就说了:"你这提醒实在是必要,你看进杭州城这一年,我们多少老战友和家里的黄脸婆离婚了。"寄草还想抢着说话,嘉和却挡住了妹妹,说:"邹大夫腹有诗书气自华,由我护着杨局长,你放心打仗去。寄草嘛,有罗力这样的大英雄护着,谁也抢不走。"

"大哥,谁让你给邹大夫点的是西湖醋鱼,都吃了醋,能不发醋言吗?"寄草终于开口了。

"我的错我的错,我自罚三杯!"嘉和一口气喝了三杯。他平时并不喝酒,可他晓得,其实自己的酒量天生很大,三杯根本放不倒自己。其余几个人却已经上了脸,女人们的腮红扑扑的,就如湖畔桃花,男人们痴迷地看着她们。寄草敲打着碟子叫道:"安静安静,我要给大家念一首诗……祖国/伟大的祖国呵/在你承担着苦难的怀抱里/在你忍受着痛楚的怀抱里/我所分得的微小的屈辱/和微小的悲痛/也是永世难忘的/但终于走到了今天这个日子/今天/为了你的新生/我奉上这欢喜的泪……"

寄草总是以自我为中心,嘉和不让她再念下去了,胡风的这首抒情长诗《时间开始了》真的很长,不打断她还不知道她会念到几点钟。嘉和鼓掌大声说:"现在我们欢迎邹大夫给我们念诗做演讲!"

邹远志笑个不停,说:"我一个大夫哪里会背诗啊!"

杨真拍着邹远志的肩说:"怎么不会啊?你那些方剂歌诀不是诗吗?"

"汪昂的《汤头歌诀》啊,这个我倒是记得滚瓜烂熟,童子功,我试试啊……四君子汤中和义/参术茯苓甘草比/益以夏陈名六君/祛痰补气阳虚饵/……还有陈念祖的《时方歌括》:天王遗下补心丹/为悯山僧请课难/归地二冬酸柏远/三参苓桔味为丸……"

邹大夫的童子功劲头上来了,杨真却打断了这除了嘉和谁也听不懂的歌诀,悲怆地吟起了唐诗:"葡萄美酒夜光杯,欲饮琵琶马上催。醉卧沙场君莫笑,古来征战几人回!"罗力听着放声回念道:"高歌取醉欲自慰,起舞落日争光辉……仰天大笑出门去,我辈岂是蓬蒿人。"然后就大吼一声"干",笑着一饮而尽。

嘉和举杯祝道:"安静,安静,都听我这一首:金鸭香销锦绣帏,笙歌丛里醉扶归。少年一段风流事,只许佳人独自知。"

"听不懂……"邹大夫摇头。

"别摇头啊,这可是宋代高僧的禅诗,应着你们此刻的心情呢。"

"听懂了。"寄草回答,"大哥,你今天就是我们的佳人,我们的心事就托给你了。"

罗力回过头来一把抱住嘉和,说着清醒的酒话:"大哥,我就信得过你一个人,你替我看好寄草,别让杨真这家伙把我老婆抢走了……"还没等他说完,邹远志就一把拉开他,她抱住杭嘉和,热气一口口喷着:"大哥,我叫你一声大哥,我要真死在朝鲜战场,我托你,我那在苏联的女儿白夜,你帮杨真替我养着啊!"然后她就被杨真拉开,这回是杨真抱住杭嘉和了,他醉得最厉害:"大哥,我要说句心里话,我爱我这个老婆。她丈夫牺牲了,她带着小白夜,我追了三年,才把她追到手,结个婚真不容易啊!可惜我不能替我老婆去打仗,作为一个男人,我深感耻辱!可作为一个家属,我也光荣啊!是不是,寄草?作为家属在后方,我们是不是也要守住阵地啊?"罗力直接举起酒壶,大声叫道:"来,唱首军歌,壮我远行——向前向前向前!我们的队伍向太阳,脚踏着祖国的大地,背负着民族的希望,我们是一支不可战胜的力量……"这几个人就抱成一团,唱着歌,冲出楼外楼,扑进西湖的夜风中……

只隔了一个夜晚,想起来就如红尘往事。嘉和今天不想再和他们见面,说不清是怕他们难为情,还是怕自己难为情。他喜欢昨天夜里的他们,没有一个人是端着的,大家都说了心里话,有藏在骨头缝里的别扭猜忌,有张扬在每一个毛孔外的豪气,有渴望出征又沉浸在不舍中的离情。每一个人都变得那么饱满,那么有趣,那么像活生生的人而不像印出来的纸上文件……他想保留这样的印象,就让他们从他心中北上出征吧。他躲进了阿曼陀室,擦起了这些锈迹斑斑的茶机……

倒是杭汉和嘉和总是心思相契,他挤过看热闹的人群,回到府中,便给嘉和拎了一执壶老红茶,说:"伯父,我就知道您在这里。"见伯父喝着茶也不说话,便感叹地说:"我还真没有想到,您也支持机械制茶啊。"

"噢,此话从何说起?"嘉和有点儿诧异,"我不是还专门让你跟觉农先生学习了机械制茶吗?"

"这我知道。可是伯父也跟我说过'君子不器'之语的。"

嘉和不擦茶机了,摸了摸额头,说:"我有点忘了,是不是也跟你讲过'道以成器,器以载道'呢?"

"正是这相悖的道理让我费解。既然君子是不器的,为什么道还可以成器,器还可以载道呢?我是学农学的人,伯父讲的东西,我还真不是很明白。而且,作为一个共产主义信仰者,我还觉得这些道啊器啊,跟我们的学说完全不是一个体系的。"

"那要照你们的体系,该怎么说呢?"嘉和反问道。

"建设新中国,将一穷二白的国家改造成富强伟大的国家,这是我们的当务之急。"

"是这样啊。你讲的还是道。怎么去实现它呢?"

"正是要伯父指点我呢。"

嘉和把自己手中捏着的抹布扔给了杭汉:"一会儿你把那些看

热闹的人都找回来,把这间茶机车间归置好,我去找电工。"

"您还是什么也没告诉我啊!"

"君子不器,这个'不器',是指做事时只要初心不改,就不会被任何条框束缚,不会被任何东西局限。按照你们的主义,就是不犯教条主义,不犯本本主义,要实事求是。前些年中国茶是出也出不去,卖也卖不掉,穷人喝不起,外国人看不上。这种时候,是不是要谨慎一些?要探探市场的路,判断今后的走向。没人买茶,机器置办得再多有什么用!如今解放了,到处都有国家来订茶了,且订的都是红茶,这种时候是不是要'器以载道'了?我们杭州做茶这块,向来也是得风气之先的,何况吴先生当了农业部副部长,专管茶叶。我们多产茶,对国家好,对我们个人也好,为什么不做呢?"

杭汉恍然大悟:"伯父是要响应国家号召,做外销茶了。"

"我讲的是个大的道理!"

"绿转红,内销外,可不就是大道理吗?"

杭嘉和摇摇头转身就走了,他觉得杭汉还是没有真正明白"君子不器"和"器以载道"的关系。不过人生如禅,要他们这些年轻人这么快就打通参透,也不是容易之事,凭造化吧。

要理顺中国的茶事,也是千头万绪,说来话长,从神农以降,一路从远古奔来,主干分支,各行其道。你说那落入神农之口的野生茶树叶,究竟是树上无心飘下,还是经水火历练,方得救人一命,谁还说得清?!这茶,从生煮羹饮,到饼茶、散茶,从绿茶到红、黄、青、白、黑茶,从手工操作到机械制茶,其间经历了多少变革挪移。至于各种茶类的百般形状,哪里少得了品种、鲜叶、加工、制造!就这八个字,细细道来,还不是千变万化,一言难尽?

茶之为用,该从鲜叶开始。就算神农靠在大茶树下奄奄一息,有谁会去搬口大锅烧一锅开水,爬上树采了茶叶生煮,晾温了再喝?要真那样,神农早被毒得一命呜呼了。故人类还是从咀嚼各类鲜叶——包括咀嚼茶叶开始的。

古巴蜀是茶之故乡的故乡,那里的茶树都是参天大乔木。以采撷为生的先民们,身上最多带一把刀,爬上树去折下枝条,用手捋着叶子,边捋就边咀嚼上了。

发展到生煮羹饮,器具就多了。所谓生煮,就类似于我们现代的煮菜汤,起码要有一口锅、一碗水、一只炉子吧,当然最要紧的,就是得有火。也有不要这些的,当年寄草去云南,从基诺族那里学来的"凉拌茶"习俗,至今还保留在杭家菜谱中。将鲜叶揉碎放入碗中,加入少许大蒜、辣椒和盐等做配料,寄草通常会加点麻油和花椒,罗力总是吃不够,那可是他在远征军时吃上瘾的云南菜啊。

至于茶做羹饮,又叫茗茶,其实也就是茶粥,三国时曹魏已有此工艺。当时有个叫张揖的学者,撰著的《广雅》记载:"荆、巴间采茶作饼成,以米膏出之。若饮先炙,令色赤,捣末置瓷器中,以汤浇覆之,用葱、姜芼之。"说的是先把茶做成茶饼,然后和上米膏,喝时先把茶饼炙烤成焦红色,然后捣成茶末后放入瓷碗,然后冲入沸水,喝时还要加些葱、姜等调料,这就是茶粥。还有个关于茶粥的故事也很有趣,说的是晋时有个阿婆在集市上卖茶粥,挣的钱分给穷苦人,官府的人赶紧把她抓起来投入监狱。谁知一到晚上,这阿婆拎着茶粥桶就从窗口飞出去了。

茶粥是有诗意的,唐朝有个叫储光羲的诗人,专门写了一篇

《吃茗粥作》：

> 当昼暑气盛，鸟雀静不飞。
> 念君高梧阴，复解山中衣。
> 数片远云度，曾不蔽炎晖。
> 淹留膳茶粥，共我饭蕨薇。
> 敝庐既不远，日暮徐徐归。

说的是夏天某日，他去了一个住得不远的朋友家喝茶粥，日头下山了才缓缓归来。可见那时候制作茶粥也是一种消夏习俗。

可是，此类粗制饼茶，青草味浓，口感苦涩，而人类天性中是藏着个"吃货"的，越吃越想吃好吃的。两晋南北朝，已不乏有关茶的品饮之诗。其中，张载的《登成都白菟楼》写有："芳茶冠六清，溢味播九区。"茶之味已大大合口，茶饮在当时中国人的饮品中，已经超"水、浆、醴、凉、医、酏"而得冠，被称为老大。

反复品鉴、琢磨创新，蒸青制茶终于被发明出来，一场革命性的制茶运动，把茶的"旧世界"给灭了，又建设了一个崭新的茶叶新世界。

自唐开始，朝廷终于发现茶这个东西，不但和尚需要它打坐，道士需要它养生，书生需要它益思，百姓需要它治病，文人需要它助兴，关键是国家还能够靠它收税。贡茶院早就兴起了，既然是皇家制茶厂，自然要在制茶上代表国家水平。于是便组织官员收取贡茶，研究制茶技术，蒸青茶饼日趋完善。陆羽《茶经·三之造》记述："晴，采之，蒸之，捣之，拍之，焙之，穿之，封之，茶之干矣。"此时完整的蒸青茶饼制作工序为:蒸茶、解块、捣茶、装模、拍压、出模、列茶、晾干、穿孔、烘焙、成穿、封茶。

制茶那么复杂,喝茶就更复杂了。按陆羽的说法,煮饮一次茶,器具得有二十四件,在家喝茶,一样不能少。

古典制茶技术登峰造极的时代终于到来。北宋,团片状的龙凤团茶盛行一时。《宣和北苑贡茶录》说:"太平兴国初,特置龙凤模,遣使即北苑造团茶,以别庶饮,龙凤茶盖始于此。"

其制造工艺,据赵汝砺《北苑别录》记述,共有六道工序:蒸茶、榨茶、研茶、造茶、过黄、烘茶。茶芽采回后,先浸泡水中,挑选匀整芽叶进行蒸青,蒸后用冷水清洗,然后小榨去水,大榨去茶汁,去汁后置瓦盆内兑水研细,再入龙凤模压饼、烘干。工序中的冷水快冲,据说是为保茶之绿色,而水浸和榨汁的做法,由于夺走真味,其实却使茶香受损。

真是物极必反,蒸青团茶,苦味既难除,香味又不正,整个过程耗时费工,终于被一种更为简便的方式——蒸青散茶替代了。蒸后不揉不压,直接烘干,团茶成散茶,不是加法,是减法。茶农的生产工序少的可不是一道两道,况且,茶香在蒸青散茶中得到更好的保留,何乐而不为?老百姓毫不犹豫地推广蒸青散茶。只不过宋时两种茶还是并存的。《宋史·食货志》记录在案:"茶有两类,曰片茶,曰散茶。"片茶即饼茶。元代王祯,在《农书·百谷谱》中,对当时的蒸青散茶工序记载详细,颇有农科人的小心严谨,曰:"采讫,以甑微蒸,生熟得所。蒸已,用筐箔薄摊,乘湿略揉之,入焙,匀布火,烘令干,勿使焦。"从中可知,宋元两代,还是饼茶和散茶并存的。若非明太祖朱元璋1391年下诏,废龙团兴散茶,谁说得清散茶何时能大唱胜利之歌。

然而，人的感官永不满足，蒸青方法依然存在香味不够浓郁的缺陷，利用干热发挥茶叶的优良香气则是一种高效方法，炒青技术就这样被开发出来。实际上，炒青绿茶唐代就有了，刘禹锡的《西山兰若试茶歌》中写得明明白白："山僧后檐茶数丛……斯须炒成满室香……自摘至煎俄顷余……"僧人们从庙后屋檐旁的野茶中采了一些嫩叶，经过炒制，一会儿工夫便满室生香，从采茶到炒制到品饮，真是一眨眼的工夫。这位写过《陋室铭》的"前度刘郎"，用诗歌的方式，记录下了最早的炒青绿茶。

朱元璋或许也就是在历史长河的大势面前顺水推舟吧——经历唐宋元的近八百年演进，炒青茶技术怎么可能不呈几何级数的增长呢？明代的炒青制法不过日趋完善罢了：高温杀青、揉捻、复炒、烘焙至干。这种工艺，与现代的炒青绿茶制法已经非常相似了。

有关茶之香气和滋味的探讨成为重中之重，人们终于从一系列不同发酵程序中发现了不同的茶叶内质、不同的制造工艺，创制出了品质特征不同的六大茶类，即绿茶、黄茶、黑茶、白茶、红茶、青茶。

红茶全发酵，起源于16世纪。人们发现日晒可代替杀青，而揉捻后叶色红变而产生红茶。最早的福建崇安星村红茶生产，自小种红茶开始，后逐渐演变产生了工夫红茶。20世纪20年代，印度发展了将茶叶切碎加工的红碎茶。

黄茶轻发酵，是绿茶最近的兄弟。它们的基本工艺都是杀青、揉捻、干燥，只不过黄茶加入了闷黄这道工序，使叶子变黄，产生黄叶黄汤。按鲜叶老嫩、芽叶大小,又分为黄芽茶、黄小茶和黄大茶。

黑茶后发酵,因成品茶的外观呈黑色,故得名,始于明代中叶,属后发酵茶。绿茶杀青时叶量过多,火温低,使叶色变为近似黑色的深褐绿色,或以绿毛茶堆积后发酵,渥成黑色,这是生产黑茶的过程。传统黑茶采用的黑毛茶原料,成熟度较高,是压制紧压茶的主要原料。

白茶微发酵,采摘后不经杀青、揉捻,是只经过晒或文火干燥后加工的茶。外形芽毫完整,满身披毫,毫香清鲜,汤色黄绿清澈,滋味清淡回甘。其成品茶多为芽头,满披白毫,如银似雪,故称"白毫银针",后又产生白牡丹、贡眉、寿眉等。

而青茶介于绿茶、红茶之间,为半发酵茶,最早在福建创制。清初王草堂《茶说》记载:"武夷茶……茶采后,以竹筐匀铺,架于风日中,名曰晒青。俟其青色渐收,然后再加炒焙……烹出之时,半青半红,青者乃炒色,红者乃焙色也。"如今的福建武夷岩茶的制作仍保留了这种传统工艺。

噢,是不是还得说一说花茶?素茶与香料或香花的结合由来已久,宋代蔡襄《茶录》提到加香料茶时云:"茶有真香,而入贡者微以龙脑和膏,欲助其香。"南宋已有茉莉花焙茶的记载,明代窨花制茶技术日益完善,制茶的花品种繁多,有桂花、茉莉、玫瑰、蔷薇、兰蕙、栀子、木香、梅花、白兰、珠兰等。

说了那么多茶,这才推演到制茶技术上,不断改革的结果必然是各类制茶机械的相继出现。机械制茶,起初反对者众,支持者寡。1896年,福州商人创办的制茶公司,是中国最早的机械制茶企业。不久即有温州机器制茶、汉口机焙砖茶的出现。甚至湖广总督张之洞、两江总督刘坤一亦购机设厂,制造茶叶。先是小规模手工作业,接着便出现了各道工序的机械化。

嘉和目前只关注两种茶——绿茶和红茶。绿茶貌似简单,就分为杀青、揉捻和干燥。其中杀青对绿茶品质最为要紧。通过高温,破坏鲜叶中酶的特性,制止多酚类物质氧化,防止叶子红变;同时蒸发掉叶内部分水分,使叶子变软,为揉捻造型创造条件。水分蒸发,青草气的低沸点芳香物质挥发消失,茶叶香气得以改善。

可是嘉和这回没有买到杀青机,他确实也不太相信杀青机,像这种鲜叶通过杀青而达到酶的活性钝化,使茶叶内各种化学成分,在没有酶影响的条件下,在热力作用下进行物理化学变化,从而形成绿茶的品质特征,他个人认为是很难用机械把控的。

他倒是对这次弄到的两台揉捻机充满希望。揉捻是利用外力作用,使叶片揉破变轻,卷转成条,体积缩小,且便于冲泡。部分茶汁挤溢附着在叶表面,对提高茶滋味和浓度也有重要作用,是绿茶塑造外形的一道工序。

揉捻有冷揉与热揉。冷揉即杀青叶经过摊凉后揉捻;热揉则是杀青叶不经摊凉趁热揉捻。嫩叶宜冷揉,保持黄绿明亮汤色和嫩绿叶底;老叶宜热揉,以利于条索紧结,减少碎末。嘉和认为,如果生产大宗绿茶,揉捻机完全可大显身手。

这次采购回来的干燥机只有两台,效果如何,他也说不好。杭汉认为不错,干燥机功能多,可烘干、炒干和晒干,蒸发水分,整理外形,发挥茶香。嘉和很是服气,没想到杭汉使用干燥机还能考虑到这一层。要生产红茶,还不知会有多少工艺要讲究呢。

嘉和一直认为自己对于红茶只是识得皮毛而已。中国的工夫红茶和小种红茶，嘉和算是见识过，也喝过；印度大吉岭的红碎茶，他也就偶尔品过。可是说到制法，和九曲红梅相比，也就是大同小异罢了。萎凋、揉捻、发酵、干燥，品质特点都是红汤红叶，色香味的形成都基于类似的化学变化过程，只是变化的条件、程度存在差异而已。

制红茶首先是萎凋，鲜叶经过一段时间失水，硬脆的梗叶便萎蔫凋谢了，此时叶片柔软，韧性增强，便于造型。青草味消失，茶叶香欲现，可谓红茶香气的要紧关头。萎凋方法有自然萎凋、萎凋槽萎凋两种。自然萎凋是将茶叶薄摊在室内或室外阳光不太强处，搁放一定的时间。嘉和已经把左右厢房都腾出了，可以专做茶叶薄摊。至于萎凋槽，嘉和连看都没看到过，只听说是将鲜叶置于通气槽体中，通以热空气，加速萎凋过程。

揉捻，红茶绿茶工序相同，嘉和不担心。

发酵就是红茶的独特之处了，叶色从绿变红，茶组织细胞膜结构破坏，透性增大，多酚类物质与氧化酶充分接触，酶促作用下产生氧化聚合作用，其他化学成分相应发生变化，形成独特的色香味品质。发酵适不适度，要看茶人手头功夫。好的红茶，嫩叶色泽红匀，老叶红里泛青，红叶红汤，无青草气，有熟果香。

嘉和最担心的工序便是最后一道干燥。将发酵好的茶坯，用高温烘焙使水分蒸发，达到保质干度。这道工序也是相当要紧的，一是利用高温迅速钝化酶的活性，停止发酵；二是使水分蒸发，缩小茶叶体积，固定外形，保持干度以防霉变；三是散发大部分低沸点青草气味，激化并保留高沸点芳香物质，获得红茶特有的甜香。

如何干燥到位,嘉和心中没底。

但没有底都得上,因为国外来了不少订单,要的都是红茶。1947年,浙籍茶叶技师吕增耕从台湾鱼池红茶试验场归来,带回台湾茶机,就放在杭州金刚寺巷内的之江茶厂。吕增耕在茶厂做总技师,参加制造红茶烘干机,杭汉跟着他学到不少。嘉和去过好几次,看着是去探望杭汉,去厂里走走,实际上是想了解茶机原理,尤其是去学习机械修理。杭汉一直不明白,为什么专注于手工制茶的伯父,对修机械那么感兴趣,直到如今办厂了才恍然大悟。七成新的茶机买回来,不修理是不可能的,求人不如求己。在制茶方面,嘉和有着独具的匠心,劳心又劳力,他看上去举重若轻,实际上心里头举轻若重,他没有时间去想这有多累,只知道做了,就做下去,做下去,哪怕做错了,也要做了才知道啊。

第二十三章

年关时节,杭家大院收到了两封信,可把杭家的女主人叶子愁坏了。一封信是嘉平写来的,说的是中茶总公司又要对外发货了,中国与东德签订了茶叶合同,要供应德方红茶1320吨,希望平生茶叶公司能够对国家有所支持。同时通知杭家,12月18日,中茶总公司举办的制茶干部训练班要在杭州开学,他希望杭家务必要有人去参加这个培训班,尤其希望大哥能去,培训班上还能见到吴觉农先生。

另一封信,严格意义上说不是信,是街道办事处的有关通知,说的是西湖面临淤塞,要发动广大市民参加义务劳动,杭家也派到一个名额。叶子收到这封信,就到工具间收拾了包头巾、劳动服,准备第二天到街道办事处去报到。她想了一圈,觉得杭家实在是没人能够去当志愿者了。寄草要守着茶楼,一天也不能够走开;得茶太小,且在上学;小撮着不算杭家人,回了乡下,人在翁家山种茶,根本抽不出空来;婉罗已经是个老太太了,怎可让她出马?倒是杭汉和蕉风正年轻,但二人都在浙江大学且有着正经工作,一个是老师,一个毕业当了实验员,怎么好让他们出来当浚湖的劳工呢?哦,还有个杭家的家宝忘忧,这雪白的宁馨儿又回山里去了,即便把他叫回来也不能让他在湖上干活啊,他和得茶一样,可都是革命烈士的后人。

至于杭嘉和,那就更是一万个不行了,他正在筹办平生茶叶公司。别看现在是冬天,明年春天的茶事全靠冬日里下功夫呢。

晚饭时,寄草看到面有愁容的叶子,这机灵得头发丝都根根空心的小姑子,大眼珠子一转,立刻就明白了是怎么回事,开口就问:"油墩儿西施又给你穿小鞋了吧?"

叶子的长眼睛拉得就更长了,摇晃着手说:"别说了别说了,我已经安排好了。"

寄草一拍筷子:"什么你已经安排好了,谁也不准被他们抓去当劳工!"

婉罗一听也明白了,紧张兮兮地说:"听说要专门改造资产阶级分子,要做苦力来变成无产阶级呢!我几个墙门里都打听过了,这一回都是资本家出马!"

得茶这半大不大的男伢儿主动请缨:"我去吧,我反正要放寒假了,去湖上练练筋骨也好的。"

婉罗上下打量了他一下,说:"你豆芽儿一根,湖上一口西北风吞下,翻到水里捞都捞不上来,你好给我省省了。"

"好了好了,婉罗姆妈,不要啰唆,我去就好了嘛。"叶子说。

"你,你又不是资本家,你顶多是个资本家的老婆,你想去劳动改造还轮不着呢。"婉罗理直气壮地顶了回去。

"要那么说,我们家还是志愿军家属;我大哥亲生儿子和儿媳还是烈士呢,他们敢让烈士的亲爹去当劳工吗?"

话说到这里,在茶机房里摆弄机器的杭嘉和擦着手心上的机油,撞了进来,一边话赶话地说:"你们这几个女人啊,什么样的落后话都说得出来。人民政府要疏浚西湖,这是一桩天大的好事,什么抓劳工,又不是旧社会!你们倒想想,这几十年,西湖已经成啥个样子了?"

杭嘉和这话是有道理的。杭州西湖自清嘉庆五年(1800)阮元治理后,长期失修。太平天国时还在西湖打了一仗,周围亭台楼阁烧掉不少。清末,湖水淤浅,荒草丛生,里西湖、汪庄一带全是芦苇。外湖要以竹竿标出航道才能通行,船工叫它"打竿儿"。如遇大风,游船误入淤地,就得"打浅滩儿",真叫进退两难。

好在民国初年,杭州建市,当局新官上任三把火,开始打捞湖中水草,水质总算又有点起色。西湖四周新墅陆续建立,一些祠庙也开始不断修葺,阶桥改成平桥,苏堤、白堤及南山路、北山街陆续建成马路。

不承想1937年12月24日日军占领杭州,西湖蒙辱,钱王祠成为马厩,玉泉鱼被日军炸死吃光。环湖四周杂草遍地,虽春秋佳日,却堤上荒凉。百姓没柴火烧饭,只好到西湖群山,远至琅珰岭、梅家坞等地砍柴挖根,西湖南北两山竟成裸秃,万松岭、九里松从此徒有虚名,松树统统被砍光,西湖更加淤塞。

抗战胜利后,内战又起,国民政府哪里还有暇顾及西湖。到20世纪40年代末期,西湖平均水深仅二尺许,游船过处泛起阵阵泥浆。苏堤、白堤桥梁损坏,堤基塌陷,一遇汛期,湖水漫至堤上。花港观鱼仅存三亩;曲院风荷只存一亭一碑半亩地;柳浪闻莺也荒草遍地,垃圾成堆,只剩下一处祠庙、一座牌坊、一块诗碑、一株沙朴树和一个石亭子。

如今共产党为民造福,疏浚西湖,怎么能够不欢欣鼓舞呢?

话虽这么说,但杭家身强力壮的人都上了前线,明知此时老弱病残一堆,为何还要专门来为难杭家人呢?这几个女人总归还是没想通。寄草就说:"要不要我明日去找找杨真,让他出个面,评个道理?"

"这种辰光你还好去叨扰他啊,他日夜都在镇压反革命,哪里还有时间来管这些鸡毛蒜皮的事!"嘉和反对。

"这怎么是鸡毛蒜皮的事呢!你明明晓得,这就是猪头三他们弄出来的事情,上次抢房子没有成功,他们就花样百出、明枪暗箭地来了,我们这次怎么好上他们的当!我是要兵来将挡水来土掩的。"寄草这张嘴也是刀枪不入,无人能敌的。

"这是碗馊泡饭,万万不可端出来!"嘉和这下是真急了。他点着长指头,对饭桌上的各位下了最坚决的指示:"都听我的,西湖劳工志愿者,我去。春茶还早,我这段时间有空的。"

"我去!"叶子说,"又不是挑石头,湖港里拔拔草,吃得消的。"

其实,杭嘉和早就听说了,不知道谁告发的他,说他包庇汉奸弟弟,给他收尸下葬,抢兄弟老婆,还要和这日本女人结婚,属于乱伦。他家有五进大院,是地地道道的剥削阶级,这种人不去当挖泥工挖湖,谁能心服!嘉和耐心地用另一套话来说服他们:"不是我心疼你们,不让你们去做苦力。实在是你们去了没有用,他们也不会满意。这么大的院子,他们是想当办公室的,顶头上司那里也不晓得下了多少功夫,结果给我先下手为强,做成茶厂了,能高兴吗?我这梁子是结在那里了,夜长梦多,拖不起,也替代不了。不妨我去湖上,劳动也好改造也好,都是上策,虽说看上去是我跌倒,实际是打了个平手。他们有了面子,这桩事情说不定就过去了,何乐而不为？"杭嘉和一口气讲了这么多话，竟然讲得女人们鸦雀无声。

元旦过后，杭嘉和穿着全套的皮水服就上了撩湖船。杭家的女人们送他到一公园码头，叶子眼泪汪汪的。真是见鬼了，穿长衫的嘉和完全变成了另外一个人，一套行头就能这么简单地把一个亲人变成陌生人了。冬天里，嘉和戴了顶棉帽，把耳朵裹得紧紧的，戴着袖套，系着围裙，穿着高帮套鞋。他早早地上了船，熟练地提起了橹。女人们眼窝都湿了，她们不约而同地想起了那个将西湖视为后花园的杭天醉，那个驾着私家画舫品茶、眯眼尽赏湖上风光的杭家少爷，那个最终在大雪弥天之日长眠在湖上的杭公子。对此没有什么印象的是跟着大人们一起来的得茶，他拎着棉布套做成的茶壶衣，把铜软提梁壶的热茶裹得严严实实的。女人们一个不留神，他已跳上了撩湖船，一把划起了桨，离开了湖岸，还添了一句："阿爷，我陪你去好了。"

女人们又要叫，嘉和挥挥手说："小伢儿要新鲜，让他活泛一天，夜里他就吃着分量了。"转身又对得茶说："好啊，你陪我吃茶，记住了，我不要龙井春茶，要泡就泡白露龙井茶。"

得茶得意地说："婉罗姆妈泡的就是白露茶。"

春茶苦，夏茶涩，要好喝，秋白露，春水夏酷小秋茶。白露前后，茶树又会进入生长佳期，所以才会有新茶长出。白露茶既不像春茶那样鲜嫩，不经泡，也不像夏茶那样干涩味苦，它有一种独特甘醇的清香味，尤受苦力们的喜爱。出过大汗、卖过死力后，瘫在竹椅上，一大碗白露茶一口气下肚，人顿时便活泛过来，那才叫一个爽。

此时,湖面上已经荡开了许多撩湖船,像是一口盛满汤的大锅,撒下了一大把黑芝麻,密密麻麻地铺满了水面,这架势着实壮观。人民政府要做的事情,一声号令,众人立即响应。这种架势,杭嘉和记得只有抗战胜利那年,国民政府号召市民到西湖双堤砍掉日本人种下的樱花树、种上被日本人砍掉的原有的桃树时才有过,回头一想,不过五六年时间。

冬日的湖水阴暗,加上船桨触到湖底的香灰泥,淤泥的泛起突然就沾刷到了平时刻意回避的思绪,不得不想起,这湖上也撒过寄客伯伯与小堀一郎的骨灰。这是因了寄客伯伯的生前遗嘱,他要小堀死在西湖葬在西湖,他要和小堀葬在一起⋯⋯什么叫英雄气壮、儿女情长,只有嘉和明白,所有的后事都是嘉和与杭汉悄悄办的,他说不清寄客是到死也要掐着小堀的脖子,跟他一起下地狱,还是到死也要挨着他,告诉他,我是你爹,你是中国人⋯⋯

得茶划着船,问:"爷爷,我们家从前真的有湖上的画舫吗?"

孙儿的话打断了嘉和的思绪:"有过吧,记不得了⋯⋯"嘉和不想回答这种问题,就拿话敷衍他。得茶却是不能够敷衍的人,他立刻接着说:"我知道,叫不负此舟,寄草姑婆告诉我的。"

"你寄草姑婆就是个地保阿奶!"

"地保阿奶是什么?"得茶很好奇。杭州的这种市井俚语,得茶是基本听不到的。地保阿奶是指女人喜欢轧是非,包打听,多少带点贬义。嘉和又觉得自己说得有些过了,便转移了话题:"她没跟你说,从前西湖里有一种人就叫撩湖兵吗?"

得茶摇头。今天是放寒假的第一天,能够上船他很是开心。

他对什么都好奇,尤其对西湖。虽是杭州人,得茶却几乎没有上过湖,更别说在湖上划船了。杭家人都当得茶是命宝,父母双双是烈士,得茶这条根再不能有个三长两短。水边山头他们都格外小心提防。故而见得茶跳上了船,几个女人也不回家了,就绕着西湖跟着他们,赶都赶不走。

嘉和他们这第一天,首先要把湖畔清理干净,茅草、茭白、芦苇要先拔了捞上来。得茶在船上东看西看,好奇地问爷爷什么是撩湖兵。嘉和说,就是在西湖里撩水草、杂物的兵。得茶便很得意,原来他们现在已经是撩湖兵了。嘉和边捞水草边催得茶:"上船容易下船难,你既上了我的船,就得给我干活。给你个网兜,捞水草吧。"见得茶很认真地接过网兜捞起来,他这才一五一十地把撩湖这活儿的来龙去脉告诉得茶。

原来这活儿是当年白居易在杭州当刺史时开始的。他建了白堤,湖水溉田千余顷,还写了通告,谁敢把湖水搞坏了,穷人罚种树,富人罚撩湖。到了五代十国时期的吴越国,钱王专门组织了一支撩湖部队,有撩湖兵士千人,差委官吏管领,盖造寨屋和舟船,专门撩湖,日夜开浚,无致湮塞。

得茶便老三老四地说:"钱镠我知道的,就是钱王祠里供的那个王。有术者曰:'王若改旧为新,有国止及百年。如填筑西湖,以建府治,垂祚当十倍于此。'钱镠回答道:'岂有千年而天下无真主者乎?'"

嘉和还真是吓一跳,这么个小伢儿,竟然背得下史书里那么长一段文字。得茶却一本正经地解释:"故事是说,有个算命的告诉钱王,吴越国有百年之运,要是填了西湖,国运能增添十倍。钱镠认为,百姓借西湖水来灌田,填了西湖就断了百姓的生路。他说,哪有江山千年不换主人的?于是没有填西湖。所以,没有钱王可能就没有今天的西湖,我们就不能坐在船上捞水草了。"

嘉和听罢此言,激动地打开白露茶盖,递给得茶,说:"好孩子,说那么多话,喝口白露茶。"

得茶从未喝过白露龙井,因为忘忧茶庄从来只做龙井春茶。他并未想到,杭家人从此开启了喝白露龙井的大门。得茶喝了一大口,显出难以下咽的样子,说:"白露茶有点苦呢!"嘉和就大笑起来说:"你也晓得苦了啊,等你撩上一天草,夜里回去再喝它,你就晓得什么是甜了。"

果然,当天撩够了水草数,得茶再喝那白露茶,感叹了一声,简直就是南朝豫章王刘子尚之声:"此甘露也,何言茶茗?"这就是熬出来的真理。这一天的劳作,已经快把这根"豆芽菜"折成两半了。夜里回家,满手血泡,他仰面朝天倒在床上就昏睡过去了。叶子奶奶给他烫脚,喂他龙井茶,他竟然在半醒半睡中推开茶壶,喃喃自语:"白露茶,白露茶好喝……"

叶子惊讶地问:"怎么啦,大哥哥?得茶茶都喝不清了!明朝是千万不可再去撩水草了。"

嘉和说:"没事,就是累的。从小吃点苦好的,以后就经得起苦日子了。"

叶子大吃一惊:"啊,莫非要一辈子撩水草了?"

嘉和揽着叶子,轻轻用唇碰一碰她的额头:"哪里会有这种事,日本佬那么凶,不是也打出去了?!整治西湖,快的,快的。"

第二日一早,嘉和见得茶还昏昏欲睡,赶紧蹑手蹑脚地出去,心想知道什么是苦也就够了。他发现自己倒还好,平常整日里做事都是亲力亲为,一直就是个劳力者,这船上一日工夫,手上虽磨出血泡,但也不多,任务也是超额完成的。他对自己又增添了几分信心,万一真要当一辈子撩湖兵,他也能够应付下来。

没想到中午时光,得茶就送饭来了,一边招着手让爷爷的船靠岸,一边就跃跃欲试地又要上船。见他两只手都绑着绷带,嘉和就不忍了,说:"不要来了,手上那么多泡,也干不了多少活。"得茶却二话不说跳上了船,说:"爷爷,我想试试看,到底能熬多久。"

这话可不应该是小孩子说的,一刹那间,杭嘉和就把得茶当大人看了。自此,几乎整个寒假,得茶天天都到船上去当撩湖兵。有一天,爷孙俩还在湖畔见到骑着自行车的吴坤了。他变得完全认不出来了,架上了眼镜,梳个偏分头,穿着中山装,皮鞋锃亮,围一块灰呢围巾,一只脚踮地,一只脚踩在车踏脚上,这派头从前是属于方越他们的,转眼却属于他了。见着得茶他们,他立刻大喊大叫,指着围巾说:"得茶你看,这是白夜托人从苏联给我捎回来的。"到底还是个少年,得意时也忍不住显摆。

得茶有点吃惊:"你不是报名参加抗美援朝去了吗?"

"报名是报名,让不让去是另一回事。学校让我继续读书,做好典型人物。"

"那我怎么就没再看到你啊?"

"我搬到学校住了,准备高考呢。再见,祝你劳动改造成功!"

吴坤一溜烟地不见了,跟嘉和连个招呼都不打。望着柳条下远去的背影,得茶有点酸酸地对爷爷说:"那条围巾真是白夜姐姐从苏联给他寄的?"

"这孩子我三岁看到老,"嘉和很认真地告诫孙子,"太像他爷爷了,相信不相信随你。"

得茶却想,爷爷是爷爷,孙子是孙子,怎么可以把两个人说成一个人呢?但因为围巾的缘故,他还是吃吴坤的醋,忍不住说:"我好像在国货街百货商店看到过这种围巾呢!"

"要不撩完水草,爷爷也带你去买一条?"杭嘉和开起孙子的玩笑,这种事情从前是绝对没有的。得茶却叹了口气说:"人家有的东西我是不要的。"说完咬紧牙关就捞起水草来了。

嘉和看着孙子单薄的肩膀,想:真是个大人了,有心事了!

得茶天天跟着爷爷上船,甚至开学后的周末也不停歇。一天,这爷孙俩回家,过了胡庆余堂的高墙,又过了大井巷巷口,在十字路口,就闻到了一股薄暮中飘着的熟悉的香味。这是久违的香味了,有点儿油味、面粉味,还有点儿萝卜味。嘉和果断地一把夹住正要探头看的孙子得茶,低头快步回了家,直接就进了灶头间。昏黄的灯光下,几个女人正乱成一团地互相打听着:"你看到了吗?""当然看到了!""不会看错了吧?""千真万确,要不要我立马出去买几个油墩儿回来?"婉罗迈步要走,被嘉和拦住了,说:"算了算了,这有什么好看的,又不是志愿军得胜回国!"

"大哥,你看到了?"寄草惊喜地问。

"看是看到了,难为情相,低头过去,没让她看到。"

寄草一拍桌子道:"你们说是不是,是不是,多行不义必自毙!是不是?!"

得茶肚子正好响了几下,大家都笑了,说着"吃饭吃饭"。谁知得茶站了起来,理直气壮地说:"我想吃油墩儿,油墩儿过白露茶,我要命想吃。"

寄草掏出一把小钱给得茶:"自己买去!"见得茶出了门,才好奇地问:"阿松夫妻俩还好重新炸油墩儿,且不知那个猪肝脸的厨房师傅做什么去了?"

"哎呀,这件事情就问到点上了。你们晓得这个猪头三什么角色?"婉罗这一问,所有的人都凑过脸去,太好奇了,"他是个反动工头、历史反革命,恶霸工头!原来在拱宸桥头的青帮,是张啸林手里的。后来跟着张啸林在上海混,当汉奸。再后来张啸林不是被打死了吗,亏他有本事,跑到日本人开的厂里当工头。后来光复了,国民党接手,当他宝贝似的接手下来。直到要解放了,他才逃到杭州丝绸厂当工人。特务分子装积极,混到我们人民政府街道办事处来了。幸亏共产党拎得灵清,搞了个运动专门抓反革命,看看是不是,这个反革命到底还是白骨精露原形!"

"我刚才不是说了,这叫'多行不义必自毙'。"寄草出了口恶气,爽快极了。

"那是不是不用去湖里捞水草了?我看湖面也整理干净了,没啥水草了。"叶子小心翼翼地提议。

"这种事情慢慢来,我现在开始也是隔天去一次,不辛苦。西湖越来越干净,看着心里也舒服。"嘉和说。

"春茶下来了,你又要捞水草又要炒茶叶,还要修茶机,大少爷,你一只螃蟹八只脚啊!"婉罗碎烦着。嘉和却很开心,坏人抓起来,说明遮蔽坏人的背景消失了。人民政府还是英明的,晓得事情的轻重缓急。果然,这件事情熬一熬就挺过去了。

杭家女人里面，盼儿最寡言。人家鸡毛蒜皮的事她不管，整天关在屋里接活儿，画各种图案，还能挣钱。饭吃一碗，闲事不管。此时，她却拿来三张《人民日报》，是1951年3月25日到27日的，对父亲说："爸，你看看这几条广告！"

嘉和还真是好多天没看报纸了，每天忙得焦头烂额。寄草抢过报纸一看，竟然是中茶总公司在《人民日报》头版连续刊登三天广告，向全国有偿征集茶叶商标图案设计，中选的第一名可得稿酬一百万元人民币。

"哎哟喂，一百万元啊！"婉罗叫着，"算不灵清了，一百万元是多少元啊？"

"相当于杨真三个月工资吧。"寄草心算了一下，说。

嘉和仔细读了一下广告，说："这事吧，嘉平也跟我说过，想想这种国家的大事情，我也未必能做。不过盼儿若能做，倒也是极好的。"

"我不行的，我只会画仕女、山水、花鸟鱼虫，画王星记的扇子什么的，这个东西我弄不来。我以为爸会弄呢。"盼儿说。

"爸也不是万能机，画几笔花鸟鱼虫，还不及你呢。不过我也有几个朋友，我可以请他们试试看。你嘛，盼儿，也不妨试一试，譬如当练练手也好的嘛。"

话音未落，得茶就一头撞了进来，抱着一堆的油墩儿，哗的一声全部倒在桌面上，说："烫死我了，我说买两个，她给了我二十个，还说谢谢杭家来买她家的东西。一整天也没街坊来买她家的油墩儿呢，统统给我们了。"

"那怎么可以呢！钱给了吗？"

"她只收了两个的钱。快吃快吃,她说了要趁热吃的。"

"我去给钱。"叶子拔腿要走,被嘉和拦住:"坐下坐下,快吃,还热着呢。"

"不付钱不安心的。"叶子说。

"这个你就不懂了,现在去她也回家了,你要是追到她家里付,你安心,她不安心了。她给了我们这一堆,就是想图个安心嘛。"嘉和说。

"爷爷,你讲的这个道理,我很是不懂。"得茶说。

"我是说,人家给你东西,后面都跟着心思,好心思,坏心思,不好不坏的心思。她给你这么多,也是心思,是想用此道歉……"

"哪里是道歉,就是讨饶……"婉罗直话直说。

"得饶人处且饶人,还是说道歉比较好。我们追过去,就是不接受她的道歉,那么她是不是又要吓得睡不着了。她和那个猪肝脸不一样,她只是贪点小,要心重,图虚名,却没那么多要置人于死地的坏心思。"

一群女人便都沉默下来。好一会儿,婉罗恍然大悟地说:"大少爷这么灯下一坐,说出这番话来,我越想越觉得你像什么人。突然就想起来,这不是像我们家天醉姑爷吗?天醉姑爷嘴里,真没有一个女人是坏的。"

说着说着,婉罗就拿起个油墩儿塞进嘴里,一边咀嚼,一边眼眶就红了。

转眼间到了初夏时节,西湖经过几个月疏浚,果然重新变得桃红柳绿,湖光潋滟。嘉和也早就被劝回了岸上,居民区、街道办事处都专门派了新人来解释道歉,嘉和现在成了三位革命烈士的家属,儿子杭忆、儿媳楚卿、妹夫林生,而他自己也成了抗日英雄,断指抗日的故事也被编成了小热昏,有水井处必歌之。有一日,竟然就唱到了忘忧茶楼:"春日里个杭城百花香,有一桩英雄的事迹要讲一讲,这桩事情过十年,有几人,还记得羊坝头个忘忧茶庄……"

茶客们竖起耳朵想听下去,唱小锣书的却被寄草送了几个钢镚请回了。寄草知道,嘉和特别不喜欢人家讲这个段子,这锥心刺骨的往事是禁不起回想的。叶子的忧心忡忡却另有道理,她悄悄对嘉和说:"大哥哥,我怎么听着他们这样唱你,心里就那么慌呢?"

"你是想说月满则亏,水满则溢吧?"

"正是正是,世上凡是好事到头,坏事必将来了,这也是天醉爸爸说过的。"

"啊,我倒是这样想着,只要你总提防着月满则亏,水满则溢,这月亮和水就不会满,也就不会亏和溢了。若这时候还出事,那就不是满的罪过,是时也运也命也!"

这些日子,平生茶叶公司的机制红茶生产比较顺利,以红茶争取外汇,是茶中横刀立马的大将军。嘉和也听说了中茶西南办事处在四川、贵州试制红茶取得初步经验,并深入云贵川三省乡村,宣传开展红茶技术指导,看来是要全国山河一片红啊。嘉和对制作九曲红梅虽然不陌生,但他最精通的还是制作龙井绿茶。鲜叶一到,他摊在手上,张嘴一咬,由衷地叹息:多好的茶叶啊!心里便想,有朝一日,全国产茶地区到处是茶,我们龙井就可以重新多多生产绿茶了。

正想着,寄草来叫他了,说是刘庄八姨太到忘忧茶楼来找他了。嘉和有点蒙,浚湖时倒是路过刘庄的,也吃过八姨太派人送上的茶与点心,但并未说过几句话。倒是年少时跟着父亲去过刘庄水竹居,和一帮遗老一起喝过新茶,对刘学询这个广东香山人还有几分印象。在刘家草坪上还见过十个坟,二大八小,有点瘆人。此刻虽不知八姨太找他何事,想着人家找他,那必有难事,还是不能不应的,忙让寄草把她请到旁边包厢里,这边又招呼着叶子一起,上了忘忧茶楼。

八姨太原来是刘学询女儿的丫鬟,十八岁嫁给刘大人时,他已经是七十老翁了,但数年后依然诞下一贵公子,再数年后,老翁撒手西归,偌大一个园子,从此靠孤儿寡母支撑。到抗战胜利之后,家道早就衰败得不能再衰败了。但老话说得好,瘦死的骆驼比马大,刘庄就那么撑着。杭州人时而看见八姨太泛舟到湖滨,只为典当;小少爷骑着自行车从城站附近的蕙兰中学到苏堤,再由家舟渡他回家。

嘉和在浚湖时见到过八姨太几回,四十岁的半老徐娘,衣裳已然半新不旧,首饰亦基本全无。因着多年贵夫人生涯,那气质是端着的,但毕竟是丫鬟出身,那份强作镇定的惶惶不安亦在眉目和嘴角显露无遗。一旁船上的劳工们不免指指点点,讨论着妾可倾国和美人迟暮,只有嘉和不动声色,置若罔闻。对这些大开大阖、大起大落的人生常事,嘉和早已没有大惊小怪之感。他发现自己身上只有责任,却少了仁爱。他也想过,或许责任就是仁爱吧。

八姨太的到来,对他而言,就是责任的到来,但不知此番又有何责任,自己是否担当得起。嘉和进得包厢,见八姨太惶恐地站起,叶子连忙请八姨太坐下。问安,请茶毕,八姨太才操着一口带着广东口音的杭州话说,自己那独生子已经报名参军,欲上前线抗美援朝,这本来倒也是一件光荣之事,是一个绝佳的阶级转换的机会。问题是正读高中的革命激情万丈的儿子,认为自己出身剥削阶级家庭,世间传闻其父富可敌国、妾可倾国、智可谋国,让他很是尴尬,想要趁这个风云际会、天翻地覆的大时代到来之际,和旧世界来个彻底的清算。这一清算不要紧,把亲妈也清算出去了。从此不再顾这八姨太的死活,以为顾了就是和剥削阶级家庭藕断丝连。那孩子军装一身,英俊潇洒,从此别过,雁过无痕。可八姨太原本也是个丫鬟,论阶级当属奴婢,底层中的底层。况且刘学询是同盟会会员,和孙中山是老乡不说,因支持革命,曾经把这刘庄都抵押过,还亲自去日本暗杀过保皇派康有为,又在水师舰艇上苦劝过李鸿章造清廷的反。只是激情用完,刘大人心灰意冷,选择在西湖旁的水竹居安度晚年。刘遗老去世后,刘庄便飘零了。八姨太开了家拐杖店,也不知是亏是盈,再经历一番天翻地覆,家中值钱的东西也典到了山穷水尽之地步,觉得真是过不下去了,突然想到还有一条绝处逢生之路。

原来,抗战期间,刘庄诸人逃难,作鸟兽散,家中的昂贵家具搬不走,又不想被日本人占了,就全部丢进了湖中。抗战胜利后归来,也捞起了一些,完好无损,可惜如今也被她卖得差不多了。这会儿突然想到可以再下去捞一捞,或许还可捞上一件半件,卖了还可度一段日子。只是偌大一个杭州城,她却不认识谁,也不知道找谁,突然想起前阵子在湖上捞水草的杭嘉和了,当机立断,择日不如撞日,就找上门来了。

这事情真是叫嘉和为难。八姨太有儿子,这事情当让她儿子来处理。可儿子要和剥削阶级一刀两断的心情,嘉和非常理解。你看方越,不也是把什么都断了。父亲虽然也是个该死的父亲,但压死骆驼的最后一根稻草竟是儿子亲手递出的,想来总是有几分唏嘘。但儿子们也不是为了自己的前途才假恨父亲的,他们都年轻,正义感爆棚,他们是真恨那个万恶的旧社会啊。无奈"旧社会"这个概念太抽象,看不见摸不着,看得见摸得着的就是这些活生生的阶级敌人:反革命、寄生虫、汉奸……你让这些纯洁浪漫的年轻人怎么办?别说他们了,就说杭嘉和自己吧,现在满脑子不都是双桶揉捻机,均堆装箱改革机,改进铁木结构的揉捻机,改进滚筒联筛机与切茶机的联装,铁制手拉百页烘干机……难道要为一个八姨太把这些机器都搭进去吗?

然而,看着叶子和八姨太同样眼泪汪汪的眼睛,嘉和心里一跺脚,罢罢罢,时也运也命也!也许他真的像父亲杭天醉,看天下的女人都没一个是坏的……就这么着吧。

东西就沉在刘庄边上的西湖水中,夜里看不清,还不好捞,嘉和干脆找一个盛夏时分的午时,人少,泛舟湖上的人也昏昏欲睡,此时干活目标不大。嘉和与小撮着父子几个,每人只穿一条短裤,赤膊上阵,一个猛子就扎进了水里。湖畔的水并不深,只是香灰泥陷脚,水也脏,几个男人在水里摸了一阵,还真捞上来几件东西,无非是花架、茶几等。还有个人举起个小玩意儿,洗干净一看,竟然是一个飞机模型,涂着白漆,上面有英文字。小撮着的儿子挥着刚要扔掉,被嘉和叫住了,说放在船上,他要。再一个猛子钻下去,摸上一样东西,倒是让他们几个开了眼,是一把"S"形的双人面对面金丝楠木座椅,两人是方向相反地坐着,却正好可以脸对脸,恋人们坐在上面可以谈情说爱。嘉和想起小时候和嘉平去刘庄送茶,父亲和遗老们聊着天,嘉和与嘉平就坐在这椅子上,一正一反,嘻嘻哈哈,下人送来冰梨片,两人你一口我一口。也不知道是不是因为想到了嘉平,突然眼前就仿佛飘过了嘉平,坐在一艘游船上,旁边还坐着个年轻女子。嘉和笑了一下自己,真是想什么心里就过什么,便和其余人一起把这椅子拎了上来。那八姨太在岸上撑一把旧阳伞站着,手里拎一把大茶壶,几只茶碗也是配套的,只能放在湖畔石堤上。嘉和想的不是口渴,而是这套茶具看上去不起眼,却是正宗的好器物,能够卖几个钱,不由得脱口而出:"你这套茶具,好东西。"

谁知八姨太一听立刻就说:"我送你送你,你看得中就好。"

嘉和连忙摆手:"我是开茶楼的,茶具家里有的是。我是说,你万一要出手卖这套茶具,价格要谈好,这是好东西,别卖贱了。"

"杭老板,噢,不,杭同志,我哪里晓得卖贵卖便宜的,能够卖出去就算好了。"

嘉和想想这倒也是,抬头看看前面那个破败的庄院,心想:也不知什么时候就撑不下去了,但也不便再多说,拿起那盖碗茶就喝了起来。茶是龙井好茶,只是不知放了多少年,香气已无,味道却还正,汗流浃背之时,喝什么都爽。正在这时却听到一个叫"大哥"的声音,他以为自己有点儿中暑,出现幻听,但那声音又叫了起来:"杭嘉和!嘉和!大哥!小撮着,你给我叫声我大哥啊!"

他这才回过头来,我的天,果然是杭嘉平,旁边坐着个穿布拉吉连衣裙的年轻姑娘。嘉平穿着一件短袖白衬衣,架着一副眼镜,比以前斯文多了,看着也显年轻。相比而言,嘉和光着上半身,穿一条水滴答答的短裤,浑身上下大汗淋漓,头发为了方便,剪了个板寸,虽显得比西装头年轻,但浑身晒得浅黑,又赤着一双脚,脸上积淀了一个冬天的湖上风霜,活脱脱一个苦力。

不由分说,嘉和便被嘉平拉上了船,只跟八姨太挥了挥手算是再见,船就划开了。

嘉平笑着看大哥:"嗜,我也不问你怎么弄成这副模样了。这是我秘书小钟。大哥,我可是有正经事找你。小钟,你把材料找出来。"他一边那么说着,一边把自己的衬衣脱下来给大哥披上,他自己只剩一件背心,倒也自在。只有秘书小钟瞪大眼睛,觉得首长这样很奇怪。

"怎么也不打个招呼就来了?"嘉和问。

"哪有时间打招呼啊!再说家里电话也没了,打过去就说是个茶厂,小钟是不是?"

那个小钟,一身布拉吉,活力四射,点着头,小嘴嘚啵嘚啵:"可不是吗?我打过去好几次,都说是个平什么茶厂,只好算了。"

嘉平指点着身后北山街一带说:"我住孤云草舍呢,现在这里是省人民政府的招待所。大哥,《人民日报》上中茶总公司征集商标的广告看到了吗?"见嘉和点头,他就接着说:"小钟你快拿出来,给这位杭同志看一下,这可是我们最后选中的中茶总公司商标方案。"

这是一个圆形的符号,中间是绿色的"茶"字,由八个红色的"中"字环绕着,代表着红色中国出品的绿色茶叶,醒目简练。

"真是找了不少人,最终还是上海的曹承熙先生设计的方案脱颖而出。你看看怎么样？"嘉平问。

"我平民百姓一个，又不是设计界的大佬，又不想拿那个一百万，你们都已经定了，还找我干什么呢？"嘉和反问。

"行了大哥，别摆翘作，我就是想听听你的意见。到底过不过得去？"

"那有什么过不去的？中间一个绿色的'茶'字，茶本来就是绿的，绿是自然，也是健康，怎么说都是个好；周围一圈八个红色的'中'字，红色是我们的国色，火性，所以是火红火红，围成一个圈，八面来风，全向着'中'，吉利！"

嘉平大笑，对小钟说："你说我大哥好不好笑，一个商标能说出算命的架势来。"

"谁让你要我说的，就知道你不是为了这事。"嘉和说。

"大哥，新中国一成立，果然就局面一新，匈牙利正跟我们商谈红茶进口呢。红茶生产这方面的缺口真挺大的。"

"所以嘛，我除了每天浚湖，就是在赶制红茶，让国家换外汇。绿茶呢，就只好暂时放一放。"

"别放一放啊，我可正是为了绿茶的事情来找你的呢。"

"这事情免谈了，我不去的。"

原来这一阵子，省里市里突然对绿茶关心起来，尤其是对西湖龙井。被誉为"炒茶一只鼎"的阿洪师傅，他的成分本来已经被划为地主，弄回乡下种田劳动改造去了，听说最近市委书记亲自批的条子，又把这"地主"重新叫回城里，让他去了国营茶场，专门研究龙井茶炒制法，培训炒茶能手。听说现在正讨论着"十大炒制手法"呢，他们也非常想让嘉和一起去，可嘉和不愿意。

"我就知道你不愿意,你不是农民,自己还有个茶厂。虽然你也算个工商企业老板,可你是抗日英雄、烈士家属,你若还需要省、市领导批条子,会伤你的自尊心的。"

"不敢不敢。我说嘉平,你可不能当着你秘书的面这么猜疑你大哥啊。我哪敢那么想啊!"嘉和看了一眼"布拉吉",故意说。

"没事没事,小钟啊,可靠的,自己人。"嘉平拍了拍"布拉吉"的肩膀。嘉和心一沉,想:完了,嘉平这花痴的老毛病又发作了。心里这么想,嘴上可不能这么说,他还是很诚恳地说:"二弟,我这话可是真心诚意的。一是家里那么忙,得有个人顶着。二是平生茶厂做红茶刚刚起步,中茶总公司正在与匈牙利签订合同,他们想要我们供应茶叶,这不是你告诉我的吗?好不容易能够为国家做点事,我若不能顶着,恐怕半途而废。三是大哥我今年已是五十的人了,自由散漫惯了,有你在政府里当国家栋梁,我们杭家人也就不辜负人民政府。四是阿洪师傅既然被领导请出了山,还有国营茶场在背后撑腰,做出一锅好龙井来,那是肯定没有问题的,到时候外国人喜欢不喜欢我不晓得,但党组织和人民政府开茶话会,肯定需要。"

"虽说有会炒龙井茶的人,但有文化的人少啊,你做了半辈子的绿茶,党和人民需要你去做绿茶。"

"党和人民?人民有六亿,难道六亿人民都要我去做绿茶吗?"嘉和反问了一句。嘉平愣住了,不知嘉和这句话什么意思。嘉和这才说了出来:"杨真早就来找过我了,我也表过态了,我只想为国家做贡献,为国家换外汇,别的我不想。"

"杨局长的话你还是要考虑一下的。大哥你也不想想,罗力的入党介绍人一直没有找到,是杨真替他扛着,他才上了前线!"

"我就是听了这话才不想去国营茶场的。作为亲人,难道我们这点判断力也没有?罗力是共产党员,就像你是共产党员一样,我一分钟也没有怀疑过。难道还要靠我来支持,你们才是共产党员?我不巴结上去,你们就不是了吗?"

"大哥,我和罗力是两码事。不过我也说不过你,不说了。但是你起码要知道一件事情吧,前线的志愿军是喜欢喝茶的,尤其喜欢喝绿茶,你就不想着为他们生产绿茶吗?"

你别说,这件事情还真让嘉和动摇了。他望向湖面沉默了许久,才抬起头来说:"你这话倒是有几分道理。"

"那么你是答应了?"嘉平露出了微笑。

"你看这样行不行,我可以参与国营茶场做西湖龙井绿茶的工作,但我不拿工资,不算他们的人。我有时间就去,需要我,天天去都行。平生茶厂忙的时候,公家的活,我就带回家干,我公私兼顾行不行?"

嘉平回头看了看小钟,这"布拉吉"一直低头在记录着什么,此时却点点头。嘉平说:"我们党小组长点头了,她说行就行。"

嘉和却有些心虚起来,问:"小钟同志,我和嘉平同志是私人聊天,还要记录吗?"

"布拉吉"把笔记本盖住了,微笑着说:"谢谢您对革命工作的支持。"

第二十四章

一大早的忘忧茶楼,没有茶客。茶楼一角,寄草挤着时间学习。忘忧茶楼设置了一个信报角,寄草专门订的报纸每日都有各种新闻。此刻,她正在读着儿子从云南给她写来的信。这么说并不准确,应该说信大半是老邦崴口授,小布朗用歪歪斜斜的铅笔字记录下来,其中夹着他自己的备注罢了。小布朗已经小学毕业了,正准备去昆明上初中呢。这是罗力夫妇再三拜托老邦崴的,无论如何,罗布朗不能成为彩云之南茶马古道上的马锅头。

信写得很乱,小布朗就不是个读书人,东一句西一句,字大如斗,主要是人称混乱,一会儿你一会儿我一会儿他,也不知这小学是怎么读的。在知识水平上,布朗和年龄差不多大的得茶根本就不在一个层次上。好在寄草还是能够猜明白意思。

亲爱的志愿军爸爸,还有妈妈(从称谓看,无疑是小布朗的口气,但接下去便是老邦崴的口气了),身体好吗?心情好吗?一家大小好吗?我在村口神茶树下 gui bai(寄草读出了"跪拜"之义)了,罗长官刀枪不入,杀敌万千。要留心美国飞机。茶祖宗昨夜托梦给我,天上飞的要防,别的不怕。很灵的,茶祖宗。

我们这里,没有tu fei(土匪)了,也hu zhu he zuo(互助合作)了。孩子身体好着,有大米吃,你说让他要吃大米的,能吃三碗,没有cai(菜)也能吃。我能上树采茶了,用刀砍,叶子好大(这一句长话像是布朗自己加的),村外茶山野茶生得好,我做了bing(饼)茶,寄来,要zhu(煮)着(这句话又回到老邦崴身上了)。不跑马帮了。寄来的qian(钱)送孩子去昆明读书,他不yuan yi(愿意)也不成。邦崴爸爸说话不suan shu(算数),本来要带我跑马帮去的,现在自己也不去了(这话又跑回到了布朗身上),解放军官兵好着呢,逃散的寨子里人都从山上下来了。我听说meng hai(勐海)那边茶厂又开了。孩子要是ken(肯),过两年可去那里当茶工。现在就去,不想du shu(读书),我在这里很好,不要接我回去读书,昆明du shu(读书)最好也不要去。爸爸妈妈,求求你们,du shu(读书)不好玩,头疼(这句话又是小布朗加的)。

祝爸爸早日胜利归来。

云南　老邦崴

儿子　罗布朗上

信里还夹着一张照片,是小布朗的学生证上用的个人照。他剃了个光头,脖子上歪系着一根红领巾,套着一件不合身的干净白衬衣,一看就是新的,寄草都可以想象老邦崴怎么样带着小布朗去百货公司买的新衣。儿子长得可是和罗力一个模子里刻出来的,浓眉大眼,厚唇高鼻,微微张着嘴,尴尬地笑着,带有西双版纳的乡土之气,眼睛闪耀着不知算不算大智若愚的神情。真是一方水土养一方人,哪里还有一点杭州清河坊杭家人的印记,活脱脱就是个彩云之南少数民族的兄弟。寄草捧着照片,儿子那么健康憨厚纯朴可爱,她是满意的;儿子那么土,又是让她哭笑不得的。

信是放在茶叶包裹里寄了两个月才收到的,一筐子是七张茶饼,云南人叫七子饼。这种茶的叶子有几张龙井茶叶那么大,寄草在云南时看到过当地人是如何做茶的,也是一色的手工,只是更豪放罢了。一看便知,这是生普洱茶。浅黑叶中夹着深棕色丝,闻一闻全是儿子的味道,寄草看到"祝爸爸早日胜利归来"和署名便哭了,一边哭一边开始掰这七子茶。她想把茶煮了,把儿子的味道喝下去,然后再收拾行李,立刻就奔赴云南西双版纳。丈夫一时半会儿是回不来的,政务院发出的《为准备普选进行全国人口调查登记的指示》,以1953年6月30日24时为全国人口调查登记的计算标准时间,寄草要把儿子登记上去,把这个从来也不曾露面的杭家外孙登记在册。她得自个儿把儿子接回来,再不接回来,儿子就成不了杭州人了。

这几年,气象万千,寄草觉得太眼花缭乱,又百感交集了。单说公家的事情吧,就能把寄草忙死。老邦崴信里提的互助合作,江南一带在旧年就开始了。北京开了会,决定农业生产互助合作。恰好杭家把茶山都送给了国家,也省了许多事。倒是小撮着一家投身农业生产互助合作运动,算是彻底回到翁家山,再也没法像过去那样长年在杭家帮衬,杭嘉和从此就一个人当两个人用,忙得分身乏术。

其间,"三反"运动轰轰烈烈开展,反贪污、反浪费、反官僚主义,动的是真格,连曾任中共天津地委书记刘青山和曾任中共天津专区专员张子善都被判处了死刑。不过杭家老小都没被波及。杭家有可能成为该运动打击对象的只有杭嘉平一个。他在北京跟着吴觉农到处跑,1951年还随着吴觉农赴朝鲜慰问中国人民志愿军,还在阵地上见到了方越和罗力,拍了照片寄回来,看上去那叫一个气壮山河。谁知一年半载后,杭嘉平突然回来了,到浙江省文史研究馆当了个馆员,待遇什么的都不错,分配了住房,只是秘书没了,也没什么事情让他做了,每天上班就是看报纸喝茶读文件,不需要他批阅。究竟发生了什么,嘉平不说,嘉和也不问,诸事就如此沉寂下来。

那日家中无人,寄草开会,嘉和去了龙井山中。后面三进院子做了茶厂后,便被封了。前两进院子虽拥挤了许多,但收拾起来毕竟方便多了。叶子是个爱干净的人,想起茶厂机器动了许久,近日停了,正可趁此机会洗扫一番家院,便拿出干净的毛巾浸湿拧干,抚在前胸,便在院中来回走动起来。在日本家中庭院喝茶前,是有这么个程序的。杭州人却没有这一习俗,抗战胜利后杭家人也不作兴这样了。叶子便不好意思明当明做,偶尔,家中无人时她还是会重操旧技,对故国的怀想,也就这么点仪式了。

只是她没有想到嘉平竟然在这时候回家了,看着她来来回回的碎步子,说:"你还没忘了这一手啊!"

叶子一扭头,竟然是嘉平站在大门口,一时不好意思起来,说了声"吓我一跳",便要扯下湿毛巾,却被嘉平挡住,说:"我现在可是贵客,你得这么迎接我才对。"

"你好省省了!回杭州小半年,也不晓得回家看看,还敢老着脸皮说自己是贵客,没见过你这样的人!"叶子回说。

"咦,另外嫁了个男人,你就这么能说会道了?"嘉平开口便说。

"对自家二哥都不会说话,还能对谁说话!"

"二哥不能说,不是还有大哥吗?"嘉平这句话是脱口而出,但是真说狠了。叶子怔了一会儿,一片树叶就落在了她头上。嘉平抬手要去摘,被叶子挡住了,说:"有大哥呢,就不劳二哥了。"

这话把嘉平给气得脸发红。金秋本来就火大,嘉平近来不顺,好不容易今天逮着机会,知道大哥不在,便想来家中看看,谁知叶子生出这么一张嘴来了。正左右为难时,叶子用手背掩住嘴就笑了起来,依然是永远经得起看的叶子啊。

"嘉平,你想不想喝抹茶?"

"想啊!"杭嘉平喜出望外,顿时尴尬全无,"你点的抹茶,很久没喝上了。"

"你等着,我在院子里替你点。"

"我去拿炭炉,你拿茶碗。"就这么三言两语,童年的感觉便扑面而来。

在日本读过书又娶过日本女子的嘉平,其实还是很爱喝抹茶的,只是自己不会做,抹茶对他而言还是太麻烦了。得先在茶碗中放少量抹茶,加少量温水,然后用茶筅搅拌均匀。严格科学地做抹茶,"浓茶"用四克抹茶,加六十毫升开水,有点像糨糊状;"薄茶"用两克抹茶,水量同样。嘉平喜欢喝薄茶,用茶筅刷出浓厚的泡沫,是非常美味和爽口的。

抹茶粉和炭炉都是现成的,原来叶子早就准备喝一次抹茶了。嘉平有些好奇,问:"就你一个人喝?"

"不是还有二哥吗?"叶子一边把茶碗同茶筅一起用开水烫过,一边开始调膏,顺口说着,"家里的人都不怎么习惯喝抹茶,大哥哥说,竹筅刷搅的感觉,总让他想到刷锅。"

"你没跟他说,普通茶汤中真正溶于水的营养成分仅仅为35%,吃茶比喝茶能汲取更多营养,一碗抹茶里的营养成分超过三十碗普通绿茶的。"

"他是干什么的,还用跟他说茶的道理?"

"那你怎么办呢?"

"我们各喝各的呀,我喝抹茶,他喝绿茶汤。"

"就这样,你也愿意啊!"

"他陪着我啊,他看着我喝啊。"叶子一边优雅地用茶筅贴着碗底前后刷搅,一边回答。

"那我也可以陪着你啊,我还可以和你一起喝。"

叶子默默地专心打着抹茶,直到抹茶拌着大量空气,形成浓厚的泡沫,她双手捧到嘉平眼前,微低下头,说:"请喝茶。"

嘉平默默地一口喝了下去,就如喝酒,额上就冒出了细细的汗珠。

"叶子,你和大哥真领证了吗?"

"什么话,那还有假!"

嘉平叹了口气,说:"我和黄娜没领证,她现在长什么样我都记不得了。"

"二哥是永远有人喜欢的男人……听说又交往了个年轻姑娘,穿着布拉吉,是你秘书,若成了,一起带过来。"叶子竟敢这样跟他说话,真是飘了。

"什么意思,你特别想让我成吗?"嘉平问。

"想你安生……"

"你是安生了,看我不安生,心里过不去吧。"

叶子看着嘉平,她手里拎着个竹勺,突然扔进水盂,挂下脸来说:"家里没人,天气这么好,蓝天白云下,我们吵一架吧。"

嘉平从来没有看到过叶子对他放下脸,顿时就慌了手脚,说:"不敢不敢,你打我骂我都行,我不跟你吵。"

"我要明明白白地告诉二哥,叶子为什么要跟大哥,不跟二哥。二哥太霸气了,太自以为是了,叶子不喜欢,从小就不喜欢。"

"从小就不喜欢,你还不告诉我?"嘉平睁大了眼睛,问道。

"因为二哥根本没有给叶子说话的时间,二哥是很远很远的二哥,说什么话也听不到的二哥……"

"就因为这……"

"二哥不会陪着叶子,不会日夜陪着叶子,一天也不分离地陪着叶子……"

"革命啊,不是现在,可是……假如从现在开始……"

"二哥是个热情的男人,不是个深情的男人……"

"其实二哥心里一直有你,你是最最重要的……"

"叶子不够,叶子需要独一无二,叶子不要做最最重要的……明白吗?"

嘉平呆了一会儿,摇摇头,说:"不明白……"

"你会又爱共产党又爱国民党吗?"

"这怎么可以比较呢? 那是信仰,不可类比!"

"做夫妻难道不是信仰吗?"

"可是……男人有时候会走点弯路,男人……"

"大哥也是男人,他不走弯路!"

"他不是也走过弯路吗?他不是娶过别的女人,生下过两个孩子吗?"

"那是你让他去走的路,他晓得是弯路也得走,他在乎你。"

嘉平怔了一会儿,问:"他是这样告诉你的吗?"

"这还需要他告诉我吗?杭家门里所有的人都心里明白!只有你……"

"……你应该明白,我是在革命啊……"

叶子长叹了一声:"你们真是两种人……"

"怎么是两种人呢?你以为我们是两种人罢了。我搞不懂你们。所有的女人,我都搞不懂……"

"你是想说'布拉吉'吗?是她不想和你在一起了吗?"

"不想在一起算什么,不想在一起就不想在一起好了,又不是你,一辈子都是个死结。可这个'布拉吉',她也太狠,太没品德了吧,她……她……她,她简直就是个女特务!"嘉平这回是真气坏了,这事情憋了一年多,终于找到一个喷发口。他拿出一根烟来看着叶子,叶子看着他摊了摊手……

原来这个"布拉吉"是个心机甚深的姑娘,什么方西泠、黄娜之流,和她相比统统不是对手。先前她看上嘉平这个大叔型老革命,花了不知道多少心思才成了他办公室的秘书。这个姑娘有的是革命热情,向往进步,只是苦于缺乏革命资源。她是城市平民出身,家里开一个小杂货店,上够不着资本家,下踩不到工人阶级,全家指望着她参加革命队伍,日新月异,芝麻开花节节高。她也真是努力,笔头好,嘴巴也紧,入团入党入机关,发现了目标杭嘉平。虽然杭嘉平年纪大了点,但南方人长得文气,显年轻,身材也好,经历又传奇,她就崇拜他了。嘉平那时候正苦于情感纠缠,也想找个能够好好过日子的对象,有个年轻漂亮的姑娘扑上来,他自然不想挡,挡也挡不住,单纯、年轻、可爱,行了。倒是"布拉吉"在和嘉平的来往过程中却渐渐地有些失望,她发现这个老革命太复杂了,不但组织关系复杂,男女关系也复杂,家庭关系更复杂,她就有点儿后悔了,心里想着,看样子这老革命提升空间也不大,说不定还要她贴出去更多,就不免心生退意,不如撤下这情感的战场。恰好这时候有人给她介绍了一个从朝鲜战场上回来的战斗英雄,又年轻勇敢又前途无量,"布拉吉"就决定退了。杭嘉平后知后觉,还觉得这个女同志不错,年轻漂亮简单,可以一起过日子,便正式提出确定关系,向组织报告结婚。把姑娘吓得啊,不敢跟他摊牌说出心里话,一咬牙,趁着搞运动审查干部,就把平日笔记里的东西,添点儿油加点儿醋,给组织上打了小报告。结果杭嘉平被说得大毛病虽然一时找不到,小毛病却有一大堆,尤其是作风问题。正搞运动呢,凡是在新中国成立前从事地下工作,关系错综复杂的这一类同志,组织上都得查上一阵。为保持革命队伍的纯洁性,就把他暂时下调回杭州了,也算是一种考验吧。这一回来,杭嘉平一时还觉得莫名其妙,觉得对不起"布拉吉",便主动提出不连累姑娘,断绝了关系。直到回来好一阵子了,他才偶然知道,原来自己恰是被那姑娘打小报告害的。

他就是不明白,为什么他遇到的女人都那么有心机,都那么对不起他,都不肯踏踏实实地跟他一起干革命、过日子。他把心底的这一切苦恼讲给叶子听,叶子听完他的故事,说:"二哥,没事,你是还没遇上呢。这姑娘是个坑,让你躲过了,祝贺你。"

叶子和他讲了很多,还捧出瓜子、花生,不喝日本茶了,还是喝中国茶简单。喝着聊着,他有点想明白了。原来他和"布拉吉"从来没有在一起安安心心喝杯茶,说说家常话,他对她除了讲革命故事,布置革命工作,锻炼革命身体,从来也没有一丝心醉神迷的感觉。说到底,他从来也没有爱过这个"布拉吉"。看来相好和革命一样,都是马虎不得的啊。

他谢绝了叶子的晚餐,说他现在心里舒服多了,但他还需要一个人到湖边去走走。叶子一遍一遍地跟他说,不管心里有多少难过的事情,一定要跟家里人说,说出来就会好许多。叶子跟他讲这些话时,他甚至觉得什么都没有变,叶子还是那个属于他的爱人,手一招就会跳起来跟他私奔的小女子。告别时,他还是忍不住拥抱了她一下,叶子没有拒绝,停顿了一会儿才从他怀中抽身出来。他感觉到了那股久违的温馨入骨的女人味,长舒了一口气,心想:好,还是从前的叶子,我还没有麻木,我还可以继续生活,继续战斗……

他这么想着,来到湖滨路上。直到暮色苍茫,他看到北山街上方那尖尖的美人般的保俶塔,塔旁那些隆起的馒头般的黑岩石,他想起几年前的峥嵘岁月,那些惊心动魄的战斗……湖面上缓缓地升上来一群战友和亲人,黑压压的,他们当中甚至还有林生和嘉草,有父亲,有寄客伯伯,有母亲绿爱,连死在台湾的陈仪也从西湖中冒出来了……他惊诧地想,陈仪不是在台湾被蒋介石枪毙了吗……全世界的水都连在一起,湖边路灯亮起来的时候,嘉平心里释然多了,相比那些死去了的,他难道还不够幸运吗?

那天夜里,嘉和从山里回来了。叶子给他留了茶泡饭,他一边吃着,一边跟叶子说着工作上的事情,突然他停住了筷子,闻了闻空气,说:"有烟味……"

"嘉平回来了一趟,你不在,他又回去了。"

"噢,没事吧?"

"你说的那个'布拉吉'跟他掰了……"叶子回答。

"他跟你说的?"

"是的呢。"

嘉和就不问了,说累了,洗完了脚要睡觉。一张床上,他铺了两条被子。叶子知道他上心了,面对着他躺下来,他就背过身去,说头疼。大约过了一个多钟头,翻了过来,又说头疼,很疼很疼。叶子就起来,让他的头靠在她腿上,帮他揉着太阳穴。嘉和疼得眼泪都出来了,叶子揉了好一会儿,他才感觉好多了,两个被窝就又变成了一个被窝,他们总算睡着了。

事实上,杭家这些年过得并不平顺。前些年,社会上还掀起过对知识分子进行思想改造的热潮。杭家大院里也没有什么大知识分子,倒是在大学工作的杭汉夫妇,认真学习了中共中央发出的《关于在学校中进行思想改造和组织清理工作的指示》。当然,这场运动不是针对他们的:一是他们太年轻;二是他们级别太低;三是他们搞农学,在实验室待的时间太多,不太关心社会问题;四是杭汉属于又红又专、立场坚定的共产党员。全国院校做了一番调整,归类排队,读书人是有"吾日三省吾身"之传统的,颠簸一番,各回书斋,教书。也有少数几个太不听话的人,寄草从前工作过的那些电台部门,便清理出个把历史反革命来。寄草那时才明白,当时大哥让她老实回家当个私营茶馆老板娘是多么明智。

但有些东西是躲不过去的,比如反行贿、反偷税漏税、反盗骗国家财产、反偷工减料、反盗窃国家经济情报的运动。嘉和虽是平生茶厂的股东,但这几年来,都在公家的茶场研发炒制龙井绿茶,许多场面上的事情都让寄草顶替他去了。

寄草虽是女流之辈,但到底有文化,又是志愿军家属,大场面上也顶得住,一来二去的,寄草就基本顶了嘉和的空缺。寄草生得漂亮,气质又好,老中青三代男子见了她无不侧目。已经调入统战部门工作的杨真也不免欣慰。反倒是回了杭州的嘉平场面上话不多,中央下派的干部总要稳重端庄几分。

那一日,寄草又来参加工商业界的代表会议了,主题是讨论公私合营,会议由统战部组织。杨真和嘉平都到场了,坐在主席台上。有人坐在寄草身后,因为不知道寄草和嘉平的关系,便窃窃私语,说杭嘉平有问题,他的未婚妻告发了他,所以他不属于下派,属于降职,你看他坐在主席台最靠边的一角,按道理,他应该坐在最中间的。原来,这世上到底没有不透风的墙,这番话,寄草两只耳朵听进去了,当场头毛痱子都炸出。

本来这种大事情寄草还真不能够三心二意,这可是生产关系的重大改变。公私合营分两个阶段,第一阶段,先在私营企业中增加公股,国家派代表负责企业的经营管理;第二阶段,国家择时对私股赎买,改"定息制度",等定息年限满,企业转全民所有制,私营者成自食其力的劳动者。

往大里说,这是中国对民族资本主义工商业实行社会主义改造所采取的国家资本主义的高级形式;往小里说,就是杭家的忘忧茶庄到底还办不办得下去的问题。那可是关系到一家老小过日子的,马虎不得啊。

大家都在认真地学习,但谁也不先发言。杨真点名了,让寄草谈谈。寄草站起来只说了句"怎么都行啊"就坐了下去。杨真有点着急了,问她什么是"怎么都行",寄草没反应过来,又说了一遍:"不是说了吗,怎么都行啊!"

旁边真有人忍不住了,反问寄草:"你什么意思啊!你当我们都是砧板上的一块肉,由人家斩由人家切!"

寄草一时就愣住了,其实这话都是大哥教她的,说凡是政府提出来的事情,不管怎么提我们都不要反对,可以提建议,但千万不要提意见。寄草问为什么。嘉和说出一番道理:你当那么大一个国家,车同轨,书同文,一套规矩,普天之下套上就用,不会出差错吗?不会有毛边吗?不会扣不准吗?肯定会有的。但历朝历代,就是这样过来的。为什么?国家实在太大了,要是到处因地制宜,国家要分裂的。中国人从来听不得国家分裂,这个代价谁也吃不消背,所以凡事总要顾大局的。

寄草想来想去还是不明白,问:"一点意见也不能提吗?"

嘉和说:"有意见你只管先放心里,看一看,听一听,不要拿出来讲。"

"大哥,那是你,不是我啊,我是不说要熬不住的啊!"

"谁说让你闭嘴啊,我是说让我们杭家人闭嘴。你现在不是你,你是杭家一家老小的社会发言人。你看你二哥,从北京回来,不是嘴也老实了吗？"

"那我看人家也都在提意见，是政府让我们提的呀。利息怎么算啊，何时截止啊，还有像我们这种眼睛睁开就忙到深更半夜的人算不算剥削阶级啊？到底谁养活谁啊？人家我不知道，反正我们杭家，谁不是互相养着的。"

"你啊，就知道些小道理。多读点书，马克思的《资本论》，有空翻翻。"

"《资本论》这种讲大道理的书我哪里读得懂，再说我连《红楼梦》这种小说都没时间读。大哥，要不然开会还是你去吧，会太多了，我吃不消了。"

"好啊，我去开会，你去炒茶，我们俩换一换？"

寄草就不吭声了，她知道国营茶场少不了大哥，听说这几年中央领导年年来杭州，开会啊休息啊，喝的都是大哥他们炒制出来的龙井茶，说是个临时工，比正式工还倚重呢，哪里肯换下来的！故而她就听大哥之言，只管说"怎么都行"。倒是有几个平日里比较计较的工商业主，到底憋不住了，商量好了似的爆了出来，七嘴八舌地问开了。

"人民政府好，共产党好，毛主席伟大，都是看在眼里的。我就是想不通为啥我们还要改造那么长时间，稍许改造一下嘛就好了，人跟人还不是差不多的！"

"我接你老兄话说，真的，我们和工人有什么区别？我们不也是起早摸黑地干活？发不出工资，我们不是比谁都急？赔了本还不是我们顶，天塌下来我们是长子，工人是矮子！不是说我们在乎这几个钱，我们本来就是自食其力的劳动者，我们还要改造？和那些破脚骨、要好坏比一比,一个天一个地!"

"就是就是!国家有事情,呛一声,我们不是掏光腰包!国民党坏,我们还不是个个都恨他们!共产党来了,我们不是个个都举着红旗欢迎!抗美援朝,我们不是有钱出钱,有力出力,有儿子出儿子——真的真的,不要笑,我儿子眼面前还在朝鲜打仗……"

"言之有理言之有理,我们也算是掏心掏肺了,那么,总还是要剩点祖上留下的东西给我们吧?生意嘛都是谈出来的,我们也是一户人家,也要吃饭睡觉,也会生老病死,各有各的难处,也不能把我们弄得'落了片白茫茫大地真干净'啊……"此人一激动,《红楼梦》里的名句也出来了。

这些人平时都笑眯眯的,拱手哈腰,态度好着呢,此刻突然就好比枪管戳在腰子上,哇哇叫了起来。寄草一下子明白了,他们就是没一个像她家那样的大哥啊。这说的是什么话啊,直接说不应该这样挖他们的肉就可以了嘛。看样子,临时抽来统战部门调研的杨真也没有这个思想准备,手里拿个本子,有些苦笑地看着台下,琢磨着该如何讲话。他身边的人看他不发言,谁也不敢发声。正在此时,有秘书上台给杨真递了个条子,杨真读了,批了几个字,递给嘉平。然后,就在台下七嘴八舌之时,台上有人拍桌子了,杭嘉平站了起来,环视四周,单手叉着腰,大吼一声:"人民政府,人人有说话的份,该轮到我了吧。"

这气场大得,顿时就把台下那些伶牙俐齿的人一下镇住了。也有不认识他的人悄悄问他是谁,坐在角落里,口气那么大。有人便低声说:"这人你们还不知道?忘忧茶庄那个老二!""听说过,听说过,杭嘉平,年轻时也是个混世魔王,今日见到真身了!"

杭嘉平是什么水平，出口就是一个霹雳："刚才有人说，自己是砧板上的一块肉，由人家斩由人家切，这个比喻有漏洞，不准确。就算你是砧板上的一块肉吧，万一是块滚刀肉呢，你当斩下去肉就碎了？同志们，我看不但没有碎，还能把砧板斩碎了。"

这样一个滚刀肉的定位，把下面坐着的一个个都吓得噎住了。

"各位同志，各位先生，各位女士，请不要忘记，今天请你们到这里来，是有一个前提的。这是共产党领导的新中国，有自己的理想，就是人民当家做主，消灭人剥削人的制度，建设各取所需、各尽其能的社会主义国家，最终实现共产主义理想。

"下面读懂《资本论》的人有没有？读懂的举个手……一个也没有啊，难怪。我也不敢说我全部读懂了，但基本精神是领会了。马克思《资本论》的主要贡献就是发现了劳动创造过程中产生的剩余价值理论，将剩余价值全部归于资本家，就是人剥削人的制度。我们共产党的理想，就是消灭这个人剥削人的制度。明白吗？我们要消灭这个制度，而你们恰恰都是这个制度的维护者。"

下面一阵闹哄哄的骚动声，杭嘉平骄傲地笑了，他看见了一群热锅上的蚂蚁。于是他放慢节奏，放柔了声音："当然了，我们要消灭的是制度，并不是消灭维护制度的那些人，除非是暴风骤雨的革命年代。什么是革命？毛主席说：'革命是暴动，是一个阶级推翻一个阶级的暴烈的行动。'"

也不知道是什么原因，或许因为引用了毛主席语录，或许因为杭嘉平这段激动人心的演说，或许因为节奏到这里就该鼓掌了，总之鼓掌声雷鸣一般响起了。

"同志们，我们打下了江山，但改造旧江山、建设新江山，是更伟大艰巨的任务。所以,我们现在还处在革命的年代,只不过不再是战争年代的革命形态,不需要死那么多人罢了。但革命精神是丝毫没有减退的,没有革命精神,我们能够实现伟大的共产主义理想吗?"

杭嘉平看着大家,目光扫过台下,寄草仰望着他。她简直不能想象,一个小时之前,自己怎么会有这么低劣的想法,她怎么可以为自己是不是剥削阶级的一员而纠结。二哥的话告诉她,如果不是革命换了形式,台下在座的许多人,包括她,也许都会被消灭。想到这里,寄草打了一个寒战。过了好一会儿,暖意上来了,因为现在要消灭的不是人,而是人剥削人的制度,真是幸运啊!

杭嘉平让台下的人们沉默了片刻,然后才语重心长地说:"同志们,各位先生女士,今天我们在这里,不是讨论要不要公私合营的问题,更不是讨论公私合营合不合理的问题,如果一定要讨论,那么我们的强大的政权机构,也可以拿出这样的命题:那些旧制度的创建者和维护者,他们应不应该与旧世界旧制度一起埋葬?《国际歌》不是这样唱出了无产阶级的心声吗:'旧世界打个落花流水,奴隶们起来,起来,不要说我们一无所有,我们要做天下的主人!'

"我们今天在这里,要讨论的,是我们用什么样的方式来埋葬旧制度,用什么样的程序来让旧制度的维护者们剥离旧制度。疼痛是肯定会有的,但为了美好、公平、公正的理想世界早日到来,我们的这点割舍,是不是就轻如鸿毛了?

"说到这里,我不禁想起了家父。记得小时候,他曾经让家人们去挑水煮茶,请下人们喝茶休息,建孤儿院让街头乞丐们入园后获得温饱。三十年前的杭天醉便有此普天之下人人平等的理想,何况今天的我们呢!"

听到这里,寄草早就忍不住热泪盈眶,跳起来就喊口号:"毛主席万岁!共产党万岁!人民政府万岁!坚决拥护公私合营!"台下早已经是一片沸腾的小海洋,"万岁"声一片,也没有人再讨论怎么样个公私合营法了,怎么样都行!"要我说,共产党对我们算得上海量了。你看人家苏联革命,该流放的就去西伯利亚,该驱走的就赶出国家。敢和苏维埃政权叫板、顽抗到底的,直接枪毙!"

会议就这么结束了。杨真走过来,脸上勉强挂着笑,一边跟嘉平握手,一边跟他耳语,然后就匆匆走了,甚至和寄草也没有打个招呼。

那天晚上,嘉和、嘉平两兄弟在花木深房进行了一夜的商议,最后还是把寄草叫了过来。寄草已经买了去云南昆明的车票,她准备只身去接儿子回家。虽说战争已经结束,可是志愿军还没有回国,罗力已经好久没有给她写信了。两个哥哥都明确地告诉她,目前不要去云南,等杨真从东北回来再说。寄草很吃惊,下午还在一起开会,怎么晚上就去东北了。嘉平这才告诉小妹,罗力为救邹大夫被俘了,邹大夫受了重伤,还是方越背回来的,送回东北治疗了一段时间,伤势挺严重的,凶多吉少,据说杨真去东北看她了。他让寄草还是等一等,情况稳定了再说。

寄草有点蒙,问:"你们是说,罗力真的还活着?"

"说什么呀,命硬着呢。"

"成战俘了?"

"没事,他又不是投降的,会回来的。"

"会回来吗?"

"当然会回来的。"

"能回来就好。"寄草松了口气,重重地倒在美人靠上。兄弟俩对了个眼神,真没想到,寄草竟然一滴眼泪也没流,这女子虽不是共产党人,但也是个特殊材料制成的人啊。

第二十五章

杨真捧着妻子邹远志的骨灰盒,他感觉时空错乱了。他抱着它,一会儿就奇怪地想:这是哪里啊?我抱着的这个木盒子,到底是谁的呀?我在做梦吗?但事实不容置疑,妻子没有牺牲在朝鲜战场,却牺牲在了军队后方医院的病床上。

1953年7月27日,中、朝、美三方在《朝鲜停战协定》上签字,抗美援朝战争终于结束。而邹远志所在的野战医院竟在签订停战协议的前一天被敌人炸毁。那一日,可以说各种不幸事都落在了那三个军人身上。本来受了轻伤的罗力准备出院,而来接他出院的正是志愿军某部班长杭方越。邹远志听说他们来了,也过来相聚,三个从杭州出发的战友,用志愿军的大茶缸喝着忘忧茶。猝不及防,炸弹从天而降,敌军最后一次报复性地冲上来,改变了在场所有人的命运。罗力和方越保护着受了重伤的邹远志,当敌人逼近时,罗力不得不让方越背着邹远志后撤,自己做掩护。方越惊声叫道:"千万不要做俘虏!"他不会不知道,如果罗力不当战俘,那么他们就要当战俘了。而胸膛炸伤生命垂危的邹远志是绝对不能被俘的。

邹远志肺部被击穿,撤退回国的一路上又无法及时疗伤,在后方医院坚持了半个月,依旧因失血过多,伤口引发并发症,回天乏力而牺牲。临终前,她总算还能够见丈夫杨真一面,但她无法开口说话了,只能在杨真的手心上吃力地画着几个字,一个是女儿白夜,一个是战友罗力。杨真含着眼泪点头,邹远志是要他记得抚养女儿,救回罗力。弥留之际,她睁开了眼睛,吐出了临终遗言:"我……更……爱你……"

　　杨真明白妻子此话的所有意思,他哭得像一个失去母亲的幼童,惊惶失态。妻子遗体要进行火化时,他抱着她的遗体死活不放手。人们感叹这对夫妇深厚无比的战友情和夫妻之情,同时又很难理解,在战争的缝隙中,杨真的情感为什么会表现得那么激烈。他们无法感同身受,因为情感只有体验者自身能感悟,不是体验者便都是旁观者。杨真即便在与邹远志度蜜月期间也没有过热烈的情感,是很深的责任感、同情心让他对这对母女产生了家人般的亲情。而那一厢情愿、心醉神迷的感觉,他曾经投射给了另一个同路跋涉的江南少女,然后便如酿酒一般地封存起来了。此刻他多么想把自己所有的一切都倾倒给爱人远志,因为相比他爱她,肯定是她更爱他;或者,相比那个他暗暗痴迷的女人,肯定是身边这个如左手握右手一般熟悉的她更爱他……

　　到火车站去迎接杨真的寄草,明显地感觉到杨真变了。经特殊批准,牺牲在国内的邹远志,被杨真接回,葬到了南山公墓,并且墓地设置了双穴。他暂时没有把这个消息告诉还在苏联留学的女儿白夜,女儿正在应考,一时回不来,知道了也于事无补,他在寻找更合适的机会。

　　方越倒是在1954年9月随大部队第一批回国了。他很快就转业回了原来的学校,在部队立过功,入了党,又上过战场,学校很需要这样的青年干部。他担任了专职的团干部,成了栋梁之材。人们几乎忘记了他有过什么样的亲生父母。

只有罗力迟迟未归,成了杭家人的心病。

朝鲜战争实现停战前后,被遣返回国的志愿军战俘共有三批:首先是要求遣返的伤病战俘,其次是坚持要求遣返的战俘,最后才是在中立区经过解释或通过逃出营地要求遣返等方式遣返的战俘。遣返的战俘起初是受到热烈欢迎的,回国途中都会有人夹道欢迎。杨真一有消息就告知杭家,直到第三批归国名单出来,才终于有了罗力的名字。他还活着!

这些志愿军战俘回到国内后,就被安顿在昌图志愿军归国人员管理处。中共中央制定了"热情关怀,耐心教育,严格审查,慎重处理,妥善安排"的二十字方针。最初的日子是火红的。首长的接见,慰问团的演出,女学生的献花,热闹的杀猪宰羊……还有那些制作粗糙却十分珍贵的纪念章。大家都以为,在这里休息、学习一段时间,他们很快就可以回到建设新中国的伟大浪潮中去了。

什么时候开始有了变化,罗力有些想不起来了。只记得大门关上,他们开始学习刘胡兰、赵一曼……学习革命军人的气节……因为他们保家卫国的功劳,祖国人民已经知道了,现在要开始严峻地反思了,是向祖国人民讲清问题的时候了。

共产党员是不能被俘的,但后来,大部分战俘被遣返回乡并在档案中注明"控制使用",极少数人还因为"特务"罪名被判刑。罗力是个另类,介于"控制使用"和"判刑"之间。

在志愿军情报部门战斗的这几年,可以说是罗力这么些年里心里最敞亮的岁月。他的情报技术在此时得到了最大程度的发挥,无论是破译密码还是拦截电报等,他都属于拔尖人物。他得到了极大的保护和尊重,党和部队的首长们都很重视他的业务能力。他相信,即便自己一时还没有恢复党籍,不久的将来也一定会被认可。

奇怪的是,罗力没有因为被俘而产生耻辱感。他少年时投笔从戎,久经沙场血战,远征跋涉,早已铸就了视死如归的军人精神。他在美国培训时,接触过不少第二次世界大战胜利后回来的美军战俘,他们都是作为英雄被人民崇拜的,他们自己也从来没有因为被俘而感受到丝毫耻辱。加之长期的情报工作也重构了罗力的气质,使他始终保持着低调、沉着、不冲动的内敛性格。须知他天性并非如此。

在归管处,听说自己还被开除了党籍时,起初他不但没有像同屋的战友们那么沮丧,甚至还有一点点儿兴奋,因为既然被开除党籍,那说明他原是有党籍的人了。谁知第二天一早,上级就过来宣布新名单,罗力被撤销了开除党籍的决定,理由嘛,很简单,他根本就不是共产党员。那些同样被开除了党籍的同室战友昨夜还痛苦地在号叫,此刻却禁不住想笑。宣布命令的领导自己也忍俊不禁了,摊摊手笑着对罗力说:"对不起,因为你在机要部门,我们想当然地把你当党员了。"听完这话,大家终于忍不住笑出了声。不过,刹那间笑声就成了叫声。只见罗力迅速走向前去,正手打了那个宣布命令的同志一个响亮的耳光。然后,罗力从自己兜里拔出一根打磨得犹如锥子般尖的东西,往自己太阳穴上插。谁知没插进去,那锥子却折成两段。从未失手的罗力在最要命的时候失手了。大惊失色的战友们捡起"锥子",才发现这是一把磨制后的牙刷柄。死不成又活不好是最尴尬的。一屋子战友忍不住哄堂大笑,有人打趣说:"你怎么不往肚子上扎啊,那里肉软,往你的花岗岩脑门上扎,不是成心鸡蛋砸石头吗。"罗力厉声喝道:"往肚子上扎,那是日本人的切腹死法……我是堂堂正正的中国军人,我是共产党员!怎么死,能不明白吗?"

顿时,一屋子人眼圈就红了。最终,罗力就被关了禁闭。

从禁闭室里被放出来的罗力,以为自己是意外地见到了杨真。他脱口而出的第一句话是:"老杨!见着邹大夫了吗?"

杨真点了点头,说:"我给你带来了寄草给的茶,是你儿子从云南寄来的。"

"噢,到底是杭家的女人啊!这是普洱饼茶,我在远征军里时经常喝这个。"

"你弄吧,这个茶我不会弄。"

"想不到吧,美国人竟然把我拉去印度转了一圈,上回在远征军时都没去成……"

"也是啊,有十多年了吧……"

"邹大夫怎么样?我答应你将她毫发无损地带回来的。这回她真是伤得不轻……"

"……你怎么样……"

"你是说我那一耳光吧?"

"老罗……"

罗力回过头来,看见眼镜已被泪水模糊了的杨真,右臂衣服上挂着黑布,他什么都明白了。

两个男人就这样默默地坐下来。罗力摇着手轻声说:"什么都别说……我们先喝口普洱茶,这个你还真不会弄……"他颤抖着双手,取出包在纸中的古茶树大叶种茶饼,向门口的哨兵要一竹壳热水瓶开水。"要滚开的……再给一张干净的纸。"他嘱咐了一声。

纸来了,干净的白纸,罗力又问哨兵要一把钥匙。哨兵这次不同意了。罗力说:"我弄茶呢,这紧压茶要刀,总不能向你要刀吧。"哨兵更不敢了。杨真默默地掏出自己的钥匙来,罗力接过坐下,轻轻地用钥匙头细细剥着粘在了普洱茶饼上的纸包。那纸包上印着中茶总公司的圆形品牌标志,当中一个绿色的"茶"字,是美术字,像用刷子刷出来的标语广告字体;周围八个红色的"中"字,手拉手围成一圈,红围着绿,像那些扎着红飘带、穿着背带裤、敲着锣鼓起舞的青年学生;下面是一行黑字:中国茶叶总公司云南分公司。

"寄草让我告诉你,这是样茶,今年中茶总公司有二十多个品种的茶样参加了各种展会。"

"我在报上都看到了,报纸还是让我们看的。今年由国际贸易促进会组织,先后在莫斯科、莱比锡、雅加达、斯德哥尔摩、哥本哈根五大城市举办了中国工农业展览会,还有在叙利亚大马士革举办的国际博览会……要不是那一耳光,不然天天都能看到报纸杂志……"

"你啊……"

罗力突然哇啦哇啦说个不停:"普洱茶呀,最好就是煮着喝,得先掰开,有一种专门的刀;讲究的用象牙做,一套的,插在牛皮包里;一般的用个钢锥子。山农喝饼茶,有什么用什么,没有工具,用手也行。我嘛,有你的钥匙也行。"

罗力用钥匙头扎着茶饼,看样子像是在修发报机。他做起事情来的那种周密劲儿和他扇人家耳光时的暴跳如雷,判若两人。他一边挑出茶饼末,扒拉到纸上,一边给杨真看,说:"你看看,新中国的茶就是好。我们在远征军时喝的茶,连石子、羽毛都能扒拉出来。你看看现在的茶,都出口了,真给中国人长脸!"

杨真扒拉着茶饼碎末子,发现自己和罗力换了角色,不是像他来看罗力,而像是罗力来看他了。

"普洱茶饼啊,是用大叶子茶做的。你知道什么是大叶子茶吗?别说我这样的东北人以前从来没见过,就是江南人也没几个领略过。我也是在云南原始森林里才见识过这么大的茶树,就是巨无霸,长得有几层楼高,要几个人合抱那么粗。当地山民背上插一把刀,爬上树,站在树杈上砍着那些分枝。那些树枝落在地上,我们在下面的人就用手把枝上的叶子给撸下来。哪里像杭州龙井采茶,小鸡啄米一样的。云南的茶树,这叶子能长多长?有我一个男人的手掌这么长。看,这么长!"

罗力伸出手掌,让杨真看他那只伤痕累累的大手掌。杨真双手抱着那个进门时就抱着的背包,坐在罗力对面,朝罗力看着。现在杨真眼镜上的水雾已经蒸发了,镜片后面的眼睛努力想掩饰着什么。罗力却似乎什么也没有注意到,继续滔滔不绝地说着:"普洱茶得先让沸水冲醒一遍,这个环节千万不可省略,然后再泡,还得用盖子闷一下。看我的。"他把茶末倒入水杯中,杯面上用红漆印着:献给最可爱的人。他迅速地冲洗了一遍,拿杯盖压着,把滗出的水倒入两个铝制饭盒,算是烫盏,然后又迅速在茶末中冲入沸水,片刻后再倾倒入两个饭盒中。两个男人端起饭盒,烫得手抖,互相碰了一下。正要以茶代酒,杨真把饭盒哐当一声扔在了桌上。哨兵被惊得大叫一声:"什么情况?!"看到两个男人只是在喝茶,这才放心地又到门口去了。

杨真抱起了背包,说:"还差一个茶杯。邹大夫也来了。"

罗力嗖的一下站了起来,对着杨真一声喊:"邹大夫,志愿军情报员罗力向您报到!"

杨真把背包放到桌上。罗力在刚才那只泡茶水的饭盒中再次倒满热水,双手捧着放到了背包前:"邹大夫,胜利了!我们又见面了!"

杨真这才捧起了饭盒,两个男人的眼泪只往饭盒里掉,和茶水都混到了一起。那哨兵听屋里静悄悄的,不知又发生了什么事情。他只知道来见罗力的是个首长,妻子死在战争中。探头一看,两个男人隔着桌面,哗哗地流着眼泪。哨兵年轻,不知男人伤心到极点时泪如雨下,往往是悄无声息的。

两个男人后面几乎没有交谈什么,只是一声不吭地喝着茶。事后,那哨兵也跟人家说过,那茶有一股子木头的香气,特别浓,色泽也浓,味道怎么样就不知道了;用饭盒喝茶,倒也蛮特别的;还有那个大背包放在桌上,那里面应该是骨灰盒吧。

杨真走后的当天,罗力就被放回归管处营地了。没有人再和他提那一个耳光的事情。他是最后一批离开营地的,回了老婆的户籍地杭州。

遗憾的是罗力没能回家,而是被送去一个叫乔司的劳改农场。可也没说去劳改,只说还得继续审查他的党籍问题。公安干校眼下是肯定回不了了,可因为一个耳光就让人劳改,好像又重了一点,所以便暂时作为公安干校下放到劳改农场的待查分子,为此还专门拨了一间平房给他。这平房前面半间放劳动工具,后面半间便成了罗力的临时宿舍。

房间虽然潮,但好在铺了水泥地,好打扫。嘉和、方越陪着寄草一起先到了那里,卷起袖子就开始干活。除了顶棚寄草实在没有办法处理之外,四周墙壁全被她贴上了画报,当墙纸,很好看。床原是高低铺的,嘉和拿了一把锯子几下就锯断了,两张床拼在一起,就成了一张大床,铺上家里带来的被褥,拿出寄草和叶子绣的枕头套、用钩针钩成的桌布。好在这里已经通电了,寄草把自己用的台灯和收音机也搬过来了。唯一的遗憾就是平房没有天花板,一下雨就会漏水。嘉和带着手下几个做小工的,把天花板也架了起来。方越的意思,随便糊一糊就可以了,反正住不了几天肯定要调回城里的。寄草问他怎么晓得,方越说:"小姑妈你也不想一想,放眼全中国,像小姑父这样的人才哪里找去?要不是他打了领导那一耳光,我们今天在这里都是多忙的。"

嘉和却不是这样想的,他坚持天花板要做结实,哪怕住一天也要做结实。其实他已经做好罗力要在此地长期扎根的思想准备了。等这一切都停当,嘉和朝后窗望去,后窗山坡上一片茶山,他指着茶山对寄草说:"看到了吗?茶山,养眼睛。"

寄草说:"走到哪里都逃不掉吃这碗茶叶饭的命。"原来寄草已经打听过了,罗力一到这农场,就让他暂时管这儿的茶园。这活儿反正说走就可以走的。万一哪天罗力的组织关系接上了,他就是个大干部了,也不能让他去干太累人的活。嘉和这回真是语重心长地对小妹说:"寄草,等罗力回来,你要多跟他讲一讲大道理,我们杭家过去的事情,哪一件不比今日糟心?想一想你嘉草姐姐、林生哥哥、绿爱妈妈,再看看眼下的事情,想一想邹大夫,还有什么可以和牺牲的人比!心一定要平,心平才能气和,气和才能活着,活着才有希望。"

寄草连连点头。她比任何人都了解嘉和的风格,知道他讲的每一句话,都有所指。其实像寄草这样一个冰雪聪明、一点就透的女人,岂会不懂个中道理!从杨真抱着邹大夫的骨灰盒回来,她就看出了他的变化。死亡是一把利刃,把深藏在骨头缝里的那一丁点隐秘剔得一干二净。她发现杨真从前看到她时的那种潜伏的喜出望外的神采,已然熄灭了。他甚至连话都不愿意和她多说,他成了一个威严的党的高级干部。

成年人的这些像经络般看不见摸不着的思绪,方越完全感受不到。他甚至连一场恋爱都没有谈过,他所有的痛苦都来自他的亲生父母,摆脱了他们,他就如脱胎换骨一般。在前线,他就是个冲锋陷阵、机智勇敢的战士,实实在在打了三年仗,除了双手双脚的冻疮,战斗中他并未受重伤。他看惯了生死,心胆都被打开了。此刻,他便对嘉和爸爸的这番话不敢苟同,真是"十年磨一剑,霜刃未曾试。今日把示君,谁有不平事"。他直言道:"当了战俘就要开除党籍,这条我是不服的。那我们扔下邹大夫管自己跑了,反倒是不用开除党籍了?邹大夫怎么办呢?她若是被俘了,莫非也得开除党籍?那么重的伤,加上那么重的打击,岂非生不如死?这么推论下去,邹大夫难道就不该上战场?"

他站在双人楼梯上,一边仰着脸在天花板上涂水泥,一边就叨叨叨叨地说着,被嘉和一声就喝住了:"方越,你这话像是打过仗的人说出来的吗?"

方越不太明白地看着嘉和爸爸,说:"打过仗怎么啦!我也没说错呀。"

嘉和仰着脸,用长长的食指点着方越,摇着头叹着气告诫他说:"你啊你啊,你要为你这张嘴吃生活的!"

"我也就是在你们面前说一说,在学校里,我保证缄口不语。"

"方越,你现在姓杭了,你必须听明白杭家人的规矩。老实说,我不在乎你们心里头想什么,我就在乎你们这张嘴里说什么。话讲惯了哪里还会刹得住,阴沟里翻船的事情只多不少!"

方越知道嘉和爸爸是一心为他好,虽然心里头还是不服,但嘴上一口答应道:"嘉和爸爸,我服你,你让我闭嘴我就闭嘴!"

深更半夜,一家人才从乔司回到清河坊。寄草满头泥浆,戴着草帽也不管用,只得洗澡换衣服。家里的女人们,还有得茶,都帮着拎水。洗了澡,寄草到院子里的大水槽洗衣服,却见盼儿拎着一张纸袅袅婷婷地过来,靠在门当上问:"小姑妈,你给我看看我这幅扇面怎么样?"

夜里黑,月亮却极大,盼儿举着个手电筒,照在扇面上,原来画的是个倚窗的仕女,右手托下颌,望穿秋水,高空有一行秋雁,窗前院落里有一棵芭蕉,显然已经到了绿肥即将消逝之际,但挺拔的姿态依旧,甚至高出了院墙一头。寄草赞美了一声:"好得很!有看头!从小翠老师那里偷的拳头吧?"

盼儿一点也没有感觉羞愧,却说:"我今日可是特别开心,小姑父到底是要回来了。"

开心归开心,家务活她是一点也不干的。奇特的是,她靠画各种图案挣的钱,竟然让她活得还不错,所以她的状态仿佛和家中其他人不一样。寄草今天到底还是顺着盼儿说,因为她虽然累得要命,内心却是喜悦的,所以一边搓着衣裳,一边仰头看夜空中那一轮孤月,说:"我也是。管他是不是战俘,党籍有没有恢复,活着,毫发无伤地回来,还有地方住,有工作干,干的还是种茶,我就满足了。"

"我得给你画张《戏婴图》。小姑父回来,小布朗也可以接回来了。说不定我们这院子里还有更多的孩子跑来跑去呢。"

"你说什么呀,目光放远点。罗力目前这样的情况,小布朗是不适合回来读书的,我也没有精力心挂两头,弄得'阿龙阿龙,两头脱空'。这辈子,我的大家庭就是这个忘忧茶庄,小家庭就是丈夫、儿子,我也不再生孩子了,一个就够了。"

"小姑妈想什么做什么,我都不奇怪的。"盼儿灭了手电筒,也望着夜空,说,"小姑父回来了,家远也要回来了!"

"啊,你怎么知道?"寄草一阵心悸,手里的湿衣服都掉回水槽了。

"曹家远告诉我的呀。最近一段时间,他每天半夜都在我耳根前说:我是家远,我回来了……"盼儿又打开了手电筒,朝着虚幻的夜空照着。在闪烁不定的弱光中,她自己也变得有几分怪异,像一个不知道从哪个世界飘下来的外星人。

寄草有一点毛骨悚然,她和罗力分别那么些年,却从来没有一个晚上听到罗力跟她耳语,对她说"我回来了"。这让她觉得有几分羞愧,仿佛自己十几年的婚姻,还不如盼儿十几天的爱情。她想找个借口,如果说盼儿产生幻听,也是不奇怪的,盼儿就属于那种容易产生幻听的类型,玻璃少女。而寄草是什么?她是钢铁少妇!

罗力回来的那天,是杨真亲自把他送到乔司农场去的。杨真明确地告诉罗力,他的地下党员身份依旧在核实中,目前暂时在农场里等候消息。农场场长正是杨真当年的警卫员小彭,看杨真眨个眼睛就能够知道首长的意思,他当天就说,正好周日,可以先回家一趟,明天下午再来也不晚。可罗力没有这么做。当天晚上,寄草也留宿在农场。久别胜新婚,这夫妻俩直到半夜也没睡着,困一会儿,醒一会儿,说一会儿,闹一会儿。漆黑中,寄草突然欠身问道:"罗力,你跟我说老实话,我不会生气的。"

"怎么?你也要审查我了?"

"我就是想知道,这么多年,你半夜里有没有听到过我叫你?"

"没有。"罗力爽快地立刻回答。

"你再想想,你回答得太快了!"

"没有。我很清醒。我梦见过你,坐在桥头唱茶歌,但没听见你叫过我。"

寄草倒头扎进枕头。枕头是好枕头,盼儿新买的鹅绒枕。寄草长叹一口气说:"这我就放心了……"

"什么意思?"

"我呀,我也没有听见过你叫我呢……"

"原来咱俩这么些年谁也没想谁啊……"

"我不想你?不想你,我还能万里寻夫似的到缅甸吗?"寄草一脚踹向罗力,没把他踹下去,倒是自己滑到地上去了。罗力开了灯,见那披头散发坐在地上的寄草正抹着泪,连忙把她拉回床上:"多大的人了,跟小孩一样……"他帮她擦着泪,见灯光闪耀下寄草的上臂圆滚滚的,忍不住就轻轻拍打了一下,又重重地亲上一口,说:"好漂亮的手臂!"泪眼模糊的寄草惊讶地望着他说:"啊,你……想不到,你也会说……流氓话……"

罗力仰面笑了起来,一头扎在枕头上,才说:"我回来后第一次见到你时,你伸出手来,瘦骨嶙峋,手臂又黑又糙……原来,原来你把好的一段都藏起来不让人看了……"

关上灯,寄草枕着罗力的胳膊,这才吐出真正想说的话:"盼儿说,她半夜里总听到曹家远对她耳语,说他就要回来了……我听了好害怕……"她突然一头扎进罗力怀中发起抖来,"你说,曹家远是不是死了,灵魂不散,从台湾飘到杭州,飘到盼儿这里来了……"

一听这话,罗力突然就怔住了。他坐了起来,愣了一会儿,问:"我可以抽根烟吗?"

杭家没有男人抽烟,哪怕嘉平都不抽。可寄草亲手给罗力点了一根好烟。罗力在吞云吐雾中终于告诉寄草,他见到曹家远了,是在韩国的战俘营里见的面。

1953年7月27日,《朝鲜停战协定》签字。8月5日,交战双方开始交换战俘,到9月6日交换结束时,有一批志愿军战俘被送往了台湾。他们绝大多数在二十岁上下,被俘初期大都陷入了较严重的痛苦、迷惘、悲观的情绪之中,因没能"杀身成仁"保全名节而倍感羞耻,因没有实现"保家卫国"的誓言而深感愧疚,又因突然失去上级组织的领导和战斗集体的关照而手足无措。不少人想过自杀、逃跑,甚至去跟敌人拼命,但都因敌人看管甚严,自己又手无寸铁或伤病无力而不能如愿。敌人在一些战俘身上刺了反动标语,使战俘陷入严重的身心危机,这是擦不掉的耻辱啊!还有什么脸面见江东父老?在韩国釜山和巨济岛的美军监管的战俘集中营里,美方先是派神父、牧师"传教",发现战俘们竟然把《圣经》拿来当手纸扔进粪桶。蒋介石先后派遣四百多名国民党特务混入战俘营,曹家远则成了专门运输他们赴台的飞行员。

罗力年纪偏大,又是情报人员,在国民党军队待了那么多年,台湾方面有一批老熟人,他们想当然地以为罗力肯定是站在老蒋这一边的,在战俘营也就是待上一阵过渡一下吧,所以对他是网开一面的。这种客气的态度,让其他志愿军战俘对他十分反感。罗力习惯了,既然在敌人的阵营里,他就要扮演好自己的角色,结果到头来还是露了馅。原来那日夜里,敌人抓住一名正在上厕所的志愿军战俘,要把他绑走去刺青,恰好罗力也在厕所,一脚就踢飞了敌人,一群人就在厕所门口扭打起来。眼看着罗力有点儿寡不敌众,突然又插进来一条飞毛腿,把打罗力的人踢出丈把远,才说:"长眼睛没!知道他是谁?"

"那你说他是谁?"

"我要能跟你说他是谁,那他还是谁了吗?"

曹家远就这样搂着罗力的肩,从容不迫地去了他的临时住所。罗力问这个搂着自己肩膀的"敌人":"有热水吗?"曹家远说:"有,不太烫了。"罗力从上衣口袋里掏出了一些龙井茶末,说:"喝杯龙井吧,用八十五度的水冲泡最好。"临时的帐篷里面甚至没有桌子，他们就坐在被褥上喝茶。茶是寄草寄来的，忘忧茶庄参与生产的安生牌，罗力一直将它放在上衣口袋里舍不得喝，直接做了安全符，直到成了战俘，他才开始摸着茶片闻，闻不够，喝不够。这近四十年的生涯，他喝过许多茶，红茶、绿茶、乌龙茶、普洱茶，可是他真正懂茶，是在成为战俘的日子里。

战俘们很奇怪，不知道罗力究竟是一个什么样的人。他的态度暧昧不清，他去看美国电影，喝美国人的酒，抽美国人的烟，聊在美国留学的事情，和台湾特务则聊远征军。因为他的缘故，敌人对他们这个分队较为客气，没有再抓捕他们当中的人去刺青，也没有硬逼着他们填表去台湾。因为罗力答应他们，他会让他们做出正确选择的，操之过急将适得其反。最后，他不但把自己送回了祖国，还把他那支分队所有的战俘都带回了祖国。

"可是，你都跟他说了什么？那个曹家远，他有没有提到盼儿？半个小时可以说许多话……其实一句就够了，他说了吗？"寄草更关注的却是盼儿的命运。

"半个小时，噢，半个小时真不能说上几句话，我告诉他，我必定要回祖国的，除非他们杀了我，我拜托他把我的骨灰送回祖国。"

"因为我吗？因为儿子吗？因为忘忧茶庄吗？"

"这不是因为哪一个具体的人，我跟他讨论的是信仰。"

"信仰，他有信仰吗？"

"我感觉他没有。如果一定要说有，他可能信仰盼儿吧。"

"他果然提到盼儿了？"

"只提了一句，让我转告盼儿，等着他！"

"他让盼儿等着他？"

"等着他!"

"原来这是真的,盼儿听到的就是这句话!"寄草长叹一声,再次重重地倒在了床板上。

第二十六章

1957年,杭州龙井茶区梅家坞乡有记录在册:春四月,中国国务院总理周恩来与陈毅元帅、贺龙元帅、罗瑞卿大将及北京市委书记彭真,陪同苏联最高苏维埃主席团主席伏罗希洛夫参观杭州茶乡梅家坞。浙江省委书记江华与省长沙文汉全程陪同。巧的是,那段时间,杭嘉和几乎天天在那一带来回奔忙,其中梅家坞是他去得最多的茶区。

就在这一年,中央做出一个决定,要求每位中央领导联系一两个农业合作社,对这一新生事物搞调查研究。周总理想起了梅家坞。这一回,杭嘉平又作为陪同,随周总理一行视察茶事来了。

1950年至1957年,茶史上称之为中国茶叶恢复发展期。1948年,中国茶叶年产量不足一万吨,为三百年来中国茶业最低谷。1949年,吴觉农出任中国茶叶公司总经理。1957年,茶叶总产量已达十一万余吨,出口达四万余吨。比起1886年的年出口量13.4万吨,固然只是一个零头,但比起九年前近乎零的状况,毕竟是一个飞跃。而1957年滇红工夫一级茶叶,则以每磅一百六十八便士刷新当时伦敦市场的茶叶最高价。

杭州龙井茶区自然与中国茶业发展同步,梅家坞茶区则为其中之佼佼者。

位于杭州五云山下的梅家坞,作为杭州郊外的一个茶乡,已有六百多年历史。老杭州茶人都晓得,新中国成立后,杭州的本山龙井茶就分狮、云、龙、虎、梅五大品牌,其中梅字号龙井茶精美的炒制工艺,堪称翘楚。据说有两位梅家坞的制茶能手,每年春天制茶,光是擦亮那两口茶锅,就得费十二个工时,可见其讲究。民国时期,杭州城里的炒茶高手阿洪,每年都被梅家坞的孙老板请到村里,好吃好喝,年年一只金戒指,就是有个条件,炒茶季节要把他锁在家中,他那一手炒茶技术是绝不能够让人偷去的。

1949年以后,梅家坞茶农的茶锅,逐渐由各家汇聚在一起,"集体"作为一个新名词,成为他们使用频率越来越高的日常用语。1952年,梅家坞成立互助组,三年后,杭州市第一个高级农业生产合作社——为纪念十月革命而命名的"十月高级茶叶生产合作社"诞生。随后,一名叫伊万诺娃的苏联女专家远道而来,专为梅家坞人讲授茶树的根外施肥与修剪技术。

这是一件令人十分惊讶的事情,苏联的纬度和气温是绝不能够种植茶树的,那么这位苏联专家又是为何会懂茶树的种植的呢?杭家人对这件事情真的十分好奇,尤其是嘉和。扶轮社自1949年之后就不再在中国举办任何活动了,杭嘉和一时也没有地方去询问。嘉平呢,又不见踪影了。

这是一件令人纳闷的事情!按常理,凡是与茶有关的大事,国家领导人到场,吴觉农也往往到场,而吴觉农到场,身旁必定会跟着杭嘉平。但随着吴觉农离开农业部和中国茶叶公司总经理的岗位,杭嘉平便也销声匿迹。自那次在杭州工商业代表大会上做了慷慨激昂的讲话之后,他突然又被调回了北京。1955年11月,他跟随吴觉农作为中国科普代表团中的一员访问苏联。吴觉农对苏联是有着特殊感情的。这次出访,正值十月革命节。在吴觉农的心里,这是一个神圣的日子。他在莫斯科红场同苏联人民共同欢庆节日,观看游行。有一张保存下来的照片,留下了他兴高采烈地双手举起一个俄罗斯小孩和鲜花的镜头。杭嘉平陪同吴觉农回国,一家人还吃了一顿团圆饭。

1956年3月间,吴觉农出席在北京召开的中国农学会成立暨第一次全国代表大会,他被推选为中国农学会的副理事长,嘉平则成了农学会的大管家。这个中国农学会,是由中华农学会改造而来的。几十年来,吴觉农作为中华农学会元老,自己的家充当会址,自己又当办公室主任,又当秘书,又当财务,又当办事员,经济上一旦有困难,还负责掏腰包。现在,新中国成立了,农学会有了国家作为强大的支撑,吴觉农怎么能不感慨万千呢!杭嘉平一开始并不十分情愿做这些事情。他是军人出身,后来又一直做情报工作,出生入死,惊险刺激,现在又回到茶上去,那不又成忘忧茶庄的二少爷了吗?但是,放眼全中国,反动派已打倒,帝国主义夹着尾巴逃跑了,全国人民大团结,掀起了社会主义建设高潮——不再需要他出生入死了,而且他的身份也已经暴露,他还能干什么呢?

他跟随吴觉农加入了陈毅副总理率领的赴西藏中央代表团,出席4月间召开的西藏自治区筹备委员会成立大会。3月中旬出发,从青藏公路入藏,绕道康藏公路,历时百日,行程万里,可谓壮行。在拉萨市召开的西藏自治区筹备委员会成立大会上,吴觉农代表各民主党派在会上做了联合发言,嘉平坐在后台,喝着最正宗的酥油茶。嘉平什么茶都能喝,感觉什么茶喝起来都区别不大,不像大哥嘉和,山顶的龙井和山腰的龙井都能够分出来。

1957年杭嘉平那老共产党员的身份虽然早已在党内归档,但对外依然保密。他和那一拨工商联大实业家、民主人士的关系依然挺紧密。他们常会聚集在京城某一幢别墅里,跳舞,喝咖啡,吃蛋糕,读报纸,分析形势。嘉平喜欢跳舞,不愿意多谈政治,这源于他多年来的国际特高科组织训练与在国内地下党工作的经历,而且他是一个坚定的共产党员,只是表面看上去有些边缘化罢了。

党组织有关部门的同志也常常请嘉平去办公室坐一坐,他每次去都会带上杭州寄来的好茶。他们也会向他询问一些事情,老同志了嘛,也不用说破。嘉平不说什么负面消息,几十年的历练,他太知道怎么措辞了。一语不慎,有时就会惹麻烦。他会大谈国际问题,而且一激动就俄语、英语、日语一起上,听得询问者笑得前仰后合,乐不可支。他走后,审听者才做出一个评判:虽然是一只老狐狸,但毕竟是我们资深的地下党同志,关键时刻是靠得住的。这龙井茶还真是好喝。别留着,把茶叶都吃了。没听他说吗?毛主席就是这样喝茶的。

可以说,叶子看嘉平是看到骨子里的,嘉平不会让自己闲着,但他也不可能成为大专家、大学者,倒可以称得上是个政治活动家。倘若你让他当面说一个特别具体的专业知识,他会扯到理论上去,因为他只负责形而上。倒是他的亲生儿子杭汉可以负责形而下。要问苏联人和茶的关系,还真得听听杭汉的见解,杭汉知道来龙去脉。

杭汉刚刚当了爸爸,生了个儿子,取名得放,和得茶一样,都是"得"字辈的,再加上那段时间正号召全民大鸣大放,所以就叫杭得放了。蕉风抱着新生儿从大学宿舍回忘忧茶府坐月子,杭汉再忙也得陪一陪妻子,一边和婉罗姆妈拔着鸡毛唠家常,一边就把苏联人和茶的关系给捋了一遍,连杭嘉和也听得津津有味。原来,苏联还是有种茶的地方的,就在斯大林的故乡格鲁吉亚,那里属于亚热带海洋性气候。但这茶还是从中国传过去的。

中国茶叶最早传入俄国,据传是在6世纪时,由回族人运销至中亚细亚。元代蒙古人远征俄国,中国文明随之传入。但直至明朝,即使中国茶叶已进入俄国,那时的俄国人也基本不喝茶。1638年,俄国使臣瓦西里·斯达尔科夫带回由清廷统辖下的蒙古可汗赠送给沙皇的礼物——茶叶,使臣还一百个不满意,他想要的是貂皮,不想要这黑乎乎的草药。可汗自然不同意啊,那是皇上赐的,最高贵的礼物,不收就犯大忌了,不要也得要。这两百多斤的茶叶就这样被拉回了莫斯科。真没想到,后来俄国贵族竟然就喝上瘾了。和英国人一样,他们渐渐地一天也离不开中国茶了。1689年,中俄签订《尼布楚条约》,自此,中国茶叶从张家口经蒙古输往俄罗斯。1727年,俄国女皇派使臣到北京,申请通商,后来中俄签订了互市条约。继而,俄罗斯在中俄边境一个小村落规划设计并出资兴建了一个贸易区——这就是大名鼎鼎的恰克图,而恰克图的俄语,意思正是"有茶的地方"。

时隔不久,中俄边境的中国一侧,由民间盖起了与其规模相当的贸易区,与此同时,一条通过欧亚草原的中俄草原茶路被俄罗斯方面重新勘测开辟,它的基本路线是:恰克图—伊尔库斯克—托博尔斯克—秋明—叶卡捷琳堡—莫斯科。两国以恰克图为中心开展陆路通商贸易,恰克图成为中俄茶叶贸易的主要市场。其输出方式是将茶叶用马驮到天津,然后再用骆驼运到恰克图,从北京到莫斯科的茶叶贸易路线,从此缩短了一千多公里路程。

茶路的出现带动了沿线城镇的发展。当时中国这边,多伦、阿拉善、包头、集宁、乌里雅苏台、科布多、海拉尔、齐齐哈尔等城市,都因茶路上人流物流的增长而扩大了规模,而有些城镇又随着茶路的出现而消失。

中俄通商后,中国对俄国的茶叶输出成倍增长。1819年,由恰克图输往俄罗斯的茶叶价值五百万至六百万卢布,1839年达到八百万卢布。恰克图迅速变成远近闻名的农业区,产出的小麦直接从恰克图卖给中国商人,换取茶叶。一些西伯利亚人依靠地理优势成了大财主,构成俄国历史上有名的"西伯利亚新贵族"。

和英国在其殖民地顽强地试植华茶一样,俄国人也顽强地在自己的国土上移植来自中国的茶。1847年,俄国外高加索开始试种茶树。1861年,俄国人在汉口设立第一家砖茶制造厂。1884年,一个名叫索洛沃佐夫的俄国商人从汉口运去一万两千株茶苗和成箱的茶籽,在查瓦克-巴统附近开辟一个小茶园,从事茶树栽培和制茶。1888年,俄国茶商波波夫来华,访问宁波一家茶厂。1893年,应波波夫聘请,受清政府和刘氏茶坊委派,以刘峻周为首的茶叶技工十人,携带茶籽、茶苗到格鲁吉亚黑海沿岸的巴统栽培茶树。刘峻周等人在巴统地区历经三年,种植了八十公顷茶树,并建立了一座小型茶厂。1896年,刘峻周等人合同期满。回国前,波波夫托刘峻周招聘技工,并购买中国的茶苗、茶籽。1897年,刘峻周又带领十二名技工携家眷前往巴统,在阿扎里种植茶树一百五十公顷,并建立了制茶工厂。

刘峻周1893年应聘赴俄,1924年返回家乡,三十多年时间,对苏俄茶叶事业的发展做出了很大贡献。格鲁吉亚盛产茶叶,黑海沿岸茶林漫山,成为茶叶基地。所产的"刘茶",就是以刘峻周的姓氏命名的。沙皇接见他,封以爵号,刘峻周被后世尊称为"茶叶刘"。他是第一个没有取得俄国国籍却受勋的中国人。1924年10月13日,他被苏联政府授予"劳动红旗勋章"。格鲁吉亚《东方曙光报》刊载一篇文章,赞誉他为"伟大的中国和格鲁吉亚人民的光荣儿子"。

三十多年以后的1956年,梅家坞人与苏联茶人的感情更为深厚,继女茶学专家来梅家坞后,又有以农学副博士康麦·德热莫哈德为首的五位苏联茶学专家来到梅家坞,他们向中国茶农传授现代茶学知识,中国茶农则向他们展示刚刚总结出来的双手采茶法。嘉和能说几句外语,和苏联专家能够交流几句。他与阿洪师傅用手炒茶的时候,苏联人听说杀青的温度要到一百八十摄氏度,都惊恐地叫了起来,问会不会烫出泡。嘉和说这是难免的,还伸出手给他们看。一看,果然有那么几个泡。专家们一致决定,抓紧时间给他们制造出机械化的炒茶机。茶农们听了都使劲拍手。此时,梅家坞茶农的精神,和他们上下翻飞状如彩蝶的双手一样,是快乐与亢奋的。

只有嘉和他们几个人明白,龙井茶的手制炒法,不是有个炒茶机就能够完事的。那时的他们,已经总结出龙井茶的炒制工序,分为摊放、炒青、回潮、辉锅、分筛、挺长头、归堆和收灰。西湖龙井茶的手工炒制运用的是传统的"十大手法",即抖、带、挤、甩、挺、扣、拓、抓、压、磨。"十大手法"在整个炒制流程中不断地穿插运用，尤其是在炒青和辉锅两道工序中，手法的使用更是复杂多变。要想把精心采摘下的龙井鲜叶成功"雕刻"成拥有色绿、香郁、味甘、形美的四绝工艺品，就必须在炒制的过程中恰当地掌握好炒锅的火候和熟练运用"十大手法"。这并不是件容易的事，需要经过长期不断的反复训练。直到今天，高档龙井茶还保留着乾隆皇帝诗中所描述的"地炉文火续续添，干釜柔风旋旋炒"的手工炒制方法。

为了给茶农普及这种炒制方式，公家给杭嘉和发了一辆飞鸽牌自行车，他跟着王场长和阿洪师傅，天天在合作社教那些茶农炒茶，嘉和的主要工作是拍照片和记录炒茶心得。这么资深的茶人做这些小年轻的活计，还是有些滑稽的，但嘉和知道此事非他莫属。照片要拍下来，炒茶的十种手势方法，也要一一介绍给苏联人听。

也就是在这样的日子里，某一天，杭嘉和竟然和周恩来总理不期而遇了。

周恩来祖籍浙江绍兴，当年正值花甲。他此次茶乡之行的日程安排是：1957年4月23日，抵杭后即赴茶区，分别参观玉泉寺、龙井制茶厂和龙井小学。翌日下午，访九溪茶区。25日，亲去机场迎接伏罗希洛夫。26日，中苏两国领导人同游茶乡梅家坞。在茶园，伏罗希洛夫与一个九岁姑娘比赛采茶而败北，在一片笑声中，周总理戴上箬帽，系上茶篓，招呼大家一起学小姑娘采茶。同行中人发现周总理对采茶很内行，采下的都是一芽双叶的嫩头。人们由此推测，周总理在伏罗希洛夫抵杭前两次探访茶区，并非兴之所至。

周总理一向心思缜密,他前期的探访茶区应该与重大国事活动的选址与考察有关。

中国人的传统观念,向来是把人与世界的理想境界称为"和"。和为贵,而茶作为"和"的象征恰是最合适不过了。那一年春天,周恩来与伏罗希洛夫的杭州茶乡之行,亦成为向世人展示中苏两国友谊的标志性事件。

而真实的1957年,恰是"和"与"不和"的共存之年,上半年与下半年风光截然不同。4月的江南,其乐融融,25日下午,西湖烟雨空蒙,周总理和伏罗希洛夫漫步湖边。同日,周总理又去探望寓居西湖金沙港燕南寄庐的"江南活武松"盖叫天。周总理是步行而往的,还在盖叫天家门前面路口一个炒茶娘的炒茶锅前观看了一会儿炒茶,炒茶娘没有认出他。京剧表演艺术大师盖叫天此时年事已高,正为没有安排他的演出任务而生气。周总理说:"伏罗希洛夫是苏联英雄,你是舞台英雄,我们是想让英雄陪英雄看戏啊。"盖叫天方笑,说:"总理周到。"虽如此,还是安排了他演出一刻钟的《打店》。事后,盖叫天对周总理说:"您让我露脸了!"

当夜杭州饭店的宴会,也是浙江省省长沙文汉政治生涯中光辉的一刻。在此次盛大的国事活动中,这位浙江宁波籍的资深革命家,与浙江省委书记、红军出身的老革命江华一样,始终未离周总理左右。8月后,他的政治生命面临劫难。沙文汉是当时最早被撤职审查的省部级官员,这促使他回到对人类历史的反思与探讨中。七年后他写完了《中国奴隶制度的探讨》,方告别于世。然而此刻,灯火辉煌,杯盘交错,沙文汉啜饮着极品龙井茶,全身心地沉浸在"有朋自远方来,不亦乐乎"的欣快中。

那天,有不少杭州人见到了周总理一行,晚上回家,街头巷尾纷纷传扬,杭府的一干人等也不例外。近来杭家人都迷上了嘉平从苏联带回来的茶炊,吃罢夜饭,大家就坐在餐桌旁喝煮茶。茶盏也是从苏联买的,类似汤盘,可以盛很多茶汤。

茶炊上方的炭炉口坐着一个小茶壶,茶壶里盛着极浓的红茶。倒一点儿在盘里,再打开茶炊下方的那个水龙头,沸水冲进盘里,一下子就把凝香欲滴的红茶汁给化开了。

"有意思,苏联苏维埃主席团主席来了,我们也用起茶炊来了。"嘉和说。

"爷爷,您真见着他们了?"得茶激动得要命,迫不及待地问。

"没见着苏联人,见着周公了。"嘉和的叫法很奇怪,竟然不叫周总理,叫他周公。

胖乎乎的黄蕉风抱着孩子也凑上来问:"嘉和爸爸,周总理真的去西湖边了?"

嘉和抱过小得放,站起来,一边摇着孩子一边说:"我看那样子,像是周公。中等身材,还撑了一把黑伞,穿着黑色呢料中山装。我俩就面对面走过,周公脸上有一对大酒窝,胡子刮得干干净净,周公就是这样的。"

"啊呀,你有没有喊毛主席万岁啊?"婉罗一边洗碗一边大惊小怪地叫了起来,把大家都逗笑了。一直沉默未语的杭汉忍不住说:"周总理又不是毛主席,万岁也不好随便乱喊的。"

婉罗沉思着回答:"那倒也是,万岁是只归毛主席的。"

"可以叫:'周总理,您好!'不要握手,和领导人不可以挨得太近,这里面有个安全问题,但我觉得可以鞠一个躬。"杭汉放了个马后炮。

"我可真没有想那么多。说实话,我很惊讶,好像做梦,走着的时候人都跟飘了起来一样。你们想,大人物出场谁不是前呼后拥的,周公当时却是独行,还撑着一把伞。他还在路口一个炒茶娘的炒茶锅前看了一会儿炒茶,好像也没有其他人认出他。可能警卫人员都在后面跟着,不扰民,不兴师动众吧。"嘉和说。

"大哥你不会看走眼了吧?"回来度假的罗力终于发言了。

"不会,我是看着他进了盖叫天的家,金沙港燕南寄庐。这位'江南活武松',他家的茶从前都是订的我们忘忧茶庄的。盖叫天一向喝杭家的龙井,那日也是赶巧了,我恰就去了燕南寄庐送茶。"

"哇,爷爷,周总理可能在活武松家喝到您炒的茶了呢!"这一说,仿佛龙井茶又提升了一个档次,大家纷纷鼓掌,相互点头,那表情像杨柳青年画里的人似的。嘉和洗着手说"吃饭吃饭",他不想再跟家里人说这些事情了。这些年,毛主席都常来杭州,住在从前的刘庄里,也不知道喝过多少次他们炒的茶,还伸着手指把杯底的嫩茶叶都捞出来嚼着吃了,说他们湖南人就是这样喝茶的,营养那么好,扔了太可惜了。领导说了,这都是国家机密,不好说的。其实,不说杭州人也知道,毛主席还在龙翔桥下小面馆吃过阳春面呢。但嘉和能够做到不说,既然不让说,多啰唆个什么。

"都说周总理是中国四大美男子呢,玉树临风,大哥你看是吗?"寄草问。

罗力用筷子点着寄草说:"庸俗!"

"唉,不庸俗,周总理真的是美男子!"没想到叶子也发言了,叶子还评价起男人,这近乎铁树开花,引得正在洗碗的婉罗都激动得扔下碗甩着手跑过来看报纸。"听说汪精卫也是美男子,呸,汉奸和周总理比,奀头奀脚!"婉罗补充评价。

"梅兰芳男人女相,和周总理这样的气宇轩昂,也是不能比的。"罗力也加了一句。

"还差一个,是张学良吗?"得茶老三老四地问。

"神经!"嘉和点着他们,"豁边豁到哪里去了?"这是一句标准的杭州话——说一个人不靠谱的意思。

"伯父,你见到周总理了,你再说一说嘛。"这次是杭汉开了口。

"我开始哪里会相信,对面走来一个自己撑伞的人会是周公!等他站在炒茶娘身边看炒茶时,我才远远地看他一眼,侧面像的。"

"怎么样?"大家就盯着他问。

"我以前没有看到过这样的人物,说不出来。还有,以后不要讲什么四大美男子,他是人间大美,不可随便评说的。"

得茶听不懂,美男子和人间大美的区别在哪里？正待细问,门砰的一声被撞开,方越带着一阵风冲了进来,还是那么激动热烈的样子,眼睛一扫,发现罗力在,一把抓住,口袋里掏出一张纸,说:"姑父,你签名。"

"精头怪脑,抲落帽风!签什么名,不要害你姑父啊!"寄草一把抓过这张纸,一行标题赫然落入眼帘,"志愿军战俘也是祖国的英雄"。

"方越你要干什么?"寄草急了,"你姑父好不容易回了公安干校,才教了两个月书,你想再把他送回劳改农场去?"

"现在不会了,我们学院都贴满大字报了呢！真是群情激昂,畅所欲言。"

"方越你写了吗?"寄草问。

"我回去就写。"

"放肆!"嘉和狠狠地一拍桌子,"我们杭家人,一个字也不准写!"

方越愣了半天才回答:"是党……党……党让我们写的呀!"

"谁让你写你都不要写,听到了没有?!"嘉和厉声喝道。

"为什么啊?"

嘉和没有回答他,重新坐下来吃茶泡饭。看大家都不敢吭声,叶子才开了口:"因为你嘉和爸爸,今日见到周总理了。周总理撑着一把伞,走到金沙港这里,后来他走到一个炒茶锅旁边,还跟炒茶师傅说了话,你嘉和爸爸都看到了……他是想让周总理放心,不想让周总理伤心……"

方越就跺起脚来:"这……这……这完全风马牛不相及嘛!我也是共产党员,是火线入的党。我热爱毛主席,热爱周总理,热爱祖国,热爱人民,可我也热爱志愿军战俘啊!这有矛盾吗?我就不能够爱志愿军战俘吗?如果我不能够爱他们,我就不能够爱姑父了,我能够不爱姑父吗?"

"行了行了,别肉麻,姑父不是扛过来了吗?"罗力给他泼了盆冷水。方越怔了一会儿,爆发了:"你们说说,有这么个道理吗?许多志愿军战俘成了'泄露军事秘密'、有过'叛变行为'的人,被开除军籍,开除党籍,开除团籍……每次回家路过街口,看到曾经的我的战友在修鞋谋生,我都在心里哭!罗力同志,你可以无所谓,可我不能无所谓,肯定有人瞒着党中央,我们要呐喊,只有呐喊了,毛主席他老人家才能够听到……"

真是煞风景的杭方越啊,把一晚上芬芳的生活又搅成了泥泞,什么时候不可以说,偏偏要在今天夜里呢?难道杭家这几年遇到的坎儿还不够多吗?罗力和嘉和对视了一下,终于正式表态了:"方越,我是战俘,这只是一方面,关键是对我的历史的审查还没有结束,我现在参与进来,可以说是成事不足,败事有余,你想想?"

方越坐了下来,叶子赶紧给他倒了一杯茶,他尝了一口就下意识地说:"噢,新茶,难得……"然后一个拐弯又回到签名请愿书上:"姑父,你和人家不一样,你有杨部长撑腰,他护着你,要不然你怎么在农场里转了个圈又回公安干校了呢?"

"你懂什么?那是老杨头上顶着个萝卜做的。你姑父连杭州城都不能出的,要不然我们怎么会到现在还没把小布朗接回来?去不了云南啊。"寄草还击了,"再说了,老杨已经够不幸的了,邹大夫牺牲,女儿在苏联求学,他够难的了,你想把他再拖进来吗?"

方越一拍桌子站起来,他真生气了:"这就是你们对党的态度吗?党让我们大家提意见,是为了改正错误,更光明地前进。你们什么意思?你们先把党想成'皮袍下的小',不是我说的,是鲁迅的话。你们先矮化党,再来反对我,你们才是对党不忠心耿耿的人。"

婉罗姆妈一向喜欢方越,心里也同意方越的观点,但又不便和大家对着干,便在当中和稀泥:"那个修鞋的是你战友啊?可怜可怜,我下次弄几双皮鞋让他擦擦。越儿,你呢,就不要往心里去了。这种大事情,要人家大人物做主的,你另外去弄点意见提提好了呀,比如批评有些人不讲卫生啊,骂脏话什么的,都行啊……"

杭汉也站起来,说:"方越,我同意婉罗姆妈的意见,单位里有许多工作上、作风上的问题,也是党需要去修正的,你可以多提提这方面的意见。志愿军战俘问题太大,涉及面太广,不是三两句话说得清的。先放一放吧。"

"不行!"嘉和严厉地说,"单位里的意见也不能提!"

"为什么?"这回除了罗力,几乎大家都困惑地别过脑袋看嘉和。嘉和只说了一句:"凡一件事情,扎堆了就不祥……'杭儿风,一蓬葱,花簇簇,里头空'——老话不会错的。"

方越低头把那张请愿书折好放进口袋里,自言自语道:"你们没有打过仗!你们听不懂!"说完就真的走了。

杭汉有些担心地问:"他会不会不听我们的?"

罗力回答说:"肯定不听。"

"会怎么样?"

嘉和长叹一口气,说:"会倒霉的!"婉罗姆妈一听就急了,拔腿要往外追。嘉和摇摇手:"他打过仗,看上去和从前一样,其实和从前不一样了。"

"那怎么办啊!"叶子急得手抖。

"不知道啊……"嘉和这么说着,径自离开了。众人也纷纷散去。

寄草心里惶恐,在院子里来回踱步,她晓得罗力今晚肯定要失眠了。可当她第一次听到罗力在抽泣时,还是被惊得如五雷轰顶。她冲了过去,一把抱住罗力,用袖口擦着罗力奔涌而出的泪水。罗力断断续续地倾诉:"阵地上和敌人拼刺刀的勇士,在街头修鞋……"他捶打着自己的胸膛。他没有告诉寄草,其实他已经大大地退了一步,他不再请求党组织查清他的入党年份,只想重新入党再说。这个曾经有十几年党龄的老党员,一次接一次地向党组织递交《入党申请书》。农场党支部书记对他说:"你的情况比较复杂,我们正和上级联系。"他还是那样,一封封地写汇报和申请。党员们被感动了,他们不相信会有这样的"叛徒"。农场党支部两次决定吸收他"重新入党",上面却两次否定了基层党支部通过的决定。今天,杨真又找他谈了一次话:"老罗,我摊开来跟你交底,你就不要再为难党组织了,要不是你这一手无线电技术绝活,我哪里保得住你……"

"我们共产党人,就是要把不可能的事情变成可能!"

"佩服你异想天开的胆量!"

"翻过野人山,到过上甘岭,睡过囚犯铺,特殊材料制成的人在哪儿?看看我!"

就是说出过这些话的英雄,现在趴在妻子怀里痛哭。他受不了战友们遭受这样的待遇,他认为方越没错,他为自己英雄气短儿女情长而感到羞愧,他认为他实际上是错了。

第二十七章

1957年4月,在看过茶农炒制龙井茶的翌日,浙江省省长沙文汉随同周恩来总理陪同伏罗希洛夫一行,一同去了满坡茶瀑倾倒而下的梅家坞。晚上,他们陪同贵宾观看了根据中国美丽的民间故事改编的,由王文娟和筱桂芳主演的越剧《追鱼》。第三天,他们同游苏堤六桥,至虎跑,品尝"西湖双绝"——龙井茶叶虎跑水。到济公塔院时,周总理说,这里埋葬着古代和尚济公的骨灰。人民很喜欢济公,他关心人民,专打抱不平,在民间流传着许多关于济公的传说。伏罗希洛夫的公子也随同父亲来华,此时插话道:"济公本来想替天行道,但是统治者不让他这样做,结果只得装疯卖傻。"周恩来总理笑,说:"看来你对济公还挺有研究的嘛。"于是大家都笑了起来。其实大名鼎鼎的李叔同也是在这里出家,在这里成为弘一法师的,他在中国知识界的名声绝不小于济公。但想来,介绍李叔同要比介绍济公难多了,况且伏罗希洛夫家的公子也未必能理解李叔同这样的人。

苏联苏维埃主席团主席伏罗希洛夫与国学大师马一浮的会见,也被安排在那一天。彼时马一浮已经从钱王祠旁边的禊园搬出,正住在西湖南面苏堤与虎跑路的交接处、他的学生蒋国榜的庄园——杭州人称为蒋庄,此地曾经是秋瑾的闺蜜吴芝瑛的小万柳庄,细细说来又是一天秋风秋雨。马老头大身矮,银发飘胸,那日至西楼香岩阁下,自有一种气度,令伏罗希洛夫肃然起敬。伏罗希洛夫问:您老在研究什么?马老答:读书。伏罗希洛夫又问:您老在做什么?马老又答:读书。两人在各自的语言体系中进行了短暂、和气又似是而非的交谈,然后合影留念。伏罗希洛夫请马老同游,马老拱手道:年老体弱,恕不远送。就此作君子之别。

七年之后的北京,毛泽东在中南海怀仁堂宴请马一浮,周恩来、陈毅等人作陪。马一浮留下赠毛主席与周总理的诗联两副。赠毛主席的一联为:"使有菽粟如水火,能以天下为一家。"赠周总理的一联为:"选贤与能讲信修睦,体国经野辅世长民。"

又两年,马一浮被逐出蒋庄,很快就去世了。临终前的日子,他依恋龙井茶,特用高价求得二两,以开胃口。1967年夏,马一浮在日饮龙井一二杯之余,写下另一番境界的绝笔:"临崖挥手罢,落日下崦嵫。"

此是后话,暂且放下。此时正是中国社会主义建设一浪高过一浪的时代,广大的中国乡村与城市,经济发展呈蓬勃之势。茶事也一年盛于一年。全国产茶面积已近五百万亩。1957年8月,国务院规定,茶叶由国家委托国营商业和供销合作社统一收购,农民自己留用部分如果想要出卖,也必须卖给国家委托的收购商店。

周恩来以他一贯的清廉作风实践着国家政策——陪同苏联贵宾离开杭州之前,他自己掏腰包付了他送给伏罗希洛夫的两斤茶的茶钱。他说,以我个人名义送的茶叶,钱一定要我自己付。

4月27日,中共中央发出《关于整风运动的指示》。以正确处理人民内部矛盾为主题,以反对官僚主义、宗派主义和主观主义为主要内容的整风运动全面展开。在整风过程中,方越终于忍不住发难,说了许多想不通却不能说的话。

数月之后,杭家的不祥之日终于来临。惊慌失措的杭方越半夜三更敲开杭府之门,即使强作镇定也控制不住浑身发抖,他一把抓住嘉和的肩膀,高一声低一声地叫道:"我没有反党!我没有反党!我爱党!我爱毛主席!"嘉和立刻让得荼把罗力叫来。

罗力边披衣服边听得荼描述,边告诫他:"记住了,听到的看到的,一个字也不准吐露。"

方越可以说是数罪并发:一是说他发起了请愿,联合多人签名,要求将志愿军战俘视为国家英雄;二是说他历史不清楚,伪造家庭出身背景,隐瞒生父为汉奸、历史反革命的真相;三是说他通美帝国主义,在朝鲜战场上,和美军以茶换酒,还一起开篝火晚会。大字报铺天盖地,有人已经公开宣称要消灭他,要逮捕法办,要毙了他。闻讯而逃的方越是翻过学校围墙直奔清河坊的。

罗力听了觉得不可思议,方越怎么会通美帝呢?没想到还真有那么回事。那也是方越自己祸从口出的。原来自回学校后,杭方越成为英雄,到处演讲。有一次团委组织志愿军演讲,结果方越上去讲着讲着就亢奋了,说到停战那一夜,前十分钟双方阵地还在拼命打,炮火震耳欲聋,突然,三颗美丽的信号弹发上高空,顿时一片沉寂,大家都在等待停战一刻的到来,然后便是双方阵地震天动地的欢呼声。篝火点起来了,有两个美国士兵竟然跑了过来,手里拎着酒瓶,瘦得跟猴似的,跳进志愿军战壕,连比带画,邀请他们到美军阵地去庆祝停战,一醉方休。

"你们去了吗?"罗力严肃地问。

"没有。我们不敢去……"方越回答。

"你们喝了他们的酒?"

"……可他们也喝了我们的茶呀!"

"你让他们喝你嘉和爸爸炒的龙井茶?"

"他们喝了我们的茶,我们喝了他们的酒……"

"你这笔交易倒蛮划算的……"嘉和摸着他脑袋上的一头倒毛说。

"那两个美国人喝着跳着说着,后来热得把上衣都脱了,光着膀子唱歌,有首歌叫《老人河》,还有《铃儿响叮当》,唱着唱着他们就哭了……"方越回忆道。

"你也跟他们一起唱了?"罗力问。

"记不得了,当时大家都很激动,停战了,胜利了!"

"这些话你都在会上说了?"

"真记不得了……也许吧……"

"你到院子里喂一会儿蚊子,我们要商量一下。"罗力说。

方越就这样走到院子里,月光清朗,桂花树旁放着一张竹榻,上面躺着一个半大人,是得茶。他仰面朝天,双手枕着后脑勺,目光呆呆地盯着夜空,奶白色的气雾在星海中掠过,他的眼睛里盈满了月光。

方越沉重地叹了口气,和他并排躺下。在爬墙出来时,方越的心已经完全被恐惧塞满了,他发现自己又被抛出去了。被抛出去了,会怎么样呢? 和美国人一起喝茶喝酒,这算不算敌我不分? 算不算为了一口酒卖身投靠美国呢? 为志愿军战俘们请愿,真的会被拉出去毙了吗？方越是经过战斗洗礼的战士，他知道自己是头脑一热就不怕死的那种人，而他恰恰又是头脑容易发热的人，所以他不怕在战场上被一粒子弹击中，可他怕被拉出去毙了。他非常恐惧这个被拉出去毙了的过程，他甚至感到被拉出去毙了的序幕已经徐徐拉开。这不正是罗斯福说的那种"对恐惧的恐惧"吗？

正在这时候，他听见身旁那个青葱少年长长地叹了口气。作为长一辈的小叔，他不得不有气无力地问了一声："怎么啦？"

"……我失恋了……"得茶望着半个月亮说，一股艾草烟香轻轻飘来。

方越一下子跳起来，惊讶地盯着小侄子："谁？你多大了？"

得茶根本不理他，缠绵在自己失恋的情绪里。和躺在旁边的小叔方越一样，他也沉浸在对失去的恐惧之中了。但方越的恐惧是有逻辑可推的，两个月前，运动的重点就开始由党内整风转向反右派了。而得茶的恐惧则完全没有来由，因为他似乎什么都没得到过。只不过是因为在苏联留学的杨白夜爱上了一个画油画的俄罗斯老师，而一直在单相思的吴坤便开始要死要活要上吊罢了。然而这和得茶有什么关系呢？当吴坤半夜三更和得茶一起坐在十字街头的马路牙子上，在昏暗的、飞蛾团团围绕着的路灯旁讲着讲着声泪俱下时，得茶为什么会感觉万箭穿心？为什么要和吴坤抱头痛哭呢？难道杭家的下一代儿女又要在未知中提前与命运遭遇，他正在预支失去的未来，提前体验绝望吗？

而失恋对方越来说，则是多么微不足道的蚊叮虫咬啊。他从知道亲生母亲和亲生父亲的存在后，就很讨厌男女关系，他从未谈过恋爱，因为他拒绝恋爱。比起对一个人的爱，他更需要众人之爱,他爱全人类,不过全人类也得爱他。他害怕被人抛弃,因为被一个人抛弃就意味着被整个世界抛弃。但他抛弃一个人的时候却没有那种对应的思考,那时一个人就是一个人。他的亲生父亲身亡后,杭家人以最快的速度赶到现场,婉罗妈妈一边抱着李飞黄悬在半空中的腿,一边流下了眼泪。杭方越大吼一声:"哭什么!这个自绝于党自绝于人民的汉奸反革命,死得好!"然后扬长而去。

他敢肯定,他和婉罗妈妈的关系就是从那时开始有了微妙的罅隙,她开始回避他,目光开始闪烁不定,那不是冷淡,不是生气,而是惧怕。

他想起罗力后来曾经跟他谈过的话,罗力只问了他一个问题:你提的这个意见,究竟是因为它有可能改变对志愿军战俘的不公正待遇,还是因为有可能改变对你自己受到的不公正的待遇呢?

只有罗力知道,在战场上,他们曾豪情万丈地透露过自己凯旋后的目标——罗力的目标很简单,恢复党籍;而方越的目标很明确,当上校团委书记。结果一个没有恢复党籍,一个虽当上了团委书记,却是个副的。方越耿耿于怀的是,当初领导给过他许诺,拍着他的肩膀说:"小伙子,活着回来,团委书记的职务虚位以待。"这不是拿他这个浴血奋战的前线战士开玩笑吗?副的,那能算是团委书记吗?现在这个团委书记是个南下小干部,小学都不知道有没有毕业,而方越,干着团委书记的活,挣着团委副书记的钱,风光全是书记的,活儿全是副书记的,有这种道理吗?当初给他许诺的领导还愁眉苦脸地对他说:"算了算了,人家根正苗红,拿命搏来的位置。再说总有个先来后到,都是为人民服务,正的副的都一样。"

现在吃什么后悔药也晚了,领导自己也已经成了右派,还被揭发得底朝天,大字报贴得门都走不进。方越甚至已经想到走他父亲那一条绝路了。

月光下,花木深房的门开了一条缝,轻轻出来了一个身影。杭家的主心骨刚才讨论了什么,旁人不知道,但他们肯定达成了一致意见。方越又开始紧张起来,恐惧刚有点退去,现在又如浪潮一般升了上来。方越有一种要上厕所的冲动,但罗力把他按住了,双手搭在方越的肩上,说:"清醒点,记住三条。第一条,你没有伪造身份,不用你说,让他们找你嘉和爸爸,这一条他给你做证。第二条,和美国士兵以茶换酒是事实,把敌人引过来,是搞统战,当时领导们都在,也没人反对,中方还有图片,这一条让志愿军做证。第三条,请愿书的事情,是我让你签的名。"见方越挣扎着想说什么,罗力便用手捂住他的嘴:"听我说,你只要严格按照这三条做,你就不会坐牢。我呢,死猪不怕开水烫,已经这样了,还能怎么样?运气好的话,我们俩都不会进去。万一进去了,我也会有办法挺过去。"

方越一头扎进罗力的怀里,像是跃入了一只火热的熔炉。他呢呢喃喃地哭泣着说:"这是我闯的祸,不能让你背黑锅!"

"什么背黑锅,你挺得过去吗?你能保证不牵连别人吗?别看你打仗不怕死,你做人怕死怕得要命!你看看你现在这模样,还没轮到你,自己就吓瘫了,到时候精神一崩溃,你就得乱咬,这一乱咬不是照样把我咬出来吗?"

"我不是那样的人!"方越咬牙切齿地捶胸顿足。

"你现在不已经是这样的人了吗?"

"你们……你们就这样看我……"方越都要咆哮了,双手抱住头一屁股坐在了得茶身边。罗力的目光便与得茶瞪着夜空的眼神交锋。

"你还没睡?"罗力问。

"……"

"刚才我们说了什么?"罗力又问。

"……说了吗?"得茶反问。

"……唔?"罗力感到纳闷。

"……他失恋了……"方越放下双手,替得茶回答。

"你? ……哈,失恋了? 哈……"罗力忍不住笑了。

得茶望着半个月亮,不回答不说话,一股艾草烟香轻轻飘来。

"都什么时候了啊,失恋,真能扯!"罗力说。

夜露下来了,闷热的杭州夏夜这时透出了几分凉意。寄草打着哈欠出来说:"明天要上班呢,你半夜三更的着了什么魔祟啊?"

"外头凉,坐一会儿,良宵一刻值千金!"罗力回答。

"肉麻肉麻,肉麻当有趣。"寄草摸着自己的胳膊,故意打着战。话音刚落,嘉和与叶子也出来了,两人手里都拿了一把蒲扇。嘉和还提着一把提梁壶,叶子轻轻地扑打着得茶说:"半夜三更的,也不知道回来,奶奶等得睡不着。"

"得茶啊,在找天上的牛郎织女星呢。"罗力笑着说。

叶子给各人倒上薄荷凉茶,薄荷就是从墙角挖的。得茶这时候才坐了起来,困惑地问着众人:"为什么好人会喜欢坏人,坏人会喜欢好人呢?"

大半夜思考这样一个问题,真难住了杭家门里面所有的人。许久,嘉和才说:"因为坏人是不知道自己是坏人的,坏人总当自己是好人。不说这个了。来,井里浸着一只平湖西瓜,黄瓤的,趁方越在,吃了它。"

方越赶紧去捞西瓜。西瓜装在网线袋里,捞了上来。叶子要去拿西瓜刀,罗力说:"看我的江湖吃瓜法。"他使劲一砸,西瓜四分五裂,不过都在网袋中,无一掉落,真是豪爽利落。大家七手八脚,在月光下露水中,三两下就把西瓜啃得差不多了。吃完,罗力便把方越拎了起来:"赶紧地,怎么出来怎么回去,千万别让人看见了!记住那三条,不说了!"

嘉和揽着方越的肩膀,把他送到门口,又拍了拍他的肩膀,看他走远了,才回来继续吃西瓜碎片,说:"这么好的西瓜,这么好的月亮,难得吃上一次。下次再吃,不知什么时候……"

"一期一会嘛,"寄草说,"每一次相见都是一生中唯一的一次!"

"要我解释,每一次相见,都是久别后的重逢!"罗力说着,把最后一块西瓜吃得一干二净。

第二十八章

下一年元旦刚过,周恩来总理只带了一个秘书,悄然来到梅家坞,直奔合作社办公室。村干部们都外出了,只有会计在值班,见了周总理,慌得手足无措,还是秘书帮着拿茶杯,会计才赶紧泡了茶。周总理坐定,边喝茶边问:"这里有没有下放干部?"

"没有。"会计回答。

周总理说:"太好了,那我下放到这里来好不好?"

会计惊讶地睁大了眼睛,望着周总理,紧张激动,不知该如何回答。此时已经得到消息的村支部书记卢镇豪上气不接下气地跑来,满头大汗,一进门就握住总理的手。周总理说:"把你跑累了。快歇会儿。"卢书记一个劲儿地又是点头又是摆手,气喘吁吁的,说不出话来。周总理从口袋里掏出本子说:"我们第一次见面时,没把你的名字记下来,这次要把你的名字记下来。"

周总理当然记得去年4月在梅家坞接待苏联客人的事,他事无巨细,操心到底。梅家坞的茶事恰如一只"茶的麻雀",麻雀虽小,五脏俱全嘛。卢镇豪陪周总理走访了村子,向总理汇报新近的茶事计划,周总理说:"茶园本身是绿化,它是灌木嘛!山上面绿化,山下面开荒。这样既绿化了,也保持了水土。"

不承想第二天下午,周总理又来了。这次是和村民们座谈,整整聊了四个多小时,最后和大家交了底:"以后梅家坞就是我在全国的工作联系点之一了,我要和你们做朋友了,以后会经常到梅家坞来。"

周总理的朋友中,还有浙江籍音乐家周大风,此时他正在茶区体验生活,并在很短的时间内创作出了一首极富江南色彩的经典茶歌《采茶舞曲》,由一个名叫叶彩华的青年女歌唱家演唱,甚得周总理赞叹。"溪水清清溪水长,溪水两岸好呀么好风光……"周总理很喜欢这首歌,但赞赏归赞赏,建议归建议,他也对其中两句歌词提出了异议,认为"采茶采到月儿上"是采露水茶,脱离生活了,而"插秧插到大天光"则是不注意劳逸结合。周恩来建议周大风到龙井茶产地梅家坞去生活一段时期,把歌词改好。周大风果然去了梅家坞体验生活。一天,他正巧走在梅家坞村口大路边,忽然,一辆红旗轿车停在了他身旁,周总理从车里走出就问他:"小周,你的歌词改好没有?"周大风回答:"还没有找到恰当的词句。"周总理笑道:"要写心情,不要写现象。我建议改为'插秧插得喜洋洋,采茶采得心花放'。为什么这样改?'喜洋洋''心花放'让唱的人、听的人自己去想。说得太直了就不是文艺作品了,你看如何?供你参考,你有什么更好的词句还可以改嘛。好的作品往往是改出来的。"

是啊,不能采露水茶,要劳逸结合,不能做极端的事情,应扬长避短,写真实的心情,不写吃不准的现象……话说太大,就不靠谱了。周大风回去就将歌词改了。

只是,红旗与歌声里的绿色之茶,也开始接受一些令人目瞪口呆的口号。全中国茶区都在号召"茶跃进,放卫星"。茶的本性是不移,移了易死,所以民间婚事才把茶作为聘物。可现在也学了稻麦,提出茶园移植归并,让它们全挤堆成一团,密不透风,此曰密植。人民公社"一大二公",茶山统统开放。管你懂不懂茶,只管上山,连城里修鞋的、剃头的、澡堂子擦背的、卖水果的,全都拉去采茶。至于农村,社队随采,谁采归谁。原本春夏秋采茶,如今打破迷信了,加上一个冬,变成四季采茶,片叶下山,让茶树赤膊过冬,"给茶树脱裤子"。那些日子,夜访茶山,只见人们挑灯夜战,耳边一片唰唰唰唰,人手过处,老叶新叶一锅端。站在山头往远处看,但见城里火光点点,那是一个个小高炉;往近处看,满山遍野烛影明灭,人声鼎沸,这才知道什么叫大打一场采茶的人民战争。制茶原是个精细活儿,光一个龙井茶,炒茶就有十种手法。如今老叶掐都掐不开,老到得先推着大石碾碾碎了,分明就把茶叶当成玉米棒子了,还谈什么精美玄妙。直到有一天,那些美丽如少妇的丰腴的茶蓬一株株赤身露体,灰头土脸,骨瘦如柴,奄奄一息,人们才傻了眼,这时才发现,茶山上再也没有什么可采的了。

　　杭家男人却是好运气。这种时候,他们竟然接受了一个虽艰苦却风雅的任务——杭汉受浙江农学院茶叶系主任蒋芸生之托,为筹建中国农业科学院茶叶研究所寻地,请出老杭州兼老茶人杭嘉和,请他参与勘察地形。

　　嘉和自去年10月亲自把被打成右派的杭方越送到浙西南出宝剑青瓷的龙泉劳动改造后,就没有再去茶场劳作了。他拿着忘忧茶庄公私合营后的些许利息,开始过起了一个年过半百的老人的晚年生活。园艺是他乐此不疲之事,出身园艺转型茶学的蒋芸生,便成了他的新交。皖人蒋芸生二十多岁由农校公派去日本千叶高等园艺学校学习,师从日本柑橘专家田中长三郎,学习园艺各科,包括果树、蔬菜、花卉,尤其是柑橘培育和造园技术。抗战时,他被老友吴觉农请到武夷山担任了茶叶研究所副所长,从此走上研究茶叶之路。1956年,他出任浙江农学院茶叶系主任;同年,和庄晚芳、李联标等茶叶专家筹组浙江省茶叶学会;1958年,应中国农科院的要求,领衔在杭组建茶叶研究所。从选址到选人,他在杭州里外跑了大半年。知道要找出一块真正适合建立茶之圣殿的福地并不容易,又要懂茶又要懂园林,杭州城找不出几位,他特意让也在浙江农学院教学的杭汉把他的伯父杭嘉和请出来。

杭汉开始是很有顾虑的,他知道杭家这回受到了重创,不仅方越被打成右派逐出杭州,还因为罗力担下了请愿书的事情,被发配到了浙中农场。这回杨真也保不住他了,罗力不但失去了恢复党籍的最佳机会,而且干脆被戴上了历史反革命的帽子。为此,寄草再次让儿子小布朗退掉了回杭州的火车票,因为在寄草寄给小布朗的信里,父亲的形象是一个仪表堂堂的大英雄、铁血军人,她不能让他看见如今这个胡子拉碴的历史反革命的爹,这个"帽子"会毁了儿子的一生。

杭嘉和倒没有表现出太大的异常,他只是不再出门了,却在后院里开辟了一小块地,再次移种忘忧从安吉天荒坪上剪下的茶枝,但无性繁殖试验没有一次成功。杭汉知道伯父有多么自责,因为他答应过方西泠要照顾好方越的,他甚至让方越姓了杭,结果事情却成了这样。这么多年,伯父为国家做了多少大事,这一次,他怕是不会再那么爽快了吧。

有两封信很巧地同时发给了嘉和,一封由方越发自龙泉,另一封是忘忧写来的。嘉和先拆了方越的信,一时倍感欣慰。他原本特别担心方越天性中那种敏感、冲动和夸张的禀赋会纠缠其一生,而他对方越的言传身教最终会付之东流。但从这封信的字里行间,嘉和发现他变了。信写得朴素得体,他已经从癫狂走向平静,他似乎真正开始学习平衡。嘉和知道,方越身上有那种来自其母亲的机灵热情多变,也有与其生父一般的想象力,而杭家人对美的感悟力、精行俭德的茶人气质,现在开始真正感染他,他开始有他自己的特质了。

方越的这封信是这样写的:

父亲大人台鉴:

越儿在龙泉已劳动改造八个月了。春节亦未回家,其中缘由想必父亲亦知。改造有纪律,非我一人,我等数人都在山村度过,我整日在资料室工作,在考古现场勘察。农民们好,我寄住的农家大嫂给我一个炭盆取暖,我以劈柴劳动换之,以体力之辛换得生活之需,甚为平衡。

此番下乡,能在龙泉窑剑之乡,实在是学院领导对我的最大关怀,使我一方面得以改造,一方面不至于荒废学识。来此大半年,有幸赶上了省文物管理委员会对包括大窑、金村在内的窑址进行初步的调查,其中以大窑工作为主体。我被抽调在此集体,进行专业工作。虽说什么杂活都得干,但身心俱动,累也开心。

不到当地考察,很难想象龙泉窑历史曾长达一千六百多年，目前此地的窑口正在积极筹划开发中，我还在山头捡到过碎瓷片，胎质较粗，胎体较厚，釉色淡青，釉层稍薄。记得刚去艺专时您还亲口跟我讲述过龙泉窑的釉色。您指给我看，早期的苍翠，北宋的粉青，南宋的葱青。记得您还告诉我，那种没有开片的瓷品，器皿转折处会露胎色，瓷釉厚润，少刻花画花，流行贴花浮雕，诸如在盘中常堆贴双鱼，瓶身常贴缠枝牡丹图案。当初似乎都没记住，今天回忆起来却煞煞清爽。

记得哥窑弟窑的故事，也是您告诉我的。如今乡下老人也同样重述于我，章生一、章生二兄弟，生一所烧窑名"哥窑"，生二所烧窑名"弟窑"，只是说弟弟用水泼哥哥之窑，致使瓷器裂变，弄拙成巧。我还是只当故事听。此处民风淳朴，山民善良，没有兄弟相残的传统。

趁整理资料，我做了一下摸底调查，已知龙泉市境窑址在北宋时有二十多处，南宋时有四十多处，其中以大窑、金村两处窑址最多，质量也最精。从出土标本看，始于五代，盛于南宋和元，衰于明，终于清代康熙年间，有近八百年的烧瓷史。

我们考古队在南宋时期的龙泉窑考察中发现一些茶器，粉青、梅子青釉瓷等。从窑址的瓷片来看，产品有白胎（灰白）和黑胎厚釉两大类。其中白胎青瓷占多，黑胎青瓷少量，但质量好，胎薄釉厚，有紫口铁足。专家说，这些都是南宋朝廷令地方州府为宫廷代烧的官窑瓷器。

相比而言，北宋龙泉青瓷胎骨较厚，胎土淡灰，底足露胎处见赭褐色窑红，胎微出烧，釉的玻化程度好，釉层透明，釉表光泽很强。装饰花纹较简练，常见纹样有鱼纹、蕉叶、金枝、荷花等。装饰风格趋于奔放。

　　而元代龙泉窑除继续生产宋时的器形外,品种有高足杯、菱口盘、荷叶盖罐、环耳瓶、凤尾樽等,技法上有画花、印花、贴花、堆花、镂刻、点彩,纹饰题材有云龙、飞凤、花鸟、鱼虫、八仙、八吉祥、杂宝等。其实元代窑器还是好认的。它烧造量大,器形高大、胎体厚重;胎色为白中带灰或淡黄;釉色为粉青带黄绿,光泽较强,釉层往往是半透明的。

　　不知为何,我反倒觉得明代龙泉青瓷制作粗糙,它胎体厚重,胎色灰黄,釉色有青灰、茶叶末、灰黄等几种,装饰以釉下刻花为主,亦有摹印人物的故事。

　　总之,我们一行同志得出的结论是:魏晋和五代十国是龙泉瓷的开创时期,瓷窑少,生产时断时续,处于就地销售的生产阶段;北宋至南宋前期是发展期,瓷窑发展快,逐渐形成一个较大的瓷窑体系;南宋后期至元代是鼎盛期,瓷窑迅速发展,青瓷质量大大提高,产品畅销国内外广大市场;明清是衰落期,尤其是明代中期以后,龙泉窑处境艰难,瓷窑不断地倒闭减少,至清代晚期结束。

　　哦,不知不觉中几乎写了一篇论文,而不是一封家书了。请转告家人,我一切都还算好的。因为忙于考古,夜里常常睡在坟地,躺在废墓中,心里也挺踏实。这说明我真的可以战胜自己了。

　　哦,差点忘了,有趣的是竟然有乡民为我找对象了,当然,首先推荐的都是孤儿寡母型。我告诉他们,我还年轻,不考虑这个。他们说,因为我是右派,要在这大山里待一辈子了,趁早结个婚,有人烧饭洗衣……是这样吗?烧饭洗衣我自己都会的。问叶子妈妈好,婉罗姆妈好,汉哥哥、蕉风嫂子好,得茶小侄好。他还在失恋吗……哈哈哈……

儿方越叩上

出乎杭汉意料,他把蒋芸生想请嘉和去看地形的事情一说,嘉和一口就答应了,甚至隐约还有点儿喜悦。他掏出信封说:"我一下子收到两封信,一封读了,另一封一会儿留在路上读。"

"蒋先生说你懂堪舆之学,非要你出马,让我陪着。他自己带着一拨人也在郊外转呢。"杭汉把话说得更清楚了一些。

"什么堪舆之学啊,不就是看风水吗……"

"千万不可说'风水'二字,高等学府不能沾封建迷信。"杭汉赶紧止住。

"山川形势地理风貌,就是风水,竺校长研究这个,换个说法就是科学。"嘉和一边换登山的球鞋,一边说,"我倒是现成有个生化问题要问问你……"

杭汉连连摇手说:"我一个学农弄茶的,隔行如隔山……"

"这问题简单:土壤经过高温加热,能变成食物吗?"

"这怎么说呢,从前大饥荒年代,也有人吃观音土,但吃了要撑死的呀。"杭汉厚道,老实回答。倒是一边的叶子插嘴问儿子:"我也搞不懂了呀,汉儿,你说西湖里的香灰泥,炒一炒,真的就能变成白糖吗?"

"泥是泥,糖是糖,这是什么逻辑,傻了?"

"要死了,那个油墩儿西施刚才来通知你伯父,让他到西湖边炒香灰泥去,说是炒炒会变成糖的。你伯父说不会炒,她说跟炒茶一样的,湖滨公园一堆人都在炒香灰泥呢,'大跃进'要用的。"

杭汉哭笑不得,说:"我们赶紧走,她再来问就说中央政府有重要任务交给伯父,保密的。"

正在这时,寄草披头散发地冲了进来,大声叫道:"他们来拆茶庄铁门了!"

从来没见她这样急赤白脸。话音未落,她的身影嗖的一下不见了,重新冲了出去。

"啊,干什么?"

"说是大炼钢铁!"婉罗跟了进来,也是一副慌里慌张的样子,不知是高兴还是害怕。

嘉和换好了鞋说:"拆去吧,家里锅儿缸灶留点烧饭用就可。"

"不是说要上食堂去吃了吗?"婉罗问。

"你的意思,锅盆都拎出去炼钢?"嘉和反问,还是笑着,看起来却比不笑还严厉。

"那是农村,没说城里人也吃食堂的。"杭汉解释了一下。

说话间,寄草又冲了进来,这回她更失态了,大叫道:"他们来搬我们家的大茶桌了!"

得茶跟在后面也兴奋地跳了进来,敲着自己脑袋大声说:"总算明白了,总算明白了,大茶桌原来是这样搬进来的。要拆了大铁门,才能搬大茶桌嘛。我这么多年都想不通,这么大桌子怎么搬得进啊!"

这张大理石茶桌是祖上传下来的,几乎有一张乒乓球台子那么大,品茶、观画、写书法、做茶事什么的都在那张桌上。

杭汉对此也很是不解:"这是干什么啊?大铁门可以熔了炼铁,大茶桌搬了可以做什么啊?"

"这不是浑水摸鱼吗?"寄草叫了一声,"我跟他们讲道理去!"

嘉和拦住她,说:"这种事情还是男人出面吧。"

他打了个手势,招呼着杭汉和得茶一起出了门。没有了大铁门的忘忧茶庄,看上去就像没有了两颗大门牙的半老徐娘,不上不下地蹲着。他看到了一群热火朝天的人,正簇拥着那张大茶桌,齐心合力地往外搬,有不少街坊邻居都在其中帮忙。有人看见了他还兴奋地招手,他也微微地点头回应。得茶问:"爷爷,你说他们要把茶桌搬到哪里去啊?"

"不知道……"嘉和说。

"爷爷,要不要我去拦住他们,再搬回来?"得茶问,他的表情是巴不得爷爷否定的,而爷爷的确就否定了。

"算了算了,有茶桌没茶桌,一样品茶。走吧。"

得茶突然看到了站在马路对面吴家门口的吴坤,他推着一辆自行车,穿着白衬衣、蓝裤子,皮带扎在腰间,皮鞋锃亮,头发清爽,架一副眼镜,朝他微微一笑,还按了一下车铃。这动作和表情都让得茶不舒服,但他还是勉强朝吴坤点点头,然后转过头去问爷爷:"去哪里啊,爷爷?"

"脚筋准备好,学学苏东坡,到杭州城郊寺庙跑一圈,看看什么地方最好。"

杭嘉和心里还有一句话没说出来:只要不让他到西湖边把香灰泥炒成糖,让他干什么都行!

第二十九章

"重重叠叠山,曲曲环环路,丁丁冬冬泉,高高低低树。"九溪的树影斑驳中,得茶一边在石阶上跳着,一边跟在爷爷嘉和身后叫着:"七佛寺在哪里?还有多少路?"

杭汉跑在最前面,回头叫着:"找到理安寺,七佛寺就不远了。"

这是嘉和找风水宝地的捷径——专访杭州郊区,尤其是龙井一带的废寺颓庙。杭州历代记载的寺庙有两百多座,那都是从前的高僧大德掌过眼、驻过锡的地方,好山好水出好茶,若能找一个这样的去处,便是连地基都不用打了。

当然,有的寺庙,嘉和事先就略过不提了。比如灵隐寺及周边大名鼎鼎的与天竺香市相关的三寺庙,从前花朝到端午,人们坐船渡西湖或从陆路绕行到茅家埠上香古道,又是拜佛又是春游,热热闹闹历时四个月之久,善男信女扎堆,喝茶可以,研究茶恐怕是不行的。

从灵隐寺大殿门出来右拐弯,有永福寺。再上些台阶是韬光寺,地势高了些,上班不方便,亦不妥。千年古刹灵顺寺也在附近,这是杭州人的财神庙,寺外一尊弥勒像,一尊韦驮像,真不知与财神有什么关系。

嘉和摇着头说不合适不合适,太小了,便坐着车,直往孤山一带去。两个杭家后人只有听他指挥的份儿。

杭嘉和心里是有一座孤山玛瑙寺废墟的。这玛瑙寺因宝石山"碎石文莹,质若玛瑙"而得名,就在北山街葛岭路上,门外有棵一千六百年树龄的古樟,山门、厢房及园林虽狼藉,却都在,大殿仅有遗址,可惜还是太小,红尘气还是浓了些。断桥边的昭庆寺做了少年宫,很合适,但还是不去打扰了。圣因寺是唯一建于清代的寺院,立在西湖边,毁于太平天国运动,即使不毁,嘉和也看不上,因为皇家庙堂气太重。

然后就转车去了南山路的净慈寺。"南屏晚钟"可是西湖十景之一,背倚南屏山,从前这里住过济公,现在是驻军的营房了。往前走,过了张煌言墓,到了大慈山麓虎跑寺,寺院成了公园,有济公塔院、弘一法师舍利塔,杭人闲暇时爱去虎跑取泉水来泡茶。话说虎跑寺、龙井寺、玉泉寺,都因泉水佳而太有名,人们多来汲水品茶,却不是个适合做学问的地方。

从万松岭路转入凤凰山脚路一直向南走,就到了梵天寺,那里留着一个有十多米高的经幢和基本上看不出外形来的寺院遗址。栖云寺在凤凰山上,是幽静质朴的清修之地,不忍打扰。杭汉挺喜欢此处,嘉和只说了一句:"太高了,不方便。"而得茶已经被这么多寺庙绕晕了,问爷爷:"到底是云栖寺还是栖云寺啊?"

"云栖寺是云栖寺,栖云寺是栖云寺。我们现在站的地方是栖云寺,那云栖寺位于杭州五云山之西,这两个寺庙,是由净土宗第八代祖莲池大师先后住持的。要是你太爷爷不带我来,我永远也不会知道,杭州从前有这么多名人和寺庙,好像还有一个另外的世界,世人完全不知道的另外的世界。"

嘉和遥望着山下。他说的那些地方,别说得茶没看到过,连杭汉也没有去过。杭州真是个一世八界的玄妙之处,就像一个套盒,打开一个,又是一个,打开一个,又是一个。千八百年,圣贤相继,故有苏轼"三百六十寺,幽寻遂穷年""高堂会食罗千夫,撞钟击鼓喧朝晡"之说。嘉和感慨:"你看周边,这就是南宋皇城遗址。岳飞从这里走过,秦桧也从这里走过,文天祥也从这里走过,草堆里还埋着天子的石刻。唐朝的圣果寺,到南宋就成了三省六部之处,小辰光你太爷爷带我来访这些废墟,让我猜这'西方三圣''十八罗汉'的造像残迹和石壁上的题记,问我为什么会有那么些方方的窟窿,我总也猜不出,原来这些都是架房顶的椽头架洞。赵构皇帝逃到杭州,说了句'西溪且留下',皇孙贵胄,也只能住在从前吴越国的罗城里了。"

话说到此,嘉和突然蹲下来,把身边两人也一并拉下,且背过身去说:"别说话,我遇见熟人了!"得茶惊奇地问:"我看见了,是个外国人啊,红头发,有几个中国人陪着他。"

嘉和拉起他们两个就择路而跑,他万万没想到,竟然在此处见到了美国记者凯尔。远看除了胖了些,凯尔一点也没变,甚至一身行头也似当年。看样子是作为贵宾被接待着,要来拍中国的"三面红旗"了。嘉和不想见他,是不想从他嘴里听到有关方西泠的任何消息,无论她是生是死,嘉和都不想知道。因为没有消息,就等于没有死的消息,没有死的消息,就等于人还活着。然而,万一这个凯尔说"不知道"呢,那将是一个多么巨大的空虚之洞啊!嘉和不想听到,他要立刻关上这扇门。

杭汉看到了伯父不安的表情,赶紧把话岔开去,建议道:"我看吴山也不用去了吧,那些地方也不适合。比如宝成寺有麻曷葛剌造像,说是藏传佛教'大黑天',不能动。月轮山上的六和寺,当年我还在那里看部队打过仗,虽说寺庙没了,可寺废塔存。但这些地方,都不在我们的视野范围之内。"

"有数,"嘉和回答,"运河边的香积寺、丁桥黄鹤山的龙居寺,我都没考虑,倒是三台山的高丽寺,离于谦墓不远,我本来倒是想去看一看的,那地方或许能找到点路径。这寺是有说法的,宋代高丽国王子义天出家,到杭州来求佛法,就住在慧因寺里。归国后还将三部《华严经》一百七十卷送给了慧因寺,捐资建造华严经藏经阁,后人俗称高丽寺。这寺庙虽然今也不存,也难说哪一天人民政府又会用上。"

被嘉和这么一数点,杭汉倒突然想了起来,说:"蒋先生专门交代过一句,说是理安寺附近有个七佛寺,离梅家坞近,让伯父专门去看一看。不知这个理安寺离高丽寺近吗?"

"蒋先生这句话倒是说对了,理安寺果然就离高丽寺不远,那一块地方,若是能用上,真是老天爷给我们茶人赏饭吃了。"嘉和这下子是真的兴奋起来了。理安寺,从前跟父亲杭天醉去过几次,进去便有"人面皆绿"之感,嘉和印象深着呢。

得茶听说有个寺庙叫七佛,好奇心又涌了上来,问爷爷:"哇,佛好多啊,有七个佛啊,爷爷说得出是哪七个佛吗?"

"跟你说了你也记不住,都是从前的老旧知识,不学也罢。"嘉和回答。

"我喜欢听呢。"

"我记得你可是共青团员啊,有信仰的人。"杭汉点了他一下。

杭汉是杭家最一本正经的正统人，少了点幽默感，有时难免让人扫兴。可是得茶会和他顶嘴："我没说我信仰佛教，我只是喜欢这种对佛的描述，好像看电影、读小说一样，明知不是真的，喜欢就是了。"

"一个事物喜欢的时间长了，你就会信那个事物，你就会从一个无神论者变成有神论者。这是个原则问题，是不是？你想一想，你总不可能既是马克思主义者又是佛教徒吧？"

得茶就急得跺起脚来了："汉叔你都在给我绕什么呀！什么原则，什么主义啊，我哪里想过这些啊！"

嘉和赶紧拍着他的肩安慰道："没事，没事，我在你这么大的时候，还相信过无政府主义呢。人嘛，谁没有点好奇心呢，别在外面胡说八道就行了。好，我这就告诉你什么是七佛。杭汉你也给我记住，拿笔记下，回头蒋先生要问你七佛寺的来龙去脉，你一问三不知，你这个共产党员就是调查研究工作不称职。"

杭汉明白伯父这是在表明自己的态度。伯父骨子里是不信任何宗教的，包括佛教，可他会在心里评判各种信仰，进行比较，分析其长短优劣。杭汉私下里认为伯父是个自由主义者，甚至父亲杭嘉平骨子里也是个自由主义者。可杭汉认为自己是一个坚定的共产主义的信仰者，一个十八岁就敢亲手掐死汉奸舅公的无神论者。他从来没有怀疑过有什么报应在等他，他从没有因此而做过噩梦，也没有心生分裂。他就是这样坚定地、沉稳地一步一步地走在追求真理的险坡上。

现在，伯父让他记录，他便认真地记录，没有调查就没有发言权，他现在正在调查中，这和喜欢是两码事，和信仰更挨不着边。

"七佛之说呢，有两套说法。一套呢，是由释迦牟尼往前追溯过去之佛,一直追到前第六佛止。他们分别是迦叶佛、拘那含牟尼佛、拘留孙佛、毗舍浮佛、尸弃佛、毗婆尸佛,加上释迦牟尼佛,恰好共七佛。"

"等等等等,慢点慢点,拘那什么佛?"嘉和一开口,杭汉就乱套了。嘉和点着他说:"你看,一落到实处你就不称职了吧。我这些可都是童子功,七八岁时就会了。人家父亲是拿板子打出来的,我家父亲是拿上海奶糖甜出来的。七佛之说还有一套体系,叫地方七佛,刻名号于柱上者,曰:多宝如来、宝胜如来、妙色身如来、广博身如来、离怖畏如来、甘露王如来、阿弥陀如来。都记下了吗?"

两个晚辈同时摇头。这哪记得下来啊,人家是童子功啊!

"行了,我们抓紧点,现在先去找到理安寺,就不怕找不到七佛寺了。"

和杭州众多寺庙一样,理安寺乃五代吴越国时所建。里面有一口与虎跑泉齐名的法雨泉,寺名就被称作法雨寺。法雨泉和虎跑泉的不同之处在于它的泉水非涌自地下,乃来自岩壁渗透,故古人有诗云:"晓为云气夕为岚,石上飞泉松下庵。欹枕欲眠惊未得,恍疑秋雨落澄潭。"五代时五云山那个修行弘法的伏虎禅师,也常来这理安寺,手持一把大扇到山下化缘,所得钱财都买肉饲虎,日久天长,猛虎被驯服,常驮着禅师回山中,不再伤人。世人感恩禅师,铜铸一像,午后阳光下,法师目望远方,安静祥和,守候古寺。

南宋时,宋理宗信佛,常来这里进香,法雨寺因此沾了点皇家气,改名叫理安寺了。那意思自然是宋理宗希望天下太平安详,没有战争。虽说宋理宗对各地高僧优待有加,但他死后却被元代恶僧杨琏真珈盗墓,还被盗墓僧砍下头颅,制成大酒碗,送给可汗们做酒器,人称骷髅碗。直到一百多年后朱元璋攻破元大都,才从元宫中找回。

岁月如流,白云苍狗,寺因山洪而毁。明万历年间,有位号称佛石山侬的和尚来到此处,因喜山林幽深不凡,便建舍居于此处,一日耕作掘地,挖得一残缺石碑,方知这里是古时的理安寺,因此重建一座丛林道场。当时的杭州文人居士,遂在此结成"澹社"聚会。至清代,寺院因雍正、乾隆二帝的到来,进入全盛时期。寺庙重建,规模庞大,装饰华丽,山门、御碑亭、弥勒殿、大雄宝殿、禅堂、法堂、藏经楼、方丈、且住庵、松巍阁,加之周边山水景物,一时激发多少文人墨客的灵感!嘉和很喜欢其中一首茶诗,诗曰:"秋山雨初歇,岚气半空横。岩草沾襟湿,径花倩露明。云深藏古寺,溪隐弄秦筝。我欲知茶味,汲来法雨烹。"谁写的,却忘了。

如今的理安寺,唯有楠木数株,森然挺秀如故。七佛寺却几乎是寂寂无闻的,尽管它就在理安寺旁不远处,位于梵村到云栖的孔道上,竹树茂密,境地幽旷,由云栖寺兼管着,但何时创建却再也无考。30年代嘉和曾和同好者陈揖怀郊游路过此处。见有破败佛殿三间、凉亭一座,内遗古佛一尊,高二丈许,还遗存有一件残破铁鼎。陈揖怀考证了一番,得知鼎为明万历十五年(1587)一位项姓居士舍愿所供,到清康熙二十三年(1684),钱塘有个叫姚世英的与同室沈氏重镌。当时此处的香火谅必称盛。百年一刹那,至清嘉庆年间,这里已经开始荒为菜圃了。后人只知道清道光二十五年(1845),有个叫释衡峰的僧人起念,费三千余金,将它重修。其中一个姓蒋的信女和一个叫叶葆初的善男施助为多,蒋氏施助达四百金,葆初则施助二百金。这些事情起初都被刻在石碑上,可惜这些石碑如今也已经颓卧寺中了。

嘉和记得陈揖怀提及杭城奇人异事,说有个姓叶的老翁,恒居于云栖,事佛精进不倦,临终时叹曰:七佛寺是座古刹啊,现在由云栖寺兼管着,从前佛相庄严甲于杭城诸寺,如何今日竟然低人一头成了菜圃……听的人感动了,慨然曰:"我佛坐旃檀林,而日令担粪触秽,何可忍也!吾力能易之以桑。"于是移桑树数百株,以桑叶所卖之钱养寺庙中放生的牛羊牲畜,又担心僧人们流离失所,每年捐钱二十千,益资香火钱。后人以为,叶翁实在是个善继志者。

杭嘉和还记得,在七佛寺东南山麓有个云岫庵,久已荒圮,唯破瓦颓垣尚可辨认。庵旁有古木两株,藤萝蔓绕,姿态娇娆,想来也有数百年了。

这祖孙三代走到这里,终于有了豁然洞开之感。此时,日头已经西斜,石径踏来阴森,他们看到了寂寥的破寺,寺前古木上一只残鸦在孤噪。径直穿过破寺时,还能看到斑驳的苍苔生在了低眉的古佛嘴角——是他被封住了嘴而悄然无语呢,还是因为他悄然无语而以苍苔封唇呢?此时,唯有佛身之下的莲座通灵吧,你瞧它都荒凉地长出了岁月的篆花。

"真是个好地方啊……"嘉和掸了掸裤子,坐到了石阶上,"你们看,坐北朝南,缓坡渐上,阳崖阴林,潜水渗岩,一头通往九溪十八涧和钱塘江,一头通往梅家坞、龙井村、翁家山。这还不是最好的,天时地利还要人和……虽说政府要在杭州建研究所,可也不是什么地方都可以建的。有些地方虽好,但已配佳人,我们就不能横刀夺爱;有的地方人文集萃,虽眼下荒芜,假以时日,或可锦屏重开,我们亦不可乘人之危;只有这七佛寺,已成废址,面积却也足够大,建茶场,做科研,做学问,都很合适。推门便是茶山,仰头即迎天风,城郊之地,进退俱可,天意!"

长长地说完这段话,他终于掏出了忘忧从天荒坪寄来的信,读完,他沉思着坐了一会儿,站起来,到旁边的泉眼掬了一捧水,洗脸、洗手。突然,风吹树梢的声音中,有一声鸡啼,响彻寂静的山林。原来山路再危,亦有人家。他甩着手招呼侄子、孙子也洗个脸,他们却捧着水喝了起来。杭汉被水映得柔和一些了,得茶拿水泼他时,这个已经有两个孩子的爸爸跟侄子对泼起来。他们自然难以想象,数月后,杭州第一个人民公社西湖人民公社宣布成立,毛泽东主席则在安徽宣城指着群山说:"以后山坡上要多多开辟茶园。"此话一出,便成为中国茶界的最高指示。而再过一个月,9月,中国农业科学院茶叶研究所择址七佛寺遗址,在一间农家草屋正式宣告成立。蒋芸生受命担任首任所长。数年后,他作为筹备组组长,在杭州正式成立了中国茶叶学会,并当选第一届理事长。

杭嘉和恢复了他以往那种沉思凝神的状态,默默地在前面走着,脚步轻轻,鞋面洁净,走着走着回过头来,跟杭汉说:"汉儿,你能调到茶科所去工作吗?"

杭汉心里一怔:"这个……我没想过……"

"那你现在可以开始想了。"

"我去干吗呢?"

"研究茶叶栽培吧。"嘉和回过头来,站住了,"忘忧来信,说他的白茶扦插也失败了。"

"没关系,再继续试验就是了。"

"他来信还说,天荒坪本来只有两株白茶,合作社专门移了一株下山,种在大缸里,养在大院中,指望着能够繁殖生长,放一棵茶叶生产的卫星。"

"竟有这么大胆搞的!这还活得了吗?"

"死了……"

"啊呀,那么只剩一株了,忘忧小叔要心疼死了。"得茶叫了起来。

"只有一株了,必须要有人去研究,否则要断种了。"嘉和说。

"应该把白茶的无性繁殖做起来。它开花不结果,人称石女茶啊。"杭汉说。

"啊,什么是石女……"得茶好奇。

"你去吧,杭汉,到茶科所去,研究栽培,你去做这些事情。"

嘉和叫他杭汉了,说明这件事情极其重大了。

于是,杭汉点点头,说:"我去!"

第三十章

当杭家的男人们在城郊的废墟中寻找茶的未来圣殿时,杭家的女人们集中在忘忧茶庄、茶府,开始了轰轰烈烈的"除四害"运动。人民政府下令要在十年或更短一些的时间内消灭苍蝇、蚊子、老鼠和麻雀。有人还创作了打油诗:"老鼠奸,麻雀坏,苍蝇蚊子像右派。吸人血,招病害,偷人幸福搞破坏。千家万户快动手,擂鼓鸣金'除四害'。"

这项运动百分之七十五地契合了忘忧茶庄的心愿——除了消灭麻雀。

杭家人祖祖辈辈吃的是这口茶叶饭。仆人们进了杭家,头一件事情就是接受如何洒扫庭除的训练,包括堵塞老鼠洞,用烟熏、用硫黄、下药,屋前屋后角落里都置放着老鼠夹子,有时老鼠还没逮着,活人反给夹得炸了皇天。前几年,杭家后三进院子做了机房和茶仓。机房和茶仓,最怕的就是神出鬼没的老鼠来光顾,排泄物造成异味不说,老鼠还有可能咬坏茶叶包装,万一电线被咬坏,触电引发火灾,想想都要起鸡皮疙瘩。故老鼠、苍蝇之类,在杭家是不能有立锥之地的。

老鼠吃茶叶吗?怎么不吃!它乱咬一气,扯破包装,拉一堆老鼠屎,光、水、空气跟着进茶仓,恶心死,茶也毁了。故抗战胜利之后,杭嘉和重整山河,从长兴专门定制了一大批陶瓷茶缸,大口径,一只可放五斤茶,配制一斤生石灰,外涂光光的酱缸釉色,老鼠想磨牙也没下口处;牛鼻揿盖平整,老鼠找不到翘口;封口严丝合缝,老鼠就算成精也钻不进;每个缸底还配一副陶瓷坐垫,以免缸与缸挨得太近而碰碎了,也是双保险防潮。这一屋子的茶缸,放得跟图书馆里的书一样,一排排地码在三层的厚木架子上,架子底下还托着钢板以防折断,上面密密麻麻、层层叠叠地置放着茶缸,黑压压暗戳戳,在天光下发着乌幽幽的光泽。天花板原本就有,在上面加铺了一层隔热板,下面四个墙角又设计了有百叶窗隔板的透风管道。所有这一切,都是嘉和亲手制作的。

这套独特的茶仓装置,人人见了都说好。唯有嘉平这次回来,却在这件并不足道的茶事上和嘉和扛起来了。

话说去年5月间,嘉平陪吴觉农回江南茶区安徽六安,继而回故乡浙江。吴觉农在杭州见了中学时代的同学兼妻兄陈石民,交谈中已觉山雨欲来风满楼,特特交代:这次整党整风,说话务必注意分寸。回京后,尚绿香满袖,吴觉农又在某次会议上面见周恩来总理,总理开门见山地问:为什么我们的茶叶不能增产?吴觉农提出了茶叶增产的一些设想。周恩来说:把您的意见写成一个意见书吧,越快越好。

整个6月,吴觉农就在整理这份一万多字的意见书,并附上给周总理的简要报告。那个初夏,吴觉农与赵朴初共同讨论了茶叶与佛教之间的关系;与日中友好协会的内山完造等人联系,搜集日本的茶叶文献;接待日本友人曾根俊一,他是吴觉农三十年前在日本静冈和金谷学茶时的旧友；同苏联茶叶专家、《制茶工艺学》的作者霍卓拉瓦通信，收集其为该书中译本所作之序和全套照片，初步制订了一个庞大的计划，编一套有五百多万字的《茶叶丛书》，一套八十万字的《苏联茶叶》，拟写一本外宣中国茶叶的小册子，一本二十万字的《茶事漫谈》……然后，所有的这一切，突然就停止了。

有关弟子们和亲戚们的各种坏消息纷纷传来。吴觉农妻子陈宣昭亲如姐妹的女作家陈学昭被划为右派了，那可是延安时期的知识分子，是写过长篇小说《工作着是美丽的》的中国首个留法文学女博士，20世纪50年代初还曾身居龙井写下长篇小说《春茶》。这次回来前，吴觉农拜托嘉平悄悄地去探访一下她。而吴觉农自己则去探望同在京城居住的马寅初。当时马老的"新人口论"正处在风口浪尖上，他却依旧对来访者说：我虽已年近八十，明知寡不敌众，自单枪匹马出来迎战，直至战死为止……

时过一年，茶事大变。

嘉平正是在这个时刻回到杭州的。人民公社再一次改变了土地结构，他要来与大哥商议祖坟迁移之事。不承想祖坟地已经成了一片新茶园，所有的坟墓都已被迁往南山。这让嘉平非常尴尬，他觉得这么大的事情至少应该通报他一声。可嘉和觉得，与国家大事相比，这也不过是家事，有他做主就可以了，况且解放初他就提过这事，嘉平也没反对。"去年你都到了家门口，我还打电话让你回来，一起商议一下罗力和方越的事情，你不是也因为忙，连个回信也没有吗？"嘉和轻描淡写地回道。

嘉平知道，一家人都被他去年的态度给伤到了，他在关键时刻没有为罗力和方越说话，大哥心里是极不舒服的。偏偏这时候嘉平又被调回北京参与组织运动,兄弟二人大半年都没有什么联系,真是各有各的烦恼。可布衣平民、民主进步人士、革命烈属杭嘉和哪里知道,弟弟没被拉下坑去就算大幸。嘉平周围有不少早年和他一起参加革命的同志都被划为右派了,而他和吴觉农这一类人,也都被边缘化了。想起来最可笑的是,他刚回北京,那个"布拉吉"女士就找上门来了,穿着列宁装,英姿飒爽,与他相谈甚欢,杭嘉平差点重蹈覆辙。嘉和辛苦炒制的那一斤茶自己舍不得喝,让嘉平带回北京喝,结果全让"列宁装"给拎走了。半个月后,在大门口,他们又见面了,他伸出手要去握手,"列宁装"却警惕地问:"你是谁?我不认识你!"甩手扬长而去!装啊……装得跟真的一样!原来她上次来见他是来探他底的,他真是被人卖了还帮着数钱。嘉平知道,他又要被边缘化了,可没想到会来得这么快,女人翻脸,真是跟睡觉拉被子那么自然啊……可这些话还能够和大哥说吗?那么多年做的都是情报工作,连这点警惕性都没有,大哥会不会笑他色迷心窍?看来叶子的选择没有错啊。

杭嘉平是受党教育多年的老革命,可以忍受生活作风上的非议,但政治立场是绝不可有丝毫差池的。眼光要放远,于事无补之时,要懂得静止。他不正面回答,却反问嘉和的提问:"所有的人都迁过去了?"

"迁过去了。"

"没有人留下?一个也没有?"

"一个也没有。"

嘉平火气上来了:"大哥是说,你把那个……那个……也迁过去了?"

一家人都知道"那个"是谁,可没人敢正面提。只有嘉和回答:"自己的耻辱自己背,何苦玷污了人家簇新的茶园。"

"我不同意!你们必须征求我的意见。"

"你再讲民主,也只有一票。我不能装作家里没这个人,没发生过这样的事。"

嘉平的火气升上降下好几回,到底还是压了下去。他知道,虽然全家人都恨那个汉奸弟弟嘉乔,可最后依然让他有了葬身之地。心火在胸,当下嘉平就迁怒于其他事,冲着这人人称奇的仓库开火:

"从前杭家也是讲究茶库的,可也没今日的讲究,瓦罐都换成陶瓷缸的了。看来大哥这几年陶朱公做得还是顺手,比之我们的父亲,青出于蓝而胜于蓝了!"

杭汉不太明白这种高级复调对话,耐心地跟父亲说:"用陶瓷,我们也是多次商议过的,老底子是用瓦罐吸潮,每次用时还得在火上烘,听说从前都是茶清爷领着人做,费时费工。这次投资是多了些,但以后劳动力就省了嘛。"

得茶一副老三老四的样子,说:"二爷爷,茶罐必须保持0.6%以下的干度,新茶必须保持0.5%以下的干度,瓦罐做不到,远不如陶瓷缸。"

"哪本书里淘来的货,就偏巧让你用上了。你这小豆芽菜,多吃点肉。"嘉平说。

"吃的吃的,昨日叶子奶奶还让我吃了小公鸡!"得茶憨厚地回答。

看看大家脸色轻松了,寄草也补充道:"五斤干茶配一斤生石灰。大哥担心我和叶子嫂嫂拎不动茶缸,就定制得小了一些,茶缸就做到放六斤的容量。这样拎到二层、三层,大家也吃得消。"

嘉平听了此言顿时心疼,说:"这种事情还要你们女人做啊?"

"二哥,你是我杭家二哥吗?连灰茶这种老套头都忘了?"寄草的嘴还是那么损,"头一个月换一次生石灰,后面三个月换一次,再后来六个月换一次。灰茶这种事情,什么时候不是杭家女人一双双手垫出来的?"

嘉平看妹妹要生气了,知道她也是个惹不起的主,连忙说:"那倒还不如买台冰箱藏茶,老鼠苍蝇蚊子麻雀谁还敢来,也省得你们一年到头辛苦。我出钱吧!"

嘉和笑笑,只说了一句:"何不食肉糜?"

杭嘉平听罢顿时脸都绿了。这个典故常人听不懂,说的是白痴皇帝晋惠帝的段子。某年闹灾荒,老百姓没饭吃,到处都有饿死的人,有人把情况报告给惠帝,他却说:"既然没有饭吃,他们为什么不吃肉粥呢?"报告人听了哭笑不得,灾民们连饭都吃不上,哪里吃得上肉粥呢?

"此话怎讲?冷冻藏法不是新趋势吗?"嘉平咄咄逼人地问。

"你省省吧,买台冰箱能藏几斤,除非做个冷库,你出得起这个大钱吗?"

嘉和如此怨怼嘉平,明摆着不是好话。嘉平却笑着回应大哥:"大哥说的也有道理,父亲那一辈有茶清伯,茶仓里再有什么事情,要解决,无往而不胜。"

"父亲有茶清伯,可遇不可求啊。"这话一般人还真是听不懂,杭家女人们聪明,知道大哥在给二哥台阶下了。

叶子见状连忙插嘴说:"没事的没事的。做桂花龙井茶,不用石灰缸窨,味道出不来。灰茶做惯了,实在也蛮开心的,用石灰缸存个半年,比春天那一口还好喝!"

嘉和这才对嘉平仔细解释:"生石灰吸潮,不吸茶香。真正老底子的味道,要靠藏出来的。这种劳力劳心的细碎事情,哪里是人人都操心得过来的呢?"

嘉和说得没错,藏茶是一件劳力劳心的事情,嘉平这种做大事情的人是关注不过来的。嘉平走过路过,看到过藏茶,说不定少时自己也藏过茶,可那是游戏,不是谋生。他知道石灰缸干燥法,就是利用生石灰吸收茶叶中的水分,降低空气中的湿度,保持茶叶干度的贮藏方法,但他知道每纸包茶要一斤重吗?他知道放入底层铺的生石灰是要块状的吗?他知道包好的茶叶要沿缸壁依次排放,中间放生石灰袋吗?他知道贮藏后一至两个月要换一次石灰,三至四个月又得换一次石灰吗?他知道这些未被吸潮风化的石灰放入缸中,是要加盖密封收藏的吗?他知道这样贮藏得法、经半个月到一个月后,龙井茶的香气会更加清香馥郁、滋味会更加鲜醇爽口吗?他知道如果贮存前的茶叶含水率控制在0.6%以下,龙井茶贮藏一年后仍能保持色绿、香高、味醇的品质吗?

还有,他知道木炭储藏法吗?那是以木炭代替生石灰为干燥剂,将一千克木炭装入布袋,每隔一两个月更换一次的方法。他也可以说他知道,但他晓得如果用木炭吸潮,要先将木炭烧红,冷却后再装入布袋吗?他知道每隔一两个月要把木炭取出来烧干再用吗?他知道没有生石灰的时候,不得不用这样的办法,才不辜负忘忧茶庄这块牌子吗?

他当然也是知道金属罐贮存法的,忘忧茶庄有的是铁罐、不锈钢罐或质地密实的锡罐。可他知道新罐子或存放他物有异味的罐如何去味吗?那是要将少许茶末置于罐内,盖上盖子,上下左右摇晃轻擦罐壁后再倒掉,或者将铁罐用火烘烤一下方可去除的。他知道装有茶叶的金属罐要置于阴凉处,千万不能放在阳光直射、有异味、潮湿、有热源的地方,如此才能防锈,减缓茶叶陈化、劣变的速度吗?最后,在诸多金属中,他知道锡罐材料致密,防潮、防氧化、阻光、防异味,所以是最优秀的藏茶金属罐吗?

他无疑是了解低温贮存法的,否则他不会开口喷出那高档的"藏茶高科技武器"冰箱。杭嘉平永远是一切先进的、新潮的、先锋的事物的拥趸,可是他知道为什么冷藏西湖龙井会有特殊效果吗?他知道过高的温度会化解西湖龙井的丰富营养,而最佳保存温度必须在0℃~10℃之间吗?他知道贮存期六个月以内的绿茶冷藏温度以维持在0℃~5℃为最有效,超过半年则以冷冻-18℃~-10℃最佳吗?

当然,还可以这样反问:他经历过茶贮藏后开封的一刹那吗?此时的干茶色泽绿黄,轻嗅会感觉到其透着丝丝雪糕般的凉气,再嗅则有显著的栗香,然后便隐隐地生出兰花香,清香扑鼻,宛如回春的暖阳花开……

而且,他真正认真地感受过开泡后的灰茶吗?他的感官会像鲜花一般开放吗?此时的茶汤色泽清明,碧绿如玉髓,嫩香柔软,一如开春,汁水看似透薄,实则醇如琼脂,与冷藏保存的茶叶相比,其口感更加甘醇,柔静有余,些许活泼。茶香甜淡缥缈,滋味浓郁厚重,舌底生兰花香,透着鲜爽回甘。绿叶均匀成朵,在水中灵动旋转,恍如午后风起……

嘉平一拍脑袋,把嘉和从空中拽了下来。他点着大哥就说:"被你这么冷嘲热讽一番,我倒是想起来了,茶怎么藏放还真是个讲究活儿。在日本时,我见识过一只从中国进口的置茶小罐,紫黑色调,盛浓茶粉的,日本人叫它'茶人'。那盛薄茶粉的,我记得叫'茶枣'。后来让千利休献给丰臣秀吉了,叫什么'北野茄子'。叶子你记得吗?还是我俩一起去大德寺参观时看到的,几十年前的事情了。"

话刚出口,他自己和叶子一时都呆住了,连寄草那么伶牙俐齿的人都半张着嘴说不出话来。怎么回事啊!除"四害"就除"四害",怎么说到茶仓去了?说茶仓就说茶仓,怎么又说到几十年前的日本茶人去了?哪壶不开提哪壶啊!

倒是少年天真,得茶傻乎乎地救了个场:"二爷爷,什么浓茶粉薄茶粉啊,用茄子那么长的茶罐,能盛茶吗?"

"……我有事,这就走了。"嘉平知晓失言,挥挥手,也不知道是真有事还是找借口撤退,留着嘉和目送他离开。

而叶子转身就甩着苍蝇拍打苍蝇去了,她在每间屋子里都放了几个苍蝇拍子。年轻时的小撮着甚至练就了一手用筷子夹苍蝇的绝活,房间里若飞进一只苍蝇,不把它赶尽杀绝,主客便坐立不安,谈兴皆无。

在江南水乡杭州的夏天,蚊子实在是避不开的。但杭家也有祖上传下来的克蚊法宝,他们一年四季点的这款蚊香,竟然是有茶粉掺入其中制作而成的,就罩在博山炉中。置放蚊香的博山炉也是每屋一个,这本是汉晋时期民间常见的焚香器具。杭天醉活着的时候,对生活器物件件讲究,香炉皆用精致的青铜器博山炉,炉体呈豆形,盖高而尖,镂空呈山形重叠,雕云气纹、人物及鸟兽,每件擦得锃光瓦亮,这宝器过两百年也不坏,故保留至今。

大炼钢铁时把忘忧茶庄的大门都给拆了,这香炉谁都想不起来,却被婉罗塞在床底下保了下来。此刻重新点起,但见炉中焚香,轻烟飘出,缭绕炉体,一时群山朦胧、众兽浮动……

蚊子,杭家女人也是对付得了的,唯有这麻雀愁死她们了。杭家女人里除了寄草比较活泼好动,其余都偏安静或迟缓,而"四害"之中,消灭麻雀却是动静最大的。大街小巷、院里院外、楼顶墙头,都点上鞭炮,还有用竹竿彩旗驱赶,用猎枪弹弓射击,下毒饵、放火……据说一年下来,全国捕杀麻雀两亿多只。

婉罗熟悉庭院交通,负责检查老鼠洞。黄蕉风老实胆大,负责收拾死老鼠,剪老鼠尾巴到街道办事处汇报战况。盼儿只干最高雅的事情,负责清理博山炉、放蚊香、点烟,老鼠洞她是绝对不来管的。这就苦了叶子,又要敲脸盆,又要照看蕉风那两个手举苍蝇拍的儿女——儿子得放和女儿迎霜。他们听到奶奶敲起脸盆底,就激动得发起人来疯,舞着苍蝇拍在桂花树下大叫大跳转圈子,大声念着刚学会的"三字经":"陶瓷缸,纸包茶,生石灰,布袋装,勤换灰,紧压盖,避光贮,茶叶香……"孩子们的喊叫声,震耳欲聋的锣鼓声,叶子赶麻雀的声音……寄草感觉自己是真要崩溃了,她感觉从骨头缝里都有声音吱吱叫,和老鼠叫没两样:我受不了了!我要死了!她听见膝盖缝里的声音蹿到了胳膊肘上,这声音如果发射到太阳穴,脑袋爆炸,她就死定了。这在她是极其罕见的了,母亲当年吞金死在七星缸中,她回家后拿着一把菜刀就把缸劈砍成碎片,从那以后再也没有什么困难能够压垮她,因为母亲沈绿爱为一切苦难垫了底。可这次她真的受不了了,她拔脚出了门,只听得身后叶子叫了她一声:"你去哪里?你接着敲一会儿,我吃不消了。"

寄草轻手轻脚地溜出大门,回头应道:"我去茶楼加班了,今日关门打扫卫生。"

见叶子拎着破脸盆垂下手,寄草有点心疼,就说:"不敲也罢,管它呢,不就是一群麻雀嘛!"

叶子挥挥手,让她走人。叶子知道她近来的情绪,别人是看不出来的。寄草出了一趟远门,先是去浙西看望忘忧,又去了浙中农场看罗力,最后去浙西南见了方越。这三人的生存落差,怎么能让她不受刺激呢?可叶子也有自己的恐惧,指标还没完成呢,油墩儿西施每天都在笃笃笃地敲着门,她现在负责统计老鼠尾巴,耳朵贴着门缝听脸盆敲到了几时。油墩儿西施的喊叫声又尖又细,吱吱吱的真难听,可今天到这会儿还没出现,这感觉就像楼上的拖鞋只掉了一只,可另一只怎么还没掉下来?所以不能停啊!

让叶子想不到的是,不用再等油墩儿西施了,她不会再来叫魂了。倒是正在鼓楼旁中东河边的寄草不等自来地撞上了油墩儿西施。中东河边有不少短桥——六部桥、上仓桥、秸接骨桥、福德桥、通江桥、望仙桥、三圣桥……其中,望仙桥离杭家不远,那是南宋施全暗杀秦桧的地方,虽然出师未捷身先死,但义名传百年。秦桧嘛,当年就住在桥外不远处。寄草这次是要到望仙桥边杂货摊买花露水,那边的东西便宜。她闭着眼睛在这些桥上走来走去都不知多少回了,这回让她遇到奇事了。

但见有一辆堆积如山的人力拉煤车,东倒西歪地欲往望仙桥上拉,却怎么也拖不上去,旁边也没有个人帮着推一把。寄草就吆喝起走过身边的男人们:"快点帮一把嘛,眼睛生在头顶心了?!"寄草当茶馆老板娘这些年了,这一带眼睛一扫都是熟面孔,骂谁也不生气的。那些男人却悄悄地点着那个拉车的,说:"你自己看看是谁吧,坏分子了,谁敢帮啊!"寄草好奇了,探头上前,一看差点要笑出来,竟然是油墩儿西施,她披头散发不说,赤着一双脚,在正午毒日头下来回倒着脚跳。脚是真白嫩,踏在那被日头晒得滚烫的石板桥路上,就如摊荷包蛋一样,着实可怜。见着寄草,她就呜呜地哭,边哭边说:"老板娘救救我,我也不晓得自己怎么回事情,就变坏分子了。说是扬州的事情有人告发,一大早就让我来拉煤车了,还不准穿鞋子,我脚底板都烫出泡来了。寄草大青娘你救救我,救救我啊!呜呜呜,前世造孽啊……"

寄草生气地说:"不准叫我老板娘,还有大青娘,都不准。"然后也顾不上说话,赶紧到车后去帮她推车。旁边那些男人见一个女人都上了,这才看不下去,帮着推车,一边也没忘了骂几声:"短命的癞痢阿松寻死去了?他怎么不来推?"说话间,没几下就翻过了望仙桥。

众人散去,独寄草送佛送到西,一直推到忘忧茶庄门口才停下,两下就脱了自己的布鞋扔给油墩儿西施,说:"我早上刚换的鞋,干净的,没脚气啊,你先套上对付一下。"

油墩儿西施就差下跪了,脸上东一条西一条的煤灰被眼泪冲出杠杠,一边套鞋子,一边诉说:"夫妻本是同林鸟,大难来时各自飞,这句话没错啊。这种时光,阿松还要同我离婚,我是走投无路了呀……那我叫你什么呢?"她突然想起来了,就这样打断悲情问了一句。

"没听人家都叫我杭老师吗?"寄草当老师还是抗战前在孤儿院工作时的事,自己比那些孤儿也大不了几岁,可她念念不忘的还是这个身份。她最烦人家叫她老板娘,摆杂货铺似的,简直是污辱。至于大青娘,因是杭州郊外人对少妇的传统叫法,寄草认为土得掉渣,也不喜欢听。前面没几步就到煤站了,她让油墩儿西施先走,油墩儿西施可怜兮兮地问:"杭老师那你穿什么呢?"寄草翻了个白眼:"一步就跨进家门了,你管我穿什么啊!鞋子就送你了!"她就这样赤着一双大脚,夹着几张报纸啪嗒啪嗒地踩着木梯上了楼。油墩儿西施都能够看到寄草那已经沾上煤灰粒的脚底心,这会儿她是真哭了。

因为"除四害",这两天忘忧茶庄没开,寄草他们在茶楼喷洒了消毒水,又用抹布浸了酒精细细擦洗打磨了桌椅。前日登楼一看,蛇虫百脚也不少啊,有蟑螂、白蚁、蜘蛛,甚至还有蜈蚣,恶心死人。她和林秋高等几个服务员当时就包起头巾大干了一场,昨日又洗了茶杯茶盘等一应茶器具,今日她放了服务员的假,自己来喷花露水。她心里记挂着那把铜制盘肠大茶壶,一直是放在楼下施药茶用的,没想到也那么脏了,唤人擦过一遍,跟没擦一样,不满意,自己再来重擦。

小时,她听父亲说起过这把茶壶的来历。它原本也是在山里茶亭中施茶所用,后来茶亭塌了,也没有人施茶了,故被父亲收来,依旧在茶楼施茶。此壶巨大,俗称盘肠壶,又叫龙茶壶,以紫铜做原料,经锤打和焊接而成。炉膛呈直筒形,柴片由壶的上方投入,待水烧沸后,由加水口入生水,经"盘肠"从壶口溢出即沸,自动注入壶口下面的水缸内。缸内放有一个口袋,袋内装有茶叶、青蒿梗、砂仁、豆蔻等,待泡出茶汁后,舀至绿钵头中,放在长条桌上。没有再备茶杯,但备有斜切口的几只竹管,竹管连节,每只竹管上装一个手柄,路人渴了自可舀水喝。跟胡庆余堂在夏日施万应午时茶一样,此壶就成了忘忧茶庄之一景。

大茶壶搁在地上,报纸摊在大茶壶顶上,寄草坐在竹椅上,就和它一般高了。她一边用细砂纸打磨壶身,一边看着二哥从北京带回来的报纸。难得有这么清净的日子,茶楼里一个人也没有,关着窗户,拉下窗帘,真是蝉噪楼欲静,鸟鸣茶更幽了。看着看着,这几天一肚子丧气的杭老师,到底还是哈哈哈地笑了起来。报纸报道了写《家》《春》《秋》的大作家巴金,捧着一个铜盆在草地上整整敲打了一个下午。原来,写作认真的巴金先生,打麻雀也不会疏忽的。寄草觉得要把这个报道专门给叶子看看,让她知道什么叫吾道不孤。另一份《北京晚报》却让寄草目瞪口呆,那是郭沫若先生发表的诗歌《咒麻雀》:"麻雀麻雀气太官,天垮下来你不管。麻雀麻雀气太阔,吃起米来如风刮。麻雀麻雀气太暮,光是偷懒没事做。麻雀麻雀气太傲,既怕红来又怕闹。麻雀麻雀气太娇,虽有翅膀飞不高。你真是个混蛋鸟,五气俱全到处跳。犯下罪恶几千年,今天和你总清算。毒打轰掏齐进攻,最后方使烈火烘。连同武器齐烧空,四害俱无天下同。"

什么叫"气太官"啊,寄草心里嘀咕着,一只麻雀还会"气太官",而且还是"混蛋鸟",也太缺乏诗意了吧……大文化人也不过如此嘛,心高气傲的杭寄草便腹诽起来。突然,一股浓郁的香水气袭来,但听一个声音幽幽地从她头上传来:"何故自言自语,不知隔墙有耳乎?"寄草还真被吓了一跳,抬起头来一阵惊喜,一双脏手伸开,也不敢拥抱对方:"陈先生,您怎么来了,也不先打个招呼?"

来人正是杭州才女陈小翠,民国文人儒商陈蝶仙的女公子,她现在是上海中国画院的画师,父死,夫亦死,兄在台湾,独她和女儿居于沪上。寄草跟盼儿都跟她学过画。寄草还记得1929年的西博会,她第一次在孤山香水喷泉边见到二十岁出头的陈小翠时的场景。真是"窈窕淑女,君子好逑",疏眉细眼,面孔用无敌牌雪花膏擦得雪白粉嫩,足蹬高跟鞋,在苏堤、白堤上过,着实是一幅水灵灵的流动广告画。后来,寄草听大哥嘉和说在马一浮寿辰上亦曾见到陈小翠,算起来已过去近十年了。

眼前的陈小翠五十出头了,依旧当得起"名媛"一词,巴掌脸配大号五官,锥子下巴上一张欧式风情的大嘴,穿一件浅色竹布中袖改良旗袍,架一副金丝边眼镜,足蹬一双中跟浅口黑皮鞋,套一双长丝袜,短发烫了,还是不顾一切地要与众不同的架势。尤其那股人未到香气先到的做派,依然如故,到底是做香水香粉的世家出身的啊。久居上海,亦是沪上女人派头了。只是脸上尽显憔悴,咧嘴微笑,眼角嘴角都是细纹。见着寄草,她自己拉过一张椅子就坐下,问:"看你一个人傻乎乎地在笑,有什么好笑的东西啊……"

寄草拉过报纸给她看郭沫若的诗,一边要给她泡茶。小翠招呼说:"水要新水,茶要陈茶,给我来杯陈年龙井,我晓得你这里有的。"

"有倒是有的,陈年龙井陈年气,总不如新茶鲜爽嘛。"

"我就是想要陈年气,水要开水,一百度的啊。"想了想又交代说:"不要玻璃杯,要个厚壁的龙泉杯,有盖子的,冲上水给我捂住便可。"

寄草心想,陈小翠这是成心要反着来嘛。可是她这等才华一绝的女子,反也能反出一番道理来。寄草还是小姑娘的时候,随父亲去过西泠桥对面栖霞岭南麓低坡上的蝶来饭店。1929年西博会结束后,陈蝶仙父子发现来杭游客不减,便在西博会展馆背面,盘进一家西泠休养所,改建成蝶来饭店,饭店像个中西合璧的庄园,从大堂去客房要经过蜿蜒曲折、花藤朱栏的中式长廊。陈蝶仙喜爱镜子,廊间挂有不少长镜。但楹联入镜,字作反影,聪明人想出奇招,用字之正反相同者为联。陈小翠便一马当先,撰联若干,有一联道:"北固云山开画本,东山丝竹共文章。"用繁体字来写,这些字都是左右对称的。一时沪杭文人跃跃欲试,拟写楹联蔚为奇观。

此刻,但见她把报纸一扔,说:"寄草,你也真是大惊小怪,这算什么!逢场作戏罢了,你看看我这个。"

这是一本封面发脆泛黄的线装书,封面上的书名为《拱宸桥踏歌》,翻开扉页,有"陈蝶仙赠"四字。寄草当下明白,陈小翠肯定是从旧书店里买回来的,而这本书也必定是从陈蝶仙赠书人的后裔处流出去的。她一时好奇,把茶泡好了递给陈小翠,自己便翻了起来,还没翻几页,就笑得前仰后合,指着陈小翠说:"陈先生,您家大人也不比郭沫若差啊!"

"你看看那是什么年代,光绪二十六年,庚子年,1900年,不要说你,连我都没有出生呢。"

原来这正是"天虚我生"陈蝶仙收集的拱宸桥民谣,虽然只有六十余首,但都是约一个甲子以前流传在拱宸桥一带的俚曲,着实记录了平民百姓的真实生活。寄草边看边笑,心想,大哥肯定喜欢收藏这些东西,便拿过一张纸,抄了起来:

旱烟水烟雪茄烟,加上乌烟三四钱;
阿姊陪勒朵床面前,替郎打烟露出子个十指尖可尖。

白白个窗子油粉涂,侬侬个身子花粉做;
说道勿做勿得过,一百个蜜蜂来做窠。

清朝世界花路多,一搭子青山三条河;
夷场地界沙泥多,本国地界垃圾多。

世经丝厂生意耗,勿到三年就倒灶;
雪白茧丝生来老,小妹子情丝一团糟。

十八九岁小撩荡,十七八岁小娇娘;
吊膀吊膀勤心慌,阿姊衣裳无裤裆。

咭咭咯咯梆子腔,头等名角金玉镶;
阿哥阿姊认勿出,只差子有个郎里郎。

六月雪做天仙园,九更天做阳春园;
　　两家戏文凄惨杀,侬侬看得心好酸。

陈小翠喝着这龙井陈茶,赞了一声:"忘忧茶庄的茶,藏得真是好,石灰缸里灰出来的,一股的陈茶香!"

寄草边抄边回:"萝卜青菜,各有所爱。您若喜欢,我这一斤都给了您。"

"无功不受禄,你也别抄了,我这本书就送你了,用它换你一斤陈茶,也值当的。"

寄草一下子就停住了笔,心想,一斤陈茶换先生一本老书,这运气也太好了吧。

陈小翠却看了她一眼问道:"怎么,不敢收吗?"

"学生哪有不敢的,是不好意思,您买这本书回来,不知花了多少钱呢。"

"是我昨日在'玉贻斋'旧书斋请回来的。父亲当年送了朋友,也是真心相托,谁知到儿孙手里也不过换了二三银子。这才知道什么叫'我本将心向明月,奈何明月照沟渠'呢。"

"先生放心,这种事情是绝不会发生在我们杭家人身上的。"

"寄草,你还记得断桥对面的石函路六号吗?"

她们悄悄地喝着陈茶,想象一条长长的石板小路向北山街口的宝石山山坡上延伸。山岩上清水砖墙、红格木窗,好一座五角转楼! 身材颀长的陈蝶仙,戴着金丝边近视眼镜,穿着熟罗长衫,手上拿着一把画着牡丹的洒金团扇,和儿子陈小蝶、女儿陈小翠边说边笑,拾级而上……

"以为可以祖祖辈辈地与西湖相伴,其实只不过住了三年,今生再也无缘。"

"先生如果想去重访,我陪您。"

"我这趟来,不问生但问殁,只为父亲迁坟之事。你们是知道的,当时杭世伯还陪着父亲上桃源岭一带探访,选定后还特意在墓东隙地添了一座石头亭子,作了一副墓联……"

"未必春秋两祭扫,何妨胜日一登临。"说话间走来了杭嘉平。他近日受吴觉农委托,在杭州办事,有空没空地常来茶楼走走,今日也是巧遇上了。"这副对联我倒是还记得的,写得很有豪气,我就一下子印在心里了。"

"嘉平兄久不见,别来无恙?"小翠和杭家两位公子原本也是极熟,虽多年未见,但大家闺秀的那种做派依然如故,见了嘉平这样的政府官员也并不拘谨,只是站起来微微欠一下身。

"别来多年,肯定时不时有点小恙的了。倒是不知大才女这些年都有何作品问世啊?"

"哪里有什么东西可以献丑的。自那年在杭州开过女画家画展后,经年离乱,就再也不曾有画作拿得出手了。"

"不会吧,小翠妹妹,我可是听说你在上海画院很牛气,开会也常常不去,三天两头有画作问世,院长也拿你没办法呢。"

"噢,看不出啊,嘉平兄,新中国成立前您是地下党,莫非新中国成立后还做情报工作?"

"小翠妹妹,你就别打马虎眼了。凭我的了解,你这样秀外慧中的美人,上门来喝茶,是不会不带丹青墨宝的,快拿出来给二哥看看。"

陈小翠点着嘉平却对寄草说:"这就是你们兄妹俩的各异。我在这里喝着茶聊着天,寄草你这学生都没想过要问一声我的画作,倒是你二哥这从来不舞文弄墨之人,偏一上来就击中要害。"

寄草就在一边鼓掌,心想,这下陈小翠有点笑意了,当年叶子莫不是也这样被二哥哄开心的吧?二哥就是这样讨女人喜欢,只要他愿意,总有女人跟着他走。

果不其然,陈小翠就从拎包里取出一个信封,从信封里抽出一张折叠的画作,打开恰是四尺整张的彩画,一枝老梅树杈,从右下方斜插到画面中央,左边竖排一行字,"风枝露叶有余姿",署名小翠,下面还有一枚人名章。此画苍劲老到,寥寥数笔,两簇树叶,绿意强健,只两个枝头新芽,淡入白纸。

"怎么不写上时间?今年该是戊戌年夏吧。"

"写不写无所谓的,我也没带笔墨。二哥,你这趟自京而来,莫非也是为了迁坟一事?"

"杭家祖坟地,新中国成立没几年我们就迁了。这块地方现在早就是双峰村的一片龙井茶园,那上面还盖了个牲口棚,这会儿还建了小高炉大炼钢铁,热闹着呢。之前坟地要是没迁的话,杭家的祖宗这会儿吓也得吓走了。"

这话说得也不知是个什么立场,有点意思。陈小翠顺着话头就说开了:"坟亲捎信来告知,杭州西湖四周的坟都要迁了,纵然民国时大名鼎鼎的'天虚我生',亦一视同仁。抗战逃难时,父亲经常梦见桃源岭,病逝时只说了一句:胜利之后,葬我于桃源岭。故光复后我兄妹数人将父亲灵柩运回杭州安葬,补种松梅竹。谁料疮痍未复,人在天涯……"

嘉平不想让她把这些意思再说下去,赶紧打断:"一样一样,都一样的,我家的祖坟地都送给国家建人民公社了。国家昌盛,祖宗泉下亦可瞑目的。"

"杭家兄妹俱全,且都在大陆,彼此自有商量。非如我陈家手足,海上一别忽逾十年,梦魂时见,鱼雁鲜传,也没个商量说话之处。人事难知,沧桑倏忽,妹亦渐老——"

"不老不老,况徐娘半老亦风韵犹存……"嘉平打断她,把严肃的陈小翠竟然也说得忍俊不禁,收颜且近椷,说道:"诚恐台湾阿兄他日归来,妹已先化朝露,故特来托付杭城故友,他日鸿雁传书,拜托你们了。"

嘉平赶紧再次打断她半文半白的表达:"哪里会有先化朝露这一说,解放军不是已经炮击金门了吗?再等个把月,台湾就解放了,你阿兄就回来了,你们一家团圆再迁坟也不迟。"

陈小翠怔了一下,看着嘉平:"二哥,您真那么想的?"

"当然就是这么想的!"嘉平这就站了起来,一手叉着腰,一手伸出去,一把抓住空气,捏成了一个拳头,"这就是共产党人的决心!说定了,待解放台湾,我们去台北喝茶,我请客。台湾的冻顶乌龙茶,很好喝啊!"

"二哥喝过吗?"寄草倒是想出出他的洋相,但嘉平却毫不在意地回答:"你看我是没喝过的人吗?!"他就大笑起来,陈小翠也跟着他咧了咧嘴,一丝嘲讽闪过鼻翼。这表情立刻被嘉平捕捉:"看来你是不相信的了。你这个悲观主义的落后思想要改……"嘉平拉开架势准备做一场政治报告,窗外楼下却一阵锣鼓喧天。寄草探头,人们正欢天喜地去区政府报"除四害"成果。小翠也探出头去看楼下的游行队伍,却不温不火地说:"二哥,是先解放台湾还是先'除四害',你还得给我们指点一二吧。"

小翠的口气让嘉平决定回击。他掏出笔记本,开始对这两个女人朗声宣读一系列胜利成果的数字:"国家既然要解放台湾,统一中国,就必须发展壮大自己。六亿人民要人人吃饱饭,就要争取粮食丰产,老鼠麻雀都是偷吃粮食的罪魁,岂能容忍。我这里的数字足够震撼人心——仅半年里,全国就清除垃圾1500多万吨,疏通渠道28万公里,新建改建厕所490万个,改建水井130万眼。共捕鼠4400多万只,消灭蚊蝇蚤共200多万斤……"

寄草连连扇鼻,呕呕呕地要吐,仿佛眼前真的出现200多万斤的蚊蝇蚤:"好不好不要在茶馆里讲这种东西,恶心死我了!"

"真是三岁看到老呢,二哥从小记性就是最好的,只是眼下都用在记楼下那些东西上,既然无暇叙旧,我们还是后会有期吧……"小翠站起来就要走,嘉平却对着她背影吟出几句诗来:"万梅潮拥望湖楼,天半风帘响玉钩。雪压阑干花压雪,最高山阁独梳头。"

小翠转过身来:"二哥果真好记性。《冬闱》这一首诗,原本是小儿女时作于石函路五角青砖楼。几十年过去了,难为你一字不差背出来。"

"我倒是更为喜欢陈先生的《十年》。"寄草手里拎着一张砂皮纸,站在茶楼中间,朗声念道:"十年诗酒半消磨,弹指流光感逝波。举目山河愁欲绝,赘身天地恨如何。黄金散尽亲朋少,白眼看人鬼魅多。热血于今无用处,拔刀空唱木兰歌。"

嘉平不由得击掌道:"大哥此刻若在,必定又会赞赏小翠是'芬芳悱恻,无一点脂粉气,灵襟夙慧,非矜持拘泥之态'……"

《翠楼吟草》中的诗句,诸如"斗茗回廊烹细茗,敲棋楼阁落星辰""万里羊车长作客,十年鸿案久如宾""两戒山河思壮士,八公草木变疑兵",都是杭家儿女辈分外喜欢的,至于那写西溪幽玄之景的"当夫玄鸟既来,春波始绿,蝴蝶上林,新笋抽竹。三里四里,时见画桥;一间两间,偶露茅屋",若非杭城才女,如何能有此锦心绣口、如珠妙语。

陈小翠是什么人啊!诗词源于家学,诗风婉丽俊逸,气度豁达,才高八斗,孤高清寂,平日恃才傲物,却是心思极缠绵的一个女子。她靠在扶梯上,回头沉思片刻,笑着回答:"你们都送我这么多了,我也送你们两句吧:岂向人天觅知己,总因潦倒感同群。向嘉和大哥问好……走了。"

杭家兄妹二人目送陈小翠远去,嘉平似想起了什么,突然问道:"陈家那个会写诗的学生顾佛影,如今和小翠还藕断丝连吗?"

"二哥你怎么也八卦起来了?还是陈年八卦。顾佛影前几年就死了,死前把他们唱和的诗文都一把火烧了,说是怕连累小翠。她那个女儿也和上海男人离了婚,嫁到法国去了。如今她是一个人……哎!"她突然盯着嘉平,"你们俩现在是孤男寡女,要不然我给你们牵牵线……"

"你胡说八道什么,还嫌我们杭家右派少吗?记得把这个'风枝露叶有余姿'藏起来,谁也别看。这事要在北京大机关里,说不定就是个右派了。"

寄草默默地看着二哥,好一会儿才说:"二哥,你都变得我要认不出来了。你探这问那的,怎么不问问我的事情?你就关心你自己那点仕途吗?"

嘉平被这小妹怼得半天说不出话,最后长叹一声,连连摇头:"你啊你啊,你知道个什么仕途呀……"话音未落,寄草就尖叫着跳了起来,扑向二哥。原来,竟然有一只硕大的肥老鼠,从她脚下的地板上横穿而过!

第三十一章

　　小打老鼠,大打金门,家国之事是两不耽误的。厦门至小金门,直线三公里,至大金门亦不过十公里。自1958年8月始,福建前线部队对金门首次实施大规模炮击。"黑云压城城欲摧,甲光向日金鳞开"。此前一个月,1958年7月,美、英先后出兵黎巴嫩、约旦,台湾国民党当局亦开始"加速进行反攻大陆准备",战机侦察大陆沿海,将领频繁亮相金门、马祖,炮兵连续轰击福建沿海。同月,毛主席召集军委副主席、三军指挥员开会,他在会上宣布了政治局做出的一个决定——炮打金门!

　　9月8日,恰逢白露,北斗指癸,寒生露凝,金秋色白,气始寒也。此日,台湾海峡间的激战如火如荼,硝烟炮火,隐隐传过来,这些信息都被正在浙中红壤黄土茶山上监工的劳改犯、采白露茶的罗力接收到了。

　　白露茶不像春茶那样娇嫩,不禁泡,也不像夏茶那样干涩、味苦,它有一股独特的甘醇味道,是老茶客们特别中意的茶。如果说春茶喝的是清新香气,淡淡的青草味,那么晚秋茶喝的便是浓郁醇厚。那是因为经过一夏的煎熬,茶叶在时间中熬出了最浓烈的品性。这晚秋茶就是白露茶呀。

　　可惜今年没什么白露茶了。一茬茬地采,茶树早就没了芽头,光剩硬老树叶了,这还能算是白露茶吗?有些茶树早已经如假树一般,只剩枝条,一片叶子也没有,光秃秃的,独子王孙一个,都认不出来是棵什么树了。

罗力虽然也在农场劳改,好在时间不长,三年;待遇也还算特殊,因为他始终坚持自己是地下党卧底,场长又是杨真的下级小彭,杨真悄悄打了招呼,让下属掌握分寸。言下之意,泡茶水满七分,留得三分人情在,万一哪天又翻过来了,也好有点回旋余地,故场长让他去了农场图书室。图书室虽也没多少书,《人民日报》还是有的,那些人躺在稻穗上如睡沙发床一样的照片,以及猪画得比大象还大,孩子们骑在大象猪身上漫游村庄的漫画,罗力都见识过了。他这几天被场部发到山上采秋茶,完全是因为"大跃进"人手不够了,管人的还得建造小高炉炼铁,这白露茶就得让犯人们采。让罗力当监工,也是顺理成章,不管在什么地方,几天一过,他就会成为那里的定海神针。无论管人的、被管的,都以为这来历不明的魁梧男人上头有人,背后有着深不可测的世界。

山下不远处传来吵架声,一群采茶的犯人聚集在了一起,就听有人在咆哮:"我让你脱裤子你就给我乖乖地脱,哪来那么多的废话!脱!"

另一个声音软些,但也不示弱:"我说班长,不是我吓你,真不能脱裤子,这一脱,北风吹起就得死!"

"你想反抗'大跃进'吗?哦,你坐牢坐得还不够长吗?"

"班长,我没想反抗'大跃进',可我们家从前是种茶的,我从小也养过茶,我晓得这叶子不能摘……"

听到这里,罗力算是明白了,也不知道哪路神仙出的主意,把一株树上所有的茶叶采得精光,只剩光溜溜一丛树枝干,这叫"给茶树脱裤子"。此事引起争议,一群犯人中有人想趁机偷个懒,有人也想轧个热闹,还有人真心觉得此事关乎科学与真理,一时便七嘴八舌议论起来。有的说老茶叶不能摘,摘了也不能制作,更不能喝;另有人说,什么是"大跃进","大跃进"就是老茶叶也能够喝;又有人说,那么硬的老茶叶做双皮鞋倒还可以"大跃进",要吃进嘴里,牛皮一样嚼都嚼不烂,怎么咽进去?气得班长大吼一声:"这一堆烂腌菜,没我这块腌菜石板,你们就臭气熏天发霉造反了!"

"要说臭,谁也比不上你这块臭石板臭,你跟我们还不是半斤八两,叫你声班长是客气,你倒是鼻孔里插葱真当自己是头象了!"

罗力赶紧跑过去。那班长被一群犯人围着正生气呢,见了罗力便气不打一处来,大骂一声:"你就是场办派来的那个王八蛋吗?哪里闲逛去了,让你接我的班,看这些猢狲精干活,你倒没了鬼影!"罗力一看班长那张猪肝脸,忍不住就苦笑,天底下哪里还有这种好巧不巧的巧事,这不是跟油墩儿西施一起鬼混过的厨房师傅吗?原来刑满释放留场干起这活来了。

"走吧走吧,给不给茶叶脱裤子你就不用管了!"罗力回答。

猪肝脸一听又转了回来:"一个个的都成茶精了!我还就是不走了——想晓得'大跃进'是怎么把老茶叶变成嫩茶叶的吗?"

大家都散开了,无论猪肝脸还是后来的图书管理员,都是总部派来的,和他们分部的人都没有关系。只有刚才挑起事端的那个人硬着头皮说:"我倒是想晓得,老东西怎么变成嫩东西的。"

就因为这一句话,猪肝脸说那个人愿替罗力值班,就把罗力和那家伙派到牲口棚旁边的石磨房去了。那里已经堆了大半屋子老茶叶,他的"大跃进"手段,就是人工推磨揉捻茶叶——原来推磨的驴已经累死了,从今日始,人就得替驴上场了。

就剩这两人站在一个大石碾面前了。这石碾一头一个大木推棍子,挑事者也笑了起来:"这不是把我俩当驴了吗?"

"也是。"罗力回答,"这就是种豆得豆嘛,你不就想着和我这样见面吗?"

原来他早就把对方认出来了,比认出猪肝脸早多了。其实,未到农场时,他就知道吴根被判了死缓,后改无期徒刑,就在此处劳改。今日来分场监工,想着有可能见到,没想到对方比自己还急,竟然想出这一出,结果两人共成"人驴",成了一根绳子上的蚂蚱。

"是你和猪肝脸串通好的吧?"罗力突然发力,"贼心不死,你这特务组织竟然发展到监狱里来了!"

"不敢不敢,"吴根急了,"我说不让茶叶脱裤子,那可是真心话。不信我们打个赌,明年春天,这片山头的茶树都得活活冻死。"

罗力冷笑一声:"这还需要你来提醒吗?推磨吧。"

这两人就各自抓起磨推碾棍,朝着同一个方向绕起圈来。这一个新搭的草棚,里面放着一只石磨大碾子,它名扬农场,真是因为累死过一头倔驴吗?现在来的两头"人驴"可先进多了,因为他们一边推磨,一边还能够腾出手来抓一把老树叶塞进石磨洞里,你一把我一把的,配合默契。

天光从草棚子里射入,斑斑点点地落在沾了风霜的树叶上,秋风从门外吹来,翻着了草棚中的老叶子,它们就哗啦啦地跃滚起来,有的被吹到了地上,有的直接就被吹到了磨盘上。这两双穿着草鞋的男人的大脚就这样踩在老茶叶上,这是最粗最粗的揉捻吧,比磨盘上下来的茶叶差远了。要揉,使茶叶成条,要捻,使细胞破碎,茶汁附条,增加黏性,面积缩小,卷成条形。做茶之人,有谁没见识过一双手的揉捻啊——无论男人还是女人,用单手或双手将茶叶握在手心,在揉捻篾片上向前方推揉,使茶团在手心中翻转,绿汁有时就顺着双手握紧后的边缘挤漏出来,那手的姿势还有使人想入非非的涡纹……

可他们俩都没见过机械化的揉捻,他们不知道什么是"轻压短揉",什么是"嫩叶适当多投,老叶适当少投",不知道什么是冷揉和热揉,什么是"嫩叶宜冷揉轻揉""老叶宜热揉重揉",不知道嫩叶纤维素含量低,果胶物质高,冷揉容易成形;老叶多纤维素、淀粉和糖,热揉可使纤维素软化成条……

他们不知道,当他们回到最原始的制茶工艺之时,几百里路外的省城杭州,双锅杀青机、双动揉捻机、解块分筛机、瓶式炒干机和锅式炒干机等绿茶机械已研制成功,因时在1958年,便定名为浙江58型绿茶初制机械。

此刻,既不成条也未破碎的老茶叶从石磨盘里挤出来了,叶片有些地方颜色加深些,多少出了点汁吧,但依旧不是能够进入炒制阶段的茶。罗力把挤出来的茶叶重新放进磨盘洞。吴根问他干吗,罗力说再磨几次,吴根皮笑肉不笑地说:"再磨一百遍也就那样,这就不是能够做成茶的茶叶。"罗力狠狠地瞪他一眼,喷出一个字:"推!"吴根赶紧移动脚步。又过一会儿,他才问:"没人看我们,歇会儿好吗?"罗力这才注意到,这个吴根有一个哑壳壳的嗓子,好像跟老茶树叶般被磨盘压扁了一样。

罗力没理睬他,蹲下身整理那些半硬不软的叶片,试着咬了一口,这一口竟然把丝线般的叶脉经络也扯了下来,味道自然是涩而苦的。那家伙又问他:"喂,老邻舍,有烟吗?"

罗力一挥手:"你不会就因为抽烟把我弄来推磨的吧?"

"没有就没有嘛,我不过想问问你,我家还有人吗?"

"不知道。"

"也是啊,"吴根点点头,"你也没在清河坊住过几天,我们吴家和你们杭家的这点老话,你这外路人也不见得听说过。不过我那个侄子吴坤倒是总在你们杭府窜进窜出的,不知他还活着吗?"

"哦,这小家伙活得比你好,大学快毕业了。"

"这样啊,小赤佬把我卖给你,换一张大学文凭,划算的。"吴根打量着他的脸,嘿嘿嘿地笑了起来。

吴根这时的一双眼睛才像是特务的眼睛了,真是两个琢磨着人心、动着心思的小深洞。他似乎是终于熬不住了,挨近罗力身边,碰碰罗力的手肘,说:"喂,打听点事情,你肯定晓得的。"

罗力闻到一股口臭:"远点……"

"听说两边又打起来了,是不是又有好戏可看了?"

"这个也有胆问?"

"问问嘛,都是当兵出身的,天生爱琢磨打仗的事。"

"不知道。"

"你在图书室待着,什么报纸杂志都看得到,你会不知道?"

"你想干什么?反攻大陆,里应外合?"

"梦里倒是真回去过,人还在笕桥机场,蒋夫人来视察……"

"你不是自己交代了吗,这就是做梦!"

"难说,有时候也会梦想成真!"

"判你死缓,一点儿也不冤枉。"

"我从来就不叫冤,叫冤的是你!罗力先生,你才是真冤,真正的共产党坐了共产党的牢!"

"哈哈哈,你怎么知道我是真正的共产党?"

"你以为你抓我时才和我第一次照面吧?"

"你想告诉我什么?"

"其实你这张脸我是琢磨过很多次的。要不是共军进杭州早了一步,我们俩还不知道谁抓谁呢。"

罗力的呼吸开始紧了起来,他似乎感觉到了什么,似乎有什么缺口在哪里裂开了一条缝隙。他紧张后反而松弛下来,冷漠地回答:"你们国民党就这点套路,中统军统的,互相残杀,见到我这个真共党,你们眼睛就全瞎了?"

"你当你是军统我们是中统,我就不敢动你啊?你这个假军统真共党,别人不知道你,当我不知道?一条条的档案里都记着呢。"

"那我可是要真谢谢你了!我又多了个证人。"

"我要是不给你做证呢?我就让共产党整死你这个共产党呢?"

罗力上去就给他一个大耳光,把自己的手掌都给打麻了。

"你你你,我看你是不想三年出去的了……"吴根捂着嘴角说。

"我让你绕,都在一个笼子里蹲着了,你还想试探我!"罗力轻蔑地回道。吴根放下手掌,右耳腮鼓鼓的,肿了一大块。说心里话,他愿意相信罗力是向着台湾,向着国民党的。此刻,他虽然脸上疼,心里还是暖了一些,金门那边又打起来了,吴根是心向老蒋的,他想找个知音聊一聊。罗力虽然当年直接抓了他,他还是希望罗力是为了潜伏得更深,才把已经被亲生父亲出卖暴露了的自己利用了一回。他死活也不相信,抓过特务、上过朝鲜战场的共产党员罗力还会被共产党抓起来。虽然当年的档案中还有怀疑罗力为共产党潜伏人员的资料,这些档案被吴根秘密埋在狮峰山茶坡深处,看来尚未被人发现,罗力的身份至今依然是个谜。

那年入冬以前,给茶树脱裤子的运动就宣告结束了。一来,茶场的茶树的确也已经没什么裤子可脱了,二来阵阵北风紧,那严重的后果已显露出来。果然,隆冬时分,整坡茶山都冻成枯枝,茶树蓬间吊着几根枯叶,犹如悬梁自尽的乞丐。

1958年8月至1959年1月,福建前线部队共进行了七次大规模炮击、数十次中小规模炮击、近千次火炮射击,十三次空战、三次海战,击落击伤飞机三十六架,击沉击伤舰船二十七艘,俘敌飞行员三名,其中一人便是曹家远。曹家远自从朝鲜战场归来,就下定了决心要回大陆,他的出发点也很简单,见杭盼,娶她为妻。他坚定不移地相信杭盼会永远等他,他只要成功脱离台湾便可。和他境况相似的同事战友,都陆续在台湾结了婚,只有他坚决不和别的女子谈恋爱结婚。这种坚定也不免加深了上峰对他的猜忌,他飞行的机会也越来越少。

在宿舍里待着,除了看书,就是喝茶,他喜欢上了台湾的冻顶乌龙,喝着茶,他就给杭盼写信。这些信通过非常艰难曲折的方式,终于还是能够到达杭州城清河坊的忘忧茶府,而杭盼收到他的信后,也会千方百计地回信。他们俩的信里面每次都会重复说这样的话:"无论如何要等着我啊,无论如何不能够和别人谈恋爱结婚啊,因为我是唯一能够和你相伴终生的人啊。"

在朝鲜战场上,曹家远就想过要趁此机会逃往志愿军阵营。可是他找不到一点点这样的机会,上峰甚至事先警告了他,如果他敢轻举妄动,就先把战俘营中的俘虏罗力杀了。

所以曹家远感谢这场金门之战,他在飞机还未被击中的情况下就成功地跳伞,在空中飘落着的那一分钟,他最紧张的就是往下掉时被子弹击中打死,他不能死。果然,他毫发无损地落入海中。然后他又担心被国民党军的军舰打捞上去,他奋勇地往大陆方向游去,双方军舰都追着他,他被解放军捕捉上了甲板后,笑了。正是八月天气,他不冷,但解放军还是给了他一杯热水,他喝着,突然悲从中来,浑身哆嗦。解放军的海军舰队官兵们认为他是因为被捕而害怕,就给他宣布政策:缴枪不杀!曹家远红着眼睛说:"我是投诚,不是投降。"

然后,他就被送回大陆的战俘营。调查、审讯这些战俘足足花了半年时间。与其余战俘不一样的是,曹家远一口咬定自己是投诚的。审讯者问他:为什么投诚呢?有什么理由促使他投诚呢?他始终紧咬牙关,因为害怕牵连杭盼和杭家,他自己家是早没有亲人了,他的投诚原因就成为悬案。1959年的春节在大陆过,同押的狱友们已经各自散去,有了归属。唯有再审他的时候,他决定先抛出一个有过两面之交的人——罗力。

而罗力和吴根,则都不无惊讶地以另一种方式与金门战役产生交集,他们竟然在茶场里看到了曹家远的照片。

1959年的初夏,天旱得厉害,被寒冬摧残了一个冬天的光膀子茶山依旧顽强地冒出了点点绿芽,现在又被日头晒出了卷焦皮。窘迫的日子是从饥饿开始的。粮、油、蔬菜、副食品等极度缺乏,许多地方城乡居民出现了浮肿病,患肝炎和妇女病的人数也在增加。出生率大幅度降低,死亡率显著增高。农场所有的看管和囚犯饭量都被控制起来了。吃不饱是所有人的切身感受,罗力因为有上头照应,继续留在图书室里,以图书管理员的名义干着场部的文字工作。比起其余的劳改犯,他算是天大的幸运了,可就算他这样的身体原本非常健康的人,躺在床上也全身发麻,走起路来也开始软绵绵了。好在他时而还能收到从杭州寄来的糖与奶粉。他并不知道这是寄草千方百计从香港托人弄来的,这些食品吊住了他的命。

场部有电话来,叫罗力去总部一趟,说有要事调查。从图书室出来,到总部要经过一片稻田,稻田里插下去不久的秧苗,因为少水苦旱,田边地角甚至有些龟裂了,日光明晃晃的,像一把把大刀闪着反光,射向水稻田当中一些低洼处,还未晒干的水面就如镜子般反照天空。罗力脚步踉跄地行走在阡陌上,只觉眼前一黑,一股风旋起,有样东西一跃而起,在离他丈把远的地方扑倒。定睛一看,却是一个人。此人两手臂伸直,死死按着前方的草皮,一会儿,翻过身来,手上抓着一只蚂蚱,他躺在地上,有气无力地笑着,对着罗力说:"抓到了!"张嘴把虫扔进大嘴,咀嚼了片刻,转眼间没了。

罗力都没有一下子把吴根认出来,他浮肿得面目全非,看上去胖出一圈,躺在地上直喘,捕捉一只蚂蚱让他消耗了全部气力,也不知道之前他在这里躺了有多久。罗力上前推他坐了起来,顺手把自己头上那顶草帽扣在他头上。他手里拎着一个竹壳热水瓶,里头灌满了一壶凉茶,是他用家里寄来的茶叶和墙角的薄荷混合泡成的,算是个解暑的方子,见吴根这副样子,就拔了瓶盖对着他的嘴。吴根咕噜咕噜喝了一大口,一壶茶成了半壶,打着嗝,喘了好一会儿才说:"总部叫你去的吧?"

罗力把他架了起来:"少废话,你中暑了,赶紧去场部,屋里凉快。"

"喝了水更饿,你看你看,前面还有一只,捉来我们一人一半!"

"我不吃!"罗力轻手轻脚上去,以迅雷不及掩耳之势,一把抓住那只自投罗网的蚂蚱,塞进吴根口中。罗力听到了吴根咀嚼昆虫时细微的壳裂声,看见他死命地咽了一下,喉结突起又落下,这家伙真是饿得不顾脸面了。

罗力拖着他往场部走,他像是活了过来,拖着脚步说:"说点什么?随便说点什么吧!"

"看来你还没有饿昏,还知道消息可以当饭吃。古巴共产党胜利,美国承认了卡斯特罗的古巴政权;戴高乐就任法国总统;一个叫容国团的年轻人在第二十五届世界乒乓球锦标赛男子单打决赛中荣获男子单打冠军;还有个消息知道你不想听,但我必须告诉你,第二届全国人民代表大会第一次会议在北京举行,会议选举刘少奇为中华人民共和国主席,宋庆龄、董必武为副主席,朱德为全国人民代表大会常务委员会委员长,周恩来继续担任中华人民共和国国务院总理。"

吴根斜起眼睛往上看着罗力,阴沉着脸说:"看来你真是共产党……谢谢你当时的犹疑不决,你的档案并不齐全!但足以证明你是共产党。"吴根阴险地露出一丝垂死挣扎的笑意。罗力明白了,吴根手里真有利于他的组织证明。

那天,有关方面拿来了两张照片,第一张是一组男篮队员的照片,一眼看去便知是张旧照,身后是机场的背景。其中个子最高的一个,身穿运动式背心短裤,右手肘上夹了一只篮球,卡在腰间,头发很多,眉毛很粗,眉心皱起,长方形脸,鼻梁周正,嘴唇略阔厚,是个英气逼人的小伙子。在场部会议室,他们让吴根先看,吴根却指着照片里那支队伍中最矮的一个说:"这不是我吗?笕桥机场成立的空军篮球队。我打替补。1948年拍的,我记得清清楚楚。"

"别废话,谁让你看自己了,让你看这个,手里夹着篮球的,说,他是谁?"

"队长,曹家远,少校飞行员,江苏佬,去台湾了呀!"

"再看看这张,这人是谁?"对方拿出了另一张新照,一个男人站在院子里,靠着一棵树,有点儿随心所欲的颓废样,歪着身子,光头,身穿没有领章的军棉袄,左脚跷起来戳在右脚前,年龄在三十到四十岁之间吧。吴根看来看去地比较着,一边自言自语道:"不会吧,不会是同一个人吧……不过也难说噢,人这东西变起来,谁知会是一副什么样的死相。"

"再仔细看看,是不是一个人?"

"我头晕,饿……眼花,看不清楚,给我一口吃的,随便什么,饼干、糖,随便什么……"他说不下去了,瘫在椅子上,昏了过去。审查员赶紧递过饼干,他立刻就醒了,狼吞虎咽地吃完了大半包饼干。那吃相把审查员都给勾馋了,他果断地把饼干抽了回来压住,命令吴根回答:"说,这是不是同一个人?"

"如果你们从他的口袋中发现了前一张照片,你们又亲自拍了后一张照片,那么你们还有什么可以怀疑的。一个人是可以变成另一个人的。你们看,我和照片中那个穿运动服的年轻人不是完全判若两人了吗?"

他这番言语是饼干赋予的吧,或者是藏在他骨子里等待这几片饼干来唤起的。调查员事先就知道他是农场中死不悔改的顽固分子,他的特点就是会装死,这回算是领教了,挥挥手让他走。他挺直了腰走到门口,又回转脸弯下腰来乞求:"队长,队长,这张照片有多洗的吗?"

调查员问:"怎么,你还想留作纪念吗?"

吴根低头不语了,他倒退着出门,却踩着了后面一人的鞋尖,正是罗力。吴根一个踉跄就扑倒在罗力身上,悄悄地咬着他耳根说:"老罗,帮个忙!"

"不帮!"罗力使劲地推开吴根。

"拿你的共党档案换,行吗?"

"什么鬼东西那么上心?"

"他们让你看的照片中有一张拍到了我,想办法给我讨一张。"

"你要它干什么?"

"我一张自己的照片也没有……"

"就这事?"

"我要死了,想有一张自己的照片……"

罗力没有点头也没有摇头,他不知道自己能不能做这样的事情,那是个谎话连篇的人,他吃不准吴根的话是不是骗他的。但那人还是咬着他的耳根又说了一句:"一言为定!"罗力看了他一眼,果然是一双垂死挣扎的眼睛。

罗力的程序和吴根反了个个儿,给他看的是后面那张新近拍的照片。他眼一瞄就说:"曹家远。"

"你肯定是他?"

"肯定。"

"为什么?"

"上嘴唇稍厚,右耳朵背面被子弹擦伤过,有痕迹。我在朝鲜战场见过他。"

审查员微微一笑说:"果然是名不虚传的谍报人员,连耳朵背面都看出来了。"

"我是共产党的谍报人员。"罗力立即就补充了这么一句。

"知道,你和前面刚走的那个吴根,一个坚持是共产党卧底,一个坚持是国民党卧底,整个农场最有名的一对。"

"您这话说得有问题,我和他是你死我活的阶级斗争!"

可别说,这句话把审查员一下子说愣了,怔了一下才回答:"行了,看看这张吧。"顺手就在桌面上甩出了那张篮球照。

罗力指着那照片中的高个子说:"这不还是曹家远吗?"

审查员把两张照片放在一起,问:"你真觉得他们是同一个人?"

"我在家里的相片里见过他,就这个样子,长方国字脸,眉毛特别粗黑,眉头锁得紧,挤出一个'川'字,你看是不是?仔细看。我跟你说,同志,有的人是大众脸,有的人天生就长着一张没法复制的脸。"

审查员收起相片,打量着他,最后说:"跟我们走一趟吧。"

罗力心中一松一紧,他已经知道谁回来了。

曹家远受到了非常特殊的待遇,在那个没有粮票就吃不上饭的年代,他被安排住在西湖边中共浙江省委第四招待所新新饭店,从前的孤云草舍。

有关方面让罗力先远远地从楼上往下看。曹家远看上去比第一次见面时仿佛矮了一些,头顶花花的,是白发吗?转过脸来,人确实是苍老了许多,但肯定是他。有关方面让他们单独吃顿饭,为此专门让罗力换了一身浅茶色的杭纺长裤配短袖衫,罗力对着镜子照,看见了一个非常陌生的自己。进餐厅包厢前,上级再三叮嘱,不能暴露自己目前在押的情况,还要尽可能套出对方的内心世界,要让他说出心里话。罗力明白了这就是让他穿上一套新衣服的原因,因为让一个囚犯来见一个俘虏,显然是不合适的。

两人见面了,他们伸出男人的大手,罗力拍着对方的肩膀说:"还记得我说过,要想回来,总是会有机会的,是不是?"曹家远只回答了两个字:"十年……"就说不下去了,不停地摇着对方的手,抽着嘴角,男儿有泪不轻弹,只因未到伤心处。罗力就看着他那双憋红了的眼睛。

"也真是啊,都十年了!"罗力话音未落,服务员就端上茶杯,问想喝什么。罗力抢着回答:"都到杭州了,还能不喝龙井茶?"曹家远立刻追了一句:"有茶花茶吗?"服务员说:"你是问花茶吗?茉莉花茶有的,同志您要?"曹家远摇摇头,说要的是"茶花茶",不是"花茶"。服务员很是不解,她没听说过茶花茶。罗力却连连招呼:"喝龙井绿茶,特级龙井。"服务员惊讶地看了罗力一眼,拿着一个锡制的茶罐,打开问:"这个是特级吗?"

但见这款绿茶扁平地躺在罐中,两头尖中间宽,色泽绿中带黄,像煞补碗的碗钉,它若不是龙井,谁还能是龙井?罗力让服务员放手,他烫了杯子,倒出茶,冲水至七分,还对站在一旁的服务员说:"学一手啊,泡茶先要泡杯,热杯才能泡出好茶。"

正在隔壁包厢监视孔里瞄眼盯着他们的审查员微微点头,这个罗力果然是一把反刑侦的好手,他那么东拉西扯,是要让曹家远放松,还是要让暗中监视他们的人放松?

菜肴端上来了,一色的杭帮菜,有龙井虾仁,有东坡肉,有炸响铃,有宋嫂鱼羹,一大盆白米饭,关键是还有一瓶绍兴黄酒。罗力的筷子在饭桌上控制不住地抖动起来:"先吃饭怎么样?我还真是有点饿了。"

曹家远激动得发麻的四肢现在才平复下来,他被罗力的吃相惊着了。这半年多来,虽然食宿一般,但也还是有荤有素,曹家远没挨过饿。而眼前这个罗力,显然比他在朝鲜战场战俘营里看到的那个虚弱多了。就着一块东坡肉、一瓢鱼羹,一碗米饭瞬间消失。见曹家远一筷子未动,罗力笑笑就拎过酒瓶,一口咬下了瓶盖说:"喝酒!"

两个男人三杯酒下肚,衷肠便开始辗转反侧。曹家远就是不开口,还是罗力碰了他一下说:"吃啊,我上回吃这几道名菜还是去朝鲜之前。"

"那么说,这是真的?"曹家远停下筷子问,罗力立刻明白他想证实的是什么了。他是被大大优待的俘虏,高墙之内,信息闭塞,听到看到的东西都有些似是而非。这回见罗力如此不顾斯文地狼吞虎咽,便知外面的情况了。但罗力是个多么敏锐之人,立刻反答为问:"这么说,你后悔了?"

曹家远一怔,也反问:"后悔什么?后悔我投诚回来?不不不,怎么可能?金窝银窝,不如自己家的草窝,哪有回家后悔的?"

"好小子,杭家女人没看走眼,干一杯。"罗力高兴了,"我们这些中国人,谁打小没有饿过那么几年,和帝国主义反动派斗争,饿不死就干!"

两人这下放开了,一口酒一口茶,喝到后来,黄酒与绿茶就倒进了一个杯子,分不清茶味酒味儿,一口一口地干,喝了个底朝天。曹家远一拍桌子,说:"说吧,酒壮怂人胆,我能扛住!"罗力就笑指对方,哈哈哈哈一阵后说:"就知道你这人藏不住,你这人当卧底绝对不行……"

"什么意思?"

"你不就是想问盼儿怎么样吗?"

这一声说不要紧,曹家远手里握着的那只酒杯直接就掉在了地上,碎成几爿。罗力赶紧过去俯身拾起,一边说:"你看你看,你对杭家的女人就是缺乏了解,缺乏信心,缺乏自信。杭盼好好地在家里等着你,你慌什么慌啊!"

罗力一抬头,傻了,只见曹家远憋得全身直颤抖,眼泪大粒大粒地砸在茶盏中,他大声地抽泣着,对罗力说:"这半年,上头翻来覆去问为什么投诚,我不敢说是为一个姑娘回来。有不少大陆去的男人,家里有成亲的,没成亲的,他们都没回来,凭什么我就想回来？能相信我吗？你们为信仰活着，我为盼儿活着，可我也怕连累了她，我不敢说……"他一边拿出纸巾来擦脸，一边问罗力："她还能认出我来吗？"

"别说隔了十年，隔九十年也认得出来。"

在外面监听的人这才真正明白，曹家远之所以说自己是投诚，理由就是想回来与未婚妻成婚，这份情倒还真是挺让人感慨的。但他们还是吃不准啊，万一对方姑娘根本不认这个账呢？万一这个家伙是借此到大陆来当国民党的潜伏人员呢？还得让罗力出马探个究竟。罗力便建议说，不妨先让嘉和与寄草来见一面，把有关曹家远当下的来龙去脉告诉他们，也请他们转告一下杭盼目前的情况。上头觉得这主意不错，如果这姑娘真愿意嫁这国民党飞行员，说明他俩还真是情深似海，倘若不是，或者这姑娘早就嫁人，或者她早就和国民党反动派在立场上一刀两断，那他这投诚还算不算，得重新评估。

罗力的建议是把嘉和与寄草接到饭店，他先通过他们摸摸底。他还谈了一个条件，得让他们也按这个规格吃一顿。那审查员瞅着他就笑："得寸进尺，你太狡猾了！"

"可不是！"罗力也笑，"你们可不是冲着我的狡猾，才安排的这顿国际水平的会餐……"

他们心照不宣，审查员同情罗力，找个机会让他吃了一顿好餐，没想到他蹬鼻子上脸，要求再来一顿。好在依靠罗力，他们终于问出了这个国民党少校飞行员的投诚目的，收获巨大，多吃一顿就多吃一顿吧。

这次,有关方面把他们安排在与新新饭店连在一起的秋水山庄,当年《申报》创刊人史量才为他的如夫人沈秋水建的别墅,据说仿的是《红楼梦》怡红院的格局。地方还是那么高级,可这一顿伙食没上一顿那么高级了,好在东坡肉还是上的,再有就是炒青菜、红烧豆腐和毛豆炒豆腐干了。

罗力见寄草憔悴了,油水一少,脸上就无光,头发也干干的,从前丰润的双颊割下了两条缝,心疼得一把搂住妻子。谁知寄草见了罗力却惊呆了,指着他脑袋就大呼小叫:"头发……头发……你看你看,你这头发怎么了!"

原来,半年前春节时寄草还去探了一次监,那时头发还看不出什么,怎么这会儿头发都掉了一大半,脑顶露了出来,罗力就有点不像过去那个英雄罗力了。罗力不想让她提头发,夹着东坡肉,就往寄草嘴里塞,急得寄草直喊:"你干什么干什么,我都还没有坐下,你难不难为情啦!"反倒是一年到头辛苦的嘉和沉得住气,他只是正常地老去,没什么大变化,坐下就夹肉,说:"你们装吧,我不装的,我想吃肉。"

杭家这一年也开始吃紧了,主要是不少东西要票,没票有钱也不行。好在嘉和准备工作做得早,从去年下半年人家还在大炼钢铁的时候起,他就悄悄地在自己家的后院和花坛里种下了不少蔬果,包括番茄、土豆、花生和红薯,他甚至还悄悄种下了一些玉米。水池子里的金鱼锦鲤捞起来都送了人,他养了一些河鱼在里面,还有茭白和莲藕,院子后面便是中东河,只要人勤快,水还是有的。

婉罗建议水里养一些鸭鹅,被杭嘉和一票否决。鸭鹅声音太响，惊动邻居，被谁告一状，那吃不了兜着走，不如养几只母鸡，圈在鸡窝里，不乱叫还下蛋。这种事情都要悄悄地做，绝对保密的。农村里早就不准有自留地了，城里更不用说。但嘉和把这些东西都当花来种，包括那些被脱了裤子的茶树桩，他悄悄地连泥带根挖了十来株，种在大盆里，冬天放在朝阳的墙根，晚上用竹帘拦起来避风防寒。春天来了，脱了裤子的老茶树桩居然重新穿上了绿毛裤，好看极了。杭嘉和被这起死回生的绿色感染，又用了从前扣在墙根的七八只大水缸，里面填上泥，种下了水稻，说是观赏稻。家里人都暗暗笑他神经过敏，只有得茶帮爷爷弄。爷爷就告诉他，如果大家都不花一分钱，拿了一只饭碗就去吃食堂饭，那么他水缸里的水稻也会有用的。

这些东西都还在土里生长的时候，杭嘉和的话就应验了。不知道从哪一天开始，婉罗上街时买不到东西了。没有肉和油的杭家人，除了基本吃素的叶子与嘉和，其余人都很快地干枯下去了。

寄草依旧坚持在茶楼上，但来喝茶的人也越来越少了，人少，收入就少，收入少就没法买东西。杭家的女人，除了叶子，都是要吃肉的，包括大病复原的盼儿。

此刻寄草吃完了她自己那块东坡肉，罗力又把自己那一大块夹到她碗里，两人你侬我侬地恩爱了一阵，最后一人一半吃完了，这才发现嘉和还在细细地品尝。

吃完饭，罗力才把曹家远的事情告诉了兄妹二人，寄草星眼倒竖地吸了口凉气，问："你怎么这会儿才说？"

"这不是怕你们添堵，吃不下饭吗！"

"吃下饭再堵还不是照堵！"

"你这意思,是不想让他们见面了?"

"都什么时候了,你还想让盼儿见他?"

"你是想让他们这一对黄了?"

"你还嫌我们家反动分子不够多啊!"寄草脱口而出。

罗力就跳了起来,指着寄草鼻子问:"你什么意思?你什么意思?你搞清楚,不肯离婚的是你不是我,去,我们现在就离婚!"

"离不离婚由你说了算啊?我偏不离,你有什么办法!"

这两人就是天生冤家,都这时候了他们还吵。罗力看着一言不发剔着牙缝的杭嘉和,摊开手说:"大哥,你看到了,是她不肯和我离婚,不是我硬拖着杭家女人啊……"

"你这么多风口浪尖走过来,这点还看不出?"杭嘉和冷冷地说。罗力一下子就气馁了,坐下来,沉默片刻才说:"我明白,寄草是不想让盼儿走她的老路。可家远这次究竟算是投诚还是投降,就要看盼儿的态度了。盼儿若不想见他,政府就有可能认为曹家远的投诚是没有根据的。他以后会怎么样呢?说不定过了三年,我出来,他又进去了。你是想让他重复我的命运吗,寄草?"

"你的意思,为了这个曹家远,盼儿就该把自己搭进去?"

"我的意思,是看盼儿自己的决定,她想怎么着就怎么着!"

"她都扛了十年,为什么你还要让她再扛一次?不跟她说不就完了?"

只听笃笃笃几声,是杭嘉和用手指在叩茶:"这茶还真是不错,喝茶。"

他走到窗前,开窗眺望着西湖。暑气扑鼻,蝉噪树静,热气扑面而来。他关上窗,问寄草:"寄草,还记得我带你来此处听沈秋水弹琴吗？那时,史量才还未被暗杀。"

"倒也没有忘记,解放初我还在这北山街上见过她呢。听说前两年才死的。这种血赤淋淋的事情,我都不想去记它了。"

"老罗肯定没听说过。我跟你讲讲啊。秋水姓沈,沈秋水,擅长鼓琴度曲,是报业泰斗、《申报》总经理史量才的如夫人,两人原本也是一对才子佳人。谁知史量才又娶了外室,遂感愧对秋水,便在此建秋水山庄,赠予秋水,期盼她秋水伊人,忘却烦恼。1934年,史量才在与秋水由杭州回上海的途中,被特务暗杀。沈秋水亲见史量才死在自己身旁。灵堂上,秋水白衣素服,抱琴一曲,琴弦尽断,焚琴火中。从此,沈秋水独自一人,焚香诵经,了此余生。"

罗力和寄草都不明白,杭嘉和为什么突然横插一杠,讲了一段与杭家本无关系的悲情往事。嘉和继而又说了一番道理,倒是让这对冤家有点儿明白了。

"情这个东西,哪里说得清楚呢,所以汤显祖才说'情不知所起,一往而深。生者可以死,死可以生'。沈秋水这么活着,活成了传说,若她换一种活法,又当如何呢？像这样的事情,不是当事人真是理不清的。你们刚才都是用理在说情,可你们不都还是活在情中？有多少如你们这样的夫妻、情侣都一刀两断了,你们为什么吵死也不分呢？可见,说你们是前世的冤家,也不是不可能。那么,自己都做不到的事情,为什么非逼着人家做呢？"

寄草这才小心翼翼地问:"那大哥,你的意思……"

"我的意思,就是他们自己的意思,哪怕盼儿要跟他去坐牢,我也是无可奈何的。因为他们的苦我们看到了,他们的欢喜我们却无法感受,他们以后的祸福我们更一无所知,所以,还是由着他们自己去体会行路难吧。"

"可是大哥,难道你就没有苦吗?你就没有父女之情吗?"

"有啊,正因有父女之情,才怜惜女儿之情,正因有兄妹之情,才怜惜你们之情嘛……"

罗力听到的这套说辞,根本就不在他的话语体系中,但他还是明白这个意思的。他用自己的语言表达:"大哥放心。老婆你要等着我,再过几个月我就满三年了,我先回来再说……总有一天,总有一天,总有一天……"他自己也说不出总有一天他会怎么样的了。

第三十二章

除夕夜,是曹家远和杭盼的"总有一天"之夜,这一对千里姻缘一线牵的人儿在那一天夜晚成亲团圆了。曹家远经过层层审查,终于被认定,作为一名投诚的国民党原少校飞行员,有资格以中华人民共和国公民身份,按国家法律与任何想和他结婚的女性结婚。

此时此刻的新娘子却在灶间抱着婉罗妈妈哭。婉罗妈妈一边拿着火钳往灶洞塞柴火,一边装出气势汹汹的样子推着盼儿,口里漏着风还念叨着:"烦死了烦死了,黏着我这个老太婆干什么!有空黏你新郎官去。"盼儿却黏得她更紧,边哭边说:"我不要啦,我不要你嘴巴漏空啦,呜呜呜呜……"

叶子也看不下去了,上去扶盼儿:"这种开心日子,你要笑才是,又不是旧社会,这样哭起来还当你不想嫁人呢。不好的不好的,快起来,婉罗妈妈这把年纪吃不消你这样哭的。"

寄草正在剖鱼,一双手冻得通红,手里拿一把刀,却在生气,边刮鱼鳞边数落婉罗:"不是我说你,婉罗妈妈,换作我也要哭死。哪有你这样做老人的,嘴巴血糊糊的,我们这杯喜酒都吃不下去了。"

婉罗张大了嘴,生气地说:"我哪里嘴巴血糊糊了?你看看我哪里嘴巴血糊糊的?我茶水都荡过的,你闻闻,喷香!"灶膛里的火光跳动,照在婉罗张开的嘴里,黑乎乎红幽幽的,还真有几分吓人。寄草就真的冲过去看婉罗的嘴,边看边说:"要死啊,心疼死我了,一粒金牙硬生生拔掉,还剩两粒。你做什么啊,老太婆,杭家小辈结个婚的本钱还是拿得出的呀!"

婉罗一把推开了寄草,厌烦中带着得意说:"你懂什么!这三粒金牙,一粒是给盼儿留着的,另外两粒是给方越和忘忧的。"

寄草一把抱住婉罗,亲着叫着:"姆妈你不要这样啦,我们活得下去,要死也不差你一粒金牙的啦。"正这么叫着煽情,外面有人敲门,只听得茶惊喜地叫着:"老罗回来了!"他长大后就一直不肯叫罗力为丈公,最后只好叫他老罗了。

所有的杭家女人都冲了出去,开门但见一个灰头灰脑的男人,披着一件烧焦的棉袄,腰里扎一根稻草绳,华发烧成焦炭色,手里抱着一只亮闪闪的新皮鞋,脚蹬一双高靴黑套鞋,一只鞋头已经烧化了,露出破袜子和脚指头,嘴唇外翻,脸肿得像一个野猪头,眼睛眯成一条缝,眉毛全被烧光。寄草歇斯底里地一声啸叫,就怔住了:谁叫得这么惨?她想,然后恍然大悟,这不是她自己吗?她摇晃着身子就倒了下去,被面目全非的罗力一把夹住,烟嗓子嘶哑地喊着:"活着,给口茶……"说话间便和寄草倒成了一堆。

这是一场匪夷所思的大火,为什么会起火,这是个谜。

年前,罗力的三年刑期满了,以为可以回家,谁知又把他放到了位于钱塘江畔一片荒芜沙地的农场里。全国各地押送来的劳改犯和劳教人员,一边在这里接受思想改造,一边挑土围垦,向江水要土地,把钱塘江变良田。罗力还在这里见到了前不久被转押到这里来的吴根。他瘦得脱相了,依旧邪邪地盯着罗力,开心地笑了起来,说:"你这也算是刑满释放啊?还不如在那图书室里待着呢。"

罗力不理他,吴根指着身边那些幽灵般晃来晃去劳作的人说:"没事没事,老邻居老冤家老对头,这里像你这样的人多着呢!歌唱演员、飞行员、汽车教练员、运动员、大学教授、科学家、建筑师,戏剧编导,都是些有故事的人,比比他们,你还算运气好的。"

"让你刨地,没让你刨人家底细,本性一点都扳不过来了吗?"

"干你我这一行的,不把人摸得底朝天,心里不舒坦。"

"特务到哪里都是特务!离我远点儿。"

"不想知道吗?杨真也在这里!"谁知吴根突然这么来了一句,然后就看着罗力,明摆着是要和他交换情报了。罗力忍住走开,他不想从这家伙口里知道杨真的任何消息。但吴根显然不想那么轻易地放走他,一把抓住他的衣衫,对着他耳根细语:"听说西藏出事了吗?"

"滚!"罗力不想听吴根胡说八道,但吴根根本不理他的"滚",就像蚂蟥一样叮着他,说:"前不久,共产党特赦了首批战犯三十三名!"

"跟我有关系吗?"

"怎么,还不相信?还有一条,有些右派被摘帽子了……"

"共产党的天下,你打听这些没用的,想干什么?"

"没有什么信息是无用的!"吴根沉浸在自己捕捉的蛛丝马迹中,"说不定很快就会有大事发生了!"

那天夜里,罗力还真的见到了杨真。现在他是作为劳改局领导来这里视察的,真是革命的一块砖,哪里需要往哪里搬啊!他专门找了个理由把罗力单独留在了办公室。杨真倒了茶给他喝,态度严肃,语气温和,在他眼前走过来走过去,没有停下过脚步。他告诉罗力,背着"刑满释放人员"的政治身份,是没有人会同意让他回原来的公安学校继续工作的,于是他就成了没有单位的刑满释放人员。根据这个情况,劳教单位就把他放到留场就业的人员中去了。"留场就业"是唯一的选择。现在他自由了,和普通公民一样有选举权,可以自食其力拿工资了。他的工作也很简单,专门管理工具。早晨出工时把工具发出去,晚上收工时如数收回来,中间是没有什么事情的。

毫无疑问,这是杨真暗中使的力。罗力刚想再打听点消息,杨真就封了他的口说:"别说丧气话啊,省长都要劳动改造呢,我们算什么!国家有难,匹夫有责。你也帮把手吧。"

罗力想了想,回答说:"我要看报纸。"他好久没看报纸了,什么消息也没有。山中方数日,世上已千年。不知时局如何,这让罗力难以忍受。

杨真指指报夹,说:"我得在外边守着你。"

"免了,我已经是公民,你管不着我。"

"谁说我管不着你了?你要是孙悟空,我就是如来佛。"杨真开着玩笑说,顺手拿出了几块烤红薯,"吃吧,专门给你留的,就着茶,慢慢吃,小心噎着。"

罗力一见这些食物,眼睛顿时就发亮了:"你行啊,这时候还能搞到这东西,不客气了,我可真是饿得头昏眼花……"

"警告你,报纸可看,不该看的文件别瞎看啊……"这么说着,他拉上窗帘,上外间办公去了。

罗力一个晚上匆匆掠过,把该看的不该看的全看了。于是他知道了一些胜利的大好消息:大庆油田被发现了,"中国贫油论"被彻底打破了;西藏平叛了,百万农奴解放了;人民大会堂建成了,首都"十大建筑"完工了;第一届全国运动会在北京举行了……

桌上放着个牛皮文件袋,一看就是机密要件。罗力毫不犹豫地打开文件袋,果然是党内保密文件,《关于以彭德怀同志为首的反党集团的错误的决议》《中共中央关于反对右倾思想的指示》。大冷的天,罗力看出了冷汗,他突然明白了杨真为什么对他强调"不该看的文件别瞎看"的意思。彭德怀是朝鲜战场上他们的司令员,因为工作需要,他和彭司令员是有过许多近距离接触的。文件说,庐山出现的这一场斗争,是一场阶级斗争,是过去十年社会主义革命过程中资产阶级与无产阶级两大对抗阶级的生死斗争的继续。他无法理解这样的定性,他觉得杨真肯定是和他一样无法理解的。这个信息如一把刀,劈开了他的心,他没有心情再读别的报纸杂志内容了。

他沉着脸扶墙缓缓地走出了里间办公室,房间里没有点火炉,江风阵阵冷煞人。杨真站起来,又在他眼前踱步,边踱步边清晰又轻声地说:"庐山会议原定议题是总结'大跃进'以来的经验教训,继续纠正'左'的错误,但后来会议方向就完全变了。全会认为右倾已成为工作中主要的危险,是猖狂地反对社会主义道路的逆流,要求立即掀起一个群众性的超产运动的热潮,农业在特大旱涝虫害的袭击下,继续实现'大跃进'。"

"……明白了……"罗力说,"你放心。我扛得过去。"

"你在这里,是非会少一些,也会更安全一些。"杨真这样回答他,两个男人,此时无声胜有声。

寄草兴冲冲地去接罗力,以为他虽不是衣锦还乡,好歹也算是大难不死必有后福吧,勒着裤腰带给丈夫省下了一双皮鞋钱,买了一双真牛皮黑皮鞋,让大哥嘉和陪着去了。谁知到了那里才知道,罗力虽算是刑满释放,但必须作为留场人员工作,一个月可以回家探亲一次,平时哪里也不准去的。

寄草真是要崩溃了,眉毛眼皮都抽搐起来,张了几次嘴也说不出话来。幸亏大哥这根定海神针在一旁杵着,他说:"近多了,一个月还能回一次家。好啊。回到城里,一时半会儿还找不到工作,粮票都说不定分不到呢。"

他把寄草包里的皮鞋拿了出来,寄草蹲下就给丈夫换鞋,脱了那双破高帮套鞋,换上这双新式两节头系带皮鞋。寄草迟迟站不起来,眼泪大滴地掉下,落在皮鞋头上。罗力说:"这不很好吗?趁我现在还算年富力强,多种点粮食,大家多吃一口饭,也算没白过这些日子。等粮食丰收了,再想办法调回去吧。"

无论嘉和还是罗力,都没有想到,比起他从前在浙中劳改茶场的图书室,此处真是艰苦多了。口粮是限定的,吃不饱,没有油盐荤腥,芋头和包心菜包下了一日两餐。关键是开始时还没有住房,犯人们到那里以后,临时在江边用毛竹和稻草搭建了棚子,一排一排的,非常整齐。但棚子里没有单独的床铺和桌椅,所有的犯人进入棚子后一律睡在统一的铺垫着稻草的毛竹铺上,睡觉时必须齐刷刷地睡,头朝过道脚朝内,仅有的私人物件一律放在脚后跟。每天一大早,管教干部用榔头敲响挂在操场上的一段铁轨,犯人和被管教人员就陆续从茅草棚里出来,排队出工。

好在劳改犯和劳教人员、劳改释放人员在看管程度上是有区别的。劳改犯属于敌我矛盾,由持枪的战士看管,其中有不少是戴着脚镣手铐劳动的,吴根就是其中之一。罗力属于劳改释放人员,住宿待遇也好一些,至少不需要睡大通铺了。

那天分工具,吴根戴着脚镣过来,罗力看他实在是可怜,给了他一根烟,点着他脑袋说:"你怎么越改造越离谱了,都戴上铐子了!"

吴根回答:"我不就是向你学习的吗?你不也是越改造越落后了吗?你看你现在,连个图书室管理员都混不上,和我一样当地球修理工了!"

罗力笑说:"那可不一样。我现在属于劳改释放人员,人民内部矛盾。"

"半斤八两,半斤八两,除了多一副铐子,你我还不是干同样的苦力?"吴根抽着烟,斜睨着他说。罗力知道他那副烂肝肠又不知在绕什么弯弯了,不接他的话茬。果然,吴根就熬不住了,推推罗力说:"听说你们共产党跟他们苏联人彻底闹掰了,有这事吗?"

罗力就板下脸来回答:"共产党自己的事,要你这国民党插话吗?"

"怎么是你们共产党自己的事呢?老毛子不是成了你们的冤家,和我一样,都是你们眼里的反动派了吗?"

罗力一把夺过吴根手里的烟,扔到地上就踩了一脚,他那种猥琐而又幸灾乐祸的样子真让罗力恶心。吴根那种向往坏消息的样子,就像趴在田埂道上扑食蚂蚱一样,吃相太难看了。可他完全无所谓,敏捷地捡起被踩过的那半支烟,火竟然还没灭,他立刻就狂吸了几口。火星子一起来,他就接着喷话说:"苏联人真的跟中国人闹翻了。杨真的女儿不是在苏联学画画吗?被赶回来了。当然了,共产党把苏联人也赶回去了,大家打了个平手。"

"你这家伙的反动立场一点也没有变,活该戴着手铐脚链子。不想跟你多嘴了。"罗力站起来要走,吴根则意味深长地看着他说:"你连这一点点时间也不肯留给我吗?说不定我还能够告诉你一点什么,让你的后半生来个彻底改变呢。"

罗力真是心里一跳,犹豫了片刻,从口袋里摸出了一粒糖,是寄草带来的上海大白兔奶糖,手一挥扔给了他,转身就走。罗力不知道这家伙还会要什么鬼把戏,罗力有点儿吃不消他。

天寒地冻的日子,晚上江边寒风呼啸。白天的劳累加上口粮的限额,犯人们各自回到自己的棚子里就早早地躺下睡觉了。罗力享受留场人员的特殊待遇,住的是四人间,睡高低铺,还有电灯。半夜时分,罗力听见有人在呼喊,醒来一看,棚子尽头火光冲天,黑灯瞎火的棚子里只看见影子攒动,过道上、毛竹铺上黑压压的,站满了人,都在争先恐后地抢着往外跑。罗力见周围的人都惊恐万分不知所措,他首先想到的是不能随便乱跑,要组织大家有序地分散出去才行。可是眼看着火势越来越猛,人越来越拥挤,已经无法通过过道往大门有序地出去了。紧急之中的他,招呼一声:"快跑!"立刻从一扇很小的窗口跳了出去。外边一片乱糟糟,有犯人们的呼喊声、管教干部的命令声,还有身后熊熊大火的爆竹般的声音。罗力在凛冽的寒风中尽量低头往外跑,他知道,不跑的话,会被随风刮过来的大火烧死;乱跑的话,会被看管的战士的枪打死。在两种死法的威胁之下,他像走钢丝一样逃命,终于跑到一个稍微空旷的地方,远远看着整排整排的茅草棚子在呼啸的寒风中熊熊燃烧。江风汹涌,风助火势,用稻草和毛竹搭建的棚子一下子就被大火吞噬了,天空映成红色,大火根本无法扑灭。幸运的是,罗力总算逃出来了。那些在睡梦里的或戴着脚镣手铐的犯人,有可能都葬送在了大火里。

罗力心中突然一动,他感觉有一个声音在喊他,撕心裂肺,逼着他逆风往回跑。果然,没跑几步,他就被一双手拽住了,低头一看,正是躺在地上的吴根。许多双脚从吴根身边跨过踩过,罗力连拖带背地把他弄到一个相对安全的江边坑窝里。

此时,向后看是被火照彻的闪亮的血红的江水,向前看是烟熏火燎的夜空,而罗力的眼前就躺着这样一个奄奄一息的死不悔改的阶级敌人。这家伙点点头,示意罗力把耳朵凑近他的嘴。

罗力听到他说:"我有话对你说……"这几个字不像是说出来的,倒像是风箱拉出来的。罗力头皮发麻,静等着他说。江水哗哗地流淌,不时有火光迸发的声音。仿佛一夜的水都流尽了,吴根才终于吐出了话,说:"给我烟抽……"

罗力倒抽一口气,掏出口袋里最后一支烟,可是没有火柴。恰好这时,一粒火星子炸到他们身边,罗力借着这点火点着了烟,塞进吴根嘴里,他似乎已经没有吸的力气了,烟含在嘴里,嘴嚅动着。罗力把烟取出,听到他说:"你是真正的……共产党……"这声音已经很弱了,"你的档案情报……埋……"

这句话把罗力激得跳了起来,一把抓住吴根衣襟:"埋在哪里了?哪里了?快说呀,你快说啊……"

"想……想……想喝茶……"

罗力脑袋里像一团炸弹爆裂了,他口袋里还有几片茶末,是在杨真办公室里喝茶时杨真给他捞的。可是没有水啊,没有热水,怎么泡茶,泡什么茶!他一边这么想着,一边却飞快地把茶末从口袋里掏出来塞进吴根嘴里,一边说:"你等等,我给你弄水去,我给你弄水去,你等等,茶来了……"他这么一边自言自语,一边冲下江滩,双手掬一捧江水,又扑了上来,到吴根嘴边时已所剩无几,但还是滋润了几片茶末。吴根咬着了茶末,舒服地叹了口气。罗力不敢摇他,怕把他最后那口气摇断了,只好趴在他耳根前叫:"埋在哪里了?你说,说,你埋在哪里了?……"

"……老地方……"

他喘息地说着,仿佛把罗力当作了接头对象。老地方!老地方是什么地方?罗力真想给吴根两个耳光,但他还是把烟重新插进了吴根的嘴里。烟头已经亮不起来了,微微闪了几下,再也没有气息。

天亮了,火终于熄灭了,浓烟渐渐散成了淡烟,弥漫开去。人们陆陆续续地拖着脚步往回走,一个个地消融进了烟云中。江水恢复了它本来的面貌,仿佛昨夜什么也没有发生。罗力背着吴根的尸体踉跄而行,他知道如果让吴根躺在江边,尸体会有什么样的下场。在废墟中,他守着尸体等了一天。夜晚,薄板做的棺材运到了,罗力带着几个生还者,准备把吴根埋在浅坡上一棵烧焦的大树下。夜里看不清,只听钉棺材板的时候有个人说了一声:"他只套了一只鞋!"罗力也没有多想,脱下脚上一只鞋套到吴根光着的右脚上,还好,鞋略大一些,套上了。

此时,抬棺者们已经精疲力竭,罗力答应了他们的要求,明天再来挖坟坑。他们走后,他一个人在大焦树下坐了一会儿,怒火渐渐升起,他终于有时间想明白这是怎么回事。显然,吴根作为中统人员,已经掌握了作为军统的罗力事实上是共产党卧底的身份,只是来不及确定,吴根就被捕了。被捕前,吴根把档案情报埋在了"老地方"。这么多年来,看着罗力受苦受冤,遭受劫难,最后要死了,还扔给他这样一个谜——"老地方"!他气得跳了起来,使劲踢着棺材板:"王八犊子,你给我出来,你给我吐出来,'老地方'在哪里?哪里是'老地方'?你给我吐出来!"

这一踢,却把他那一只穿着破袜子的脚踢得鲜血淋漓。他想起来了,是他自己把一只皮鞋给棺材里的王八蛋穿上了,他恨不得扒开棺材板把鞋子重新夺回来,可是刚刚举起锤子,他就泄气了。有什么意思啊?没有。他一瘸一瘸地走回农场临时集中地,看管见了他大吃一惊:"你还活着啊?"他回答:"给我一双鞋。"管教给他一双鞋:"你要没忌讳就穿,也不知道是不是死人的。"罗力套上鞋,找了个角落,拉了半焦的棉被和衣裳就躺下了。管教说:"过年了,回家吧,你不是刑满释放了吗?"

夜未央,罗力从昏睡中被一阵鬼哭狼嚎声叫醒,那年轻的管教哆嗦着说:"你要能走赶紧走吧,要不然可能会被狼咬死!"罗力听了一会儿,说:"不是野狼,是野狗,来抢尸体了。"于是,他想起了大焦树下的吴根。

罗力捡起那只换下来的皮鞋,仔细地擦了擦。到底是新皮鞋,虽然折腾了两天,擦了还是新皮鞋。他把它揣在怀里,赶往山坡上的大焦树。此时天渐渐亮了,刚到坡下他就大吃一惊,那口新棺材整个儿从山坡上被掀到山脚,棺材板上血淋淋的一摊一摊的血。再跑到大树下一看,两只瘦得皮包骨头的野狗就死在树下,头已经撞破裂开了,恐怖至极。这大焦树先是经历了火烤,现在又经历了野狗撞。想必是野狗闻到了尸体之味前来觅食,不料这棺材钉得结实,它们怎么也撞不开,结果不但把棺材撞到了坡下,还把自己撞到大树桩上,终于一头把自己撞死了。

此时,天已经大亮了,阳光照耀在山脚下的白色棺材板上。罗力想,吴根这家伙还真是幸运,没被狗吃掉,还有一口新棺材、一只新皮鞋,他可以放心走了。今天可是要过年了啊。

哇,所有的人都到齐了。忘忧就如一枚月牙,而且不是冷月,是冬天里的春月。即便在冬夜,他依旧是温暖的。他带来了天荒坪的白茶,微小的一撮,在昏黄的灯光下闪着朦胧的银光。他开心地把茶捧在合掌的手心里,还追来追去地要给正在忙着搬椅子的大舅看,一边说:"你看一眼嘛,大舅,你看一眼嘛,我自己炒的呢,我会炒茶了。"

叶子捉住他的手,嘴里啧啧啧地发出了心痛的声音:"你看你这双手,作孽啊……人倒不瘦,山里有东西吃?"

"有的有的,我学会淘葛粉了。山里有野鸡和野兔,有时还有黄麂。我不还有烈士子弟补贴费吗?舅妈放心,饿不死我的。"忘忧已经到了而立之年,也不小了,可是一说话,就显得跟得荼差不多大,从里到外,魂灵儿都像是被山泉水洗过一般。

嘉和凑过去闻了闻,问:"你信里说一株茶死了,另一株独子王孙还活着吧?"

"活得好好的,人不要闹就不会死。就怕知道的人多。我们茶场让我看着呢。"

"忘忧有工作了?"

"没有,茶场临时招我当护场员的,年后可以上班了。"

"这白茶倒是真有一股鲜爽气的,和龙井不一样。"嘉和评判着。

"实在太少了,只能冲两三杯茶,送给盼儿姐姐当结婚礼物吧。"

"少少许胜多多许,金贵的东西总是稀罕少见的。"嘉和这么说了一句,便招呼得荼,"得荼,去把今早从虎跑打的泉水拎来。"得荼哑着嗓子应了一声,就蹦了出去。

这泉水是得荼陪着爷爷凌晨四点专门去虎跑拎来的,倒在一只大瓷缸里。爷爷说不要盛在木桶中,时间长了会有一股木头气。水缸放在门口的美人靠上,得荼正要去抱它,却见一个人靠在院子正中那株桂花树下抽烟,一点火星时亮时隐,正是方越。他有后门的钥匙,是悄悄从后门进来的,见一家人都在前院花木深房里张罗着,就悄悄地在院子里抽起烟来。得荼跑过去对着他的脸悄声惊讶地说:"墨赤铁黑的,你在这里干什么?冻不死你啊?进去抽吧。"

"这烟臭得很,熏着新娘子,小姑要骂死我的。抽完了进去。"

"那我陪你。"得荼跳着脚说,"天气怎么这么冷！是不是要下雪了?"

"你还记得吧,那年夏天我俩睡在木板床上看银河,那蚊子把我咬得……"

"我真是担心你回不来了,去年你就没回来,前年也没有。"

"你怎么一下子蹿这么高了,比我还高了吧?"

"你驼着背呢！挺一挺,你还是比我高！"

"真挺不起来,挑了两年担子,背压驼了……"

果然,方越的背微微弓着。烟头快灭了,那张让得荼感觉有些陌生的脸几乎全部隐入了黑暗中。两人沉默了一会儿,得荼突然像是想起了什么,说:"我上回写的信你收到了吧? 让你带一把龙泉宝剑回来……"得荼就在他面前挥舞起一把虚拟之剑,边舞边诵:"十年磨一剑,霜刃未曾试。今日把示君,谁有不平事！"

"干什么? 要杀人啊?"方越总算恢复了一点从前的口气。

"哪里哪里,辟邪。"

"你也相信这一套,那是婉罗姆妈的把戏。"

"可不是,婉罗姆妈让我写信要的,说是给盼儿姑妈结婚时用的,说是这个新郎官从台湾开飞机回来,后面会有恶人追杀,挂一把宝剑,妖魔鬼怪统杀！"

黑暗中,方越坏坏地笑了起来。他看出了得荼不成熟的夸张,这孩子想用动静掩饰空气中久别重逢的共情,可到底还是没学会。方越说:"你知道我这样的人,要带一把剑回来,该有多难,比带一套老底子的龙泉茶具还难。"

"可是,你终于都带回来了,这就是你杭方越！是不是? 都带回来了,越窑瓷,龙泉剑,都带回来了!"得茶一把搂住了他。他的衣服冻硬了,被得茶一搂,发出了纸张撕裂般的声音。得茶鼻子有点儿酸,他朝花木深房大声叫道:"你们看谁回来了!"

方越带回的这套青瓷茶具是一把软提梁的青瓷长壶,四只盖碗茶杯,款式比较大众化,还有点笨,但瓷色是真正的一流。嘉和看了,拍着方越的肩膀赞叹:"越儿这双眼睛真叫毒,这梅子青烧得,现在还能收到这种宝贝,你怕是要倾家荡产了吧。"

方越坐在靠椅上,那回家的感觉总算又找回来了:"我哪有钱啊,我那房东寡妇送的,平日就在家用,比不得杭汉哥的锡罐,那才叫真家伙。"

杭汉夫妻给这对新人送的是一个锡制老茶罐。蕉风说,那是她妈妈当初从马来亚带来的锡器,抗氧化、耐高温、阻潮气、避光线、挡异味、手工制作,是国宝级收藏品。喜茶人爱用锡罐储茶,因为锡罐是公认为能使茶叶长期保鲜、避免茶叶营养流失和口味变化的最佳器皿。嘉和点评了一句,甚是到位:"这锡罐倒是和你们这一家蛮像的。"大家都笑了起来。蕉风的两个孩子,一男一女,男孩子得放和女孩子迎霜此刻都在安静地嗑着瓜子,如一对小松鼠。这一家四口,不知为什么和这个锡罐就是那么神似,好奇怪噢,得茶想。

龙泉茶具,马来锡罐,天荒白茶,现在都放在一只日本来的长方形漆盘上。这只莳绘工艺的漆盘,叶子只在重要的礼仪环节拿出来用,这次也作为新婚礼物了。说起来这也和唐物有关联。当初鉴真和尚六渡扶桑,随行的工艺匠师把漆艺的种子播撒至东瀛,日本漆艺工匠在此基础上发展出本国漆器的特色,将金、银屑加入漆液中,干后推光处理,显示出金银色泽,有时并以螺钿、银丝嵌出花鸟草虫或吉祥图案,称为"莳绘"。这只漆盘的黑色底子上飞布了错落有致的"红蜻蜓",让人想起叶子平时常常会轻轻哼起的日本民谣:"晚霞中的红蜻蜓呀,请你告诉我,童年时代遇到你啊,那是哪一天……"

得茶终于决定出手了。这些天他费尽工夫用老竹爿打磨出了一把茶勺,五寸长,一头弯起如匙,另一头削细如针,精美细致,他用食指和拇指夹起它炫耀着:"记着啊,我也给它取了个名字:乐。好听吧,欢乐的乐!"

一屋子人都跟着笑起来。嘉和知道,这是因为得茶听到过叶子给他讲的千利休为其临终茶会亲手做的茶勺,取名为"泪"。但得茶偏要反着来,你哭嘛,那我就乐吧——这孩子,越大越像他父亲了。

再后就是婉罗用金牙换的那一套床上被褥了,她觉得,结婚怎么可以没一样新东西呢!新婚新婚,就是要新啊。杭家人代代喜欢旧东西老东西,这是她一辈子也想不明白的事情。

现在就看寄草和罗力会拿出什么东西来了。可刚才他们两人都因为激动和疲惫被扛回了卧室,再去看他们时,这对夫妻已不见了,他们已双双进了洞房,探访新人。

夫妻二人看样子是缓过气来了,但表情严肃,神色沉重,仿佛不是送两个晚辈成亲,而是送他们上战场打仗。对话完全是以问答形式开展的。先问者是寄草,罗力是为了顺妻子而随时附议的丈夫。他显然还有些心不在焉,但他也努力不让在场的人看出来。

第一个问题是扔给盼儿的:"你认为你已经了解他了吗?"

盼儿想了想,果断地摇摇头。

"那你凭什么敢嫁给他?"寄草追问。

盼儿慢慢地说:"那你也了解小姑父吗?"

"现在开始了解他了……"寄草回答。

"也不算太了解……"罗力插了一句。寄草刚要瞪眼睛,罗力就赶紧补上一句:"不了解也喜欢,这就够了……"

寄草安静下来了,她觉得罗力说的还是有道理的。

"你知道他的生活习惯吗?"她继续问。

"不知道。"

"因为没在一起生活过。"曹家远赶紧补充。但立刻被寄草堵住了:"还没问你呢,先听着。"

"比如:他吃大蒜吗?抽烟喝酒吗?睡觉前洗脚吗?小气吗?大手大脚吗?有存款吗?花心吗?等等。"

"不知道。"盼儿回答,"没想过。你成亲前想过这些吗?"

"就是没想过,所以才让你想一想。"

"我不吃大蒜,不抽烟,喝点酒,睡前洗脚,不小气,大手大脚,没存款,只对一个女人花心!"曹家远抢着回答。

罗力叫了一声好,站起来拍了一下他的肩膀,然后虚弱地跌坐下来,说:"你要是坐牢会是个什么样子,我已经知道了。"

寄草赶紧假装找草纸,假装在罗力嘴上擦了几下,啐道:"乌鸦嘴,快呸呸呸!"转过脸去,却一本正经地问:"话既然说到这个份儿上,我也只好这样问了:盼儿,你男人若是和我男人一样的命,怎么办？"

"你怎么办我就怎么办啊！"盼儿惊讶地说，"难道还有什么别的办法？"

罗力附和了一句："的确也是没什么办法。"

寄草转移了目标，开始盘问曹家远："你，曹家远，你应该清楚，盼儿得过肺病，她如果一辈子病恹恹的，你怎么办？"

"她不会一辈子病恹恹的，和我结婚，她的病就会好的。"

"可是你靠什么养她呢？"寄草直逼主题。

"我们商量好了，我们搬回龙井山里，她当代课老师，我找工作。"

"找不到怎么办？"

曹家远说："我虽然是一个开飞机的，但也能驾驶别的。后院有一辆三轮车，我修好了它，可以上街拾荒，就算捡垃圾也能养活老婆。只要和盼儿在一起，干什么都行。"

"后院有一辆三轮车，这你也看到了，眼睛倒是贼的。"

"还是要考虑到当农民修地球，要有底线思维。"罗力压了一下，没压住。曹家远说："当茶农，还是蛮有味道的。"

这对新人的双手一直紧紧地握在一起，另一只手腾出来，不时地你摸一下我的脸，我摸一下你的脸，根本不忌讳眼前的任何人。这不但反常，而且反常到旁人都看不下去了。寄草和罗力对了一个眼神，就把他们的礼物从包里拿了出来。

这是一块茶色的桌布，上面绣满了白色的小花和绿色的叶子，它折叠了起来，包住一件东西，不大。寄草像打开画卷一样地打开了它，是一只锃光瓦亮的皮鞋。新人们惊讶地问："一只？"

"一只!"罗力肯定地回答,"这个故事我以后跟你们讲。"

桌布上绣的正是茶花和茶叶,曹家远看出来了,杭家的亲人,值得他回来。

这时,外面的门就敲得像巡捕上门,得茶一听就知道是谁。他自己算是刚刚进了大学,而吴坤已经毕业留校,在职读研究生了。他们很久未见了。此时,吴坤大声地叫着得茶的名字,闯了进来,后面拉着个姑娘。姑娘看到得茶,高兴地叫了一声:"得茶,你长这么高了?"正是杨真的女儿杨白夜,她从苏联回来了。

白夜手里抱着个火锅一样的东西,说:"我来蹭饭吃了。喏,这只茶炊是专门送你们的,好不容易才从苏联带回来。"

嘉平曾经从苏联带回一只茶炊,后来被拿去大炼钢铁了,没想到又来了一只。

杭家几个晚辈都好奇这东西是怎么煮茶的。它有一个大壶,上面还坐着一个小壶,一群人乱纷纷往这茶炊里扔炭头。罗力看着吴坤,他已经长成一个翩翩书生了,架一副眼镜,穿一套合身的中山装,外面套一件呢大衣,罗力眼前晃过了吴根在江边叼着烟头要喝茶的样子。寄草眼里却只有白夜,她惊奇地问,你怎么没让你父亲来接你啊?吴坤笑着一边用手套拍着自己的大腿,一边解释,杨真太忙,专门委托了他去接白夜,他又急着要在大年夜赶紧把礼物送来,这才择日不如撞日,没想到杭家还有人结婚,不吃这喜酒也说不过去了。

白夜戴着黑色的貂皮帽子,身穿一件掐腰的黑色大衣,她是描眉画唇的,嘴唇鲜红,眼睛漆黑,衬得皮肤雪白。在苏联的时间太长了,看上去,她就像一个苏联姑娘。不过此刻她正开心地用普通话大喊大叫,嗓子像是被烟熏了,哑壳壳的,却有一种特殊的磁性:"大家看啊,这东西,苏联人从前家家都有一个,有铜的、铁的、瓷的,有球形、桶形、花瓶状、小酒杯形、罐形,功能跟我们涮羊肉的火锅差不多,只不过是下面煮水,上面炉口桶上放一个小茶壶,这里面的茶又浓又重,得和下面的水掺和着一起喝才行,要蘸着面包吃……"

"好吃吗?"得茶问。

"开始觉得很难吃,跟我们杭州的龙井茶不能比。后来越吃越好吃,离不开了,俄罗斯的风味。"

"苏联现在是修正主义了,我们跟他们决裂了。我们以后也不给他们送茶了,他们那里是一个不能种茶的地方,太冷了。"一直抱着迎霜哄她睡觉的黄蕉风突然这么来了一句,"他们让我们还苹果和鸡蛋,用一个网兜来检验,穿过网眼掉下去的就不算数。"

她这么突然横插一杠子,大家都愣住了。得茶问:"鸡蛋掉下去不是要打碎散黄了?"

"是啊,修正主义打碎了鸡蛋也不给中国人吃。"

"修正主义这样做是坏的。"婉罗一声叹息,"杨姑娘你受苦了,回来就好,回来就好。"

吴坤碰碰得茶的手臂耳语道:"换个话题,勿入禁区!"

得茶发现吴坤有一点未变,他还是那样浑身上下小动作不断。这么想着的时候,得茶就发现白夜的大眼睛里泪水一点点浮了上来,嘴角泛出了一丝不屑——是对修正主义不屑,还是对砸碎了的鸡蛋不屑,还是对"杨姑娘你受苦了"不屑,得茶真的看不出来。但得茶已经收到了信息,他已经知道,白夜一方面热烈大方豪爽,一方面神秘高傲戒备,她变成了一本厚厚的书,里面写的全部是自己的故事,但她套了一个假封面,又封住了书页,就这样出现在婚宴上。

得茶就一步跨到门口,打开门,高叫一声:"哇,好像是下雪了!"

白夜也跟着叫了一声:"可以打雪仗了!打雪仗了!"她冲进院子,发现地上并没有雪痕,鼻梁上却舔到了一片凉意,的确,下雪了。俄顷,雪就铺满了院子,虽然是薄薄一层,却是瑞雪。但愿瑞雪兆丰年,明年大家的肚子都好过。盼儿和家远把叶子的盘子和方越的盖碗都端了出来,端端正正地放在雪地里,雪纷纷地落在茶盘上。新娘子说:"我想接一点雪水,一会儿沏忘忧带来的白茶。"

大家都沉默了,站在台阶上,等着白雪把盘子和茶碗盛满。大家都没有发现,嘉和站在后面,手里握着一架飞机模型,是那年他从西湖里捞上来的,现在他要完璧归赵了。

尾 声

杭嘉平啊杭嘉平,你终于回来了……

对他在岁月长河中时而飞翔时而滑落,时而密切时而失踪的轨迹,忘忧茶庄的亲人们当初曾经有过怎么样跌宕起伏的心境,如今闻讯便有怎么样的一声长叹:原来他还活着,而且再一次冲浪至顶,正所谓"弄潮儿向涛头立,手把红旗旗不湿"啊!

1959年,反右倾运动开始,杭嘉平就再一次销声匿迹了。在这一时期,他并没有什么传奇经历,只不过去北大荒下放劳动罢了。他也并没有如他的一些同事般经历严酷的生活考验,由于他多年铺设的"神经末梢通道"依然埋伏在港澳台的街巷里弄,作为不可或缺的一环,他只是被暂时圈养了起来,并依旧坚定不移地革命着。不过因为已经没什么具体的革命事务可做,他革命的主要形态,便只能从以往的地下斗争转为现在的学习、学习、再学习了。

因此,他对国家建设的大小进程,包括茶事,了解得比作为大学副教授的杭汉更为翔实——中国茶业正在休养生息中缓过气来。1962年开始的茶叶持续发展阶段,是建立在三年困难时期后痛定思痛的基础之上的,而五年前中苏在茶气飘香中互相祝福的友谊早已被严酷的意识形态方面的重大分歧所取代。苏联茶叶专家不再被派往梅家坞,而浙江农业大学中国第一个招收外国留学生的茶学专家庄晚芳先生也不再培养苏联研究生。与此同时,杭嘉平这个共产主义的理想家,革命事业的万金油,各项工作的百搭手,日常生活里的流浪汉,统战工作中的潜伏者,监察部门的重点监视对象,在坐热冷板凳数年后,终于又被上级派到一个相当重要的岗位上——中国人民外交学会。这次回来,他正是要告诉家人们一个与杭家有关的外事活动。

原来,当年日本侵华战争时,驻杭州的日军中岐阜人颇多。这地方位于日本中部飞山浓水的森林之国,据说织田信长迁居稻叶山城时,见山下有一地方名唤"井口",格局甚小,禅僧泽彦宗恩进言,以中国周文王起于岐山而孔子故里在曲阜为由,建议以统一天下为目标的织田信长选取"岐阜"为名。1962年9月,岐阜市各界人士和市长松尾吾策通过中国人民外交学会向杭州市建议,在杭州、岐阜两市各建一座反对侵略战争的纪念碑,以表达日本人民,特别是岐阜市民不希望再卷入战争的愿望。岐阜市的建议得到中国人民外交学会的积极回应,此时恰为嘉平初到外交学会之际,他做的第一件事情就是接洽此一和平之举。杭嘉平做了许多沟通和建设性的工作,直接参与了岐阜市友好访华团来杭交换碑文的事项。岐阜市赠送的碑文是"日中不再战";杭州市回馈的碑文是"中日两国人民世世代代友好下去"。1963年6月,杭州市赠送的纪念碑在岐阜公园落成。

岐阜是叶子的故乡啊。这些年来,嘉平已经把岐阜的岁月藏进连自己都找不到的灵魂保险箱里了。他曾经丢掉了密码,而且再也没有能够寻找回来。这一次,扶桑之国的岐阜人民仿佛又将它送上门来了,否则他何以如此清晰地回想起那个月黑风高的微微地震的夜晚,他是如何拉着身穿和服、脚蹬布袜的叶子,做贼般欠身穿过木廊的？当年他杭嘉平就是这样在岐阜"拐"走了羽田的女儿羽田叶子……叶子头发的微香、手心的微汗和呼吸的微喘,在几十年后的中国人民外交学会办公楼里,重新自嘉平的骨节缝里泛起渗出……对某些革命者来说,这的确是一个极其不可思议的逻辑:他们越想解放全人类,他们就越不知不觉地疏远家人;他们越爱天下的受苦受难者,他们自己在六亲不认的道路上就越走越远。比如,直到1963年12月,岐阜市赠送的纪念碑在杭州柳浪闻莺公园落成时,杭嘉平在西湖边与大哥嘉和相聚,他才知道,独生子杭汉这次又和他擦肩而过。杭汉受国家派遣,前往非洲指导种茶,人在马里已经有两年了。

杭汉临走前,倒是给父亲留下了一封信,直到现在嘉和才有机会递给嘉平。杭汉的这一手字写得比一般人都要漂亮,信也写得豪情万丈,让人读之热血沸腾：

　　……虽不知父亲此刻身在何方,但儿深信父亲坚强、明亮地活着,堂堂正正,光明磊落,身心康健,故儿远行万里,无忧无憾,可谓一往无前。
　　儿之所以了解父亲,盖因儿与父亲有着共同的信仰。儿是为全人类解放而离父母别妻子,赴关山万里,行至马里共和国的。这是西非面积第二大之国,曾为法国殖民地,1960年独立,当年便与我中华人民共和国建交。为帮助马里发展经济,我国先后指派农业、工业等方面的专家前往马里。他们的总统凯塔亲自向毛主席提出,要发展茶业,所以儿杭汉是在毛主席的亲自指挥下昂首向前的……

嘉平看到这里笑了,对大哥说:"你看你看,亲戚朋友都说汉儿脾气不像我,哪里有的事情,再没有人比杭汉更对我的脾性了。劈日本佬巴掌,杀汉奸亲舅公,娶义妹蕉风为妻,哪件事情说出来不吓死人?如今说走就走,哪里需要到哪里去,哪里艰苦哪里安家!"

杭嘉平的豪言壮语如进行曲般嘹亮,与此时的西子风情不太协调。虽然入冬了,但温暖的日光下,西湖水闪闪烁烁,有几条船正在湖上徜徉,仿佛被太阳晒软了,软绵绵地在水面上漂荡着。这老兄弟俩的头顶上轻轻地摇荡着已经脱尽了柳叶的柳条,它们仿佛按捺不住地要蹦出来萌芽,难得啊,年景貌似祥和……

"马里那个地方叫锡卡索,在撒哈拉沙漠南边,和我们这里气候不一样。六个月旱,六个月涝,新栽茶树七天就能干死,长起来嘛未老先衰,一年能蹿出一米多高,摘片茶叶要爬梯子,中国人答应他们马里人,一公顷要产一吨茶。你说汉儿难不难!"嘉平说。

"马里人喝茶,同我们中国人不一样的,我们中国人是泡茶,他们马里人是煮茶,茶壶里半壶茶叶,放火上煮,苦啊,所以要放蔗糖和薄荷,汉儿来信说的。"嘉和说。

谁也没有注意到叶子是什么时候来到这两兄弟身边的。叶子作为在杭的日裔代表来参加这次仪式,难得穿上了压在箱子底下的这一身条纹麻布和服。而嘉平已经几十年没见叶子这个样子了,印象中只有在日本读书时首次见到少女时的叶子是穿和服的,今日见她这打扮,着实把嘉平吓了一大跳,他身体摇晃了几下,差点掉进西湖,幸亏被嘉和一把拎住了。嘉和递了个眼神给叶子,叶子看懂了,嘉和在说:被我猜中了吧,你吓着他了!

嘉平有点尴尬,急慌慌地说:"茶和蔗糖原本便是马里两大消费品,但全部靠进口,想让中国人帮他们种,法国人还不相信,中国人就应下了。周总理、陈毅副总理这会儿正率团访问非洲十国,明年还要访问马里,说不定还会接见汉儿呢。"他这么急急忙忙地说着国家大事,却发现叶子背靠在大柳树上捂住嘴,哭了。

嘉平赶紧迈了一步,但没赶上嘉和,大哥搂住了叶子,轻轻地安慰着叶子,喃喃低语,然后让叶子的小脑袋靠在他肩上,一边抚着她的背,一边对嘉平说:"她父亲过世了……"

"啊,羽田先生?多久了?"嘉平的心像一只猫突然弓起了背,紧缩了起来。叶子的哽咽声突然就响了,抽泣着说:"五年了,我才晓得……"原来岐阜的代表团中有认识羽田家族的人,这次终于带来了消息。

嘉和给嘉平使了个眼色,提醒说:"长久没坐自划船了!"嘉平明白了,立刻就把脚旁边一只小舟的缆绳拉住,扶着叶子上船,待嘉和也上了船,却把缆绳给了嘉和,说:"大哥,我有外事在身,不可离开,我们回聊……"说话间,就使劲推了一把小船,小船儿就这样荡漾开去了……

柳浪闻莺离汪庄不远。小舟往前荡去,杭嘉和一边划着桨一边说:"嘉平倒是真不见老,这几年看来没吃大苦。"

叶子总算不哭了,却说:"大哥你还记不记得,那时光,天醉爸爸带着我们几个到汪庄看菊花、听琴、吃饭……"

"南山茶灶……"嘉和也想起来了,"吃完饭,伙计给我们送牛皮纸包好的龙井茶。我父亲说,我们之间还要送来送去送龙井茶？你爹爹说，你不要我要，日本没有龙井茶，我带回去品……"

叶子又哭了："我要回去扫墓……"

"去啊，早就叫你去的……"

"我要你陪我一起去……"

"……"

"一起去！"

突然，对面汪庄堤岸上闪出一个战士，手里举着一把枪，说："游客请马上离开……马上离开！"吓得叶子再不敢说什么回去不回去了，一个劲儿地划桨，闷着头问："会不会弄错了，这是从前卖茶的汪庄吗？"

"哪里还有什么卖茶的汪庄，不是被日本佬占去做了马厩吗？早就败了，是人民政府后来重修的。汪庄、刘庄已经旧貌换新颜，说不定正在开什么重要会议。我们快点走，有时间正好去蒋庄看看马一浮先生……"

说话间，他们已经离开了汪庄，一直往花港观鱼漂去。叶子抬起身子，轻轻敲着自己的胸脯："心怦怦怦跳呢，现在还在跳。"抬起脸，却看到了那边岸上的嘉平，他还站在那里，看着他们。许是感觉到他们也在看他，就边走边挥手，却一言不发。船上的这两人也不约而同地抬起了双手，他们在湖上挥手回应。三个人都不发一声，他们被西湖水分开了，一个在岸上，两个在湖上。

暖风吹来，游人不醉。第二年春夏之交有新茶上市，城里人买茶虽然还要凭票限量，但沿街茶店终于出现一些好茶，郊外山坡茶蓬也重新有鸟儿钻入茶心啼鸣。茶事终于从数年前的元气大伤中走出。人们开始暗暗渴望，能有自己的点滴时间用于品饮生活。须知，一些古老的传统依旧潜在地左右着中国人隐藏得很深的生活习惯，诚如茶圣陆羽所言，飞禽、走兽和人类都生活在天地之间，依靠饮食维持生命活动，"饮"的现实意义是多么深远啊。

  有谁知道，旷日持久的狂风正在酝酿，一个艰难品饮的年代就要来临了……

2020年10月20日　一稿
2020年12月3日　二稿
2021年4月10日　三稿
2021年9月11日　四稿

后 记

《望江南》这部长篇小说,二十多年前,在我完成《茶人三部曲·不夜之侯》之后,就计划着要写了。当时甚至还写了一小段,大约三万字,写后才发现从抗战胜利到"文革"之前的这段有关茶的历史,我了解得竟然不比辛亥革命前后那段历史多,而共和国的这段岁月,我又完全缺乏亲身感受,故而无论从历史感性还是茶事史实的角度,我都难以掌控。在这样的基础上进行文学提升,显然是一件没有把握的事情。故最后搁下此稿。

2013年开始,《望江南》的写作启动了。但一拖再拖,写下几万字,然后又推翻,甚至都十万字了还推翻。那段时间,我已经从一名专业的文学工作者转为高校的茶文化教授,虽然并未曾停止创作,但多年来我的心已经完全沉浸在茶之中了。我不再为现代茶知识和对历史事件认识的匮乏而过分担忧,文学创作本来就是一个知行合一、即知即行的过程。我真正想通过创作清晰起来的,是小说中的人物在这段岁月里的命运和走向,包括对这一时代的总体认识和评判。

这部作品的创作,于我而言最大的感悟便在于我意识到小说中从来就没有边界清晰的断代史,尤其是中国,这个绵延五千年一直没有中断过文化脉络的民族,有的只是新旧更替间连绵不绝的人的心灵史、命运史,无论历史如何前进,文化如何演变,人世如何变迁,天地如何坼裂,人的心灵和命运都是在连贯中进行的,中华民族一直在艰难曲折中前行。写这样的长篇必须浸透到历史长河中去。只有这样,我们才不会把一次次的冲击简单地割裂成运动,它们是互相影响的文化单元。我相信,永远有着向光明进发的人们,而中华民族的历史不管怎样地迂回曲折,都不曾失去茶人的优雅和稳健风范。

《望江南》是我在担任学校教学工作的时间段里完成的,前后经历了八年。交稿时正是我们的茶学与茶文化学院真正成为二级学院的时候,我在这所学校奋斗了十六年,新作问世,学院升格,于我而言,可谓双喜临门。我任教的学院是国内外唯一的茶学与茶文化学院,这是我们中华民族的瑰宝啊!对于我的小说新作的问世,还有什么比学院成立更好的慰藉呢?!

在此我必须感谢浙江农林大学给我的支持;感谢有关领导、单位和出版社对我一拖再拖的交稿时间的理解和宽容;此稿的最后审校是在我住院期间完成的,感谢医生护士们的关照,他们本来完全可以没收我的电脑。当然面对我的家人,我已无法用感谢来表示,说"对不起"也远远不足以表达歉疚……

然而,我有什么办法呢?——不是我喝了茶,是茶已经把我喝了——我有什么办法呢?……

2021年11月3日